Alberto

Maria Helleberg

Alberto

Vertaald uit het Deens door
Ingrid Hilwerda en Kim Snoeijing

Anthos|Amsterdam

Dit boek is mede tot stand gekomen dankzij steun
van de Danish Art Council

ISBN 978 90 414 1226 3

Oorspronkelijke titel *Alberto*
Oorspronkelijke uitgever Samleren
Omslagontwerp Marry van Baar
Omslagillustratie Horace Vernet, *Portrait of Bertel Thorvaldsen modelling the bust of Vernet*, 1833 (foto Ole Woldbye) / Thorvaldsens Museum, Kopenhagen
Foto auteur Morten Holtum

Verspreiding voor België:
Veen Bosch & Keuning uitgevers n.v., Wommelgem

1780

Bertel werd wakker van een schreeuw, maar verder kwam er geen geluid. Zijn voeten waren ijskoud, dus hij trok ze onder zich op. Zijn deken was verdwenen en hij probeerde hem te vinden zonder helemaal wakker te worden, maar nee.

Toen schalde er opnieuw een schreeuw door de muur naar binnen. Het klonk alsof hij door het sleutelgat en de spleten kwam, en er iets zwaars tegen de deur en de vloer stootte. Ja, dat was precies wat hij vermoedde. Ja, ze waren weer aan het vechten.

Geen reden om bang te zijn. Deze keer. Gelukkig. Hij kon rustig ademhalen, hij maakte zich geen zorgen. Ze waren aan het vechten, ze hadden genoeg aan elkaar en hij was niet de klos.

Hij ging weer liggen, kroop ineen en pakte zijn koude voeten vast. Als ze de deur maar niet opendeden, dan zou hij in slaap kunnen vallen en warm en blij zijn.

Ze waren gewoon weer aan het vechten.

Niet iets om je zorgen over te maken.

Ze konden beter met elkaar vechten dan dat ze hém sloegen!

Hij bleef op de overloop staan met de po in zijn armen. Die was iets te groot voor hem om te kunnen dragen, maar het was zijn plicht. Wanneer hij de po voor haar leegde, hield Karen van hem. Dan kwam Gottskalk thuis en Karen zei dat ze trots op hem was. Onze knappe zoon.

De vrouw versperde de overloop met haar rokken. Ze waren vanboven licht en ze werden naar beneden toe geleidelijk donkerder. Op Bertels ooghoogte waren de rokken al stijf geworden van oud en nieuw vocht. Straatstof en modder. Hij wist dat je kleren meer warmte gaven als je je kleren zo vies liet worden. Dat zei Karen.

Buitenshuis noemde hij zijn moeder Karen en zijn vader Gottskalk. Dan kon hij altijd zijn ouders vinden als hij de weg kwijt was. Dat had Karen hem uitgelegd.

Hij dacht er nu pas weer aan dat er ook iets anders was: als iemand een schuld kwam innen, zouden ze de jongen mee kunnen nemen. Dan moest hij zo hard als hij kon wegrennen. Dat kon alleen niet met de lege po in zijn handen!

De vrouw probeerde plaats te maken en Bertel maakte zich dun, maar de po kon er niet langs. De vrouw zuchtte en steunde, want ze was groot, en toen Bertel in paniek aan de pot trok die vast was komen te zitten, sloeg ze hem. Van boven naar beneden, van boven naar beneden. Hij gaf zich niet over en hij liet geen kik horen.

Hij liep verder naar de deur en duwde die open met zijn achterwerk.

De kamer had een geheel ander karakter dan toen hij hem al slepend met de po verliet. Nu waren de twee ramen opengezet en een levendige lucht sloeg in vlagen tegen de muren. Het leek alsof Karen al het slechte naar buiten wilde hebben, alsof alles in de kamer in de koude lucht moest fladderen. De kamer werd alleen zo door het licht en de zon gevuld dat Bertel het liefst achteruit naar buiten liep. Zelfs de lucht was te schoon en te heftig. Hij zette de po neer en draaide zich om naar zijn moeder. Karen zat kleding te naaien op de stoel met drie poten. Bertel herkende zijn eigen broek, zijn moeder maakte hem langer. Hij groeide hen boven het hoofd, zei ze vaak.

Bertel ging bij de deur staan, waar hij zich het veiligst voelde, en hij vond het fijn dat niemand aandacht aan hem schonk.

Ze keek naar hem, zijn moeder, en ze glimlachte – die bijzondere, lieve glimlach die alleen verscheen wanneer ze nuchter was en bijna in haar roes kwam. Het licht sneed in haar wangen en gleed in haar dunne haar. Het licht opende haar jurk en hemd, en het trok rimpels in de grijze, gevlekte huid van haar hals. Het licht was haar vijand, vooral van de gesprongen lippen.

'Hoe hebben we het voor elkaar gekregen om zoiets moois te maken?' vroeg ze zomaar. Bertel zag geen andere mensen in de kamer. Ze moest het over hem hebben, maar hij begreep haar niet.

Een nieuwe dag brak aan en hij stond tegelijk met zijn vader op. Alle dagen leken op elkaar. Zijn moeder sliep verder, maar zijn vader kleedde zich aan en maakte Bertel wakker, die met zijn kleren aan sliep om beter warm te blijven. Zijn vader ging naar zijn werk en Bertel liep met hem mee. Onderweg kon hij om zich heen kijken en zijn vader praatte erop los, zowel in het Deens als in zijn eigen taal. Bij de deur gingen ze ieder hun weg. Bertel was alleen, vrij en gelukkig.

Hij stond bij het kanaal Nyhavn in het troebele water te kijken en hij bedacht waar hij heen zou gaan. Soms lukte het hem om wat kleingeld te verdienen door klusjes voor mensen te doen. Daar kocht hij snoep voor.

Alles was beter dan naar huis naar zijn moeder gaan.

Niet binnen die vier muren, niet in die stank en het donker waar alles kraakte!

Hij wist wat hij moest vermijden. Hij vond het erg dat hij op blote voeten liep. Als hij geluk had, kon hij misschien een oplossing bedenken en ervoor zorgen dat hij schoenen kreeg. Zodra de zon doorbrak, hinkte hij naar de dichtstbijzijnde schoenmaker en bood zichzelf aan. Eens zouden er klusjes gedaan moeten worden en hij rende ervandoor op zijn koude, stijve voeten. Het was belangrijk om snel te zijn. Wanneer hij terugkwam, zou de schoenmaker hem wat kleingeld betalen, maar hij had liever leer. Dat kon je gemakkelijk om je voeten buigen en misschien vastnaaien.

Met schoenen aan zijn voeten was hij een geheel andere jongen. Nu ging er een wereld voor hem open. Als hij er voorzichtig mee omging, zou hij het leer een week kunnen gebruiken, en als zijn moeder het niet zou vinden, want anders zou ze het pakken, verkopen en zelf het geld houden. Hij moest altijd goed nadenken en opletten.

Bertel werd wakker, omdat hij de vloer op werd geduwd in de kou. Van het kleed af. IJskoud. Hij had in elk geval het geluk dat ze op dit moment geen bed hadden. Dan was het veel erger geweest. Op een nacht had hij zijn hoofd akelig bezeerd en zijn enkel verstuikt, toen hij door zijn ouders uit het bed was geduwd. Er was geen bed meer in de kamer, ze lagen op de vloer op een versleten kleed. Hij werd weggeduwd door sterke handen en het kleed dat diende als deken verdween ook.

Om hem heen was het ijskoud, hij klappertandde en probeerde de deken te veroveren. Zijn vader en moeder waren echter met elkaar bezig en hadden geen tijd voor hem. Ze lagen als dieren op elkaar. Hij probeerde de deken naar zich toe te trekken, zonder succes, ze waren zoveel zwaarder dan hij aankon.

Toen viel ze over hem heen en hij kon niet eens ontkomen aan de golf die uit haar mond kwam. Die vulde zijn oor en verspreidde zich warm, papachtig over zijn haar, gleed slijmerig in zijn nek en werd koud.

Als hij zich onder al haar dode vlees uit kon graven, zou hij het braaksel weg kunnen vegen. Ze bleef echter liggen waar ze was omgevallen. Bertel wachtte, met een bonzend hart, wachtte en wachtte. Uiteindelijk begon ze te snurken en hij begon haar van zich af te duwen, zodat hij onder haar uit kon glijden. Het was moeizaam en veeleisend, maar hij kende het. Zijn beloning was dichtbij, heerlijk slapen in de warmte.

Bertel werd als eerste wakker. Het kleed lag over zijn benen, maar niet over zijn voeten, ze waren blauw van de kou. Ze hadden natuurlijk ook geen brandhout. Er zat geen glas meer in de ramen, de luiken waren dicht, maar ze sloten niet goed. Gottskalk had geprobeerd om ze dicht te maken door er papier in te stoppen, maar de wind blies het op de vloer.

Hij steunde op zijn ellebogen en keek slaapdronken naar de rug van zijn moeder: Karen lag helemaal stil en naakt in de kou. Haar rug was ingesmeerd met bruine ontlasting, waarvan ook vlekken op de kleden en het laken zaten. Terwijl zijn ogen wenden aan de schemering van de dageraad, kon hij de sporen overal volgen, op de muren en de vloer, de kamer zat helemaal onder de poep.

Bertel stond gehoorzaam op, hij vond enkele kledingstukken en trok die aan over zijn door de kou verstijfde lichaam, hij begon zwijgend zijn moeder te wassen. Er zat wonderlijk genoeg nog een beetje vloeistof in de fles die op tafel stond. Hij maakte een stukje van het laken vochtig en ging haar wassen zonder dat ze wakker werd. Later moest hij proberen om de vieze troep van de muren te wassen. Het was niet de eerste keer dat dit gebeurde en hij wist dat Gottskalk woedend zou worden als hij ontdekte dat Karen de woning ondergepoept had, zoals hij dat noemde. Bertel was de enige in de hele wereld die dat drama kon voorkomen. Zo zagen zijn dagen eruit.

De grote man ging op de stoel zitten, zuchtend na het traplopen. Hij was een paar keer verkeerd gelopen, zo legde hij Bertel uit, die rechtop naast hem stond. De naam van de grote man was Willerup, en zijn bleke, zachte hand lag kleiachtig zwaar op het hoofd van Bertel.

'Maak een nette buiging voor de voorname meneer,' zei Karen, de moeder van Bertel. Zelf bleef ze maar kniebuigingen maken, helemaal tot op de vloer en toen Bertel het niet begreep, pakte ze zijn schouders vast en duwde hem naar beneden. Bertel wilde niet, hij was een jongen en moest buigen, geen kniebuigingen maken! Zijn moeder was te zwaar en te hard, dus ze dwong hem naar beneden. Met het schaamrood op zijn kaken deed hij wat zij wilde, op en neer, terwijl hij naar het gezicht van de man bleef kijken.

'Bertel is een goede jongen, hij kan mijn Gottskalk helpen om op te ruimen op Larsens Plads!' zei Karen tegen de voorname man. Bertel begreep er helemaal niets van. Wat was Larsens Plads? En wat moest hij in hemelsnaam opruimen? Er werd bij hem thuis immers nooit opgeruimd!

Het was warm en bedompt binnen, en de moeder van Bertel rende rond en deed iets wat ze nooit deed: ze ruimde op. Het beddengoed en de kleren lagen zoals gewoonlijk op de vloer, nu moest het opgerold worden en in een hoek worden gelegd. De po voor 's nachts. De flessen. Alles moest komen te staan waar het eigenlijk hoorde. Ze voelde pijn, moest tegen de muur leunen en verliet toen de kamer. Bertel ging ervan uit dat ze naar de wc moest, maar zover was ze niet gekomen.

'Wil meneer niet plaatsnemen?' vroeg ze buiten adem en ze wees naar de enige hele stoel. Ze pakte de tekeningen die al tijden op tafel lagen, maar ze zaten vast. Bertel wist hoe dat kwam. Zijn vader had op een ochtend overgegeven en het braaksel met zijn tekeningen weggeveegd. Nu was het braaksel opgedroogd tot een vaste korst die het papier bij elkaar hield. De stoel was wel heel en schoon.

Nu zette Willerup zijn haar af! Hij schoof zijn vingertoppen langs zijn slapen en maakte het haar los van zijn schedel. Dat was niet het enige. Hij pakte iets bij zijn voorhoofd vast en deed zijn haar af alsof het een hoed was en liet het haar voor zich op tafel landen.

Bertel stond perplex. Het haar lag op tafel boven op een bult vieze kleren. Het haar was wit, zo stug als borstels gemaakt van varkenshaar, verdeeld in tweeën en in de nek samengebonden in een lange staart. Wat wilde hij het haar van Willerup graag aanraken!

Willerup zelf nam plaats op de krakende stoel, waarvan de poten naar buiten weken.

'Wanneer komt uw man thuis, madam hoe heet u ook alweer?' riep Willerup. Bertel had alleen oog voor het haar dat op tafel lag, maar Willerup was hem voor. Met een uitbarsting die Bertel niet begreep, strekte hij zijn hand uit naar zijn haar en trok het naar zich toe. Toen sloeg hij met zijn vuisten luizen dood. Telkens weer.

'Wat een vieze bende,' zei hij en hij plaatste het haar weer op zijn grote rode hoofd, hij stond op door zijn handen op zijn knieën te laten steunen en begaf zich naar de deur en de trap.

'Nee, de goede heer mag niet weggaan!' schreeuwde Karen en ze liep naar de deuropening met een plakkerige, bruine fles. Bertel kende de fles. Willerup was weer weggegaan zonder hun te vertellen waarvoor hij kwam. Karen produceerde een kort uitgeput geluid, toen trapte ze de deur dicht en keerde zich om naar Bertel. Hij kreeg een klap recht in zijn gezicht, zoals gewoonlijk, en kreeg even tijd om bij te komen. Daarna liep Karen terug naar de tafel, met de fles aan haar mond, wijdbeens om staande te blijven. De vloer was scheef, dat misleidde. Bertel rolde zich in het beddengoed dat tegen de muur lag en probeerde zijn handen voor zijn oren te houden. Vader was er niet en Karen zou vast weggaan wanneer er geen sterkedrank meer in huis was. Dan kon hij weer denken. Ondertussen moest hij zich onzichtbaar en ondenkbaar maken. Zo zagen zijn dagen er ook uit.

Ze verhuisden en Bertel ging mee. Ze verhuisden langzaam en grondig op karren, het bed apart, de kast apart. Terwijl ze hobbelend over de straatstenen reden, kwam de zon op en het viel Bertel op hoe armzalig de voorwerpen eruitzagen. Normaal gesproken stonden ze tegen een muur, maar nu waren ze naakt aan de achterkant. Aangevreten door muizen en ratten, er zaten deuken in en ze waren verkleurd. De verf was afgebladderd.

Bertel sleepte de hele weg de klok in zijn armen achter de laatste vracht aan. Nu was de zon ondergegaan en het was tijd om naar binnen te gaan. Zijn moeder was echter nergens te vinden toen ze aankwamen en de deur was niet op slot. Zijn vader gooide een deken op het bed, ging met gespreide knieën zitten en keek om zich heen, Bertel wist waar hij naar op zoek was. De laatste keer dat ze een meubel afleverden, was er een fles sterkedrank geweest. Nu was die weg. Net als zijn moeder.

Bertel kreeg de opdracht om de straat op te gaan. Hij gehoorzaamde, maar het was ver – ze woonden in een achterhuis en hij moest de overloop op, de trap af, door een binnenplaats met straatstenen en naar buiten door een poort, die veel te zwaar voor hem was. Niemand hielp hem met de deur die achter hem dichtsloeg.

Op straat keek hij om zich heen: er moesten kroegen zijn. Er was niets te zien dat aan zijn moeder deed denken. Vader had gezegd dat hij op wacht moest staan, maar het was veel te saai om te blijven staan. Hij had ook niet het gevoel dat zijn moeder zomaar zou opduiken. Dat zou niets voor haar zijn.

Hij wist dat hij zijn moeder op grote afstand zou kunnen herkennen, maar er waren geen vrouwen op straat. Hij kende haar loopje, ze trok wat met haar voet, ze was laat op een avond van de trap van de overloop gevallen en ze hadden geen geld voor een dokter. Wanneer ze dronk, werd haar voet gevoelloos, beweerde ze, die prikte en stribbelde tegen.

Hier was ze in elk geval niet.

Bertel ging op eigen houtje verder. Normaal kende hij de stad, maar vooral de straten waar hij doorheen liep als hij afscheid had genomen van zijn vader. Hier was hij op onbekend terrein. Hij durfde niet door de poorten naar de achterhuizen, de binnenplaatsen en de tuinen te gaan. Dan zou hij het risico lopen te verdwalen.

Een grote, dikke man die op Willerup leek, liep in zijn richting. Bertel bleef staan en keek hem vriendelijk aan. Een respectabele man met een pruik en een grote, rode neus.

'Weet de goede heer waar mijn moeder is?' vroeg hij. De man torende hoog boven hem uit, hij stonk verschrikkelijk en zijn pruik zat scheef. Misschien was hij toch niet zo respectabel als Bertel aanvankelijk had gedacht.

'Nee, maar hoe duur is ze?' vroeg de man met een schorre stem.

Bertel wilde hem niet begrijpen. Hij keek om het grote lichaam van de man heen, maakte een sprongetje opzij in de goot en spurtte verder. Nu had hij het opgegeven om zijn moeder te vinden. Hij was al blij als hij de weg terug naar huis kon vinden of naar het werk van zijn vader. Dan zou hij zich oprollen, slapen en wachten tot het ochtend zou worden.

Ze moesten toch hebben ontdekt dat hij was verdwenen?

Hij zag een openstaande deur en hij waagde zich naar binnen. Vooral omdat hij vermoeide benen had, moe van het zoeken. Mensen stonden in de rij, alleen mannen. Geduldig en platzak. Er hing een weerzinwekkende stank om hen heen, van armoede en onderdrukking na talloze vernederingen.

Een man die achter hem stond, liet zijn hand op zijn rug rusten. Bertel draaide zich om: de man had een kromme rug, was broodmager, had lang, vet haar en een knoestig gezicht van oude, niet geheel genezen wonden. Hij had wel mooie ogen. Niet een goed gezicht, maar Bertel raakte gefascineerd door de schaduwen en de dubbele rimpels in de huid. Als het gezicht niet zo vreselijk vies was geweest, had hij graag zijn handen tegen de wangen willen leggen om te voelen.

'Heb je geld, mijn jongen?' vroeg de man bezorgd. 'Als je geen geld hebt, kunnen we wel delen. We hebben genoeg voor een riem om de borst, dat is in elk geval veel beter dan te moeten slapen op de kale, vieze vloer.'

Bertel had geen geld. Waar zou dat vandaan moeten komen? Hij voelde dat hij bijna moest huilen omdat hij het had opgegeven, de nog steeds droge tranen verwarmden zijn hele gezicht, zodat hij er rood van werd.

'Zo'n mooie jongen mag zo 's avonds laat niet alleen door de gevaarlijkste straten van de stad lopen,' ging de man verder. 'Waar woon je? Ben je van huis weggelopen?'

Bertel ontkende dit heftig. Hij had zowel ouders, een plek om te wonen als een soort bed. In elk geval beddengoed, zolang zijn moeder dat niet ook had verpand om te kunnen gokken of drinken.

'We zijn verhuisd en ik weet niet waar we wonen,' kon hij eindelijk uitbrengen, kwaad vanwege zijn eigen vernedering en vergeetachtigheid. De man lachte droog en klapte hem op zijn schouder.

'Nou, als het niet erger is,' lachte hij. 'Misschien ken ik je ouders zelfs. Gottskalk de Houtsnijder? Dan weet ik waar je eerst woonde, mijn jongen.'

De oplossing kwam als een bevrijding, een zonnestraal van het heldere verstand viel zijn groezelige gevangenis binnen. Natuurlijk! De oplossing was de hele tijd dichtbij geweest. De man pakte zijn hand vast en samen liepen ze in de schemering de stad in.

'Jij hebt warme voeten meer nodig dan ik,' zei de man bedachtzaam, hij leunde tegen de muur en trok zijn schoenen uit, rolde de bruine kniekousen naar beneden en gaf ze aan Bertel, die op blote voeten liep. Zeer onder de indruk van de grootmoedigheid trok hij de kousen aan, wel wetend dat ze versleten zouden zijn voordat ze thuis zouden aankomen.

'Wanneer ze slijten, kun je ze omdraaien,' zei de man.

1781

Willerup keek hem afwijzend aan en Bertel trok zich terug. Willerup en zijn vader Gottskalk waren vijanden. Dat wist hij, want zijn vader klaagde altijd over Willerup, die hem tegenwerkte. 'Willerup is de oorzaak van mijn zwakte!' had hij gisteren zelfs nog gezegd. Nu stond de man in de deuropening die hij helemaal vulde, en hij stonk naar gemorste, gekwijlde pruimtabak en oud zweet.

'Wat is dit in hemelsnaam voor gekras?' zei Willerup en hij wees naar de deur. Bertel strekte zich uit, zowel bang als trots: zijn vader had gezegd dat nu ze geen geld hadden om papier te kopen, hij wel op de muren en deuren mocht schilderen. Dan poetste zijn moeder de schilderijen regelmatig weg. Hij had alles wat hij in de stad zag getekend: schepen, koetsen en gezichten. De woning hing er vol mee. Alleen de vloer kon hij niet gebruiken.

'Dat is de tekentafel van de jongen,' zei zijn vader en hij wees, klopte met zijn nagels tegen de muur. Willerup kwam dichterbij en boog zich zuchtend voorover en liet zijn handen over de tekeningen glijden.

'Niet slecht,' zei hij, hij ging rechtop staan en krabde zijn rug onder de panden van de overjas. 'Niet slecht, niet slecht. Stuur hem naar de heren, dan kunnen ze bekijken of ze hem kunnen gebruiken. Hij is verdorie al beter dan jij, ouwe!'

De moeder van Bertel kwam aanlopen met sterkedrank in het enige mooie glas dat ze hadden. Willerup begon te glimmen, hij sloeg het glas achterover en vertrok zijn gezicht. Hij kreeg tranen in zijn ogen en er verschenen zweetdruppels op zijn voorhoofd, en hij verlangde nog een glas.

Bertel sloop naar buiten. Op de trap waren geen tekeningen. Hij wist niet zeker of het alleen maar goed was dat Willerup positief commentaar had gegeven op zijn tekeningen. Hij tekende immers niet om geprezen te worden. Zijn handen en ogen voerden het zelf uit.

Hij liep samen met zijn vader en hij was trots. De hand van zijn vader rustte in zijn nek en duwde hem vooruit. Ze liepen door de stad alsof ze door een touw het land op werden getrokken. Zoals de boten die in het water achter de fregatten lagen.

Zijn vader maakte een buiging in de deuropening en trok hem mee naar binnen. Nu moest hij stil op zijn hurken en niet in de weg gaan zitten. Houtsnippers van de vloer vegen en behulpzaam zijn. Het was immens saai. Buiten lag de stad, met licht en mensen en er was iets te zien, en hier zat hij, opgesloten en zwijgend.

Er kwam een lange man naar zijn vader toe met wat hout en een tekening, hij wees en legde uit, en de vader van Bertel maakte een buiging en knikte. Nam plaats en legde het hout voor zich neer, verplaatste het met zijn grote handen. Begon uiteindelijk met ijzer hele stukken hout van de stronk te snijden en te slaan. Na een halfuur kon Bertel zien wat zijn vader probeerde te maken. De tekening lag voor hen, bedolven onder overbodige houtsnippers.

Het hout wilde alleen niet hetzelfde als zijn vader. Het kromde. Bertel aanschouwde het met een soort kwelling in beide handen en zijn borst, had hij het echt niet in de gaten? Waarom kwam het beeld verwrongen uit zijn handen? Dat was toch niet de bedoeling!

Zijn vader liet het hout even rusten, wreef in zijn handen en strekte de hele tijd zijn vingers. Bertel pakte het gereedschap vast en woog het in zijn handen, streek over het arme mishandelde hout en probeerde er een gezicht in te zien. Het moest immers naar buiten komen. Dat was het werk van zijn vader. Als zijn vader het niet kon, zouden ze omkomen van de honger.

Pas toen zijn vader een hand op zijn schouder legde en hem door elkaar begon te schudden, begreep hij dat hij iets onvergeeflijks had gedaan. Het gezicht was tevoorschijn gekomen en hij had de gelaatstrekken erin verbeterd. Nu leek het snijwerk op de tekening. Zijn vader pakte hem het hout af en droeg het onder zijn arm weg. Bertel zag het nooit meer.

Hij wilde zich niet schamen. Hij had zijn vader niets afgepakt. Hoe kwam het toch dat zijn vader dat niet ook zo zag? Bertel rommelde wat op de vloer en vond een kooltje, brak het tussen zijn tanden en begon te tekenen. Gezichten, handen, gelaatstrekken. Alles zat in zijn eigen vingers. Niet in die van zijn vader.

Willerup kwam naar hen toe en het viel Bertel op dat de handen van zijn vader trilden. Hij deed alsof het niet belangrijk was, maar Willerup moest het gezien hebben. En waarom trilde hij? Bertel zat gewoon te wachten. Misschien zou hij complimenten krijgen. Misschien zou Willerup ook kwaad op hem worden, net zoals hij af en toe kwaad op zijn vader was.

'Man, doe er verdomme toch wat aan,' zei Willerup stil. 'Die knul is nu al beter! Geef Gottskalk de opdracht om een leeuw te snijden en hij maakt een schoothondje. Geef die jongen de opdracht om een hond te snijden en hij maakt een leeuw.'

Het wachthuisje naast het standbeeld Het Paard op het plein Kongens Nytorv lokte hem. Meestal liep hij naar het hoofdgebouw om de wisseling van de wacht te bekijken en daarna ging hij verder naar paleis Amalienborg. Dat was dicht genoeg bij het plein Larsens Plads, waar zijn vader werkte.

De dag ervoor was hij door een boze man met een stok geslagen, omdat hij honger had gekregen en een paar rijpe peren in het vizier kreeg die over een hek hingen. Hij was omhooggeklommen en had de peren naar zich toe getrokken, maar tegelijkertijd was de man onderweg naar buiten door de deur van de schutting, dus geen peren voor hem, alleen een pijnlijke schouder. Hij ontsnapte, maar onthield de plek, misschien kon hij toch een paar peren veroveren. Zijn moeder had iets goeds nodig, ze at verder vooral pap vanwege haar tanden. Hij zou de peren voor haar in schijfjes kunnen snijden en haar ermee voeren!

Het wachthuisje stond leeg en lokte hem. Drie andere jongens kwamen dichterbij, ze waren jonger dan hij, maar hij kende hen van gezicht, ze waren vaak langs Strøget te vinden, waar Bertel kwam als hij in de wijk Frederiksstaden was. Hij ging in het wachthuisje staan en salueerde strak, de anderen lachten, pakten het huisje vast en draaiden het in het rond alsof hij in een draaimolen stond. Ze gilden en lachten, en uiteindelijk gooiden ze het wachthuisje ondersteboven, en met het huisje viel Bertel, die al lachend opstond en uit zijn schuilplaats probeerde te komen.

Hij zag niet eens de soldaat aankomen die hem te pakken nam. De man greep hem bij zijn lange, krullende haar, maar sloeg niet op Bertel in, hij hield hem gewoon goed vast. Hij strompelde, overmand door de pijn, het hoofdgebouw binnen. Daar kon hij even afkoelen, zei de soldaat, ze zagen er in hun uniform allemaal hetzelfde uit. Bertel nam plaats op het krukje in het arrest en probeerde de zaken in zijn hoofd weer op een rijtje te krijgen. Was het echt zo erg wat hij had gedaan? Verdiende hij het om hier te zitten? En wat zou Gottskalk zeggen? En zijn moeder?

1781

Hij wist niet wat er van hem verwacht werd. Hij wist alleen dat zijn vader hen *respectabele mensen* noemde en dat ze gevaarlijk waren. Zijn vader hield zijn muts vast en stond met zijn benen gespreid, met een alerte blik onderzocht hij de gezichten van de onbekende mannen. Waren ze iets goeds of iets slechts met hem van plan?

Zijn vader was nuchter. Nuchter, boos en bang. De onbekende mannen hadden hem in hun macht. Hij zou Bertel niet eens probéren te slaan. Niet zolang de twee mannen hem stonden aan te staren.

Bertel had niet eens een muts die hij kon afnemen. Hij had geen schoenen aan zijn voeten, die heerlijk onder het vuil zaten. Des te vuiler, des te warmer. De lente was grijs en onvriendelijk, niet iets om grapjes over te maken. Hij wilde eigenlijk het liefst gaan zitten, dan zou hij zijn voeten omhoog doen, ergens waar ze de koude vloer niet zouden raken.

'Laat de heren maar zien wat je kunt, mijn jongen,' zei zijn vader met een geheel nieuwe stem, die vals klonk. Bertel schaamde zich. Hij bloosde en kroop ineen. Zo hoorde zijn vader niet te klinken!

'Laat de goede heren nu zien hoe goed je bent! Dan kun je hier weg en een ambacht leren.'

Bertel stond nog steeds ineengedoken, dus zijn vader gaf hem een goedmoedige tik met zijn muts. Vergeleken met normaal was het een domme, krachteloze tik, maar Bertel deed een stap naar achteren en bloosde nog meer. Nu wisten ze immers hoe ze met elkaar omgingen. Hij wilde hun helemaal niets laten zien.

Ze bleven even zo tegenover elkaar staan, vader en zoon, reus en dwerg. Toen draaide zijn vader zich om, pakte een van de onafgemaakte stukken en hield het demonstratief voor zich.

'Mijn zoon is verlegen, maar kijk hier eens – hij heeft de fijnste vingers, hij kan zien hoe hij moet snijden, hij heeft het allemaal in zijn hoofdje, hij is niet zoals wij anderen. Kan hij een ambacht leren en een behoorlijk salaris krijgen?'

Zijn vader keek de voorname heren vragend aan, van wie er een nu behoefte had om een plukje pruimtabak uit een alleraardigst blikje te pakken. Bertel ging op zijn tenen staan om het beter te kunnen zien. Het blikje was beschilderd. Hij wilde zo graag de beschildering zien. Waren het bloemen? De man moest om hem lachen en gaf hem het blikje, en hij draaide het voorzichtig in het rond. Moet je je voorstellen dat je zoiets moois bezat en dat je het dan alleen gebruikte voor tabak. Hij zou zijn mooiste bezit erin bewaren. Maar wat was dat?

Hij had een keer een hond gevonden die geen baasje had. Hij noemde hem Isis naar een gravure die hij ooit had gezien. Drie dagen nadat hij Isis mee naar huis had genomen, verkocht zijn vader de hond aan een schipper voor een fles rum. Als hij Isis heel klein had kunnen toveren, had hij hem kunnen beschermen tegen zijn vader.

Op een dag zou hij al het onmogelijke gaan doen. In elk geval een hond kopen die niemand zou kunnen schoppen, vermoorden of verkopen.

'We nemen de jongen mee,' zei een van de voorname heren, maar de vader van Bertel spreidde zijn handen en brulde lachend: 'Zo, dus jullie denken dat jullie hem zomaar kunnen meenemen! Een spelletje met hem kunnen spelen en hem daarna eruit kunnen gooien? Hem gebruiken voor walgelijke orgieën en mijn enige zoon in de vernieling helpen? Mijn enig kind?'

'Dit is ondraaglijk,' zei de voorname heer met het blikje pruimtabak. Hij draaide zich om, pakte de elleboog van Bertel stevig vast en probeerde hem met zich mee te trekken, maar Bertel kon niet weggaan zonder de toestemming van zijn vader. Dan zou hij de volgende keer dat hij weer op Larsens Plads kwam, invalide geschopt worden.

'U kunt rustig meegaan, Gottskalk,' zei de man en hij legde zijn kleine hand op de enorme schouders van Bertels vader. Bertel wist waarmee zijn vader te lokken was. Minimaal een glas brandewijn. Voor een fles brandewijn was hij bereid om zijn eigen kind te verkopen.

Hij moest met zijn vader meegaan. Gelukkig was zijn moeder thuis om haar roes uit te slapen. Anders was ze uit het veld geslagen geweest en had ze zitten brullen en blèren.

Ze liepen met z'n vieren en Bertel probeerde zijn hand in die van zijn vader te stoppen, maar die schudde zich los en pakte in plaats daarvan de kraag van Bertel stevig vast. Alsof hij bang was dat zijn zoon anders niet mee zou lopen. In een rijtuig had Bertel nog nooit gezeten. Hij stak zijn hoofd naar buiten om te zien hoe snel ze reden en hij zwaaide naar de mensen die op de stoep liepen. Dacht hij het niet, ze gingen naar Kongens Nytorv, naar de Academie. Zijn vader had hem zowel gelokt als gedreigd met dit geweldige gebouw. Tot nu toe had Bertel er alleen naar gekeken als naar alle andere mooie panden in de stad, een natuurfenomeen, een berg of een klif. Hij wist wel dat er binnen mensen woonden, ze kwamen immers door poorten en deuren naar buiten, maar ze konden daar binnen onmogelijk op dezelfde manier leven zoals hij samen met zijn ouders leefde.

Met zijn vuile voeten besteeg hij de grote, bleke trappen en trad een enorme kamer binnen waar klei op een tafel lag, klei en stokjes. Portretten en gezichten. Sommige in gips gegoten, voor zover hij kon voelen. Ze waren helemaal nieuw en helemaal niet stoffig. Zo mooi. Hij liet zijn handen over de gezichten glijden en drukte zijn vingers in de klei, maakte zijn handen nat en pakte een klomp vast. Vormde hem en kneedde hem. De klei werd steeds zachter en hij begon te neuriën.

Wie zou hij maken? Hij keek van de een naar de ander, maar hun gezichten waren mooi en mat. Er waren geen bijzondere gelaatstrekken te vinden. Bovendien kende hij hen niet. Hij nam het gezicht van zijn vader, dat hij kende van de stoppels op de trillende wangen tot de bloeddoorlopen ogen. De naar foezel stinkende mond met de losse tanden en het warrige, stugge haar.

Hij had nog nooit stokjes kunnen gebruiken bij zijn werk. En de klei was zo fijn, zo fijn. Hij leek totaal niet op de klei die zijn vader aan hem gaf. Zijn vingers gleden weg, hij gebruikte veel te veel kracht.

Hij leek op zijn moeder. Dat zei ze zelf te pas en te onpas. Nu vond hij echter dat hij de gevoelens van zijn vader kon lezen. Onrust, schaamte en hoop. En grote angst dat een van de voorname heren hem in de maling zou nemen. Wat zou zijn moeder ongelukkig worden als dit mislukte. Ze huilde al bij het minste of het geringste. Als hij afgewezen zou worden, zou ze zelfmoord plegen.

Achter zich hoorde hij de stem van zijn vader. Nu was hij bezig met het gebruikelijke riedeltje: hij was een man uit een groot geslacht en de zoon van een dominee, zijn geslacht was nog steeds belangrijk op IJsland, zijn geslacht ging terug tot in de middeleeuwen en het waren alleen vrije mannen, krijgers en dominees. Hij was goudsmid, maar nu onderhield hij zichzelf als houtsnijder, hij kon met grote en kleine formaten werken, en hij was goed. Híj had alle spiegellijsten voor graaf Schimmelmann gesneden! Nu werkte hij op Larsens Plads, op het terrein van de Oost-Indische Compagnie. Dat was slechts tijdelijk. Hij wilde in het havengebied Holmen werken! Hij wilde met belangrijke oorlogsschepen werken! Fregatten en korvetten!

'Ik heb de leeuw gezien die Gottskalk probeerde te maken voor de graaf,' zei een van de voorname heren met een lach in zijn stem. 'Dat werd een alleraardigste poedel.'

Toen liet hij de klei liggen en sloeg met zijn handen op de tafel. Hij moest zijn vader redden. Gottskalk stond zeer nietig voor hem. Niet de drankzuchtige vader met zijn muts in zijn hand, maar de man uit het grote geslacht, zoals hij zelf zei. Zijn vader kon zowel lezen als schrijven.

Ze haalden zijn vader bij hem weg. Sneden hem los van de tafel en verplaatsten hem. Vader en zoon stonden weer tegenover elkaar, maar Bertel wilde niet naar hem opkijken. Hun hele leven hing af van dit antwoord. Bertel twijfelde niet.

'Denk eraan, voordat je je te veel in je hoofd haalt,' zei Gottskalk tegen hem. 'Dit is alleen de tekenklas. Maak je geen illusies! Je krijgt alleen 's avonds les. Overdag ben je van mij! Je moeder en ik kunnen je salaris niet missen. Je smeersels zijn dan wel in de smaak gevallen bij Willerup en de anderen, maar je zult nooit een kunstenaar worden. Je zult je vader opvolgen en beter worden dan hij. Je zult Willerup van zijn troon stoten!'

Bertel wist dat tegenspraak niet mogelijk was.

1783

Hij was nog niet helemaal wakker toen hij op de vloer viel, maar de pijn op zijn hoofdhuid dwong hem om zijn ogen en zijn mond te openen. Hij kreeg geen lucht, geen geluid in de schreeuw. Hij werd over de vloer gesleept, over een drempel, de woonkamer in.

In de woning waren alleen die twee kamers, nu was hij in dezelfde als zijn ouders. Het plafond was hier heel laag. Zijn vader kon er nog maar net rechtop staan. Nu hing er in de kamer een stank en de luiken voor de twee ramen waren gesloten.

Het eerste wat hij gewaarwerd, was het gezicht van zijn moeder, wazig en bevend. Ze zat ook op de vloer, maar dat was niet zo vreemd; wanneer ze dronken was, kon ze niet zelf opstaan, maar dan lag ze, sliep ze en poepte en plaste ze op de vloer.

Haar jurk was tot boven haar knieën omhooggetrokken en haar benen waren naakt, geschramd en versleten. Ze kroop achterwaarts bij Bertel vandaan tegen de muur aan. Bertel probeerde achter haar aan te gaan, maar het was te laat.

'De schoft wil naar de Academie,' brulde zijn vader ergens boven hem. Nu begreep hij het. Zijn vader zorgde voor de angst. Hij had eerst zijn vrouw geschopt en op haar gestampt, en toen ze er zich niet meer tegen kon verzetten, had hij zijn zoon opgehaald.

'Hij wil zijn vader wegvagen, hij wil naar de respectabele mensen, heb je ooit zoiets gehoord? Is het mijn zoon of heb je hem ergens vandaan? Lijkt hij op mij?'

Ze huilde en jankte zachtjes, het snot stroomde uit haar neus en ze beefde, maar ze gaf geen antwoord. Bertel durfde zich niet te bewegen. Hij lag midden op de vloer, helemaal ineengedoken, en beschermde zijn hoofd. Al het andere zou je enige tijd kunnen missen, maar niet je hoofd.

'Schoft, schoft, dief!' riep zijn vader. Nu kwamen de schoppen, maar zijn vader had zijn schoenen uitgetrokken, dus hij werd alleen geraakt door zijn blote voeten.

Bertel begreep het niet meer. Zijn vader was toch zelf met hem meegegaan naar de Academie? Waarom was zijn vader zo woedend?

De schoppen waren niet zo hard, maar zijn vader bleef doorgaan, grommend verbeten, en Bertel probeerde niet te jammeren. Bij elke schop gleed hij verder over de vloer, richting zijn moeder die langs de muur wegkroop.

Nu kon hij niet verder.

Hij probeerde zich om te draaien, zodat niet alle schoppen dezelfde ribben zouden raken, maar zijn vader was alert en pakte hem vast, een enorme hand gleed in zijn grote haarbos, trok hem omhoog en pakte een van zijn weerloze handen.

Zijn mond ging open uit wanhoop, dit had hij niet verwacht, dit was te erg. Zijn vader hield zijn rechterhand tussen zijn vingers en brak zijn vingers achterover, geluidloos.

Hij keek omhoog in het halfduister naar het gezicht van zijn vader, maar hij kreeg geen contact. Hij was geobsedeerd door de mishandeling alsof hij hout aan het snijden was, moeizaam en met de beste wil, maar slordig en niet precies.

Nu zou hij ervoor zorgen dat Bertel nooit op de Academie zou komen. De pijn was onverwacht, vreselijker dan ooit en hij rukte en trok aan zijn gebroken hand. Uiteindelijk dook een nieuw gevoel ergens helemaal achter in hem op, een zwart en gebald, ijskoud gevoel van woede.

Hij was de enige nuchtere persoon in de kamer. Dat moest hij benutten.

Hij strekte zich naar voren en zette zijn tanden in de grote duim van zijn vader en beet door. De schreeuw was erbarmelijk en Bertel wrong zich los. Hij bukte en kroop langs zijn moeder, kwam langs zijn vader, door de deur naar buiten en verder naar de trap.

Het stonk er, maar hij was wel vrij.

Hij rende naar beneden de binnenplaats op, rende al struikelend door de koetspoort van het voorhuis de straat op, de zwarte nacht in met sterren aan de hemel. Zonder terug te denken en zonder iets anders te kunnen voelen dan de kloppende pijn in zijn hand en zijn koude voeten, liep hij wankelend de eerste de beste straat in, op zoek naar een schuilplaats. Honden blaften naar hem en door de wind begon hij te klappertanden.

Hij liep een scherpe hoek om en liep recht op een smalle opening tussen twee grote huizen af, zijn knieën knikten en hij viel voorover, hij had niet veel kracht meer over en het maakte hem niets meer uit.

Hij trok de pijnlijke hand vrij nadat hij was omgevallen, en hij hield hem voorzichtig vast. Zijn vader was er misschien op tegen dat hij op de Academie kwam, maar nu was er geen weg terug. Niemand zou hem kunnen tegenhouden. En zijn vader al helemaal niet.

1786

Hij stond te turen naar de enorme poort van paleis Charlottenborg, waar de kunstacademie zich bevond. Zijn vader had beloofd om met hem mee te gaan, maar dat kon niet omdat hij dronken en gewond thuis lag, en zijn moeder lag te huilen om haar eigen ellende.

Dus hier stond Bertel alleen en wilde door de poort naar binnen, maar hij vond zichzelf veel te klein en onbeduidend. Waren daarbinnen anderen zoals hij? Zijn moeder had een paar klompen voor hem geregeld, afgestaan door de man die in het voorhuis woonde. Ze waren te groot, maar het was schoeisel. Nu moest hij zich binnen melden, alsof hij op zeer jonge leeftijd soldaat was geworden.

Hij had de tekenklas met goed gevolg afgerond en nu mocht hij verder naar de modelklas. Gottskalk was bang dat hij zou vergeten om voor zijn vader te werken, maar vanaf deze dag mocht hij toch ook wel een beetje aan zichzelf denken. Vond hij. Hoewel zijn vader hem op het hart gedrukt had dat hij nooit een kunstenaar zou worden. Alsof analfabetische jongens op blote voeten, zonen van ellendige dronkaards kunstenaar zouden kunnen worden! Jens Juel, Preisler, Virgilius Erichsen en Pilo waren kunstenaars. Dat waren respectabele mensen. Bertel was gebonden aan de plek die van zijn vader was geweest. Hij moest alles, van galjoenen tot fregatten, snijden en misschien zelfs het hoofd buigen voor Willerup.

Daarom wilde hij schilder worden. Nee, hij wilde niet hetzelfde als de grote Wiedewelt, hij zou in elk geval geen beeldhouwer worden! De wereld had immers Wiedewelt al. Er was geen behoefte aan meer beeldhouwers! Hoeveel beelden zou je mogen maken? Wiedewelt had zijn grote werk, een koninklijk grafmonument, er was geen ruimte voor anderen. Bertel hield van tekenen. Hij wilde schilder worden. Punt uit. Als het mogelijk was, zou hij Abildgaard graag als docent willen hebben. Hoewel Abildgaard schilderde, maar het liefst beelden wilde snijden.

Abildgaard was de enige die hem aan zichzelf deed denken, aan zijn vader en aan zijn wereld. De anderen leken op respectabele mannen zoals Willerup, maar Abildgaard droeg lang, ongepoederd haar tot over zijn schouders. Abildgaard sprak op dezelfde manier als zijn vader.

Hij verzamelde moed en liep langzaam naar binnen om te genieten van zijn eigen overwinning. Binnen de poort zat een oude man zonder tanden, hij staarde Bertel aan en prikte hem met een stok.

'En wat wil hij? Wiens loopjongen is hij?' vroeg hij scherp.

Bertel kuchte, werd rood en razend, waarom had hij de man niet meteen gezien en hem begroet? Hij maakte een elegante buiging, zoals hij voorname heren had zien doen, hoewel hij klompen droeg, en hij legde uit dat hij was aangenomen in de modelklas nadat hij de eerste tekenklas had afgerond.

'Nemen ze nu ook al baby's aan?' vroeg de man en hij begon joelend en hysterisch te lachen. Bertel hield zijn tanden stijf op elkaar. Zou hij nu moeten beweren dat hij dertien was? Dat zou niemand geloven, hij had nog niet de baard in de keel. Aangenomen op de Academie was hij wel. Kind of geen kind.

Hij twijfelde een beetje aan zijn studiegenoten. Ze deelden andere ervaringen, ze hadden een ander bestaan. Zelfs nu hij een zekere waardigheid had verworven, was hij niet zeker. Af en toe was hij ervan overtuigd dat hij het beste kon gaan trouwen en verhuizen, zodra de mogelijkheid zich aandiende.

Dat vond Abildgaard echter pure nonsens. Hoe moest hij een vrouw onderhouden? Door galjoenen te snijden op Larsens Plads zoals de oude Gottskalk? Abildgaard was verlaten door zijn vrouw, nu zat hij met een langdurige, afschuwelijke scheiding, alleen, kinderloos en teleurgesteld. Bertel was ervan overtuigd dat Abildgaard bang voor vrouwen was.

'Ken je dan één vrouw die met jou zou willen trouwen?' vroeg Abildgaard vriendelijk en hij gaf hem met zijn hand een tik op de schouder en het losse haar. Bertel bloosde en keek opzij. Er waren genoeg vrouwen. Wanneer kon je trouwen? Leden van de koninklijke familie trouwden vrij jong. De kroonprinses was net getrouwd, ze was nog maar veertien, en tegen haar wil, voor zover Bertel wist.

Nou, dat was dus geen oplossing voor zijn problemen.

Bertel luisterde en observeerde alle nieuwe mensen die deel uitmaakten van zijn omgeving. Ze wisten hoe ze zich moesten gedragen. Op alle punten waren ze hem de baas. Hij deed hen na en verbaasde zich. Als hij een moment alleen kon veroveren, oefende hij als een danser voordat hij moest optreden, de juiste bewegingen.

Hij was zeer sceptisch toen zijn vrienden hem meenamen naar het theater. Niet dat het iets uitmaakte, hij discussieerde over het repertoire en de toneelspelers met een kennersblik, want dat deden ze allemaal. Zijn vader vond alleen dat toneel onzin was, waar je geen tijd, geld of energie aan moest verspillen. Dus hier zat hij zij aan zij met zijn vrienden in het parket en hij voelde zich ongemakkelijk. Deze enorme ruimte, deze afstand tussen licht en duisternis, buiten en binnen, toneel en theater. Hoe kon iemand zich voor de gek laten houden?

Uiteindelijk kwam er leven op het podium en hij probeerde te luisteren en zich te interesseren, maar het lukte hem niet. Ze zaten op harde stoelen naar een dikke, oudere vouw te staren, die met een wit geschminkt gezicht deed alsof ze een naïef meisje was. Ze had een mooie, maar schorre stem en ze maakte met haar armen vreemde gebaren die hij niet mooi vond.

Was dit echt kunst? Kunst op hetzelfde niveau als de schilderijen van Abildgaard? Hij voelde schaamte namens de mensen die elke avond moesten proberen in hun levensonderhoud te voorzien door geaffecteerd te gebaren en slechte verzen op te zeggen. Het liefst wilde hij weggaan, thuis zou hij de tijd op een betere manier kunnen doden. Hij kon echter onmogelijk weggaan.

Toen kwam de beweging die hem greep – een jonge toneelspeelster draaide zich woedend om en liep het schuine podium op met kleine, driftige stappen. Ze trok haar schouders al lopend op en hij kon zien dat ze hard en kort ademhaalde. Ze was echt kwaad. Ze speelde het gevoel niet.

Die schouders moest hij tekenen. Hij moest haar naakte achterkant tekenen, kwaad en teleurgesteld. Hij legde zijn rechterhand op zijn bovenbeen, maar kon hem niet stilhouden. Op de achterkant van de stoel voor hem tekende hij met zijn nagel haar rug, als in een droom. Hij kon zich herinneren, tegen zijn wil in en tevens verbaasd, dat zijn moeder Karen zo liep als ze bij zijn vader wegging. Wanneer ze weer was teleurgesteld. De herhaling maakte het gevoel niet minder.

Waarom moesten schilderijen altijd iets voorstellen? Hij wilde graag alle gevoelens tekenen en de mensen zouden ze toch wel herkennen. Ze waren namelijk echt.

1787

Hij had zich eerder nooit geïnteresseerd voor zijn leeftijd, maar de priester van de Holmenkerk bij wie hij belijdenis zou doen, vond dat wel belangrijk. Was hij niet al zestien jaar oud en onwetend over het christendom? En wie ging dat wat aan? Hij dacht dat de dominee het geloof zou uitleggen bij de belijdenis.

Hij zat als tweede in de bank, had hij niet de zilveren medaille van de Academie ontvangen? De priester sprak hem zelfs met monsieur aan. Op alle andere plekken was dat goed en nuttig geweest, maar hier niet. De anderen moesten lachen.

Het was de lente van 1787, hij was theoretisch gezien volwassen en hij verdiende zijn eigen geld. Als hij tenminste opdrachten had. Hij had altijd zijn tekengerei en papier bij zich, binnen enkele minuten kon hij een portret van mensen tekenen die het zich niet konden veroorloven om door echte schilders geschilderd te worden. Wanneer hij bij mensen at die zijn vader respectabel noemde, tekende hij hen als dank voor de maaltijd – en meestal kreeg hij de restjes mee naar huis voor zijn honden. Jazeker, hij had nu honden en niemand durfde hem die af te pakken. Hij kon ze te eten geven, ze waren zijn vrienden en beschermers tegen het kwaad. Het was niet moeilijk om lief te hebben, laat staan genegenheid door te geven. Hij kon dat wel, als enige thuis.

Abildgaard keek meestal sceptisch naar zijn tekeningen en legde hem uit dat hij moest streven. Het was altijd hetzelfde. Streven naar schoonheid en waarheid. Niet gewoon een gezicht natekenen! Niet gewoon de werkelijkheid imiteren!

'Anders wordt de knul gewoon een tweede Jens Juel!' zei Abildgaard giechelend. Bertel kende de naam, maar had nog nooit het lef gehad om bij een kunstenaar te durven komen. Zijn studiegenoten konden dat wel en deden dat, Bertel vond het schokkend overmoedig.

'Alleen maar mooie rozen, opgestoken haar, kant en jabots. Stralende meisjesogen en rode wangen,' zei Abildgaard en hij spreidde zijn handen, 'en af en toe, slechts af en toe een mooi landschap met wat neponweer op de achtergrond! Juel laat immers alleen zien wat je van tevoren al kunt zien.'

Bertel kuchte en liet de tekeningen zien die hij thuis had gemaakt. Tekeningen van Willerup, buren en de dominee van de Garnisonkerk. Een enkele kapitein van de vloot van scheepsbouwer Lars Larsen had hij ook getekend. De tekeningen waren stijf, maar ze leken onberispelijk. Abildgaard pakte ze vast alsof hun onbeholpenheid door zijn huid kon dringen, zijn bloedbaan in, hem kon verontreinigen en zijn talent koudvuur bezorgen.

'Wat moet ik in hemelsnaam aan met deze boel?' fluisterde hij.

'Mijn vader Gottskalk zegt dat je met dit soort tekeningen een leuk zakcentje kunt verdienen,' zei Bertel met doodsverachting. Hij kon de uitspraken van zijn vader op niemand anders testen dan op zijn docent.

'Een aardig zakcentje,' herhaalde Abildgaard en de huid rond zijn mond trok samen. Hij pakte het bovenste vel papier en draaide het om met de achterkant naar boven, zodat alle andere verborgen lagen, alsof hij de wereld het ongelukkige beeld wilde besparen.

'U moet de tijd schilderen – en wat nog niemand heeft gezien. Juel schildert gezichten, ik schilder de tijd. Er moet pijn op het doek staan! Je zou met de figuren op de schilderijen mee moeten kunnen kermen van de pijn.'

Bertel vond dat hij moest gaan leren afbeelden. Dan zou de pijn later wel komen. Voorlopig was hij blij dat hij de pijn op afstand kon houden. Die kende hij maar al te goed.

Hij pakte de portretten en stopte ze in de linnen map van zijn vader. Dat kon geen kwaad.

'Uw andere tekeningen zijn veel beter,' zei Abildgaard – met de rug naar hem toe, alsof hij zich wat schaamde, alsof hij in elk geval spijt had van zijn onvriendelijkheid.

Bertel kwam gehoorzaam met de andere schetsen. Wiedewelt haatte ze. Ze waren helemaal verkeerd. Slordig en losjes, gewoon schetsen. Zo vatte hij de wereld om zich heen echter op – een beweging kon zijn blik vangen en een ware obsessie vormen, totdat hij haar tekende. Een mooie schouder, een glimlach, een bos krullen of een naar achter gerichte degenpunt. Zelfs de manier waarop mensen liepen kon zijn blik vangen en hem duizelig maken van de indrukken.

'U moet zo tekenen, want zo blijft u zichzelf,' zei Abildgaard en hij keek over het hoofd van Bertel heen, die zijn aandacht probeerde af te leiden door door zijn haar te strijken.

'Alle andere docenten zijn dwazen,' zei Abildgaard en hij wees naar zijn Amor. 'De juiste degenzwaai in de benen van de beelden is voor hen het belangrijkst. Hoe zit dat met in het motief dringen en het onafwendbaar maken?'

Bertel kon niet loskomen van die uitdrukking. Het onafwendbare was op zichzelf onafwendbaar. Vooral omdat hij heel goed wist wat het wilde zeggen om gegrepen te zijn door een indruk. Maar het herscheppen?

Bertel kopieerde zichzelf in Amor. Hij had alleen zichzelf en een spiegel. Zijn haar was lang en krullend, net als dat van Amor. Met een zilveren medaille van de Academie kon hij beschouwd worden als gezel. Dat zou zijn vader moeten kunnen begrijpen. Gottskalk was trots geweest toen hij hoorde dat de priester hem monsieur had genoemd. Dat was nog nooit iemand in zijn familie overkomen.

Misschien zou zijn vader zelfs een pruik voor hem kopen, zodat hij op Willerup zou gaan lijken, hoewel hij nog maar een jonge man was. Dan zouden de mensen op straat kunnen denken dat hij uit een echte familie kwam.

1789

Hij werd na slechts enkele uren geslapen te hebben wakker door het geluid van haar stem. Hij hoorde de deur naar de trap en er kwam een beetje frisse lucht binnen. Alle ramen stonden open. Het was vochtig in de kamer en hij keek om zich heen. Hij lag op de vloer. De bedden waren weg, net als zijn vader.

'Is er iemand? Bertel? Ik ben het, Kamma!' klonk haar scherpe stem vanuit de deuropening. Ze klonk een beetje bang en zeer verbaasd. Waarom kwam ze hier? Zijn leerling, zijn respectabele heerlijke leerling Kamma. De zus van Stephen. Karen Margrethe uit de rijke Hegerfamilie. Zijn privéleerling. Zijn talentvolle privéleerling.

Wat deed ze hier in hemelsnaam? Hij ging normaal gesproken naar haar toe. Dan stond hij lange tijd te wachten voordat hij binnen werd geleid bij zijn leerling. Een volmaakt respectabel huis, dat van de Hegers, ook al werd gezegd dat de echtgenote, de moeder van Kamma, opgesloten leefde in één zolderkamer. Omdat ze krankzinnig was of als straf voor overspel. Naar dat soort dingen vroeg je niet.

Bertel stond midden in de kamer, naakt als een Griekse god, met zijn haar hangend voor zijn gezicht. Hij haalde eerst het ergste weg, streek zijn haar achter zijn oren en bedekte zijn geslacht met een vuil laken. Alles had zo aantrekkelijk geleken, toen Stephen hem de eerste keer thuis had uitgenodigd. Ze zaten immers naast elkaar in de figuurklas op de Academie. Stephen was lui, onwillig, slordig en droomde over allerlei uitwegen, en hij kwam uit de meest respectabele familie die Bertel zich kon voorstellen. Stephen had voorgesteld dat hij Kamma kon leren tekenen. Ze had ongetwijfeld meer talent dan haar broer, ze had zijn plaats op de Academie moeten krijgen, beweerde Stephen.

Kamma was op zoek naar haar tekenleraar. Hij had verdorie zelf het vroege tijdstip met haar afgesproken. Ze kwam zijn woning binnen met haar nette kapje, haar fantastische gele jurk met een zijden riem onder haar borsten, met een klein sieraad om haar hals, met schoenen van saffiaanleer aan haar voeten.

Bertel bleef verlamd staan en knipperde met zijn ogen. Nu kon hij zich eindelijk de nacht herinneren: zoeken naar zijn moeder, kroeg na kroeg, uiteindelijk vond hij haar op de wal in de wijk Christianshavn, zijn vader had haar naar huis gedragen. Ze moest ergens in de kamer liggen. De bedden waren wel weg, zou ze die verkocht hebben?

Hij sloeg het laken om zich heen en probeerde Kamma te roepen, die bij de deur stond die ze niet achter zich dicht durfde te doen. Onder haar arm hield ze het papier dat ze moesten gebruiken. De tafel was er nog wel en twee stoelen. Daar konden ze zitten. De deur naar het piepkleine hokje van Bertel was dicht. Hij kon zich niet herinneren hoe het er daarbinnen uitzag, maar Kamma moest eerst gerustgesteld worden.

'Ik ben thuis,' lukte het hem uit te brengen. Als ze nou maar niet wegging en haar vader het contract liet verbreken.

Hij ging naar haar toe, hij keek voorzichtig waar hij zijn voeten neerzette en gaf haar een hand. Ze glimlachte blozend, haar hele spitse gezicht trilde en ze pakte zijn hand stevig vast.

'Pas op, je mag niet op mijn moeder stappen,' zei hij toen ze haar kleine gele voet midden op een laken neerzette. Ergens op de vloer, verstopt onder smerige lakens en dekens, moest zijn moeder liggen. Momenteel was ze vel over been, de poep liep direct door haar heen als bruin water, haar buik was opgezwollen.

Kamma liep achter hem aan. Ze keek nauwkeurig waar ze haar voeten neerzette. Priamus kwam van zijn plek, schudde zich los en blafte naar haar, en Kamma liet Bertel los om de hond een kus op zijn snuit te geven. Priamus had in de ene hoek gepoept, zag hij nu. De tafel was bezaaid met allerlei dingen van zijn vader: tabak en verf, miniaturen en papier, gemorste thee, een open boek waarop een theekop stond, een paar boetseerstokken, kaarsvet en stompjes kaars die hij om moest smelten in nieuwe kaarsen... niets kon verplaatst worden, alles stond stijf vast in gemorst bier en oud stof.

Hij zette Kamma op zijn bed in het kamertje en keerde terug naar de woonkamer. De kist en de bedden waren verdwenen. Zijn moeder had ze vast verkocht om geld voor sterkedrank te krijgen. Zijn kleren lagen op een hoop, althans het merendeel, maar zijn kousen en schoenen waren weg. Die had ze ook van de hand gedaan.

Hij trok zijn jas aan zonder een overhemd eronder en stapte in zijn vieze kniebroek. Die zag er grappig uit zonder kousen. Nu was hij tenminste netjes aangekleed. Hij draaide zich om om terug te gaan naar zijn leerling – en liep in plaats daarvan tegen zijn moeder aan. Ze was opgestaan en droeg nog steeds een hemd, ze was een grauw skelet dat haar haar probeerde te kammen met haar vingers. Hij wilde haar voor geen goud in de ogen kijken.

'Zo, dus de goede jongeman heeft bezoek van zijn vriendinnetje?' zei ze lachend. 'Hij is zo knap, mijn jongen. Het is een mooi dametje. Kun je er geen geld voor vragen? Toen ik jong was, kon ik er geld voor vragen, dat waren nog eens tijden.'

Hij luisterde uit alle macht of de schorre stem van zijn moeder door de gesloten deur naar Kamma kon dringen. Als ze zijn moeder zou horen, zou ze zich doodschamen. Respectabele mensen zoals zijn vader hen noemde.

'Waar zijn je kleren, moeder?' vroeg hij en hij frunnikte aan het hemd. Het beddengoed lag op de vloer, maar er was geen spoor te bekennen van haar jurk. Ze keek naar hem op met bloeddoorlopen ogen, zonder te begrijpen wat hij bedoelde. Toen vielen zijn ogen op de tafel, waaronder een bruinachtig hoopje lag. Dan was er waarschijnlijk nog iets waar hij haar mee kon bedekken. Hij wilde zijn moeder ondersteunen naar de tafel en een stoel, maar ze maakte zich los met één harde beweging, ze bleef staan waar ze stond.

'Ik moet naar de wachter om Gottskalk aan te geven,' zei zijn moeder tegen zichzelf. 'Hij heeft mijn goede kleren gestolen en verkocht, ik wil het geld hebben, hij moet niet denken dat hij mijn dingen kan afpakken en sterkedrank van het geld kan kopen!'

'Moeder, we hebben bezoek!' probeerde Bertel, maar ze zag hem niet meer staan.

'Hij moet veroordeeld worden tot een werkstraf! Je vader is een misdadiger! We zijn niet getrouwd, hij heeft niet het recht om mijn dingen af te pakken!'

Ze had een schelle stem en hij wist dat het geen zin had om tegen haar te zeggen dat ze stil moest zijn. Straks zou ze zichzelf zo uitgeput hebben dat ze rust zouden krijgen. Hij drukte zich langs haar heen en liep naar zijn kamertje.

Kamma zat op de rand van de stoel met het papier op haar knieën en deed alsof ze zat te schetsen met het krijt. Aan haar ranke rug kon hij wel zien dat ze alles had gehoord. Nu ging ze vast weg. Nee, ze keek naar hem op, geheel opgelucht. Ze had haar kapje afgedaan, die hing aan een spijker in de muur. De hond lag aan haar voeten. Haar witte handen waren helemaal rustig en ze wachtte af wat hij van plan was te gaan doen.

Ergens in de woning bewoog zijn moeder zich in de lakens, ze riep en schreeuwde, en ze hamerde met haar vuisten tegen ramen en muren, en ze huilde. Kamma luisterde niet, ze verhief haar stem en stelde vragen. Ze was heel kalm, extreem kalm, het was zijn schuld niet dat zijn moeder zich als een gek gedroeg.

1791

Wiedewelt drukte zijn hand op zijn schouder en zoals altijd verstijfde Bertel. Zijn vader had hem gewaarschuwd voor een lot dat erger was dan de dood. Zijn vader moest het weten, dacht Bertel, het leven van zijn vader was zo nu en dan niet veel beter dan de dood. Als hij wekenlang ziek op bed lag door de drank of op een onbekende plek omviel en ronddwaalde zonder zich zijn naam te kunnen herinneren, van alles bestolen.

Wiedewelt had jarenlang in Rome gewoond en hij had een kunst geleerd die volgens Gottskalk erger was dan de dood.

'Zoals Winckelmann mij vertelde, leidde Wie zijn monologen altijd in.' Kunsttheoreticus Winckelmann was zijn vriend, mentor, docent, beschermheer, vader en broer geweest en... had Wie hem ook zijn vriend genoemd? Bertel luisterde meestal zwijgzaam, zonder in de ogen van Wie te kijken, en hij probeerde het te begrijpen. Winckelmann had de edele Griekse kunst opnieuw ontdekt. Winckelmann was de personificatie van al het edele en grootse.

'De volmaakte schoonheid bestaat alleen in het mannelijke lichaam,' zei Wie schel en hij liet zijn wijsvinger over de borst van Bertel naar beneden gaan. 'Alleen degene die echt geraakt wordt door mannelijke schoonheid, door de schoonheid van de jongeling, begrijpt kunst!'

Toen hield hij een van zijn ellenlange, sprekende pauzes. Bertel liet de tijd verstrijken, luisterde naar zijn hartslag en hoopte dat Wie hem niet weer zou aanraken. 's Zomers vroeg Wie hem vaak zachtjes om zijn overhemd los te maken. Zo ver ging hij vandaag echter niet.

'Maar dan hebben vrouwspersonen toch het meest verstand van kunst,' zei hij, blij dat hij een antwoord had gevonden op het zoeken van Wie, 'want de meeste vrouwspersonen kunnen toch geraakt worden door mannelijke schoonheid?'

Hij keek omhoog naar Wie met zijn grote glimlach en hij verbleekte. Wie had het contact al verbroken. Hij had vast iets helemaal verkeerd begrepen. Maar Wie was zo enthousiast geweest over zijn gipsmedaillon, zijn Amor. Een geheel naakte jongen zoals Amor, nog rond en kinderlijk, maar gevaarlijk, met pijlen en een pijlkoker, paraat om te schieten. Het lichaam had hij cadeau gekregen van Abildgaard. Het gezicht was van hemzelf, alleen jonger. Het wilde, lange, krullende haar was van hemzelf. Het haar waar Wie zo graag zijn kleine handen in begroef.

Bertel vroeg zich af of je echt beeldhouwer kon zijn met zulke tere vrouwenhanden. Ze waren mooi, rond, met korte vingers en robuust, maar totaal niet versleten.

Amor had hem de belangrijke zilveren medaille opgeleverd. In het jaar dat de revolutie in Frankrijk uitbrak en de andere leerlingen vochten om de kranten te lezen. Bertel begreep geen woord Frans, hij was aangewezen op de Deense kranten en op wat andere leerlingen voor hem wilden vertalen. Het zou hem dagen kosten om een Deense krant door te spitten.

Nu legde Wiedewelt zijn fijne hand op zijn schouder. Bertel was onder de indruk van de handen van zijn docent. Hoewel hij beeldhouwer was, bleven zijn handen smal en wit. Hij droeg 's winters handschoenen en zijn nagels waren netjes kort geknipt. Die hand wilde hem geen kwaad doen.

'Misschien zou je over de wereld moeten gaan leren, over de goede en slechte kanten ervan, in plaats van te spelen met antieke figuren,' zei Wiedewelt. Hij haalde zijn hand van Bertels schouder en klapte op een stapel boeken, die op de tafel tussen hen in lag. Het enige wat zich op de stoffige tafel bevond. Stoffig van het gips. Het viel Wiedewelt op en hij pakte het eerste het beste dat hij vond. Dat was het sjaaltje van Bertel, dat over de rugleuning van een stoel hing. Daarmee maakte Wiedewelt de tafel schoon, hij tilde voorzichtig de boeken op en stofte eronder af, draaide het sjaaltje om en stofte ook de onderkant van de boeken af en gaf ze daarna aan zijn leerling.

'Nu loop ik wel het risico iets te hard van stapel te lopen,' zei Wiedewelt met een scheve glimlach en hij trok de boeken speels naar zich toe, hield ze voor zijn borst. 'Misschien heeft de knappe leerling de werken al gelezen?'

Dat was in elk geval ondenkbaar. Bertel schudde zijn hoofd, wist dat Wiedewelt zijn grote, losse kapsel opmerkte, straks zou zijn hand de nek van Bertel aanraken. Hij bloosde zelfs.

'Wat heb je gelezen?' vroeg Wiedewelt. Bertel weigerde naar hem op te kijken. Hij bloosde nog meer en beet in zijn wang. Dacht hij het niet. Ze wisten zoveel over hem, maar niet het belangrijkste.

'Ik kan immers niet lezen,' lukte het hem uit te brengen en hij bloosde zo erg dat het klopte in zijn wangen toen hij eindelijk opkeek naar Wiedewelt. Hij kon immers gewoonweg niet lezen. De borden bij hem in de straat wel en de handtekening van zijn vader. Hij kende de cijfers tot elf. Eigenlijk kende hij vrij veel letters, maar alleen als ze zo geschreven waren dat hij ze kon herkennen.

'Hoe heb je je gered?' vroeg Wiedewelt en hij ging zitten op de stoel, met de boeken in zijn armen.

'Het is niet nodig om te kunnen lezen en schrijven,' zei Bertel koppig. Dat had hij jarenlang bewezen in de praktijk. Hij redde zich prima!

'Het zou wel práktisch voor je zijn, net als voor ons,' zei Wiedewelt zachtjes. Alsof het eigenlijk niet zo belangrijk was, alsof het slechts een vriendelijk aanbod was. Bertel dook ineen, voelde zich niet op zijn gemak, maar met een oplossing in het verschiet. Als Wiedewelt hem les wilde geven en de andere docenten op de Academie er niet over zou vertellen, dan wilde hij graag leren lezen. Dan hoefde hij niet ook dát te verbergen. Dan zou hij zich kunnen concentreren op het verbergen van zijn ouders.

1793

Hij keek heimelijk om zich heen. Niels had nog nooit gesproken over waar hij woonde. Hij woonde dan wel met zijn moeder en zus in de niet zo voorname straat Skidenstræde, maar ze hadden meubels, het beddengoed lag niet op de vloer en het stonk er niet naar braaksel of ontlasting. De vader van Niels was metselaar en naar verluidt een man die graag een groot huishouden wilde hebben. Er was alleen geen dienstmeisje dat de deur opende. Erika, de moeder van Niels, ontving hen zelf met een net kapje op haar hoofd. Ze zag er ouder uit dan ze was, een verschrompeld spookje, maar ze leek op Niels.

'Maar Niels toch, heb je een vriend mee naar huis genomen?' zei ze en ze pakte de map van haar zoon aan waar Niels zo trots op was, een erfenis van zijn grootvader. 'Wie is die respectabele jongeman? Een van je vrienden van de Academie?'

Het laatste woord sprak ze zeer duidelijk uit, terwijl ze zich naar voren bewoog op de overloop, zodat de onderburen het konden horen en het verder konden rapporteren. Nog nooit eerder had iemand hem een respectabele jongeman genoemd. Hij maakte een overdreven galante buiging, zo diep dat hij met zijn voorhoofd de uitgestrekte hand van de mevrouw raakte.

Ze lachte en sloeg haar armen over elkaar boven haar borst, nu moest hij eindelijk mee naar binnen komen. Dronk hij koffie of thee? De familie kon verdorie zowel het een als het ander serveren. Ze hadden zelfs moderne meubels, witgeschilderd, eenvoudig en met smalle strepen verguldsel. Bertel liet in het voorbijgaan zijn hand over de rugleuning van de stoel glijden. Op een dag zou hij zelf nieuwe meubels kopen, ze niet zelf maken en hij zou ze nooit laten vernielen.

Hoe hielden ze hun meubels zo mooi? Gaven ze nooit over in de meubels om het daarna te vergeten? Hoefden ze de meubels nooit te verkopen of te verpanden? Sliepen ze werkelijk in echte bedden? Dat wilde hij graag zien!

'En hier is onze Sophie, onze trots,' zei madam Erika en ze deed de deur naar de gang achter zich dicht. De woonkamer was niet groot, maar er stonden bijna geen meubels, alleen een tafel en stoelen, en een paar consoles onder moderne spiegels. Met een wonderschone vloer, donker glimmend hout, dat kraakte onder de voeten van het jonge meisje alsof het net gelegd was.

Ze was naast de tafel komen staan en ze maakte een kleine kniebuiging, een lieve nijging, terwijl ze Bertel bekeek.

'Hoe kan het toch zijn dat u Kurzhals heet?' vroeg hij overweldigd. Ze was klein en delicaat, en haar ronde hoofd rustte op een elegante zwanenhals. Wit en foutloos, net als de teint van haar gezicht. Ze bloosde nu, neeg weer en giechelde. Haar haar was wit gepoederd, maar hing los. Er zaten kunstbloemetjes in haar haar en in haar decolleté, en ze hield een boeketje met kunstbloemen vast.

Ze was net op bezoek geweest bij haar vriendinnen, bedacht hij. Zo leefden normale mensen immers. Ze ondernamen in het dagelijks leven onschuldige dingen, die geen bloederige sporen door de denkbare toekomst trokken.

Ze had tevens de liefste voetjes in witte schoenen van saffiaanleer. Een beetje vochtig, want het had buiten geregend. Ze zat naast hem op de bank met een rechte rug en met haar ene arm decoratief uitgestrekt over de armleuning van de bank. Zo stijlvol, zo natuurlijk. Ze had ongetwijfeld de foto's van madame Récamier in de buitenlandse kranten gezien.

Zijn handen jeukten om haar uit te kleden en haar lichaam in klei te vormen. Haar spieren te voelen en tevens hoe kracht en zwakte elkaar ontmoetten. Haar weer te geven. Op de Academie mochten ze alleen mannelijke modellen natekenen. Hij wilde zo graag een naakte vrouw tekenen, een echte vouw, niet een Grieks beeld. Sophie Kurzhals moest in naakte toestand een lust voor het oog zijn.

Om zover te komen, moest hij zich met haar verloven, een baan krijgen met een vast salaris en bovendien met haar trouwen. Hij kon vandaag al aan dat project beginnen. Zijn ouders zouden door het dolle zijn bij de gedachte dat hun wilde Bertel met zijn lange haren zo'n voornaam meisje als de dochter van een metselaar het hof maakte.

Zijn ogen vraten allerlei dingen bijna op. Meubels en fijne silhouetten. Zilverwerk dat uit de kast werd gehaald wanneer er gasten kwamen. De kleding van madam Erika was niet eens hersteld. Hij zag er nieuw uit. Niet in elkaar geflanst uit drie afgeleefde rokken en een vod dat achter het Bernstorffpaleis gevonden was. Ze droeg zelfs een sieraad om haar nek.

De aanstaande schoonvader van Bertel maakte zijn entree, ook hij was zonder meer een respectabele man, maar zonder pruik. Die hield hij vast en hij knikte met enigszins rode wangen toen hem duidelijk werd wie de gast was. Hij nam plaats en kreeg koffie, en Bertel keek van de een naar de ander. Hij zat op hete kolen. Wanneer zou de illusie verbroken worden? Wanneer zou madam Erika een fles sterkedrank gaan halen, wanneer zou herr Kurzhals haar een smerige hoer noemen? Zouden ze echt geen klappen uitdelen of gaan zuipen?

Tijdens het gesprek begreep hij het en hij probeerde zijn hele gespannen lichaam te ontspannen. Ze leefden anders. De omstandigheden van anderen waren niet gelijk aan het leven van zijn ouders. Deze mensen in de familie van mejuffrouw Kurzhals leefden met elkaar alsof ze in een modern toneelstuk van Lessing speelden. Ze spraken beleefd, hadden nette omgangsvormen en respecteerden elkaar. Hij begon te twijfelen of een van hen ooit een van de anderen had geslagen – laat staan geschopt in een uitzinnig dronken toestand. Ze hadden niet eens over elkaar overgegeven of versleten beddengoed verpand om nog een fles sterkedrank te kunnen kopen.

Hij zou hen nooit kunnen schilderen. Ze bevonden zich in een tijdsballon waar de kunst tekortschoot.

Ze was zoals hij zich had voorgesteld, maar tegelijkertijd grillig en preuts. Ze maakte zich los uit zijn greep wanneer ze vond dat zijn aanrakingen te intiem werden. Het gebeurde maar zelden dat hij een ogenblik alleen met haar kon zijn.

Haar familie verwachtte waarschijnlijk iets van hem, een verklaring of een aanzoek, maar hij was bang voor een negatieve uitkomst, dus hij zweeg, glimlachte en deed alsof er niets aan de hand was, voor zover dat mogelijk was. Zijn vader was er vooral bang voor dat zijn zoon de dochter van een respectabele man zwanger zou maken. Dat risico was ook echt groot!

Ze mocht niet alleen met hem naar het theater, een meisje dat niet verloofd was ging alleen uit met haar familie. Onderweg van het theater naar huis ging hij op bezoek bij haar ouders, haar vader was in hemdsmouwen, had rode wangen, was joviaal en zat vol foezel. Mejuffrouw Kurzhals mocht met de jongeman meelopen. In elk geval tot de voordeur.

Ze stonden tegenover elkaar met hangende inactieve armen, alsof ze veel te zwaar waren. Ze hield een kaars vast en een kleine kandelaar. Verder was de ruimte donker en koud. Bertel stak zijn hand uit, dit was zijn enige mogelijkheid, ze zou snel hard en nerveus gaan lachen en zich losmaken. Alsof hij haar kon ontmaagden op een meter afstand, geheel aangekleed.

Hij deed ondertussen zijn ogen dicht, maar liet zijn hand haar wang vormen. Ze was zo zacht, een geheel vreemd wezen. Hij wist hoe ze eruitzag, hij had haar zelfs als cadeau getekend toen ze twintig werd, hij had immers niets anders wat waarde had. Nu raakte hij haar aan, voelde haar, voelde haar botten, zo buigzaam als die van een vogel. Haar piepkleine schouder, haar tere anders-zijn. Kleiner dan hij, kleiner dan al het andere. Met andere bewegingen, een andere geur, alsof hij een elegant wild dier bestudeerde. Nee, juist een getemd dier.

Nu zou hij haar gezicht kunnen vormen, tot op de kleinste spier. Maar was ze dankbaar? Nee, ze was vreemd neerslachtig toen hij haar gezicht en hals losliet en zijn ogen opende. De deur naar de woonkamer ging open en haar vader keek de hal in, enigszins ontevreden, en Bertel zei hen beiden gedag en vertrok.

Dat was toch wat ze wilden – vader en dochter? Hij was gaan twijfelen. Hij begreep hen niet!

1794

Abildgaard pakte zijn rug stevig vast toen de erfprins aankwam met zijn zonen, hofmeester, adjudanten en gevolg. Hij hield zijn rug stevig vast, want de jas had hij geërfd van Willerup; de jas was door ouderdom en het wassen gaar geworden en de naden lieten los. De vingers van Abildgaard raakten verstrikt in de losse draad van de naden.

Bertel stond muisstil en gebruikte zijn ogen: de minst bezienswaardige persoon was de erfprins zelf, die snel in een stoel ging zitten en zijn benen strekte. Hij leek op een sprinkhaan met zijn twee gespreide, spitse knieën en een stok met een gouden knop ertussen. Er hing een lichte, zoete geur om hem heen, van zijn pruik en het kant, een zoete parfum die Bertel begerig opsnoof. De geur van rijkdom, onrechtvaardigheid. De beloning van het onvermogen. Dat waren de woorden van Abildgaard zelf. Daar zat de man.

Een lange, zwaarlijvige man met donker haar hield de hand van een jongen vast die zijn eigen zoon zou kunnen zijn. Hij was waarschijnlijk niet ouder dan acht jaar, maar hij praatte er flink op los in het Deens, hij wees en lachte. Hij richtte zich tot de donkere, dikke man, maar aan de buiging van Abildgaard kon hij aflezen dat het de oudste zoon van de erfprins moest zijn. De docent van Bertel liep het risico deze jongen als leerling te kunnen krijgen.

Abildgaard spreidde zijn handen en openbaarde zijn plannen. Die had hij lange tijd geheimgehouden, zelfs Bertel had ze niet gezien. Hij had enkele zeer bange vermoedens, want Abildgaard had iedereen beloofd dat hij de machthebbers deze keer zou laten schrikken. Nu werden zijn dromen geopenbaard.

'Zou Uwe Koninklijke Hoogheid zo goed willen zijn om dichterbij te komen,' zei een ongeduldige Abildgaard, en toen het hem niet snel genoeg ging, wenkte hij de erfprins met beide handen dichterbij, alsof er sprake was van geschrokken kalveren.

Toen het paleis Christiansborg afbrandde vóór het voorjaar, had Abildgaard met een vuil gezicht staan kijken, gewassen door roet en tranen: zijn levenswerk was afgebrand, al zijn beste schilderijen. De koninklijke familie moest een nieuw onderkomen vinden en zowel de kroonprins en de hertog van Augustenborg als de erfprins moesten zich aanpassen. De erfprins had naast goede dingen van zijn moeder de minachting voor geld geërfd: de belastingen van de bevolking vlogen gewoon in zijn zakken en er ook net zo snel weer uit. De staatskas was zijn privérekening.

'U denkt vast dat ik van plan ben een koele en elegante ruimte te scheppen met witte muren en grijze panelen, overal grijs, wit en smaakvol?' zei Abildgaard, zo vurig dat zijn tong struikelde over de s'en. 'Maar nee! Verdomme nee! Ik ben van plan om géél te gebruiken...'

Nu sloeg hij op de tekening. Bertel strekte zich uit. Het geelste geel kwam hem tegemoet, gepaard met het blauwste saffierblauw. De twee kleuren waren geen broers en geen zussen van elkaar. Ze schreeuwden naar elkaar, maar juist het lawaai creëerde harmonie.

Abildgaard klopte met zijn nagel van blauw naar geel, triomfantelijk en blij.

'Blauw als de hemel op een juniavond in Italië!' zei hij en hij vouwde zijn handen.

Weg met alle tere, nette, grijze kleuren, zijn classicisme moest gekleurd en wild zijn. Overal geel en blauw! Zijde, strakke lijnen, zuilen en charme. Een mannelijke charme, een militaire orde, de exercitie van de zuilenmeester. Niet de gevoeligste kleuren, maar opgehitst en schril als van papegaaien!

De erfprins stond bij de tafel, steunend op zijn stok, met een kleine hand besluiteloos boven de tekeningen geheven. Hij bromde in zijn borst, lachte schrapend en spreidde zijn handen.

'Wat verwacht u dat ik zal zeggen?' lachte hij en hij liet de grote, donkere man de tekeningen aan de schattige jongen tonen. Bertel dacht dat hij het begreep. De erfprins wist hoe hij zelf was. Hij wist dat dit zijn enige kans was om te irriteren – via Abildgaard. Hen allemaal te overtreffen met zijn moed.

'En ik was van plan om dit jonge genie van de Academie erbij te betrekken,' riep Abildgaard bijna en hij legde zijn arm om Bertel heen en duwde hem naar voren. Nu viel zijn jas bijna uit elkaar en hij maakte een onhandige buiging om de erfprins te begroeten. Hun ogen ontmoetten elkaar, er gleed een vragende blik op hem neer, registrerend, vriendelijk terechtwijzend, tot hier en niet verder. Abildgaard had bijzondere rechten.

'Geloof me, over twintig jaar zullen de groten der aarde in de rij staan voor zijn deur om hun portret in marmer te laten vervaardigen!' riep Abildgaard.

Hij zou godinnen leveren voor de nissen. Ze ter plekke in gips creëren, zoals alleen hij dat kon, ze bijsnijden nadat hij de figuur had uitgedacht in plaats van hem te hebben getekend. Het gips liefkozen met het mes en zijn vingertoppen. De ogen van Abildgaard lichtten op wanneer hij zag hoe Bertel meisjesgezichten creëerde van de grijswitte, trieste substantie. Op Christiansborg waren de beste beelden van Abildgaard verbrand. Nu nam hij wraak op het vuur, misbruikte de kleuren van het vuur, het blauwe schijnsel en de gele vlammen. En hij zette Bertel aan het werk.

Bertel streek door zijn haar, het lange woelige haar dat tot zijn schouders kwam en glimlachte naar zijn vader. Het overviel hem dat Gottskalk thuis was, maar nu kon hij zijn vader aan een van zijn vrienden voorstellen. Het werd hem altijd verweten dat hij dat niet deed. Alsof hij zich schaamde voor zijn ouders.

Het was ongebruikelijk stil bij de familie Molberg, die op de eerste verdieping woonde. De oude man die drie piepjonge, ongetrouwde, thuiswonende dochters had, een wilde zoon en een jonge echtgenote, had een illegale drankgelegenheid. Wanneer de gasten van de trap waren gevallen of tegen de deur van de ouders van Bertel hadden staan plassen en erop gebonsd hadden, begon het tweede bedrijf. Dan ontvingen Sylvia en Amalie gasten, blijkbaar in dezelfde kamer en voor zover Bertel begreep in hetzelfde bed en bij voorkeur meerdere heren tegelijkertijd. Wanneer de klanten niet wilden betalen, eindigde het in vechten, geschreeuw, ingegooide ramen en ingetrapte deuren.

Vandaag was het echter stil bij de familie Molberg.

Het stonk ook niet zo weerzinwekkend op de gang. De stank van kool, pis en verrotting was gedempt, de moeder van Bertel had eraan gedacht het kleine, scheve raam boven aan de trap open te zetten. De vloer was ook net geboend, ook was hij zeer versleten, en gedeukt waar Gottskalk met zijn klompen liep.

Bertel draaide zich om naar Ulstrup en probeerde contact te maken tussen zijn vader en zijn vriend, maar zijn vader staarde alleen naar Bertel. De zon scheen en het licht stroomde door de ramen naar binnen, en hij haalde licht en opgelucht adem. Er was opgeruimd en het was draaglijk. Hij kon zijn huis best aan zijn vriend laten zien.

Ulstrup deed een paar onhandige stappen naar voren en stak goedmoedig zijn hand uit. Ook Ulstrup had het revolutionaire kapsel laten knippen, ook al was hij niet zo ver gegaan als sommigen uit de vriendenkring, die hun haar helemaal kortgeknipt hadden à la Titus. Hij had gehoord dat graaf Schimmelmann, die duidelijk sympathiseerde met de revolutionairen in Frankrijk, zijn nieuwe secretaris had verzocht zijn eigen haar te laten groeien of een pruik met een haarnet aan te schaffen. Kort haar was niet mannelijk!

Een pruik! Zoals het haar van Willerup. Respectabele mensen droegen een pruik. Zijn vader had zich alleen zijn eigen haar kunnen veroorloven.

Zelfs de zwager van de kroonprins, de kleine prins van Augustenborg, had lang, krullend, ongepoederd haar – de toneelspelers hadden de mode mee naar Denemarken genomen. De grote toneelspeler Michael Rosing had nog enkele vreemde bobbels bij zijn oren, alsof hij nog steeds verlangde naar de pruik, maar verder droeg hij alleen een mooie, zijden strik in zijn nek. Het vrije, springerige haar paste bij zijn lichte, Noorse accent.

Ulstrup was hem meteen gevolgd. Hij had al het poeder uit zijn haar gewassen en het bevrijd. 'Net als het vee wanneer het in het voorjaar naar buiten mag,' lachte hij, toen Bertel vroeg hoe het nu met zijn hoofd ging. Daarna had hij het ook zelf gedaan. Hij had zich nooit een nieuwe pruik kunnen veroorloven en hij had altijd gezien dat de wereld uit twee delen bestond, de mensen met pruik en de mensen zonder.

'Wat ziet die man eruit!' zei Gottskalk over de uitgestrekte hand van Ulstrup heen, snuivend van irritatie. 'Wat voor verwaande kwasten en jongens neem je in vredesnaam mee naar huis? Is dit het beste wat je op de Academie kunt vinden? Wat doen jullie, in de kroeg hangen? We missen twintig rijksdaalders, waar moeten die vandaan komen?'

Bertel liep door tot hij vlak voor zijn vader stond en probeerde zichzelf tussen hem en zijn vriend te drukken. Ulstrup stond blijkbaar volledig aan de grond genageld door de stortvloed van woorden die net over hem heen was gekomen. Hij was bezig pruimtabak te pakken uit het blikje waar hij altijd mee rondliep. Ulstrup had geen dure gewoonten, afgezien van het pruimtabakblikje dat zijn moeder hem had gegeven.

'Ik kan zonder problemen twintig rijksdaalders regelen,' verzekerde Bertel. 'Je weet hoe snel ik een profiel kan maken dat voor een medaillon gebruikt kan worden! Wie moet ik tekenen? Minister Bernstorff? Kanselier Reventlow? Abildgaard? Of de kleine hertog?'

Zijn vader snoof en spreidde zijn handen, en het begon Bertel te dagen waarom zijn moeder niet thuis was: nu was Gottskalk dronken. Hij had zijn schuld moeten betalen, daarom had hij zich bezopen en toen wilde Willerup hem niet de verantwoordelijkheid geven voor een galjoenfiguur.

'Je zou je deftige vrienden kunnen maken,' zei zijn vader honend tegen hem. 'Rahbek, Heger en Heiberg, daar krijgen we vast een vermogen voor, of niet? Je verdomde vrienden, die te deftig zijn om langs te komen bij je vader en moeder! En wat moet er van jou worden, hufter? "Hij is echt getalenteerd," zegt Abildgaard. Wat is getalenteerd, als ik dat mag vragen? Je bent de twintig gepasseerd, is dat niet een beetje laat om getalenteerd te zijn?'

Bertel nam Ulstrup bij zijn arm, met een droge mond en moedeloos, zijn maag draaide om en kromp ineen, hij dook helemaal in elkaar, hij kon geen woord of geluid uitbrengen, maar hij moest naar buiten. Naar de trap waar hij probeerde adem te halen, maar dat was niet voldoende. De straat op, waar de zalm misselijkmakend in de zon tegen de muren van de huizen hing. Sylvia Molberg was onderweg naar boven naar haar vader met een paar matrozen, die in vergevorderde staat van dronkenschap verkeerden. Ze keek Ulstrup lang aan, die zijn pruimtabakblikje goed vasthield.

'Je kunt bij mij wonen,' zei Ulstrup uiteindelijk, alsof hij al die tijd gebruikt had om de beste oplossing te bedenken en nu eindelijk het antwoord op alle vragen had gevonden. Hij stak zijn arm in die van Bertel en begon zorgeloos te kletsen over hoe ze het konden regelen, de twee vrijgezellen met een uitgelezen smaak en de beste vrienden. Een moment voelde hij zich aangetrokken en hij stond zichzelf toe zich voor te stellen hoe gemakkelijk en aangenaam het zou zijn. Hij gaf eraan toe en werd zwak. Toen begreep hij dat het totaal onmogelijk zou zijn. Hij moest bij zijn ouders blijven wonen.

Hij moest weer naar Gottskalk gaan, want hij was in alle haast het belangrijkste vergeten: zijn vader had een aantal rekwisieten gesneden voor het theater, die moest hij gaan brengen. Misschien hadden Ulstrup en hij het geluk om het echtpaar Rosing te ontmoeten en hun om kaartjes te vragen. Dan hoefde hij er niet samen met zijn vader heen, die zich altijd hardop beklaagde – en uiteindelijk in slaap viel en zat te snurken. Hij wilde samen met Ulstrup naar het theater! Zonder een woord tegen zijn vader te zeggen, haalde hij de spullen en hij zag nog net dat Gottskalk eenzaam, in elkaar gedoken met een halfvolle fles sterkedrank voor zich op de stoel bij het raam zat.

Ulstrup had beneden voor de deur op hem staan wachten en wees nu op zijn gemak naar het huis ertegenover. Jazeker, de balustrades en de decoraties waren door Gottskalk gemaakt. Hij had een poging gedaan om bij alle huizen in de gunst te komen. Gottskalk en zijn vrouw gaven meer geld uit dan ze verdienden.

'Maar je kunt toch snel Rahbek tekenen voor een medaillon?' zei Ulstrup onderweg naar het theater. Bertel liep ondertussen te rekenen. Hoeveel medaillons met prinses Louise Augusta had hij nog over? Hij verkocht ze alleen wanneer ze in de stad was, met haar kleine wezen. Misschien zou hij haar op Amalienborg kunnen zien. Ulstrup gaf haar broer de kroonprins tekenles. Jens Ulstrup kon de indruk wekken dat hij uit een respectabele familie kwam. Dat lukte Bertel nooit. Het was alsof alle deftige mensen dwars door hem heen konden kijken en de jongen met de blote voeten zagen, de jongen die nooit naar school was geweest.

1795

Hij stond stokstijf te wachten. In het hele huis was er lawaai, het was alsof het werd geplaagd door geesten. Hij had de koetspoort open horen gaan, Bernstorff was teruggekeerd. Er ging een koele windvlaag door het huis, waar niets echt rook. Ja, het rook er wel zoetig en afwijzend. Het rook naar goede wijn die opgedronken was, en naar goed eten dat allang opgegeten was. Het rook naar de zorgeloosheid, de overdaad en de zoete oppervlakkigheid van de macht. Het rook naar schone lakens en schone tafelkleden. Het rook naar eenenvijftig man personeel en naar mahonie en kersenhout.

Hij stond helemaal stil met houtskool en papier in zijn hand, klaar om in functie te treden. Dit was alleen iets heel anders dan het schetsen van mensen in het theater. Dat had hij zo vaak gedaan. Louise Augusta had naar hem geglimlacht en gezwaaid, terwijl hij aan het tekenen was. Ondertussen had hij erover zitten dromen om zich in grote hoeveelheden haar te begraven.

De deuren gingen open, twee lakeien met uitdrukkingsloze gezichten lieten de gasten voor de lunch passeren. Bertel liep achter hen aan alsof hij echt een doel had en hij voelde de ogen van de lakeien als kleine muggenprikken in zijn nek.

Bernstorff, de heerser van Denemarken, nam aan tafel plaats en er werd ingeschonken. Bertel stond met zijn rug tegen de muur die bedekt werd door gobelins, en hij kon geen ledemaat bewegen. Hij kon toch niet zomaar beginnen te krabbelen!

Bernstorff negeerde hem, hij zat haastig te eten, kauwde slechts met de ene kant van zijn mond en hij spoelde na met wijn zonder het te proeven. Toen nam Bertel het besluit en hij deed een stap naar voren, hield zijn benodigdheden voor zich en begroette volmaakt, zodat al het krullende, losse haar voor zijn gezicht kwam te hangen. Hij had in elk geval gegroet en zijn doel duidelijk gemaakt. Bernstorff at door, zwaaide kort welwillend met zijn rechterhand en ging onverstoorbaar verder. Reventlow las iets aan hem voor en hij keek de ruimte in, kauwend, knikkend en luisterend, terwijl er rond zijn lippen een vergenoegde glimlach verscheen.

Die Bernstorff wilde hij vastleggen.

Die ene glimp, dat ene gebaar. Deze gelukkige, machtige man. Deze man die door zijn aanwezigheid de ruimte veranderde. Die tevens af en toe zijn ogen in de richting van Bertel liet gaan, nieuwsgierig, maar hij had geen tijd voor geklets.

Een kwartier later stond hij op bij het geluid van de klok in het raam, depte zijn lippen met het servet en hij dronk al staande zijn glas water leeg. In een heerlijk geurende wolk verliet hij de ruimte en Bertel maakte opnieuw een buiging, maar deze keer zag Bernstorff hem niet staan.

Mevrouw Reventlow kwam naar hem toe, met rode wangen en lieflijk opgewonden, en ze vroeg hem of het niet een hele belevenis voor hem was geweest. Bertel liet zijn schets zien en ze glimlachte gelukzalig, maar zonder echt goed te kijken.

Waar hadden mensen hun ogen toch voor?

Onderweg door de achterdeur naar buiten rende er een kok achter hem aan, die hem een mand met etensresten gaf. Niet dat hij om zo'n cadeau gevraagd had, en hij voelde zich bezwaard. Er zat ook wijn in de mand. Uiteindelijk liep hij er de hele weg naar zijn ouders, die niet eens thuis waren, mee te zeulen. De fles wijn, die halfvol was met de kurk erop, verborg hij onder zijn bed. De rest zouden ze ongetwijfeld vanavond opeten of verkopen.

Zelf ging hij naar de Academie en begon aan het uitwerken van Bernstorff. Ze wilden immers geen tekening of een schilderij hebben, ze wilden een buste. Het gezicht en de pruik van Bernstorff moesten een hele man worden. Of een halve man, een buste die precies duidelijk maakte wat Bernstorff vandaag duidelijk had gemaakt.

Je kon de mens volgens Bertel zien in zijn mimiek. Hij kon geen genoegen nemen met kant, onderscheidingen, pruiken, prachtige kostuums en knappe gelaatstrekken. Hij moest de grote man laten zien, druk en toch grondig als het nodig was. Deze man, die het land regeerde en koninklijk leefde, maar die ook elf uren per dag hard werkte. Deze man die bijna geen tijd had om van het eten te genieten – hij gunde zichzelf slechts een kwartier.

Abildgaard kwam binnen en bekeek de grote man, met zijn handen op zijn rug, zijn bril op zijn neus en zijn kin naar voren gedrukt. Hij pakte de boetseerstok van tafel en legde zijn hand op het gezicht van Bernstorff, een vinger op zijn wang. Bertel verstijfde, niemand mocht zijn werk aanraken! Abildgaard liet hem echter zien hoe hij de wangen langer en met meer rimpels erin kon snijden. Bertel deed Abildgaard na, met zijn handen op zijn rug, anders zou hij hem willen slaan, het zweet droop van hem af en liet het lange, losse haar aan elkaar plakken. Niemand anders dan Abildgaard mocht zijn werk aanraken, dat besloot hij nu!

1795

'U bent immers een volwassen man,' zei professor Preisler ernstig. Hij wist het. Abildgaard had verteld dat hij geen schoolopleiding had gevolgd: hij liep het risico om als eeuwige student te blijven hangen, terwijl hij schattige medaillonnetjes, portretten en tekeningen produceerde. Daar kon hij prima van rondkomen, maar een kunstenaar worden? Dat dachten ze niet.

'Mag ik mejuffrouw Kurzhals uitnodigen om model te staan?' vroeg hij Preisler blij, terwijl hij zijn boetseerstokken opruimde. Bij hem mocht het nooit een rotzooi zijn, laat staan vies of vervallen. Hij lette zorgvuldig op zijn gereedschap en alles lag op een vaste plaats.

Preisler staarde hem recht in zijn gezicht aan, stak toen een wijsvinger op en krabde zichzelf onder zijn pruik.

'Wat wilt u met vrouwen als modellen?' vroeg hij. 'U bent toch een volwassen man, kunt u zich niet op een andere manier in het vrouwelijk gestel verdiepen? Wat is er tegenwoordig met de jeugd aan de hand? Ga toch trouwen, of neem een vriendin!'

Hoofdschuddend liet hij Bertel achter, die zijn spullen bijeenpakte en naar huis ging. Hoe zou hij er in hemelsnaam voor moeten zorgen dat mejuffrouw Kurzhals zich voor hem uitkleedde? Haar hele familie stond er immers op dat de twee jonge mensen pas na de bruiloft alleen mochten zijn.

Abildgaard stond op hem te wachten en ze liepen samen op. Abildgaard wilde hem zo graag meenemen naar Amalienborg, naar het paleis van de erfprins, maar dat kon niet omdat Bertel zo slecht gekleed was.

'U krijgt toch elke maand geld?' vroeg Abildgaard bezorgd. Na de gouden medaille had hij honderd rijksdaalders voor een jaar ontvangen. Eén jaar. Zijn vrienden hadden er bij hem op aangedrongen dat hij enkele frasen Duits moest leren, zodat hij niet langer met zijn hoed in zijn hand iemand als een hond stond aan te gapen wanneer respectabele mensen tegen hem spraken in hun eigen taal. Hij had nog een aanvraag gefabriceerd en hij had dit jaar weer honderd rijksdaalders gekregen, een onvoorstelbaar vermogen. Als hij niet zijn ouders had gehad. Er was geen geld genoeg voor nieuwe schoenen, laat staan mooie overhemden, jabots, haarbanden of pruimtabak voor hemzelf.

'We moeten ervoor zorgen dat u goed kunt werken,' zei Abildgaard. 'We moeten er allereerst voor zorgen dat u van uw verschrikkelijke familie wordt verlost.'

Hoe kon dat gebeuren? Het was bijna november, hij moest opnieuw een aanvraag indienen voor meer geld, de dingen verliepen op de best mogelijke manier en niemand verkeerde in nood.

1796

Mejuffrouw Kurzhals kuste hem en haar wangen waren vochtig, niet nat, dat zou vulgair zijn. Ze was beheerst en keurig vrouwelijk verdrietig, zoals bij alles. Zonder passie, maar niet zonder gevoel.

'Je hebt ook niet leren spellen,' zei ze snikkend en ze dacht eraan haar zakdoekje te gebruiken. 'Het heet niet "vreendin", "beder", "oof" of "weeg", het moet zijn "vriendin", "beter", "of" en "weg"!'

Hij wist het wel. Hij haatte schrijven. Abildgaard probeerde hem de vormen te leren. Gisteren had Abildgaard hem glimlachend een brief met correcties laten zien. Het heet gewoonweg niet "waanorde", Bertel, het heet "wanorde", omdat het het tegenovergestelde is van "orde". Daarom staat er maar één "a", het gaat niet om "waan" maar om "wan".'

Hij had haar alleen noodgedwongen geschreven wanneer hij bang was dat ze boos zou worden. Als ze ruzie hadden gekregen of als hij haar had verwaarloosd.

Nu stak hij zijn hand uit en droogde de tranen van haar wimpers.

'Moeder zegt dat je nooit zult terugkomen, dat je een andere vriendin hebt en dat je je niet durft te verloven met mij, voordat je naar Rome vertrekt,' zei ze, alsof dit de waarheid in eigen persoon was, niet iets wat veranderd kon worden, 'en dat je nooit zult terugkomen uit Rome.'

'Ik kom wel terug,' liet hij weten. 'Over een paar jaar krijgt een andere verdienstelijke leerling van de Academie een beurs. Reventlow heeft ervoor gezorgd dat ik er een heb gekregen.'

Reventlow had weer naar zijn werken gekeken. Bertel stond achter de deur, met zijn vingers in zijn mond om zichzelf niet te verraden. Reventlow was de grootste man die hij ooit had gezien, hij maakte veel lawaai en hij had het altijd druk. Hij stond niet toe dat anderen hun zinnen afmaakten, dat was slechts tijdverspilling. Reventlow had zijn laatste werken grondig bekeken, voorovergebogen, een beetje zuchtend en zonder een woord uit te brengen.

'Er moet zich verdorie een echt talent op de Academie openbaren,' zei hij daarna.

'Ja, wat zegt u van de jonge Probsthayn?' vroeg Preisler zacht en hij trok het laatste jammerlijke doek van Probsthayn voor Reventlow, die snoof en het wegwuifde. Bertel had hem helemaal gelijk gegeven. Slechter kon het bijna niet.

'Maar we hebben toch de jonge Wolff!'

Reventlow fronste zijn neus, schudde zijn hoofd en liep weg.

Bertel wist niet eens of Reventlow in hem geloofde of dat de grote man alles en iedereen steunde die een microscopisch talent bezat.

Hier zat hij dan met mejuffrouw Kurzhals en hij kon haar niet eens het bezoek van Reventlow aan de Academie uitleggen. Ze luisterde alleen naar haar eigen mogelijkheden. Hij hield ervan als ze op zijn schoot zat en hem voorlas. Haar soepele dijen en soepele stem, het was net een tweeling.

'Ik wil op je wachten, al duurt het vijfentwintig jaar voordat je terugkomt!' zei ze. Dit was een enorme beslissing en ze klonk hoopvol, maar vooral trots op haar zielskracht. Bertel liet de moed zakken. Wat was ze toch klein. Haar gemoed was als het lichaam van haar moeder, verkrampt en veel te klein.

Hoe had ze over Margrethe gehoord? Dat knaagde aan hem en het verbaasde hem. Had haar broer Niels gekletst? Margrethe hoorde bij een heel ander deel van zijn wereld en leven. Dáár kwam hij om in armen uit te rusten en in een lichaam te dringen dat nooit tegenwerkte. Als hij mejuffrouw Kurzhals niet eens mocht gebruiken als model.

Hij had Margrethe nooit getekend. Net zoals het nooit bij hem zou opkomen om zijn ouders te tekenen. Gottskalk had het hem onlangs gevraagd, terwijl Bertel de deur opende voor bekenden die kleine portretten kwamen halen om die in medaillons te zetten. Waarom tekende hij zijn ouders niet? Maar hij kende hen immers vanbinnen en vanbuiten. Ze zaten in hem geëtst. Hij zou zich nooit van hen kunnen bevrijden.

Ulstrup en de anderen droegen hem bijna naar binnen, zetten hem op de bank en schonken zijn glas vol. Nu moest hij zich gewoon ontspannen en om zich heen kijken! Terwijl hij in de stad was geweest, hadden ze ervoor gezorgd dat zijn beste bezittingen van zijn huis in het Zuid-

Jutse Aabenraa hiernaartoe gebracht werden.

Hij wist wel wat ze bedoelden, daarom ging hij gehoorzaam op de bank zitten en kreeg tranen in zijn ogen, want ze hadden alles een plek kunnen geven. Ze hadden zelfs de enorme, waardige Bernstorff met zijn onderscheidingen, halsbanden en een plekje op zijn voorhoofd dat verscheen als hij het druk had, een plek kunnen geven. Hij stond tegen de muur op de beste plaats. Neef Jørgen had veel moeite gedaan.

’s Avonds laat ontdekte hij Ulstrup die op de binnenplaats naast hem stond te plassen. Ze hadden beiden zo’n hoge nood dat ze niet konden wachten, ze stonden met hun handen tegen de muur geleund te lozen. Nu konden zijn vader en moeder zijn bezittingen niet meer verkopen. Wat hij niet met zich mee kon slepen, stond enigszins veilig bij zijn neef. Hij had eigenlijk niet veel meer nodig dan tabak, zijn pijp, zijn kamerjas en zijn hond Hector. De Løvstræde was een goede plek. Hier gedroegen de mensen zich netjes tegenover elkaar, vond hij.

Toen richtte hij zich tot Ulstrup en vloog hem om de hals. Alsof zijn leven ervan afhing. Ulstrup moest naar zijn moeder gaan, wanneer hij was vertrokken. Ulstrup moest de tijd nemen om naar haar geklaag te luisteren! Een scène van de voorbereiding op de belijdenis, al dat stampen, was het enige wat hij zich in zijn roes kon herinneren, en slechts één beeld stond vast: aan het kruis beval Jezus zijn vriend Johannes om de nieuwe zoon van zijn moeder te worden. Dat deed hij nu.

De reis was niet tot hem doorgedrongen voor de ochtend dat hij zijn koffertje pakte en om zich heen keek in het huis van zijn ouders. Hij kon ze niet meenemen, niets belangrijks, alleen Hector.

Reventlow had zijn reis geregeld, zodat hij gratis met het fregat kon meereizen dat zijn vader versierd had, de goede Thetis. Hij had een vermogen om elk jaar van te leven, vierhonderd rijksdaalders, dat was een duizelingwekkend bedrag. Ze wilden allemaal dat hij in marmer zou gaan houwen, maar er zat een groot schilder in hem verborgen, daar twijfelde hij niet aan. Alleen de eerste drie jaar leefde hij op rekening van de Academie. Daarna kon hij eigen baas zijn. Je zou verwachten dat er veel respectabele mensen in Rome waren die hij kon tekenen en schilderen.

Hij kamde zijn haar en waste zijn gezicht, dat moest voldoende zijn. Wat was het snel gegaan, hij was gewend aan het indienen van aanvragen en het in ademloze spanning zitten wachten. Op 25 juli had de

Academie hem het eerste deel van de beurs toegekend. Toen had hij nieuwe kleren voor zichzelf gekocht. Op 23 augustus kreeg hij een reispas. Vandaag was het nauwelijks een week later, 29 augustus, en de volgende ochtend zou het fregat zijn anker lichten.

Zijn moeder beklaagde zich al. Ze had een afgedankte broek gevonden, die ze al weeklagend stond te strijken. Had ze zich maar bezopen. Maar nee, zijn ouders wilden hem eer bewijzen door nuchter te zijn.

Zijn vader stonk uit zijn bek naar foezel toen hij Bertel omhelsde. Bertel wilde Hector niet loslaten. Hij droeg de hond de hele weg naar de haven bij Toldboden, waar zijn vader hem zou achterlaten en op zoek zou gaan naar het schip. Het duurde ongeveer een uur dat Bertel zat te wachten en met Hector speelde. Geen slechte tijdsbesteding, helemaal geen verspilde tijd. Zijn vader kwam terug, rood, zwetend en geschrokken, en bekende dat het schip vast op Holmen lag aangemeerd, aangezien het een oorlogsschip was.

Bertel keek uit over de haven. Vlak tegenover hen, aan de andere kant van het water, lag Holmen – en het schip. Nyholm, waar de oorlogsschepen aangemeerd lagen. Typisch zijn vader! Maar ze hadden genoeg tijd, ze slenterden weg en Bertel maakte een touw vast aan de riem van Hector, zodat hij vrij kon rondlopen en op zoek kon gaan naar ratten.

Ze moesten over een wankele, houten brug en Bertel begon sneller te lopen, hij wilde het schip niet missen, stel je voor dat hij te laat zou komen, ze wachtten vast niet op hem.

Ze waren bijna bij het fregat toen Bertel de stem van zijn moeder hoorde. Hij had zo gehoopt dat ze thuis zou blijven drinken of naar de familie Grønlund zou gaan voor een kop koffie en een praatje. Hij had echter beter moeten weten. Zijn moeder zou nooit een kans voorbij laten gaan om te huilen en te jammeren om hem.

Nu stond hij daar dan; verlegen, met ingetrokken schouders en met tranen in zijn ogen, terwijl zij de afgedankte broek pakte zodat de matrozen en andere reizigers alles konden zien. Er werd proviand aan boord gehesen en er werden reizigers naar het fregat geroeid. Bertel wist niet hoe je dat deed, of het geld kostte, want dan zouden zijn ouders er ongetwijfeld op staan dat hij met Hector in zijn armen naar het schip zou zwemmen. Het reisgeld van de Academie mocht niet verspild worden. Zijn ouders hadden een bijgelovig respect voor het afschuwelijk hoge bedrag waarvan respectabele mensen hun zoon hadden voorzien. Ook voor graaf Reventlow, die Bertel onder zijn vleugels had genomen, angstaanjagend.

'Nu wil ons jongetje naar Italië!' jammerde zijn moeder en ze droogde haar gezicht af aan de broek. 'Hij wil zijn ouders verlaten en hen in een bodemloze ellende storten, we hebben met permissie niets anders om van te leven dan van zijn kunst! Wat zal er toch van ons worden?'

Ze was nu rood en opgewonden. Ze sprak Juts. Ze kwijlde en schraapte haar keel. De zon scheen onbarmhartig, je kon zien hoe versleten en vies haar kleren waren. Gottskalk legde zijn grote hand op haar haar, toen op haar schouder, maar ze merkte het niet. Ze zag Bertel bijna niet eens. Uiteindelijk ging ze op haar achterwerk zitten, met haar rokken die naast haar opzwollen, en stak haar voeten naar voren – in de opgelapte, kapotte schoenen. Ze had een van Bertels vesten meegenomen, dat helemaal versleten was. Ze had er zelf op geborduurd toen ze jonger was, nu kon ze zijn geur opsnuiven.

Bertel had altijd in armoede geleefd, hij kende het, voelde zich erin thuis, hier hoefde je je niet anders voor te doen dan je was. Maar vandaag overdreven zijn ouders het. Ze joegen hem uit hun huis en hun leven, het land uit en uit hun harten. Nee, ze joegen zichzelf uit zijn hart. Hij kon het niet meer aan.

Er kwam een jongeman in marine-uniform op hen af lopen, misschien kwam hij op het gejammer van Bertels moeder af. Hij keek haar vol verbazing aan, met een gehandschoende hand rustend op de kleine degen, en begroette daarna verrast Bertel. Hij kon een passagier blijkbaar herkennen wanneer hij hem zag.

Hij kon zijn ouders niet uitleggen dat hij kapitein Lorents Fisker al kende. Deze man had Bertel wekelijks diverse keren uitgenodigd om bij hem te komen eten, zodat ze elkaar konden leren kennen voor de grote reis. Hij had snel in de gaten dat Fisker gek op kunst was, dus hij had een kopie gemaakt van de buste van Bernstorff en die met veel moeite naar het huis van Fisker in Christianshavn gesleept.

Hij kon al helemaal niet uitleggen dat mevrouw Fisker hem knap, lief en mooi vond, laat staan dat ze zijn haar en gezicht had geliefkoosd wanneer hij haar alleen bezocht. Op een dag toen ze aalbessen aan het inmaken was, mocht hij op het aanrecht zitten en haar gezicht tekenen. Ze zou helemaal gratis een portret krijgen.

Als hij dat tegen zijn vader zou hebben gezegd, zou hij een pak slaag hebben gekregen! Een buste weggeven! Een vrouw gratis tekenen! Ze konden geld aan hem verdienen en hij had geen idee wat hij zelf waard was. Hij gaf zichzelf weg, dat was niet toegestaan.

Mevrouw Fisker had zijn miserabele kleren hersteld en wat burgerkleding van haar man vermaakt, zodat die hem paste. Hij kon ook niet toegeven dat ze geschokt was om te zien hoe arm hij was.

'En u bent onze jonge, aankomende kunstenaar, die naar Rome gaat om de grote meesters te kopiëren?' vroeg de zeeofficier vriendelijk, hij nam zijn hoed af en hield hem onder zijn linkerarm, terwijl hij zijn rechterhand uitstak.

Hector kwam aanrennen en sprong tegen Bertel op, die hem opving en blozend uitlegde dat hij een leerling van de Academie was. De ogen van de marine-officier namen zijn vader op, daarna aaide hij Hector, liep toen naar het bolwerk en gaf een teken naar een van de sloepen. Bertel draaide zich om met Hector en keek van zijn ingestorte moeder naar zijn verstijfde vader. Hector zorgde ervoor dat hij hen niet kon omarmen. De sloep legde aan en hij moest ernaartoe, hoewel hij geen idee had hoe. Hij had immers helemaal geen afscheid genomen van zijn ouders.

'Ik schrijf vanuit Rome,' beloofde hij zijn vader, 'ik schrijf zo vaak ik kan. Over twee jaar zal ik mijn eerste proefkunstwerk sturen. Misschien mag ik daar met marmer werken?'

Marmer was wel duur. De vierhonderd rijksdaalders die hij kreeg als beurs hadden zijn vader met respectvolle verontwaardiging vervuld, tot hij begreep waar zijn zoon het geld voor moest gebruiken. Stel je voor dat je zoveel geld kon uitgeven aan reizen, wanneer zijn zoon in Kopenhagen kon blijven en geld voor het gezin kon verdienen! Stel je voor om het geld te verspillen aan marmer!

'Als je na twee jaar geen proefkunstwerk opstuurt aan de Academie, zodat ze het geld terugnemen, ben je er geweest!' zei hij nu en hij haalde uit naar zijn zoon. Zijn enorme hand schampte het achterhoofd van Bertel en zorgde ervoor dat het lange, krullende haar wapperde. Hij kreeg rode wangen, maar beet zijn tanden op elkaar.

Wat had hij er een spijt van dat hij zijn ouders mee hiernaartoe genomen had. Zijn vrienden hadden een feest voor hem gehouden op de schietbaan, met wijn, liedjes en gedans, zij wisten wat hij nodig had. Hij wilde zo graag zijn vrienden houden, drie à vier jaar in Rome moest kunnen, en tegen die tijd was hij vast een welvarend man, volwassen en gereed om zijn plek in de wereld in te nemen.

Hij wilde schilderen als Jens Juel, portretten van alle wereldleiders maken, hij wilde naar Frankrijk gaan om hen allemaal te schilderen. Terug naar Denemarken om de kroonprins en zijn lieve, kleine zusje te schilderen – en Bernstorff. Hij wilde zoveel en niets daarvan kon hij aan zijn ouders vertellen. Hij wilde gezichten, handen en fijne lichamen in klei vormen en daarna de figuur uit marmer naar voren roepen. Geen gips meer, geen steen meer. Gladde wangen, zorgvuldig bewerkt, met liefde gemaakt. Schilderen en beelden maken. Zo had Michelangelo gewerkt.

Hij liet Hector op de brug staan en omhelsde zijn vader. Dat beviel hem niet. Hij trok zich los en gaf Bertel nog een tik, en deze keer was hij goed raak en zorgde ervoor dat Bertel tranen in zijn ogen kreeg. Wind je niet op! Wind je in elk geval niet op. Hij drukte zijn moeder voorzichtig tegen zich aan, maar ze merkte hem niet meer op, alleen haar eigen verdriet, en ze snotterde.

Toen pakte hij Hector op en liep achter de jonge zeeofficier aan.

'Het ga jullie goed,' zei hij terloops over zijn schouder. Dat zei je immers als je voor altijd afscheid nam. Hij keerde zijn rug naar hen toe en liet zich in de sloep helpen. De officier staarde nu naar zijn kleine, ellendige koffer, het cadeau van Abildgaard. Ze hadden hem door, alle mensen die hij had leren kennen sinds hij op de Academie zat. Ze keken dwars door hem heen. Ze zagen zijn schoonheid, zijn vlammende, blauwe ogen niet, ze zagen drank, armoede en ellende.

Hij keek niet eens om. Geen enkele keer. Hij bleef koppig staan in de sloep, trots overeind staand met de blaffende Hector in zijn armen. Hij had eigenlijk lang geleden zijn keuze al gemaakt. Liever Hector dan zijn ouders. Misschien zwaaiden ze hem na. Hij wilde het niet weten.

Hij stapte nu een betere wereld in, een kleinere, maar overzichtelijke wereld. Op dit enorme schip voeren driehonderdtweeëntwintig mannen, werd hem verteld, driehonderdtweeëntwintig man plus de reizigers! De armste mensen lagen als haringen in een ton, maar van het geld van de Academie was voor de jonge kunstenaar een vrij fatsoenlijke hut betaald.

De jonge man leidde hem rond op het schip en stelde hem voor aan officieren en reizigers. Zo sprak hij met een scheepspredikant, een chirurg, referendarissen en luitenanten in versleten uniformen. Hij deelde de mannen op in twee groepen, de mannen met een pruik en de mannen met hun eigen lange haar in een paardenstaart, zoals zijn lievelingstoneelspeler Michael Rosing. Niemand had zijn haar zo kort geknipt als de gekke schrijver Heiberg. De pruikmannen wilde hij ontlopen, maar de langharige mannen waren vast zoals hijzelf.

De hut was beter dan hij had verwacht, hij liet Hector los en opende zijn koffer om naar zijn kleren te kijken. Madam Fisker had wonderen verricht. Hij had ook boeken meegenomen, goede lectuur en iets om slimmer van te worden. Woordenboeken in het Italiaans, die hij van plan was door te spitten, en de roman *Labyrinten* van Baggesen. Die had hij al vier keer proberen te lezen en het was een goed boek, hij kon het neerleggen en het onder zijn arm dragen wanneer hij in de zonneschijn liep te flaneren op het dek. De mensen zouden denken dat hij een liberaal ingestelde jongeman was met vaste standpunten.

's Avonds maakte hij al zijn eerste wandeling met Hector aan de lijn om de hond te leren dat hij zijn behoefte op dezelfde plek als de zeelieden bij het boegbeeld moest doen. Het was druk op het schip. Met de betalende gasten erbij waren er bijna vierhonderd mensen ondergebracht en ze hadden grote hoeveelheden proviand nodig, die nu aan boord werden gebracht.

Hector was de enige hond aan boord. De jongste zeelieden, kinderen nog, wilden met Hector spelen, ze lachten alsof ze vrij en echt gelukkig waren. Hij kon zichzelf in hen herkennen. Nu droeg hij schoenen aan zijn voeten en mevrouw Fisker had voor kleren gezorgd. Hij zou zich wel redden. Hij beschikte over een goede hut en vrijheid in overvloed.

Hij stond richting land te kijken met vuur in zijn pijp en probeerde niet te inhaleren. Nu was hij een belangrijke persoon geworden. De koning, de Academie, het land rekenden op hem, er was zelfs een duizelingwekkend bedrag in hem geïnvesteerd. Hij zou naar Rome gaan om te leren, maar eerst moest hij maandenlang varen en reizen.

Pas nu werd het hem duidelijk dat hij de banden met het thuisland had verbroken, met zijn familie, met al het andere dan de Academie, die pas over twee jaar eisen kon gaan stellen. Hij had nooit vrije tijd gehad en nu bevond hij zich tussen mensen die niets anders dan vrije tijd kenden. Dag in, dag uit zou hij moeten wandelen, lezen, converseren, eten en uitrusten. Onbegrijpelijk.

1797

'U moet het verschil vinden tussen het willen zijn en het zijn,' zei kapitein Fisker vriendelijk tegen hem aan tafel.

Hij begreep wat dat betekende. Fisker beschouwde hem als lui en onverantwoordelijk. Hij had alleen geen zin om het schip te verlaten, hij was op een avontuurlijke reis! In Malaga was hij verliefd geworden op de meest fantastische Spaanse danseres. Voor Algiers had de kapitein het zwaard getrokken, 'schip ahoi' gecommandeerd en ze hadden afgevuurd op vijanden die in de verte voeren. Hij had Gibraltar, Tripoli en Malta gezien. Plekken die niemand die hij in Kopenhagen kende, ooit bezocht had. Ze wisten waarschijnlijk nauwelijks waar Tripoli lag! Hij was gratis naar het theater geweest en had met voorname mensen aan galadiners deelgenomen. Hij had wekenlange stormen en ellende meegemaakt.

'Weet u nu heel zeker dat u zich kunt redden in Italië?' vroeg Fisker en hij schonk zijn glas weer in. Bertel wist waar hij op doelde. Hij had geen tijd kunnen vrijmaken om Italiaans te leren. Zowel Fisker als de scheepspredikant hadden aangeboden om hem les te geven, maar hij had immers zijn fantastische woordenboeken. Daarmee in zijn bagage kon het niet misgaan. Hij had ook geen tijd gehad om naar huis te schrijven. Mijn hemel, de kapitein schreef immers naar zijn vrouw en madam Fisker zou naar zijn ouders kunnen gaan om het voor te lezen, zijn moeder kon toch niet lezen...

'Ik heb zoveel gezien,' zei Bertel blozend. Hij had niets anders om zich mee te verdedigen. Hij had er behoefte aan om dingen te zien en te leren. Om wat hij zag door zijn handen te laten uitwerken. Hij had wel oneindig veel portretten getekend. Toen Hector de dames de stuipen op het lijf had gejaagd door al blaffend hun hut in te rennen en daarbij de speeltafel met alle kaarten omver gooide, maakte hij een tekening van de held Hector die zijn broer Paris hoonde om zijn zwakte.

Daar had Fisker geen respect voor, dat wist hij. Fisker stelde er prijs op dat je zonder zeuren om vier uur 's ochtends opstond en direct hard begon te werken. Als de matrozen niet zwoegden, dan sliepen ze. Híj hield zich echter bezig met rotsformaties, gezichten en het schaduwspel op het water.

Nu werd het tijd om aan land te gaan! Dichter bij Rome zouden ze niet komen en Napels was veel levendiger dan de pauselijke stad. In Napels wemelde het van de buitenlanders. Hier zou hij gemakkelijk een lift naar Rome kunnen krijgen. De hulp van de passagiers kende ook zijn grenzen.

Bertel pakte zijn spullen bij elkaar en lijnde Hector aan. Hij liep het dek op, wachtte en probeerde rustig te blijven. Het schip was zijn wiegende, overzichtelijke huis geweest en hij had van elk ogenblik genoten. Zonder verplichtingen en familie was hij in zijn nopjes geweest, omgeven door mensen van wie hij iets kon leren en schetsen kon maken.

Bij het binnenvaren van Napels zag hij ten volle dat dit een vreemde wereld was. Het deed enigszins denken aan de schilderijen in de collectie van graaf Moltke, die Wiedewelt had laten zien, maar hier vulde het landschap de gehele horizon rond. Eigenlijk had hij verwacht dat alle steden op Kopenhagen leken, want dat was de enige stad die hij kende. De haven daar was beschermd door twee oevers, ingesloten door Holmen en Christianshavn. Hier keek de haven uit op de baai. Aan de ene kant rotsen en aan de andere kant de Vesuvius, die rook spuwde.

De stad klom omhoog langs steile hellingen en werd gekroond door een burcht. In het glinsterende, gouden licht kon hij zowel deftige als ellendige huizen, kerken en paleizen, parken en promenades zien. Niet volgens een plan zoals bij Frederiksstaden. Wanneer je bij Norgesgade aankwam, twijfelde je er niet aan dat een wijze monarch hier de wereld naar eigen wens had ingericht.

Hij werd een roeiboot in gestuurd met Hector in zijn armen, zijn koffer ging mee. Hij had het advies van Wiedewelt moeten opvolgen om een rugzak mee te nemen in plaats van een koffer, die onhandelbaar was en slechts halfvol zat. Nu werd hij naar de stad geroeid en aan land gezet. Hij bleef staan, nam zijn hoed af en nam afscheid door ermee boven zijn hoofd naar het schip te zwaaien. Het goede, mooie fregat, waarop hij graag meerdere jaren had willen doorbrengen. Nu was het maart en hij was gearriveerd.

Ze salueerden vanaf het schip. Hector blafte en gromde, maar Bertel huilde. Ze salueerden niet voor hem, maar voor een koninklijk oorlogsschip dat met volle zeilen langsvoer. Toch was het een groet. Ze hadden hem uitgespuugd en nu moest hij zichzelf redden.

Misschien had hij aan boord de waarheid moeten vertellen. Ze waren er allemaal van uitgegaan dat hij zijn vrije tijd had besteed aan het bestuderen van de Italiaanse taal. Misschien was zijn Deens niet voldoende om zich mee te redden in Italië? De kapitein had hem ervan verzekerd dat er Denen in Napels waren. Hij had tevens een hele stapel woordenboeken bij zich, daar zou hij snel iets in kunnen opzoeken, wanneer het nodig was. Zou het niet veel efficiënter zijn om tegelijkertijd Italiaans, Frans en Duits te leren?

Hij zette zijn hoed op, een beetje schuin, het was een cadeau van Wiedewelt, ze kenden hem vast. Wiedewelt was immers te gast geweest in Villa Albani en kende alle belangrijke heren. Die naam zou belangrijke deuren moeten kunnen openen! Maar eerst moest hij de plek vinden waarvandaan de diligence naar Rome vertrok.

Hij hield Hector in zijn armen, zodat niemand hoefde te proberen de hond van hem af te pakken. Alles in deze stad werd gestolen en doorverkocht, dat had hij gezien en begrepen. Derhalve droeg hij al zijn geld op zijn lichaam en hield hij Hector in zijn armen. Hij vertrouwde zijn onderkomen niet. De plek waar ze het beste eten van de stad serveerden. Hij wilde niet graag eten op de plekken waar ze hondenvoer serveerden! Waar was het vlees? Er werd een primitieve schaal voor hem neergezet, vol met witte maden overgoten met olie en gehakte tomaten. Het was onmogelijk om het in je mond te krijgen, behalve als je je vingers gebruikte. Dan maakte je je handen vies en moest je ze afvegen aan je broek, want er was geen tafelkleed. Hector had hem geholpen met de laatste restjes madensoep.

Daar wilde hij nooit meer gaan eten.

De douane had hem zijn boeken afgepakt. Hij wist nog niet waarom. Dat was een streep door de rekening, hij was immers van plan om alle bruikbare talen in één keer te leren door de woorden tegelijkertijd in het Duits, Italiaans en Frans onder de knie te krijgen.

Hij was er niet gerust op zijn tijdelijk onderkomen te verlaten, nu hij een dak boven zijn hoofd had. De kerken lokten hem naar buiten, alle klokken in de straten. Nu was de lucht fris met een koude zweem.

Hij durfde ook bijna niet de straat te verlaten waar zijn onderkomen lag, maar hij stond lange tijd het huis te bestuderen, zodat hij niet zou vergeten hoe het eruitzag. De straten waren belangrijk. Als hij gewoon rechtdoor zou lopen, kon het niet misgaan. Wat was het hier anders! Mooie, deftige huizen werden afgewisseld door kerkjes en huizen waar arme mensen woonden, en door de poorten kon hij binnenplaats na binnenplaats zien opdoemen.

Er stroomde water door de goten, vermengd met bloed. Koetsen en ruiters reden ongegeneerd door elkaar heen, hoewel de deftige straten smal waren. Hij liep over zwarte, langwerpige, geribbelde stenen, een vreemde straatbedekking onder zijn voeten, waar zouden ze die stenen vandaan hebben?

De hoge heren van de Academie wilden dat hij met marmer leerde werken, maar marmer was duur. Misschien kon hij een gebruikte steen op de stoep vinden om op te oefenen?

Hij kwam uit op een pleintje met een fontein en een huis waarvan de voorgevel hem met spitse stenen prikte. Hij werd door een ruiter tegen de muur geduwd en Hector spartelde en blafte, hij zette de hond op de grond zodat hij zijn behoefte kon doen, pakte hem daarna op en verborg hem onder zijn mantel.

Het was niet de eerste katholieke kerk die hij zag, hij had zijn ogen en oren op Malta de kost gegeven, toch voelde hij zich een vreemde, een heiden, als Pompeius die het Allerheiligste van de joden binnendrong, waar alleen de opperrabijn één keer per jaar mocht lopen. Het was hier niet leeg. De geweldige ruimte zoemde van geluid, licht en geuren. Hector niesde in zijn schuilplaats en Bertel vermaande hem tot stilte. Er waren schilderingen aan het plafond, maar er was niet genoeg licht om ze te bewonderen.

Er sloop een jonge dame om hem heen, een verdovende, heerlijke geur volgde haar en ze liet de sluier, die ze doezelig tot over haar haar trok, zich om zijn elleboog winden. Net genoeg om zich te kunnen omdraaien en hem over haar schouder aan te kijken. Toen maakte ze een schuine buiging, eerbiedig, en hij moest haar begroeting beantwoorden. Hector sprong naar beneden en ze glimlachte, liep door terwijl ze kruisjes sloeg en voor elk kruis een kniebuiging maakte.

Bertel draaide zich om om weg te gaan, er waren andere kerken en andere meisjes, maar boven zijn hoofd openbaarden zich enkele figuren die hij kende. Hector trok aan de lijn en was druk, maar Bertel stond stil, lamgeslagen. Boven hem was een geweldig schilderij, dat hij alleen in kopergravure had gezien. Preisler had het hem voor het eerst laten zien toen hij zich aanmeldde voor een wedstrijd van de Academie.

Het was erop of eronder geweest. Hij werd opgesloten in een geurend, pasgebouwd, houten hokje met het voorbeeld, hij moest een schets maken die goed genoeg was om goedgekeurd te worden. Daarna mocht hij een voltooid werk maken. 'De verdrijving van Heliodorus uit de tempel' stond onder de gravure.

Hij had geen idee wie Heliodorus was. Of van welke tempel er sprake was. Nu zag hij het schilderij in een kerk. De christenen hadden toch geen tempels? Hij volgde de lijnen op het schilderij: de man op het verrijzende paard, met de verrijzende helm, was het enige wat hem had aangesproken. De gravure stelde een schilderij voor van een of andere Rafaël, maar het was immers een schilderij en geen reliëf. Hij zat gevangen in zijn houten cel, afgezonderd van alles wat hem op gang kon brengen: de wereld, het licht, Abildgaard.

Hij had een uur lang zitten staren naar de gravure, toen het hem duidelijk werd dat hij niets kon. Het was juni en erg warm, hij hoorde de wereld buiten, de vogels in de Botanische Tuin zongen en de koetsen reden over Kongens Nytorv. Hij zag niets anders dan papier, een hand en een pen. Het zweet gutste van hem af en zijn handen trilden. Nu werd hij eindelijk betrapt! Het was hem jarenlang gelukt om zich door de Academie te liegen, maar nu hadden ze hem te pakken.

Hij liet zijn gereedschappen liggen, stond wankelend op van tafel en verontschuldigde zich dat hij naar het toilet moest. Op de zijtrap werd hij overvallen door een zwakte, maar in een andere vorm dan hij had verwacht, hij liet zich vallen, ging zitten op de trap en huilde met zijn gezicht verborgen in zijn armen. Wat moest er toch van hem worden? Hij kon onmogelijk naar huis gaan. Tegen zijn vader zeggen dat hij van de Academie gestuurd was? Nooit. Zijn moeder zou zich kapotdrinken of zich verzuipen.

Hij stond op en liep naar Nyhavn. Hij had nog wat munten in zijn zak, die kon hij opdrinken, dan vergat hij zijn zorgen misschien. Dat was de uitweg die zijn moeder koos, maar af en toe werkte het wel. Hij was zo zeker van zijn zaak dat hij Preisler en Abildgaard niet eens zag komen aanlopen vanaf Kongens Nytorv. Ze riepen naar hem, maar hij liep stug door – met snelle voetstappen achter zich aan. Hij was nauwelijks de kroeg binnengestapt, toen Preisler hem in zijn kraag greep, bij zijn lange haar.

'Nu gaat u terug naar uw tekening om hem af te maken en niemand zal te horen krijgen dat u ervandoor wilde gaan,' zei Preisler gewoon, hij pakte zijn schouders vast en gaf hem een por tussen zijn schouderbladen. Hij deed wat hem was opgedragen en werkte vier uur lang hard aan de tekening. Die was niet mooi, maar hij werd geaccepteerd en na de schets werkte hij twee maanden aan het modelleren en snijden van de fries, die iedereen erg mooi vond. Dat vond hij alleen zelf niet. Heliodorus liet hem lijden en had hem aan het twijfelen gebracht.

Het schilderij was van Rafaël. Het bevond zich in het Vaticaan in Rome, niet in Napels. Bertel twijfelde. Iemand had het beeld van Rafael gebruikt en het zichzelf toegeëigend. Dit was veel beter dan zijn eigen versie. Als Abildgaard het had gezien, zou hij het ongetwijfeld bekritiseren. Er waren te veel fladderende bazuinengelen en de figuren vlogen maar rond in de ruimte. Het was wel mooi. Al dat rotwerk waar Abildgaard zo graag van af wilde. Bertel had het alleen nooit zo duidelijk gezien als nu. Die verdomde oude tijd, waar Abildgaard letterlijk van over zijn nek ging. Misvormde parels, misvormde figuren, doeken die wapperden, ruisten en wuifden door niet-bestaande winden. Je was wel aanwezig, daar in de tempel die Bertel nog niet kende. Je zag het paard steigeren en de man eraf vallen. Je zag het geweld en het resultaat.

Hij had dit schouwspel een keer gecreëerd. Zijn leven had ervan afgehangen. Niets minder dan dat.

'U heeft uw ogen zeker goed de kost gegeven, toen u elke ochtend naar Larsens Plads ging om uw vader gedag te zeggen,' zei Preisler opgewekt toen hij het gipsbeeld zag, 'en over het binnenplein van Amalienborg, u heeft in beeldhouwer Saly een uitstekend voorbeeld gevonden!'

Want Bertel kende niemand die het zich kon veroorloven om een paard te hebben. Niemand die hij kende en met wie hij studeerde, had een paard. Daarom had hij gekeken naar het ruiterbeeld van Saly, het bestudeerd en het zo goed hij kon opnieuw gecreëerd. Hij had juist zo graag het schouwspel willen schilderen. Hier was het werkelijkheid geworden.

Reventlow kwam zijn werk bekijken. Een man die zich voorover moest buigen om door de deuropening te komen, en die de ruimte vulde en alle goede lucht opdronk, zodat de anderen buiten adem raakten. Drie minuten, zag Bertel achteraf op zijn horloge, was wat de grote man aan tijd overhad. Hij bestelde een reliëf en liet zijn berenpoot op de smalle schouder van Bertel rusten.

'Kan de jongeman enkele goede schilderijen maken van de Ilias?' vroeg hij en hij keek Bertel kort aan. Dit was een bevel. Bertel had geen idee wat de Ilias voor iets was, maar hij knikte zo ijverig dat zijn losse krullen om zijn wangen sprongen. Als hij maar niet twintig tot dertig figuren in een te kleine ruimte moest proppen. Ze mochten ook wel naakt en knap zijn. Zowel mannen als vrouwen. Dan kon hij een mooie vrouw uitnodigen om te komen poseren. Wat de naakte mannen betrof, gebruikte hij zijn eigen lichaam in de spiegel. Hij wilde zo graag een vrouwelijk model hebben, maar dat stond de Academie niet toe. Misschien dat Reventlow zijn onfatsoenlijke wens door de vingers zou zien? Hij verzamelde al zijn moed, maar toen nam de grote man het woord.

'Ik ben van plan om de architect op te dragen om de reliëfs in de muren te passen, zodat elke ruimte een waardig kader wordt om het mooie verhaal,' zei Reventlow. Bertel begreep het nog steeds niet, maar glimlachte met zijn vele, witte tanden en hij maakte een buiging zoals Abildgaard hem had geleerd. Preisler pakte hem daarentegen bij zijn arm, terwijl de grote man in zijn koets geholpen werd. Was hij gek geworden? Wilde hij niet feesten en juichen? Hij had vandaag zijn geluk gecreëerd.

'Hij kwam niet met een lijst met lege plekken, die wij moesten opvullen,' fluisterde Preisler verbaasd en hij schudde Bertel ondertussen door elkaar. 'Het huis moet het kader om de kunst vormen!'

Hij was niet rijk, beroemd of gelukkig geworden van de bestellingen van Reventlow of van anderen. Preisler had echter wel gelijk. Je kon gewoon naar eigen wens schilderen, snijden en modelleren en toch de werken van de hand doen! Niet alleen bestellingen ontvangen en ze naar beste vermogen uitvoeren.

Hij zou zo graag een fantastisch vrouwenlichaam willen vormen, stukje bij beetje, haar misschien zelfs samenstellen uit vele heerlijkheden – de mooiste ronde benen, de witste schouders, de best gevormde zwanenhals, de meest glimlachende ogen, het meest knetterende haar, bevrijd van poeder en linten.

Stel je voor dat hij als een tweede Michelangelo op een stellage lag om zo'n geweldig schilderij te schilderen. Heliodorus in een fantastische wereld. Hij zou voor eeuwig en altijd van Heliodorus houden.

Hector had een drol gedaan op de glimmende vloer. Bertel pakte hem op en gooide hem tegen de muur. In de stad lag zoveel afval, hier zou een drol niemand opvallen. Hector schudde zich opgelucht uit toen ze weer buiten kwamen en Bertel tilde de hond in een fontein, waar hij kon drinken.

Nu hoefde hij alleen nog maar Italiaans te leren en een lift naar Rome te krijgen. Heliodorus had hem gezegend. Het ergste moment op de Academie was naar hem teruggekeerd in een gewijzigde vorm, als een goddelijke handoplegging. Net als toen Reventlow zijn hand op zijn schouder legde.

'U bent immers geen jongeling meer, u bent bijna een volwassen man,' had Preisler tegen hem gezegd, toen hij op het punt had gestaan om naar Italië af te reizen. Een volwassen man. Hij moest niet vergeten om daaraan te voldoen.

Hij kuchte en sloeg zijn vest om zich heen voordat hij naar de douane ging. Hector was aangelijnd en gedroeg zich acceptabel. Ze waren net langs een wild, loops teefje gekomen en Bertel had een paar straten met een doldwaas dier moeten lopen. Nu piepte Hector, verbaasd dat hij was beetgenomen.

Hij had een paar zinnen in een soort Duits ingestudeerd voor de douane, die zijn boeken in beslag had genomen. Het kon absoluut niet illegaal zijn om ze in te voeren. Als ze hier al als illegaal werden beschouwd, dan zouden ze in de pausstaat zeker gevaarlijk zijn.

Abildgaard had hem ingelicht over de toestand van Rome: de paus en zijn curie waren voor alles bang, zelfs voor romans in het Deens, alles wat zou kunnen doen denken aan revolutie, vrijheid, zelfstandige gedachten en seks. De laatste twee dingen waren, volgens Abildgaard, nauw met elkaar verbonden. Hier stond hij om zijn boeken te redden. De waarheid was dat hij enkele slechts had meegenomen om ermee onder zijn arm over het dek te kunnen wandelen. Als er jongedames aan boord waren geweest of mensen die lazen. Een ander boek was een cadeau voor een van de vrienden van Zoëga in Rome. Abildgaard had geprobeerd om hem de nieuwe roman van Jens Baggesen te laten lezen, maar het was niet spannend genoeg, de man reisde immers alleen rond in Europa en keek om zich heen, en Bertel was nu zelf aan alle kanten omgeven door het onbekende. Het geurende, geweldige onbekende, dat hem wegriep bij Baggesen, steeg op van de bladzijden met het kriebelige handschrift.

Had hij de man maar gekend die zich over hem zou ontfermen. Georg Zoëga was totaal uniek, hij was half Italiaans geworden, getrouwd met een Italiaans meisje, hij zou nooit terugkeren naar Denemarken en weer Jørgen uit het Zuid-Jutse Møgeltønder worden. Bertel kende hem niet, had alleen van hem gehoord en een tekening gezien. Hij was afhankelijk van deze onbekende mensen, deze schaduwen op afstand, en hij moest zichzelf redden tot hij in Rome zou aankomen, en hoe!

Nu stond hij hier met zijn strohoed, zijn hond en gespannen kaakspieren, en probeerde uit te leggen dat zijn boeken ongevaarlijk waren. De douaniers in Napels konden ze nauwelijks lezen, omdat ze in het Deens geschreven waren. Hij wist niet wat hun verontwaardiging kon wekken. Misschien dat ze de legaliteit van de boeken juist niet konden bepalen, omdat ze in het Deens waren – en als er iemand in Napels was die Deens sprak, moesten ze hem beslist in contact brengen met Bertel!

In Kopenhagen dacht hij dat hij Duits kon verstaan. Dat klopte niet helemaal. Hij had zelfs het grootste deel van de dag geslapen om te ontkomen aan het voortdurende probleem dat hij niets begreep. Dat had hij geleerd toen het schip in de haven op Malta lag aangemeerd.

Hij had zijn kleren wel teruggekregen, maar met zijn boeken lag het moeilijker. Juist toen hij bij het inklaringsbureau stond, begon het pijpenstelen te regenen, een ijskoude en onvriendelijke regen. Hij sloeg zijn kleren om zich heen, maar de strohoed vloog van zijn hoofd, Hector dook ineen en piepte voor zijn voeten. Zo stond hij twee uur lang, totdat een man zich over hem ontfermde en hem liet zien dat er naast het fregat een bootje lag. Alle boeken moesten ingescheept worden en waarschijnlijk door kundige mensen doorgelezen worden. Bertel stond perplex. Ze moesten gek zijn. Ach, dan was er in elk geval een man in Napels die de reisroman van Baggesen mocht lezen. En alle woordenboeken, waar hij veel geld voor neergelegd en die hij nooit opengeslagen had, die moesten ook doorgelezen worden.

Misschien waren de boeken te aristocratisch, of wat ze maar dachten dat er met hem aan de hand was. Hij pakte Hector op en zocht beschutting langs de muren van de huizen. Napels verloor zijn charme in de regen, de muren veranderden in natte klei, de straten in modder en de schooiers met blote benen in jammerlijke bedelaars. Er was niet meer nodig dan een regenbui om de versiering van deze zelfbewuste stad te verwijderen.

Wat was hij toch ver van huis.

Hij nam zijn meelijwekkende bezittingen door voordat hij zijn spullen bijeenpakte. Dit was serieus. In Rome lag zijn lot, marmer, een bedoeling met zijn bestaan – en niet in de laatste plaats mensen die Deens spraken. In zijn hoofd krioelde het van alle talen die hij niet kon verstaan. De afgelopen dagen was hij iets beter geworden in het raden van Italiaanse woorden. Hij had vrienden ontmoet, schilders, glashandelaren en oude vouwen, en hij had een paar keer het museum bezocht en de schilderijen van Capodimonte bekeken, en hij kende de weg.

Hij voelde zich er alleen niet thuis.

De eerste vermoeiende dag in Napels had hij gehuild, toen hij 's nachts wakker werd met Hector in zijn armen. Hij had nooit eerder geweten wat eenzaamheid betekende.

Dit was een bittere, onverzadigbare eenzaamheid. Zelfs de taal kon niet een band vormen, de taal maakte de afstand alleen maar groter. Zijn woordenboeken waren daarbij ook nog bij de douane. De glashandelaar had hem in zijn onbeschrijfelijke vriendelijkheid rondgeleid in kerk na kerk en hij had af en toe een Duitse zin verstaan, maar het grootste deel van de tijd had hij Hector gedragen en om zich heen gekeken.

Het weer was iets beter geworden. Hij zou verder reizen in wat in Denemarken niet eens het begin van de lente zou zijn. Februari en maart leken op een beetje slechte zomer in Kopenhagen.

Een koets. Een plek. Zijn bagage op de bok. In Rome zou hij door iemand worden opgehaald, die hem zou beschermen. Zijn spullen waren niet gestolen, maar hij had dagenlang het meest verschrikkelijke vreten voorgeschoteld gekregen. Pasta gekookt met verlepte groente en taai vlees, waarvan niet duidelijk was waar het vandaan kwam.

Hij droeg Hector naar de koets en de hond voelde aan als was in zijn armen, alert, maar hij voelde zich op zijn gemak. Hij besteedde geen aandacht aan de kritische blikken. Hij had dan wel een hond mee, maar hoe zat het met de anderen, met hun dikke lichamen, hun spullen of hun luidruchtige, schreeuwende kinderen? Italiaanse kinderen schreeuwden en stelden zich aan. Bertel wist dat hij thuis een pak slaag zou hebben gekregen als hij zich zo gedroeg.

Toen de koets uiteindelijk in beweging kwam, werd hij minder stijf en waakzaam. Zelfs Hector voelde het, die legde zijn kop tegen zijn schouder, zuchtte en viel in slaap. Hij kon in de koets blijven zitten, totdat Rome haar armen voor hem opende. Dáár was verlossing en vriendschap te vinden. Deense.

Het maakte de andere reizigers niet uit, maar Bertel was klaarwakker en opgewekt toen ze in de buurt van Rome kwamen. Tegen de horizon zag hij in de weilanden iets ouds. Het was geen ruïne zoals op de schilderijen van Piranesi of iets ouds als in Denemarken. De Rundetårn was immers solide en goed, en Bertel was nog nooit buiten Kopenhagen geweest. Hij had geen idee hoe oud de kerken waren. Ook niet of ze ouder waren dan de Romeinse oudheid. Hij verbaasde zich toen hij de aquaducten zag. Dit was vast heel oud. Ouder dan al het andere wat hij had gezien.

De voorwerpen uit Pompeji in het museum in Napels waren oud, maar ze waren uit de huizen gehaald, de schilderijen waren uit de muren gesneden. Dit was prozaïsch en oud, en vreemd genoeg stond het er nog steeds, hoewel het vast geen praktisch doel meer diende.

Hij had Hector meegenomen naar het museum en naar Pompeji, want hij durfde de hond niet alleen thuis te laten. Hij had het dier met zich meegesleept, zijn kop rustte op zijn schouder en Hector liet alles over zich heen komen, als Bertel maar bij hem was.

De geur van Napels was prozaïscher geworden. Rome was omgeven door moerassen en verlaten gebieden. Dit lag ver van de overweldigende, zoetige weelde van Campanië. Hij hield wel van wat hij zag, lange regels en duidelijke antwoorden. Het leek alsof hij een arme, maar te begrijpen wereld had verlaten om zich te settelen in een onbekende schoonheid. Een wereld zonder echte winters, maar met verschrikkelijke wolkbreuken.

Waarom was hij zo onvoorbereid geweest? Er moesten toch boeken zijn met afbeeldingen van Rome?

Hij stapte met knikkende knieën uit de koets en liet Hector op de aangestampte grond springen. Het was aangenaam weer, ondanks het jaargetijde, en om hem heen spraken alle mensen Italiaans. Hij verstond er geen woord van. Zijn bagage was stoffig, maar intact, zelfs zijn boeken had hij meegenomen. Hij zette de strohoed op die hij in Napels had gekocht. Nu had hij alleen nog maar een wandelstok nodig. Die kon hij misschien gebruiken om zijn bagage over zijn schouder te dragen.

Hij had de hele reis vanaf Holmen in Kopenhagen te goeder trouw en vol goede moed gemaakt. Hij had zich in Napels op straat durven begeven zonder enig idee te hebben waar hij naartoe op weg was. Hij was aan deze laatste reis begonnen terwijl hij er vast in geloofde dat het niet mis kon gaan. Maar nu stond hij hier, zonder dat er iemand was gekomen om hem op te halen.

Hij besefte dat hij niet eens een idee had van waar in Rome hij zou worden afgezet. In Napels had de douane hem twaalf carlini afgetroggeld, alleen voor het teruggeven van zijn bagage, een onverwachte hap in zijn reisbeurs. Hij had de Deense gezant moeten vragen om in te grijpen, zodat hij zijn boeken kon terugkrijgen. De heer Bourke sprak echter geen Deens, alleen Frans, Bertel had een poging gedaan om hem in zijn steenkolenduits te antwoorden. Het was Bourke uiteindelijk gelukt om het boekje los te krijgen dat Bertel mee moest nemen naar Zoëga. Hij had er wat in gelezen op zijn reis door het land, zonder dat hij begreep hoe iemand zo onder de indruk kon zijn van een geschrift. Als er nou afbeeldingen in hadden gestaan, oké. Maar alleen geschreven woorden? Immanuel Kant was blijkbaar niet populair in Italië. Hij hoopte alleen dat de man voor wie het boek bestemd was, er blij mee zou zijn. Eindelijk begreep hij waarom het zo belangrijk was dat hij het boek van Kant had meegenomen. Het was verboden in Italië.

Hier stond hij dan, met Hector, *Naar de eeuwige vrede* van Kant, het epische gedicht 'Stærkodder' van Pram en *Labyrint* van Baggesen, en hij kwam niet verder.

Had hij nou maar de vriendelijke glashandelaar uit Napels betaald om met hem mee te reizen. Die man had geduld gehad met zijn merkwaardige taal en had hem de hele stad laten zien.

Hij was twee dagen aan het reizen geweest, had ook 's nachts in de koets gezeten, zijn benen deden zeer en waren stijf, en hij was de wanhoop nabij. De enige Deen in de koets, Jørgen Scheel, stond voor hem op zijn lip te bijten. Hij wist niet of hij Bertel met zich mee moest nemen of hem gewoon de hand moest drukken, zodat hij zelf verder kon reizen.

Bertel nam de beslissing voor hem, stak zijn hand uit met een geforceerde, moedige glimlach en wenste Scheel alle goeds. Hij was eigen baas, hij zou zijn weg wel vinden in Rome. Ergens in zijn spullen zat een lijst met adressen van Denen in Rome. Maar eerst moest hij ervoor zorgen dat Hector iets te eten en drinken zou krijgen.

Andere reizigers gingen bij de bagage zitten. Bertel wees naar zijn bagage en probeerde duidelijk te maken dat hij even een stukje ging lopen, maar hij wist niet zeker of ze hem hadden begrepen. Misschien zouden ze zijn spullen stelen? De bagage zag er wel armoedig uit, maar het was alles wat hij bezat, ook zijn papieren. Hij kon zijn bezit eigenlijk niet achterlaten bij vreemden, maar Hector piepte, dus hij nam een beslissing.

Vlak om de hoek ging er een deur open naar een lange gang, die uitkwam op een patio – net als de binnenplaatsjes in Kopenhagen. Hij tilde Hector op en waagde zich naar binnen. Hij stond pas stil toen hij zijn doel had bereikt en hij begroette een meisje, dat een schort droeg over een enkellange jurk. Ze had zwart haar, zwarte ogen en een bruine huid. Geen zigeunerin, gewoon een Italiaanse. Met handen en voeten legde hij uit dat Hector honger en dorst had, en gelukkig droeg Hector zelf een steentje bij, hij blafte en sprong tegen haar op. Even later kwam ze terug met een kom water – ze aaide Hector en gaf hem koosnaampjes. Het leek Hector goed te bevallen. Hij kroop in de armen van het meisje en verstopte zijn kop in haar greep.

Ze was schattig, dus Bertel had geen zin om bij haar weg te gaan, maar de gedachte aan zijn achtergelaten bagage maakte hem doodsbang. Met een blije Hector aan een korte lijn keerde hij terug – en dáár stond zijn bagage alleen achtergelaten aan de kant van de weg. Hij ging op zijn koffer zitten en keek om zich heen. Het regende een beetje, er dreef een aftastend buitje over de stad. Het was alsof de regen de kleuren schoonwaste en hij besefte dat hij eigenlijk niet kon zien wat voor jaargetijde het was, want de bomen waren groen en de bloemen in de heggen bloeiden. Hier liepen de jaargetijden vast soepel in elkaar over.

De uren verstreken en hij keerde terug naar de patio van het meisje, waar hij zelf water en een stukje brood met olie kreeg, en kaas. Het weer werd zachter, er vielen enkele buitjes op de weg. Hij dacht er niet meer over na wat hij zou moeten doen als Zoëga niet op zou duiken. Dat was gewoonweg niet mogelijk! Hij moest de tijd doden totdat hij zou worden opgehaald en dat ging het gemakkelijkst door in zijn bagage te rommelen. Daar vond hij de lijst met namen van Denen in Rome. Regelmatig kwamen er ezelkarren en deftigere koetsen langs, hij zou kunnen betalen voor een lift, zodat hij niet de hele weg met zijn zware bagage zou hoeven te slepen. Hij wilde alleen niet bang en moedeloos worden. Niet nu hij zo dicht bij zijn doel was.

Het begon donker te worden, voordat hij de koets vanuit Rome zag komen. Hij wist niet waarom juist deze koets hem vrolijk en verwachtingsvol maakte, maar het was echt zijn redder in nood, Zoëga, die kwam aanrijden – hij sprong van de koets nog voordat die stilstond en hij wierp zich in de armen van Bertel, die hij nooit eerder had ontmoet. Hij stonk naar oud zweet en hij brabbelde in drie talen, alsof de aanwezigheid van Bertel hem duizelig maakte.

Hij kwam met talloze verontschuldigingen en verklaringen. Het maakte Bertel niet uit, hij kon nu alles aan, hij was echt gered. De bagage en Hector op de koets. Bertel kon van pure opluchting bijna niet instappen, zijn benen waren nog steeds lam en losjes.

Nu gingen ze in galop op weg naar de stad in de geleende koets. Hier zat hij, met duizenden vragen waar hij graag antwoord op zou willen hebben, maar hij kon geen woord over zijn lippen krijgen. Zoëga leek in niets op andere mensen die hij kende: de man was broodmager, hij had een lange, smalle, kromme neus, diepliggende ogen, ingevallen wangen en lang, krullend haar dat hij over zijn schouders en zijn rug droeg. Zijn kleren waren slordig en vies, hier en daar gekreukeld, en op de ellebogen versleten. Hij deed denken aan lakeien die in plaats van een salaris de versleten, ouderwetse kleren van hun meesters kregen.

Zoëga vroeg of hij wist hoe de situatie op dit moment in Rome was. Bertel had geen idee wat hij moest vinden. Hij probeerde over zijn in beslag genomen boeken te vertellen en dat gezant Bourke ze had vrijgekocht – Fernow zou er vast blij mee zijn dat Bertel een verboden boek het land in had gesmokkeld!

'Ach, wat maakt het uit, nu komen de Fransen,' zei Zoëga opgewekt. 'Dan heffen ze de censuur op en wordt alles vrij. Heeft u over de Vrede van Tolentino gehoord?'

Bertel had geen idee waar de man op doelde. Zoëga keek hem scherp van opzij aan en legde hem uit dat de Fransen in Bologna stonden. Waar dat dan ook maar mocht zijn.

'We moeten ons haasten, ze willen de belangrijkste werken immers naar het Louvre verhuizen, de beste stukken staan al ingepakt in kisten,' zei Zoëga, alsof Bertel alles begreep wat hij zei. Dat was op zijn zachtst gezegd niet het geval.

De Fransen hadden vrede gesloten met de pausstaat en het verdrag vereiste dat honderden kunstwerken van de pauselijke collecties naar het Louvre zouden verhuizen. In Rome was men nu in afwachting van een nieuw Frans gezantschap. Een Frans gezantschap dat de Franse republiek vertegenwoordigde. Zoëga had zelfs gehoord dat Joseph, de broer van Napoleon Bonaparte, aan het hoofd zou komen te staan van dit gezantschap.

'De stad is te groot voor haar inwoners,' glimlachte Zoëga en hij spreidde zijn armen. 'Er wordt gezegd dat Rome in de keizertijd een miljoen inwoners had. Vandaag de dag wonen er nog geen tweehonderdduizend. Eén op de vijf werkt voor de Kerk. De paus is nou niet de slechtste die we hebben gehad, hij heeft zelfs zijn collecties opengesteld. Rustig maar, Laocoön staat nog steeds op zijn plek en Apollo van Belvédère ook.'

Bertel staarde leeg voor zich uit. Geen van de namen zei hem iets, behalve dan Bonaparte. Over niet al te lange tijd zou de broer van Bonaparte naar Rome komen. Hij zou deze man te zien kunnen krijgen door gewoon op het juiste moment de straat op te gaan! Geen enkele Deen zou het verder kunnen schoppen. Hij moest naar al zijn vrienden in Denemarken schrijven, maar vooral naar Abildgaard. Slechts de afstand van de weg naar een balkon zou hem scheiden van de broer van Napoleon Bonaparte!

'We kunnen van Rome een republiek maken,' zei Zoëga, maar hij moest zich goed vasthouden, het wegdek was te hobbelig voor de hoge snelheid van de koets en de koetsier riep naar de paarden.

Bertel zou bijna gaan uitleggen dat hij op de Academie al afbeeldingen had gezien van Lord Hamilton van Napels, van schilderijen, meubels en voorwerpen uit Pompeji. Hij was niet een volkomen nieuweling, ook al wist hij veel te weinig. Hij wilde zijn nieuwe vriend echter niet tot last zijn. Zoëga wist alles, begreep hij, alles wat de moeite van het weten waard was. Hij kon zich waarschijnlijk ontspannen en leren, de kennis over zich heen laten spoelen en ondertussen van het leven genieten.

De echtgenote van Zoëga was net zo eigenaardig als haar man: een porseleinen figuurtje met een enorme boezem en weelderig zwart haar. Ze wuifde zich de hele tijd koelte toe en schold de luidruchtige, vieze kinderen uit. Bertel had verwacht dat een man als Zoëga, die in Denemarken een geweldige reputatie had, misschien niet in overvloed, maar toch wel ordelijk zou leven in een knappe woning. Dit huis was echter veel te klein en te benauwd. In alle hoeken lag vuil, de ramen waren vies en vet, zelfs de glazen en borden waren smerig.

Het deed denken aan de woning van zijn ouders, maar hij voelde zich niet op zijn gemak. Hij maakte zijn vork schoon voordat hij die durfde te gebruiken, en hij zocht eerst naar een enigszins schone plek op het glas, wanneer hij ging drinken. De echtgenote van Zoëga was Italiaans, ze was mooi, zacht en vegetatief als een boom. Ze haalde het eten bij een osteria om de hoek, zei Zoëga, en Bertel constateerde stomverbaasd dat het vlees op de borden al gefileerd was. Het eten was beter dan in Napels. Meer vlees, meer melk. De wijn was ook sterker. Hier werd blijkbaar elke dag wijn bij het eten gedronken.

Hector at onder de tafel, Bertel gaf hem stukjes vlees en probeerde plannen te maken voor de komende dagen. Zoëga zou hem de stad laten zien en ze zouden de natuur in trekken om overblijfselen te zien van de Romeinse oudheid. In de stad moesten enkele belangrijke restanten liggen, die bekend waren onder de naam Campo Vaccino. Die wilde hij graag zien.

Zoëga vroeg of hij andere plannen had voor zijn reis, maar het hoofd van Bertel was helemaal leeg. Hij had eigenlijk verwacht dat de expert Zoëga hem mee zou nemen naar de plekken die hij zelf onmisbaar vond.

Het oudste kind, Laura, was al een jong dametje, hoewel ze nog maar twaalf jaar oud was. Ze leek waarschijnlijk het meest op haar moeder, niet op haar vreemde vader – ze had enorm grote, blauwe ogen en lichtblond zijden haar. Ze maakte een kniebuiging voor Bertel en oefende haar Deens op hem. Het Deens van Zoëga was in verval, maar Bertel durfde het niet tegen hem te zeggen. Hij was dankbaar en voelde zich veilig. Zo veilig als je je maar kon voelen in het huis van een onbekende man ver weg van je familie.

's Nachts werd hij wakker doordat Hector bij de voordeur stond te blaffen. Hij haalde de hond op, poedelnaakt en stijf in zijn hele lichaam. Hector had een nachtmerrie gehad en zelf was hij veel te moe om na te denken. De hond kroop ineen in zijn armen onder de deken op de slaapbank. Nu was hij wakker en de gedachten struikelden in een wirwar over elkaar heen. Er was iets ernstig mis in het huis waarin hij was beland. Zoveel viezigheid, zoveel onverschilligheid had hij niet verwacht. In Napels bleek dat geen enkele deur gesloten was, hij had zelfs de schilder Tischbein ontmoet die een portret van Goethe had geschilderd, en had hij zichzelf niet oog in oog zien staan met de broer van generaal Bonaparte?

De werkelijkheid leek op het leven van zijn ouders. Een vernederende armoede, een leven in piepkleine, bedompte kamers, veel te veel kinderen, op vele manieren lage plafonds.

Hector lag te slapen, Bertel kroop omhoog, stak een kaars aan en liep naar de onafgesloten, scheve boekenkasten waar Zoëga zijn schatten bewaarde. Hij deed de kastdeur open en probeerde de titels op de boekruggen te lezen. Het was allemaal buitenlands. Hij begreep enkele woorden, maar het grootste gedeelte was abracadabra. De moed zonk hem in de schoenen.

In de andere kast lagen kleine vieze voorwerpen, die Zoëga blijkbaar uit de aarde had opgegraven. Die waren veel interessanter. Lampjes, die kon hij herkennen. Stukjes van kommen, oren en schalen. Ze waren echt, ze leken zo meelijwekkend. Ooit hadden andere handen deze voorwerpen vastgehouden. Ze waren volstrekt normaal geweest, niet iets waarover werd nagedacht, maar die gewoon gebruikt werden. Mooie vormen, bedacht hij. Een jonge vouw, bijna naakt, schonk wijn in uit zo'n amfoor. Met haar blik alleen op de handeling gericht, verstoken van zelfbewustzijn.

Misschien zou de Italiaanse vrouw van Zoëga model voor hem willen staan – met al haar kleren aan. Zo'n beeld zou hij graag willen maken om naar Denemarken te sturen. Daar was wel veel marmer voor nodig. Voorlopig had hij alleen de behoefte om weer klei tussen zijn vingers te voelen.

Zoëga leek steeds wanhopiger te worden, terwijl ze langs de achtergebleven beelden in het nieuwe museum van de paus liepen. Ze waren vóór de andere bezoekers naar binnen gekomen, omdat ze respectievelijk archeoloog en kunstenaar waren, en Zoëga sprak tegen hem alsof hij van alles over de oudheid wist. De reis had het weinige weggevaagd dat Abildgaard hem had bijgebracht, hij voelde zich als een zeef. Hij was tegelijkertijd wat bang om zich bloot te geven, het was de bedoeling dat hij in deze onbekende wereld zou kunnen glijden.

'Zeg eens, weet u niet wat Apollo beschermde?' vroeg Zoëga uitgeput en hij wees naar de Apollo van Belvédère. Ze waren net langs Laocoön gelopen, wiens zonen ook vermoord waren door wilde slangen. Bertel hield niet van geweld, het was toch een vreemd idee om het lijden voor eeuwig vast te leggen om het als ornament in je tuin te zetten?

Hij staarde Zoëga aan, sloot zijn blik op in die van hemzelf en probeerde ondertussen koortsachtig naar het juiste hoofdstuk te bladeren in zijn pijnlijke hoofd, waaraan gezeurd werd. Apollo leek een gracieuze jongeman en wat vonden jongemannen zoals hijzelf?

'Wijn?' vroeg hij bedeesd. Zoëga knipperde alsof hij geslagen was, uit woede. Zijn lange, kromme neus zakte in, hij hoestte, kreunde een beetje en schudde zijn hoofd.

'Hoe is het mogelijk dat u compleet onwetend bent?' vroeg Zoëga, niet kwaad maar met een onderdrukte pijn en vol verbazing. 'U heeft toch op de Academie gezeten?'

Bertel stond er niet om te springen om toe te geven dat hij niet zo goed kon lezen. Om er nog maar over te zwijgen dat hij eigenlijk alleen Deens beheerste. Abildgaard vond het zeer vermakelijk: hij sprak alle talen met hetzelfde grove dialect uit de Grønnegadewijk.

'Het kan dan wel zo zijn dat u veel smaak en gevoel heeft, maar u bent compleet onwetend over alles wat net niet met uw kunst te maken heeft,' zei Zoëga, alsof hij de fouten van zijn nieuwe vriend samenvatte. 'Het is echt slecht doordacht van de Academie om zulke onvoorbereide mensen naar Italië te sturen. U zult veel te veel tijd verliezen aan het leren van basale dingen, die noodzakelijk zijn, anders heeft u niets aan uw studies.'

Bertel verwees naar zijn woordenboeken en Zoëga keek hem nog een keer wanhopig aan. Die had een plukje snuiftabak nodig. Ondertussen probeerde Bertel in het geheim Apollo te bestuderen, die dus geen wijn beschermde. Misschien jonge meisjes dan?

'Hoe oud denkt u dat dit beeld kan zijn?' vroeg Zoëga en hij wees met een trillende vinger naar Apollo. Bertel zuchtte en ging rechtop zitten. Het was hetzelfde als het beledigen van de oude Wie op de Academie. Je werd niet gestraft , maar wel de les gelezen. Hij kuchte, keek op en neer langs de naakte kerel en betastte hem, hij had een droge mond.

'Die is vast zo'n twee- tot driehonderd jaar oud,' zei Bertel zacht. Het was toch zeker wel toegestaan om vragen te stellen? Zoëga sloot zijn ogen, alsof hij zich schaamde, en er ontglipte hem een zacht, pijnlijk geluid.

'Nee, vriend,' zei hij als een echo van Bertels mildheid, 'driehonderd jaar geleden was hij al zestienhonderd jaar oud. Zestienhonderd jaar! Wanneer regeerde keizer Augustus? Hadrianus? Wanneer leefde Plato?'

Hij had geen idee en de vragen waren niet op hem gericht, het waren lukraak afgeschoten pijlen. Het deed Zoëga pijn, kon hij merken. Veel meer pijn dan hij zich had kunnen voorstellen. Zo'n pijn dat zijn vriend naar een stoel moest worden geholpen, waar hij in zichzelf zat te praten in een taal die Bertel absoluut niet kende.

'Met Latijn en Grieks heeft u zich zeker ook nooit beziggehouden?' vroeg hij. Nee, dat kon Bertel nou niet echt beweren.

'Maar ik ben jong en leer gemakkelijk,' verzekerde hij, 'en ik heb mijn woordenboeken.' Zoëga maakte een kromme rug en snoot zijn neus in een reeds plakkerige zakdoek.

'Als u nu nog de talen had gekend, had het niet uitgemaakt dat u niets weet over mythologie of geschiedenis, of omgekeerd, maar zonder een van beide dingen bent u totaal verloren. Waar wilt u beginnen en waar wilt u naartoe? Ik verlang niet dat u een geleerd man moet zijn, dat hoeft een kunstenaar van mij niet te zijn. Enig vaag vermoeden moet hij toch tenminste wel hebben over namen, betekenissen en tijd... ik moet nu elk gesprek beginnen met Adam en Eva!'

Bertel wilde hem graag om vergiffenis vragen. Hij wist dat hij onwetend was, maar alles was zo laat tot hem gekomen, afgezien van de gave die van zijn ogen naar zijn handen leidde. Die was er eigenlijk altijd geweest en had er slechts op gewacht dat de rest van hem volgroeid was, opgroeide en zijn gave inhaalde.

'Ik ben goed met mijn handen,' wilde hij Zoëga tonen en hij stak ze naar hem uit, terwijl Zoëga nog steeds gekweld werd. Zoëga pakte zijn handen vast, werd stil en bedachtzaam.

'Mooie handen,' verklaarde hij met tegenzin, 'mooie handen. We moeten naar een van mijn boekhandelaren toe. Er is vast nog wel wat over van uw beurs.'

Zoëga was niet zo krachteloos als Bertel eerst had gedacht. De broodmagere, kromme man kon de ene voet voor de andere zetten en trappen, bruggen en lange afstanden trotseren. Bertel was niet gewend aan zulke grote afstanden, zijn wereld in Kopenhagen was veel kleiner en overzichtelijker geweest. In Rome waren de afstanden verbazingwekkend groot, hoewel er zo weinig inwoners in de stad waren dat sommige straten halfleeg leken. Zijn ogen waren hongerig, hij moest stil blijven staan om de plek in zich op te nemen, de schittering van de zon in gele blootgegeven bakstenen in een halve ruïne, de ramen en het spel van de luiken te zien. Of een naakte schouder onder een gehaakte sjaal.

'U heeft niets in uw knappe hoofd, deze imponerende schedel is volstrekt LEEG!' verkondigde Zoëga en hij sloeg hem demonstratief op zijn voorhoofd. En begon te lachen.

Zoëga gaf met tegenzin toe aan zijn eisen. Hij was een jongeman met naïeve behoeften, begreep Bertel, in elk geval in de ogen van zijn oudere vriend en mentor. Zoëga had wel wat beters te doen dan een bedorven knul uit de achterbuurt van Aabenraa te onderwijzen in mythologie en geschiedenis. Dus nu moesten ze naar een antiquariaat in een bedompte kelder. Zoëga pakte Bertels geld en betaalde zonder moeilijk te doen voor grote boeken in het Duits.

'John Flaxman kan uw stijl ook niet schaden,' verkondigde Zoëga en hij gaf hem een heel groot boek, vol met tekeningen. Homerus, Aeschylos, Dante stonden op de omslag. Homerus kende hij van naam, misschien had de goede Flaxman sommige verhalen geïllustreerd zodat zelfs Bertel het kon volgen?

Hij had slechts twee jaar de tijd om een proefkunstwerk af te maken en op te sturen als bewijs van zijn bekwaamheid in het werken met marmer. Voorlopig had hij te horen gekregen dat hij boeken moest lezen en gaan studeren. Zijn handen jeukten echter naar werk. Overal om hem heen waren vormen en motieven, die erom schreeuwden veredeld, naar voren gehaald en in een nieuwe vorm gecreëerd te worden.

'Ik hoop dat u daarbinnen iets anders heeft onder dat enorme voorhoofd,' zei Zoëga, nu plotseling opgewekt toen ze weer op straat stonden. Hij sloeg Bertel opnieuw op zijn voorhoofd met zijn knokkels, maar nu goedmoediger, en nam nog een plukje snuiftabak, niesde zodat hij ervan moest huilen en keek om zich heen. Was er in de buurt een gelegenheid waar ze een glas wijn konden drinken? Bertel had geen wijn nodig. Hij was nog steeds aangeschoten door de vele indrukken.

'Wat doet uw vader voor de kost in Kopenhagen?' wilde Zoëga weten, terwijl hij zich over de stoep voortbewoog, half naar de beladen Bertel leunend, half naar de muren van de huizen. Bertel hapte naar lucht en herstelde zich. Dat moest Zoëga toch weten! Abildgaard moest hem toch ingelicht hebben over de achtergrond van zijn gast? Of wilde Zoëga hem echt vernederen?

'Mijn vader Gottskalk is houtsnijder,' zei hij nuchter, 'mijn vader snijdt galjoenen onder Willerup.'

Die woorden waren maandenlang niet uitgesproken. Hij had sinds zijn vertrek eigenlijk geen tijd gehad om aan zijn ouders of aan thuis te denken. Al helemaal niet sinds hij in Napels aan land ging. Nu was het alsof de woorden ze springlevend maakten. Willerup met zijn pruik, de almachtige Willerup, de plaaggeest van zijn vader en zijn eigen weldoener. Deze respectabele man met een pruik.

'Dat is een goed beroep voor een begaafd man,' zei Zoëga en hij knikte. 'Zullen we niet een glas wijn gaan drinken voordat we naar huis gaan? Wat zegt u ervan, Bertel?'

Hij zou zich geen zorgen moeten maken over zijn ouders. Hij had hun voorzien van mogelijkheden om geld te verdienen. Ze konden afgietsels verkopen van zijn portretten van Bernstorff, de toneelspelers, Louise Augusta. Dat zou hun ongetwijfeld wat extra opleveren, zodat ze geld hadden om zich buiten westen te drinken. Andere behoeften hadden ze niet. Ze waren te arm om meer te bereiken. Zijn ouders wilden misschien graag een betere woning hebben, mooie meubels, kunst aan de muur en goed eten, maar ze zouden nooit echt extra geld hebben. Alleen geld om op te drinken.

Hij had geen zin om wijn te zitten drinken met Zoëga. Hij wilde naar huis om in zijn nieuwe boeken te lezen, met Hector slapend op zijn schoot en omringd door de luidruchtige kinderen van Zoëga.

Ze maakte een elegante, luie buiging, terwijl ze haar kleding over de armleuning van de bank hing. Toen draaide ze zich om en ontmoette demonstratief zijn blik, ze hoefde zich echt helemaal nergens voor te schamen! Ze was naakt, maar niet ontkleed. Ze was trots op haar lichaam en haar lichaam stond rechtop door haar trots. Het lichaam wees in zijn richting, vooral de borsten.

Bertel liet haar zwijgend zien hoe hij graag wilde dat ze zou staan, maar ze schudde haar hoofd met al haar zwarte haar, dat de zilveren haarband slechts half bij elkaar hield, haar krullen maakten zich los en vielen als een waterval over haar schouders. Hij moest het haar niet alleen laten zien, maar haar armen en benen buigen, begreep hij. Enigszins blozend en opgewekt probeerde hij haar te laten staan als model, zonder haar strakke, zijdezachte huid al te veel aan te raken. Terwijl hij haar ledematen boog, hield zij zijn blik vast. Elke keer dat hij haar arm gebogen had, strekte ze hem weer. Nu begon ze te grinniken en barstte in lachen uit.

Ze rook suikerachtig, wat hem eerder nooit was opgevallen: geen parfum, alleen een combinatie van schone huid, gestreken linnen, nieuw zweet en oude zoetheid. Ze strekte haar armen achter zijn nek, ging op zijn voeten staan en kuste hem.

Dit was schaamteloosheid in de meest pure vorm. En deze mensen geloofden in de erfzonde! Hij stond met al zijn kleren aan met haar naaktheid brandend door de stof heen. Hij kon niet nadenken, alleen voltooien. Haar kleren vielen op de vloer toen ze de bank raakten en ze belandden ook zelf op de vloer. Haar heftige, kleine handen maakten hem vrij, in elk geval dat gedeelte van hem waar ze het meest door geobsedeerd was en het volgende wat hij voelde, was zichzelf tegen haar lichaam en vocht, overdadig veel vocht, en toen was het afgelopen.

Hij lag met haar nek op zijn arm en wilde haar aanraken, wilde zijn handen in haar haar verstoppen en op ontdekking gaan, maar dat wilde ze niet. Nu waren ze klaar, toch? Ze stond plotsklaps op alsof ze al haar kracht had kunnen concentreren in één beweging. Ze liet een boer en hield een hand voor haar mond, liet haar jurk over haar naaktheid schieten, schudde hem op de juiste plek, maakte een strik van het zijden lint onder haar boezem en vormde haar pofmouwen zodat ze mooi zaten.

Het had geen zin om alleen op de vloer te blijven liggen met zijn broek open, dus Bertel stond verbaasd op en trok zijn kleding recht. Ze moest immers model voor hem staan, eindelijk had hij zoiets heerlijks gevonden als een knappe, toegankelijke vrouw, die toestemming had gegeven om zich voor zijn ogen in Venus te veranderen. Niemand zou weten dat zij het was. Maar in plaats van dat hij haar lichaam nam en dat tot het zijne maakte, had zij hem gepakt en hem afgedankt.

Hij probeerde zich haar te herinneren, haar met blozende wangen en een vreemde losheid in het lichaam te schetsen. Mejuffrouw Kurzhals in Kopenhagen, was hij haar ontrouw geweest? Dit zou hij haar nooit kunnen schrijven, ook zijn vader niet en Zoëga mocht voor geen goud te weten komen hoe zijn echtgenote zich gedroeg. Misschien kon hij Abildgaard laten delen in deze gebeurtenis. Hij was de enige.

Hij zat schetsen uit de boeken van Zoëga te tekenen.

Eigenlijk wilde hij het liefst al het mooie in de boeken mee naar buiten nemen en een plek in de schaduw onder een paar bomen opzoeken, maar de laatste keer was het gaan regenen en toen was Zoëga diep ongelukkig geworden, toen bleek dat het mooie boek van Flaxman waterschade had opgelopen en dat er vouwen en bobbelige bladzijden in zaten.

Dus hier zat hij binnen in dit heerlijke weer, maar met alle ramen open.

Hij was gewend geraakt aan het bijzondere ritme in het huis van Zoëga. Maria Zoëga was bijna nooit thuis. Zoëga deed boodschappen, kookte en maakte schoon, terwijl zij de stad in was. Ze deed alsof ze geen woord verstond van wat Bertel zei en behandelde hem vaak alsof hij onzichtbaar was. Hij wist wel waarom.

Vandaag kwam ze thuis, hij hoorde haar binnenkomen, lachend en luidruchtig. Er was een man bij haar, een *cavalier*, zoals Zoëga Jan en alleman noemde. Bertel keek op van zijn werk, het was vast niet de bedoeling dat hij de man ging begroeten. Waarschijnlijk had ze bezoek van een van haar familieleden, een broer van het platteland.

Ze dachten er niet aan om bij hem aan te kloppen. Ze gingen de slaapkamer in. De deur werd dichtgedaan. Toen werd het erg stil. Bertel deed het boek dicht, zette het terug en zocht naar een nieuw boek. Behalve de gipsbustes van Bernstorff die hij uit Denemarken had meegenomen, moest hij een antiek motief afmaken voor de Academie. In de bibliotheek van Zoëga wemelde het van de boeken die antieke werken lieten zien. Hij gaf er de voorkeur aan om de beelden zelf te zien, maar velen ervan waren in Florence en Napels beland en hij had geen geld om te reizen. In plaats daarvan moest hij kopergravures natekenen.

Hij pakte een boek over Michelangelo op de eettafel en zat stil te bladeren. Misschien was er iets nieuws.

Ze begonnen in de slaapkamer de liefde te bedrijven, een ongegeneerde en luidruchtige toestand, en Bertel wilde niet luisteren, maar kon er niet aan ontkomen. Vreemd genoeg kwam het totaal niet opwindend op hem over, eerder gênant. Ze hielden geen rekening met hem, hij was een stom meubel in het huis van haar man.

Laura kwam de trap op lopen en kwam direct naar hem toe met de producten die ze voor haar vader op de markt had gekocht. Ze deed alsof er niets aan de hand was, maar glimlachte naar Bertel. Zo'n mooi meisje, met blauwe ogen, alleen het hoekige voorhoofd had ze van haar vader.

De seance was net zo plotseling afgelopen als hij begonnen was. Hij had half en half verwacht dat ze de woonkamer in zouden komen om zich voor te stellen, maar nee. Ze stonden op en verlieten de woning, ze moesten de stad weer in. Ze hadden blijkbaar iets te doen.

Bertel zette Michelangelo terug in de boekenkast en keerde terug naar de goede, oude Flaxman. Het was beter dat hij alle afleidingen zou vergeten waar de stad vol van was, en gewoon zijn werk zou doen. Dat zei Zoëga altijd tegen hem.

1797

Hij opende de brief van zijn vader en begon te lezen, ging stil zitten en vormde de woorden met zijn lippen. Wat moest het heerlijk zijn om zo precies te kunnen spellen en schrijven!

Een van de afgelopen dagen heeft Willerup een nieuw galjoen van me afgepakt door zijn gebruikelijke opschepperij. Hij denkt dat, omdat jij weg bent, hij de enige is die het recht heeft om scheepswerk te verrichten. Zolang ik jouw hulp had met de galjoenen, hield die sukkel zijn mond wel, maar nu staat zijn opschepperige bek niet stil, hij begint nu de mensen ter plekke de wet voor te schrijven door te zeggen dat hij een kunstenaar is en dat ze naar hem moeten komen. Scheepsbouwer Larsen heeft hem echter te grazen genomen door mij te vragen om het galjoen te maken dat Willerup van mij had afgepakt door te proberen de kapitein in te palmen en hem een grove leugen voor te schotelen.

Hij zag hen voor zich, drie brede mannen die stonken naar sterkedrank en jaloezie. Drie mannen die elkaar haatten en door het werk met elkaar te maken hadden. Zoals zijn vader en moeder. Met zijn moeder kon zijn vader niet praten, laat staan over wat er op zijn werk gebeurde.

Hij moest hem antwoorden, maar zijn vader wist wel hoe moeilijk dat voor hem was. Of het thuis goed ging?

Wat je schrijven betreft, je schrijft goed genoeg om het te kunnen lezen. Je moet het niet aan een of ander Collegium laten zien. Als je vaker zou schrijven, zou het je gemakkelijker afgaan. Er bestaan geen kunstenaars die goed kunnen schijven.

Het stond hem zo tegen om te schrijven, om zijn vaders brieven te lezen, om herinnerd te worden aan dingen. Zijn vader plaagde zijn vriend Primon, die dezelfde naam had als de hond van Bertel die was thuisgebleven. Hij tilde Hector op, verborg zijn gezicht in zijn vacht en snoof de zoete, goede hondengeur op. Nee, hij had absoluut geen heimwee naar zijn naasten.

Hij had wel heimwee naar Kopenhagen, naar de geur in de straten op een zomerochtend, naar de stemmen die echoden in de straten, naar het rennen van steen naar steen op zijn blote voeten. Hij was nu eenmaal de jongeman die hij was.

Hij wilde altijd dat zijn ramen openstonden. Anderen probeerden hem uit te leggen waar de luiken voor dienden, maar zelfs wanneer hij siësta hield, stonden zijn ramen open, zodat geluiden, lucht en hitte naar binnen konden komen. Niemand begreep waarom.

Ze scholden elkaar uit, zijn ouders. Het was veel gemakkelijker nu hij op afstand van hen was. Ze haatten elkaar en brachten elkaar schade toe, maar alleen zijn moeder beklaagde zich in details. Gottskalk hield stand. Hij had de meeste moeite met zijn concurrenten.

Hij had zijn vader uitgelegd dat hij was begonnen met het hakken in marmer en dat het moeilijk was, maar dat hij doorzette en de kunst onder de knie begon te krijgen. Net als toen hij op Amalienborg direct in gips figuren stond te vormen en niemand minder dan de Zweedse kunstenaar Sergel langskwam, achter hem stond, hem onbeschaamd aanstaarde en hem vroeg hoe hij zulke mooie beelden kon maken. 'Hiermee!' zei hij kwaad en hij liet Sergel het mesje in zijn hand zien. Dezelfde instelling had hij met marmer. Dat moest aan hem gehoorzamen!

Hij had een nieuw en schokkend portret van Bernstorff gemaakt en van de schrijver Tyge Rothe. Zijn vader had geen idee wie dat was, maar zijn vrienden in Denemarken wel. 'Wie zou in hemelsnaam een buste van Tyge Rothe willen kopen?' was de reactie van zijn vader. Wist hij niet dat een of andere schoft een kopie van de buste van de grote Bernstorff had gemaakt, die ervoor had moeten zorgen dat Gottskalk sterkedrank genoeg zou hebben om de rest van zijn leven in een zalige roes te kunnen verkeren en dat de schoft zijn prutswerk voor een prijs verkocht die onder de eenvoudige productie van de Bernstorff van Bertel lag?

Ze maakte een nijging voor hem zonder op te kijken, dat had geen enkele vrouw ooit gedaan. Ze pakte de sjaal van mevrouw Zoëga van de stoel, vouwde hem voorzichtig op en keek om zich heen, lagen er nog andere dingen die ze mee moest nemen? Ja, een boek dat op de balustrade was achtergelaten.

Ze had zwart haar, hij kon vaag lichtblauwe linten zien die in haar haar gevlochten waren. In haar nek was het haar losgegaan en ze zweette. De jurk had bandjes van dezelfde lichtblauwe kleur. Wat had ze een blanke huid, het was alsof de zon geen vat op haar had. Onder de pofmouwtjes waren haar armen naakt. Nu blies ze, de fijne wind uit de bergen woei om haar heen en ze genoot ervan. Vouwde haar rok uit, maar die ging opnieuw van achteren tussen haar benen zitten.

In Denemarken droegen vast alleen nog de moedigste vrouwen chemisierjurken. De beeldige mejuffrouw Kurzhals met de lange zwanenhals. Mevrouw Heiberg, de hertogin en de jonge lieftallige mejuffrouw Zinck. Deze vrouw droeg haar zeer dunne jurk echter alsof ze nooit meer kleding had gedragen.

Hij liep op haar af en de wind zou haar geur bij hem vandaan moeten waaien, in plaats daarvan werd hij omringd door een heerlijke geur: haar, huid, stof, zweet. Wat moest hij doen? Ze begreep vast alleen maar Italiaans. Wie was ze? Een kamermeisje?

Hij bewoog zijn hand omhoog om haar aan te raken, maar hij durfde het toch niet. Hij moest haar vooral niet bang maken. Toen draaide ze zich om, stil en waardig, en keek hem toen aan. Een halve kop kleiner dan hij, ze was naar Italiaanse begrippen een grote vrouw, met lange benen, die kende hij al.

'Madame von Uhden,' zei ze duidelijk en ze maakte een kniebuiging. Veel te duidelijk! Madame von Uhden! Nee, ze maakte geen nijging meer, nu maakte ze een kniebuiging, met de sjaal en het boek van mevrouw Zoëga tegen haar borst geklemd. Ze had heldere, zwarte ogen met lange wimpers, kuiltjes in haar wangen, rode lippen. Knap. Haar neus was lang, smal en licht gebogen, maar niet lelijk, en haar lippen waren de mooiste die hij ooit had gezien. Net vochtig gemaakt door het puntje van haar tong.

'Alberto,' antwoordde Bertel en hij wees op zichzelf. Ze bloosde, hield haar hoofd scheef en wipte met haar voeten van teen naar hak, plagend.

'Dat weet ik,' zei ze, 'we zijn buren. Heeft u mijn man Wilhelm ontmoet?'

Ze sprak het mooiste Duits, het was niet haar moedertaal, maar ze had minder moeite met talen dan Bertel. Nee, hij had geen idee of hij ene Wilhelm von Uhden had ontmoet. Hij kon wel garanderen dat hij haar nog nooit had gezien, dat zou hij zich kunnen herinneren.

Het was alsof hij continu met zijn neus elke geur kon onderscheiden die uit haar richting kwam: hij wilde zo graag de geur en de smaak delen, haar mond en haar borsten, zout zweet en alle lichaamsopeningen. Het vreemdste was dat hij kon merken dat zij hetzelfde voelde. Op een bepaalde manier waren ze allebei naakt, konden ze niets verbergen.

'Heeft Wilhelm u niet eens zijn boeken laten zien?' vroeg ze met een lach in haar stem. 'Dat wordt dan tijd!'

Ze pakte zijn hand en leidde hem de trap af, door de tuin met een wirwar aan geuren en vruchtbaarheid, de eetzaal in. In de hoek die het verst weg lag opende ze een dubbele deur naar de bibliotheek, waar een knappe man zat, onberispelijk gekleed, met een sjaaltje hoog onder zijn kin, alle knopen van zijn jas dicht, een kniebroek, witte kniesokken en bandschoenen. Op de tafel lag zijn hoge, grijze hoed en tegen de tafel leunde een gepolijste wandelstok. Wilhelm von Uhden had slechts op één punt toegegeven aan de mode: de knopen aan zijn jas en vest waren enorm. De wandelstok was echter een kostbaar stuk handwerk, niet de knoestige tak waar Zoëga zo van hield.

'Hier breng ik u de knappe, jonge barbaar uit Denemarken,' zei de vrouw, lachend en knielend voor haar man. 'Hier is hij, Wilhelm! Hij kan spreken en hij wil graag uw boeken zien.'

Ze spraken elkaar aan met u.

Hij kwam enigszins vertraagd tot het inzicht, met een rilling waardoor hij de slappe, witte hand van von Uhden niet goed vastpakte. De man was zo knap, zo netjes, zo droog en ordelijk. Deze twee mensen pasten helemaal niet bij elkaar.

Zij ging weg en liet hen alleen achter, in een vlaag van heerlijke geuren en alerte blikken, en Alberto bleef onhandig staan in de kamer en keek dwaas en afwachtend naar von Uhden. Net zoals Hector, wanneer niemand van plan was snel een bal of een stok naar hem te gooien om mee te spelen.

Hij had Hector niet alleen in zijn kamer moeten achterlaten. Hij had überhaupt thuis moeten blijven. Hij wist eigenlijk wel dat het geen goed idee was geweest om samen met Zoëga op vakantie te gaan naar Genzano. Hij had helemaal geen tijd voor vakantie! Hij moest naar huis om meer mooie beelden te maken, die Abildgaard in Denemarken kon laten zien, zodat hij volgend jaar weer zijn vierhonderd rijksdaalders kon incasseren.

Von Uhden liet zijn boeken zien. Hij had stapels gekocht, nu opende hij ze, vertelde, legde uit en liet ze zien. Hij was archeoloog, geboren in Pruisen, maar nu met hart en ziel Romein. Alberto knikte als een fanatieke Chinese jabroer, die een of andere supercargo vanuit Kanton had meegenomen. Hij voelde zich de grootste idioot. Von Uhden was bezeten. De boeken waren zijn leven, had Alberto de fantastische illustraties gezien? En de mooie kaften? Nee, boeken interesseerden hem niet, maar hij durfde dat niet te zeggen tegen een man die daar stapelgek op was.

Hector kwam binnen, keek om zich heen, liep regelrecht naar een stapel boeken en tilde zijn poot op. Bertel wierp zich op zijn knieën en gebruikte zijn zakdoek om het op te deppen. Von Uhden staarde alleen en bracht zijn hand naar zijn neus. In zijn woning waren dieren niet welkom, kreeg Bertel te horen. Dieren waren vreselijke wezens die de wanorde uit de natuur met zich meesleepten.

'Wanorde,' dacht Bertel, Abildgaard had zijn spelling eens gecorrigeerd. Hector was zijn wanorde. Von Uhden had meer wanorde nodig.

Uiteindelijk verzamelde hij al zijn moed, kuchte, nam plaats op een lege stoel en keek demonstratief over zijn schouder of de fantastische echtgenote van von Uhden van plan was om hem te komen verlossen, maar hij kon haar niet eens horen lachen.

'Anna Maria is bij haar dochter,' zei von Uhden, terwijl hij zijn schouders ophaalde.

Hij was het vast gewend dat mensen de voorkeur gaven aan het gezelschap van zijn echtgenote.

Alberto hield vol. Stond op toen de klok het hele uur sloeg, maakte een buiging volgens de regels van de kunst, verontschuldigde zich en verliet von Uhden, die enigszins ontevreden leek, maar geduld met hem had. Hector was zo opgelucht. De hond had de hele tijd op zijn schoot gezeten, wilde zijn poten niet op de vloer van von Uhden zetten.

Anna Maria.

Aan tafel vroeg hij mevrouw Zoëga of zij Anna Maria kende en ze produceerde een lelijk lachje. Anna Maria, haar eigen oude kamermeisje? Een meisje met zo'n uiterlijk moest toch carrière maken? Ze was met von Uhden getrouwd en had hem een mooi, lief dochtertje geschonken. Ze was een goede en trouwe echtgenote, die zich alleen een beetje verveelde, want von Uhden was niet echt een vrolijke man om mee samen te wonen. Mevrouw Zoëga lachte veel met haar lelijke stem. Anna Maria regelde de huishouding en de financiën van het gezin, zorgde ervoor dat von Uhden bezig bleef met dingen waar hij geld mee kon verdienen en putte zichzelf gewoon uit. Wie had verwacht dat Anna Maria zo'n prachtige, onbaatzuchtige echtgenote zou worden?

Zoëga gaf zijn echtgenote gelijk en Bertel prikte in zijn eten, dat plotseling de frisse smaak had verloren. Zou hij een brief sturen naar mejuffrouw Kurzhals in Kopenhagen om haar ten huwelijk te vragen? Misschien konden ze samen van zijn vierhonderd rijksdaalders leven. Misschien had ze familie die in Italië werkte.

'Hoeveel ouder is de man van Anna Maria dan zij?' vroeg hij, zo onopvallend mogelijk, hij wilde het weten, vermoedde dat het meer dan twintig jaar was, maar Zoëga corrigeerde hem, slechts negen jaar, bijna negen jaar. Von Uhden kwam alleen ouder over.

'Hij is katholiek van het wedergeboren type,' ging Zoëga verder en hij keek Bertel diep in zijn ogen. 'Hij gelooft echt, kun je je dat voorstellen? Arme Anna Maria wat dat betreft, ze gelooft in zichzelf. Hij wilde per se in een katholieke kerk trouwen, Wilhelm, stel je voor dat hij niet eens de zegen van de heilige vader wilde hebben.'

Ik heb vier jaar in Rome. Ik heb vier jaar voor mij liggen. Nee, slechts drie. Als ze mij over drie jaar weer naar Denemarken halen, wat dan? Naar Denemarken om Wiedewelt te helpen met het koninklijke grafmonument, waar hij voortdurend mee bezig was. Om zijn rouwende beelden van de Dubbelmonarchie als volslanke, halfnaakte vrouwen te polijsten.

Dat kon niet waar zijn.

'Ze is trouwens ook weer zwanger,' zei Zoëga zacht. 'Je moet zeggen dat ze het mooi draagt.'

Ze stond in de deuropening, knielde en probeerde hem in zijn ogen te kijken van onder de gebogen strohoed. Zelfs de gekleurde linten zaten in de weg. Ze had zich aangekleed alsof ze naar de opera ging, met handschoenen tot aan haar ellebogen en een lichte jas met pofmouwen. Alles was van zijde, had von Uhden echt geld voor al die luxe? De stof maakte een ritselend geluid.

Het leek alsof ze direct bij de kleermaker vandaan kwam, alsof ze nog geen tijd had gehad om aan de kleding te wennen. Een vermomming? Ze had in elk geval een barrière tussen hen geschapen. Van deze kleding kon ze niet ontdaan worden zonder de schoonheid geweld aan te doen.

Ze knielde weer, bruisend en gemakkelijk, terwijl ze hem aan bleef kijken.

'Anna Maria Magnani,' zei ze en hij begreep haar niet, dus ze moest het duidelijk herhalen. Ze noemde haar eigen naam. Niet de naam van haar echtgenoot. Geen madame von Uhden. Voor hem was ze Anna Maria Magnani. Dat begreep hij.

Wat merkwaardig om alleen de zijde aan te raken en toch haar aan te raken. Wat zij er dan ook maar van vond. Ze maakte zwijgend de linten onder haar kin los en zette haar hoed af, schudde haar krullen in een flatteuze wanorde en liet toen haar lange, spitse vingers door de losse ragebol gaan. Hij keek haar jaloers aan. De krullen moesten precies zo over de perfecte schouders vallen, Hebe of Venus, hij wist niet hoe ze heetten of waarom ze van die fraai klinkende namen hadden. Zo moesten zijn vrouwen eruitzien.

De schouders waren perfect, ontdekte hij terwijl ze langzaam en waardig haar jas uittrok. Een enkele laag zijde. Wat bewoog ze haar armen mooi. Hij zou haar midden in de beweging moeten laten stoppen, zodat hij een schets kon maken.

Hij kon haar gebruiken. Elk deel van haar.

Ze was zwanger, maar de reeds enigszins bollende buik maakte haar alleen volmaakter. In elk geval in zijn ogen.

Niets was minder dan volmaakt: haar lichaam was als de Capitolijnse Venus, niet mager of dik, niet groot of klein. Haar heupen waren rond, haar vlees vouwde zich veerkrachtig door de bewegingen van de spieren. Ze liep ongetwijfeld veel, zijn Anna Maria, haar benen waren net zo sterk als die van een Griekse atleet. En ze had zulke lieflijke tenen.

Zoëga had diverse keren geprobeerd om hem uit te leggen wat de Vrede van Tolentino voor Rome betekende. Eigenlijk had hij het vooral opgevat als een interne zaak, die hem niet aanging. Hij was een Deens staatsburger en een onderdaan van Christian VII, waaronder hij verstond dat hij alleen veroordeeld kon worden door rechters in Denemarken. Als het zover zou komen. Er bestond wel censuur in Rome, maar de censoren waren niet goed in Deens, ze kenden Heiberg en Baggesen niet. Immanuel Kant leek verboden te zijn, maar dan kon je het boek een valse kaft geven, die deed voorkomen alsof het een banale roman was.

De tijden waren veranderd, hoorde hij van Zoëga, honderd jaar geleden was zelfs de opera verboden geweest en vrouwen mochten niet optreden op het toneel. Voor Bertel was honderd jaar een eeuwigheid. Niet voor Zoëga, hij sprak in eeuwen, in millennia.

Bertel werkte en hoorde geruchten. Vlak na de kerst hoorde hij schoten, maar hij kwam niet verder dan de voordeur, omdat hij geen risico wilde lopen. De Romeinse republikeinen werden geconfronteerd met de strijdkrachten van het Vaticaan, ze hadden hun toevlucht gezocht bij de Franse gezant. Het maakt niet uit, zei hij tegen zichzelf, terwijl hij de klei probeerde te vormen met trillende handen. Het maakt niet uit. Hij kon geen revoluties gebruiken. Alle kopers zouden ver weg vluchten. Als het helemaal verkeerd zou lopen, zou de Academie eisen dat hij terug naar Kopenhagen zou komen.

Van alle dingen waar hij bang voor was, was het laatste het ergste. Onverrichter zake, arm en mislukt terug naar Kopenhagen terugkeren. Dan zou hij nooit een kans krijgen.

Hij nam binnenshuis de tijd voor zijn dingen en hij luisterde. Als de wereld om hem heen instortte, moest hij naar buiten om te gaan kijken – ja, waarnaar? Een revolutie zoals de Franse? Waarbij de aristocraten geëxecuteerd werden. Van één ding was hij in elk geval zeker: niemand zou hem een aristocraat kunnen noemen! Eindelijk had hij een goede reden gevonden om aan de onderkant van de maatschappij geboren te worden.

Wat zou er met zijn klanten gebeuren als de revolutie uitbrak? Hij ging ervan uit dat kardinalen en bisschoppen dan geëxecuteerd zouden worden en dat monniken en nonnen vrijgelaten zouden worden. Of misschien zouden zij ook geëxecuteerd worden? Dan zou er niet veel anders meer over zijn van Rome dan kunstenaars, bedelaars en handwerkers. En toeristen. Door de oorlog zouden die toch wegblijven.

Abildgaard had er lustig over gebazeld dat hij bustes kon gaan verkopen van alle bekende mensen die naar Rome kwamen. Waar waren die dan? Hij durfde het Zoëga niet te vragen, die man was sowieso al ontevreden over zijn onwetendheid. Vragen waren gevaarlijk.

Hij was totaal overrompeld toen Zoëga zelf opdook in zijn kleine woning en van hem verlangde met hem mee naar buiten te gaan, ook al was hij daar helemaal niet op gekleed. Het was 28 december en het was dan wel niet net zo koud als in Denemarken, maar Bertel was een koukleum geworden. Hij protesteerde, rekte tijd en durfde niet te vragen.

Buiten op straat legde Zoëga uit waarom het zo'n haast had. Hij had gehoord dat de revolutie vandaag uit zou breken.

Bertel dacht even over dat bericht na. Er had zich een soort doffe scepsis van hem meester gemaakt. Moest je eerst aan iedereen die je kende uitleggen dat je met een revolutie wilde komen?

Aan de andere kant van de rivier, in Trastevere, hadden mensen een vrijheidsfeest gevierd en met rode mutsen op gedanst, vertelde Zoëga. Bertel voelde zich nog steeds heel zwaar en niet-begrijpend. Brak de revolutie uit omdat er bomen geplant werden en mensen rode mutsen droegen? Hij was geen expert op het gebied van de Franse revolutie, maar hij had een vrij sterk vermoeden dat er meer voor nodig was. Bajonetten, kanonnen en een bestorming van de Tuilerieën.

De heerser van Rome, de paus, stond immers machteloos. De stad werd bestuurd door Joseph, de broer van generaal Bonaparte, die vrij over straat liep, met iedereen een praatje maakte en elke zondag naar de mis ging. Bertel was zo benieuwd geweest naar Joseph, maar hij was teleurgesteld in de man: een volkomen net en gewoon persoon, zij het in een uniform met mooie gouden borduursels. Hij vond eigenlijk dat Bernstorff veel meer energie uitstraalde – die bijzondere energie, die niet gestopt werd door de tegenzin van andere mensen, maar erin slaagde het leven van andere mensen te veranderen.

Nu had Joseph Bonaparte gezelschap gekregen van een Franse generaal, die volgens Zoëga veel scherper was – Douphot moest de Romeinse republiek uitroepen.

'Maar Rome is toch een republiek?' bracht Bertel buiten adem in, juist nu moesten ze stilstaan voor een kar die werd voortgetrokken door twee ezels en Zoëga kookte van ongeduld, 'Rome heeft toch geen koning?'

'Nee, niet sinds de tijd van de Etrusken,' antwoordde Zoëga en hij trok een vreemd gezicht. Bertel stopte zijn pijp in zijn mond. Nu had hij het weer gedaan, gebazeld en zijn ongelooflijke onwetendheid kenbaar gemaakt. Hij kon zich wel herinneren dat Zoëga er eerder over had gesproken dat van Rome een republiek gemaakt kon worden. Maar moest het nu echt vandaag gebeuren, 28 december 1797, zo kort nadat hij was aangekomen, voordat hij zich thuis voelde, voordat hij echt op eigen benen kon staan?

Het begon donker te worden en de kou kwam omhoog van de straatstenen. Onder het lopen werd het Bertel steeds duidelijker dat hij rondliep met een verkoudheid. Hij had veel liever thuis gezeten met Hector in zijn armen om de afbeeldingen van Flaxman te bekijken.

Ze waren net de brug over toen de schoten vielen. Zoëga zette het op een rennen, maar Bertel bleef als verlamd bij de hoek van een huis staan. Het was waarschijnlijk het verstandigste om je klein te maken wanneer er schoten gelost werden? Hij had totaal geen zin om dichterbij te komen, maar de menigte sleurde hem mee, trok hem weg van de hoek, struikelend en met tegenzin kwam hij op het open plein voor het palazzo van Joseph Bonaparte terecht.

De onrustige paarden die de soldaten van de paus probeerden te laten gehoorzamen, belemmerden het uitzicht. Hij zag toch meer dan genoeg. Geen oproer, geen revolutie, maar een man in een uniform met gouden borduursels, die zijn sabel verloor en voorover viel. Hij viel als een omgekapte boom, maar probeerde tijdens de val de kogels af te weren, hij was niet dood. De kogelregen ging door en liet het lichaam dansen. De schoten kwamen van alle kanten en Bertel kon de troepen van de paus niet van de rebellen onderscheiden

Het enige waar hij zijn ogen niet van af kon houden, was de dode man op de straatstenen. Hij bloedde, terwijl hij met zijn benen onder zich opgetrokken lag en het bloed stil tussen de stenen door stroomde. Hij moest een Fransman zijn.

Bertel draaide zich resoluut om en sneed als een mes door boter, terwijl hij zich een weg terug baande. Het hele stuk terug naar de brug stond vol met nieuwsgierige en geschrokken mensen. Zoëga was van de aardbodem verdwenen. Bertel stak de brug over en voelde dat hij zich in een veiligere zone begaf – alles aan de andere kant van de rivier kwam uiterst vreemd en onbegrijpelijk op hem over. Het was geen vrijheidsdrang, maar pure chaos. Nu hadden de mannen van de paus een Franse generaal doodgeschoten. Hij hoopte maar dat de broer van generaal Bonaparte niet het slachtoffer was geworden.

1798

Hij werkte verbeten door, er zat niets anders op. De Franse generaal Berthier stond met tienduizend man voor Rome en de burgers in de pauselijke stad spraken alleen over de toekomst. Dit vage begrip, waarbij ze zich van alles voorstelden, zowel positieve als negatieve dingen. Zoëga geloofde nog steeds in de republiek, vrijheid en het verdwijnen van de paus en de Kerk. Anderen waren bang dat de Fransen de stad zouden komen afstraffen. Ze waren immers uit geweest op een revolutie, maar een dode generaal was het enige wat ze bereikt hadden.

Alberto sprak met zijn Deense vrienden en met de weinige Duitsers die zijn versie van hun taal konden begrijpen. Ze waren vol verwachting. Nu zouden de Fransen de dwaling van het geloof afschaffen. 'Weg met de inquisitie!' riepen ze. Bertel had geen idee wat de inquisitie was, maar hij vermoedde dat hij ertegen was. Net zoals hij tegen monnikenkloosters, het celibaat en dat soort dingen was. Hij leefde zelf ook in celibaat, zo kuis als een monnik, en hij had geen idee hoe die situatie kon veranderen. Misschien wanneer Anna Maria was bevallen? Hij was niet zeker van haar. Nergens van.

De paus had geen keuze, schikte zich en opende de stad. Bertel stond op straat en zag hoe de Fransen de stad binnenmarcheerden. Nu kwamen de revolutionairen en de republikeinen weer de straat op. Jonge adellijke Napolitanen deelden kokardes in de driekleur uit. Bertel kreeg er een te pakken en liep ermee rond in zijn hand, durfde hem niet vast te maken op zijn kleding en voor een hoed had hij geen geld.

Hij liep rusteloos naar huis, ging naar von Uhden en vertelde Anna Maria wat hij had meegemaakt en liet de kokarde zien. Ze rukte hem uit zijn handen en kneep hem fijn, alsof ze het ding haatte.

'Hou op je te gedragen als een kind,' siste ze. 'Ze schieten ons allemaal dood, wanneer ze terugkomen!'

Die uitspraak herinnerde hij zich toen driehonderd Romeinse patriotten de republiek uitriepen, met senatoren en maar liefst zeven consuls. Het gebeurde op de grond van de gemeente, op het Capitool, de republiek uit de oudheid was eindelijk weer hersteld.

Anna Maria kon niet inzien dat de nieuwe republiek iets groots zou moeten zijn.

'Welke koning hebben ze verdrongen?' vroeg ze honend. 'Welke koning hebben ze onthoofd? Volgens mij is de paus de koning van Rome!'

De Franse generaal proclameerde de nieuwe grondwet op het Capitool. De paus werd uit de stad verdreven en samen met hem de meeste kardinalen, er werd gezegd dat de paus stervend van verdriet was. Het gebeurde allemaal vlak om de hoek, maar het leek eindeloos ver weg. Alsof je gewoon de hele oude orde om kon gooien, zonder dat het gevolgen had.

Dat zou hetzelfde zijn als wanneer de zwakzinnige koning van Denemarken afgezet zou worden en het land zou worden uitgeroepen tot een republiek. Of toch niet?

In Napels hadden ze een koning en een koningin. De koning was een dwaas die het liefst wilde vissen, maar de koningin was de echte regent. De zus van Marie Antoinette. De republikeinse helden in Rome haatten haar. Bertel kende hen niet en hij hield niet van de smaadschriften. In Kopenhagen gaven ze de hele tijd pamfletten uit, maar ze gingen over van alles wat je kon gaan doen, niet over het feit dat de koningin lesbisch was.

Hij wilde het eigenlijk liever niet weten, maar hij was toch bang en liep de hele tijd na te denken. Hij tekende, studeerde en deed alles wat Zoega van hem vroeg, terwijl hij zat te wachten op de bevalling van Anna Maria. Tot nu toe had hij haar zwangerschap beschouwd als een esthetisch fenomeen. Nu werd het kind werkelijkheid. Hij hoefde niet langer te wachten. Zij ook niet.

Wanneer ze van het kind was bevallen, was ze vrij. Dat had hij zich ingebeeld.

Of het kind zou haar nog meer aan von Uhden binden.

Anna Maria Angelica.

Die gedachte had hij vannacht gekregen, daarom werkte hij zo hard – als het kind dood werd geboren, kon dat hen echt vrij maken. Ze zou vast verdriet hebben, ze konden samen toch kinderen krijgen. Als ze maar los kon komen van haar relatie met von Uhden. Dat bond haar, vooral de zwangerschap, dit ongewenste kind.

Dit door hem ongewenste kind, verbeterde hij zichzelf. Want niets wees erop dat zij wrok koesterde jegens het kind.

Als het kind niet zou sterven, dan was het het beste als het een meisje werd. Een zoon zou von Uhden ertoe zetten om aan haar vast te houden. Een dochter was gemakkelijker te delen. Een zoon zou von Uhden van haar afpakken, een dochter niet. Maar wat wist hij van scheidingen? Helemaal niets.

Ze borduurde.

Ze borduurde anders dan zijn moeder had gedaan. Toch was de relatie er. Borduren, dat was het antwoord van vrouwen op kunst. Hij kon de kwaliteit van haar borduursels wel zien, als ze een opleiding gevolgd had, had ze vast ook kunnen schilderen.

Nu was het te laat.

Godzijdank dacht ze niet dat haar talent uitgebreid kon worden. Ze dacht niet dat ze Thorvaldsen kon worden. Wat die naam dan ook maar waard mocht zijn.

Ze tekende de patronen niet, ze had ze in haar hoofd, achter haar ogen. Hij begreep haar techniek en die maakte indruk op hem omdat het zo nutteloos was. Ze kon toch net zo goed alles van tevoren uittekenen? Maar nee, ze wilde het dus moeilijk voor zichzelf maken.

Ze verkocht haar kunstwerken niet, liet ze nauwelijks aan anderen zien. Ze zat gewoon helemaal stil te wachten tot iemand de werken kwam bewonderen. Elk compliment werd met grenzeloze trots en een zelfbewuste glimlach ontvangen, maar zonder enig commentaar. Ze wist dat ze goed was. Op een dag, misschien, zou hij dat zelf ook zijn.

Hij moest aan de slag met het weerbarstige materiaal, dat was de eigenlijke reden dat hij nu in Rome was. Hij liep om de klomp heen alsof die hem afschrikte. Hij kon zich maar heel weinig marmer permitteren en hij twijfelde. Wat als hij zou falen? Als de vijfde houw er al voor zou zorgen dat de steen in scherven zou veranderen? Dan zou hij klomp nummer twee moeten gaan kopen en opnieuw moeten gaan proberen, maar dan zou hij nerveus zijn en zijn hand verlamd.

Langzamerhand was de onaangeraakte klomp, bedekt door een doek, een grote obsessie geworden. Hij durfde niet, maar wilde toch graag. Het gipsmodel van het gezicht van Bernstorff stond als een verwijt naast de klomp. Hij kende Bernstorff, het wezen van de man was van zijn gezicht af te lezen en er zou in Denemarken een markt zijn voor zijn kopie. Kort samengevat, wat weerhield hem ervan? Anders dan angst?

Het had hem zelfs moeite gekost om marmer te krijgen voor de kleine buste – de vaartuigen van de marmergroeve in Carrara konden de Tiber niet op komen, er was oorlog op zee.

Op een regenachtige dag liep hij, bijna zonder zijn beslissing te overwegen, in gedachten verzonken rond in zijn atelier, haalde de doek weg en begon te porren. Het ging erom al het overbodige weg te halen. Hij had verwacht dat de steen hem zou haten en tegenwerken, maar nee, de steen gaf zich over aan zijn wil en hakwerk, splitste zich zoals hij had gewild. Al snel had hij een rechthoek over die het gezicht moest worden. Toen liep hij erbij weg, ging lunchen, dronk wijn, opgelucht en verbaasd. Waar was hij bang voor geweest? De steen op zich? Die gedroeg zich als een lieve en welwillende vrouw.

Daarna duurde het weken voordat hij weer dichterbij durfde te komen – nu zou hij alles kapot kunnen maken. Toen hij echter eindelijk weer aan de gang durfde te gaan met het gezicht van Bernstorff, verloor hij het besef van tijd. Hij zat voorovergebogen en verwijderde microscopische hoeveelheden marmer, wreef met zijn vingertoppen, keerde en draaide de steen. Dit zou een stuk porselein van marmer worden. Iets anders was niet mogelijk. Bernstorff naakt en eenvoudig als de gezichten van de Romeinse republiek. Een eerlijke man, zonder nukken.

Zijn voornaamheid mocht niet zichtbaar zijn, laat staan de macht. Alleen het verfraaiende effect op de ziel van de edele wil. Hij kon niet ontkomen aan de rimpels, maar hij kon ze ook niet door het marmer trekken. Het moest gepolijst worden en veranderen in een huid, een warme huid zelfs, de huid van Bernstorff ademde wanneer hij het gezicht vastpakte.

Wat moest hij aan Abildgaard schrijven? De man wilde zijn leerling alleen maar helpen, maar de Romeinse Bernstorff was en bleef vreemd. Hij was trots op zijn werk, maar hij wist dat hij hem weg moest geven, Bernstorff was zijn toekomst. Ze hadden geen geld aan hem verspild. Hij kon het wel! Zelfs zonder docent.

Hij moest Bernstorff naar Abildgaard sturen, maar niet alleen. Nog een buste, nog een gezicht. Een mooi, versleten gezicht, een van de mannen uit het theater in Kopenhagen. Iemand die hij zelf kende.

Het was koud in maart en Bertel zat sceptisch, onwillig naar zijn eigen schetsen te kijken. Te koud voor zijn handen om aan de slag te gaan met het marmer. Het stond op hem te wachten. Geen Bernstorff meer met stormende jabots en onderscheidingen. Hij had de man afgebeeld alsof het een schilderij van Jens Juel was. Voor hem stond het naakte hoofd, het diepste van Bernstorff. Zijn ziel en gezicht zonder pruik en waardigheid. Net als de hoofden op het Capitool, alle republikeinse vaderen.

Abildgaard zou het beeld ongetwijfeld prachtig vinden, maar de anderen? Vast niet. Bernstorff zelf? Dat wist hij nog niet. Hoe kon je iets scheppen dat nog duidelijker was? Het zou een vrouw moeten zijn, een echt vrouwenlichaam, met volle dijen en een ronde buik, de heerlijke ronde schouders met het spel van de spieren, de zachte kracht van de armen, de handen met zowel een zachte als vaste greep.

Hij was misschien vastgelopen, maar hij wist dat hij het aankon. Meer dan dat zelfs.

Nu ging de deur open en de wind liet de papieren wapperen. Het raam ging open en hij sprong op, kwaad en geschrokken, wie kwam op die slordige manier binnenrennen?

Hij herkende haar haar onder de dunne sjaal, en haar geur. Ze was er en ze rende door de grote ruimte naar hem toe, in de gele zijden schoenen. Nu had ze rode, zijden linten in haar haar, maar ze was dezelfde. Zijn armen in en nooit weer eruit.

Hij had het geweten. Zoëga had het gezegd. Haar man was met de paus in ballingschap naar Florence gereisd. Ze waren onderweg naar Florence. Hier stond ze, zonder haar kinderen. Ze was te zwaar in zijn armen, want ze had zich helemaal aan hem overgegeven en hij liet zich samen met haar op de vloer glijden. Hector kwam binnen, blij om haar te zien, likte haar gezicht en handen en liep naar de deur, krabde en piepte om de straat op te komen.

1799

Hij wilde iets nieuws proberen, hij vormde de beelden tussen zijn vingers, smeerde ze in en liet ze weer los, wrikte ze los en begon bijna aan de klei te likken en erin te bijten om ervoor te zorgen dat die zich naar hem schikte.

Hij had nooit tevoren zo'n extreme beweging gewenst. Die moest mooi zijn, maar ook brutaal. Achilles vermoordde een waardige tegenstander en tilde de stervende op om te horen wie hij had vermoord. Op hetzelfde moment zag hij een vrouw, de amazone Penthesileia, en werd verliefd – om slechts te voelen hoe haar ziel zich van haar losmaakte. Daar stond hij toen met haar nutteloze lichaam.

Hij wilde hen beiden bewegen en daarmee zichzelf. Niemand zou zo'n verknipt standbeeld willen kopen, maar het model kon hij wel maken. Het was een wrede tijd, talloze versies van Penthesileia ademden hier en daar de laatste adem uit. Hij wilde de onmogelijke laatste mogelijkheid van de liefde zichtbaar maken. Achilles die haar probeerde te vangen en vast te houden en tegelijkertijd de erbarmelijke toegeeflijkheid van haar lichaam. Niet in verlangen, niet het mooie, gewillige bezwijken, maar de onderdrukking van het einde.

Anna Maria wierp één blik op het beeld, snoof en sloeg haar sjaal om haar schouders. Waarom geen standbeeld van Bonaparte? Van de paus? Van iemand voor wie de mensen geld wilden betalen?

Misschien moest hij het beeld terugsturen naar Kopenhagen, naar Abildgaard. Iemand anders zou hem niet begrijpen. In het buitenland was hij republikein, jakobijn en een gek geworden. Ze hadden hem zelf losgelaten, dit was het resultaat, om te huilen. Dat moest zijn moeder nou net te horen krijgen. Zij wilde immers dat hij terugkwam, dat wist hij. Het verlangen van Karen had het vermogen om hem dwars over oceanen en landsgrenzen vast te houden. Ze wilde zijn kleren herstellen, janken om zijn ongeluk en blij zijn om zijn geluk. Verder niets. Ze wist dat hij geluk had. Zij kende niemand met talent.

Hier zat hij met de pijn die twee mensen voelden, te laat om elkaar nog lief te hebben. Dat lot zou hij zelf nooit meemaken. Dat wist hij in elk geval heel zeker.

Hij kon de Italiaanse kranten niet lezen en hij ging ervan uit dat ze niet de waarheid spraken, Anna Maria vertaalde voor hem en hij probeerde het te begrijpen. Als Abildgaard of de oude Wie hier was geweest, waren ze naar het zuiden afgereisd. De revolutie was uitgebroken in Napels, een rasechte revolutie, veel heviger dan in Rome. Dit waren echte republikeinen, de koning was gevlucht, nu bestuurden jonge idealisten het koninkrijk. Ze plantten vrijheidsbomen op straat en benoemden elkaar tot ministers. Wanneer hij terugdacht aan Kopenhagen en het vergeleek met de revolutie, kon hij meteen de hoofdfiguren benoemen.

Heiberg met zijn kortgeknipte, rode hoofd, ja, de man die veel beter kon schrijven dan alle anderen, maar zo verbitterd dat hij gepasseerd was. Pram en Rigels, atheïsten, Rahbek en zijn vrienden. Misschien zou de Noorse jurist Colbiørnsen de rol van Mirabeau gaan spelen? Colbiørnsen was een groots man, legde hij aan Anna Maria uit, die de boeren vrijheid en bezit had gegeven. Zelf was hij net zo ambitieus als een herenboer. Hij noemde hen aardkorsten in plaats van aardvorsten, maar toen hij zelf geld genoeg had om een buitenverblijf te kopen, vervolgde hij met alle middelen de plaatselijke herbergier.

Anna Maria deelde zijn enthousiasme niet. Zij zag alleen de raddraaiers, misdadigers en godloochenaars. Alles waarvan ze geleerd had om het op afstand te houden. Het was, zoals ze zei, nog erger dan de chaos die de revolutie en de Fransen hadden meegenomen naar Rome. Wisten ze niet dat Rome een heilige stad was?

Bertel wilde het graag zelf zien. Misschien hadden ze daar in het zuiden een beeldhouwer nodig? Misschien... ze hadden de componist Cimarosa aan hun kant, in plaats van opera's voor het hoftheater componeerde hij hymnen voor de nieuwe tijd.

Anna Maria vroeg hem geschokt of hij dan niet zag dat Rome onder de Franse bezetting leed. Dat de Fransen de stad uitzogen? Dat ze alleen maar stalen en opschepten over de vrijheid? Sindsdien was het alleen maar crisis geweest. Geen handel, een enorme inflatie en gebrek aan brood. Bertel had geen idee hoe er een gebrek aan brood kon ontstaan in een land als Italië, waar alles zo gewillig groeide.

Hij ging naar Jason en keek hem vijandig aan. Het beeld volgde slechts langzaam de wil van Bertel. Jason was zijn idee van het gezicht van deze tijd, het lichaam van deze tijd. Hij hoopte dat iemand het eindelijk zou begrijpen en zichzelf zou herkennen in de gecontroleerde hevigheid van zijn standbeeld. Jason zou op een plein in Napels moeten komen te staan en hij had ook al een idee waar, voor het koninklijk paleis, waar misschien nooit weer domme, lelijke mensen zouden komen te wonen.

Zoëga kwam onaangekondigd binnen en staarde dom naar Jason. Bertel wist dat Zoëga het idee verafschuwde en elke avond die Bertel doorbracht met zijn gezin, werd er voorgelezen uit diverse antieke werken over dezelfde Jason. Het was uitputtend en vermoeiend, hij wilde Zoëga immers niet teleurstellen en ook geen leugen vertellen. Zoëga had aangedrongen op de 'heroïsche naaktheid' van Jason en Bertel had hem de afgeronde, uitstekende romp gegeven, die de meeste standbeelden uit de oudheid hadden. Daar had Zoëga ook niets tegen ingebracht.

Nu stond hij daar met zijn handen in de zij en bekeek het beeld van top tot teen. Het leek alsof Jason verbleekte.

'Waarom is hij zo rustig? Is hij helemaal niet bang dat Medea hem pijn zal gaan doen?' vroeg Zoëga en hij begon zijn pijp te stoppen.

'Nee, hij heeft Medea nog niet gezien,' bracht Bertel ertegenin. Zoëga leende hem zijn ogen, die alerte en sceptische blik deed Bertel denken aan zijn kleine witte terriër. Als hij nou maar wist wie Medea was.

'Medea hielp hem het Gulden Vlies te winnen,' beleerde Zoëga hem. 'Ze sneed haar broer in stukken en wierp de stukken een voor een weg, terwijl ze met Jason op de vlucht sloeg. Daarom verbaast het mij dat hij zo rustig kan zijn.'

'Hij heeft het Vlies gewonnen en kijkt om zich heen, kijkt of ze achtervolgd worden, maar hij weet dat hij hen aankan,' probeerde Bertel. 'Hij lijkt op generaal Bonaparte! Op Horatio Nelson! Hij vertrouwt op zijn eigen kracht, op zijn kennis over zijn eigen kracht!'

'Jason is juist niet sterk, hij is toch geen Heracles,' zei Zoëga bezorgd. 'Hij is een bedrieger en hij dankt Medea af, zodra hij in Korinthe aankomt. Hij verdient alles wat Medea over hem laat heen regenen.'

Bertel groef diep in zijn geheugen, maar de naam Medea zei hem nog steeds niets. Hij ging voor zover het financieel mogelijk was naar het theater. Hij probeerde goede stukken te zien, vooral met historische onderwerpen, maar hij begreep nog maar weinig van wat de toneelspelers voordroegen. De langzame Franse stijl was uit de mode geraakt, nu probeerden de toneelspelers op een natuurlijke manier te spreken, ze slikten woorden en uitgangen in. Daar zat Bertel op zijn dure zitplaats in het parket zonder dat hij er een woord van begreep.

'Mijn Jason is de held, niet de man van Medea,' stelde hij vast. Zoëga aaide het achterwerk van Jason en glimlachte. Bertel kon opgelucht ademhalen. Hij geloofde in zijn plannen, niet in de scepsis van Zoëga. Hij geloofde in zijn visie van schoonheid, vastheid en rust. Vooral de rust. Geen hysterie zoals bij Bernini. Geen schreeuwende, jankende, lastige, bulderende barok. Zoals de mensen van deze tijd hysterisch waren, wilde hij de rust laten zien, zelfbeheersing midden in de kracht.

'Waarom is Jason een held?' vroeg Zoëga hem geduldig. Hij keek in Bertels ogen met een geweldige toegeeflijkheid. Bertel keek met zo'n intensiteit terug dat zijn ogen vol water liepen.

'Dat weet ik niet,' fluisterde hij uiteindelijk beschaamd. Hij maakte zijn lippen nat met zijn tong en probeerde te glimlachen.

'Je maakt een Jason zonder hem te kennen?' vroeg zijn vriend.

'Ik maak Jason, omdat jij zoveel over hem hebt gesproken,' ging Bertel verder. Zoëga zuchtte en vroeg of Bertel zich het verhaal van Jason kon herinneren. Nee, eigenlijk niet. Hij had zijn Gulden Vlies nu, hij was klaar met zijn opdracht en hij was waarschijnlijk op zoek naar zijn schip? Hij was vast op reis gegaan om dit beroemde Vlies te vinden?

'Hij neemt het gevonden Vlies mee, omdat hij zijn stad en zijn volk wil dienen. Jason is een ware patriot,' zei Zoëga en hij bleef de held aaien. 'Hij vecht voor zijn geboorterecht, zijn vader was door zijn eigen broer als koning verstoten. Net zoals met de zwakzinnige koning in Denemarken gebeurde en met zijn domme broer. Jason leerde zijn wijsheid en rechtvaardigheid daarentegen van een centaur.

Bertel durfde hem niet te onderbreken. Hij wilde graag iets vragen over de centaur, maar nu was Zoëga in zijn nopjes. Hij speelde de jonge, onhandige Jason, die een kleine, oude vrouw over een bruisende rivier draagt en zijn ene sandaal verliest. Deze kleine vrouw blijkt de godin Hera te zijn. Hij moest het Gulden Vlies meenemen naar de geboorteplaats om koning te worden. Nu hing het in Colchis, bewaakt door een nimmer slapende draak.

‘Hoe overleed jouw held Jason dan?’ vroeg Zoëga triomfantelijk. Nee, juist op deze vraag verwachtte hij niet dat Bertel het antwoord wist. Dat was een bijzondere kennis voor ingewijden. Het schip dat Jason in zijn jonge jaren voor de reis had gebouwd, heette Argo. Toen hij oud werd, zat hij vaak onder het schip, dat in zijn koningshal was opgehangen. Op een dag brak het ophangsysteem en stortte de Argo boven op Jason. Dat leek Bertel een goede en mooie dood.

Hiervan zat niets in zijn figuur. Hij keek omhoog naar het gezicht en glimlachte begripvol. Dit was een andere Jason. Dit was zijn vriend. De Jason van Zoëga zou oud worden en bezwijken onder de prestaties van zijn eigen grootse jeugd. Deze Jason was gevangen in het moment van de overwinning, maar zonder valse triomf. Zonder omhaal van woorden. Het Vlies was voor hem voldoende.

Iemand zou toch de heldere schoonheid en puurheid in zijn beeld zien. Wat was dat anders dan de beelden van de generatie van zijn ouders. Deze held, die vrij door de wereld reisde, alert en gedragen door rechtvaardigheid. Wat zou hij mooi worden in marmer! Het echte product uit Carrara.

Maar hoe moest hij Jason daarheen transporteren? Nu Anna Maria zo tegen zijn idee was. Hij wist niet wat te doen. Als de censoren van de paus ontdekten waar hij aan werkte, konden ze hem verbieden om door te gaan.

Hij wilde hetzelfde doen als Michelangelo, maar in een tijdperk dat nog geweldiger, nog beter was. Hij wilde de wereld een persoon laten zien die zowel revoluties als oorlogen aankon. Misschien zou Joseph, de broer van Bonaparte, de juiste persoon zijn om zijn model van klei aan te laten zien?

Zoëga zei dat hij dat idee wel kon vergeten. Hij vond zelf anders dat het goed en praktisch klonk. Een korte reis naar Parijs, een bezoek aan het atelier van schilder David, een wandeling door de straten – hij wilde de ruïnes van de Bastille zien en griezelen op de plek waar de guillotine zijn mes door de koning en koningin, en duizenden andere, onschuldiger mensen had geslagen.

‘Ze laten je nooit weer binnen,’ zei Zoëga oprecht. Hij zou wel in Parijs komen, maar de paus en de kardinalen zouden hem hierna met de grootste scepsis bekijken. Een revolutionair persoon, misschien zelfs een democraat, het ergste stuk schorem dat de wereld had meegemaakt.

'Hoe moet ik dan de beelden van David bekijken?' vroeg hij. Hij interesseerde zich er hevig voor. Misschien kon hij zelfs iets leren.

'Wees tevreden met kopergravures,' antwoordde Zoëga. Bertel snoof en haalde zijn schouders op.

'Die zijn toch dood!' ontglipte hem met de grootste verachting. 'Dood en plat, daar kan niemand iets mee...'

Hij zweeg te laat en voelde de teleurstelling van Zoëga. Alle anderen konden kopergravures gebruiken. Hij had echter de kleur nodig en het gevoel van drie dimensies. Niet deze rommel, niet deze flauwe vervanging.

Hij was alleen uit geweest, had koffie gedronken bij Greco en toeristen bekeken, hoewel er zo weinig waren dat iedereen het erover had – toen kwam een van de huurders van Casa Buti aanstormen met zijn haar in de war en wilde ogen. De Napolitanen waren Rome binnengevallen!

Bertel moest toegeven dat hij dacht dat ze al eerder in de stad waren, maar nu was de vijand onderweg. Had hij maar meer vrienden in Rome! Was hij maar beter geaard, had hij de taal maar geleerd en een vaste plek gevonden. Of gewoon een publiek.

Hij wist dat de bustes die hij naar Kopenhagen had gestuurd catastrofes waren, gezien met de ogen van de meeste kunstenaars. Pure catastrofes als reclame.

Hij was terughoudend geweest toen het drama begon, maar nu wilde hij het met zijn eigen ogen zien. Het was bijna oktober en er kwam een onbekend leger de stad in marcheren. Er waren geen Napolitaanse edelen met kokardes. Geen gejubel. Alleen vijandelijke passiviteit. Het Oostenrijkse leger van de Napolitanen leek ook goed te weten dat het niet gewenst was. Ze hadden de vijand de stad niet eens afgepakt, de Fransen waren gewoon gevlucht.

Hij liep langzaam naar huis, maar hij zag het niet zitten om binnen te zijn en begon door de natte straten te zwerven. De Romeinse huizen glommen van kleur wanneer de zon gul was, maar in slecht weer nam de stad een gevlekt, beschimmeld uiterlijk aan en leek hij arm en bouwvallig.

Het moest toch iets goeds met zich meebrengen. De toeristen terug in de stad en de pauselijke hofhouding. Klanten. Hij haatte zichzelf dat hij zo dacht. In een stabiele situatie zou de Academie hem daar laten blijven.

Hij liep in gedachten, met grote passen, rond, was geheel onvoorbereid toen hij een hoek om liep en precies in een optocht terechtkwam. Twee jonge mannen in bebloede, kapotte overhemden kwamen aanlopen, op blote voeten en huilend, meegevoerd door vreemde soldaten met bajonetten op de lange geweren. Ze jammerden en keken smekend naar de zwijgende mensen op de stoep. Achter hen kwam een oude man op een ezel, met zijn handen vastgebonden op zijn rug en zijn voeten achter zich aan slepend. Hij had alles opgegeven, kon je zien. Toen de ezel stil kwam te staan, kwam een van de soldaten om hem te slaan – niet het dier, maar de man – met een zweep. Sloom en onverschillig. Iedereen was onverschillig.

Ze kwamen uit op het plein voor het Pantheon en sommige bedelaars gooiden afval naar de arrestanten. De man op de ezel keerde zijn gezicht af van de projectielen met een laatste flauwe afspiegeling van waardigheid. Zijn grijze haar was in een staart samengebonden in zijn nek. Er bungelde een natte, losse strik op zijn rug. De strik had drie kleuren, de driekleur. Nu namen ze de consuls van de republiek gevangen.

1800

Er was geen geld.

Alsof dat iets nieuws was.

Niemand had hem opgemerkt en hij verkocht niets. Ja, de vriendelijke sir Bourke uit Napels stuurde af en toe bestellingen, hij wist wel waarom. Het was om dezelfde reden dat oudere dames 's winters de vogels voederden.

In het begin was Zoëga zijn vriend en mentor geweest, maar de man was ontevreden over hem en Bertel had geen idee wat hij moest doen om hem tevreden te stellen. Als een bandje op een verkeerde plek op een schouder zat, barstte Zoëga in een spugende woede uit en liet hem krachteloos en huilend achter. Bertel liet hem zijn voorzichtige schetsen zien en Zoëga scheurde het papier doormidden. Hij werkte een hele nacht aan een model van klei en Zoëga toonde alleen hoongelach voor het werk.

Hij moest toch iets maken. Dat zei hij ten einde raad tegen Zoëga, zijn magere gezicht trilde van spanning.

'Ik moet toch iets kunnen als de Academie mij hiernaartoe gestuurd heeft?' ging hij door, en nu trilde en brak zijn eigen stem. Dat begreep hij niet. Wanneer had hij voor het laatst gehuild? Hij was beresterk en kon pijn en honger aan. Iedereen vond dat hij de robuustheid zelf was, maar nu kon hij zich niet eens verzetten tegen de tranen. Die schudden hem door elkaar, bogen hem voorover en legden een schaduw over zijn gezicht.

'Ja, je vraagt je zeker af wat de reden is van dat besluit,' zei Zoëga. 'Een onwetend kind in Rome. Weggegooid geld. Maak toch alsjeblieft die Jason! Misschien is het goed om grote dromen te hebben.'

Bertel had de hele tijd geweten dat Jason het bevattingsvermogen van Zoëga te boven ging, dat hij het dwaas en gevaarlijk vond om een hele figuur te maken – hij, een onbekende kunstenaar zonder invloed.

Hij had twee keer het kleimodel moeten neerslaan, omdat het niet deed wat hij wilde. Twee keer was hij helemaal opgelucht geweest dat hij opnieuw mocht beginnen. Elke keer was Jason beter geworden.

Hij had de droom opgegeven om het gipsmodel naar Napels te transporteren. De revolutie was dood. Niemand verbood hem echter om te dromen. Misschien zou hij Jason kunnen verkleinen tot miniatuurformaat en modellen van gips verkopen? Hij had geen idee hoe hij geld moest verdienen. Geen enkel idee.

1801

In april had hij het standbeeld afgemaakt en weer afgebroken. Het najaar was net zo harteloos als altijd. Koorts en geen zin om te werken. Hij kon niet echt gaan klagen bij Abildgaard, die nog steeds van mening leek te zijn dat hij zich op de juiste plek bevond. Abildgaard kende Rome alleen niet zoals het er nu was. De hitte van de zomer veroorzaakte stank van de begrafenissen in de kerken, dus zelfs de vroomste mensen hielden zich op afstand. Je kon niet met de ramen open slapen, scheen het.

Het jaar ervoor had hij trots naar de Academie geschreven dat hij van plan was om zo lang mogelijk in Rome te blijven. Maar de vooruitzichten waren sindsdien niet positiever geworden. In de tussentijd had er in Denemarken een oorlog gewoed, hij ontving brief na brief uit zijn vaderland, de grote geschiedenis had Kopenhagen met een bloederige vleugel geschampt. Jonge mensen hadden zich met massa's tegelijk in het uniform gestoken, hadden leren schieten en waren door de stad gemarcheerd om te laten zien dat ze bereid waren te sterven ter verdediging van het land. De Engelsen hadden de Deense vloot aangevallen die geheel onvoorbereid was, en hoewel de Denen beweerden dat zij de slag gewonnen hadden, begreep Bertel dat ze eigenlijk verloren hadden. Alleen door de dood van de Russische tsaar waren ze gered.

Hij was graag op 2 april in Kopenhagen geweest. Hij had zo graag iets willen betekenen. Nu zat hij in Rome met een vrouw van wie hij hield, maar die hopeloos gevangenzat in een dood huwelijk. Bovendien met ideeën die bij niemand aansloegen en met beelden die niemand kocht.

En Heiberg was verbannen.

De voortdurende stroom van pamfletten was opgedroogd. Het begon vast rustig en bedompt te worden in Denemarken, maar hij voelde zich nog steeds verbonden.

Anna Maria vroeg hem te blijven, ze was net een echo van Abildgaard, Wie en Zoëga, hij moest het beslist volhouden, alleen in Rome kon hij zich tot kunstenaar ontwikkelen, in Denemarken zou hij handwerker worden. Hij wist dat ze hem niet zou laten gaan, maar op dit moment had hij geen andere redenen om te blijven.

Op een ochtend werd hij wakker gemaakt door de klokken en hij keek omhoog naar het plafond, naar een kleine vochtige plek die hem al lange tijd had geïrriteerd. Hij zou het plafond moeten witten, maar hij had er geen geld voor. Wat als hij toch terug moest keren naar Denemarken? Waarom zou hij dan geld moeten steken in het mooier maken van een woning waarin hij nooit meer zou wonen?

Was het echt zo erg om terug te gaan? Hij draaide zich om en voelde hoe erg hij had gezweet, maar hij had geen koorts. Het was het zweet van de ziel. Hoe had hij kunnen weten dat Rome zo'n teleurstelling zou worden, dat hij hier armer zou zijn dan in Kopenhagen? Nog steeds onrustig in zijn hoofd stond hij op en ging zitten om een brief aan zijn ouders te schrijven. Hij moest hen er in de eerste plaats op voorbereiden dat hij verlangde naar het weerzien en dat ze niet moesten verwachten dat ze een welgestelde of een gebroken zoon terug zouden krijgen. Hij wilde de strijd aangaan.

Wat zouden ze blij zijn om hem terug te krijgen. Dat wist hij zeker. Op dat moment begon hij over Anna Maria na te denken. In Rome was ze katholiek, in Denemarken zou ze zijn echtgenote zijn. Niemand zou vallen over het feit dat ze gescheiden was of dat haar huwelijk ontbonden was. Als je het katholicisme verwierp, was je vrij – en protestants.

Toen werd hij overvallen door matheid, hij steunde met beide armen op de tafel en liet zijn voorhoofd in zijn handen rusten. Vandaag was slapen zijn grootste behoefte.

Normaal gesproken wist hij niet zeker of hij de brieven van zijn vrienden aan Anna Maria moest voorlezen, maar deze wilde hij proberen te vertalen. Het was een brief van Abildgaard en zijn brieven waren altijd leuk. Bertel zat er een paar uur mee en probeerde termen in het Duits en Italiaans te vinden, zocht ze op in al zijn woordenboeken en werd er helemaal duizelig van. Hij, de man die alleen Deens had gesproken tot hij hiernaartoe kwam, moest nu allerlei talen gebruiken. En als Anna Maria het nu verkeerd zou begrijpen? Om te beginnen was ze zeer sceptisch tegenover zijn oude vrienden – republikeinen, jakobijnen, allemaal idiote mensen! Godloochenaars en koningsmoordenaars. Hij had het opgegeven om uit te leggen hoe enthousiast iedereen was over de jonge kroonprins, de boerenhervormers, Bernstorff en Reventlow, voor haar waren het gevaarlijke omwentelaars van de maatschappij en in Denemarken werden ze beschouwd als de trouwe steunpilaren van de maatschappij. Hoe zou ze beter kunnen weten? Haar wereld werd bestuurd door oude prelaten, schijnheilige huichelaars, die overdag missen celebreerden en zich 's avonds lieten bedienen door minderjarige kinderen in de bordelen van het Vaticaan. Dat werd er in elk geval gezegd en Bertel was geneigd de geruchten te geloven.

Dus hij moest voorzichtig te werk gaan en haar de hele tijd uitleggen waarom Abildgaard zijn respectloze uitdrukkingen gebruikte. De reden dat hij juist deze brief durfde voor te lezen, was dat de inhoud haar zou verblijden. De oude Abildgaard had op late leeftijd de liefde gevonden die hij zo vaak had bespot toen hij jonger was.

Bertel begon voor te lezen en te vertalen. Abildgaard was in de Jutse stad Horsens geweest en hier had hij Juliane Ottesen ontmoet. Ze was getrouwd met een man die voor de verbannen Russische vorsten werkte, die in het paleis in de stad woonden. Korte tijd na hun eerste ontmoeting diende ze een verzoek tot echtscheiding in en verliet haar man. Zoiets was nog nooit eerder voorgekomen in Horsens. Nu was het wilde leven in de hoofdstad naar het Jutse platteland gekomen!

Hij had rode wangen gekregen en keek enthousiast op naar zijn geliefde. Ze zat zoals gewoonlijk te borduren, knalrode bloemetjes tegen een hemelsblauwe achtergrond, op fijne antieke steeltjes. Ze hield gewoon haar borduurwerk in haar handen en keek naar de vloer, er klopte een ader in haar witte voorhoofd. Toen schudde ze haar hoofd, met al haar krullen die met een blauw zijden lint waren vastgebonden en haalde haar neus op.

'Ze had zeker ook kinderen, die ze bij hun vader moest achterlaten?' was het enige commentaar van Anna Maria. Niet voor zover Bertel wist. Hij stak zijn wijsvinger op en hield haar blik vast. Nu moest ze goed luisteren! Dit was belangrijk!

Abildgaard was lange tijd gekweld geweest over zijn leven, die liefdeloze toestand. Niemand had tegen hem gezegd dat ze van hem hielden. Niet eens dat genoegen had hij gehad. Zijn beste beelden waren samen met Christiansborg in vlammen opgegaan. De revolutie leek niet naar Kopenhagen te willen afdalen terwijl hij leefde. Hij wilde zich binden aan een ander mens, al was het maar één keer in zijn leven. Maar aan wie? Wie wilde in hemelsnaam iets van hem weten? Oud, oersaai, al zesenvijftig jaar. Bertel kon zich de scheiding van Abildgaard herinneren, zijn vrouw liet hem in de steek en liet bloederige sporen achter in zijn verleden, de scheiding duurde jaren en iedereen lachte de bedrogen echtgenoot uit, de zwakkeling, de gek die niet eens kon voorkomen dat zijn vrouw hem te schande maakte. Wie wilde iets van hem weten? Wat was het toch een ontroerend verhaal, Anna Maria zou nu tranen moeten wegpinken.

Daar stond ze dan, zijn Juliane met haar wipneus en piepkleine ronde mond. Met ironie, humor en wijsneuzigheid. Nog maar tweeëntwintig en fantastisch. Fantastisch. Hij had een serieus gesprek met haar gehad nadat ze voor het eerst de liefde hadden bedreven. Want ze twijfelden er beiden niet aan dat de bliksem was ingeslagen. Eeuwige liefde op het eerste gezicht. Ze zou zeker weduwe worden, voordat ze veertig was. Alsof ze daarover in zat.

Bertel werd bijna overmand door ontroering, hij wist hoeveel het van Abildgaard gevergd had om zo te schrijven. Toen hij echter opkeek naar Anna Maria, zag hij een geheel ander gevoel. Haar mond stond open en ze bekeek hem met een gevoel van afkeer en verbazing. Alsof ze hem nu pas begreep en dat was niet met genoegen.

'Hij is zesenvijftig en zij tweeëntwintig?' herhaalde ze en glimlachte onaangenaam. 'Natuurlijk houdt hij van haar, die oude viezerik! Hij stinkt vast ook? Heeft hij jicht en een dikke buik? En zij is tweeëntwintig! Zij wil trouwen met de grote kunstenaar! Hij misbruikt haar en zij misbruikt hem, en dat noemen ze liefde!'

Ze schudde haar hoofd, alsof ze het idee van zich af probeerde te schudden, en er liep blijkbaar een rilling over haar rug waardoor ze haar borduurwerk weg moest leggen. Bertel kon onmogelijk doorgaan met Abildgaards ontroerde uiteenzetting van geluk – op een dag zou hij met Juliane kunnen trouwen en een gezin stichten. Hij wilde zo graag een echt gezin hebben, zolang dat maar niet gebaseerd was op leugens en dwang, maar op pure liefde.

Abildgaard had het opgegeven om het nieuwe Christiansborg te mogen decoreren, maar er was geen macht op aarde die hem kon verhinderen zich helemaal over te geven aan een ander mens. Zulke dromen hadden alleen vrouwen, mannen niet. Of toch? Bertel zat met de brief in zijn handen en las de regels opnieuw. Anna Maria begreep er niets van, maar hij begreep alles. Zo wilde hij zelf leven, maar hoe moest hij dat in hemelsnaam voor elkaar krijgen?

1802

Bertel was van het ergste uitgegaan, nu had hij het geld ontvangen, vierhonderd rijksdaalders voor het volgende jaar. Het beste was dat hij niet naar Kopenhagen terug hoefde te gaan. Geen lange reis, geen in tranen gesmoorde thuiskomst en ontvangst. Geen tijd als galeislaaf bij Wiedewelt, domme vrouwengezichten glimmend polijsten op het koninklijke grafmonument. Hij was weer eigen baas.

Hij liep om de kleine lessenaar heen, die hij van de muur had geschoven. Isoleerde hem samen met de mogelijkheden. Voor al dit geld zou hij marmer kunnen kopen. Mooi, geaderd, maagdelijk marmer, dat erom schreeuwde tot iets anders omgevormd te worden. Maar tot wat? Niet iets moois, glads en saais. Geen koele, kuise godinnen meer. En ook geen kunstmatige trucjes meer. Hij had gevoeld hoe de gal onder zijn gehemelte omhoogspoot van jaloezie, bitter en pijnlijk, toen hij tegenover de Daphne en Apollo van Bernini stond. De bladeren, de boom die uit Daphne ontsprong, het gemak, de arrogantie, ik kan alles, kijk mij eens, vader, ik ben beter dan jij. *Willerup zegt dat hij beter af is met mij dan met jou. Ik mag het galjoen helemaal alleen afmaken.*

De anderen, zijn collega's, haatten de barok, hoewel die overal opdook. Ze verachtten Bernini. Hij niet. Hij wilde dezelfde positie bereiken, iets net zo unieks maken dat de ogen aansprak en ervoor zorgde dat je handen aan de bladeren gingen voelen om te kijken of ze echt van marmer waren...

Het moest groots, trots zijn, het marmer volgen, de kern in de klomp, het vierkant, het blok zijn. Hij wilde zo'n blok krijgen, eromheen lopen en afwegen of het hem gunstig gezind was.

Een man die door de wereld reisde zonder iets anders dan moed, en overwon. Een held, een mythologische held. Zonder struisvogelveren en helm. Niet een held uit de Italiaanse opera. Een naakte, sterke man. Hij kon zijn eigen lichaam als model gebruiken. De basis eerst langzaam in klei maken, daarna in gips.

Wie zou die geweldige man willen kopen? Dat wist je nooit. Misschien Bonaparte, misschien de paus. Sommige mensen hadden te veel geld. Hij had precies genoeg. Voor het maken van dat beeld was hij op de wereld gezet. Om iets van zichzelf na te laten.

Dat beeld moest zijn gezicht aan de wereld laten zien. Zoals Michelangelo het gezicht en het lichaam van Florence creëerde, naakt en moedig, maar niet overmoedig – met wakkere, scherpe ogen, altijd op zijn hoede om zichzelf te kunnen verdedigen. Hij wilde zijn eigen gezicht creëren, zijn eigen moed, en de aandacht. De tijd die hij nergens voor kon gebruiken en die hem ook niet leek te willen gebruiken, zo onverschillig en machteloos als een beeldhouwer in een vreemd land vol kunstenaars. Zijn beeld van deze tijd. Niet het beeld van anderen.

Hij begon stil en verbeten te boetseren. Het zou een enorme klus worden, maar er was hem immers meer geld in het vooruitzicht gesteld. Abildgaard begreep hem en Wiedewelt was waarschijnlijk blij om te weten dat er geen concurrent opdook, vers vanuit Rome en met nieuwe, wilde ideeën.

Ze liepen naast elkaar en hij deed haar na. Anna Maria wist hoe het moest. Naar de kom met wijwater, je vingertoppen erin dopen en een kruis slaan. Dat had hij nog nooit eerder gedaan: wanneer hij in een kerk kwam, was dat alleen om kunst te zien. Voor hem waren de kerken in Rome musea. Verdomd slecht verlichte musea zelfs.

Anna Maria legde de witte, gehaakte sjaal over haar haar, alsof ze zich probeerde te verschuilen. De donkere vrouw veranderde plotseling in een kleine, kostbare tent. In haar rechterhand hield ze demonstratief een rozenkrans. Zelfs haar manier van lopen veranderde, ze knielde met nederige elegantie voor het hoogaltaar, sloeg met gebogen hoofd een kruis en ging direct door naar het kleine altaar van de heilige.

Bertel bleef midden op de stenen vloer staan en keek om zich heen. Hier waren geen standbeelden die zijn blik trokken, slechts de wirwar van figuren tegen een geschilderde blauwe hemel op het plafond. De oude Wie had hem een keer meegenomen naar het Frederiksbergpaleis om hem de wolkenafbeeldingen in de kerk te laten zien. Kleine en grote stukken, die moesten laten zien dat de hemel ook in de kerk bestond. Wie vond het ongelooflijk komisch. Bertel vond de kleine wolkenportretten eigenlijk best mooi. Hier hoog boven zijn hoofd was een weelderige wereld, die hij nooit zou leren kennen.

Hij pakte haar arm vast en wilde iets tegen haar zeggen, maar haar hele gezicht stond stijf van ontzetting en ze maande hem stil te zijn. Daarom wees hij naar boven, naar boven. Ze volgde zijn blik, enigszins beteuterd, alsof ze het ergste verwachtte, en er verscheen een grote glimlach op haar gezicht. Ze konden de kerk niet delen, alleen het schilderij.

'*I Santi!*' zei ze heel duidelijk. De heiligen. Natuurlijk, ja, ze kwamen zeker in de hemel, terwijl alle anderen genoegen moesten nemen met het verdraaien van hun nek om omhoog te kunnen kijken.

Hij wilde zo graag naar boven om het schilderij beter te kunnen bekijken, maar hij durfde het haar niet te vragen en al helemaal niet aan de geestelijken die zwijgend door het schip van de kerk schreden. Alleen de zuilen waren goed. Ze waren oud, heel oud. Zoëga zou precies kunnen vertellen hoe oud.

Wat verlangden zijn ogen toch naar naakt vlees, los haar, stille innigheid en de vrijheid van het lichaam. Een halfnaakte heilige, wat zou dat een bevrijding zijn.

'Zie je niet hoe heilig dit huis is?' fluisterde ze en ze pakte zijn arm vast. Haar ogen straalden, hij wist hoe mat en bleek hij er zelf uitzag naast haar. Nee, hij had geen idee wat *heilig* was. Hij had zich nooit omringd gevoeld door heiligheid. Totaal niet.

'Als je je bekeert, kunnen we trouwen,' fluisterde ze, maar nu durfde ze hem niet meer in de ogen te kijken. 'Jij wordt katholiek, dan wordt het mijn eerste huwelijk. Dan zijn we getrouwd voor Gods aangezicht.'

Hij keek radeloos omhoog om indien mogelijk het aangezicht van God te kunnen identificeren. Dat moest toch ergens daarboven aan het plafond zijn. God, die het druk had met het noteren of de mensen het een of het ander deden. Hij raakte totaal uitgeput bij de gedachte aan deze nauwlettende controleur. Hoe hield God, die naar verluidt almachtig was, het vol om dagelijks van de ene naar de andere domme zondaar te vliegen?

'Ik geloof toch niet in jouw God,' zei hij heel ongemakkelijk en hij probeerde haar over haar wang te aaien, maar dat wilde ze niet, echt niet. Met een stijve rug en nek liep ze achteruit, sloeg een kruis en knielde nogmaals, misschien ter ere van een monnik.

'Jij gelooft toch ook niet in de heidense goden,' siste ze met neergeslagen ogen, 'en die kun jij maken zonder met je ogen te knipperen. Huichelaar! Waarom wil je niet katholiek worden?'

Hij wist het niet. Hij wist wel dat hij het niet kon. Die mogelijkheid stond gewoon niet open. Het zou zo'n monumentale leugen zijn dat hij zich er nooit mee zou kunnen verzoenen. Het zou haar blij maken en een veilig gevoel geven. Ergo was haar God ook een huichelaar? Dat zou hij moeten zeggen.

Anna Maria liep echter van hem weg, naar buiten, trots, beledigd en verdrietig. De deuren gingen open en ze werd opgeslokt door het felle licht buiten. Toen ze zich een beetje vooroverboog, richtte hij zich op de houding van haar linkerschouder. Ja, ja, ja, zo wilde hij een schouder maken, zo scherp en toch melodisch. Alsof ze danste. Ja, ja. Het bezoek aan de kerk was toch zinvol geweest. Zijn vingers kriebelden om aan de gang te gaan, maar hij moest immers eerst naar huis. De klei zou zich vormen zoals hij wilde en haar gracieuze trots herscheppen. Het lichaam van Anna Maria zat vol muziek, God niet.

Hij vond dat het gezicht van Bonaparte iets had meegekregen van de onbeschaamde, ouderwetse schoonheid van Jason. Zijn gezicht, het gezicht van Jason, zou ondenkbaar zijn onder een pruik. De brede lippen, de magnetische blik. De ongegeneerde kracht.

Hij had zich nog niet willen buigen over de laatste nieuwe ontwikkeling: in mei dook Bonaparte op in Italië, hij was met zijn leger via de Sint-Bernhardpas de Alpen over getrokken. De Napolitanen verlieten Rome. De nieuwe paus heette Pius en was echt vroom, een vriendelijke gnoom die niet was opgewassen tegen Bonaparte, maar liever vrede dan eeuwige confrontaties wilde.

De toeristen waren teruggekeerd, samen met de moedigste kardinalen. Het gerucht ging dat Bonaparte een vriend van Italië, een vriend van Rome was, en dat hij het beste voor de stad wilde.

Bertel nam alle geruchten en nieuwtjes met een korrel zout. Het ging alle kanten op en als je een standpunt innam, kon je met je handen op je rug worden vastgebonden aan een ezel, op weg naar de executie. Sommige mensen konden dit spel spelen en zelfs winnen. Hij was ervan overtuigd dat dit niet voor hem was weggelegd.

1803

De twee brieven kwamen tegelijkertijd. Twee brieven van Abildgaard, met verschillende data. Van oktober en december.

Jason had hij in januari afgerond, meer dan manshoog, bedeesd en rustig. In plaats van zijn tijd te verdoen met een standbeeld van een normaal formaat, had hij besloten om zijn held groter te maken dan hij in werkelijkheid hoorde te zijn. Hij moest uitsteken boven de kleinere geesten van het heden.

Vandaag verwachtte Jason bezoek van Deense gasten, hij was hun namen vergeten, maar hoopte op het beste. Had helemaal geen zin om de brieven uit Denemarken te lezen, maar goed dat ze niet van Gottskalk waren. Laat staan van zijn moeder. Brieven van Abildgaard durfde hij wel te lezen.

De eerste brief was de laatste, uit december. Hij maakte hem open en las hem mompelend woord voor woord, voorovergebogen en vol verbazing. Pakte de oudste brief, maakte hem open en liet zijn ogen over de rijen woorden glijden.

Hier is alles zoals vanouds, onze zogenoemde beeldhouwers, ook al maken ze alleen grafstenen, willen graag eeuwig voorbestaan, als dat überhaupt mogelijk zou zijn.

Dat had Abildgaard in oktober geschreven. In december had Wiedewelt zijn atelier en zijn werk verlaten, was de stad in gegaan, helemaal alleen, de hele nacht. De dag erna was hij dood in het Peblingemeer gevonden, hij was door het ijs gezakt en verdronken, Wie had zelfmoord gepleegd. Teleurgesteld en ellendig, al die grafstenen, al die zwijgende opdrachten. Geen geld, geen warmte, geen Rome, geen Winckelmann. Geen Antinoüs.

Hij las de brieven tegelijkertijd, ging op zijn hurken op de vloer in de schaduw van Jason zitten en probeerde te bedenken wat dit voor hem zou betekenen. Het ergst denkbare was dat de idioten aan het hof hem terug naar Denemarken zouden halen. Ze moesten daar toch een beeldhouwer hebben om al die verdomde grafmonumenten af te maken! Hij had er alleen geen zin in. Als ze hem zijn beurs zouden afnemen, zou hij toch blijven. Dan moest hij ervoor zorgen dat hij opdrachten in Rome zou krijgen. Fijne, gracieuze portretten van nietszeggende, maar knappe bezoekers en kardinalen. Liever dat dan het monument in de dom van Roskilde.

Abildgaard had de opdracht gekregen om de sarcofaag van de koningin-weduwe te tekenen. Zelfs de versiering voor haar begrafenis had de erfprins verlangd. Kunstenaars als lakeien.

Hij zat hier bij Jason. Nimmer meer een lakei. De nieuwe tijd stroomde door zijn aderen. Niets van het oude had waarde. Niets van waarde duurde eeuwig. De kerk was bederf, lijken onder de mooie, marmeren stenen. Het huwelijk was vreselijk, Anna Maria levend begraven. Alleen zijn handen tegen huid of marmer waren echt.

Hector kwam binnen en vloog in zijn armen, en hij begon te huilen om die oude, ijskoude, door verdrinking stijve Wie. De goede man, met zijn smekende hondenogen en wapperende, merkwaardig losse handen. Dat lieve meisje gekleed als man. Met die dwalende, altijd dwalende, zoekende handen.

Hij moest de stad in, laat die gasten maar, Anna Maria zou hun de beelden kunnen laten zien. Jason liever niet. Dat had hij verkeerd ingeschat. Alleen een idioot zou het werk in een bovennatuurlijk formaat bestellen.

Dag in dag uit slenterde hij rond in de stad op zijn versleten schoenen en keek hij naar de gasten. Hector was zijn excuus, de hond was elke dag even nieuwsgierig naar nieuwe geuren, nieuwe teefjes, nieuw slachtafval. De nieuwsgierigheid van Hector was net als die van hem.

De oorlog leek voor de meeste mensen ver weg en nutteloos te zijn, de toeristen waren teruggekeerd, alleen niet veel Engelsen. Af en toe hoorde hij Deens op straat. Vandaag had hij zo'n behoefte aan afleiding, geen Italiaans, alleen Deens. Toen kwam hij hen tegen, liep hij hen tegen het lijf. Niet omdat hij dat wilde, maar omdat zijn wandelroute per toeval die van hen kruiste.

De meeste reizigers sloten zich bij mevrouw Brun aan. Ze woonde recht tegenover zijn onderkomen, hij kon haar zien wanneer ze vol energie met haar dochter, zo mooi als een elfje, gearmd naar buiten liep.

Vandaag kwam hij de twee vrouwen tegen in de tuin van Villa Borghese. Dochter Ida zat zich op een steen koelte toe te wuiven, nog bleker dan normaal, vel over been. Bertel kon het niet laten en liep op hen af, begroette hen en genoot ervan Deens te kunnen spreken, hoewel het Deens van mevrouw Brun een grandioos Duits accent had. Al haar werkwoorden kwamen aan het einde van de zin en lieten de andere woorden door de poort van de zin passeren. Ze verboog de woorden zodat het Deens goede genitiefuitgangen kreeg en veel mooie stemhebbende s'en maakten hun entree.

Ida zweeg en liet haar moeder aan het woord. Ze stond helemaal rechtop met haar handen op haar rug en haar sjaal voor zich hangend. Af en toe maakte ze een balletpasje alsof ze een dans herbeleefde, maar ze vermande zich snel. Het lukte hem om zijn arm in de hare te steken, terwijl ze samen naar het atelier liepen.

Mevrouw Brun sprak luid en onafgebroken. Ze sprak door haar neus, een snuit van olympische dimensies, en ze sprak door haar kalkoenkeel. Desalniettemin kwam ze knapper over dan ze in werkelijkheid was, Bertel begreep het niet. Ze wilde zo graag bevelen uitdelen en dingen regelen. In plaats daarvan kwam ze over als een lieve, enigszins verwarde, nog steeds jeugdige vrouw. Een verstandige man zou haar moeten beschermen en liefkozen, bedacht Bertel, die man zou het ver kunnen brengen.

Nee, ze moesten zich eerst omkleden, voordat ze een bezoek konden brengen aan zijn atelier. Hij moest Ida loslaten, die inwendig neuriede. Het meisje zou met haar houdingen de meest onvoorstelbare, antieke figuren kunnen laten zien. Bertel had helemaal geen zin om hen rond te leiden. Hij wilde veel liever stil zitten kijken, de beelden door zijn ogen naar binnen laten gaan. Niet al die woorden. Hij was verzadigd, maar zijn ogen raakten nooit verzadigd.

Ze kwamen binnen, een hele stoet, en de dame voorop: dik, met een grote boezem en platvoeten, niets af te beelden, met een geweldige zonnehoed en een verkrampte stem. Gemakkelijk om een parodie van te maken, maar ze was vrolijk. Nu was ze helemaal zichzelf, speelde de rol van Frederikke Brun. Hij keek naar haar en begreep dat ze zichzelf nooit een pleziertje had misgund. Lieve Heer, hij moest niet toegeven aan haar eis om zich te laten afbeelden in marmer. Dat kon hij niet aan. Deze onpoëtische dijen – en oren, die ongemotiveerd van haar hoofd af staken. Wat zou ze lelijk worden als oude vrouw. Ze had alleen nog steeds dat onverklaarbare restje zoetigheid. Alsof er in haar een lieftallige en welwillende vrouw schuilging, die goed kon luisteren...

Ze noemde zichzelf mevrouw Brun. Frau Braun. Ze had het model bewonderd voordat het klaar was, nu stond ze stilletjes met haar sjaal in haar ene enorme hand en haar stok in de andere, begon te snotteren en geluiden uit te brengen. Bertel voelde dat ze dit allemaal had ingestudeerd, maar dat ze diep vanbinnen ook vond dat ze spontaan was.

'We moeten Jason in gips zien en uiteindelijk in marmer,' zei ze met een stem die de ruimte binnendrong en zijn hoofd vulde met geluiden. 'Wij zullen betalen voor het gips en we moeten een feest organiseren voor de kunstenaar. Ida kan een lauwerkrans voor om zijn hoofd maken.'

'Die is ongetwijfeld te zwaar voor mijn schedel,' zei Bertel met een scheve glimlach. Met haar viel niet te dollen. Mevrouw Brun was altijd serieus. Af en toe was het zinvol voor haar om bijna doof te zijn. Ze had haar beslissing al genomen voordat ze haar huis had verlaten. Ze wilde de vrouw achter Jason zijn. Meneer Brun leek vrij vermogend. Bertel had zelfs geen idee wat een gipsmodel zou kosten.

Voor een standbeeld in marmer had hij wel een koper nodig – en een geweldig blok. Dat kon mevrouw Brun misschien ook regelen. Hij wilde in de eerste plaats graag dat meester Canova Jason in zijn atelier kwam bewonderen. Er was namelijk niemand anders dan Canova die zijn werk op waarde kon schatten. Wie was dood en Abildgaard kon de Academie en Amalienborg niet in de steek laten.

'Houdt u nu van hem, Bertel Thorvaldsen?' vroeg ze met tranen in haar ogen en een rode neus, en wat voor neus, scherp, spits en druppend lang. 'Houdt u van hem, zoals hij dat verdient? Begrijpt u überhaupt wat u heeft gecreëerd? Uw Jason stijgt op uit de diepte van de oudheid, hij is plotseling voor ons komen staan, als een openbaring uit het mooiste tijdperk van de kunst, uit de jeugd van de kunst.'

Er kwam meer, maar nu had ze zijn mouw vastgepakt en trok er in het ritme van haar praten aan. Het kwam uit de grond van haar hart, maar zelfs daar had ze zich verontreinigd met Goethe en Klopstock. Ze kon zich alleen door hen uitdrukken.

'Ik haat dat beeld,' bracht hij ertegenin en hij begon nerveus te lachen, alsof ze hem in zijn zij kietelde. 'Hij is van tabak gemaakt, mijn Jason!'

Ze wilde het niet weten. Het was een mooi idee geweest, dat was de uitvoering niet. Hij was door de straten naar het Vaticaan gerend, hij had geschetst, gedroomd en zichzelf niet eens de tijd gegund om de stad te bewonderen, niet eens de zomer. Hij had snuiftabak gebruikt en de hele dag gerookt om zichzelf wakker te houden. Alleen met geprikkelde zintuigen kon hij iets creëren.

Toen was hij niet Jason, maar het gezwoeg gaan haten. Het was zijn beeld niet meer, het was een beeld van de tijd geworden waarin ze leefden. Het moest immers groot zijn. Hij was ziek geweest. Hij had zich overmatig ingespannen.

Maar hier stond Jason en mevrouw Brun leek een streep door zijn uitspraken te zetten. Voor haar was Jason geniaal. Hij wist niet meer of ze gelijk had. Hij haatte het gezwoeg, maar hij was tevreden. Niemand had eerder zoiets gemaakt.

'Heeft u Emeric-David gelezen?' vroeg ze lief, zonder een antwoord af te wachten. 'Hij vertelt over de goede, nieuwe mens. Gezondheid, soepelheid, fysieke kracht, moed, goedheid, vrijmoedigheid, standvastigheid, hoogmoed, dat is de som der deugden. Om het ideaal te bereiken moet je echter, in lief en leed, de helderheid en innerlijke rust laten zien, die alleen gedijt bij een verheven geest.'

Bertel stond doodstil te wachten tot ze moegepraat was. Ja hoor, zijn Jason had alles. Eenvoud, orde, grootsheid. Hij was het meest blij met de benen van de man, het waren lange, mooie dansbenen, met langere bovenbenen dan de meeste mensen, maar het was niet de bedoeling dat de verhouding zou opvallen.

'U gaat vast naar Schubart en zijn beminnelijke echtgenote,' zei mevrouw Brun en kuste hem op beide wangen, hield zijn gezicht vast en glimlachte naar hem met tranen in haar ogen. Waarom moest ze toch ook zo afstotelijk zijn? Hij had haar graag gekend als ze een beetje charme had gehad.

Het was een feit dat hij terug moest keren naar Denemarken.

Hij had de eerloze thuisreis besproken met een collega, zodat ze samen de inspanningen en kosten konden delen. Het werd maart en hij kreeg elke dag bezoek van blije mensen, die Jason bekeken en het model bewonderden. Waren ze van plan om hem in marmer te bestellen? Welnee! Hij kwam met zijn hele klaagzang, hij had het eerste model van klei moeten vernietigen door gebrek aan middelen, nu was het model in gips klaar, het kon een... ja, hoe kon je het resultaat noemen?

De een nam graag het woord meesterwerk in de mond. De anderen volstonden met staren. Een Fransman zei dat Jason deed denken aan de helden van David. Hoe moest hij dat weten? Die beelden waren allemaal in Parijs.

Hij wilde zo graag de financiële mogelijkheden hebben om naar Parijs te reizen en daar om zich heen te kijken. Hij zat alleen hier, gevangen in Rome, zonder geld en zonder toekomst. Dat was de schuld van Jason! Hij had alles op alles gezet om door te breken, hij had gewerkt als een paard, zich een ongeluk gerookt, en nu?

De paus zou hem nooit willen ontvangen als hij zichzelf in Parijs presenteerde als een republikein en democraat.

Ze kwamen naar zijn beeld kijken als naar exotische dieren in de menagerie.

Hij liep elke dag het atelier binnen met sombere gedachten. Hij voelde zich als een dwerg die Jason moest dienen, deze trotse reus zonder littekens, plekken of slijtage. Zijn handpalmen waren onaangetast, de huid van zijn knieën was als zijde, zijn spieren goed gesmeerd. Zelf voelde hij zich op en leeg.

Het ergste was dat hij onverrichter zake terug zou moeten keren naar Kopenhagen. De oude Wie had zelfmoord gepleegd, dus er waren vast wel een aantal grafmonumenten waar hij op los kon houwen. Nu had hij geleerd om met marmer te werken! De Deense staat had gekregen wat hij wilde en waarin hij geïnvesteerd had.

Anna Maria dwong hem slechts tot de belofte dat hij terug zou komen. Hij begon zich al los te maken, hoe moest hij in hemelsnaam geld genoeg sparen om weer naar Rome te kunnen reizen? In Denemarken zouden ze niets van zijn nieuwe stijl willen weten. Ze zouden verdomme niet van Jason houden! Aangezien hij geen geld had om Jason mee te nemen, moest hij het model achterlaten. Verspilling.

Hoe had hij als zoon van de zuiplap Gottskalk kunnen verwachten dat hij iets zou bereiken?

Hij liep rond in zijn atelier en nam afscheid van de voorwerpen. Hij wilde zichzelf vandaag pijnigen, want de koets was volgens plan al onderweg met Hagemann. Over enkele uren zou hij Rome en de zoet geurende wind voor altijd verlaten. Er was zoveel dat hij nog niet had gezien. Er was zoveel dat hij nog moest doen. Hij had graag de hele bibliotheek van Zoëga willen lezen, terwijl hij in een open koets door de Campanië reisde. Hij wilde met Anna Maria trouwen en kinderen met zwart haar zien opgroeien, die hem zouden helpen in het atelier. De gebruikelijke dromen, grootheidswaanzin en hoogmoed.

Hij wilde niet huilen. Hij was al klaar met de levenden – Anna Maria dacht dat hij vanavond bij haar zou komen eten en pas over twee dagen zou vertrekken. Hij kon het niet opbrengen om mee te maken hoe haar verdriet zich als woede op hem zou richten. Het was een verdomde leugen en het was wreed, maar hij kon niet meer hartzeer aan dan zijn eigen. Hij wilde Hector mee naar huis nemen en de zwarte Rex, het aangelopen vuilnisbakkenras dat Zoëga had gecastreerd en nu het meest vredelievende hondje ter wereld was.

Rex haalde hem uit het atelier. Hij kuchte, deed de deur achter zich dicht – er was geen reden om hem op slot te doen – en hij zag dat er een koets voor het huis stond. Dat moest Hagemann zijn. Ja, hij was hiernaartoe gekomen met niet meer dan een hond en een koffer. Veel meer nam hij ook niet mee terug. Hij was ouder geworden, maar net zo arm.

Zijn vrienden in Kopenhagen verheugden zich. Ze vonden dat hij hen verwaarloosd had. Ook zijn vader, die hem in brief na brief de volle laag gaf. Hij had gehoopt dat de prijs van postverzendingen naar het buitenland de golf brieven had kunnen verminderen, maar nee.

Vergeefs heb ik lang gewacht tot je terugkwam naar je vaderland, vergeefs heb ik gewacht op berichten van jou. Je lange afwezigheid heeft ertoe geleid dat ik me erg ongerust gemaakt heb en dat je moeder voortdurend zwak is.

Alsof hij niet wist wat dat betekende. Nu was het de schuld van hun zoon dat Karen aan de drank was. Gottskalk dreigde: veel mensen hadden haar met plezier ingeprent dat haar zoon nooit meer terug zou komen naar Denemarken. Kende hij haar niet goed genoeg om te weten hoe goedgelovig ze was? Gottskalk benadrukte voortdurend dat het niet bij het karakter van hun zoon paste om weg te blijven, hij stamde niet af van *het verdorven geslacht*, maar ze verlangde zo naar hem dat ze er gek van werd. Hij was een verdorven zoon, die nooit thuis zou komen.

Dat woord brandde in zijn geweten. Brandde door en de pijn maakte hem kwaad. Het was alsof hij eindelijk wakker werd, heel plotseling, en volwassen werd.

Hij was verdorie geen verdorven zoon. Zij waren verdorven ouders! Wisten ze niet dat hij zichzelf moest redden? Zij zouden hem naar beneden trekken. Dat hadden ze altijd gedaan.

Hij wilde niet weer bij hen wonen, nooit meer!

Hij wilde hen nooit meer zien.

Al zou hij dakloos zijn of in een vochtig zolderkamertje wonen, hij moest zich losmaken. Ze zouden hem beschouwen als hun verzorger, uiteindelijk zouden ze geld genoeg hebben om zich elke dag buiten westen te kunnen drinken.

Anna Maria vond het vervelend dat hij geen eerbied toonde voor zijn ouders. Dat was een zonde, maar bijna alles was een zonde, van zingen op zondag tot het bedrijven van de liefde met haar.

Hij wilde de schoonheid om zich heen niet zien en geen spijt hebben, want dit was niet zijn beslissing. Niemand kon het veranderen. Hij opende de deur van de koets en liet de honden naar binnen springen. Hij zou net zijn koffer op de bok zetten, toen hij de koetsier naar hem hoorde roepen. Hij probeerde te verstaan wat de koetsier zei en keek verlegen omhoog. De koetsier moest het vier keer herhalen, voordat de betekenis tot hem door begon te dringen.

Hagemann had de thuisreis tot nader order moeten uitstellen. Had de goede heer uit Denemarken geld genoeg om de reis alleen te betalen? Nee, dat had hij niet. Hij pakte zijn koffer weer, maar met Rex was het een stuk moeilijker. De hond had al een gezellig hoekje in de koets weten te bemachtigen en moest eruit getild worden, terwijl Hector blafte en veel lawaai maakte.

Daar stond hij in de open deur van zijn atelier en keek een koets na, die wegreed met een woedende koetsier. Hagemann had het vast kunnen betalen. Met hem was het slechter gesteld. Hij had de rest van zijn leven geen rode cent te makken.

Toch was hij zelden zo gelukkig geweest. Daar in de verte verdween het Kopenhagen van de vernederingen, zijn bezatte vader, de galjoenen en Larsens Plads. Daar in de verte verdween de Academie met de oude Wie. Alle grafmonumenten. In Kopenhagen had hij kunnen overleven door snelle schetsen en medaillons te maken. Dat kon hij hier toch ook doen?

Vanavond moest hij met Anna Maria eten, met haar de liefde bedrijven en de reis vergeten. Hij was vrij. Tot nu toe had hij gedacht dat zijn ketenen gebroken waren, omdat ze gewichtloos hadden geleken. Pas nu waren ze weg, voor altijd van hem losgemaakt.

De man stond in de deuropening en keek verlegen naar binnen. Anna Maria sloeg de zwarte sjaal om haar schouders. Het was zondag en ze was naar de mis geweest, dus ze had iets anders aangetrokken in plaats van de lichte, mouwloze jurk. Deze jurk had zwarte, tulen pofmouwen van haar schouder tot haar pols. Vastgemaakt met groene, zijden linten, er zaten linten van dezelfde kleur in haar donkere haar. Het leek alsof ze het gewoon in de war had geschud, maar Bertel wist hoe zorgvuldig ze elke ochtend opnieuw deze mooie wanorde schiep.

Ze maakte impulsief een kniebuiging voor hem en liet hem binnen.

Bertel kende hem niet. Een lange, smalle en ranke man gekleed in grijs en wit. Een hoge, smalle hoed op met een gesp en een paar veren. Discreet, elegant, onopvallend. Hij kon alleen maar uit Engeland komen.

'Thomas Hope,' zei hij in het niets, maar vooral tegen Anna Maria, en hij maakte een buiging. Hij nam zijn hoed af en liet die zogezegd ter bewondering op zijn linkeronderarm staan. Geen haar zat verkeerd, geen haar groeide of boog zonder begeleiding. Zijn gezicht was net zo. Geschoold en klaar. Een knappe man, maar op zijn hoede.

'Lord Hope?' vroeg Anna Maria met uitgestrekte nek, gretig, nieuwsgierig, een echte adellijke mecenas was zijn allerheiligste binnengetreden. De man glimlachte, bloosde, schudde zijn hoofd, streek wat door zijn haar dat samengebonden was in zijn nek alsof het een pruik was, maar zonder poeder.

'Ik moet u teleurstellen, ik ben geen lord of sir! Ik verzamel kunst,' zei de man en richtte zich toen tot Bertel. 'Madame Brun heeft mij over uw Jason verteld,' ging hij verder, 'en het heeft mijn interesse gewekt. Mag ik het model zien?'

Hij hoefde verder niets te zeggen. Bertel nam hem met zich mee en hij liep achter hem aan, als een zeer stille machine, goed gesmeerd. Oog in oog met Jason liet hij zijn hand met de hoed zakken naar zijn knie en bracht een kort geluid uit, alsof hij teleurgesteld was.

Dat was echter niet het geval.

Bertel wilde in zijn Italiaanse Duits iets uitleggen over de tabak, hij vond dat hij iets moest doen om de lieve vrede te bewaren. Maar Mr. Hope stond stil in zijn eigen tijd te staren. Naar het gezicht waar Bertel niet van hield, flauw en onverschillig. Het gezicht was niets, het lichaam was alles. De oude Wie zou van dit lichaam houden. Het ideaal van de perfecte man, zonder vlekken of geluiden op de marsepeinachtige huid. De balletdanser zonder blauwe plekken, eeltknobbels of verkleuringen, maar met getrainde spieren en de wil om ze te gebruiken.

Een liefkozing onder de huid.

Mr. Hope glimlachte en wendde zich tot hem, mocht hij het aanraken? Waarom niet.

'Madame Brun heeft een prijs genoemd,' zei Mr. Hope en hij begon hardop te rekenen, de prijs van het blok, de prijs van Canova voor een groot beeld, het vervoer naar Engeland. Bertel liet zijn voeten en de wiskunde los en liet zijn blik rusten. Uiteindelijk kwamen ze tot een prijs. Hij hield zijn mond dicht, niets verraadde zijn schok. Vier termijnen, de eerste bij de presentatie van het model – en dat was immers ontegenzeglijk klaar – de tweede zodra het marmerblok in het atelier stond, de derde termijn wanneer de punctatie van het beeld af was en de vierde bij aflevering. Dat betekende een flink bedrag. Op dit moment. Mr. Hope stond met de papieren te rommelen, zuchtte uiteindelijk en verontschuldigde zich. Nee, geen schuldbrief, hij wilde contant betalen.

Hij riep Anna Maria, die binnenkwam met haar gecompliceerde borduurwerk in haar handen en spontaan een kniebuiging maakte voor Mr. Hope. Had ze de prijs gehoord? Jazeker, en een flatteuze blos kleurde haar wangen. Nee, ze was niet tevreden. In de tijd dat haar man aan Jason werkte, kon hij geen andere bestellingen aannemen, daar moest Mr. Hope ook voor betalen, volgens haar.

Hij gaf haar gelijk en stelde een hogere prijs voor. Anna Maria lachte nog liever en vroeg of hij wist wat signore Canova voor vergelijkbare beelden vroeg.

'En Canova behoort tot het verleden, terwijl Thorvaldsen de toekomst is,' zei ze verstandig. 'U investeert in de esthetische vorming van uw kleinkinderen!'

Toen de man vertrokken was, nam Bertel plaats op de eerste de beste stoel en probeerde weer bij zijn positieven te komen. Mevrouw Brun had het hem gezegd, het hem beloofd. Hij had haar alleen geen moment geloofd. Hij had wel gehoopt op een doorbraak, gehoopt het te kunnen bereiken, vroeg of laat. Maar dit? Een hoofdwerk. De tijd gevangen in marmer. Jazeker, hij zou eerst elk stukje van het werk moeten houwen. Wanneer het marmer echter in het atelier lag, zou hij de helft van het bedrag al uitbetaald hebben gekregen. Dat was niet verontrustend hoog, maar als hij Jason aan Mr. Hope verkocht, kon dat deuren openen, alle deuren.

Zonder nietsdoen. Hij moest leren te gaan houden van het houwen in marmer. Dat zou tijd kosten en zijn handen zouden eronder lijden.

Jason zou zijn leerwerk worden. Hiermee zou hij zijn eigen begrenzingen overstijgen.

Er was geen Deen die Jason wilde kopen, niet eens mevrouw Brun en haar obsceen rijke, stupide man. Jason moest de wereld in. Daar waar hij zelf was gestrand. Wat was het goed om te weten dat Mr. Hope hetzelfde gezien had als alle andere gasten, maar dat hij geld had. Hij was bankier, verklaarde Anna Maria, een van de rijkste Engelsen in Italië.

Wat moest hij voor Anna Maria kopen, wanneer de gekke Mr. Hope voor zijn Jason begon te betalen? Ze wilde zo graag een paard en wagen hebben. Een paard ging nog, maar een rijtuig? Dan was je pas echt een oud wijf geworden. Wat was er mis mee om op je eigen benen te lopen? Dat zorgde ervoor dat je ademhaling goed bleef en je benen slank.

Mevrouw Brun duwde hem aan de kant, ze wilde naar Jason. Ze legde haar hand op zijn heup, liet haar vingers zijn goed gevormde, maar gespierde bil vastpakken en keek naar Bertel, die nog steeds in de deuropening stond. In de gauwigheid had ze de deur dichtgetrokken terwijl zijn hand ertussen zat, en hij klaagde niet snel, maar hij had zijn rechterhand nodig.

Ze had Ida niet meegenomen. Dat stelde hem teleur. Hij had gedacht dat Ida enkele houdingen zou laten zien, maar mevrouw Brun was alleen.

'Vertel eens jongeman, bent u helemaal krankzinnig geworden?' zei ze verontwaardigd en ze wees naar hem met de hand die niet bezig was het achterwerk van Jason te betasten. 'Ik heb gehoord welke prijs u heeft gevraagd aan Mr. Hope. Bent u gek geworden? Weet u niet wat u in handen heeft?'

Ze aaide Jason van achteren en liet haar hand hem van voren aanraken. Zelfs tijdens het intieme contact met zijn edele delen bleef ze het beteuterde gezicht van Bertel aankijken. Hij hield zijn rechterhand met zijn linker vast, tegen zijn borst gedrukt, en probeerde te achterhalen waar de schade het grootst was.

'U moet geen enkel contract ondertekenen, voordat hij het bedrag heeft verhoogd. Dat ontbrak er nog maar aan! Het grootste kunstwerk van de eeuw. Dat wilde hij voor een schijntje hebben. Brits tuig.'

Ida glimlachte naar hem en maakte een kniebuiging, een nijging in haar enkellange jurk, ze leek echt een kind. Kleine Ida met haar lenige benen en haar lenige rug. Ze was alleen geen kind, dat kon hij aflezen aan haar bleke gezicht. De make-up probeerde de blossen op haar wangen te onderdrukken, maar Ida wilde naar buiten.

'Wilt u ook mijn houdingen zien?' vroeg ze zomaar, alsof ze een marktkoopvrouw was die al bezig was de rode bieten af te wegen. Ze liet zo weinig emotie zien, zijn kleine Ida.

'Ik geloof dat mevrouw Brun plannen heeft voor vanavond,' zei hij en hij keek door de openstaande ramen naar buiten, eigenlijk wilde hij het liefst gewoon langzaam de stad uit rijden, in het gras zitten en de zon zien ondergaan, met de zachte wind om hen heen. De energie van mevrouw Brun stroomde echter door de kamers, alsof die de ramen met een klap had geopend.

Ze maakte weer een kniebuiging en liep met hem mee naar de andere volwassenen. Zo'n lichte hand, haar vingers omsloten de zijne, hij moest niet denken dat ze er meer mee bedoelde. Eigenlijk begreep hij wel dat volwassen mannen verliefd konden worden op het kind Ida, maar het was niet goed voor haar. Ze was altijd alert, hoopte het beste, maar was bang voor het ergste.

Het gezicht van mevrouw Brun onder de gekleurde tulband was bedekt met zweetdruppels, ze wuifde zich koelte toe en praatte heel, heel luid. Bertel nam plaats op zijn stoel en probeerde rust te vinden, maar hij kon niet aan zijn gedachten ontkomen. Hij zou hier helemaal niet moeten zijn. Hij had in zijn atelier moeten zijn om op de dierbare Jason los te hameren, het gezicht en het beeld van deze tijd. Hij moest ervoor zorgen dat hij het vermogen dat Mr. Hope hem had toegezegd, waard was.

Hij had in elk geval Anna Maria mee moeten nemen, maar dat wilde ze niet. Af en toe werd ze overmand door een duisternis en hij wist niet wat er gedaan kon worden om haar te genezen. Ze deed hem iets te veel aan Karen denken. Daarom was het beter om haar alleen te laten.

Wanneer hij thuiskwam, wilde hij alles vertellen – en zelfs proberen om de houdingen van Ida na te doen. Dat beloofde hij zichzelf. De druk op hem was alleen nog zo groot.

Ze keek van achter de deur naar hem met een eekhoornglimlach, maakte een kniebuiging, fronste haar neus en dartelde rond, bleef verstijfd in de deuropening staan en liet de sluierdunne stof van haar sjaal tot rust komen. Geen geluid, muziek of ademhaling. Ze was wit, zelfs haar haar was gepoederd. Marmer dat ademde. Alleen haar ogen leefden. Ze keek in het rond, vond Bertel en hield haar hoofd schuin, de tanden in haar rode mond waren nat.

Ze strekte zich uit en haalde diep adem. Hij kon de lijnen van haar lichaam voelen. Niet de volle perfectie zoals bij Anna Maria, maar de charme van een jong meisje. Ze gleed in en uit haar houdingen, zeer ernstig, met glansloze ogen alsof ze dit in haar slaap kon doen. Ze kende de choreografie. Zo moest je dansen, bedacht Bertel, geen stijf ballet ter vermaak, maar vertellende verhalen. Gebaren en houdingen met elkaar getrouwd.

Ze veranderde van tempo, verborg even haar gezicht achter haar sjaal en kwam weer tevoorschijn, trots en twintig jaar ouder. Ze wilde niet alleen het mooie, het edele, het volmaakte schilderen. Hier was Medea, die zich erop voorbereidde haar kinderen dood te steken. De rouwende Iphigeneia. Bertel kon zich niet herinneren waar zij om rouwde, maar het gebogen hoofd en de gebroken schouders van Ida waren de waarheid zelf. Waar had ze dat gezien? Het uitgedrukte beeld van hopeloosheid, de dode hand die rustte op haar knie, trillende vingers die niets meer konden pakken, laat staan vastpakken. Ida was niet alleen zoet, zacht vlees, er zat staal onder het zijde en de perzikhuid.

Ze sloot de dans af terwijl ze met haar rug naar het publiek stond, met gespreide voeten in de platte zijden schoenen en klapte drie keer boven haar hoofd alsof ze hen allemaal wakker wilde maken. Toen bewoog ze zich in het rond in hun richting en maakte een volmaakte kniebuiging, zelfs nu speelde ze, ook al was de marmerwitheid gebroken.

'Nog een paar houdingen,' vroeg hij haar, maar hij begreep dat hij haar had beledigd. Ze had alles gegeven, wat ze in zich had. Uitgeput legde ze haar hand op zijn arm en de scherpe zweetlucht zweefde rond zijn neus.

'U moet blij zijn,' zei ze buiten adem. 'U heeft uw kunst in handen. Niet in uw lichaam.'

Hij begreep het.

Hij had alleen geen zin om na het optreden met iemand te spreken. De aanwezigen dolden en kletsten met elkaar, ze waren verzadigd en tevreden. Geen van hen had in de gaten waar ze getuige van waren geweest. Het trof hem, als een roofvogel die op jacht is: ze zat gevangen in haar lichaam en in haar kunst, want die twee dingen waren hetzelfde. Geen volle, rijpe Ida Brun, geen zwangere Ida Brun, zwaarvoetig. Geen dertigjarige Ida Brun. Niet eens een gelukkig getrouwde Ida Brun was mogelijk. Ze kon niet eens geld verdienen aan haar kunst, haar vader was de rijkste man van Denemarken.

Ida verkleedde zich en kwam terug naar de gasten van haar moeder. Heerlijk geurend, gewassen en met vochtig haar dat aan haar wangen kleefde. Haar gezicht bloosde omdat ze de marmermake-up eraf had gehaald. Ze nam plaats naast Bertel op de goudkleurige bank en legde haar piepkleine hand in de zijne, alsof ze steun zocht bij de enige die haar misschien zou begrijpen. Wat rook ze toch naar onschuld, naar kind en fysieke vermoeidheid. Haar gezicht was verre van knap. Niet zo extreem als dat van haar moeder, met die verschrikkelijke gebroken, grote neus midden in een zwaar en log gezicht. Bertel kon zich haar vader herinneren, de personificatie van arrogantie, een man die niet het gevoel had dat hij iemand voor iets moest bedanken. Constantin Brun had in hoge mate zichzelf en zijn vermogen geschapen. Hij kende geen dankbaarheid of vriendelijkheid. Bertel had hem op straat gezien, tronend in een dure, open koets, waarvandaan hij het primitieve leven om zich heen bekeek. Het gezicht van Ida leek op dat van haar vader, maar haar karakter niet. Constantin Brun kon je niet erven, alleen imiteren.

'Vader heeft aan moeder gevraagd om weer terug te keren naar Denemarken,' zei Ida zacht. 'Anders komt hij mij ophalen, gaat hij van haar scheiden en stampij maken.'

Ze klonk als een oudere, bezorgde dame. Bertel bekeek haar van opzij. Hoe oud was ze? Acht, negen, tien, elf? Dit kind dat door haar moeder werd gebruikt. Over enkele jaren zou ze oud genoeg zijn om te trouwen. In elk geval in de ogen van Constantin Brun.

1803

Hij kon de brieven van zijn vader nu met meer gemoedsrust lezen, de eeuwige strijd met Willerup en het alcoholmisbruik van Karen raakten hem niet meer, dat waren fabels uit verre landen. In deze brief stond echter toch een mededeling die hem van zijn stoel deed vallen.

Mejuffrouw Kurzhals was niet langer mejuffrouw. Ze had de consequenties aanvaard van het zwijgen van haar geliefde en was met een metselaar getrouwd – Johann Joachim Schlage heette de gelukkige, haar vader had hem ongetwijfeld voor haar geregeld. Het spook Erika had naar Schlage geglimlacht en hem meer zure thee ingeschonken. Alleen omdat thee duur was. Alleen omdat graaf Reventlow thee dronk.

Hij had niet gedacht dat iemand zoveel indruk op hem kon maken. Hij had lang geleden al afscheid genomen van Sophie, haar vergeten, haar afgeschreven. Toch slaagde ze erin om hem te raken met een flinke klap, op zo'n grote afstand. Hij kon niets doen, niet eens een mooie brief schrijven en haar veel geluk in het leven wensen. Zijn Sophie die zo wild lachte en haar hoofd in haar nek gooide, zodat je dacht dat niets haar kon breken. Hij had haar zo graag willen uitkleden om haar als model te gebruiken. Nee, hij had met haar moeten trouwen en haar mee moeten nemen naar Rome. Niet om hem, maar om haar.

Hier stond hij, al oud en eenzaam, hij die op de fluit en de viool had gespeeld, zong, pijp rookte en de vrolijkheid zelf was, altijd in staat om tot zonsopgang te dansen, nooit onbehoorlijk aangeschoten. De tweede verloofde kwam nu bovendrijven, die Margrethe die hij voor mejuffrouw Kurzhals aan de kant had geschoven. Dat had hij alleen nooit serieus bedoeld. Dat had hij de tijd voor hem laten regelen.

Hij verdeed zijn tijd. Hij zat een hele tijd te berekenen of hij in Rome kon blijven of dat hij terug moest gaan naar Denemarken. Er was daar alleen niets voor hem te doen – niet eens een grafmonument kon hij daar maken. Hij zou de rest van zijn leven kunnen besteden aan het snijden van gipsfiguren voor nisjes in de trappen van de paleizen.

Het overviel hem dat hij ervan genoot om de tijd zijn gang te laten gaan. Er gebeurde niets, afgezien van het feit dat hij aan zijn enorme Jason zat te peuteren. Af en toe kwamen er reizigers langs, die aan de poort klopten en het fenomeen wilden zien. Canova was bij hem geweest, met diamantnaalden in de jabots, diamantnaalden in de punthoed, de meest elegante pruik die hij ooit had gezien, en een rok en een kniebroek van voor '89. Een sierlijke man met een buitengewoon nerveuze lach, slechte tanden en een wijkende blik.

'Dit werk van de jongeman is in een geheel nieuwe en grootse stijl gemaakt,' zei Canova onderweg naar buiten, alsof hij tegen een groep studenten sprak. In werkelijkheid sprak hij in het niets en tegen zijn eigen kamerlakei. Door de geur die zijn Franse parfum had achtergelaten, vroeg Anna Maria hem achterdochtig of hij vrouwelijk bezoek had gehad.

Hij had de complimenten van Canova niet nodig om te weten dat dit nieuw was. Afgezien van het feit dat hij precies hetzelfde had gedaan als wat Michelangelo in zijn tijd voor de republiek Florence had gedaan. Bertel had de tijd in formaat gezet.

Anna Maria en haar man stonden naast elkaar, met hangende armen, ze leken bladloze bomen na een storm. Nu was de wind gaan liggen en daar stonden ze, afzonderlijk van elkaar en met stijve takken.

Hector, die in principe van iedereen hield, kwam langs Bertel op de onbekende man afstormen en sprong op tegen zijn hoge, glimmende laarzen. Bertel had het talloze keren eerder gezien, maar nu zag hij het pas echt: von Uhden had geen idee hoe hij dieren – of kinderen – moest liefkozen. Hij boog zich onhandig voorover, klopte Hector op zijn kop en ging weer rechtop staan, opgelucht dat de hond hem niet hard gebeten had. Wat een armoede. Wat een eenzaamheid. Hij moest niets laten merken. De situatie was penibel genoeg.

Von Uhden kuchte en gaf Bertel een document waar hij niet eens naar wilde kijken. Het waren waarschijnlijk de scheidingspapieren. Hij keek naar de hand van Anna Maria, ze droeg nog steeds een ring. Deed je die niet af wanneer het huwelijk was ontbonden? Maar wat wist hij van scheidingen.

Moest hij von Uhden nu de hand drukken? Op de gesloten handel?

Was de man gekomen om zijn vrouw formeel over te dragen? Hij bekeek het gezicht van de man van opzij, dat maskerachtig rustig was.

'Gelukkig is het mogelijk om te scheiden als je je bekeert tot de ketterij,' zei von Uhden met een droog lachje. Bertel begreep het. Hij had zelfs de Romeinse Kerk van deze man afgepakt. Hij maakte een buiging en liep weg met het papier, Anna Maria bleef achter.

Hij had zich jarenlang afgevraagd hoe het zou zijn om met haar samen te wonen. Nu stond ze daar, totaal nutteloos in zijn woning en ze stond in de weg. Ze was zonder enig bezit gekomen en zonder haar kinderen. Alleen zij. Alsof dat niet al te veel was. Hij had zijn werk, als hij niet doorging, kon hij niet eens zijn huur betalen. Daarom liet hij haar zonder een woord te zeggen alleen, trok zijn werkjas aan en ging de buste afmaken die hem zo lang had dwarsgezeten. Hij kon haar door de openstaande deur zien staan. De ramen stonden ook open, ze stond midden in een zalige luchtstroom.

'Laat me jouw zaken regelen,' zei ze uiteindelijk. Hij werkte door, maar luisterde wel. Natuurlijk wilde ze met haar handen in zijn geldzaken zitten. Ze wilde zijn geld beheren en zijn zaken regelen. Alsof er iets te beheren viel!

Hij zou vast ook over niet al te lange tijd het geld uit Denemarken kwijtraken. Dan moest hij de totaal vrije markt op. Kardinalensmoelen boetseren. De smoelen van de inhalige, geestelijk dode mannen geloofwaardig religieus en geestelijk maken, terwijl Anna Maria geld voor zichzelf opzij kon leggen.

'Waar zijn je dochters?' vroeg hij, vooral om beleefd te zijn. Misschien zou het gemakkelijker zijn om haar in huis te hebben als ze haar kinderen bij zich had. Een echt leven, waarbij ze iets anders hadden om over en mee te praten dan elkaar.

'Die heeft hij,' antwoordde ze in het niets, 'dat was zijn enige voorwaarde.'

Zijn hand hing even stil in de lucht en hij trilde, toen keek Bertel weer naar de klei en begon de oren kleiner te maken. Von Uhden had haar dochters van haar afgepakt. Dacht hij het niet.

1804

Hij kon nauwelijks alleen uit de reiskoets komen, zijn benen trilden en lieten hem in de steek, had hij maar een stok gehad. De frisse lucht in Livorno was scherp en beangstigend, veel te krachtig. Hij kon het niet aan om niet voorzichtig behandeld te worden.

Hij wist dat hij na de klap was afgevallen en zelfs die kon hij zich niet goed herinneren. Het gebeurde op een ochtend, waarop de zon de kamer niet kon verlichten en alles grijs werd, zelfs zijn huid. Hier stond hij, bij de familie Schubart, die hij niet kende en die hem ook niet kende, maar ze hadden erop gestaan hem te mogen ontvangen. Hij was net een pakketje dat niemand wilde hebben. Misschien konden ze het gebruiken als aanmaakhout...

Hij had de macht over zichzelf aan onbekenden gegeven en hij had geen energie om nog tegen te stribbelen, ze konden met hem doen wat ze wilden. Hij zag een piepkleine, tengere man in een met goud geborduurde jas en een volle, wat langere vrouw op hem af lopen. Dat moesten ze zijn. Schubart en zijn Nederlandse vrouw. Hij kon zich hun namen niet meer herinneren, maar ze waren belangrijk.

De man draaide zich om en het viel Bertel op dat hij een grote sleutel aan zijn heup had hangen. Respectabele mensen waren en bleven eigenaardig. Hij wilde het niet eens vragen.

Hij bereikte hen, voordat zijn benen het begaven. Of zijn moed liet hem in steek. Hij zakte door zijn knieën en sloeg met zijn vlakke handen tegen de grond. Het volgende dat hij waarnam, was de parfum van de vrouw die verzachtend om hem heen hing. Hij werd gedragen, keek omhoog naar de vreemde boomtoppen, maar voelde zich toch thuis. In elk geval in goede handen. Het was alsof ze van tevoren hadden geweten hoe ziek hij was, en ze keken nergens van op.

’s Avonds probeerde hij met hen te eten, maar hij kon alleen de heerlijk smakende soep weg krijgen, al deze fijne kruiden in plaats van bloem en stukgekookte eieren. Toen moest hij roken. Hij blies grijze wolkjes over de tafel totdat de vrouw begon te hoesten en de stanklucht met beide handen weg wuifde.

'Thorvaldsen, u kunt toch niet tijdens het eten gaan roken?' zei ze stijfjes en ze lachte om zichzelf. Hij legde de pijp aan de kant en liet hem uitgaan, hoewel de smaak zo verzachtend was geweest. Hij moest zich houden aan hun regels. Ze wisten het het beste.

Hij had heel wat kleifiguren met zich meegenomen en na het eten probeerde hij het gezicht van de vrouw te vormen. Zij was de gemakkelijkste van de twee en zijn vingers vonden het heerlijk om het losse haar te vormen met golven, krullen, linten en lijnen. Ze was niet knap, maar fantastisch. Je kon haar kracht in elke trek van het gezicht zien, ze bestond uit één deel. Hij vond het een plezier om het aan haar te laten zien en toch haalde ze haar lange, platte neus op.

'Hou toch op met altijd alles te laten zien wat u maakt!' zei ze alsof het afschuwelijk was. 'Waarom is het zo belangrijk voor u om op te vallen? We weten heus wel dat u geniaal bent. Stop al uw liefde toch in het werk.'

Ze had het niet verbitterd gezegd of om hem te corrigeren. Het was een raad, uit vriendschap gegeven. Hij vroeg zich af welke liefde hij in zijn beelden moest leggen. Anna Maria? Hij wilde zo graag overal harmonie zien, bewijzen dat het mogelijk was.

'De gezichten van de beelden zijn zo stil, alsof ze allemaal in gedachten verzonken zijn,' zei ze, 'maar uw portretten zijn bezield. Heeft u ooit een religieus standbeeld gemaakt?'

Daar moest hij nee op antwoorden. Het discrete kruis dat ze om haar hals droeg, was hem wel opgevallen. Bertel kende niemand van wie hij oprecht kon zeggen dat hij of zij religieus was. Anna Maria geloofde uit gewoonte en angst. Uit onwetendheid en omdat ze iemand nodig had die haar niet tegensprak. Daarom kon ze het enige wat hij van haar vroeg niet doen. Elisa Schubart zou het niet echt op prijs stellen dat hij lid was geworden van de vrijmetselaarsloge. Amici Sinceri was ten tijde van de paus verboden geweest, nu kon je met elkaar afspreken onder privéomstandigheden om van alles te bespreken, zonder informanten en zonder censuur. Hij had de vrijmetselaars alleen nooit over het geloof horen praten. Ze besteedden hun tijd aan politieke onderwerpen.

Hij liet haar zonder iets te zeggen het kleimodel van haarzelf zien en ze werd tegelijkertijd bleek en rood, alsof hij erin geslaagd was haar op haar grondvesten te laten schudden.

'Maar dat ben ik,' zei ze bewogen, 'zoals ik ga en sta, met mijn lelijke neus, alle rimpels, dat ben ik. U bent niet bang aangelegd. U heeft mij echt niet gespaard.'

Het leek toch alsof ze zich vereerd voelde door zijn oprechtheid.

'U kunt mensen op een geloofwaardige manier vervaardigen,' zei ze terwijl ze hem aankeek, alsof ze nu pas begreep dat hij haar gast was.

'Ik zal u en uw man in marmer houwen,' beloofde hij. 'U hoeft geen cent te betalen voor de bustes. Het is mij een plezier en een eer.'

Dat durfde hij alleen te zeggen, omdat hij een Russische gravin op bezoek gehad had met een lijst van onderwerpen die ze voor haar landgoed gemaakt wilde hebben. Bacchus, Ganymedes, Amor en Psyche, Venus en Apollo. Hij had eerst geen idee gehad wie Ganymedes was en moest het opzoeken in een encyclopedie, hij kreeg het er warm van. Als ze al dat marmer wilde hebben, dan kon ze het krijgen! Maar niet meteen. De modellen moesten eerst gemaakt en goedgekeurd worden, dan moesten er afgietsels worden gemaakt in gips en daarna moesten ze in marmer gehouwen worden. Hij zou er jarenlang mee bezig zijn en het zou hem een vast inkomen opleveren.

Elisa ging op haar tenen staan en gaf een kus op zijn brede voorhoofd onder zijn haar. Ze had zo'n meisjesachtige glimlach, alsof ze nog maar zestien jaar was, alleen wel verborgen in het beheerste, geschoolde lichaam van een volwassen vrouw. Ze pakte zijn arm vast en nam hem mee naar de tuin, terwijl ze er lustig op los praatte, maar niet zoals Frederikke Brun. Hier kon hij zich ontspannen.

Mevrouw Brun en Zoëga konden urenlang vurig discussiëren, in diverse talen, over onderwerpen waar Bertel niets over wist. Als hij probeerde er een woord tussen te krijgen, kreeg hij als reactie ten hemel gewende ogen en een gezamenlijk front tegen hem. Elisa sprak met hem alsof hij belangrijk was en alsof ze zijn kennis als uitgangspunt wilde nemen, hoe ontoereikend die ook was.

Hij kon alleen niet slapen.

Wijn en grappa drinken voor het slapen gaan, hielp een beetje, hij werd doezelig en viel in slaap, maar rond de klok van twee werd hij met een schok wakker in zijn eenzame bed, badend in het zweet en gedesoriënteerd. Wat deed hij hier eigenlijk, zo ver weg van huis? Hij was net gewend geraakt aan Rome, nu was hij op een verkeerde plek. Vol met vreemde geuren en onbekende gezichten. Hij stond op, sloeg de kamerjas om zich heen en liep rond in de lege kamers. Het echtpaar Schubart vond het helemaal niet opmerkelijk, ze woonden in een buitenverblijf met heel veel kamers. Ze konden toch maar in een tegelijk zijn. Nu was het huis leeg en betekenisloos, net als een instrument dat je lange tijd had laten staan, ontstemd en met barsten in het hout. Hij opende de deuren van de tuinkamer, liep de tuin in en ging in het gras zitten. Hier rook de wind altijd lekker, je kreeg nooit rust! In Denemarken was het de ene helft van het jaar heerlijk, je kon buiten zijn, terwijl je tijdens de rest van het jaar, de andere helft, je mannetje moest staan. Hier had je nooit rust. Hij was lusteloos wanneer de geuren terugkwamen in maart.

Het werd licht en de bedienden stonden op om aan het werk te gaan. Het waren net klokken die je had opgetrokken. Hij bleef even zitten, maar door al die energie schaamde hij zich voor zijn passiviteit. Hij liep terug het huis in en pakte een paar boeken van Schubart met afbeeldingen van antieke stukken, wat vellen papier en een potlood, en begon schetsen te maken.

Andere mensen vonden dat zijn beelden er zo uit moesten zien. Zo moesten ze eruitzien. Jason was niet van hem, dat zag hij eindelijk in, Jason was van de anderen die hem de ideeën hadden ingeprent. Bonaparte, Heiberg, Zoëga, Brun, zij allemaal. Hun visie had geresulteerd in de scherpe blik en de edele naaktheid van Jason.

Wat was hij trots toen hij het model aan de twee heren presenteerde, die hand in hand aankwamen. Ze waren op zoek geweest naar een smachtend, innemend, naakt figuur, een bevestiging van hun eigen gevoelens. Jason was alleen niet erotisch. Jason was puur een hersenspinsel.

Nu moest hij jarenlang houwen aan het verdomde beeld.

Zijn vingers sprongen over het papier. Rennende meisjes, draperieën en mooie, gestrekte armen, daar verlangde hij nu naar, louter vrouwen, najades, bacchantes. Zijn potlood brak, maar er was nog steeds een beetje zwart over – toen stak hij het potlood in zijn mond en beet het hout in kleine stukjes, net als thuis toen hij een kleine jongen was. Wat was het fijn dat hij zo kon knoeien, wat anderen nooit hadden hoeven te leren. Hij tekende en tekende, het potlood gleed van het papier naar het boek, wat maakte het uit. Zolang hij zijn handen aan het werk hield, had hij gezonde gedachten.

Elisa zonk voor hem neer en legde haar verouderde handen over het boek en de tekeningen. Hij stopte en knipperde met zijn ogen. Geen schim van orde, hij had over de oude tekeningen heen getekend, het papier was gescheurd, zijn potlood kapotgebeten en zijn nagels eveneens. Ze pakte de restanten uit zijn handen en verborg het allemaal onder de stoel, gaf hem haar hand en hielp hem omhoog. Hij kon nog net zijn kamerjas dichtdoen, terwijl hij achter haar aan naar de open deuren sjokte.

Via Felice, de gelukkige straat. Geluksstraat. Niets minder dan dat. Casa Buti, ja, hij had het gevonden. Kende het huis. De architect had het druk, zijn echtgenote verhuurde het. Het was een stap vooruit, vond Anna Maria. En hij bleef in de straat die hij kende. Hier had hij gewoond sinds hij het huis van Zoëga kon verlaten. Eerst op nummer 25, op afstand van Zoëga, die niet helemaal begreep waarom hij wilde verhuizen. Von Uhden woonde immers ook in de straat. Zijn hele wereld was hier. Piranesi had zijn werkplaats hier gehad, dat zou Abildgaard gunstig moeten stemmen. Mooie huizen, grote ramen, er verrees een smal en trots huis van meerdere etages boven de dichtstbijzijnde gebouwen.

Even voelde hij dat hij verstijfde van ontzag. Het was een te grote stap vooruit, te groot en te vroeg. Hij had er geen geld voor. Hij kon beter bij signora Orsola blijven wonen.

Hij tilde Hector op en de hond legde zijn kin tegen zijn schouder en zuchtte. De lijnen van de twee pups nam hij over in zijn linkerhand. Rex kon zichzelf redden.

Jason had veel deuren voor hem geopend. De beste ervan was de deur naar de nieuwe woning. Hij had niet eens met een lantaarntje hoeven zoeken, vrienden en landgenoten hadden hem attent gemaakt op een leeg appartement in Casa Buti aan de Via Felice. Het was een gegoede familie, die delen van hun grote huis verhuurde en die hield van kunst en kunstenaars en het leven dat erbij hoorde.

Toen hij voor het eerst zijn appartement binnenstapte, was dat met een onverwacht en geheel natuurlijk gevoel van thuiskomen, en gevoel dat totaal nieuw was. Hij had immers nog nooit zo'n huis gehad. Het huis ontving hem met open armen, net als de familie Buti, maar het leek vooral alsof ze elkaar altijd al hadden gekend. Alsof hij gewoon op de markt was geweest en nu thuiskwam om weer door te gaan met zijn welbekende werk.

Ze hielden zelfs van de honden. Hector likte de handen van signora Buti en de pups renden naar de kinderen. Kon het echt zo eenvoudig zijn?

De plek was overdadig, de prijs redelijk, het uitzicht prachtig en de omgeving de beste van de stad. Hij had gezien dat diverse delen van de stad waren overgenomen door de Kerk, dáár wilde hij liever niet gaan wonen. Via Giulia met de omringende straten was overdreven klerikaal. Trastevere was te ver weg. Hier woonde hij vlak bij de Spaanse Trappen en nog belangrijker: vlak bij Café Greco. Vlak bij Anna Maria. Voor zover hij begreep, kreeg ze een meer dan redelijke financiële ondersteuning van von Uhden. Genoeg om het appartement te houden.

Zijn meubels namen bijna geen plaats in in de vier kamers. De muren waren gapend leeg en de ramen zonder gordijnen. In de voorkamer had hij een klein atelier ingericht voor het geval dat hij een idee kreeg dat meteen in klei moest worden uitgevoerd. Een schildersezel met een begonnen bas-reliëf. Geen stoel, geen boeken.

Signora Buti kwam naar boven en keek om zich heen, enigszins geschokt, met haar handen in haar zij. Hadden ze misschien niet wat meubels in het achterhuis staan? Hij had toch meer nodig dan een paar stoelen van aanmaakhout, een scheve tafel en een bed! Zo'n knappe man moest een goede lavabo hebben, een bank om gasten op te ontvangen, een gemakkelijke stoel waar hij in kon uitrusten, lezen en een pijp roken. Alles werd meteen in het werk gesteld, de meubels materialiseerden zich. Zij het versleten, ouderwets en zwaar namen ze de lege plekken in zijn lege woning in. Hij stond er wel op om plaats te maken voor een boetseerstoel naast het smalle bed, ook al was de slaapkamer smal en oncomfortabel.

'Moet u altijd werken? Zelfs in bed?' vroeg signora Buti constaterend. Hij las ook niet, zag ze, geen boeken. Triomfantelijk haalde hij het boekwerk van Flaxman van onder zijn bed tevoorschijn. Hij genoot ervan om wakker te worden bij de dageraad en meteen naakt te gaan werken, nog voordat hij zijn honden uitliet.

Hij liep van kamer naar kamer en keek om zich heen. Signora Buti was er niet in geslaagd om de desolate en lege indruk uit te wissen. Deze onbegrijpelijke, gulle plek. Mensen konden onder veel minder goede omstandigheden leven, maar zich niet op hun gemak voelen. Hij deed de ramen en de luiken open en liet de warme lucht en een hoop kabaal naar binnen dringen. Alle ramen moesten in één keer open! Er kwam een verdwaalde zwaluw naar binnen, die vloog verward langs de luiken en weer naar buiten. Hij rook de geur van tomatensugo uit de keuken van de familie Buti en hij ving een vrouwenstem op die een rustig liedje voor een kind zong.

Hier kon je kinderen opvoeden.

Nu had hij alleen nog een heel groot atelier nodig, waar hij ruimte had voor enorme werken. Groter dan Jason. Deze stad had versieringen zoals de werken van Canova niet nodig, maar wel heroïsche beelden in buitengewoon formaat, die hij tot in detail in perfectie wilde creëren.

Ze zat heel stil te borduren. Ze hield haar nek iets te stijf, haar ogen waren niet helemaal goed en toch wilde ze het niet over een bril hebben. Ze was zo geconcentreerd dat hij naar haar bleef kijken. Die nek, die rug, die schouders zou hij een keer moeten gebruiken, iets slaps en onpoëtisch vervangen door echte perfectie.

Hij moest achter haar gaan staan en haar nek kussen, ze lachte en gaf eraan toe, maar ze werkte door. Kleine vingers, piepkleine steekjes.

'Trouw met me,' zei hij. Gelukkig stond hij achter haar, maar ze kon zijn ogen in de langwerpige spiegel aan de muur zien, haar aankoop, een onnodige verfraaiing van zijn woning. Je had veel antieke munten kunnen kopen voor het bedrag dat de spiegel had gekost en hij zou vast ook snel ouderwets zijn en vervangen moeten worden.

Ze borduurde verder, nu met haar nek naar voren gebogen over haar werk, grondig en koppig. Hij had haar nooit eerder ten huwelijk durven vragen. Maar ging ervan uit dat wanneer von Uhden zover ging dat hij zich bekeerde om van Anna Maria te kunnen scheiden, hij dat deed omdat hij graag wilde dat de relatie van zijn echtgenote en hem op orde zou komen.

'Dat kan ik niet,' antwoordde ze zacht. 'Von Uhden is protestants geworden, maar ik hoor nog steeds bij de echte Kerk. Het kan wel zijn dat hij vindt dat je kunt scheiden. Ik doe het niet.'

'Nooit?' vroeg hij en hij probeerde haar haar en schouders aan te raken, maar het was alsof ze elke vorm van toenadering afwees. Hij moest niet denken dat hij haar hier kon gaan vertroetelen om bij haar in de gunst te komen. Ze schoof een beetje van hem weg, begreep hij dan helemaal niets? Jawel. Maar zij had zich toch ook samen met von Uhden bekeerd?

'Nee, hij is alleen uit de heilige Kerk gestapt,' zei ze heel stil, 'en liet mij met niets achter.'

Er zat niets anders op dan haar te verlaten. Hij deed de deuren heel voorzichtig dicht, zodat het niet leek alsof hij woedend wegging. In werkelijkheid was er slechts chaos in hem, geen woede. Hij had haar moeten vragen nog voordat von Uhden haar aan de kant zette. Hij had haar veel eerder moeten vragen. Misschien zou de situatie veranderen als ze samen een kind kregen.

Hij pakte de klei en vormde hem, gebruikte zijn duimen, kneedde de klei, maakte zijn handen nat en kneep er een hoofd uit. Neus, wangen, hals. Ogen. Hij wist wat hij in handen had. Klapte de klei op tafel en legde zijn vlakke, onzekere hand over het vernielde gezicht. Laat niet de woede het overnemen, ook het verdriet niet. Er waren zoveel mensen die het leven van anderen verdraaiden en misvormden, en hun eigen. Niet zoals zijn vader. Nee. Mooie gelijke rustige lijnen, geen gespannen spier in het gezicht, slechts een kleine glimlach om de lippen. Zo. Kwam tijd, kwam raad. Een betere wereld dan die hij reeds kende.

Hij had het nieuws uit Parijs gelezen voordat de woede opkwam. Eerst hadden ze de kunstschatten van Rome gestolen, toen wilden ze heel Italië in beslag nemen en nu dit. Wat zou de rest van de wereld van dit verraad zeggen?

Hij ging naar Greco om sterke koffie te drinken en hij bekeek zijn eigen trillende rechterhand. Dit was een gruwelijke en grijze dag. Bonaparte had besloten om zichzelf tot keizer van Frankrijk te benoemen. Hij wilde door de paus gekroond worden – niet in Rome, maar in Parijs. Hij had de revolutie in de steek gelaten. De Marsellaise moest niet langer het volkslied zijn. De tricolore kon hij vast niet afschaffen. Maar hij zou terugkomen. Om van 1789 een kleine, onbelangrijke episode in de geschiedenis te maken.

Hij ging direct naar zijn atelier en naar Jason. Met een soort bittere woede ging hij verder met houwen, hoewel het werk hem de keel uithing. Jason, zijn beeld van de tijd, strak, heroïsch en onderweg naar grootsheid. Jason was echter ook paraat om alles in de strijd te gooien om zijn doel te bereiken, het bezit van het Gulden Vlies.

Hij had zo gehoopt dat Napoleon een Medea had meegenomen of dat iemand de rol van zijn Medea op zich kon nemen. Hij werd nu niet gedreven door jaloezie, maar door de woede over het verraad. De nieuwe eeuw was pas vier jaar oud en nu al waren ze allemaal in de steek gelaten en vergeten. De machtswellust had het gewonnen van de nieuwe tijd.

Hij wist wel dat het kon gebeuren, maar de brief van Gottskalk overviel hem toch. Er was nooit een goed moment om het overlijden van mensen mee te delen. Dat was het zeker nu niet. Maar zijn moeder was gestorven aan een ongeneeslijke kanker en zijn vader probeerde alleen verder te leven. Hij was ook ziek en bedelde om geld, hoewel hij trots was.

Hij was van plan om terug te keren naar Denemarken.

God was zijn getuige, hij was van plan om ooit terug te keren naar Kopenhagen. Maar niet nu! Hij moest Jason afmaken en alle beelden voor gravin Vorontzova. Hij had hier zijn eigen volwassen leven. De mensen respecteerden hem, ze zagen hem niet als de wilde zoon van Gottskalk de IJslander. Mevrouw Schubart noemde hem zelfs een genie, Phidias, Praxiteles en Bertel.

Abildgaard had hem bezorgd geschreven wat men van plan was met Gottskalk te doen en Bertel was hem nog steeds een antwoord verschuldigd.

Hij had geen zin om te antwoorden en schoof het besluit uur na uur, dag na dag voor zich uit. Wat kon hij in hemelsnaam vanuit Rome doen? Als hij geld stuurde, wist hij waar het aan besteed zou worden, Gottskalk dronk nog steeds. Misschien nu Karen dood was nog meer.

Abildgaard gaf Gottskalk geld. Bertel kende zijn vader. Gottskalk stond ongetwijfeld altijd op de drempel bij Abildgaard wanneer die zijn huis wilde verlaten. Misschien verpandde hij zijn beddengoed aan Abildgaard?

Hij dacht heel diep na en liep vast op rotsen, gladde rotsen zonder spleten, laat staan bronnen, of op de meest ruwe pijn, die hij geleerd had te vermijden.

Hij moest zijn vader schrijven, hij was ziek geweest, hij was verhinderd om te werken, nog niet het kleinste, bruikbare tekeningetje of medaillon was uit zijn handen gekomen. En nu hij weer aan de beterende hand was, kreeg hij te horen dat zijn moeder was overleden.

De keuze was gevallen op een appartement in het armenhuis Vartov. Eerst moest Abildgaard zijn oude leerling wel helpen, want Gottskalk had gewoontegetrouw zijn beddengoed verpand in een pandjeshuis en dat moest hij terugkopen. Gottskalk bezat geen rode cent, dus Abildgaard schoot het voor. Dat geloofde Bertel wel. Dat betekende ook dat Gottskalk niet meer bezat dan zijn ellendige beddengoed. Hij had niet eens zijn werkgereedschap gehouden.

Het maakte niet uit hoeveel geld hij stuurde, Gottskalk was slecht af. De fles die Gottskalk tevreden kon stellen, was nog niet uitgevonden. Gottskalk hield helemaal niet van Vartov en hij was bang dat de geniepige Italianen zijn zoon zouden bedriegen. Pas nu hij met de klaagbrieven van zijn vader in zijn handen zat, werd hem duidelijk dat zijn ouders hem niet meer konden raken. Ze konden zijn leven of zijn reputatie niet meer aantasten. Zijn moeder had eindelijk rust gevonden en zijn vader was een drankzuchtige, arme stakker in Vartov. Ver weg.

Er was echt een tijd geweest dat hij bang was dat Gottskalk geld zou inzamelen om zijn zoon in Rome te bezoeken. Hij hoefde tenminste niet meer bang te zijn voor die dreiging.

Hij had niet eens zin om zijn vader over zijn beelden en zijn drukke leven te vertellen. Gottskalk wilde medaillons hebben om te kopiëren, zodat hij geld kon verdienen voor meer sterkedrank.

Zijn moeder was nu overleden, was hij er niet meer door van slag dan dit? Hij vouwde het papier op en legde de brief bij alle andere brieven, zijn gezicht vertrok en er liep een koude rilling over zijn rug. Hij verbrandde bruggen en de tijd verbrandde schepen achter hem. Gottskalk zou geen begrip hebben voor zijn leven, niet voor de beelden, niet voor Anna Maria en ook niet voor het bewonderende respect dat mensen voor hem hadden.

1805

Hij was geheel onvoorbereid – ze stond hem toe bij haar binnen te dringen. De verrassing stroomde als gloeiend heet water door hem heen en hij werd slap en wakker tegelijkertijd. Ze had hem tot dusver van zich af geduwd uit angst om zwanger te raken. Maar nu?

Anna Maria was katholiek. Ze zou nooit trouwen met een ongelovige als hij. Ze borduurde en had haar eigen ideeën. Dat wist hij. Nu liet ze hem eindelijk bij zich binnendringen. Het was veel te warm en onbekend in haar, veel te nieuw. Ze kenden elkaar zes jaar, maar ze waren nog nooit zo intiem geweest. Hij wist niet eens of hij het nog wilde.

Ze lag achteraf nat en zwijgend naar hem te luisteren, dat kon hij merken, ze luisterde of hij ontevreden was, of hij dankbaar was, of hij de omvang van haar cadeau waardeerde, de kostbaarheid en zeldzaamheid ervan. Hij wilde het liefst geen cadeaus ontvangen. Hij hield van haar lichaam, dat hij met gesloten ogen zou kunnen tekenen. Zelfs in het mooiste marmer zou hij haar matte huid niet kunnen weergeven. Canova zou het marmer kapotmaken en er een hoer van maken om zijn zin te krijgen. Het enige wat hij wilde, was de huid van Anna Maria, om één keer in zijn leven die matte perzik weer te geven.

Hij had een uitweg voor zijn zwakte gevonden: hij moest gaan bewegen, in de frisse lucht zijn. Elke keer dat hij met Jason en de andere beelden opgesloten zat, nam de zwaarmoedigheid het over. Na enkele maanden kon hij niet meer samen zijn met andere mensen. Dan tekende hij de hele nacht, tekende op alles net zoals toen hij een kind was en de muren in de woonkamer van tierelantijnen voorzag. Hij zag overal gezichten en hij was hen de baas als hij hun silhouetten tekende.

Hij begon te hoesten van het marmerstof en probeerde zijn mond te beschermen met een soort eigengemaakt gaas. Hij kreeg marmerstof en splinters in zijn ogen en in zijn gezicht, en hij accepteerde de bril, die het gemakkelijker voor hem maakte om kranten en brieven te lezen.

Hij voelde zich het beste wanneer hij aan het paardrijden was.

Elisa Schubart wilde zo graag samen met hem paardrijden, maar hij durfde haar de waarheid niet te vertellen. Het dier kwam naar buiten en hij probeerde erop te komen. Het ging, maar hij voelde zich net een zak aardappelen. Elisa keek hem verbaasd aan, kon hij niet paardrijden? Hoe had zich dan verplaatst in Kopenhagen? Hij had goede redenen waarom hij nooit had leren paardrijden – waar had de zoon van Gottskalk een beschikbaar paard moeten vinden? Waar had hij naartoe moeten rijden? De familie Schubart of Schimmelmann bezoeken die ten noorden van de stad woonden? Voordat hij de beurs had gekregen en was vertrokken, was hij nooit buiten Kopenhagen geweest. Misschien begreep ze zijn manier van leven niet eens. Ze was stomverbaasd geweest en zo beschaamd! Toen werd ze moedig, energiek, zij zou hem wel leren paardrijden, een koud kunstje! Hij ging zo gemakkelijk met dieren om en hij had zo'n controle over zijn lichaam, het zou hem vast gemakkelijk afgaan zoiets te leren.

Hij had veel respect voor de enorme, maar domme dieren. Daarom was het een hele overwinning voor hem, toen hij zijn lange, zware lichaam op een paard wist te hijsen. Hij bleek op de rug te zitten van een flegmatische oudere heer, die rustig met hem sjokte. Elisa was verrukt. Zag hij dat het hielp? Hij moest haar gelijk geven. Het was bevrijdend om zich zo snel en zeker door de wereld te bewegen. Het was fantastisch om een sterk, zelfstandig dier te beheersen. De frisse lucht, de geur van het paard en de vrijheid waren een soort medicijn.

Na verloop van enkele maanden kocht hij zijn eigen paard en hij aaide het elke dag, reed op het terrein van de rijschool en leerde het dier kennen. Hij had nooit moeite gehad om dieren te begrijpen en zich aan ze te binden, en dit enorme wezen leek hem natuurlijk toegenegen, hoewel hij nog steeds een onzekere ruiter was. Het raakte hem zelfs. Het paard zou beter moeten weten.

Hij had zijn fluit meegenomen toen hij naar Italië emigreerde en dáár ontdekte hij de gitaar, die geschikter was voor feesten met andere Denen – hij leerde snel hoe hij het instrument moest bespelen, en hij pakte het ook wanneer hij alleen was en behoefte had aan goede geluiden. Voorheen had hij hardop de krant gelezen om de demonen weg te jagen. Nu kon hij ze een meer melodische tegenstand bieden.

1806

Hij had zich er zelf van verzekerd, voordat het relevant werd, dat hij de hele tijd aanwezig wilde zijn. Weliswaar was het zonder precedent, maar in Denemarken konden mannen hun vrouwen tijdens de bevalling helpen. Wie anders? Hij had kussens en stoelen voor Anna Maria gehaald, had gezien hoe ze onvoorstelbare hoeveelheden artisjokken had opgegeten, haar opgezwollen benen gemasseerd. Hij was überhaupt een goede vader geweest, tot het moment dat het kind besloot om naar buiten te komen.

Anna Maria had bij hem zitten borduren en verhalen zitten vertellen, die ze op straat had gehoord. Niets wees erop dat de bevalling aanstaande was. Ze slaakte een zachte kreet, stond met gespreide voeten op en keek naar de vloer. Onder de tent van een jurk vormde zich een heldere plas, ze deed een stap naar achteren, liet zich vallen op haar stoel en hield haar buik vast.

Ze was de afgelopen tijd enorm gegroeid. De eerste maanden waren prima en gemakkelijk geweest, nu leek ze op een vrouw die een watermeloen had ingeslikt die in haar gegroeid was. Alleen haar benen en buik waren groot, haar boezem niet.

Bertel ging bij haar zitten, pakte haar handen vast en legde haar uit dat het nog lang zou duren voordat het kind kwam. Ze was bleek geworden, het rood op haar wangen was gewoon rouge, maar dat had hem voor de gek gehouden.

'Wat weet jij in hemelsnaam van bevallingen? Heb jij misschien een kind gebaard?' zei ze snerpend en ze leunde voorover, voor zover dat kon. 'Het zal snel gaan.'

Hij vluchtte bij haar weg, liet de deuren openstaan – ze hadden immers alles in detail afgesproken, hij wist waar hij naartoe moest gaan, de vroedvrouw wachtte – waarom was er geen kraamkliniek in Rome? Nu hadden ze hem nodig. Goede, bekwame mensen, licht, lucht, witte muren en geurende tuinen. Nee, zijn zoon zou onder geheel andere omstandigheden ter wereld komen.

De vroedvrouw was klein, mager en veel te jong. Bertel had een soort Moeder Aarde verwacht, enorm, mollig en geurend naar sugo en venkel. Deze dame pakte haar kleine zwarte tas en ging met hem mee, terwijl ze vragen stelde over Anna Maria waar hij geen antwoord op kon geven, en ze leek beledigend rustig.

Anna Maria zat op de bank met gespreide benen te puffen. Haar haar was zweterig en hing los, en er zaten lichtroze vlekken op de jurk. De mooie mousselinerokken waren verpest. Bertel wilde iets tegen haar zeggen om haar op te vrolijken, maar ze kon geen woord meer uitbrengen, alleen spuug en gesteun. De vroedvrouw pakte haar onder haar arm vast en trok haar in één ruk omhoog. Anna Maria snakte naar adem en ging rechtop zitten, klaar voor de strijd als een Engelse admiraal bij het zien van de tricolore. Ze liep met brede, platte voeten de slaapkamer in en de deur ging dicht. De sleutel werd omgedraaid en Bertel bleef alleen achter.

Wat nu als het mis ging? Moest hij hier door de deur gaan roepen? Dat was toch niet vol te houden. Terwijl Anna Maria aan het schreeuwen was. Hij bonsde op de deur en hield zich in, hij kon het niet maken om haar ongerust te maken. Het was voldoende dat hij haar zwanger had gemaakt.

Hij liep te ijsberen, maakte vuisten en sprak Deens in zichzelf. Als zij het redde, maakte het kind hem niets uit. Hij zou zowel met als zonder kind een gelukkig leven hebben. Een kind zou het voor haar wel gemakkelijker maken om het verlies van haar dochters te kunnen dragen. Ze was niet langer een gevallen vrouw, ze was gescheiden, haar man was protestants, hun huwelijk nauwelijks geldig. Hij zou met haar kunnen trouwen als hij dat wilde. Als zij dat wilde. Als hij het haar vroeg. Er was alleen met geen woord over gerept.

Hij zette thee en dronk hem met grote tegenzin op, luisterde naar de onduidelijke geluiden uit de slaapkamer. Hadden ze helemaal niets nodig? Water, linnen, een scherpe blik? Hij wilde het graag zien gebeuren, hoewel hij wist dat hij dat nooit zou vergeten. Anna Maria met een geweldige, golvende buik en gespreide, gebogen benen, het bloed en de pijn zichtbaar in het lichaam.

Hij creëerde immers dag in dag uit schoonheid en rust. Niemand was erin geïnteresseerd om Achilles met een opgeheven vuist boven

Penthesileia te zien, die hij zojuist in de strijd had vermoord. Ze wilden rustige, beheerste beelden zien met volkomen ontspannen gezichten. Hij wilde alleen voor één keer het tegenovergestelde maken.

Hij keek om zich heen. De fijne, kleine kleifiguren waren het leven, de onzekere pogingen van zijn vingers om een werkelijkheid te creëren die vol passie was. Het gips onderdrukte het leven. Het gips maakte gezichten wazig, wit en helder. Geen rimpels, geen kennis.

Hij wilde zo graag haar mooie benen in klei vervaardigen, zodat iedereen die het beeld zag, zou weten dat ze had geleden. Dat de pijn door hen heen sneed door er alleen maar naar te kijken.

Wat gebeurde er? De deur kwam op een kier te staan en de vroedvrouw kwam tevoorschijn met blote, gewassen armen en komische pofmouwtjes, alsof ze op weg was naar een bal.

'Is ze overleden?' vroeg Bertel en pas toen hij het vragende gezicht van de vroedvrouw zag, begreep hij dat hij Deens gesproken had en hij herhaalde de vraag in het Italiaans. De vroedvrouw was ook Romeins, ze begon hard te lachen, veel te hard voor haar iele lichaam.

'Nee, het gaat prima met haar! Dat kan meneer de beeldhouwer nog wel een keer doen, zijn vrouw is goed in het baren van kinderen. Je zou denken dat ze ervaring had. U heeft een mooie zoon gekregen.'

Ze kon niets weten over hun privéleven. Bertel voelde zich opgelucht, zonder dat hij wist waarom, en liet zich bij Anna Maria naar binnen duwen. Hij had verwacht dat ze ten minste de gordijnen hadden dichtgetrokken, maar nee. Het licht stroomde binnen en midden in het bed troonde Anna Maria met een bundeltje in haar armen. Hij nam aan dat dat het kind was. Al mooi ingewikkeld als een hanteerbaar pakketje.

Anna Maria had nog steeds rouge op haar wangen, maar haar haar hing in slierten om haar gezicht en ze had op haar lip gebeten. Het stonk niet naar bloed en pijn. Het was net alsof het kind door de ooievaar was gebracht.

'Carlo Alberto,' zei ze vastberaden en ze legde het pakketje in de armen van Bertel, 'en hij moet een goede opleiding volgen, hij mag zelf kiezen wat hij wil doen.'

Hij begreep niet wat ze zei en waarom. Hij had bijna gratis een zoon gekregen. Zelfs zonder hulp van de kraamkliniek. Hij had deze volmaakte, fantastische zoon gekregen die op Anna Maria leek. Het kind wilde zijn ogen niet openen, het lag helemaal stil te ademen. Carlo deed denken aan een slapende pup. Helemaal niet knap. Een echte baby.

Wat had hij voorheen slechte baby's gemaakt! Ze waren veel te slank, mooi en volwassen geworden. Zo zag een echt kind eruit. Zijn kind. Zijn Romeinse kind. Door dit kind, dat in Rome was verwekt en geboren, was hij echt verhuisd, geëmigreerd.

'Zijn het goede namen?' vroeg Anna Maria, en hij knikte vurig, hij wilde haar nu echt niet tegenspreken, de moeder van zijn kind. Zelfs als ze had gevonden dat de jongen Nebukadnezar moest heten, had hij het geaccepteerd.

1807

Het was de wil van de natuur, eerst kreeg hij een zoon, en toen verliet zijn vader deze aarde. Het was enigszins een opluchting toen hij de vertraagde brief van Abildgaard ontving. Nu was hij een Italiaan geworden!

Er was een halfjaar verstreken sinds het overlijden van Gottskalk in oktober in zijn appartement in het armenhuis Vartov. Er was geen geld voor de begrafenis, dus dat had Abildgaard voorgeschoten. Gottskalk was grootvader geworden zonder dat hij dat wist.

Zijn vader was trots geweest toen zijn zoon werd benoemd tot professor aan de Academie in Kopenhagen. Dat was tenminste iets! De bestellingen en het eerbetoon in Rome waren niet belangrijk. Beter een Deense vogel in de hand, dan tien in de Italiaanse lucht. Hij had zelf een zuur gevoel gehad bij de benoeming, hij wist dat ze hem daarmee terug naar Kopenhagen wilden lokken. En waarom? Om de grafmonumenten van de oude Wie te maken!

Ze gaven vierhonderd rijksdaalders als jaarsalaris. Gravin Vorontzova betaalde tweehonderd voor een buste, die hij binnen een halfuur van klei kon maken. Voor de grotere beelden gaf gravin Vorontzova achthonderd rijksdaalders – per stuk. Hadden ze enig idee met welk salarisniveau ze hem probeerden te lokken? Voorlopig vond hij het *gepast* om in Rome te blijven, wel wetend dat zijn loon de Academie toebehoorde.

Abildgaard verklapte dat ze hem graag een aantal kolossale beelden voor het nieuwe Christiansborg wilden laten maken. Die kon hij toch net zo goed in Rome maken? Als ze de beelden wilden hebben, moesten ze vooruitbetalen – tweeduizend rijksdaalders leek hem redelijk. Waarom zou een kunstenaar geen vermogen kunnen verdienen? Nu moest hij een gezin onderhouden!

Carlo speelde in de tuin. Hij had stenen in zijn handen, waar hij mee sprak en hele liedjes voor componeerde.

De avond ervoor hadden ze hem meegenomen naar de opera, hij zat bij Anna Maria op schoot te luisteren en hij viel snel in slaap. Hij werd wakker, begon te wijzen en commentaar te geven. De muziek leefde blijkbaar door in zijn dialoog met de steentjes.

Bertel gaf hem bergen speelgoed, maar Carlo koos zelf. Op dit moment verkoos hij stenen. Mooie, stukjes marmer. Het liefst de miraculeus gebarsten, vierkante stukjes, die op mozaïeksteentjes leken.

Hij had er eerder nooit over nagedacht, maar de afgelopen dagen was de gedachte in hem opgekomen: wat moest hij in hemelsnaam doen met die jongen? Niemand zou er vast iets op tegen hebben dat hij de jongen zijn naam zou geven. Als hij vasthield aan de IJslandse naam van zijn vader, zou de jongen Carlo Bertelsson komen te heten, maar dat was totaal uitgesloten. Dit was Carlo Thorwalsen. Met de Kerk had hij niets te maken. In Denemarken zou niemand zich druk maken over de katholieke achtergrond van de jongen.

Zijn twijfel was ontstaan doordat Anna Maria naar de kerk begon te gaan.

Ze ging alleen, uitgedost met een zwarte, gehaakte sluier, ernstig en met een strakke mond en een rode neus. Ze vertelde hem niet wat ze ging doen, verre van dat. Maar hij kwam haar tegen als ze wegging en weer thuiskwam. Altijd alleen.

Hoe de katholieke Kerk nadenkende mensen diende, ging zijn verstand te boven en daar was hij blij om. Hij hield van het zoete christendom van Elisa Schubart, maar niet van de scherpe splitsing van mensen door het katholicisme. Deze mystiek, die andere mensen zo aansprak. Het was maar goed dat zoveel kerken ruïnes waren geworden. Wat hem betrof, hoefden ze niet opnieuw gebouwd en geopend te worden.

Hij pakte de marmersteentjes van Carlo en vroeg hem naar elk steentje. Het bleek dat ze namen hadden en dat ze familie van elkaar waren. De moeder was een grote rode en onregelmatige steen, ze woonde op het gras. Daar woonde ze met haar kinderen, zeven in totaal.

De vader was een scheve steen met zwarte vlekken, hij woonde in de schaduw. De vader had maar één kind, een wit marmersteentje dat precies tussen het huis van de moeder en de vader lag. Dat steentje heette Carlo.

Hij woont toch ergens. Carlo was niet een dakloze die op zijn blote voeten op straat leefde. Hij had het zo goed als hij wilde en kon gedaan, nu Anna Maria de situatie niet beter wilde maken.

Haar dochters waren nu in elk geval in Pruisen. Niet dat hij ernaar vroeg, maar hij had de brieven gezien die ze elke maand vol hoop stuurde, één naar elke dochter. Nee, hij kon niet naar hen vragen en hen ook niet noemen.

'Zullen vader, moeder en Carlo samen op het gras gaan wonen?' vroeg hij en hij ging in de zon zitten. Carlo keek naar hem op, zonder er ook maar iets van te begrijpen, dat was een domme vraag. Natuurlijk niet. Zo ging het spelletje niet. Uit het huis van de moeder kwamen de kinderen met Carlo spelen. Ze spraken Italiaans, net als Carlo.

Wanneer zou blijken dat de jongen talent had, zou hij hem meenemen naar het atelier en hem papier, krijt en houtskool geven. Dan kon hij leren tekenen, terwijl hij net als nu speelde. Hij kon urenlang het borduurwerk van zijn moeder bewonderen, geheel in beslag genomen, terwijl hij met zijn dikke vingertjes naar de fijne steekjes van het patroon greep.

Die jongen kon zijn erfgenaam worden. Hij kon misschien minder van die verdomde marmerbeelden gaan maken en de jonge armen van Carlo het zware werk laten doen, of in elk geval een deel ervan. Er zat voortgang in Jason, maar het ging langzaam, hij had niet zoveel plezier meer in het afronden. Het was fijn om schetsen en modellen van klei te maken, maar zijn liefde nam al af bij de gipsmodellen. Jason zou wel af komen.

Carlo mocht nimmer ongelukkig worden. Hij pakte de jongen op en droeg hem naar binnen, je kon het nooit weten met het Romeinse voorjaar, misschien ging het regenen en dan zou het jongetje drijfnat worden. Hij had geen zin om naar zijn atelier te gaan. Hij wilde liever thuis zitten kijken naar Carlo die op de vloer speelde.

Hij pakte Carlo op en ging naar Anna Maria. Het kind had lange tijd gehuild en Anna Maria had natuurlijk geen zin om hem op te halen. Bij zijn vader hield Carlo op met huilen en hij liet zijn tranen door hem afdrogen. Uiteindelijk nestelde Carlo zich in de armen van Bertel, uitgeput van verdriet.

Hij ging met Carlo op de bank zitten en legde een hand op het borduurwerk van Anna Maria. Het patroon lag op tafel, het was zeker ingewikkeld, maar kon ze het kind niet horen huilen? Ze keek op met een blijde glimlach en ze liet een boertje tussen haar lippen door. Het rook niet goed. De laatste tijd had ze zo zoetig, onaangenaam geroken. Niet als ze 's avonds naar bed gingen, omdat ze van tevoren kleine pastilles at om een aangename adem te krijgen.

'Hij krijst al als de poes hem met zijn staart aanraakt,' zei ze, terwijl ze haar schouders ophaalde. 'Het is veel beter dat hij naar jou gaat, wanneer er iets aan de hand is.'

Ze legde het borduurwerk voorzichtig weg en liet haar lange, mooie handen even op het werk liggen. Haar handen trilden, viel hem op. Toen boerde ze, lachte en liet haar hand even haar mond aanraken, die trilde nog steeds. Carlo lag helemaal stijf en stil in zijn armen, alsof hij het ergste verwachtte.

'Het is veel beter dat jij voor hem zorgt, hij komt wel naar jou toe wanneer je hem roept,' zei ze stil. 'Hij negeert mij. Hij houdt niet van mij.'

Hij herkende de geur. Dat kon toch niet waar zijn! Er was geen Italiaan die zo kon drinken als zijn ouders. Italianen lieten altijd veel glazen, flacons en flessen staan, wanneer ze de tafel verlieten. Ze dronken met mate, maar ze dronken met plezier en alleen bij het eten. De mond van Anna Maria zat vol foezel.

'Sla je hem?' vroeg hij, maar ze hoorde hem niet meer. Ze gaapte en gooide haar benen in de lucht, nu wilde ze op de bank slapen. Met haar vieze schoenen op de mooie, gespannen, gestreepte, zijden stof. Wat was ze trots geweest, toen hij haar liet zien dat ze nu welgesteld waren. Vergeleken met zijn familie duizelingwekkend rijk. Dan moesten ze meubels naar hun stand hebben, stel je voor dat de keizer een bestelling stuurde, dan zou hij op zijde moeten kunnen zitten!

Nu lag ze daar met open mond te snurken. Hij zou haar gezicht in klei moeten vervaardigen zodat iedereen het kon zien. Er was echter zoveel vertekening in de wereld, dat iemand de lieve vrede moest bewaren. Dat deed hij nu. Hij aaide Carlo over zijn gezicht, tot het jongetje zich overgaf aan zijn vermoeidheid.

Daar zat hij, alleen, met de twee mensen van wie hij het meest hield, die hem in de steek hadden gelaten. Geen van beiden begreep hij. Je kon immers nooit in het hart van een mens kijken!

1808

Ze lag op de bank met haar hand rustend op de vloer, ze snurkte. De tafel was bezaaid met papieren, ze had vast een poging gedaan om zijn boekhouding te doen en toen was ze overvallen door vermoeidheid.

Toen hij haar hand optilde, rook hij de stank. Zoet en groezelig, geen sterkedrank. En ze spuugde. Het glas stond op tafel, hij vond de fles, ze was in het Engelse café geweest om port te kopen.

Hij had geen idee wat ze uitvoerde, wanneer ze samen met Carlo in haar appartement was. Dat had duidelijke redenen. Bij hem was ze helemaal aanwezig, maar in haar eigen woning was ze vrij. Hij goot het laatste restje uit de fles en begon te kokhalzen, deze stank kwam uit haar mond wanneer ze 's nachts boerde. Niet goed. Maar hij kon het aan, echt, als iemand iets van sterkedrank wist, dan was hij dat.

Lukte het hem maar om haar bij hem in te laten trekken. Dat was echter onmogelijk, dat had ze hem bijtijds uitgelegd. Bertel was niet een persoon die zich tweemaal aan dezelfde steen stootte, de eerste poging was vernederend genoeg.

Om tot rust te komen, ging hij zitten en opende de brief uit Denemarken. Louter betreurenswaardigheden, de Engelsen hadden de Deense vloot in beslag genomen, nu was officier Willemoes gevallen en het laatste fregat van het land was vernield.

Hij las hardop, vormde elk woord, en gebruikte zijn wijsvinger om de regel te volgen. Wie was Willemoes in vredesnaam? En sprak je het uit als MOËS of MOES? Hoe zou hij dat moeten weten? O ja, nu kon hij zich vaag een van de helden uit 1801 herinneren, dat hij ook niet had meegemaakt. Admiraal Nelson was met het voorstel gekomen om de kapitein die onlangs belijdenis had gedaan te promoveren tot... ja, tot wat? Admiraal? Zo gemakkelijk ging het vast niet, zeker niet nu. Voor niemand. Helemaal niet voor hem. Jason was verre van klaar. Godzijdank. Hij kon grote sommen geld van Mr. Hope blijven vragen en in het atelier stond zijn kolossale aankoop te wachten, met een zachte glimlach om zijn brede lippen.

Willemoes was op zijn schip beschoten, net als Nelson, zijn halve hoofd was weggeschoten, ze hadden hem gewoon overboord gegooid en het schip ontruimd. Zijn lijk spoelde aan en hij kreeg een eervolle begrafenis. Ze zouden een standbeeld voor hem moeten oprichten. Maar de kroonprins zou ongetwijfeld eerst een standbeeld van zichzelf willen hebben.

Ze draaide zich om en klaagde in haar slaap, legde haar gezicht op het kussen en huilde met open mond, maar zonder wakker te worden. Hij verstijfde op zijn stoel en durfde zich niet te bewegen, dan moest hij voor haar klaarstaan. Op de binnenplaats hoorde hij de blije, heldere stem van Carlo. Hij speelde met de buurkinderen. Er was geen gevaar.

1809

Hij was maar een uur weggeweest!

Hij rende met een bang voorgevoel door de straten, buiten adem door slaapgebrek en pure bezorgdheid. Anna Maria had hem gevraagd naar huis te komen, omdat Carlo nu ook ziek was geworden. Toen hij het huis binnenkwam, liep de jongen hem echter tegemoet in zijn nachthemd, bleek en blij. De koorts was afgenomen. Toen moest hij terug.

Het was niet zo gegaan als hij had gevreesd. Hij had dagenlang bij Zoëga gezeten en slechts af en toe even geslapen. De kinderen waren te bang om te helpen.

Hij werd aan alle kanten omgeven door de dood. Op een ijskoude ochtend had hij gemerkt hoe Hector enorm lag te trillen en toen hij zijn hand op de hond legde om hem te kalmeren, ontmoette hij alleen kou. Zijn moedige witte leeuw, vol liefde en lust voor teefjes uit vreemde landen, was gestorven. Rex en de nieuwe honden jankten. Hij huilde zelf op een vreemde, droge, volwassen manier, die niets heelde. Zijn laatste band met Denemarken was nu verbroken.

Nu zag het ernaar uit dat Hector de voorbode van Zoëga was geweest. Hij moest stoppen en bijkomen, leunde tegen de muur, steunde met zijn ene hand op zijn knie en boog zich voorover, maar het werd hem zwart voor de ogen.

Hij had Zoëga de maanden voordat hij ziek werd niet bezocht. Hoe kon hij weten dat zijn oude vriend met zijn gezondheid sukkelde? Zoëga had er altijd uitgezien alsof hij op het randje van de dood was. Verder was hun contact beperkt, maar hij gebruikte de man als een wandelende encyclopedie. Zoëga had hem ervan weerhouden om Hebe als amazone weer te geven, een idee dat hij had gekregen, puur en alleen om het feit dat hij zo verliefd was geworden bij het zien van een schouder. Zoëga wist alles wat hij zelf nooit te weten zou kunnen komen.

Nu had hij zijn vriend in de steek gelaten, hem verlaten terwijl hij bewusteloos was. Laura, de oudste dochter, vond dat haar vader er zo vredig bij lag dat hij nu wel alleen gelaten kon worden. Maar vredig kon wel de voorbode van de dood betekenen.

Hij had zelf een paar keer per jaar koorts. Die kwam en ging weer weg, liet hem bibberen, perste enorme hoeveelheden vocht uit zijn lichaam en liet hem afgeslankt en bleker achter dan hij eerder was, maar nog steeds gezond. Hij werkte tijdens zijn ziekte gewoon door, dat was het beste. Hij had totaal geen respect voor ziekten. Daarom had hij ook gedacht dat Zoëga alleen maar zorg en aandacht nodig had.

Het was carnaval, maar het was het vreemdste carnaval dat hij had meegemaakt. Anders sidderde de stad van het feestgedruis, maar de Fransen hadden hier een stokje voor gestoken. Of de paus. Of de Romeinen zelf. Bertel wist het niet helemaal zeker.

Pas nu merkte hij het echt, onderweg naar huis: het weer was verschrikkelijk, het plensde, de regen stroomde door de straten. Bertel was al doorweekt voordat hij bij de deur van Zoëga aankwam en erop begon te bonzen. De oudste dochter Laura deed de deur open, ze had er vast vlak achter gezeten. Ze was bleek en had grijze, versleten kleren aan en met de andere twee kinderen ging het al niet veel beter.

'Hij is heengegaan,' zei Laura en ze probeerde niet te huilen, sloeg de sjaal om zich heen en probeerde die glad te strijken. Hun moeder was een paar jaar geleden overleden, ze had zo'n gezonde indruk gemaakt, terwijl Zoëga altijd op een levend lijk had geleken. Hij had wel knappe kinderen gekregen. Nu lag hij alleen, stijf en dood, en zijn kinderen hadden het koud in een onverwarmd appartement.

'Hij moet in je armen zijn overleden,' zei ze wijzend. Die versie wilden de kinderen van Zoëga graag horen.

Ze hadden geen brandhout, eten of moed, en Bertel stuurde Laura op pad om koffie en brandstof te kopen. Laura was een volwassen dame, die Zoëga als het belangrijkste kapitaal van het gezin had beschouwd, ze moest een grootse en rijke bruiloft hebben. Daar was het nu te laat voor. Ze was wel knap, ze leek niet op haar vader, alleen haar voorhoofd was te hoog en rond. Op de dag dat de tere, jeugdige charme zou verdwijnen, zou ze een verschrikkelijk vrouwtje worden. Dat zag hij, alsof haar hele toekomstige leven op dat moment zichtbaar was.

Ze bracht de andere kinderen bij hem, Federigo was elf en kleine Minna een echt kind, dat Bertel op schoot nam en troostte. Ze had honger, voelde zich eenzaam en was bang dat haar vader was overleden en haar had verlaten omdat ze hem had tegengesproken.

De Fransen waren Rome binnengevallen. De paus wilde de afzetting van de koning in Napels, de installatie van de broer van Bonaparte als nieuwe koning en de scheiding van de keizer niet erkennen. Rome was bezet door een Frans leger, de paus had huisarrest en de bevolking staakte. Dat probeerde hij Minna uit te leggen: als iemand schuldig was aan het overlijden van haar vader, was dat de Franse keizer. Als het carnaval zoals altijd was geweest, zou Zoëga hebben gefeest, goed hebben gegeten en was hij samen met zijn vrienden geweest. Dan was hij niet overleden.

Hij moest contact opnemen met mevrouw Brun, die in de stad was. Hij moest contact opnemen met mensen die het gezin in nood konden helpen. Ze waren arm genoeg geweest toen hun vader nog in leven was, maar nu was het helemaal ellendig met hen gesteld.

Ze hadden altijd nog de bibliotheek van Zoëga.

Hij stuurde Laura naar Schubart en begon moed te verzamelen. De drie kinderen hadden de bibliotheek niet nodig, die kon hij daarentegen zelf kopen. Voor de twee jongere kinderen moest meteen daarna een goed tehuis worden gevonden.

'Heeft je vader een testament opgesteld?' vroeg hij de uitgeputte en natte Laura zacht, toen ze voor de tweede keer terugkwam. De haard was aangestoken en hij wreef haar handen, blies erop, probeerde wat leven in haar te krijgen. Toen begon ze hard te lachen en keek naar hem op, probeerde oogcontact met hem te krijgen.

'Waarom zou onze vader in hemelsnaam een testament laten opstellen?' vroeg ze met een scherpe ondertoon in haar meisjesstem. 'We hebben immers niets, helemaal niets!'

Ze bleef hard lachen. Ze zat in zijn armen te trillen, vooral uit woede over de armoede en het overlijden van haar vader.

'De archeologische stukken moeten verkocht kunnen worden,' stelde Bertel voor en hij had meteen spijt van zijn voorstel. Zoëga had zijn oudste dochter natuurlijk opgeleid volgens zijn beeld, maar je kon hem er niet van beschuldigen dat hij praktisch was, dus hij had zijn enorme kennis nooit goed weten te benutten. In elk geval niet om geld te verdienen.

'Nu wordt mijn familie opgesplitst,' zei ze met een trillende stem. 'We moeten genadebrood bij vreemden eten. We hebben juist geleerd trotse Romeinse burgers te zijn. Dat kunt u zich niet voorstellen, u bent in armoede geboren, maar onze vader en moeder wilden ons een goed leven geven.'

Respectabele mensen. Nee, hij kon zich hun ellende waarschijnlijk niet voorstellen.

Schubart kwam binnen, slechts een beetje nat, hij had een koets en een paraplu. Bij hem leken de regendruppels op zijn gezicht vooral verfrissend, hij had rode wangen en wilde ogen. Bertel stond op, terwijl hij de hand van Laura vast bleef houden. Schubart had oog voor jonge meisjes. Ze moesten goed terechtkomen, maar Laura verdiende beter. En snel.

'Uw vader moet een testament hebben achtergelaten,' zei Schubart docerend tegen haar en hij aaide haar even over haar wang, een aanraking waardoor Laura een kniebuiging maakte. Ze stond niet stevig op haar benen en botste tegen Bertel, die ervoor zorgde dat ze ging zitten. Minna begon weer te huilen, hij moest haar op schoot nemen en toch stribbelde ze tegen als een kwaad poesje. Als ze genegenheid moest hebben, moest haar vader die geven.

Schubart wierp een blik op het ontzielde lichaam van Zoëga en dekte het gezicht met de lange kromme neus toe met een zakdoek. Toen kuchte hij en wees naar Bertel.

'Als Deense minister in Italië benoem ik u hierbij als gevolmachtigde van de nalatenschap. Alle kisten met archeologische werken moeten worden doorgenomen, er moeten lijsten gemaakt worden van de collectie en van de bibliotheek. Ik hoop dat we Laura de wereld in kunnen sturen met een bruidsschat die haar schoonheid waardig is.'

De glimlach van Laura was meer dan zuur, ze zat aan haar sjaal te friemelen, terwijl Schubart en Bertel de collectie begonnen te catalogiseren. Op elke kist stonden enkele getallen, die gebruikten ze als uitgangspunt. Schubart kon bogen op zijn kennis van kunst, maar hij had geen verstand van archeologische werken. Niet meer dan Bertel. Ze keken in kisten met zaagsel en bruine voorwerpen van klei, en ze werden er niet veel wijzer van.

'*Kist nr. 72 met losse delen van amfora's*,' zei Bertel twijfelend en hij schoof de kist naar Schubart. Laura zat heel onrustig op haar stoel, ze schoof van de ene naar de andere kant en haar voeten liet ze over de vloer glijden, heen en weer. Nu werd het haar te veel. Ze maakte een knoop in haar sjaal, stond op en liep naar de boekenkast, pakte er een catalogus uit en smeet hem tussen Bertel en Schubart in.

'Denken jullie nou echt dat mijn vader alles zomaar neerlegde?' vroeg ze hard. 'Denken jullie niet dat hij elk onderdeel catalogiseerde? Jullie kunnen de inhoud van alle kisten op de lijst vinden...'

Ze had gelijk, ontdekte Bertel toen Schubart het boek opende. Natuurlijk had ze gelijk. Ze had haar vader waarschijnlijk zelf geholpen met haar fijne meisjeshandschrift. Schubart en hij werden stil van pure schaamte.

'Tja, dan moeten we de catalogus meenemen wanneer we de collectie gaan verkopen,' zei Schubart en hij kuchte weer, keek naar Laura en probeerde haar te kalmeren door te glimlachen.

'De tekst is in het Latijn,' voegde ze eraan toe en nu was haar zure uitdrukking verworden tot azijn. Geen van de twee heren beheerste Latijn.

'En wat is dit dan?'

Schubart keerde zich van haar af, bijna demonstratief, en pakte de enige kist waar geen nummer op stond. Die was zwaar. Hij zette hem op tafel en pakte de drie gevlekte vellen onbeschreven papier die bovenop lagen. Toen werd hij stil. Hij keek naar Bertel, toen naar Laura, en wees in de kist. Laura maakte geen aanstalten om dichterbij te komen, maar Bertel wierp een blik in de kist. Hij geloofde zijn eigen ogen niet, maar stopte een hand in de wirwar van munten. Het geluid leek totaal niet te kloppen. Hij had nog nooit eerder zoveel munten gezien, verzameld op één plek. Hij pakte een handvol en legde die in de verkleumde, onwillige handen van Laura en bekeek de munten van dichtbij.

'Hij moet elk bedrag dat hij in handen kreeg aan de kant hebben gelegd,' fluisterde hij tegen Schubart, die alleen maar naar het vermogen staarde, nog steeds vol ongeloof.

'Wat is dat?' vroeg Laura.

'Dat is een vermogen dat hoger is dan de bruidsschat van mijn echtgenote,' antwoordde Schubart en hij begon te lachen. Bertel wees naar het lijk van Zoëga en Schubart vermande zich. Daarentegen stond Laura op en liet een paar munten op de vloer vallen, ze sloeg er geen acht op, pakte de rand van de kist vast en trok hem dichterbij. Toen ze haar hand in haar bruidsschat stopte, begon ze zelf te lachen. Het was geen aangename lach. Ze stond voorovergebogen en leunde tegen de tafel, terwijl een soort lachkrampen haar lichaam lieten trillen en ineenduiken.

'Die grote idioot,' huilde ze terwijl ze lachte en ze stampte op de vloer. 'We hebben op afval en water geleefd, terwijl hij alles voor ons opspaarde! Die grote idioot! Ik ben blij dat hij dood is! Ik haat hem!'

Schubart wilde zich graag over Laura en Federigo ontfermen. Hij was van mening dat Minna het beste af was bij mevrouw Brun, die een zwak had voor kleine kinderen, hoe schattiger, hoe beter. Mevrouw Brun was immers in de stad, één blik op het gezichtje van Minna zou genoeg zijn.

'We moeten het geld meteen op een rekening hier in de stad zetten,' verkondigde Schubart. Bertel wist niet waar hij het meest bang voor moest zijn, Schubarts begeerte naar jong vlees of zijn belustheid op een onverwacht vermogen. Laura was diep verdrietig, ze huilde, praatte in zichzelf en eiste dat het geld het huis uit moest, voordat het vermogen gestolen zou worden. Daar was Schubart het helemaal mee eens...

1810

Hij wilde een nieuwe Venus maken, een ouderwetse Venus. Hij wilde het hoofd van Anna Maria gebruiken, de schouders en de borst van een andere vrouw, de buik van een klassiek standbeeld en de benen van Anna Maria, en haar dan in elkaar zetten. Ze moest de appel bewonderen, die prins Paris haar had gegeven, omdat zij de mooiste van de drie godinnen was – of omdat zij hem de knappe Helena had beloofd.

Hij had het standbeeld van Venus dat Canova had gemaakt gezien, voor het eerst in zijn leven was hij echt verontwaardigd. Deze godin van de liefde probeerde zich met een kromme rug beschaamd te bedekken tegen nieuwsgierige blikken. Het was verdomme geen Venus, maar een geborneerd burgervrouwtje dat verrast werd in bad. Alleen haar linkerborst ontsnapte, maar het bleef bij een verlegen ontbloting.

Canova was een christen, een vrome aanhanger van de paus, de Kerk, het katholicisme en al die troep die erbij hoorde. Hij had Venus gecensureerd! Bertel kookte van woede om deze leugen.

Nee, hij wilde de meest vrije vrouw ter wereld creëren, ze moest helemaal onbedekt zijn, trots op haar natuurlijke schoonheid, met borsten die op knappen stonden en een ontbloot, haarloos geslacht. Ze moest juist in deze toestand zijn, omdat ze de godin van de liefde was, de grootse en gevaarlijke. Ze moest rustig zijn, maar bedachtzaam, in volmaakte harmonie, het lichaam wel bewogen.

Ze moest een kunstwerk op zich zijn: een naakte, volmaakt knappe vrouw, die juist in haar naaktheid elke vorm van schaamte tegensprak. Ze moest kuis, maar open lijken.

Canova was hem altijd een raadsel geweest. Die man kon marmer vormen, zodat het trilde, beefde en zwak leek, maar zijn creaties waren merkwaardig. Zijn Amor en Psyche leken op een windmolen. Naar verluidt moest Canova een heroïsch standbeeld maken van de keizer. Bertel wist niet eens of hij jaloers was of dat het nieuws zijn verachting en verwondering nog meer deed toenemen. Zijn concurrent had geen ruggengraat.

In plaats van hem te belasteren en tegen te werken wilde hij echter deze Venus maken, die iedereen moest laten zien wat hij van de liefde vond. Iedereen laten zien dat de naaktheid niet erotisch of heroïsch was, maar gewoon natuurlijk.

De ogen van Anna Maria stonden wijd open en haar blik was sceptisch. Ze keek omhoog en ze keek naar beneden. Ze waagde het aan te raken en liet haar hand op het marmer rusten.

'Doe je ogen dicht,' fluisterde hij en hij leidde haar hand over het lichaam van Venus. Ze giechelde en kreeg rode wangen, en hij begreep het. Vrouwen kenden alleen hun eigen lichaam. Hij kende het lichaam van veel vrouwen, maar dat van haar kende hij het best. Hier had hij haar opnieuw gecreëerd. Zijde op zijde, warm marmer, en ze zou zich voor altijd in neuriënde rust bevinden. In zichzelf en in haar schoonheid.

'Daar kan immers niemand aan voldoen,' antwoordde ze en bleef met gesloten ogen staan. Hij begreep haar. Dat was ook niet de bedoeling. Hier was haar lichaam vereenvoudigd, zodat mensen die het zagen niet afgeleid zouden worden. Afgerond, glimmend en glad, zonder rimpels, vlekken, littekens, aderen, vetkwabben. Ondoordringbaar als steen, maar zijdezacht. Het was een liefdeswerk, niets anders. Ze moest kunnen begrijpen wat hij bedoelde.

In plaats daarvan pakte ze zijn hand en legde die tegen haar hart. Jazeker, hij kon haar hartslag wel voelen, maar vooral haar borst die op en neer ging. Die was van hem. Haar hart van haarzelf.

Ida Brun bekeek hem vol verbazing, ze had zich net opgemaakt als een Indische danseres en ze leek op niets wat hij dacht eerder gezien te hebben. Nee, dit was geen vlinder, zoals Jens Baggesen beweerde. Ze was als de zeldzame Braziliaanse dieren, die heel af en toe werden getoond aan het pauselijk hof – gekleurde, niet levensvatbare dieren, die de lucht met verschrikkelijke geluiden vulden, voordat ze wegkwijnden, de verenpracht lieten hangen en doodgingen, om daarna opgezet en tot in lengte van dagen getoond te worden.

'Ben ik nu vreemd genoeg?' vroeg ze en ze spreidde haar vleugels uit. Er was het een en ander met het kind gebeurd sinds ze op elfjarige leeftijd hem haar houdingen had gegeven. Ida was op een ontstellende manier volwassen geworden. Ze zag eruit alsof alle nachten van Valeria Messalina door haar hoofd hadden gewandeld, voordat ze zich had opgemaakt.

'Als alles verkeerd gaat, kan ik tenminste courtisane in een gegoed huis worden. Er wordt gezegd dat maagden goed betaald worden,' merkte ze op. Zeven jaar geleden had hij haar voor het eerst ontmoet. In de tussentijd had ze haar eigengemaakte ballet honderden keren herhaald. Iedereen leek haar te bewonderen. Baggesen, Goethe en Madame de Staël schreven gedichten over haar unieke schoonheid.

Hij kon het niet zien.

Alles wat hij zag, was een goedlachs meisje, achttien jaar oud en gek op dansen. Ongelooflijk rijk en ongelooflijk getalenteerd. Die twee dingen leken met elkaar in tegenspraak te zijn.

Hij moest immers haar gezicht vormen. Hij had zo'n zin om haar in tweeën te delen, een dansend meisje met een perfect gezicht te scheppen, met het gezicht dat iedereen zo graag op zo'n elegant beeld wilde zien. En haar gezicht apart. Dit gezicht, dat niet af was, een goedlachs meisje. Geen Indische danseres. Haar ogen werden enorm en diep, ondoorgrondelijk.

Ze sloeg de gekleurde sjaals om zich heen, exotisch en onweerstaanbaar, er hing een walm van kaneel en koriander om haar heen, en toch zag hij het aan elke beweging, dit ervaren meisje was nog steeds maagd. Echter alleen dáár waar het het minste betekende. Haar lichaam was nog steeds als die van een vreemde. Zolang ze optrad, bezat ze haar lichaam niet.

Ze had het gezegd toen ze nog maar elf jaar oud was, hij had geluk dat hij de kunst in zijn handen had. Haar kunst was haar lichaam. Altijd kinderlijk, onschuldig en oppervlakkig. Haar ijver. De goede leerling, de allerbeste.

Eigenlijk had hij niet eens de behoefte om bij haar dans aanwezig te zijn. Hij dronk punch en luisterde met een half oor, duizelig van de belevenis. Morgen kon hij haar apart nemen, haar gezicht aanraken, haar gezicht met zijn vingers in klei herscheppen. Vooral de glimlach. Zijn kleine meisje. Ida.

Ze waren wel in een palazzo, maar de retirades waren net zo jammerlijk en stonken net zo erg als in het huis van zijn ouders in Aabenraa. Hij ging naar het toilet en bleef even staan luisteren, de muziek was gestopt. Toen kwam hij terug. Er moest gegeten worden en hij volgde Ida met zijn ogen, uitgeput propte ze zich vol. Brood, schaaldieren en vlees, ze at het op als een gulzige boer. Dan ontkwam ze ook aan alle platitudes die over haar werden rondgebazuind. Ze at tot ze blauw om haar lippen werd en ze sloeg glas na glas achterover, goot de wijn naar binnen. Naar verluidt zou haar voorbeeld Lady Hamilton dezelfde gewoonte gehad hebben. Waar was zij gebleven? Er waren zoveel grote en bewonderde namen verdwenen.

Ze stond met moeite op, zodra het mogelijk was, en Bertel volgde haar. Dacht hij het niet, ze was onderweg naar de retirades, met beide handen plat tegen haar buik. Ze had een beetje platvoeten, maar ze liep snel en gemakkelijk. Hij wilde eerst niet naar haar toe gaan, maar door het geluid deed hij het toch. Ze gaf over, alsof haar leven ervan afhing. Alsof ze wist wat ze deed.

Ze stond voorovergebogen en hield haar jurk tegen zich aan, probeerde haar speeksel weg te spugen en het taaie slijm door te bijten. Dit had ze vele keren eerder gedaan. Op de vloer voor haar lag een indrukwekkende plas broeiend, gekauwd eten dat een scherpe stank veroorzaakte. Haar lichaam was verlost en ze ging rechtop staan met een pijnlijk en toch ook bevrijd geluid. Ze keek naar Bertel en glimlachte. Hij gaf haar zijn zakdoek en ze maakte haar mondhoeken en haar tanden schoon.

'Als ze maar port hebben, dat neemt de stank weg,' zei ze mompelend. Ze ging helemaal rechtop staan en streek over haar nu geslonken buik, trots op zichzelf. Haar moeder was vol en zacht, had een zwaar lichaam, Frederikke Brun was niet tastbaar. Ida was mager en toch tastbaar. Er was wel een grens. Niets wat bij haar naar binnen kwam, mocht daar blijven.

'Op een lege maag kan ik gemakkelijker zingen en mijn moeder wil vast dat ik vanavond zing,' legde ze uit en ze schonk hem een van haar stralende glimlachen. Wilde hij haar gezicht niet opmaken? Ze nam plaats in de stoel, leunde achterover en sloot haar ogen, gaf haar gezicht prijs en hij leunde over haar heen en begon haar gezicht wit te schminken. Hij trok de lijnen van haar ogen omhoog en de boog van haar lippen. Fijne, vaste lijnen voor de wenkbrauwen, die ze epileerde. Niet een Indische danseres, maar een verfijnde Ida in carraramarmer. Rode rozen op haar wangen, maar die doofde hij met wat meer wit.

Voor hem was de kunst een bevrijding geweest. In de kunst had het leven een bedoeling. Voor Ida moest het omgekeerd zijn. Misschien zou ze er op een dag uit stappen.

1811

Hij hoorde het lawaai van de trap, maar kon niet lopen, hij kon zich niet losrukken. Niet meteen. Zijn handen zaten vol klei en de vorm zat in zijn vingers, maar hij kon de klei niet laten glijden. Woedend vormde hij een bal van de klei en gooide hem op de vloer, droogde zijn handen af aan zijn schort en rukte dat toen af.

Nu hoorde hij vrouwenstemmen schreeuwen, hij kon die van Anna Maria horen. Nog meer lawaai, een bonzend geluid van een val. Was ze weer dronken? Nee, dat had ze hem immers beloofd. Hij moest ernaartoe om huisvader te spelen, om orde te scheppen.

Er zat toch nog klei op zijn handen, de deurklink gleed in zijn vingers, hij werd kwaad en trok, beide deuren gingen open en hij tuurde naar de achtertrap. Alle deuren stonden open, er verspreidde zich een heerlijke geur vanuit de tuin, maar het geluid was gemeen, een jankend verdriet bewoog zich door de tuin en hij wilde er het liefst aan ontkomen, zichzelf beschermen, maar hij werd naar buiten gezogen. Hij moest het vroeg of laat toch zien.

Anna Maria liep heen en weer tussen de kleine olijfbomen en de jongen hing in haar armen, terwijl zijn hoofd tegen haar knie bonkte. Ze probeerde hem wakker te schudden, maar ze wist niet meer wat boven en onder was. Ze smeekte zijn voeten om wakker te worden, maar zijn gezicht was blauw. Zijn mond en ogen stonden open.

Zelfs vanuit de deuropening kon hij zien dat het te laat was.

Nu ging ze plotseling op haar achterwerk zitten en hing jankend met haar hele lichaam over de jongen om hem te beschermen.

'Ik duwde hem niet!' riep ze voor zich uit. Hij dacht niet dat ze hem had gezien. Ze riep het oog aan dat alles zag.

'Hij viel zelf! Ik raakte hem bijna niet aan! Ik zette alleen mijn hand in zijn rug! Ik wilde niet dat hij viel!'

Ze kroop op haar knieën over het lijkje, rukte het kruis van de ketting om haar nek, stopte het in de mond van het kind, hield zijn mond dicht en sloot zijn ogen.

'Hij viel zelf! Het was zijn eigen schuld!' zei ze bijna rustig en ze pakte haar zeer stille zoon op als een baby. Zijn hoofd tegen haar borst gedrukt.

Nu herkende hij haar. Nu had ze weer dorst.

Hij kon zich niet bewegen, maar hij voelde de vrouw achter zich, ze trilde evenveel van schrik als ontroering. Hij kon Anna Maria zelf niet eens aanraken, maar ze moesten haar het huis in krijgen, ze moesten haar van het kinderlijkje ontdoen.

Anna Maria hing haar sjaal goed, haar handen trilden en daar wilde hij liever naar kijken dan naar haar gezicht. Nu smeekte ze hem om vergeving en meer dan dat. Hij zag echter haar handen en daarin de dood van zijn zoon. Hoe kon hij iets anders verwacht hebben? Haar inhalige, lelijke handen. Was dat niet het eerste wat hem bij haar was opgevallen?

Alle modellen hadden een goede en een zwakke kant. Haar goede kant was haar gezicht, haar handen spraken haar gezicht tegen. Hij had niet op ze moeten vertrouwen.

Haar stem deed aan die van zijn moeder denken. Klagend, verwijtend. Ik hou van jou, waarom kun je niet van mij houden? Dat doe ik toch.

'Kun je mij niet vergeven?' sliste ze en nu sprak ze Duits, zoals met haar man. 'Het was mijn schuld niet, ik duwde hem bijna niet.'

Hij voelde zijn hand even samenknijpen. Hij zou haar wakker moeten schudden met geweld, met een pijn die op de zijne leek. Dat zou zijn vader hebben gedaan. Als hij haar maar één keer op die manier zou aanraken, zou de schuld zich naar zijn hand verplaatsten. Die zou zichtbaar worden in alle gezichten, waarvan hij de vormen kon voelen en die hij in klei zou vervaardigen. De schuld zou alle gelaatstrekken weerzinwekkend maken.

Hij stond dus voor haar stil en luisterde alleen, vol afschuw en rustig. Er zou verdriet, geschreeuw en enorme pijn moeten zijn. Er zou ontlading, uitputting en herstel moeten zijn. Dat was hier niet het geval. Deze pijn zat rustig in hem, als een nieuwe herinnering tussen alle andere. De pijn vond een plek tussen al het andere weerzinwekkende dat hij in zich verborg en dat hij probeerde te bedwingen.

Hij moest op een heel andere manier wraak nemen. Hij moest zich wreken door nooit weer haar gezicht of haar gelaatstrekken te gebruiken. Niet eens een tekening zou haar schoonheid, die alles had overleefd, moeten vereeuwigen.

'We moeten de jongen begraven,' zei hij. 'Ken je niet een dominee die het goedkoop kan doen?'

Het leek hem dat je de doden voordat ze begonnen te verrotten en te stinken in de grond moest stoppen. Ze moesten de jongen begraven voordat hij begon te veranderen. Hij wilde zich zijn zoon herinneren zoals hij was. Niet als lijk.

De vermoeidheid overviel hem als genegenheid. Hij waste zijn handen, die droog en stijf waren geworden door de opgedroogde klei, ging in de chaise longue zitten en probeerde vooruit te kijken. Dat was onmogelijk. Hij wreef in zijn handen, streek zichzelf over zijn gezicht en door zijn haar, probeerde na te denken, maar het lukte niet. Het enige waar hij behoefte aan had, was zijn ogen dichtdoen en vergeten. Niets zien.

Want hij zag de jongen, de slappe jongen, geknakt en waardeloos, in de armen van Anna Maria. Hij zag ook haar pijn en verdriet. Ze zou er nooit overheen komen. Nog meer drank, nog meer ellende, meer gejank en meer zelfverwijt.

Hij kon zich niet wakker houden. Hij ging op de chaise longue liggen, maar die was niet lang genoeg voor hem. Toen rolde hij zich om en viel op de vloer, rolde ineen en liet de slaap over zich heen komen. Er was geen andere oplossing.

Hij pakte de kleine boetseerstok vast, draaide hem om en legde zijn hand om de klei. Een fijn en rond geheel, zo bekend. Hij moest weer beginnen. Bekeek de schets, deze lichte, vage pennenstreken. Wat was hij toch lui geworden, maar hij had het beeld in zijn handen. De ronde nek en de mooie oren. Het haar was ook goed, alle hard gevormde krullen, hij wist hoe Anna Maria haar haar strak vastmaakte op krantenpapier om de mode te volgen. Goede kleine sculptuureenheden. Terwijl hij het geheel overzag, kon hij de krullen in de klei vormen met zijn vingers en een boetseerstok.

Er moest een kind in de compositie zitten, met zijn hoofd rustend tegen een schouder. Hij kende de houding uit zijn hoofd en hij vormde de schouders, de ronde armen, het achterhoofd. De vormen van het gezicht zouden meer precisie vereisen, maar de verhoudingen klopten.

Hij wist dat zijn collega's en de critici van mening waren dat de friezen waardeloos waren. Het was geen beeldhouwwerk. Je moest om een beeldhouwwerk heen kunnen lopen! Hij vond een merkwaardige voldoening in deze perfect geordende wereld, gevangen in een vierkant. Als ze eens wisten hoe moeilijk het was om leven te scheppen in zo'n vlak reliëf! Hij had hier juist altijd van gehouden. Dus waarom nu niet? De klanten zwijmelden bij zijn afbeeldingen van De Nacht en De Dag. Ze wisten niet dat De Nacht ook met De Dood in de armen kwam aanvliegen.

Hij hoorde iets bij de deur en draaide zich half om, dat moest Carlo zijn. Was de jongen echt pas zo laat wakker geworden? Hij wilde het werk niet loslaten, maar hij wilde de jongen ook niet buiten laten staan. Even een kleine streek tussen de schouder en het hoofd, dan was hij klaar.

Hij hield de stok in zijn hand en draaide zich om, maar Priamus deed de deur open; de hond had geleerd omhoog te springen en de deurklink te pakken. Priamus was trots op zichzelf, Bertel knielde en nam de hond in zijn armen, dankbaar voor alle vormen van vriendelijkheid. Waar was Carlo dan? Hij tilde Priamus op, kwispelend en gelukkig, en liep naar de trap. Het was donker en duister, de deur naar de binnenplaats en de tuin was dicht.

'Carlo?' riep hij en hij begreep niet waarom het woord in zijn keel bleef steken. Priamus piepte stilletjes en hij liet de hond los.

Toen pas drong het weer tot hem door.

Zoals de deur beneden, altijd dicht, hij had hem op slot gedaan en de sleutel weggelegd, de trap was de dood van zijn zoontje, hij keek in het gat dat Carlo had opgeslokt. Hier was niets, alleen de duisternis van de vernietiging. Met trillende handen deed hij de deur dicht en bleef staan luisteren, hoe kon hij het vergeten, hoe kon hij zo dom zijn? Seniel of gek? Wilde hij gewoon niet weten dat zijn zoon was overleden?

Als hij Anna Maria nou verboden had om te drinken.

Als hij het kind nou altijd bij zich had gehad in zijn grote atelier.

Als hij het kind nou naar school had gestuurd.

Als hij het kind nou naar Denemarken had gestuurd, naar Abildgaard.

Als hij het kind nou met een tuigje had vastgebonden aan de deur.

Als hij nou.

Als hij nou niet.

Hier stond hij, zo alleen. Ze hadden hun kind begraven en de ouders wilden niet met elkaar praten. Toch had hij zich nooit eerder zo nauw verbonden gevoeld met Anna Maria als toen ze zwijgend naast elkaar naar huis liepen van de kerk. Zijn buitenechtelijke zoontje, maar wel katholiek. Geen heiden, geen ketter. Hij wilde het lijkje gaan opgraven, er moesten geen wormen tussen zijn vingers kruipen en hem bang maken. Carlo was bang in het donker en haatte insecten.

Hij kon zich niet herinneren of hij om zijn zoon had gehuild. Het leek hem ondenkbaar dat hij zo lang zijn ogen droog had kunnen houden. Ook nu zou het huilen geen verlossing bieden. Hij stond helemaal stil in zijn witte jas met de boetseerstok in zijn handen, voor de deur, met Priamus voor zich, luisterend en geschrokken. Het baasje was in nood en Priamus wist dat hij niet kon helpen. Toch kwam hij dichterbij en likte de hand van zijn baas, en Bertel probeerde hem te kalmeren en hem over zijn kop te aaien.

Iets moest toch normaal kunnen zijn. Normaal worden.

Hij kon geen weerstand bieden, er kwam een vlakke storm in hem op: zijn ouders waren eenzaam overleden in Denemarken, Abildgaard was moe van het leven overleden, nadat hij zijn liefde veel te laat was tegengekomen. Anna Maria had hij nog, alle anderen had hij achter zich gelaten. Carlo had hij gehad. Het enige wezen dat zijn leven zin gaf. Het enige in de wereld waar hij van hield dat niet door hem vervaardigd was in klei, gips en marmer. Carlo was echt en juist hij werd hem ontnomen.

Hij viel tegen de deur aan en probeerde zich te verbergen, zijn rechterarm omhoog voor zich, leunde tegen de deur en rook zijn eigen slechte adem. Die hing om hem heen. Louter verrotting en viezigheid. Carlo was nu waarschijnlijk al aan het verrotten.

Hij wilde niet dat iedereen in het huis hem kon horen, maar hij kon niets anders dan zijn mond volstoppen met vingers en kleding, zijn mouw vulde goed, en toch kwamen de geluiden naar buiten, nederig en meelijwekkend. Het was te laat om te rouwen, de deur was gesloten en de sleutel weggegooid.

Het gebeurde niet omdat hij kalm werd. Hij werd moe, raakte enorm uitgeput, en hij rekte zich uit op de vloer. Priamus nam plaats in zijn armen en hij huilde stilletjes. Zijn jongetje was weg alsof hij nooit had bestaan. Ze hadden al zijn sporen uitgewist, zelfs zijn speelgoed. Alsof ze hem hadden geleend en hem nu hadden teruggegeven aan zijn echte ouders. Daar zou hij Bertel vergeten.

Hij was zo duizelig van pijn en uitputting dat hij ervan tolde, maar één ding wist hij met grenzeloze bitterheid: dit zou hij niet kunnen omzetten in beelden. De kleine kinderen zouden bij hem blijven komen, kopieën van Carlo, zijn ronde benen en armen met kuiltjes, zijn lange krullen en wilde glimlach. Hij moest Carlo decennialang blijven maken. Nu wilde hij graag weten hoe lang hij moest doorgaan met deze zinloze, eenzame wandeling, omgeven door voornaam op elkaar afgestemde gezichten in marmer. Bij hen was het lijden niet aanwezig. Ze hadden het lijden overleefd door het te beleven.

Hij had de Philoctetes van Abildgaard gezien voordat hij vertrok. Het wildste schilderij van Abildgaard. Vol fysiek lijden, maar toch beheerst. Volgens hem had geen enkele Deense schilder iets mooiers gemaakt. De pijn was echter slechts een voorstelling. Niet die van Abildgaard zelf. Neponweer.

Niemand zou de gevoelens kunnen weergeven die hem nu teisterden. Niet eens Laocoön en zijn zonen, vermoord door slangen, het beeld dat hem bang had gemaakt toen hij naar Rome kwam, bevatte een klein deel van zijn pijn. Die was echt en hij probeerde zich een beetje te verheffen om het wezen ervan te aanschouwen. Om wijzer te worden. Dan zou hij op een dag misschien een zekere betekenis krijgen.

Het was ochtend geworden, hij probeerde op te staan, legde de boetseerstok weg en wierp een blik op het werk van gisteren. Mooi, goed gecontroleerd en bruikbaar, hij had zijn tijd echt niet verdaan met zorgelijkheid. Het ergste wat je kon overkomen, was dat je niet in staat was om te werken. Invalide en onbruikbaar.

Priamus liep achter hem aan naar beneden en hij bleef voor de deur staan, trapte ertegenaan en ging woedend door. Liever dat dan de sleutel halen. Toen ging zijn voet door het zwakke hout en hij bleef trappen tot de deur bezweek en de groene weelde van de tuin zich openbaarde.

Een van de bekoorlijke gezusters Buti zou waarschijnlijk snel naar buiten komen rennen om te zien wat signore Torwalsen aan het doen was.

Hij liep de zon in en streek zichzelf over zijn gezicht, vol verbazing, de pijn was er nog steeds, vlak onder zijn huid, niet minder of overzichtelijker dan eerder. Hij was bang om tegen de pijn aan te duwen, zodat die omviel, overliep en weer over hem heen stroomde. Als hij het verdriet in zichzelf zou kunnen stoppen, zou hij verder kunnen gaan met zijn leven.

Toen vermande hij zich en keerde terug naar zijn appartement. Hij moest zijn haar wassen, in bad gaan, zich scheren en zich omkleden als hij naar Anna Maria wilde. Wie had hij anders?

Hij kwam laat thuis, de jonge signore Buti lichtte hem bij op de trap, maar hij was moe en hoefde zo laat niets meer te eten, hij had helemaal geen hulp nodig. 'Nee, nee, dat was de reden niet, signore Torwalsen heeft bezoek,' zei de jongeman en hij wees naar het appartement.

Hij wist wie het was, maar hij wilde niet dat signore Buti hen samen zag. Hij wachtte tot de jongeman was vertrokken, toen ging hij naar haar toe. Ze hing in de stoel, met gespreide benen. Er steeg een vage, maar onmiskenbare stank van haar op: de urine kwam boven de wijn uit. Daar stond hij met hangende, lege armen en hij probeerde de situatie te overzien en te bedenken wat hij moest doen. Wat was het gemakkelijkste? Moest hij haar wakker maken?

Hij pakte haar met een gevoel van afschuw, maar ook welwillendheid vast. Het moest vooral met een zekere effectiviteit gebeuren, alsof hij met een invalide te maken had. Zijn hand onder haar rug. Wat was ze nat, ze had in de stoel zitten slapen en in haar slaap had ze geplast. Langs haar benen, op de vloer, de stoffering van de stoel was doorweekt.

In haar slaap maakte ze een vaag, gorgelend geluid en haar hoofd klapte om als op een pop, ze probeerde iets te zeggen. Haar ketting had een snee gemaakt, zo lang had ze zitten wachten. Haar ledematen konden hem niet helpen. Hij droeg haar van de stoel naar de chaise longue, maar hij gaf het op en ging in plaats daarvan door naar zijn eigen bed. Hier wilde hij haar niet achterlaten. Waar moest hij zich aan vasthouden? Hij kwam terug en keek nog steeds rustig om zich heen in de duisternis. Waar kon hij haar neerzetten?

Hij legde haar toch op zijn nieuw beklede bank en hij liet haar slappe benen op de vloer glijden. Ze hoestte en hij draaide haar gezicht om, zodat ze kon overgeven op de vloer. Toen ging hij op zoek naar waardeloze oude kleren en lakens, dat soort dingen moest hij hebben. Iets om zijn wereld tegen haar te beschermen. Zijn eigen wereld, onbesmet zolang het duurde.

Toen hij terugkwam, stonden haar ogen halfopen en ze snurkte door een openstaande mond, met drie onderkinnen en schuim tussen haar lippen. Hij wilde haar doorweekte jurk uittrekken, maar ze was zo zwaar geworden dat het hem bijna niet lukte, in plaats daarvan probeerde hij de jurk over haar heupen te trekken.

Ze schokte een beetje en maakte nog een kreunend geluid, maar deze keer uitte niet alleen haar mond zich. Uit haar andere uiteinde sijpelde lichtgele, stinkende, vloeibare, bijtende poep. Een hele bel van gelige, korrelige poep, die zijn handen natmaakte en aan haar anders zo mooie huid en de dunne stof van haar jurk vastplakte. Het drupte op de vloer en maakte vlekken op de bekleding.

Pas nu deed hij een stap achteruit, hij stond doodstil, op veilige afstand, haalde zijn zakdoek tevoorschijn en droogde zijn handen koortsachtig af, steeds maar weer, terwijl de ene koude rilling na de andere over zijn lichaam golfde. Er stroomde pure walging door hem heen, slechts dit ene gevoel. Hij kon haar alleen zo niet achterlaten. Hij moest zijn werk afmaken. Niemand kon hem helpen. Of haar.

Hij haalde de lavabo, gelukkig zat die vol met water, samen met twee handdoeken, en begon haar te wassen. Nu gromde ze alleen, ze was helemaal slap en krachteloos. Ze zou niet wakker worden voordat het ochtend werd. Het leed was geschied en hij probeerde van de stank af te komen. Die bewoog heen en weer in zijn neus, had onderdak gevonden in zijn mond achter zijn tong waar de smaak ontstaat, de stank had zich vermengd met de lucht van de Tiber. Hij moest de luiken openzetten, maar dat hielp niet.

In plaats daarvan maakte hij een bundel van het afval en zette die in een stoffen zak buiten de deur. Dan moest signore Buti de rotzooi maar opruimen. Hij kon niet meer.

Hij werd op een grijze ochtend wakker, heel vroeg, uit een beminnelijke droom over Kopenhagen, en keek daarna recht in haar gezicht. De ooit zo heldere ogen, die hij mat had gemaakt. Anna Maria was glansloos geworden. Het was allemaal zijn schuld.

Omdat hij zich enigszins schuldig voelde, legde hij zijn handen om haar wangen en trok haar naar zich toe. De stank was er nog steeds, maar niet meer bij hem. Ze had de stank meegedragen naar zijn bed.

Op dit moment deed ze aan zijn moeder denken en dat was toch wel het laatste waaraan hij herinnerd wilde worden. De armen die om zijn nek gegooid werden, waren verdomde sterk. Haar haar stonk naar braaksel, het was slijmerig en ze had alle tere zachtheid verloren.

'Beloof me dat je nooit met iemand anders zult trouwen,' fluisterde ze met haar tanden op elkaar en toen hij wilde antwoorden of gewoon een beetje wilde opschuiven zodat hij de betekenis in haar ogen kon peilen, trok ze hem terug. Waar haalde ze de kracht vandaan voor dit gebaar? Hij gaf toe, liet zichzelf net zo slap worden als zij was geweest en vroeg haar stil te zijn. Gaf kusjes op haar jukbeenderen en haar mond.

Hij kende elk stukje van haar. Als iemand ernaar zou vragen, kon hij met zijn handen haar vormen in klei creëren. Hij kende elk vlekje, elke rimpel. De gebogen perfectie van haar hals en de kwetsbare buiging van haar schouders. Haar overweldigende, opschepperige borsten en de schalen van haar heupen, die rondden naar de lachkuiltjes op haar rug, waar die op zijn mooist was.

'Beloof me dat je nooit met iemand anders dan ik zult trouwen!' herhaalde ze. Het betekende waarschijnlijk iets voor haar, aangezien ze volhield, en dat in deze toestand. Wat kon het hem kosten om haar eis in te willigen? Alsof hij van plan was te gaan trouwen. Wat kon hij een echtgenote bieden? Ze was hoe dan ook van hem.

1812

De man in de stralend blauwe, met goud geborduurde livrei stond vlak voor de deur stil met zijn aktetas onder zijn arm. Zijn gezicht was bijzonder. Bertel vielen zijn nauwkeurige, gelikte krullen op. Hij twijfelde er geen moment aan dat de man bij de keizer vandaan kwam.

Het civiele uniform van de man paste perfect bij zijn niet bijzonder mooie lichaam. Het smalle, bijna ongespierde lichaam van een bureaucraat. Bertel kon zich de nette heren met pruiken, alle respectabele mensen uit het theater in Kopenhagen herinneren. Abildgaard had hen vanuit zijn ooghoeken bekeken tot Heiberg de gek met hem stak. Toen had Bertel het gezien: als hij hun nette kleding aan zou proberen te trekken, zouden de mouwen van de jas scheuren. Ze gebruikten hun armen en benen immers bijna nooit echt – ze zaten in een rijtuig in plaats van dat ze paardreden, ze voerden thuis geen taken uit, staken nooit de haard aan en hakten nooit hout, laat staan dat ze vrouwenwerk deden. Ze waren teer en zwak.

Hij wist niet of het gebruikelijk was om een diepe buiging te maken voor een gezant van de keizer, maar hij maakte een scherpe, lichte buiging, overgenomen van de begroeting van Abildgaard lang geleden op Amalienborg. De gezant glimlachte gelukzalig en herhaalde de beweging van Bertel, nu met handbewegingen en schwung.

Toen overhandigde hij Bertel de tas, geopend en geparfumeerd, terwijl hij in langzaam en duidelijk Frans uitlegde wat de keizer van hem verlangde. Bertel begreep slechts een derde van wat hij zei en kreeg het erg warm. Verdomme toch.

De deur ging open en Anna Maria kwam binnen. Ze had vast het voorname rijtuig met het keizerlijke wapenschild van Bonaparte zien staan, want ze had andere kleding aangetrokken dan de eenvoudige, witte jurk die ze 's ochtends aanhad. Nu zag ze er tiptop uit: de zware robe met een sleep, zilveren sluier en zilveren linten, en ze had haar

haar versierd en sieraden om haar hals gehangen. Eigenlijk zag ze eruit alsof ze verwachtte dat de komst van de keizerlijke gezant betekende dat ze meteen naar het hofbal in de Tuilerieën zou gaan.

Het werkte wel.

Bertel begreep haar en glimlachte, maakte ter begroeting een buiging en luisterde – de keizer wilde zijn zoon tot koning van Rome maken, een titel die nauwelijks had bestaan sinds de tijd van de Etrusken. De keizer was van plan om het pauselijk paleis op de Quirinaal in te richten voor zijn komende bezoek. Was een fries met de intocht van Alexander de Grote in Babylon niet een geschikt motief?

Anna Maria lachte en voegde eraan toe, met haar lange wimpers zwierend boven haar wangen, dat het maar goed was dat de keizer niet had gekozen voor de intocht van Alexander in Persepolis, want die stad had Alexander zoals bekend in brand gestoken.

'Op aandringen van zijn minnares Thaïs,' voegde de Fransman eraan toe en hij moest weer voor haar buigen. Nu bevroor de glimlach op haar gezicht. Bertel durfde te wedden dat ze ook haar wangen gepoederd had, ze hadden die zijdeachtige lichte kleur waar hij zo van hield. Wat wilde hij haar graag over de mooi geschminkte huid aaien en haar bedanken voor haar hulp. Ondanks alles.

Of hij bereid was om de opdracht aan te nemen? Jazeker. Het bedrag in het contract was niet duizelingwekkend hoog, maar het was een onverwachte winst boven op het andere. Anna Maria zou hem ongetwijfeld vragen om een buitenhuis te kopen, waar ze onopgemerkt en veilig kon wonen.

God weet wat ze in Kopenhagen zouden zeggen als ze wisten dat hij nu kunst voor de keizer moest maken, de kleine korporaal, het monster. De usurpator. Als de paus een standbeeld wilde hebben, zou hij het maken. Als de paus verstand genoeg had om iets te vragen wat hij kon maken. Alexander de Grote, die moest hij opzoeken. Er was vast een relevant werk in de bibliotheek. Hij kon altijd een boek openslaan waarin de intocht in Babylon was afgebeeld, het ging immers om de afbeeldingen.

Wilde, heerlijke paarden, bijna naakte ruiters, een stroom aan paarden. Hij moest de afbeeldingen van de vreemde marmerfriezen uit Athene van Elgin te pakken krijgen. Er werd alleen wel gezegd dat ze uit de tijd van keizer Hadrianus stamden. En wat dan nog.

Anna Maria keek hem aan met een paar ogen die hem aan de muur zouden moeten nagelen, nu was hij weer afgedwaald met zijn gedachten, er moest geglimlacht en afscheid genomen worden, de gezant had veel meer verplichtingen in Rome, hij moest het bezoek van de keizer voorbereiden. Als alles goed ging, zou de keizer een paleis gaan bouwen op het Forum Romanum. De wereld leek niet meer te redden. Hij moest echter een fries voor het Quirinaal maken. Hij had werk, bestellingen en geld op zijn bankrekening.

Maar geen zoon.

Anna Maria kwam heel dicht bij hem staan en hield toch haar armen over elkaar onder de sjaal, ze stak nog geen vinger naar hem uit. Ze wilde hem niet als eerste aanraken.

'Zo zie je maar dat je me toch nodig hebt,' fluisterde ze, alsof ze vooral tegen zichzelf praatte. 'Ik ben toch ergens goed voor. Ik ben niet helemaal nutteloos.'

Ze hadden dit project samen gedaan, anderen hadden hen samen gezien en hen beschouwd als een stel, ondanks alles.

Hij wilde geen antwoord geven. Ze moest toch kunnen inzien hoe druk hij het had? De fries moest in juni worden geplaatst, nu was het maart. Een vijfendertig meter lange fries van meer dan een meter hoog.

Zijn vingers jeukten, hij wilde haar graag kunnen buitensluiten, samen met Carlo, om te werken, maar hij wist dat dat onmogelijk was. Ze zat aan de waterkant op hem te wachten, koppig en volhardend, haar liefde was nog niet gedoofd.

'Niemand kan zo hard werken als ik,' zei hij blij. 'Dat zal ik hen laten zien! Jij moet voor mijn appartement zorgen, ik ga in het atelier wonen.'

'Bedoel je bij je assistenten? Zij moeten immers de fries afmaken,' antwoordde ze en de omslag verbaasde hem zo, hij had gedacht dat ze om genegenheid smeekte.

'Wat een hoon tegenover mijn stad om die te vergelijken met het Babylon van de Perzen, dat we onze veroveraar moeten ontvangen zoals Babylon Alexander ontving,' ging ze verbitterd verder. Nu kende hij haar weer. Anna Maria was alleen zichzelf wanneer ze nuchter was.

'Nu Zoëga is overleden, kun je niemand om raad vragen, je hebt geen idee hoe Alexander eruitzag!'

Hij wilde gaan werken. Alles was beter dan te moeten buigen voor haar bezwaren. Ze had vast gelijk, maar wat veranderde dat aan de zaak? Hij kon tien uur achter elkaar werken zonder pauze te houden, alleen om om te vallen en acht uur onafgebroken te slapen. De Fransen hadden hem gevraagd om een parallel te maken van de Parthenon-fries in Athene. De keizer wilde laten zien dat ze allemaal in een nieuwe Gouden Eeuw leefden, zoals het antieke Athene. Een Gouden Eeuw met zelfs een veroveraar en een vredestichter zoals Alexander.

'De keizer wil de aankomst van zijn zoon in Rome vast op een gepaste manier vieren,' zei hij uiteindelijk toen hij zich vermand had, toen hij ontdekt had hoe hij haar pijn kon doen. Ze was echter moeilijk te raken, zoals ze daar voor hem stond, lang en smal, samengebonden door de sjaal. Wat zou hij nu graag een schets willen maken en haar in klei vervaardigen! Een echte antieke tragedie.

'De keizer houdt ongetwijfeld van zijn zoon,' voegde hij eraan toe. Dat was niet het laatste woord.

Ze knipperde een paar keer met haar ogen, produceerde een scheef glimlachje en schudde een beetje met haar hoofd.

'Von Uhden was alleen maar dom, maar jij bent gemeen,' kon ze uitbrengen.

Toen vertrok hij.

Anna Maria kreeg altijd het laatste woord. Liever het laatste woord dan nog iets ergers.

1813

Hij stond buiten de deur klaar en de twee vroedvrouwen kwamen tevoorschijn – de een droeg het kind in een geborduurde doek, die hij nog nooit eerder had gezien. Anna Maria had hen ongetwijfeld met het kind naar hem toe gestuurd, pure afpersing. Op deze ijzig heldere dag in maart, na zoveel grijze en natte dagen, kwam zijn dochter ter wereld.

Het kind huilde. Was dat een goed teken? Moest een pasgeboren baby huilen? Hij had geen idee. Carlo had volgens hem nooit gehuild. Nu lag zijn pasgeboren dochter in de armen van een dik wijf uit de Campanië te krijsen.

'Elisa,' zei hij stijf en hij vroeg naar mevrouw von Uhden. Ja, naar omstandigheden ging het goed met haar. Bertel knikte. Al zou ze hem dwingen om het kind te zien, zou hij zijn dochter nog niet in de armen nemen, dan was hij verloren. Hij had liever de honden!

'Krijgt ze de naam Elisa?' vroeg de vrouw met het kind, klaar om de strijd aan te gaan. Nu verplaatste hij zijn ogen naar haar gezicht en hij begreep het. Ze hadden hem al veroordeeld voor zijn onvriendelijkheid. Maar hij had de kleine Carlo niet vermoord. Iemand moest de schuldigen toch straffen, de schuldige.

'De goede heer wil de kleine Elisa niet zien?' vroeg de vrouw met de ingebouwde hardheid in haar stem die hij kende van alle machteloze Italiaanse vrouwen. Ze verwachtten alleen slechtheid en verwaarlozing van hun mannen. Nu bevestigde hij hun vooroordelen. Nee, hij wilde Elisa niet zien.

'Welke achternaam krijgt ze dan?' was de laatste vraag.

'Thorvaldsen,' antwoordde hij, hij maakte rechtsomkeert en liet hen achter. Hij beefde helemaal, terwijl hij de deur achter zich dichtdeed. Nu moest het afgelopen zijn! Hij kon niet nog een dood aan. Hij kon het niet aan om eindelijk lief te hebben en dan het enige waar hij in zijn leven van gehouden had, te verliezen. Dat kon niemand van hem verlangen. Mevrouw von Uhden al helemaal niet. Hij wilde zich aan geen enkel mens meer hechten, niemand liefhebben, dat belemmerde zijn handen, dat vernielde zijn kunst. Vanaf nu moest hij alleen leven om iets te creëren. En *geen kinderen*!

Hij keek naar zijn onbruikbare, trillende handen, was dit wat respectabele mensen plankenkoorts noemden? Misschien had hij gewoon behoefte aan goede vrienden en afleiding. Elke dag een paar uur werken en daarna ontspanning en plezier. Een oppervlakkig, goed, gezond leven zonder diepe gevoelens. Rust.

Hij moest haar uitleggen, wanneer hij haar weer onder ogen kon komen, dat hij zijn dochter nooit wilde zien. Hij wilde in elk geval vermijden haar te zien. Ze moest pas te horen krijgen dat hij haar vader was, wanneer ze volwassen was en klaar om te trouwen. In de tussentijd kon Anna Maria vrij over haar beschikken, zoveel ze wilde.

Hij moest haar uitleggen dat zijn kunst vóór alles ging. Hij wilde niet meer liefhebben, niemand of niets wat hij kon verliezen, waardoor hij in de put zou raken. Hij wilde liever hard werken met de modellen van klei en gips. Hij wilde liever in marmer houwen tot zijn handen gevoelloos werden en de hele nacht zijn keel schrapen door het marmerstof.

Ze zou hem misschien niet geloven, maar hij zou haar nooit een andere verklaring geven. Hij zou haar niet meer liefhebben, maar ook niet met haar breken. Ze waren aan elkaar verbonden door de dood en de drank, net zoals zijn vader en moeder. Samen hadden ze geen enkele kans gehad om eraan te ontkomen.

Ze zag eruit alsof ze alle wrok naast zich neer had gelegd, alsof dit kindje de herinneringen aan Carlo had uitgewist samen met al het andere kwaad dat hij al had verstoten. Af en toe leek zijn leven op het plein achter de kades, waar alle goederen werden weggegooid die tijdens het vervrachten onherstelbare schade hadden opgelopen. Zoals de arbeiders daar keek hij nooit achterom. Zo moest hij blijven, anders zou hij helemaal doordraaien.

Anna Maria leek de innerlijke rust gevonden te hebben die hij sinds het overlijden van Carlo had gemist. Nu had hun leven en relatie zin gekregen.

'Ze lijkt zo op je,' zei Anna Maria en ze liet het ingepakte kind zien. Hij vond dat ze op Carlo leek. Misschien zag hij zichzelf in een verwrongen vorm, met een breed voorhoofd en lange, gelijke, grote ogen? Dat moest de tijd uitwijzen. Hij nam het kind even over en moest haar neus en wangen aanraken, ze rook klein en edel, ze was helemaal zichzelf.

'Naar wie is ze vernoemd?' wilde Anna Maria weten, met een beetje scherpte in haar stem.

'Elisa Schubart,' zei hij meteen. Er was geen reden om te liegen of het te bagatelliseren. Anna Maria was nooit dol geweest op Elisa, ze was te robuust en protestants, en ze bezat een ironie die volgens Anna Maria een soort blasfemie was. Hij was op zoek geweest naar een goede vrouw voor zijn dochter. Anna Maria kreeg een strakke mond, kon haar ogen niet van haar kind afhouden, nam Elisa terug en glimlachte demonstratief naar hem, maar zonder in zijn ogen te kijken. Nu had hij haar toch vergeven? Alsof Elisa het bewijs was. Hij had geen idee wat hij had gedaan – vergeven of koesterde hij een eeuwige haat? Verdenken deed hij haar zeker.

1813

Laura Zoëga had hij niet gezien sinds het overlijden van haar vader en nu stond ze voor zijn deur. Ze leek voor het eerst op haar vader, zijn doordringende ogen hielden Bertel vast. IJsblauwe ogen, dun blond zijden haar, dat nat en zwaar van het zweet was, en een licht kromme rug, een beetje te dun. Ze droeg een gekke mantel over haar schouders, die kon toch niet van haar zijn? Ze leek op een prostituee die slecht behandeld was.

'Mag ik binnenkomen?' vroeg ze en Bertel herkende haar vader. Het was de scherpe stem van Zoëga. Ze begon sprekend op haar vader te lijken. Toen hij overleed, was ze zo teer en lieflijk geweest, zo'n onvolwassen meisje van wie hij had verwacht dat het haar goed zou vergaan.

Natuurlijk mocht ze binnenkomen.

Hij haalde een handdoek voor haar, zodat ze haar haar en gezicht kon afdrogen. Haar wangen begonnen te gloeien, maar ze werd er niet mooier van. Haar enorme blauwe ogen onder het veel te hoge voorhoofd waren veel te verdrietig.

Jongedames gingen niet uit met mannen, wist hij. Hij kon haar dus niet meenemen naar Café Nuovo of Greco. Hij moest een van de jongens van Buti eten en wijn laten halen. Hij had niets in huis. En Anna Maria mocht niet weten dat hij bezoek van een vrouw had.

Laura woonde bij de familie Labruzzi. Hij wist niet eens hoe ze haar tijd doorbracht. Ze kon goed en energiek dansen, dat had hij tijdens het carnaval gezien toen ze nog een kind was. Ze had niemand die haar kon beschermen, Schubart zeker niet.

Nu zat hij met haar opgescheept, zoals zij met hem, en hij had geen idee wat hij moest doen. De honden ontfermden zich over haar, Rex was dolgelukkig, rolde voor haar voeten, piepte en stelde zich aan, en een van de pups die hij in de goot bij de slagers in Testaccio had gevonden, had ze op schoot genomen.

Laura had geen honger, zei ze, maar sloeg de wijn glas na glas achterover. Ze kreeg er geen kleur van, maar ze hield op met trillen. Ze was niet geïnteresseerd in eten, maar Bertel had honger en begon onverstoorbaar de pasta met zijn vork te draaien, het was een goede en kokend hete pasta, met lekkere sugo, je moest het meteen opeten.

'Hij wil met iemand anders trouwen,' zei Laura boven de wijn en ze schonk nog een glas in, 'en Schubart heeft mijn geld afgepakt. Ik moet naar Genua, maar hij wil wel graag weten waarom ik niet madame Ingres ben geworden. Hij ontnam mij mijn maagdelijkheid en ontdekte dat Schubart mijn geld had afgepakt.'

Wat moest hij met haar? Hij maakte zelf een bed voor haar op en zette discreet een emmer in de buurt, voor het geval ze wakker werd om over te geven, hij wilde liever niet dat zijn hele appartement ging stinken.

'Nu heeft hij een ander. Hij heeft haar nooit ontmoet, maar hij schrijft haar elke dag een brief. Hij heeft een koortsachtig verlangen naar iemand die hij nog nooit heeft gezien en hij kent mij wel,' besloot ze met een vulgaire beweging met haar lichaam, waaraan Bertel niet kon ontkomen.

Uiteindelijk kwam de brief tevoorschijn en ze gaf hem aan Bertel, hoog in de lucht, alsof hij veel geld waard was en voorzichtig behandeld moest worden. Alsof haar toekomst erin stond. Hij had zelf haar leven op gang gebracht.

'Is dat monsieur Enger?' zei hij stomverbaasd. Laura begon te glimlachen en corrigeerde hem, 'Ingres', het klonk alsof ze over engerds sprak.

Hij had zelf naar Schubart geschreven dat Laura en Enger elkaar op een respectabele manier liefhadden en dat ze veel zou hebben aan deze Franse historieschilder, die hem bekwaam leek. Laura had eerder een relatie gehad, ook met een Franse kunstenaar, ze zwierf vaak rond bij de Franse academie in Villa Medici. Als haar vader nog had geleefd, zou hij haar iets hebben geleerd. Nu was ze een los wiel aan de wagen.

'Wil je niet liever mijn leerling zijn?' ontglipte hem. Ze liet bijna de pup vallen en Rex zag meteen zijn kans om tegen haar op te springen, maar ze veegde hem naar beneden, stond op en boog zich voorover.

'Vrouwen kunnen niet beeldhouwer zijn,' zei ze honend. 'We kunnen met kunstenaars trouwen. Muzen!'

Alleen het woord leek haar al te veel te worden, ze hield beide handen voor haar mond en rende de gang op. Bertel moest achter haar aan, vond een lavabo en liet haar daarin overgeven. Hij durfde niet te vragen of ze zwanger was.

'Wat wil je anders doen?' vroeg hij zachtjes. Laura kwam overeind, droogde haar mondhoeken en nam de bijzondere, koppige scherpte aan die ze van haar vader geërfd had.

'Ja, ik zou terug kunnen gaan naar Møgeltønder, waar mijn grootvader destijds dominee was,' zei ze bitter, 'maar ik heb tenminste meer mogelijkheden dan jouw Anna Maria, op de dag dat je haar aan de kant zet.'

1814

Je zou altijd je post eerst door anderen moeten laten lezen, besefte Bertel plotseling.

Vroeger hadden vorsten een schenker, die proefde of het eten vergiftigd of bedorven was. Hij had zijn post geopend, gewoon zoals altijd. Hij had hem meegenomen naar Greco om in alle rust te roken. Hij had net een pup gevonden, een kleine, witte spits die aan Hector deed denken. Het hondje had al zijn aandacht opgeslokt en hier zat hij met zijn brieven. De bovenste was van de Schubarts in Genua. Die moest hij eerst lezen.

Hij had Elisa Schubart niet eens zijn dochter laten zien, laat staan haar verteld dat het kind naar haar was vernoemd. Het was jaren geleden dat hij bij het paar op Montenero had gelogeerd. Hij had het alleen zo druk gehad – kariatiden voor de Poolse staat, een nieuwe Venus en het bezoek van de keizer aan Rome. Hij had zoveel te doen gehad. Hij opende de brief vol plezier en gaf de envelop aan de pup om die kapot te maken. De pup was opgegroeid op straat en wist niet hoe hij moest spelen, hij wist dat hij ergens was waar eten geserveerd werd en keek Bertel beteuterd aan, was zijn nieuwe baasje zo arm dat hij niet eens iets eetbaars weg kon geven?

Hij wilde zo graag snel weer richting het noorden, naar de Schubarts om zich te laten verwennen en het werk te vergeten. Hij had hen nog niet eens de enorme portretbusten gegeven die hij van hen beiden had staan. Het was ongetwijfeld een uitnodiging. Beste vriend, het is veel te lang geleden...

Nee, nee. Hij las zoals altijd de woorden mompelend in zichzelf, maar hij had de hulp van zijn wijsvinger nodig. Over de zinnen die de tijd deden vervagen. Elisa had zich de laatste keer dat hij Montenero bezocht niet helemaal lekker gevoeld en geklaagd over rugpijn. Nu was ze overleden. Op 5 februari was ze overleden, Bertel telde terug, wat deed hij op 5 februari, hij kon het zich niet eens herinneren, waarschijnlijk het gebruikelijke onbelangrijke, en nu was ook zij weg; Zoëga, Anna Maria en Elisa waren weg of veranderd, en hij was helemaal alleen op de wereld.

De ober kwam bij hem met koffie en hij vroeg om eten voor de hond. Het was maar goed dat hij signore Torwalsen was, iemand anders zou weggestuurd zijn, maar de pup kreeg een schaaltje met pens die hij in drie happen opat. Er kwam ook water en Bertel legde de brief bewust met de achterkant omhoog en hij concentreerde zich.

Hij was helemaal alleen, ouderloos en onbekend.

Schubart vroeg hem zelfs om de Denen in Rome over het overlijden van zijn vrouw te vertellen.

Was het de bedoeling dat hij van deur naar deur zou gaan, of moest hij bulletins verspreiden? Zijn handen trilden, maar toch kon hij de koffie naar zijn mond brengen. Op de achtergrond zag hij als in een mistvlaag oplettende gezichten, hij werd gadegeslagen alsof hij een zuil in het Forum Romanum was.

Uiteindelijk liet hij de brief liggen, pakte de pup op en ging naar huis. Hij had eenzaamheid nodig. Nee, hij had meer behoefte aan het maken van een grafmonument, voor het eerst zou hij met plezier een grafmonument maken. Niet het eeuwige gehouw en gehak van de oude Wie in Noors marmer om een dode dronkenlap van een koning te eren. Hij moest het verdriet en alle teleurstellingen kwijtraken. Alles wat nooit zou gebeuren en al het ongezegde. Geen dankbaarheid, geen zoetigheid. Alleen het verlies. En het te laat komen.

Had de dood dan niet Anna Maria kunnen nemen? De gedachte maakte hem bang voor zichzelf. Zijn handen waren te eenzaam en slap. Hij kon niet in woorden rouwen, alleen in beelden die zijn vingers produceerden.

De man keek hem doordringend aan, door zijn dikke brillenglazen. Niet zonder leedvermaak, maar ook zeer gefascineerd. Alberto legde zijn handen op zijn rug, in de spierwitte gesteven, knielange werkjas. Hij wist dat hij in deze kleding op een dominee leek. Zonder sporen van marmerstof of gips, laat staan de afschuwelijke natuurlijke klei.

Ze stonden voor een van de beelden die hij voor zichzelf had gemaakt. Jeugdige, fysieke schoonheid en rustige gelaatstrekken, een mens of een god, die in het evenwicht van de onwetendheid leefde. De man voor hem, met zijn gelikte haar, stijve kraag, mooie baard en elegante Engelse kleding, straalde allesbehalve evenwicht uit.

Alberto hoopte zo dat de idioot iets wilde kopen. Of alleen een voorlopig contract zou ondertekenen en een bedrag zou betalen, zodat hij verder kon. Dat was de reden dat hij zich zo liet prostitueren.

'U heeft uw vaderland sinds 1797 niet meer bezocht?' vroeg de Engelsman in zijn eigen variant van het Duits. Bertel schudde zijn hoofd met een glimlach.

'Dus u heeft Kopenhagen niet zonder de Deense vloot gezien?' zei de man en hij keek naar de beelden. Aan beide handen droeg hij een handschoen, hij hield een dunne prik vast die een stok moest voorstellen. Hij rook aangenaam, maar enigszins weeïg. Bertel keek naar Jason en plotseling wist hij wat hij met de idioot kon doen.

Hier stond hij met de nieuwe tijd te converseren.

Bonaparte was keizer geworden. Hij had zichzelf veranderd in een keizer, die door de paus gekroond moest worden. Bonaparte was gevallen. Noorwegen was een zelfstandige staat, niet meer het onbekende deel van Denemarken richting het noorden. De paus resideerde weer in Rome. De censuur was net zo aanwezig als toen hij in Rome arriveerde. De nieuwe tijd was in verontrustende mate oude tijd, de tijd van oude mannen herleefd.

De Engelsen trokken de wereld in. Ze waren niet meer opgesloten op hun eilanden. Nu kwamen ze als heren van de wereld met paardenzwepen en een haarscheiding opzij. De nieuwe tijd. Die was net zo brandend zeker qua smaak als de tijd van zijn jeugd was geweest. Hoewel de nieuwe tijd onvoorwaardelijk gekleed was, van top tot teen.

'Gaat u niet door voor een soort bonapartist?' zei de Engelsman en hij draaide om zichzelf heen.

Bertel glimlachte slechts toegeeflijk en spreidde zijn handen. Hij deed de tijd na. De tijd creëerde zelf deze beelden, gezichten, deze beweging die hij vastlegde in klei en liet bevestigen door het marmer. Abildgaard had het tegen hem gezegd: 'Ik schilder geen gezichten, ik schilder de tijd!'

1815

Elisa kroop om zijn benen, terwijl hij met zijn kranten op de bank zat. Hij schrok op en hij wilde haar optillen, toen viel ze in plaats daarvan over zijn voet. Hij was vergeten om zijn laarzen met de hoge schachten uit te doen en gewone schoenen aan te trekken. Nu huilde ze, hij tilde haar op en drukte haar tegen zich aan. Heel even, toen werd hij ook door pijn overvallen en hij droeg haar naar Anna Maria, die bij het raam stond met een glas in haar hand.

'Jij moet haar nemen,' zei hij buiten adem, 'ik kan het niet. Ik kan er niet tegen, wanneer ze bij me naar binnen sluipt! Ik kan er niet tegen! Ze zal vast ook overlijden?'

Anna Maria kon zich niet vermannen, voordat hij het krijsende kind in haar armen achterliet en met trillende handen de deur achter zich dichttrok – en daarna op slot deed. Hij had gezegd hoe het zat. Hij kon het niet verdragen om van haar te houden. Dan verdween dat pijnlijke gevoel waarschijnlijk ook uit zijn leven. Er was geen andere uitweg dan haar nu bij zich vandaan te houden. Voordat het te laat was en hij weer het verdriet, dat hem vanbinnen opensneed, moest verwerken.

Hij hoorde Anna Maria roepen, ze bonsde op de deur; ze had het kind vast neergezet, want het gehuil van Elisa kwam door muren en deuren. Als ze de Buti's wakker maakten, kon een van de meisjes zich over het kind ontfermen. Hij had Elisa bij haar achtergelaten, wat was dat voor een beslissing? Ze zorgde er ongetwijfeld ook voor dat dit kind kwam te overlijden, net als het vorige.

Haar broer had zojuist geld van hem gevraagd. Hij stuurde gewoon het geld op, dan was hij van die vent af. Voor haar broer was zij de voorname dame, die met een echte diplomaat uit Pruisen was getrouwd en die vast ook met de grote kunstenaar zou gaan trouwen met wie ze samenwoonde.

Wist ze waar hij mee bezig was? Hij moest al deze mensen in dienst hebben om geld te verdienen! Toch waren ze af en toe meer tot last dan dat hij plezier van hen had, wanneer ze de klei niet op een correcte manier zacht konden maken en kneden. Hij had de laatste standaard van de smid moeten wegdoen en er zelf een moeten bouwen, van ijzer en met een houten kruis om het gewicht van het afgemaakte beeld te kunnen dragen. Een verkeerde punctatie zou een vermogen kunnen kosten, omdat het blok dan onbruikbaar zou worden. En nu verlangde zij dat hij al zijn gevoelens moest investeren in een kind, dat hij nooit had willen hebben en dat ze hem waarschijnlijk ook zou ontnemen, op de een of andere manier.

Wat een idioot gisteren, die hem plaagde met alle hulpen die hij in dienst had genomen. Ja, hij kon waarschijnlijk het beste boetseren. Maar marmer? Houwen in marmer? Dat was hij zeker vergeten. Hij werd rood van woede, verloor zijn bezinning en stond op, want hij wist dat hij beter was dan de idioot. *Geef mij een stuk marmer, ik kan het marmer beter met mijn tanden bijten dan anderen kunnen houwen!*

Hij ging naar de verst weg gelegen kamer in het appartement, pakte een toevallig boek en begon hardop te lezen, zodat hij het geluid van Anna Maria en Elisa overstemde. Misschien kon hij zich het beste gaan bezatten. Niet tot hij buiten westen raakte, maar zoveel dat hij zijn gierigheid vergat en groots werd.

1816

Hij staarde Jason woest aan en polijstte hem hier en daar. Nu moest hij toch af zijn? Nee, nee. Nu was Jason verouderd en nu kon hij bijna aan Mr. Hope geleverd worden. Die was gelukkig nog in leven. Jason, die hem ooit had gered, hem tot last was geweest, een krommende last.

In de stad maakten de Engelsen lawaai. De wereld begon weer open te worden, zoals Rome na een lange, droge en hete augustusmaand. Hij had niemand willen provoceren, maar hij telde de koppen van zijn collega's. Het had geen zin om Rome te verlaten; deze stad was hoe dan ook altijd neutraal.

Hij had hier zowel de republiek, opstanden en pausen en keizers aan het hof meegemaakt. Hij was niet naar Parijs verhuisd toen het keizerhof floreerde. Duitse vorsten lokten dan wel met prachtige arbeidsvoorwaarden, maar hier was zijn atelier. Zijn ouders hadden hem misschien afgeschreven als een zwerver, maar hij had al eeuwen op dezelfde plek gewoond. Zijn voeten waren vastgegroeid in de Romeinse aarde.

David had Marie Antoinette op weg naar de guillotine getekend, gruwelijk waarnemend. Zo waren de mooiste en meest grootse mensen ter wereld, wanneer ze met geweld uit Versailles werden verwijderd en van juwelen en versiering werden ontdaan. Dan kwam de onderbeet tevoorschijn en het zijdezachte haar bleek stug en grijs te zijn. Hij had de op laffhartige wijze vermoorde moordenaar Marat in de badkuip geschilderd, met een nog onvoltooide gratie, schuin, wat een goedheid bij de grote slager in dienst van de goedheid. Hij had de kroning van de keizer geschilderd en zijn maarschalken, portretten van Jan en alleman. Groter en groter. David had zich bemoeid met de politiek en gestemd voor de onthoofding van de koning. Het verbaasde Bertel niet dat de man al in 1814 Parijs verliet en de laatste kleine encore van de keizer sloot zijn terugkomst uit. Ook in Brussel zouden er toch portretten gemaakt moeten worden? Voor zover hij wist, had David een prima leven.

De familie van de keizer was over alle uithoeken van de wereld verspreid. Madame Mère verstopte zich achter markiezen en gordijnen in haar appartement, je zag haar nooit, hoewel ze in Rome woonde. De broers van de keizer waren onderweg naar Amerika.

Wat was er gebeurd met William Blake en Francisco de Goya? Hij vernam niets meer van hen. Hij verwachtte dat de vrede en de vredelievendheid voor hen het einde hadden betekend. De tijd die ze zojuist hadden meegemaakt, had kracht en weerstand vereist. Het was alsof ze een berg hadden beklommen, buiten adem, maar de hele tijd op de uitkijk naar frisse lucht, die de longen reinigde.

Nu waren ze weer beneden, gerustgesteld door de gedachte in het dal te zijn aangekomen, waar ze niet konden worden meegetrokken door slecht weer. De vrede was echter saai, vergeleken met de conflicten van de afgelopen zeventien jaar. Goya kon de wereld niet meer gespietste gevangenen met afgehakte armen laten zien. Wat nu? Mooie portretten van provinciale magnaten? Engelse toeristen? Was dat genoeg? Was dat juist nu de opdracht van de kunst? Met de tijd meegaan – zich opblazen en heroïsch worden in heroïsche tijden of de tijd tegenspreken?

Hij staarde nog steeds kwaad naar de brede lippen en edel gevormde gelaatstrekken van Jason. Die man had nooit bestaan. Zelfs zijn mooie, ronde achterwerk had nooit bestaan. Hij was een droombeeld van de perfecte mens, onbelemmerd door belachelijke conventies en onnodige consideraties. Jason ging direct naar het Place de la Concorde en legde koningen en girondijnen onder het mes.

Hoe zat het met de huidige heersers, Metternich, de tsaar? Zijn handen verlangden ernaar hen te vormen, hij had de keizer nooit ontmoet om zijn gelaatstrekken na te kunnen maken. Hij wilde hem droog hebben. Zijn handen het spel van zijn wangen laten lezen en proberen om zijn blik opnieuw in blind marmer te creëren. Nee, hij volgde de stroom niet. Hij volgde de tijd niet. Hij werd erdoor meegesleurd, uit pure nieuwsgierigheid.

Misschien moest hij een scherf van de kin van Jason slaan? Hem minder volmaakt maken? Over niet al te lange tijd zou hij worden getoond als het echte bewijs van de heroïsche dimensie van de voorbije tijd. Een afschuwelijke gedachte, maar wat anders? En de kunstenaar, ja. *Ik kan nooit vorstendienaar worden*, had Schiller, zijn voorbeeld uit zijn jeugd, gezegd. Dat hadden ze allemaal te pas en te onpas herhaald, hoewel ze ook allemaal vorstendienaars bleven. Zoals de oude Wie en zijn in de hel vervloekte grafmonumenten in Roskilde.

Hij miste Kopenhagen niet, maar hij miste zijn vrienden uit de langzamerhand vreselijk vroege tijden wel. Abildgaard en Wie waren overleden, net als Zoëga, en hier stond hij met het onmogelijke beeld waarvan hij tot zijn dood moest houden.

1817

Hij liep langs Jason zonder zelfs maar zijn hoofd naar het onafgemaakte beeld te draaien. Die ochtend nog had Anna Maria hem aan Mr. Hope en diens beloften herinnerd. Die beloften waren al een hele tijd geleden gedaan. Ze liepen het risico dat Mr. Hope het contract opzei. Dan bleef hij met een nutteloos marmeren beeld zitten.

Maar vandaag kon hij het niet opbrengen er verder aan te werken. Niet in zijn eentje.

Hij ging op het krukje zitten en keek van het ene model naar het andere. Hij had er plezier in, hier leefde hij, met de boetseerstok in zijn hand en de kneedbare klei tussen zijn vingers. Het gips was de dood, het marmer de wederopstanding, maar dan wel een opstanding die iets anders en meer vereiste dan alleen Gods wil.

Hij was het marmerstof beu, had er genoeg van om steeds bang te zijn dat er stukjes marmer in zijn oog terechtkwamen. Hij was het zat om zijn dagelijkse werk in piepkleine perioden te verdelen. Wanneer hij een gezicht boetseerde, was hij binnen een dag klaar. 's Ochtends was de klei nog een klomp, 's avonds een levendig gezicht. Kon hij de kleifiguren maar branden en verkopen!

Demonstratief keerde hij Jason de rug toe en bekeek zijn beelden. Hij vergeleek ze met zijn schetsen. Vandaag wilde hij het liefst alleen maar kijken, denken en plannen maken. Maar als hij de dingen op zijn beloop liet, zou hij nóg een dag verder achteropraken.

Op deze manier kon het niet langer.

Hij kwam overeind en liep naar het raam in een poging tot rust te komen. Stak zijn pijp aan, nam een paar trekjes en blies de rook in de richting van Jason. Tien jaar geleden had hij al zijn eerste assistenten aangenomen. Niet dat dat voor Jason van belang was geweest. Maar zijn handen hadden het gemakkelijker gekregen.

Als hij de hele dag marmer had bewerkt, kreeg hij last van zijn handen. Ze werden ruw, maar dan zat er geen kracht meer in. Zijn vingers voelden niet meer of de klei mee- of tegenwerkte, of hij die uiteen kon trekken of dat die droog werd en er barsten in kwamen.

Hij was ervan overtuigd dat het binnenkort voorbij zou zijn. Na deze overvloed aan werklust bezat hij geen kracht meer. Zelfs Lord Byron irriteerde hem. De man kwam het atelier binnen met een cape over zijn schouders geslagen en het overhemd een stukje open, hij rook naar lelietjes-van-dalen, vast een nieuwe parfum, ging zitten in een gemakkelijke stoel en streek meteen zijn gezicht in een merkwaardige plooi. Die boerenknaap met zijn bolle wangen, die verwende melkmuil die zich wentelde in luxe, wilde op een magere puritein lijken.

'Wat bent u verdomme toch aan het uitspoken, kerel?' vroeg Bertel hem in het Deens.

De afgelopen tijd maakte hij er een gewoonte van om alles wat hij op zijn hart had, maar wat niet erg netjes was, in het Deens te zeggen. Net zoals al zijn honden zijn intonatie begrepen, snapten de meeste modellen wat hij bedoelde. Ook Byron, die op zijn stoel zat te wiebelen.

'Wilt u alstublieft rustig zitten?' vroeg Bertel vriendelijk in het Duits. 'En wilt u geen grimas meer op uw gezicht toveren?'

'Zo kijk ik nou eenmaal!' luidde het prompt. Byron liet weer die duistere blik met een frons tussen zijn wenkbrauwen zien. Bertel slaakte een zucht en begon het gezicht van klei te vormen: hij had Byron zien aankomen, glimlachend en kalm, en hij voltooide de vriendelijke boerenknaap die hij meende te hebben ontwaard.

'Dat lijkt helemaal niet op mij,' jammerde Byron naderhand. 'Ik zie er toch veel ongelukkiger uit! Dat is toch zo?'

En meteen probeerde hij zichzelf een klagend uiterlijk aan te meten, maar de bolle wangen en de vrolijke ogen wilden niet meewerken. Hij leek op een mollige leerling-toneelspeler, die in blije onwetendheid over zijn eigen gebrek aan talent zijn rol overdreven speelde.

Waarom wilde hij zo ongelukkig zijn? Bertel kon er met zijn verstand niet bij. Een van de grootste, meest gelezen en bewonderde dichters ter wereld. Wat zou hem in vredesnaam ongelukkig kunnen maken? Het antwoord luidde: niets. Hij vond alleen dat hij er op die manier uit moest zien. Toch nam hij de buste mee. Bertel was tevreden over Byrons grote, fraaie mond.

'Hoe is het mogelijk dat u, toch een denkend mens,' zei Byron tegen hem nadat hij zijn eigen gezicht in marmervorm in zich had opgenomen, 'dat u, juist u, de ergste duivels onder onze heersers kunt vervaardigen alsof het mensen zijn? U moet toch een overtuigd republikein zijn, hoe kan een denkend mens dat niet zijn?'

Byron begreep er werkelijk geen snars van.

Hij glimlachte en spreidde zijn handen, niet gestrekt, maar alsof hij iets vastpakte. Of hij republikein of royalist was, had niets te betekenen. Hij bevond zich in de wereld, en daarin bestonden zowel irritante wespen, weerzinwekkend dodelijke ziekten, schande als onbegrijpelijke schoonheid die de apotheose van de lelijkheid benaderde. Alles hoorde thuis in de wereld, alles moest beschreven kunnen worden. In deze wereld bestonden goed en kwaad, koningen en vorstelijke dichters. Hij was de nieuwsgierigheid zelve, schoot onder de duiven van de natuur, wilde alle gezichten hebben, van de Russische tsaar via Metternich tot Bonaparte en Byron.

Of hij republikein of royalist was, zou geen sikkepit aan de inrichting van de wereld veranderen. De grote storm was uitgeraasd. Vanaf nu zouden de heersers overleven. Tussen de revolutie en de val van Bonaparte zaten slechts zesentwintig jaar. De broers van de terechtgestelde Franse koning stonden te popelen om zijn titel over te nemen. Versailles zou weer bewoond worden, ook al gebeurde dat dan door veel minder interessante personen dan Marie Antoinette en haar slotenmaker van een echtgenoot, Lodewijk de laatste echte Bourbon. Hadden ze echt gedacht dat alles zou blijven zoals het was? Dat alles onvergankelijk was?

Toen hij Jason maakte, had hij actief en daadkrachtig schoonheid gecreëerd. De schoonheid was het kenmerk van de juiste handeling. De schoonheid was het ideaal en het doel. Nu doken ze onder in zinloze schoonheid. Dat zag hij bij de jonge schilders, hoewel hij hun werk kocht om hen te helpen. Ze schilderden de schoonheid met behulp van louter leugens. Ze gebruikten de schoonheid als afweer tegen elke vorm van waarheid.

Hij deed het zelf ook. Ze wilden geen gezichten meer die blaakten van Griekse schoonheid en geest. Ze wilden nietszeggende, bekoorlijke snuiten zonder uitdrukking. Dat plezier wilde hij hun niet doen, maar toen protesteerden ze. Hij deed nu met zijn portretten wat hij wilde, hij kon er rimpels en opgetrokken wenkbrauwen, verwondering en speciale kenmerken op aanbrengen. De mythologische beelden moesten nietszeggend en stijf zijn. Er werd gelukkig nog niet gevraagd om alle reliëfs aan te kleden, alle naakte figuren toe te dekken. Maar dat zou ongetwijfeld komen. Op dat punt was hij helaas vol vertrouwen.

Toen werd hij opeens ziek.

Hij vermeed de artsen, die zouden hem toch alleen maar op de borst kloppen en zeggen dat hij aan de tering leed en nog maar een paar jaar te leven had. Hij had mensen aan de tering zien sterven, de kleine madame Klausen, de buurvrouw van zijn ouders, gereduceerd tot een vogelskelet, met een spitse mond die het stroperige bloed uitspuwde dat haar in leven moest houden, maar dat haar eerder leek te vergiftigen.

Zo wilde hij niet sterven.

Hij liet zich door een arts onderzoeken en verzocht hem zijn bevindingen naar een specialist in Napels te sturen. Terwijl hij op de uitslag wachtte, liep hij kreunend rond en onderzocht hij zichzelf. Zelfs ademhalen deed pijn en zijn krachten waren verdwenen. Het was alsof hij zijn hele kadaver willoos achter zich aan moest slepen. In gedachten maakte hij het ene beeld na het andere, die bevonden zich in zijn handen maar konden er niet uit ontsnappen.

Vervolgens kwam de uitslag. Hij stond Anna Maria niet toe zich ermee te bemoeien, maar las zelf elk woord, mompelend om het allemaal te begrijpen. Nee, hij leed niet aan de tering. Hij leed aan een kwaal in zijn onderlijf! Het enige deel van zijn lichaam dat hem nooit iets anders dan genot had geschonken. Verharding van lever en milt, dat mankeerde hem.

Hij bevoelde spoorslags zijn lever en milt. De arts vond dat hij ongezond woonde. En dan nog dat lichtzinnige kunstenaarsleven dat hij zelf had verkozen. Dat begreep Bertel niet helemaal. Hij vond eigenlijk dat hij een burgerlijk, solide leven leidde sinds hij zijn eigen werken kon verkopen. Het was echt helemaal niet vochtig in Casa Buti. Miserabele woning en verkeerde medicijnen. Dat klonk als zijn jeugd. Die had hij toch achter zich kunnen laten?

Hij legde de brief opzij en zuchtte diep. Ook hier kreeg hij geen uitsluitsel. Misschien moest hij maar doen waar hij vooral zin in had: op vakantie gaan naar het platteland, zonder verplichtingen. Maar voorlopig moest hij op zijn zaakjes passen. Als hij de dingen liet rusten, als hij zijn atelier verliet, wie zou dan de boel in de gaten houden? Niet

Anna Maria, ook al zou ze dat graag willen, ze dronk zich volkomen laveloos zodra haar iets tegenzat.

Dus werkte hij onverdroten voort, hoestend en telkens zijn keel schrapend, moe en ontevreden. Hij kon alleen troep produceren. Maar zolang hij op zijn benen kon staan, was er geen reden tot paniek. Hij kon het meeste zelf nog voor elkaar krijgen en de rest kon hij zijn leerlingen laten doen.

Naarmate de dagen verstreken, vond hij het een steeds beter idee om het hakwerk aan zijn leerlingen over te laten. Al die ergernissen en al die verspilde krachten vermoeiden hem immers. Het was het beste om de realiteit in en met de handen vorm te geven en de schets het eigenlijke te laten vastleggen. Het gips en de klei in marmer hakken was wel een nobele bezigheid, maar het was ook vermoeiend. Michelangelo verloor bijna zijn verstand door het hakken van zijn beelden. Bertel wilde tot zijn laatste dag helder blijven. Helder en met twee gewillige handen.

Hij had voldoende geld om de beste Italianen in dienst te nemen, en wie weet, misschien was er wel een Deen die zo nu en dan naar Rome wilde komen?

Helaas kon hij hierover alleen maar Anna Maria om advies vragen. Dus bereidde hij zich terdege voor, schonk haar sieraden en stof voor een nieuwe jurk, met linten en kant en wat de mode op dat moment ook maar voorschreef, en hij liet een van de beste koks van de stad aanrukken om een heerlijk diner voor hen beiden te maken, in zijn eigen appartement.

Langzamerhand waren ze, als hij bij haar op bezoek ging, altijd in bed beland. Als ze bij hem was, waren ze oude vrienden en kameraden, meer niet. Maar vanavond wilde hij graag in haar armen rusten en de dubbele lichaamsgeur in zich opnemen. Argeloos in haar armen slapen en ontwaken voor een nieuwe dag, waarop zij lief en welwillend was. De enige hindernis was haar waakzame bitterheid.

Ze at en dronk met veel genoegen, hij merkte gewoon hoe ze een en al tevredenheid was en hoe graag ze tegenstand wilde bieden. Zo gemakkelijk zou hij haar niet in zijn macht krijgen! Want wat had hij haar geboden! Na Elisa en zijn poging met haar te breken. Ze was waakzaam, maar toch had ze plezier, en ze vond het heerlijk dat hij haar smeekte.

Bij een aantal glazen sterke grappa probeerde hij precies uit te leggen wat hij in gedachten had. Voor de gelegenheid deed hij dat in zijn beste Italiaans, bij haar nauwkeurig onderzoekende ogen die op zijn gezicht rustten. Uitsluitend Italianen volgden op die manier iemands mimiek; hun blik hechtte zich niet alleen vast, die kneep, voelde en vormde.

Ze sloeg haar waaier open en sloot haar ogen in volmaakt genot. Wellicht had hij haar werkelijk een gevoel van veiligheid gegeven, op zijn minst een vertrouwenwekkend gevoel. Ze was niet onder invloed geweest toen ze aankwam, slechts gesloten en gespannen, zwijgzaam als een dove.

Hij stak zijn handen naar voren en wees, schoof de borden opzij, vond een potlood en begon op het tafelkleed te tekenen, ze konden wel een nieuw kleed kopen. Atelier met verkoop, waar de bezoekers konden zien welke beelden en figuren hij al in gips had voorbereid. Dan kon hij het grootste deel van de tijd aan het creëren van nieuwe figuren besteden in plaats van op bestellingen te wachten. Dan kon hij zich daarvan losmaken en in vrijheid scheppen. In het vertrek achter de tentoonstelling kon hij dan nieuwe ideeën schetsen en ze in klei boetseren. Van de meest geslaagde en interessante kon hij dan vervolgens gipsmodellen maken. Dit deel van het atelier moest ook als bezienswaardigheid gaan fungeren: talloze mensen wilden de nieuwe grote beeldhouwer aan het werk zien, dat kon hier, helemaal zoals ze dat graag wilden. Voor deze ene keer zou hij aan andermans wensen tegemoetkomen. In ruil daarvoor moesten zijn leerlingen en medewerkers het zware werk met al die kopieën uitvoeren.

'Hoe ga je hen noemen?' vroeg Anna Maria oprecht bezorgd. 'Als het leerlingen zijn, moeten ze alles leren, maar dan moet je hen ook weer laten gaan.'

Daar had hij nog niet over nagedacht, zo ver was hij nog niet. Die dan leeft, die dan zorgt.

'Ze willen een salaris en onderwijs hebben, niet alleen marmer bewerken tot ze bloed opgeven,' zei ze koppig. 'Ze moeten toch fatsoenlijk kunnen leven. Hoeveel wil je er in dienst nemen?'

'Zoveel als we nodig hebben en kunnen betalen,' antwoordde hij met een wegwuivend handgebaar. Alle werken zouden immers echte Thorvaldsen-werken worden.

'Allemaal?' vroeg ze hatelijk. Ze begon weer van de olijven te eten en spuwde de pitten op de vloer, alsof ze in een goedkope osteria zaten.

'Ook de werken die je alleen maar met de pink van je rechterhand hebt aangeraakt?' vroeg ze.

'Ik voltooi ze allemaal, zodat ze hetzelfde karakter hebben,' antwoordde hij.

'Alberto, dit lijkt wel een fabriek! Een fabriek, net als in Engeland! Komen er dan ook stoommachines en kinderen die de marmerscherven bijeenvegen?'

Ze vroeg dit vol ergernis, nee, eerder geschokt. Hij keek haar in de ogen, maar deze keer ontweek zij zijn blik. Ze was echt ontdaan. Hij had haar teleurgesteld.

'Geen fabriek,' zei hij met zijn diepe stem die, dacht hij, kalmerend op haar werkte, maar zij lachte honend in zichzelf en hield haar hand voor haar mond, alsof ze bang was een onaangename opmerking te laten ontglippen. En alsof er alleen maar onaangename opmerkingen te verwachten waren.

'Een fabriek, Alberto,' zei ze beslist. Ze stond op, sloeg de sjaal om haar schouders en vertrok, ze liet de deuren achter zich open en liep snel de trap af. Ze had vanavond meer dan genoeg van zijn gezelschap, begreep hij.

Maar het idee was niet slecht. Dat zou hij niet opgeven. In geen geval! Het werk was bezig hem zijn macht te ontnemen. Hij mocht toch wel iets doen om geld te verdienen? Ze wist toch hoe arm zijn familie was geweest? Hij deed het om het bestaan van zichzelf, dat van haar en dat van Elisa veilig te stellen. Hij deed het om dijken van geld te bouwen ter bescherming tegen vernedering, armoede en lelijkheid. Alleen met geld kon hij die dijken bouwen. Dat besefte hij heel goed.

1818

Hij zat te rillen, iemand bracht hem een deken en legde die om zijn schouders. Niets hielp, hij had het koud. Begrepen ze dan niet dat de kou vanbinnen zat en dat die ongeneeslijk was?

Zat hij maar thuis in Kopenhagen, de stad die hij zich niet eens meer kon herinneren. Daar had het tenminste niemand verbaasd dat een man het midden in de zomer koud had.

Het meest verwonderde het hem dat de kleuren verdwenen waren. Hij, die zulke scherpe ogen had, kon nog maar een paar honderd meter voor zich uit zien. Voor de rest waren er mist en onsamenhangende gelaatstrekken, die hem verwarden en duizelig maakten.

Schubart kwam op bezoek en schudde hem voorzichtig heen en weer. Het hielp dat hij koffiedronk, maar toen kwamen de herinneringen weer boven en begon hij in gedachten de omtrekken van de figuren te tekenen. Het was alsof hij twee paar handen had, het ene paar was zichtbaar en zwaar, het andere onzichtbaar en rechtstreeks verbonden met zijn ogen. Nu vormde hij gezichten en schouders met de onzichtbare handen. Dat was veel vermoeiender dan wanneer hij kleivormen maakte. Dit was angstaanjagend!

'Hoe gaat het met Laura Zoëga?' vroeg hij wanhopig om zijn gedachten te verzetten. Schubart haalde zijn schouders op. Voor zover hij wist, maakte Laura het goed. Ze was een jaar geleden getrouwd met een man die haar had meegenomen naar Pisa. Was het Pisa? Ja, hij dacht van wel. De man heette iets met Salvador of Salvatore, Schubart wist zelfs zijn voornaam niet meer.

'Wat doet die Salvatore?' vroeg Bertel, het was van levensbelang om zich aan dat verhaal vast te klampen.

'O, hij is een loopknecht, hij kan maar nauwelijks voor haar zorgen,' zei Schubart achteloos. Bertel kon de gedachte niet loslaten. Schubart had eerst misbruik van Laura gemaakt, daarna haar geld erdoor gejaagd, en haar ten slotte, dertig jaar oud, laten trouwen met een onbeduidende man. Hij kon niets doen. Gedane zaken namen geen keer. Schubart wist zelfs niet zeker dat ze in Pisa woonden. En Zoëga's vermogen was verdwenen.

Hoe zat dat met Laura, was ze niet verloofd geweest met een schilder? Een Fransman? Schubarts ogen lichtten op, eindelijk iets grappigs. Dat klopte, Ingres had zich met haar verloofd, maar daarna de verloving verbroken. En was getrouwd met een onbeduidend vrouwtje zonder geld. Je wist het ook nooit met kunstenaars. Dat laatste was ongetwijfeld bijzonder grappig bedoeld. Schubart bood hem zijn pruimtabak aan, maar Bertel bedankte, hij had liever zijn pijp.

Nu wist hij het weer. Zijn verantwoordelijkheid was in rook opgegaan. Hij had Zoëga's kinderen in de steek gelaten. Zo simpel was het. Hij had dicht bij Ingres en heel dat Franse milieu gestaan dat hij zo bewonderde. Maar nee. Hij was zo door zijn eigen verdriet overmand geweest dat hij niet in staat was Laura te helpen. Maar hij herinnerde zich haar enorme blauwe ogen, haar grote ernst. Dat meisje had een beter lot verdiend.

Nu was er nog slechts slapeloosheid.

Schubart had geen plek om te wonen en geen geld, en Bertel richtte een klein onderkomen voor hem in in het mooiste kamertje. Blijkbaar had Schubart helemaal geen bezittingen meer, niet meer dan hij in een koffer kon stoppen. Weg waren het huis in Livorno en de villa, de herinneringen aan Elisa en het gelukkige leven in overvloed.

Hij was nu tweeënzestig maar probeerde er jonger uit te zien, met als gevolg dat hij er alleen maar ouder uitzag. Op de versleten jas zat nog het gekleurde borduurwerk uit de vorige eeuw. Hij droeg een pruik met een kwast, schminkte zijn wangen rood en epileerde zijn wenkbrauwen.

Bertel had geen tijd om met hem op te trekken, laat staan met hem mee te gaan naar die verdachte kroegen en zo waar Schubart graag naartoe ging. Maar dat gaf niet, verzekerde de kleine Schubart hem, in de toekomst zou hij in welstand kunnen leven, ook al mocht zij niet weten hoe verarmd hij was.

De korte terugkeer van de keizer op de Franse troon had tot twee terechtstellingen geleid: die van koning Murat van Napels en van maarschalk Ney, die had beloofd om Napoleon in een ijzeren kooi naar Parijs te brengen, maar zich in plaats daarvan bij hem aansloot en zijn leger in de slag bij Waterloo aanvoerde. Zijn weduwe was een mooie vrouw die door de wereld trok en zich overal vertoonde. De Franse autoriteiten maakte het blijkbaar niet uit. Schubart ging vol bewondering aan haar zijde staan als een soort bejaarde page.

Nu logeerde hij bij Bertel en at hij bij madame Ney, die zich nog steeds van de titel 'hertogin' bediende, een titel die ze aan haar man te danken had en die hij op zijn beurt weer van de keizer had gekregen. Schubart incasseerde grote sommen geld door de nietsvermoedende hertogin aan nieuwsgierige lieden uit te lenen. En vergokte het geld weer.

Bertel maakte het niet uit, hij was aan het werk. Mercurius moest klaar en hij kon het beeld niet licht en sprankelend genoeg krijgen. Mercurius moest kunnen vliegen en hij deed zijn uiterste best om het beeld te doen opstijgen. Tegelijkertijd was de zomer op komst, als een vormeloze bedreiging. Het grootste deel van het voorjaar had hij zich beroerd gevoeld en nu kwam de hitte al vroeg, met de vochtigheid, de stank en de ziekten.

Hij probeerde te ontspannen nadat hij alweer een dag bezig was geweest met bijwerken en polijsten, en hij was niet tevreden. Schubart kwam naar hem toe en verzocht hem zich netjes aan te kleden, hij had goed nieuws. Een dame die misschien met hem wilde trouwen, met al haar geld. Wie was Bertel om het geluk van zijn oude vriend in de weg te staan, hij ruimde zoveel mogelijk op als in enkele minuten mogelijk was, en speldde een paar onderscheidingen op een schone, mooie jas.

Schubart kwam binnen met twee dames. De ene was klein en gracieus, gekleed in wapperend wit, met een parasol tegen de zon en handschoenen tot aan de pofmouwen. Ze maakte drie kniebuigingen na elkaar en besloot ten slotte Bertel te begroeten, ze heette Emily Cummings, zei ze, en herhaalde haar naam voor Schubart, die haar handschoen kuste alsof ze de weduwe van Ney was.

De andere vrouw was erg groot en mager. Ze droeg een grijze jurk van veel te dikke stof, die uit koudere streken afkomstig moest zijn. Zelf was ze ook verbazingwekkend grijs, zelfs het haar. Maar ze was een jonge vrouw. Bertel had zo het vermoeden dat ze niet getrouwd was, het toonbeeld van een oude vrijster. Ze loenste, en hij wist zeker dat ze bijziend was. Maar zij was vast het rijke meisje van wie Schubart zulke hoge verwachtingen had. Ze was bijna twee keer zo lang als de kleine cavalier uit Livorno.

'*Stimatissimo signore cavaliere*,' zei ze stijfjes en ze maakte een diepe kniebuiging, veel te diep, haar kleding ritselde.

'Lady Frances MacKenzie van Seaforth,' zei Schubart luid en duidelijk achter haar, zijn armen gespreid, als een circusdirecteur die een regelrechte sensatie aankondigde.

Ze leek op een aardige vleermuis, kwam in hem op. Wilde ze de figuren bij hem thuis niet bewonderen? Natuurlijk, ze stond in vuur en vlam, hoewel haar gezicht niets verraadde, geen greintje gevoel. Zelfs geen glimlach.

Ze moest ergens in de dertig zijn, er zaten rimpels rond haar ogen en mond, maar ze maakte een kinderlijke, maagdelijke indruk. Alsof ze alles in de wereld altijd met dezelfde chagrijnige, bijziende scepsis tegemoet was getreden. Hij moest haar voorzichtig bijsturen, zodat ze de figuren goed kon zien, en ze boog zich voorover en bekeek ze gehoorzaam. Nog steeds zonder glimlach.

Had ze zin in koffie? Nee, van huis uit dronk ze alleen thee. Maar dan konden ze bij Greco om de hoek toch wel een kopje koffie of thee gaan drinken? Vrouwen gingen toch echt niet naar een kroeg, bracht Schubart daartegenin, maar het besluit van Emily en Bertel stond vast. Genadig liet hij Emily aan Schubart over en pakte Frances bij haar arm. Ze was licht en schuw als een vogeljong. Haar fijne gezichtshuid had een mooie gloed, haar haar was kort en zijdezacht, er was geen grijs te bespeuren. Beschermd door naam en geld had ze tot nu toe in de schaduw geleefd.

Hij kon zijn ogen niet van haar afhouden, want ze bezat een geheel winckelmannse simpele lieftalligheid en eenvoudige onnozelheid. Ergens gevangen tussen kind en vrouw was ze ernstig en introvert geworden. Echt een oude vrijster, niet minachtend, slechts beschrijvend. Ze vertelde niets over zichzelf, alleen over haar goede, nobele vader, die als gouverneur was gestorven op Barbados, waar hij de slavenhandel had afgeschaft.

Toen Emily en Frances door andere familieleden werden opgehaald, maakten beide dames keer op keer kniebuigingen, en Bertel trok de verstijfde Schubart mee naar binnen en schonk hem een glas wijn in.

'Ze heeft alleen oog voor jou,' zei hij boos, 'die Frances, die ik voor mezelf had gedacht.'

Frances was geen enig erfgenaam, bleek, haar oudere zuster was twee keer uit liefde getrouwd met mannen over wie de familie niet enthousiast was geweest. De broers waren al jong overleden. De familie was aan lagerwal geraakt, Frances zou mettertijd doof worden. Een van de oudste Schotse adellijke families. Een gigantische rehabilitatie voor Schubart.

Een volslagen foute constructie. Bertel wilde het liefst over geen van beide vrouwen praten. Schubart kon zich net zo goed op madame Ney concentreren.

Hij herinnerde zich niets en wilde dat ook niet. Hij zat volkomen stil in zijn kopje te staren en probeerde zich op de vorm daarvan te concentreren. Maar de vloeistof erin bewoog. De aarde beefde onder zijn voeten. Niets was meer zeker, behalve marmer.

Hij durfde zijn hand niet uit te steken, dan zou het kopje onder de druk bezwijken. Hij had vandaag al drie glazen gebroken, gewoon door ze vast te pakken. Voortdurend kwamen er vreemden om hem te helpen, ze verbonden zijn handen die vol splinters zaten en spraken voorzichtig tegen hem.

Hij wist niet hoe hij hier terecht was gekomen, maar alles om hem heen was onmiskenbaar fraai. De zonneschijn was oorverdovend, een felle staalkleurige zon stal de kleuren en liet zijn ogen tranen.

Ze waren bang dat hij zelfmoord wilde plegen, begreep hij. Alsof hij het niet wist, zo'n daad vereiste kracht, energie en middelen! Hier zat hij, volkomen nutteloos, en Anna Maria had zich wijselijk van hem gedistantieerd.

Binnen in hem was geen plaats voor meer, dat wist hij zeker. Hij kon niet meer bevatten. Ze moesten hem met rust laten, alleen deze felle zomer, dan kon hij rust in zichzelf vinden. Dezelfde heldere uitdrukking op zijn gezicht krijgen, gespannen, maar tevreden, de uitdrukking die hij zijn eigen beelden altijd meegaf. De ideale toestand. Die moest toch bestaan.

Terwijl hij wachtte, moest hij dus hier blijven, omringd door schoonheid, vriendelijkheid en zorg. Binnen in de opengesperde buik van de liefde als in een moederschoot vlak voor de geboorte. Hij verlangde niet naar een wedergeboorte, maar hij verlangde er zo vreselijk naar zichzelf terug te vinden. Of misschien zichzelf uit te vinden. Liefde, verrassing, een nieuwe richting. Wat dan ook maar.

Hoe heet ik, vroeg hij zich af. Wat ben ik voor een mens? Bertel, Deens, IJslands noch Italiaans. Kunstenaar noch ambachtsman. Niet bemind en de enige van wie ik heb gehouden, haar kan ik niet beminnen. Jong noch oud. Groot noch onaanzienlijk.

Hij bekeek zijn handen. Die tekenden, maar ze waren niet van hem. Daarna keek hij naar zijn armen en vond Frances' gezicht, de vleermuis had haar kapje afgedaan, het zachtste haar ter wereld werd door de wind verward. De grijste wangen ter wereld hadden kleur gekregen.

Hij, die anders nooit naar kleur verlangde, tuurde naar de rode wangen. Misschien had ze zich geschminkt? Hij stak zijn hand uit en stopte haar beweging; ze zuchtte en liet het gebeuren.

Ze kwam naar hem toe, volledig aangekleed en geurend naar iets zoets en sterks dat niet bij haar paste. Ze ging dicht bij hem staan, met neergeslagen ogen en een samengeknepen mond. Haar sjaal was in een strakke knoop om haar schouders getrokken.

Hij wilde iets zeggen, maar wist niet in welke taal hij dat moest proberen. Het Engels beheerste hij niet goed. Het Engels sloot hem buiten. Daarom bleef hij staan met zijn armen langs zijn lichaam, afwachtend of ze de reden van haar bezoek zou onthullen.

Op haar tenen, haar koele, kleine handen beroerden zijn vingers, en haar mond bereikte de zijne, heel even maar. Toen ze hem verliet, wist hij het nog steeds niet helemaal zeker. En nu moesten ze nog een dagreis naar het zuiden samen in de hotsende koets zitten.

Pas nadat ze vier uur onderweg waren, was hij met haar alleen; bont en blauw, en onder het stof, zocht hij zijn toevlucht in de ruïne, en Frances kwam met haar parasol achter hem aan, in glanzende zwarte zijde met bruine verticale strepen, handschoenen aan en met kant en linten om haar hoed. Alles aan haar was beschermd. Maar haar manier van lopen was veranderd.

Ze pakte het reisgidsje en sloeg het open, alsof ze las, maar Bertel wist wel beter. Ze deed alsof ze de ruïne beter wilde bekijken, keek op, sloeg haar blik neer, las en knikte. Ze was te goed om komedie te spelen, bedacht hij. Dat had hij van Frances niet verwacht. Waarom kon ze niet gewoon doelbewust met hem meelopen?

Daar kwam ze, ze klapte haar parasol in en maakte een kniebuiging voor hem, god nog aan toe, maar haar blik zei iets anders. Hij kon haar hele gezicht nog steeds niet helemaal bevatten, door al die verliefdheid was het alsof hij recht in de zon keek. Hij moest zich op haar ogen concentreren. Hij pakte haar hand, met nog steeds die handschoen, en probeerde haar te bedanken, maar hij vond de woorden niet. Hij bedankte haar voor haar geschenk en bracht haar hand naar zijn lippen, maar kuste een handschoen.

Op weg naar het zuiden zat hij in gedachten verzonken en bleef daarin hangen. Het was alsof hij in een droom in een kring rondliep. Telkens probeerde hij een nieuwe uitweg te vinden, maar kwam weer bij het uitgangspunt terecht.

Schubart zou zeggen dat hij zijn slag moest slaan, maar hij had er geen benul van hoe je een vrouw als Frances moest verleiden. Hij wist zeker dat ze zou opbloeien en een voorbeeld aan hem zou nemen. Maar waar? En als hij er serieus werk van zou maken, wat gebeurde er dan daarna? Ze zou niet bij hem in Rome blijven, ze had haar eigen voorname Schotse familie.

Langzaam drong het besef tot hem door dat hij nooit eerder de mogelijkheid had overwogen om net als andere mensen te trouwen. Niets was hem immers overkomen zoals dat bij andere mensen ging. Niets in zijn leven was geweest als in het leven van anderen. Niemand anders had zijn handen, niemand anders was in Rome beland, niemand anders had zulke ouders als hij. Van die eenzaamheid was hij gaan houden. Frances zou niet in de weg staan. Ze was verliefd. Geen signora Zoega die op zoek was naar genoegens. Ze keek naar hem alsof hij op zijn minst een halfgod was. Hoezeer had hij dat nodig gehad! Geen halfgod, maar driekwart god.

Hij begreep niet helemaal hoe het allemaal was gegaan, maar hij was verloofd met Frances MacKenzie. Althans, iedereen nam dat aan. Niet in de laatste plaats Frances zelf. Maar van één ding was hij absoluut zeker: hij had haar nimmer het hof gemaakt. Sinds Anna Maria hem had afgewezen, had hij op dat terrein geen actie meer ondernomen. Wanneer vrouwen niets van hem wilden weten, wilde hij ook niets van hen weten – met uitzondering van Anna Maria.

Hij keek in het geniep naar haar, die kleine Frances, die het liefst Francesca genoemd wilde worden. Ze was niet knap, maar lief. Een spitse neus, bekrompen en vriendelijk. Hij vond het vreselijk als ze Engels met haar vrienden en familieleden sprak. Zelfs Schubart liet zich niet meer zien. Dus sloot ze hem buiten. En ze had het alleen maar over hem, uitsluitend positief, nam hij aan. Als ze dan geen marmeren beeld kon kopen, kon ze hem vast wel mee naar huis nemen.

Nu had ze de verloving aan haar familie bekendgemaakt en wilde ze het antwoord van haar zuster voor hem vertalen. Op de brief stond een wapenschild gedrukt. Haar gezicht drukte veel eerbied uit terwijl ze erover nadacht welke alinea's ze moest kiezen. Toen pakte ze het meest ontroerende deel en las met trillende stem dat hij dankbaar moest zijn dat hij Frances aan de haak had geslagen, die dierbare schat.

En hij dan, klonk het bitter in hem, mocht zij zich niet ook gelukkig prijzen? Dat was toch zo! Zo'n zuster, die had hij niet nodig.

'We kunnen toch nog wel een paar jaar in Rome blijven,' zei hij bedeesd. Hij verwachtte het ergste. Want Frances verafgoodde hem, maar ze corrigeerde hem ook voortdurend. Nee, hij pakte het verkeerde glas wanneer de tafel modern *à la russe* werd gedekt. Nee, hij sprak de woorden in het Italiaans verkeerd uit, ze sprak de woorden scherp en langzaam en in lettergrepen opgedeeld uit. Nee, zijn schilderijencollectie was niet om over naar huis te schrijven, zijn El Greco was niet meer dan een goedkope donkere kopie, en die kleine schitterende, heldere, stokoude beelden vond ze allemaal maar niets. En daar was hij nou juist zo gek op.

Ze stak haar magere armpje onder de zijne en stond erop in de zon een parasol te gebruiken. Haar haar was mooi, kinderachtig licht en fijn en zonder grijs. Haar ogen waren niet al te best, maar ze wilde geen bril op. IJdelheid? Die had ze niet nodig.

Hij wist dat ze goed voor hem zou zijn. Zij zou voorkomen dat hij werkte tot hij er krankzinnig van werd. Ze zou elke marmerscherf uit zijn olifantenhuid plukken en zichzelf als zijn loopbrug gebruiken, als zijn schoenzolen. Wellicht was dat de reden dat ze hem zo vermoeide. Zijn kleine, fijne Schotse dame die hem ernstig vermaande: hij moest minstens één taal foutloos leren, zijn huidige gebral in vier defecte talen en mengelingen was niet goed. Dat zou haar tweetalige familie tegen de borst stuiten. Thuis in Schotland scheen iedereen zowel Petrarca als Lomonosov in de originele talen te lezen. Maar de woorden kwamen uit verschillende talen tot hem! Hij had nooit iets anders geleerd dan Deens – hij dacht zo langzamerhand in verschillende tongvallen, daar kon hij niets aan veranderen.

'Bereid je er maar op voor dat er in mijn familie een zeker decorum verlangd wordt,' zei ze stijfjes en bezorgd tegen hem, terwijl ze in de koets op weg naar huis van een uitstapje naar het platteland zaten. 'We hechten veel waarde aan een waardig optreden. Ik weet zeker dat mijn familie je graag zal mogen, maar je kunt je niet langer gedragen alsof...'

Ze onderbrak zichzelf en wendde haar gezicht af. Demonstratief keek ze uit het raam naar de verdorde bomen en het straatstof. Ze wilde de woorden niet gebruiken. Bertel begreep dat ze van thuis een brief met bevelen en regels had ontvangen. Uitspraken die ze onmogelijk kon herhalen.

'Mag ik ook geen atelier hebben?' vroeg hij. Het antwoord zou haar plannen kunnen onthullen. Tot nu toe had ze er met geen woord over gerept waar ze zouden gaan wonen. Bertel had de hele tijd gedacht dat wanneer hij met haar zou trouwen, hij een palazzo in Rome moest kopen om haar daarin onder te brengen – Elisa uit de kloosterschool moest halen en haar samen met de kinderen die hij met Frances kreeg, moest opvoeden. Want uit huwelijken kwamen nu eenmaal kinderen voort, dat was immers de reden om te trouwen. Hij had wel beseft dat ze van plan was hem in Schotland te presenteren, maar hij had aangenomen dat het om een kort bezoek zou gaan. Dat ze hun bruiloft in Schotland zouden vieren, bij haar familie, waarna ze naar Rome konden terugkeren.

'Mijn familie heeft immers nog nooit...' begon ze en ze beet op haar lip. Hij pakte haar hand en legde die op zijn knie, maar ze begreep er niets van, ze bleef die angstige blik houden en begroef haar hand onder haar eigen oksel. Alles was beter dan aangeraakt worden!

'De wereld is nieuw,' zei hij, hij zocht naar woorden die ze zou kunnen en willen begrijpen, zonder haar te krenken, 'de keizer is weg, iedereen gaat op reis, de hele wereld wordt open. Ik zou me best kunnen voorstellen om terug te keren naar Denemarken en daar rond te kijken. Misschien door Duitsland te reizen. Ik heb nog zoveel van de wereld niet gezien, Frankrijk en Engeland.'

Bij het horen van 'Engeland' keek ze op en ze leek een besluit te nemen, zij, Zijn verloofde. Zij, die niet van zijn zijde week. Ze volgde hem zelfs als hij naar het toilet moest en wachtte geduldig, maar stijfkoppig, tot hij weer uit de geheime kamer opdook. Maar goed dat hij zijn kleren zorgvuldig in orde had gebracht na het bezoek. Hij had ruim de tijd genomen om zijn lid te begroeten, dat verlangde nu niet bepaald naar de kleine harde hand van Frances.

'En hoe zit het met die vrouw? Madame von Uhden? Wil zij Denemarken ook graag zien?' vroeg ze.

Ach, was dat alles? Jaloezie kende hij. Een lief, klein, overbodig gevoel waar hij wel invloed op kon uitoefenen. Hij haalde haar verborgen hand tevoorschijn, kuste die en liet hem weer los. Nee, hij was van plan om Anna Maria een royale lijfrente te schenken, zodat ze zich mooi kon inrichten, waar ter wereld ze ook maar zin had zich te vestigen.

'Misschien wil ze graag dicht bij het klooster van haar dochter wonen,' fluisterde Frances. 'Het zou goed voor je dochter zijn om beschermd bij de nonnen op te groeien.'

Daar zou hij waarachtig niets op tegen hebben. Maar het karakter van Frances was nu eenmaal zo dat hij zelfs niet de mogelijkheid kon opperen dat ze kinderen zouden krijgen. Dat vereiste immers dat ze een man bij zich zou laten binnendringen. Dat vereiste dat ze zich voor hem zou openstellen – en aan die mogelijkheid twijfelde hij zo langzamerhand.

Schubart betrok een paar kamers in Casa Buti, maar het werd niet zoals Bertel had gehoopt. Toen hij de kleine baron voorstelde bij hem in te trekken, had hij uitsluitend praktisch gedacht. Architect Hansen in Kopenhagen wilde zoveel grote beelden voor de nieuwe Christiansborg hebben, en werken in opdracht van de Deense staat bracht zoveel papieren rompslomp met zich mee dat hij een buffer, een secretaris, een helper nodig had. Dat vond Schubart ook. Maar nu zat hij in de val, met de baron en zijn gevolg, zijn vrienden en dames van allerlei allooi.

Elke dag weer probeerde hij Schubart rustig uit te laten leggen hoe de zaken ervoor stonden. Want elke week kwamen er nieuwe brieven, nieuwe bevelen, aanvragen uit Denemarken, en Bertel had er geen idee van hoe je die goede minister Hansen moest behandelen. Het was Hansens grote werk, Hansens paleis, Hansens visie. Hansen haatte ornamenten en versierselen en wilde het liefst helemaal geen sculpturen in zijn nieuwe werk plaatsen, maar de koning had ongetwijfeld om enige verfraaiing gevraagd.

Vol tegenzin kleedde hij zich netjes aan om Fanny Caspers te gaan bewonderen. Toneelspelers waren niet als thuis in Kopenhagen. De ergsten vonden dat ze kleine goden waren, en negeerden hem over het algemeen – hem, Thorvaldsen! Of ze stortten zich gretig op hem om deel van echte grootheid uit te maken. Goethe was naar verluidt helemaal in de ban van Fanny, hij noemde haar Fanisca, dus zou ze ook wel op zijn Italiaans spelen. Hij had meer dan genoeg van Frederikke Brun, die Italiaanser dan de Romeinen wilde zijn. Aan de andere kant moest hij nodig van huis weg, hij moest iets anders in handen hebben dan klei, een schraapijzer en een beitel.

Ze was klein, elegant en donker, en ze luisterde meer dan ze sprak. Ze maakte niet de indruk overweldigd of afgunstig te zijn. Ze bewoog zich tussen de lawaaierige mensen alsof het om een enigszins saaie repetitie ging die ze moest doorstaan. Haar jurk was ouderwets, stelde hij vast, nog met die pompons aan de onderkant uit het seizoen 1814. Het laatste napoleontische seizoen. En de jurk was versleten, zag hij. Ze had hem te vaak gedragen in ijskoude ruimtes, vlak bij het vuur in de schouw, in de stof zaten piepkleine brandgaatjes.

Armoede had die werking op hem, hij kon er niets aan doen, hij herkende een zuster. Bovendien was ze helemaal niet zoals hij had verwacht. Ze begroette hem, maar stortte zich niet op hem, hij hoefde niet overgenomen, geïmponeerd of gecharmeerd te worden. Wat een weldaad. Nu kon híj de verleider spelen, die fascinerende rol, en haar verrassen, haar bij de arm nemen en haar de tuin laten zien. De oudste truc van allemaal. Die kende ze toch wel?

Hij nam haar mee naar achter de fontein en de wind voerde een zandstorm van piepkleine druppels met zich mee. Ze sloot haar ogen en strekte haar nek, spreidde haar armen en liet zich door het schuim bevochtigen. Er was geen make-up die doorliep. Ze was ook niet bang dat de dunne stof tegen haar huid zou plakken.

'Nee, ik geloof toch echt dat meneer Thorvaldsen weleens eerder vrouwenhuid heeft gezien,' zei ze half lachend. 'U maakt vast en zeker elke dag vrouwen van klei en marmer, en dan weet u ook hoe een vrouwenhuid er in natura uitziet.'

Maar ze wist niet hoe verschillend vrouwenhuiden waren, laat staan als handen ze bevoelden. Zelfs zíjn handen. Hij wilde haar zo graag aanraken, het liefst met de ogen dicht, ze was de lieftalligheid zelve. Fanisca, werkelijk. Zonder sieraden, maar met haar eigen, vreemde tere schoonheid, ter bescherming tegen al het kwaad. Ze rustte in zichzelf en in haar eigen kracht, hoewel daarvoor in de realiteit ongetwijfeld geen basis aanwezig was.

'Kom morgen maar naar mijn atelier, dan zal ik u huid laten zien,' zei hij met een glimlach, en hij herhaalde haar koosnaampje. Ze keek hem aan met enorme, donkere ogen en begon te lachen. Nee, haar tanden waren lelijk, maar ze had geleerd ze te verbergen.

'U heeft het mis,' zei ze en ze prikte hem in zijn buik, 'ze noemen me geen Fanisca, maar Francisca. Maar ik wil best Fanisca voor u zijn. Wanneer morgen? Ik moet vrij vragen van de heer des huizes, begrijpt u.'

Ze bewoog zich wiegend van hem vandaan, nog steeds nat maar waardig, zo waardig dat zich amper iemand zou ergeren aan de druppels die van haar gezicht en haar vielen. Bertel volgde haar, analyseerde elk woord, keek als betoverd. Liep naar de eerste de beste, dat was Schubart, en vroeg naar Fanny Caspers. Was ze nog steeds toneelspeelster? En wat bedoelde ze met 'de heer des huizes'? Moest ze 's avonds spelen?

Schubart knipperde met zijn wimpers en moest diep in zijn mentale aantekeningen duiken, die indruk kreeg Bertel althans, maar toen kwam de waarheid naar boven. Nee, Fanny was allang geen vogel of vis meer geweest. In elk geval geen toneelspeelster. Ze was gek op het theater, maar speelde niet meer. En wat moest een knappe vrouw in die situatie doen, zonder beroep, zonder vermogen, zonder echtgenoot? Ze kon een respectabel baantje als gezelschapsdame zoeken. Vorstin Esterhazy zette een hoge borst op omdat zij de knapste gezelschapsdame van allemaal zou hebben, de mensen wilden Fanny zien, en dan pas de vorstin.

Bertel maakte het niets uit. Schubart mocht best insinueren dat Fanisca ietwat dubieus of mislukt was. Hij had haar met de fontein gezien, hij wist alles.

Ze tilden Fanisca op, ze nam plaats op zijn schouder, en met een glas in de hand liet ze zich zingend door de straten dragen. Bertel probeerde mee te zingen, maar haar stem was te mooi. De anderen in het gevolg waren niet zo netjes. Ze schreeuwden, constateerde hij, maar dat was prima. Dat verdiende ze.

Een van de dwazen in het gezelschap dat ze zojuist hadden verlaten, had hem gevraagd, op het moment dat hij wilde vertrekken: *Wat is uw kunstzinnige doel?*

En Bertel, die met de cape over zijn arm op haar stond te wachten, keek om zich heen, vol overmoed, vol ironie en minachting, en ving haar blik.

'Zoveel mogelijk opdrachten,' liet hij luidkeels horen.

Nu droegen ze Fanisca in triomf door de stad, naar Casa Buti. Hij had geen flauw idee wat de dag zou brengen, maar voorlopig was hij merkwaardig gelukkig, ingesloten in de mogelijkheden van de dag. Zo was het blijkbaar om te beminnen. Stel je voor dat je vijftig moest worden om dat te ontdekken.

De standbeelden waren eigenlijk niet belangrijk meer. Ze waren middelen om haar te tonen en meer tijd in haar gezelschap te winnen. De werkelijkheid was onder de huid gaan groeien.

De vorstin heette niet langer Esterhazy. Fanny stelde haar voor zonder een krimp te geven. Leopoldine Grassalkovic. Een volslagen pretentieloos vrouwtje met een klinkende naam. Ze was knap en verveelde zich al snel. Bertel toonde haar zijn atelier en de nieuwe beelden, die in de ogen van Leopoldine allemaal schattig waren. Absoluut schattig.

'Stel je voor, we zijn nu al voor de tweede keer in Rome, en tot nu toe heeft niemand van ons toestemming durven vragen hier te mogen komen,' zei de vorstin tegen Fanny, precies zo luid dat Bertel het wel moest horen, 'maar jij kunt echt wonderen verrichten, mijn Fanny. Kijk eens waar we ons bevinden!'

Ze legde haar hand op Fanny's arm, niet slechts een toevallige aanraking, hij zag wat er gaande was en verstijfde. Niet van afschuw, maar van begrip. Hij had zich er altijd over verbaasd waarom voorname dames zich van gezelschapsdames voorzagen. In dit geval bestond er geen twijfel. Leopoldine was verliefd op Fanny. Niet dat ze ooit om meer dan dat zou vragen, maar het was ook voldoende.

'Oktober is dit jaar heerlijk warm,' zei Fanisca zeer duidelijk en ze tikte Leopoldine op haar hand. Als om aan te geven: we zijn hier om te converseren. Maar ze had gelijk. Oktober leek wel augustus.

Hij vroeg Leopoldine hoe lang de twee dames van plan waren in Rome te blijven. En Leopoldine. Minimaal een halfjaar. Vooral nu, nu Fanny zulke goede contacten had gelegd.

Zijn blik gleed over Leopoldines gezicht en daarna keek hij Fanisca aan. Ondanks Leopoldines liefde had ze er geen idee van hoe het op dat moment met Fanisca gesteld was. Hoe kon ze zo onwetend zijn? Hijzelf twijfelde nooit als hij mensen ontmoette die begeerden en beminden.

Haar donkere blik was zo smekend, zo geconcentreerd. Help me, geef me een reden om in Rome te blijven.

'Wilt u niet met me mee naar het oudejaarsfeest?' ontglipte hem. Hij kon de een toch niet zonder de ander uitnodigen, niet hier. Fanisca hapte naar adem en lachte zachtjes, en Leopoldine zag er helemaal verbouwereerd uit. Dat zou ze thuis meteen in het grote afsprakenboek nakijken, ze meende dat ze was uitgenodigd bij vorstin Kaunitz, maar tot een bezoekje kon je je wel verwaardigen. Het woord werd niet uitgesproken, maar hij begreep het. Tot hier en niet verder. Kunstenaars waren mensen met wie je voor de dag kon komen. Fanisca was een nieuwe mode. Een paar nieuwe schoenen.

Hij had zo'n zin om de krullen van haar slakkenhuisoor weg te blazen, haar hals te kussen op de plek waar hij haar hartslag kon voelen, haar haar glad te strijken en de angst te laten verdwijnen, de hartslag te vertragen. Haar geur te ruiken en die te leren kennen, zodat hij haar zelfs met gesloten ogen zou kunnen herkennen.

Ze stond vlak achter haar vorstin, klein en donker, en straalde warmte en zoetheid uit. Hij liep op haar af en bood haar zijn arm, en hij wist dat Kaunitz en Leopoldine hem als verloren voor de wereld beschouwden. Het had niet veel overredingskracht gekost om een uitnodiging voor oudejaarsavond bij vorstin Kaunitz te bemachtigen. In feite had ze hem als een eregast geïntroduceerd. Hij was er serieus bang voor dat als gevolg van zijn aanwezigheid tal van anderen waren verschenen. Hen moest hij begroeten: die onverdraaglijk saaie, aristocratische ganzenmars. Er was niet eens echte muziek. De vorstin was krenterig. Geen bal en geen punch. Zelfs geen champagne of goede wijn van het platteland.

'Wat doen we als het twaalf uur is?' fluisterde hij tegen Fanisca.

'Elkaar kussen,' antwoordde ze.

'Laten we ervandoor gaan, naar de Denen bij Greco,' stelde hij voor, 'daar hebben ze wijn en punch en een goede sfeer.'

Ze drukte zijn arm tegen haar borst en zuchtte; ze wees met een knikje. Leopoldine zat vermoeid en eenzaam op een stoel bij de deur vertwijfeld in het rond te kijken naar de onbekende mensen. Zonder Fanisca loste ze op in de omgeving en niemand richtte zich tot haar. Leopoldine had een gezelschapsdame nodig, hoe knapper hoe beter.

'We kunnen kussend proosten,' zei hij. Leopoldine stond opgelucht op en begon onmatig met haar waaier heen en weer te slaan, haar pony wapperde en ze glimlachte hectisch. Nu zou Thorvaldsen zijn vriendin dus aan het hele gezelschap voorstellen. Maar hij hield Fanisca bij haar arm. Ze zouden beeldhouwer en schilder Knud Brøndsted en de andere Denen bij Greco nooit bereiken. Het was alsof hij geen kant op kon in dit saaie huis, omringd door nutteloze mensen. En het was al bijna middernacht.

'We gaan naar huis zodra de klok twaalf heeft geslagen!' vermaande Leopoldine haar gezelschapsdame, en Fanisca boog gehoorzaam. En opstandig. Hij pakte haar hand stevig vast en drukte haar tegen zich aan. In elk geval was haar geur vlakbij, evenals haar zoete ademhaling. Zo stonden ze als twee achtergelaten kinderen tegen de muur en keken naar al die slaapwandelende gestalten.

'Wij zijn de enige levenden in het dodenrijk,' zei Fanisca lachend. Ze droeg haar zwarte jurk, misschien had ze geen andere feestjurken – deze was bevallig en verhulde meer dan hij onthulde. Misschien was het de keus van Leopoldine.

De klok sloeg twaalf keer, men ging op zoek naar iets om mee te proosten en gaf op, en Leopoldine kwam houterig aangelopen om Fanisca te halen. In de haast hadden ze elkaar weten te kussen en hij begreep niet hoe het mogelijk was hen te scheiden. Hij had de huid, het vlees, het ontbrekende deel van zijn lichaam gevonden. Dat alles bevond zich in Fanisca.

1819

In haar grote cape stond ze achter de beelden aan de linten om haar hoed te frunniken. Ze droeg zowaar ook handschoenen, lange, witte handschoenen, misschien een geschenk van Leopoldine. Ze was bleek, beheerst en gespannen, en hij heette haar welkom, pakte haar beide handen en trok haar mee, hoewel ze het liefst de zwarte cape uit wilde doen. Dat vreselijke gewaad. Ze leek op een koetsier in Kopenhagen in de winter.

Dit was zijn eeuw, dat wist hij sinds hij ruzie had gehad met Zoëga, of dat nu in 1800 of 1801 was geweest. Dit was zijn eeuw en ze waren in zijn jaar aanbeland. Dit jaar zou hij een besluit en een vrouw nemen.

Ze liet zich heel stilletjes, heel naar binnen gekeerd, rondleiden. Hij wist hoezeer Goethe van haar onder de indruk was geweest toen ze nog optrad, dit geraffineerde vrouwtje. Hij wilde haar graag vragen waarom ze de wereld over reisde in dienst van Leopoldine, zo onvrij als een schoothond. Maar ze moest door nog meer raadsels omgeven zijn. Ze was arm en onvrij. Ze zat ingeklemd in een nis vanwaar ze de wereld kon overzien, maar waaruit ze niet kon ontsnappen. Net als die arme figuren die de mensen in een soort wachthuisje op trappen en in zalen aanbrachten. Vastgelegde schoonheid, met het achterwerk tegen een koude, witte muur geplakt.

Ze vroeg of ze het marmer mocht aanraken en hij knikte, pakte haar hand, trok de handschoen uit en legde de vingers opgewekt tegen de witte huid. Haar huid was nog bleker. Ze deed haar ogen dicht, liet haar vingers hun ontdekkingsreis beginnen en hij hield haar niet tegen. Haar hand gleed over de gespierde dij van de naakte man en verder over zijn geslachtsdeel, ze glimlachte vaag en ging verder.

Na een tijdje slaagde hij erin haar van de cape te ontdoen, maar ze huiverde, ze had zo weinig kleren, ze deed aan wat schoon was. Dat deed hem denken aan zijn reis naar Napels, al die keren dat hij in zijn hut moest blijven omdat zijn enige goede broek te drogen hing.

Hij werd weer vervuld van tederheid: hij wilde haar haar zo graag tooien met topazen, haar iets ongehoords en overdrevens geven, de beste kleermaker haar fijne lichaam met stof laten omhullen. Haar overweldigen, zodat ze ontroerd zou raken. Dat verdiende ze, maar niemand had dat ooit gedaan. Ze was te trots om zich te prostitueren. Men was over het algemeen van mening dat dit de enige manier voor een vrouw was om zich vrij te maken. Courtisanes, die leefden van hun lichaam en bekwaamheid.

'Is dat Iphigeneia?' vroeg ze, ietwat lispelend, en hij moest de gedachten van zich afschudden, hij werd helemaal koud en verlamd, schudde werkelijk zijn hoofd alsof hij zijn haar weer op zijn plek wilde laten vallen, en volgde haar blik. Nee, maar het zou Iphigeneia best kunnen zijn.

'Goethe was zo blij met mij als Iphigeneia,' zei ze met stralende ogen. 'Ik was nog maar een kind, en hij vroeg me "Francesca, waar haalt u toch uw kennis vandaan?" en ik had geen flauw vermoeden wat ik moest antwoorden, aangezien hij zo naïef was. Kinderen van arme lui weten alles.'

Ze tilde haar rok een eindje op hoewel die slechts tot op de enkels viel, zoals nu modern was – hij kon zien dat de jurk vermaakt was en dat ze bang was in de zoom te stappen. Bang dat de stof, die helemaal gaar was, zou gaan scheuren. Onder haar armen was de jurk versteld.

'Wat een vreemd gevoel om hier te staan en alles te kunnen bekijken,' lachte ze. 'De vorige keer dat we in Rome waren, wilde ik het zo graag, maar ik durfde het niet te vragen. Wie zijn wij om ons toegang te verschaffen als jij aan het werk bent.'

Ze had hem echt getutoyeerd. Het ging hem door merg en been: wat goed dat zij de leiding nam. Zij was het meest zeker van hen beiden.

Hij stak zijn hand uit terwijl hij achter haar liep, en opeens bleef ze stilstaan, zodat zijn hand haar haar greep in plaats van op haar rug terecht te komen. Nu was hij genoodzaakt haar om te draaien en moest hij haar kussen, zij stapte vederlicht op zijn voeten, strekte zich en bereikte haar doel. Wat een lief mondje, wat een zoete, ervaren smaak, hij sloot zijn ogen, snoof haar op, proefde haar. Haar rug kromde zich onder zijn arm, hij tilde haar op en liet haar lachen, maar haar ogen opende ze niet.

Toen de deur achter haar omhulde gestalte dichtsloeg, herinnerde hij zich Anna Maria. Dit zou ze hem nooit vergeven.

Hij ging naar baron Schubart die hem aankeek met dezelfde opgeluchte blik als een hond die te lang alleen thuis is geweest. Nu konden ze dan eindelijk theedrinken en koekjes eten, een pijp roken en daarna de stad in gaan om hetzelfde nogmaals bij Greco te gebruiken. En Bertel kon om advies vragen. Hij kende geen andere mannen tegenover wie hij zijn hart kon luchten, maar hij wist wat Schubart hem zou aanraden. Schubart zou nooit nee zeggen tegen een knappe, gewillige vrouw, ook niet als ze straatarm en raadselachtig was.

'Geef mevrouw von Uhden een lijfrente,' zei Schubart met een van zijn elegante, wereldomvattende handbewegingen die elke handeling nutteloos maakten. 'Ze zal tevreden zijn met een vangnet.'

Bertel was niet helemaal zeker. Anna Maria leek op haar eigen, bezitterige manier, van hem te houden. Ooit, een eeuwigheid geleden, had hij haar bemind en begeerd, zoals hij Fanisca wilde beminnen. Hij wist het nog goed, kon zich zijn eigen gevoelens herinneren, maar het was alsof hij ze door een omgekeerde verrekijker bezag, kleine, kinderachtige gevoelens leken het hem nu, de idiote passie van een jongeman. Nu was hij volwassen, en veel dingen had hij pas laat ervaren. Ook Fanisca.

'Ik zou Elisa bij me kunnen laten wonen en haar een stiefmoeder kunnen geven,' waagde hij te zeggen, alsof de gedachte aan de toekomst ontstond op het moment dat hij zijn mond opendeed. Er liep weer een rilling over zijn rug. Dit was te simpel.

Aanvankelijk keken velen met scheve ogen naar hem omdat hij protestants was – ketter noemden ze hem. Ze moesten eens weten, hij was het een noch het ander, en hij was tevreden dat hij niet aan goden, heersers en heren onderdanig was.

Maar nu was hij zelfs een geile bok van een ketter geworden. In deze stad, waarin de paus de macht had herwonnen. Vijf jaar in de galeien voor het tegenspreken van de man die de theaterplaatsen verdeelde. Hij had zelf de aankondiging gezien. Daarom zaten de mensen muisstil in het theater. Niet als thuis, waar ze tekeer waren gegaan en boe hadden geroepen. Dit was niet Fanisca's theater. De katholieken konden zich wel het een en ander permitteren, maar hij was een ketter. Als hij stierf, kon hij maar op één plek worden begraven. De censuur van de Kerk was in ere hersteld. Hij kon zelfs zijn vrienden in de vrijmetselaarsloge niet vrij ontmoeten.

Hij werd helemaal wakker en keek op vanuit zijn bed, naar de tekening van Rafaël van *Madonna met kind*. Ze konden nog zo vaak zeggen dat dit toch warempel geen echte Rafaël was. Voor hem was de tekening vol eenvoudige magie. Zoals die kleine, goudglinsterende, stokoude afbeelding, ook van de Madonna, die hij goedkoop op de kop had getikt en graag liet zien. Paapse rommel, vonden de Engelsen. De Denen staarden alleen maar, zoiets hadden ze nog nooit gezien. Maar de kerken hingen er vol mee. Hij wilde niet dat ze zich met zijn smaak bemoeiden. Ook al vond niemand Bernini of de schilderijen uit de middeleeuwen mooi, hij wilde rustig zijn eigen smaak kunnen koesteren.

Anna Maria was er niet. Thuis was alles stil en leeg, hij opende zijn collecties en liet zijn handen zegenend over de munten gaan. Al deze gezichten, afgesleten door vette vingers. Centuriones, kooplieden en priesters, keizers en slaven. Zijn collecties waren onzichtbaar, maar des te belangrijker: ze waren van hem, niet van zijn gasten. Ooit had zijn moeder zijn bezittingen doorzocht op zoek naar kleingeld voor drank. Nu kon hij zijn spullen in alle rust bezitten, in nauwgezette, heerlijke orde. De waarde was voor hem niet van belang.

Frances wilde dat hij zijn verzamelingen uitstalde, zodat ze de eerste indruk van de gasten vormden. Maar tegenover Fanisca schaamde hij zich bijna. Zij bezat niets en toch beschikte ze over de onverwoestbare trots van de armoede. Op een dag zal het lukken, op een dag weet ik me aan de greep van de misère te ontrukken. Op een dag komt er aan mijn armoede en mijn vernederende afhankelijkheid een einde.

Dat was niet afhankelijk van de vraag of hij een palazzo kocht. Het zat veel dieper.

Frances stond stilletjes voor hem, helemaal gehuld in kleding, met een kap en een lange neus. Anna Maria had haar tegengehouden, maar Frances wilde haar rivale niet recht in de ogen kijken, ze stond rustig met haar handtas voor haar borst, gesloten en scheef. Met haar spitse neus, al haar voorvaderen, haar geld en haar hoekige botten.

Anna Maria maakte een kniebuiging en nu kruiste ze ook haar handen op haar borst, een kopie van Frances' houding. Ze waren als dag en nacht, zijn twee vrouwen. De twee beginstadia van Fanisca. Hij keek van de een naar de ander en vergeleek hen met een soort genot. Ja, zij was de beste, dat wisten die twee ook wel.

Hij legde zijn arm onder die van Frances en wendde zich in het Deens tot Anna Maria, in de vertwijfelde hoop dat ze haar best zou doen en hem zou begrijpen. Alle andere talen zou Frances kunnen vertalen.

'Ik begeleid miss MacKenzie naar de bezienswaardigheden van de stad,' zei hij. Meer niet.

'Vergeet Bocca della Verità niet,' antwoordde Anna Maria met een strakke glimlach. De mond van de waarheid, waarvan de onzichtbare tanden de hand van de leugenaar konden bijten. Maar hij loog toch niet! Als hij loog, dan had hij haar fantastische fabeltjes over Frances verteld.

'Veel plezier,' zei Anna Maria en ze maakte demonstratief weer een kniebuiging, ze kon niet aan Frances tippen.

1819

Ze lagen samen in de duisternis en hij voelde haar lichaam. Dat had zich weer opgevouwen, ze was als een bloem die maar één keer per dag openging, om vervolgens de kleuren weer achter grauwe ontoegankelijkheid te verbergen. Ze beminde alsof dit haar laatste mogelijkheid was een ander mens aan te raken, alsof haar leven ervan afhing. Telkens weer.

Zou Goethe weten wat zijn Fanisca behelsde? Bertel was ervan overtuigd dat alleen hij haar ten diepste kende. Uitsluitend voor hem had ze zich zonder enig voorbehoud geopend. Ze was van hem, als niemand anders die hij had gekend, en hij was haar geheime vertrouweling.

Schubart vond hem een praktische man, die nu al op het punt stond te bepalen waar de bezittingen van Fanisca in zijn appartement in Casa Buti moesten staan. Maar hij kende haar in feite niet.

'Mist ze je?' vroeg hij, en ze wist wie hij bedoelde, de vrouw bij wie ze in dienst was. De afhankelijkheid van Fanisca was een extra heerlijk gevoel, ze probeerden zo vaak mogelijk samen te zijn. Ze waren Romeo en Julia, Tristan en Isolde, Paul en Virginie.

'Ze heeft me laten gaan,' fluisterde Fanisca en ze strekte zich uit, ze liet haar handen tegen de muur omhooggaan en deed alsof ze tegenstribbelde. Hij liet zijn hand op haar buik rusten en telde de hartslagen. Op dit moment wilde hij het graag over de toekomst hebben, over samenwonen en kinderen krijgen, ja, hij wilde zelfs wel over meubels praten. Ze was hier nu, ontegenzeggelijk. Ze konden misschien helemaal niet inschatten hoe lang ze bij elkaar zouden zijn.

'Hoe zit het met je Schotse verloofde?' vroeg ze heel rustig. 'Weet zij dat wij bij elkaar zijn? Zal zij je laten gaan?'

'Ik ben niet met haar verloofd,' zei hij, en hij nam dat besluit op datzelfde ogenblik. Wat een kracht gaf dat om de woorden luid en duidelijk uit te spreken.

'Zij denkt dat we verloofd zijn. Ik was ziek en zij heeft mij verzorgd. Haar familie beschouwt me als een woesteling die ze moeten bijslijpen en vormen, zodat ik niet door de mand val. Ik zal nooit met haar naar Schotland gaan.'

Nu was het gezegd en hij volgde haar voorbeeld, hij strekte zich opgelucht uit en dacht na over hoe hij van Frances af kon komen. Hij kende haar nog minder goed dan Fanisca. Maar hij wist dat ze op dezelfde manier zou tegenstribbelen als ze zich in zijn leven had binnengedrongen.

Schubart begreep niet wat hij in Frances had gezien, ze was mager, onhandig en klunzig, had een lange neus en was bijziend. Ze had de naam een schoonheid te zijn bij de Schotten, maar volgens de Italianen was ze een armzalige, uitgedroogde oude vrijster.

'Heb je het haar verteld?' vroeg een steeds doelbewustere stem achter zijn oor. Ze bewoog zich niet, ze wachtte gespannen af.

'Ik ben toch nooit bij haar,' antwoordde hij.

'Ik heb jullie verleden week samen gezien en ze zag er niet blij uit, je hebt je geen enkele keer tot haar gewend,' zei Fanisca. 'Hebben jullie ringen uitgewisseld?'

'De man moet de vrouw een ring geven, en ik heb haar niets geschonken,' zei hij en zocht naar haar hand die zich liet vinden, maar die slap en aarzelend in de zijne bleef liggen.

'Heb je – heeft zij? Hebben jullie?' vroeg ze. Hij wist wat ze bedoelde en schudde zijn hoofd.

'Frances MacKenzie is een eerbare vrouw en maagd, neem ik aan. Geen toneelspeelster,' maakte ze de zin af.

Eerst dacht hij dat ze een grapje maakte, maar nee, ze leek bijna in huilen uit te barsten, wat kon haar zo wanhopig maken, hij had haar zojuist toch alles gegeven wat ze wilde? Ze wilde zijn kus niet, ze wendde haar hoofd af en verborg het in haar hand.

Wat een heerlijk gebaar, dat moest hij onthouden. De fijne hand die met de lange vingers over haar gezicht lag benadrukte meer dan hij bedekte.

'Je bent als de apotheker, dat is het enige waar ik bang voor ben,' fluisterde ze. Hij wilde zelfs niet weten op wat voor apotheker ze doelde. Hij wilde alleen maar zijn Fanisca terug.

Ze vertelde onder het lopen. De paarden stonden op hen te wachten en ze liep maar, met haar lange, sterke benen.

Hij had gedacht dat ze frisse lucht en beweging nodig had; zo drukte hij zelf zijn depressies de kop in voordat ze hem in hun macht kregen. Maar ze leek niet in staat om te zien. Haar voetjes verplaatsten zich elegant, ze was niet bang om te vallen, ze liep in de natuur zoals vroeger op het toneel.

'Ze hebben me allemaal in de steek gelaten,' lachte ze en ze zwiepte de rijzweep voor zich uit. 'Goethe deed dat al, toen hij een groot toneelspeelster van me wilde maken. Twee knappe zussen, Manon en ik. Ons veilige thuis. Ons bescheiden, maar veilige thuis. Toen stierf papa en werden we arm. Oma was musicus en bracht ons het theater binnen. Manon is de enige kunstenaar in de familie. Zij kan het. Mij stuurden ze, veertien jaar oud, naar Goethe. Maagd, zelfs na drie jaar in het theater. Ik wist niet wie mijn leraar was. Hij speelde tikkertje met me, Goethe, ik moest hem kussen om los te komen. O, mijn toekomstperspectieven waren grenzeloos!'

Van haar snijdende hoongelach trok hij zich niets aan. Hij wilde zo graag dat ze het landschap in zich opnam, dat ze de geur van de geparfumeerde lucht rook, dat ze vrij ademhaalde en genoot. Maar Fanisca had zich voorbereid, vandaag zou hij haar leren kennen.

De woorden kwamen als een stortvloed uit haar mond, ze spuugde ze uit, spuugde op haar eigen verleden. Hij zag het voor zich, Gottskalks zoon werd niet meer afgeremd, zonder Willerup, zonder de oude Wie, zonder Abildgaard of Zoëga.

Schiller had haar ook onder zijn hoede genomen, maar had de hoofdrol, die zij aan het instuderen was, aan een oudere, meer ervaren toneelspeelster gegeven. Het ging immers om het stuk, niet om Fanisca! En de vrouw die de rol kreeg, was de geliefde van de vorst. De première mocht ze zelf spelen. Toen was het afgelopen. Ster in Weimar voor slechts één avond? Schiller had toegezegd een rol voor haar in *Maria Stuart* te schrijven. Of haar als zijn Jeanne d'Arc te gebruiken. Ze zou er prachtig uitzien in een harnas, en ze had de leeftijd en de onschuld van Jeanne.

Maar er kwam allemaal niets van terecht.

'Manon verschafte me een echtgenoot,' zei ze vinnig. 'Manon trouwde met een houtvester en voor mij vond ze een apotheker. O ja, een apotheker, de meest hartstochtelijke apotheker aller tijden!'

Ze sloeg haar hand voor haar mond, slikte een paar maal stevig, vocht tegen zichzelf en ging daarna op een steen zitten om over het landschap uit te kijken, alsof ze in de verte op zoek was naar zichzelf. Bertel durfde nauwelijks naar haar toe te lopen. Ze had zich vast en zeker nog nooit eerder zo over haar leven uitgesproken.

'Ik was een kind en verloofd met een welgestelde man, arts en apotheker, heel Zwittau lag aan mijn voeten! Heel Zwittau! Beter kan het toch nooit worden,' zei ze, terwijl ze een schetterende lach liet horen.

'Hij bracht me onder in een pension, zodat ik de huishouding kon leren. Hij verafgoodde me. Ik verafschuwde hem. Ik moest overgeven van zijn geur. Hij bespeelde me als een viool. Hij gaf me dure geschenken. Hij klonk alsof een rivaal hem in een duel had verwond. En telkens als hij me bezocht, benadrukte hij hoe belangrijk het was dat ik maagd bleef. De mond beschikt niet over maagdelijkheid!'

Uiteindelijk boog ze zich voorover, haar hoofd tussen haar knieën, en braakte, alsof achttien jaren zich uit haar bevrijdden. Bertel gaf haar zijn zakdoek, gelukkig schoon, en streelde geschokt haar haar. Telkens weer. Ze stonk, transpireerde en haar mond was helemaal vertrokken, maar hij hield op dat moment van haar. Zoveel hindernissen, terwijl hijzelf uitsluitend helpende handen had ontmoet. Maar zij was een vrouw. Haar hadden ze genomen, zoals dat heette, en dat was het verschil. Ze hadden haar genomen, en ze hadden dingen van haar afgepakt, en haar uitgekleed.

'De vorstin heeft me gered,' zei ze half gesmoord, met een rood aangelopen gezicht en glasheldere ogen, 'ik heb de verloving verbroken. De vorstin had me op het toneel gezien en gaf me werk. Tien jaar geleden ben ik Goethe weer tegengekomen. Maar toen was ik te oud om door hem op schoot te worden genomen. De vorstin is zo goed voor me geweest. Samen met haar heb ik de wereld gezien. Jij mag me niet ook in de steek laten, beloof me dat.'

Wat moest hij antwoorden?

Hij tilde haar op het geleende paard en pakte haar paard en dat van hem bij de teugels. Ze zei niets meer, godzijdank. Hij wilde graag tegen haar zeggen dat ze haar leven in tweeën moest delen. Toen hij in Rome aankwam, werd hij opnieuw geboren, al het andere was een akelig, half afgemaakt begin geweest. Hier was zijn echte leven, hier had het leven zin. Zij moest zichzelf redden, want hij was niet in staat haar te redden.

'Mijn verdomde schaduwleven,' hoorde hij haar zeggen. 'Ik heb de hele wereld gezien, maar nooit geleefd. Ik ben een schaduw geweest. Dat ben ik niet meer. Jij hebt me veranderd. Ik wil een echt leven leiden. Geen schaduw.'

Ze naderden de Via Appia, en hij begon aan Frances te denken, ook al wilde hij dat liever niet. Als ze bij elkaar waren, klonk ze alsof ze verloofd waren, hoewel verder iedereen wist dat hij met Fanisca samenleefde. Hij moest de vrijheid en Fanisca tegemoettreden door Frances de deur te wijzen, voordat ze hem met huid en haar verslond.

Hij hielp haar de koets in, ze bood een scheef glimlachje en haar zachte wangen kleurden helemaal rood. Zoveel zwart, zoveel versleten stof. Hij kon het niet nalaten haar wang te strelen, nu moest ze blij worden.

'Waarom?' vroeg ze, niet-begrijpend. Wist ze dat niet? Ze had hem toch zojuist verlaten! Hij kon dus de seconden beginnen te tellen tot ze weer samen waren.

'Je moet de genoegens pakken waar ze zijn,' zei Fanisca toonloos, 'terwijl je het leven aan je voorbij laat gaan omdat niets anders mogelijk is, heb je altijd nog de ervaringen. Die moet je hebben.'

Bertel keek de koets na en wenste dat hij naast haar zat. Verspeelde levens. Wat wist zij daarvan? Voor haar moest het beste nog komen.

1819

Ze waren op een vreemde manier opgeblazen, de twee knapen die zich prinsen noemden. Hij kende hen, hoewel hij hen nog nooit eerder had ontmoet. Na de oorlog zat Rome vol van dat soort. Jonge, wilde en vrolijke mensen. Ze beseften dat ze niet op het slagveld de dood in werden gejaagd, ze zouden kunnen trouwen, kinderen krijgen en hun sporen in de geschiedenis nalaten. Maar ze overschatten hun middelen en achtergrond altijd.

De bestelde hoeveelheid beeldhouwwerken kende geen grenzen. Een daarvan, een daarvan en twee daarvan. Het deed er niet toe dat het een paar jaar duurde, ze hadden de tijd aan zichzelf en hun oom stond klaar om hun opleiding te bekostigen. Ze kwamen uit een uitermate beschaafd milieu, verzekerden ze, met geld in de oude sok.

Dat beantwoordde niet helemaal aan Schubarts oordeel over de twee prinsen van Augustenborg. Bertel accepteerde hen in alle gemoedsrust. Ze hadden goede gezichten. De oudste had zachte wangen en kinderogen, hij blies zich op als een haan, maar had nog steeds vochtige ogen en een gele snavel. De jongste was strak, fijntjes en gracieus, een lekker hapje voor iedere heer die op zoek was naar de schoonheid en het genot van een efebe. Bertel pakte zijn wangen vast, evenals zijn hevig statische haar. Enorme blauwe ogen keken sceptisch maar gretig de wereld in.

Hij wist niet waarom ze een feest voor hem wilden organiseren. Het was saai, maar ze leken overal van te genieten, van de felle zon en de slechte, zure wijn tot de vele meisjesogen. Ze namen hun omgeving dorstig in zich op, ze feestten weliswaar voor Thorvaldsen, maar altijd vooral voor zichzelf. En daar zat hij, opeens tegelijkertijd oud en jong, hij glimlachte en hief het glas, en liet de sprekers over zich heen komen als de regen in januari.

De prinsen hadden de gasten verdeeld. Links van hem zat Fanisca, met gloeiende wangen en professioneel, ze speelde altijd als er meer dan twee mensen aanwezig waren. Op dit moment was ze Marguerite de Valois aan het hof van haar broer, vol vriendelijke ironie en koninklijke waardigheid, de tafel en de jonge mensen lagen aan haar voeten. Verderop aan tafel zag hij het kleine, spitse, bleke gezicht van Frances en haar brandende ogen. Hij slaagde er niet in Fanisca te doorgronden.

Waarom waren Frances en Fanny niet met een tussenpoos van tien, ja, twintig jaar tot hem gekomen? Dan had hij twee goede huwelijken na elkaar kunnen beleven in plaats van deze dubbele abortus. Hij twijfelde er niet aan dat Fanisca hem zou verlaten. Ze wilde tegen een eigen achtergrond fonkelen, niet zijn echtgenote zijn. Want hij was zoveel groter dan zij en zijn kunst bleef bestaan. Dan zou ze de rol van Anna Maria overnemen, zijn kinderen baren en zijn gastvrouw zijn, de prinsen van Augustenborg zoete wijn serveren en alle plichten uitvoeren die ze verachtte.

Ik heb een goede vrouw nodig. Ik verdien een goede vrouw! Zoals Maria Barjatinskaja, niets minder dan dat. Wonderschoon en volgzaam. Op zijn minst lief en goed. Zulke vrouwen moesten toch ergens bestaan?

Hij betrapte zichzelf erop dat hij naar Frances zat te staren, die at noch dronk. Ze droeg nog steeds die bevallige Schotse dracht, wat moest ze het warm hebben! Fanisca had blote schouders, haar sjaal lag op haar schoot en gleed op de vloer, en ze had haar schoenen uitgeschopt. Frances droomde niet van zich vrijmaken. Ze was het toonbeeld van een goed meisje. Hij geloofde zelfs dat zijn moeder Frances met grote tederheid welkom zou hebben geheten. Niet Fanisca. Hij wist nog heel goed hoe Karen zijn 'nieuwe vrienden' onder de loep had genomen wanneer die zich een zeldzame keer in de zwijnenstal van zijn ouderlijk huis hadden gewaagd. Ze waren gevaarlijk, ze trokken hun neus op, ze waren respectabele lui die dachten dat ze vuil en vernederd werden door samen te zijn met dronkaards en andere ellende.

Fanisca was als een lieflijke, geurende, koele bries die na een al te zwoele dag voor verkoeling zorgde. Slechts een briesje. Geen omslag in het weer. Hij pakte haar hand onder de tafel en legde die op zijn knie, waar hij bleef liggen.

De oudste van de twee prinsen had zijn kraag afgedaan en zijn jas uitgetrokken en stond in hemdsmouwen. Hij was in een goed humeur en stond met hoog geheven glas. Zijn broertje had de aandacht op zich gevestigd door in het Deens te proosten op de gewillige vrouwen van Rome, en hij had een handkus naar Frances geworpen. Nu waren ze op dreef, nu sponnen ze als tevreden katten.

Bertel ving slechts af en toe een woord op, tot de jongeman zijn omfloerste blik op hem richtte, vol van merkwaardige ernst. Bertel wist dat hij overeind moest komen, maar dan zou Fanisca's hand van zijn dij glijden. Dus bleef hij zitten en toverde zijn meest vaderlijke glimlach tevoorschijn.

'Ik kan niet voldoende duidelijk maken hoe vereerd ik me voel dat ik juist vandaag hier aanwezig mag zijn,' zei de jongeman met bevende stem, 'op de plaats waar de grootste kunstenaar van het land ons vertrek viert in het gezelschap van zijn geliefde, de schoonste onder de vrouwen, de heerlijkste toneelspeelster, de innerlijke droom en het grootste ideaal van alle mannen, Fanny Caspers!'

Hij zei werkelijk haar naam. Bertels glimlach verstijfde, maar hij hield stand. Fanisca's hand veranderde in een klauw, ze kneep hem uit alle macht. Daarna vloog haar hand naar het glas, ze stond op en tikte het glas tegen dat van de jongeman. Bertel bleef zitten alsof hij vastgebonden zat. Zelfs het glas hief hij niet.

Nu hadden ze het gedaan.

Het hele gezelschap nam deel aan de toost, zelfs Frances, ze verstonden immers ook geen Deens. Er ontstond echter een merkwaardige sfeer. En er werd gelachen. Fanisca zweeg, ze draaide het glas in het rond, draaide het glas, draaide het glas. Zuchtte en wendde zich tot Bertel en vroeg om meer wijn. Niets was simpeler. Hij schonk bijna zonder te morsen en intussen vermeed zij het hem aan te kijken.

'Had je dit van tevoren met hen afgesproken?' vroeg ze terwijl haar lippen het glas nog aanraakten. Dat moest hij ontkennen. Nee, wat dacht ze wel niet van hem? Ze lachte stilletjes en schudde haar hoofd als een echo van zijn ongemakkelijke beweging.

'Nu ben je van Frances af,' zei ze duidelijk en ze pakte haar waaier, 'maar hoe zit het met Anna Maria? Wil ze jou, mij en Elisa nog steeds vermoorden?'

Frances, ja. Ze keek om zich heen, verontschuldigde zich en stond van tafel op, ze wilde blijkbaar vertrekken. Nee, niemand schonk aandacht aan haar. Ze was van veel te weinig belang. Ze negeerden haar volkomen. Ze merkte hun onverschilligheid en bloosde, maar op je gezelschapsdame kon je vertrouwen. Ze vertrokken samen, tegen elkaar aan leunend, Frances donker en mager, nu ook gekwetst.

Hij wist dat hij schaamte en verdriet zou moeten voelen. Hij wist dat hij een zeker fatsoen moest tonen. Dat hij het zelf tegen haar had moeten zeggen en haar verdriet had moeten verdragen. Maar op dit moment kon hij geen andere gevoelens ontwaren dan mateloze opluchting. Ze was zelf weggegaan. Hij had haar niet buiten de deur hoeven te zetten. Fanisca deed alsof ze niets gezien of gehoord had. Dat was waarschijnlijk ook het beste.

De brief lag al veertien dagen ongeopend op tafel. Hij liep er elke dag langs, elke dag een aantal keren, en weerstond de verleiding om aan zijn angst een eind te maken. Zolang hij nog niets had gelezen, was het kwaad zijn leven nog niet binnengekomen. Was hij dus nog steeds rein.

Ze wilde zo graag, maar ze had hem nooit gevraagd.

Zou hij in Schotland kunnen leven? Dat nam ze wel aan. Wilde hij haar familie dolgraag ontmoeten? Dat moest toch een grote belevenis voor hem zijn, al die adellijke lieden van Schotse mistige graasweiden. Wilde hij haar grafmonument maken, de grafsteen van haar familie? Wat een eer.

Hij las het in haar ijverige blik, elke keer als ze bij hem kwam. Arme, misleide man, hij weet niet beter, hoe zou hij beter kunnen weten, maar nu is hij in adellijke handen beland, nu zullen we hem leren leven.

Na een tijdje greep hij de brief in het voorbijgaan, hij was gekleed in hoed, laarzen en cape en onderweg naar buiten, klaar om te vertrekken, zijn gedachten waren druk bezig met heen en weer gaan in de toekomst. Nu kon hij het. Hij hield de brief vast terwijl hij in de koets stapte. Nu kon hij hem lezen.

Hij opende hem voorzichtig, wilde Frances niet nog meer pijn doen, haar lavendelgeur hing aan het papier. Stel je voor dat ze hem verwijten maakte en woedend was. Dat er messen in de sierlijke letters verborgen zaten. Ze wist immers dat hij niet graag op papier antwoordde. En dan in het Engels. Hij vouwde het papier open en las mompelend, snoot zijn neus, wreef zich in zijn ogen en las. O hemel. Het was erger dan hij had vermoed. Goed dat hij het lezen zo schaamteloos lang had uitgesteld. Nu zou ze de stad wel uit zijn en buiten zijn reikwijdte.

Hij moest pauzeren, zette zijn bril af en opende de deur naar de sterke ochtendlucht, liet de wind zijn gezicht en vooral zijn ogen koelen. Zoëga had het al gezegd toen hij in Italië aankwam: je bent een armzalige melancholicus. Nu was het alsof Frances zijn hart betrad en haar lasten daar neerlegde.

Hoe kon iemand op die manier liefhebben? Hij begreep haar niet, maar het respect ging over in bewondering. Wat was er niet voor kracht voor nodig om al je pijn met je mee te slepen en aan het daglicht te tonen, die te analyseren en bij naam te noemen. Zelf zorgde hij ervoor het verdriet achter zich te laten.

Ik beken dat wanneer ik me aan iemand bind, dat niet op de gebruikelijke manier gebeurt, en als gevolg daarvan kan ik me niet zonder pijn losrukken. Maar als je een schoon geweten hebt, is de pijn draaglijk en is die niets vergeleken met je je hele leven lang ongelukkig voelen en tot last zijn van een mens wiens geluk dat van mezelf zou zijn geweest.

Hoe zou het er binnen in Frances uitzien, als ze al die fraaie woorden voor hem had? Al deze fraaie woorden die als zweepslagen om zijn rug zwiepten. Ze wenste niet dat hij gelukkig zou worden, ze wenste dat hij de grootte van haar pijn zou begrijpen. Begrijpen en voelen. Delen en verkleinen.

U weet dat ik meer dan van iets anders ter wereld van u heb gehouden, veel meer dan van mezelf, en zelfs op dit ogenblik bestaat er niets op de wereld dat ik niet zou doen om u te plezieren.

Hij las dezelfde zin keer op keer, met bonzend hart en vol verwarring. Hij had een beklemmend gevoel op zijn borst, niet van het huilen, maar van verwonderd medeleven. Je kon toch niet meer van iemand houden dan van jezelf?

Ze hield echter nog van hem. Ze hield van hem, omdat ze telkens naar het papier terugkeerde en steeds nieuwe uitdrukkingsvormen voor haar gevoelens vond. Waarom kon ze niet zwijgen? Waarom kon ze niet kalm blijven en de pijn dragen? Hij vond dat hij al genoeg had meegemaakt.

Hij vouwde de brief op en stopte hem terug in de envelop die hij onder zijn overhemd stak. De lavendelgeur was er nog. Frances en Fanisca, nu waren ze in elkaar overgegaan. Anna Maria had haar zin gekregen, ook al had ze zichzelf, Elisa noch hem doodgeschoten. Hij had geen anderen, kreeg nooit anderen.

Nog steeds geschokt tikte hij met zijn stok tegen het plafond van de koets en verzocht de koetsier terug te rijden, hij had thuis iets vergeten. O ja, dat ook. Hij probeerde aan iets anders te denken, ergens naar te kijken, iets om zijn aandacht af te leiden, maar zijn oude trucjes werkten niet meer.

Hij was zo ziek geweest, hij had gedacht te zullen sterven, en daar was ze, niet knap, maar eindeloos lief, ze had zijn handen gepakt en ze rustig vastgehouden, telkens als hij papier wilde pakken om te tekenen. Nee, nu moest hij absolute rust nemen. Ze had hem gered en hij had zich haar leven binnen laten zuigen, nu had hij haar in de steek gelaten, wat was hij voor een mens?

Ze was een korset geweest dat de zieke rechtop hield en hem de mogelijkheid bood aan tafel te zitten en adem te halen zonder te hoesten. Ze was noodzakelijk geweest, maar niet voor eeuwig. Haar Schotse familie was in elk geval geen noodzaak, zelfs niet nuttig. Met hen breken had ze nooit gewild.

Hij stapte uit de koets en ging naar binnen, liep in cape, laarzen en hoed door zijn huis, de tuin aan de achterkant in, draaide zich op zijn hielen om, liep terug en stuurde de koetsier met koets en paarden naar huis. Nu moest hij naar zijn atelier. Niet om te werken, maar om draaglijke lucht in te ademen.

Nu zou ze dus al zijn geschenken terugsturen. Zelfs de tekeningen. Dat was bijna het ergst. Dan had hij liever dat ze de hele geschiedenis in de krant liet zetten. Maar niet zijn tekeningen verwerpen. Hij kon haar familieleden hun genadige minzaamheid vergeven, maar niet haar verwerping van de relatie. Dan liever de jaloezie van Anna Maria.

Geen enkele andere vrouw die bij haar volle verstand was zou nu nog iets van hem willen weten. Dat begreep hij. Frances had met iedereen gepraat. De aarde onder zijn voeten was giftig. Hij ging zitten tussen twee gipsfiguren en legde zijn rechterhand op tafel: alles lag daar keurig netjes, zijn gereedschap was schoongemaakt en droog. Het gipsstof kon hij niet vermijden, maar voor de rest was alles schoon, opgeruimd en netjes. Gottskalk zou zijn ogen niet kunnen geloven.

Zou hij Frances' brieven terugsturen? Dat deed je wanneer iemand overleed: de correspondentie van de betrokkene verzamelen. Dan konden de erfgenamen zelf bepalen of ze die wilden verbranden of bewaren. Hij kon haar niet serieus uit zijn leven bannen.

'Heb je je nooit afgevraagd waarom ik zo vroeg al met mijn carrière ben gestopt?' vroeg ze, en ze probeerde te glimlachen, het was te moeilijk om de tranen te laten verdwijnen; die zaten al op haar wimpers. Haar stem was kalm. Hij had echter het gevoel dat ze nog nooit eerder met een man over dit onderwerp had gesproken. Zelfs niet met Goethe, die anders zo enthousiast over haar was.

'Ik dacht nog wel dat mijn geluk voorbij was en mijn lot bezegeld,' lachte ze. 'Ik dacht dat ik nu in een veilige haven was aanbeland! Ik bereik nooit een veilige haven! Er bestaat geen haven voor mensen zoals ik. Ik kan me niets meer herinneren. Ik kan me mijn rollen niet herinneren! Ik ben zo bang. Daarom ben ik dus gezelschapsdame, minder dan niets, ik kan alleen spelen en zelfs dat kan ik niet. Ik ben minder dan niets. En met mij wil jij...'

Verder kwam ze niet, ze wankelde onder het gewicht van de woorden, probeerde zich te vermannen, kreunde, hoestte en vocht met haar stem. Ja, met haar wilde hij graag samen zijn, vanaf nu en zolang ze beiden in leven waren. Niet vanwege haar fraaie schouders, maar omdat een verwantschap hen verbond.

'Jij, de beroemdste man van Europa,' fluisterde ze. 'En ik, een mislukte vrouw die bang is het podium te bestijgen omdat ze haar replieken vergeet! Je moet gek zijn.'

Hij wist hoe ze zich voelde. Net als hijzelf, toen hij langs de klomp marmer liep die de buste van Bernstorff zou worden, week na week. Juist zijn voorspoed opende de deur naar haar ongeluk. Hij wist hoe het was om te mislukken. Een onzichtbare grens scheidde hem van de dronkaards, de dakloze bedelaars, de wereld van de buitengeslotenen. Hij vond dat de groten en machtigen der wereld krankzinnig moesten zijn, of op zijn minst blind, wanneer ze om zijn gunst vochten, onbegrijpelijke sommen geld voor zijn werken betaalden en hem geniaal noemden. Zagen ze de ellende van zijn moeder niet, de vuile lakens op de vloer, toen Karen haar bed had verkocht om sterkedrank te kopen? Ze zagen niets. Ze vermoedden nog minder. Hij moest voortdurend creëren. De angst voor de leegte mocht nooit de overhand krijgen.

'Ik wil samenleven met een vrouw van wie ik hou en die ik begrijp,' zei hij, hij zocht naar de woorden en zou willen dat ze Deens verstond, alleen de eerste twintig woorden en uitdrukkingen, dan zou hij gemakkelijker kunnen uitleggen wat hij bedoelde. Dit was niet eenvoudig.

'Ik wil trouwen met een vrouw die me voor de rest van mijn leven kan behagen,' zei hij. 'Ik vind ook dat ik recht heb op een beetje geluk.'

Ze ging op het krukje zitten, bleef over haar rok strijken alsof ze die liefkoosde, alsof ze zocht naar een onschuldig teken, iets wat haar kon kalmeren en zijn aandacht kon garanderen.

'Maar ik deug nergens voor,' fluisterde ze. 'Zelfs Goethe denkt dat het zal lukken mij weer op het podium te krijgen, maar de laatste keer viel ik flauw van angst.'

Hij zei dat ze stil moest zijn en probeerde haar ene hand te pakken die door haar haar woelde, maar ze liet een klagend geluid horen en kromp ineen. Dit was te veel. Hij kreeg haar beide handen te pakken en hielp haar overeind, maar ze zette zich af en wist zich van hem los te rukken. Anna Maria zou hem giechelend over zich heen hebben getrokken voor een heerlijke verzoening, maar Fanisca probeerde aan hem te ontkomen en zich piepklein te maken, zodat ze weg kon komen. Dat kon hij niet toestaan. Hup, in zijn armen, in zijn omhelzing, bescherming kon hij wel bieden.

'Nee, nee, nee,' smeekte ze, ook terwijl hij haar tegen zich aan drukte. Ze hield zich slap; het gevolg was dat ze uit zijn omhelzing zakte, alsof ze was flauwgevallen, en hij legde haar op de vloer, in het gipsstof, ging op haar liggen, met een been tussen die van haar. Nee, hij wilde haar niet nemen, alleen al het woord stond hem tegen.

Hij wilde haar aan zichzelf teruggeven.

'Je moet met die spitsneuzige Schotse maagd trouwen,' zei ze ten slotte hatelijk en duidelijk. Haar stem weerklonk tegen het plafond, verspreidde zich en sproeide koud water over zijn zintuigen.

'Ze zal een goede, representatieve echtgenote voor je zijn. Je zult lelijke, adellijke, domme kinderen met haar krijgen. Neem haar. Vergeet mij.'

Maar hij had Frances immers zojuist aan de kant gezet.

Ze stond voor hem, helemaal in het zwart gekleed: die kleur stond haar zo goed, haar bleke huid en heerlijke, nachtzwarte haar. De vurige, enorme ogen, die hij altijd graag op het podium had willen zien.

Ze stond met een kale kaars in haar handen, de tocht liet het vlammetje flakkeren dat haar gezicht in een lelijk schaduwspel oplichtte. Hij had gedacht dat ze sliep – wat een opluchting – maar daar stond ze, gekleed om de straat op te gaan.

Hij kwam meteen overeind en ging staan, klaar om zich aan te kleden om haar te begeleiden naar die vreselijke gravin die haar leven bepaalde. Ondanks de vermoeidheid kon een deel van hem nog helder denken: vannacht moest hij het zeggen tegen Grassilkowitz of hoe ze ook maar heette, vannacht moest hij Fanisca van haar afpakken. Hij moest haar vrijkopen, zoals de slaven in de oudheid door hun geliefden werden vrijgekocht.

'Nee, je moet niet opstaan,' zei ze verschrikt.

Hij keek haar met een omfloerste blik aan, ze moest gehuild hebben, maar haar gezicht stond helder en leek gewassen.

'Jij weet niets over de apotheker,' zei ze en ze ging op de vloer zitten. Een hele wolk stof vloog omhoog.

'Hij heeft me bevrijd uit het theater, hij wilde met me trouwen en kinderen met me krijgen,' zei ze met een verdraaide, eentonige stem waarvan hij niet hield. 'Hij was goed voor me, hij hield van me, geloof ik. Maar hij was zo vreemd en hij rook zo akelig. Als we bij elkaar waren, zag ik mijn hele toekomstige leven in zijn wereld opgesloten. Hij wilde mijn ziel kopen, hij dacht dat hij me een dienst bewees. Ook al ben ik nutteloos.'

Hij legde zijn hand op haar knie, maar dat was onvoldoende. Hij ging op zijn hurken zitten en probeerde haar bij haar schouders te pakken, maar ze kende een beweging waarmee ze zich van hem af kon keren. Al die verdomde toneeltraining. Ze kon zich van het ene moment op het andere veranderen in Desdemona of Luise Miller.

'De mond was niet voldoende voor hem. Twee keer maakte hij me zwanger, en elke keer heeft hij daar een eind aan gemaakt,' zei ze op gedempte, maar niettemin schelle toon. 'Hij drong bij me binnen en als dat gevolgen kreeg, stak hij heel iets anders in me, met dezelfde zorgvuldigheid. Ik was geen mens. Ik was veel minder dan een mens. Ik ben een kunstenaar die geen kunst kan scheppen.'

Meer wilde hij niet horen.

Ze huilde tegen zijn schouder, maar dat bood geen verlossing. Ze huilde uit gewoonte en zelfmedelijden. Ze huilde omdat ze niets anders kon bedenken. Het deed hem onuitsprekelijk veel pijn, maar hij wist niet hoe hij haar kon troosten.

Vannacht raakte hij haar kwijt.

De prins en de prinses waren een en al luchtigheid. Christian Frederik gaf hem een stevige omhelzing als van een beer, zo zag dat er vast en zeker uit, maar in werkelijkheid legde hij zijn armen slechts als een vrouw om Bertel heen.

'Ik herinner me u wel!' zei de prins met stralende ogen. 'Ik herinner me u. En Abildgaard, toen hij die gele en blauwe verf aan mijn vader verkocht. Het genie, dat we absoluut moesten aannemen. Nu ben ik degene die zou moeten knielen, want u bent de juiste, enige grootheid die ik ken.'

Maar hij deed het niet.

Bertel had bij de eerste blik besloten dat hij, ongeacht de prijs, een buste van de prinses wilde maken. Het liefst naakt en het hele lichaam, maar dat zou haar echtgenoot wellicht niet goedvinden. Haar volle schouders en prachtige boezem. De fijne gelaatstrekken, die allemaal te groot, maar vol schoonheid waren.

Ze was geschapen om op een podium te staan. Een operazangeres, tragisch en beminnelijk, Medea, Semiramis, Didone Abbandonata, Alceste. Hij hield van de opera, hij hoefde geen moeite te doen om te begrijpen wat de personages op het podium zeiden. Hij durfde te wedden dat ze ook kon zingen. En dat ze weergaloos kon blozen.

Hij durfde de brief van Fanisca niet te openen, alleen al bij de gedachte werd hij misselijk. Zijn meisje. Wat was ze bang geweest bij de gedachte dat ze alle vijfendertig kaarsen op de verjaardagstaart zouden zetten. Zo oud voelde ze zich niet.

Nu zat hij hier met haar laatste levensteken en de moed zonk hem keer op keer in de schoenen. Hij was haar verschuldigd om elk woord te lezen, maar hij was bang – ja, waarvoor? Verdriet, haat, verwijten? Een uitbarsting zoals Frances hem had gestuurd? *Als ik liefheb...* Stel je voor dat je die woorden zo gemakkelijk, zo vanzelfsprekend in de mond kunt nemen.

Hij opende de brief in zijn atelier, hij stond tegen de muur geleund, met het neuskapje goed beschermend onder zijn gezicht vastgebonden. Het was alsof op die manier niets tot hem door kon dringen. Zelfs Fanisca niet. Dat arme meisje en haar kwalijk riekende apotheker.

Waarom, mijn beste Thorvaldsen, wilt u me niet mondeling vaarwel wensen? Waarom? Zonder een woord ten afscheid scheiden van een vriendin, voor wie u onuitsprekelijk dierbaar bent? Niemand ter wereld kan meer intens, meer liefhebbend deel uitmaken van alles wat u betreft. Ik voel in mijn eigen hart alles wat u drukt en bezwaart, en geen enkele opoffering die tot uw geluk zou kunnen leiden, zou me te zwaar vallen.

Hij las hardop, mompelde de woorden monotoon voor zich uit, en ze kwamen in het linnen terecht. Er ging geen uur voorbij zonder dat ze aan hem dacht. *Misschien zien we elkaar ons hele leven niet meer.* Waarom het ogenblik voorbij laten gaan? Ten slotte gebruikte ze het woord, uw geliefde, maar wanneer, verdomme, waren ze elkaar met 'u' gaan aanspreken?

Ze had geschreven dat hij moest komen om haar te bezoeken. Onder het voorwendsel dat hij haar idiote werkgever wilde zien. Ze was vertrokken. Hij was te laat gekomen. Met bijna verlamde handen opende hij het laatste kaartje. Ze had vanuit de reiskoets aan hem geschreven. Ze smeekte en bedelde; hij was niet gekomen, zou hij haar dan willen schrijven, al was het slechts een voetnoot in een brief van een gemeenschappelijke kennis. Ze moest nu halverwege zijn, op weg naar Wenen.

Hij dacht dat ze nog steeds in Rome was. Binnen handbereik. Dat hij het vuur kon laten doven en haar kon bezoeken. Hij had nooit gedacht dat de brief haar vertrekdatum bevatte.

Hij trok het kapje van zijn mond en hapte naar adem, boog zich voorover met zijn handen op zijn knieën en probeerde tot zichzelf te komen, maar het werd zwart voor zijn ogen. Hij had haar in de steek gelaten, hij had haar van zich weggeduwd. Niet omdat ze te veel ruimte in beslag nam, maar omdat ze zo kwetsbaar en zwak was. Zo verwond. De apotheker, Goethe, Schiller, de moed, alles en iedereen had haar verraden, en hij nu ook.

Hij liep de straat op in zijn witte werkjas, de honden liepen hem achterna, veel blikken volgden hem, was dat maestro Torwalsen in hoogsteigen persoon die op weg was naar huis? Hij liep, zette zijn ene voet voor de andere, maar hij zag niets, hij probeerde plannen te maken. Nee, dat ging ook niet. Hij had alles kapotgemaakt. Hij had de lafheid laten zegevieren.

Nu had hij haar in de steek gelaten, net zoals hij Frances had laten verdwijnen.

Toen hij bij zijn huis aankwam, zwalkte hij de trap op en joeg de jonge signore Buti opzij, geen sprake van, geen verstoringen en geen gevoelens en gezichtsuitdrukkingen van medeleven. Hij was alleen en hij wilde alleen zijn. Alleen zijn honden liet hij binnen.

Alle luiken moesten dicht en hij moest de geluiden buitensluiten. Met slechts één brandende kaars waagde hij opnieuw Frances' brief door te nemen. Hier zat een man van bijna vijftig te lezen hoe de pijn van zijn geliefde zwaar en oud van het papier drupte. Hij zat ineengedoken, daarom was het moeilijk om diep adem te halen, hij begon te hoesten en er ging een vervelende beweging door zijn lichaam tot in zijn armen. Hij schokte en trilde, probeerde zijn tranen in bedwang te houden, maar moest opgeven, geluid en lucht wilden naar buiten.

Waarom kende hij niet dat gevoel waarvan elk woord schreeuwde, huilde en jammerde? Waarom mocht hij niet op die manier liefhebben? Slechts één keer in zijn leven. Te weten hoe het voelde om gelijkwaardig lief te hebben. Te weten dat hij precies net als zij liefhad, evenveel, even echt en ontegenzeggelijk. Want dan bestonden er geen belemmeringen. Had hij haar liefgehad, zoals ze hem blijkbaar liefhad, dan zou hij haar het hof hebben gemaakt toen ze instortte. Dan had hij haar kunnen redden.

Tranen boden geen verlossing, dat wist hij. Toch verzette hij zich niet toen ze over zijn wangen begonnen te lopen. Niet alleen zijn ogen huilden, de tranen en de krampen van zijn mond waren bijzaak. Zijn hele lichaam deed pijn en liet zich in smart wiegen.

1820

Hij had gedacht dat het gerucht over zijn twee vrouwen niet buiten Italië zou komen, maar nee. Hij keek in scherpe, veroordelende blikken – en tegen beledigde ruggen aan. Alsof ze een vermoeden hadden. Ze vonden hem berekenend, hoorde hij. En echte Don Juan. Er waren zelfs mensen die dachten dat zijn relatie met Frances en Fanisca verband hield met zijn bekende vermogen om geld te verdienen. Hij was door en door berekenend, een knaap uit de goot, daar kon je niets anders van verwachten.

Hij probeerde uit te leggen dat hij met veel minder vrouwen een relatie had gehad dan de meeste kunstenaars van zijn leeftijd. Bij hem waren het alleen mejuffrouw Kurzhals en Anna Maria geweest. En daarna tegelijk Fanisca en Frances. Ze zagen hem als een liederlijke bohemien die aan de lopende band vrouwen verleidde. Hij vond echter dat hij maar weinig relaties had gehad, die ook nog eens op niets waren uitgelopen.

Hij besefte opeens ook hoe onbekend hij was. Wellicht was dat een gezonde zaak. Zijn oude vrienden waren dood en verdwenen, hij kwam nu in een ander Denemarken terecht, een land dat hem niet veel meer te zeggen had. Toen hij het verliet, had iedereen Franse kranten gelezen om van de gang van zaken in de wereld op de hoogte te blijven. Nu maakten de mensen zich alleen druk om wat er binnen de eigen grenzen gebeurde. Ze hadden zichzelf opgesloten.

Net zoals het havengebied Holmen verlaten en leeg was en op de stad uitkeek – als een knap vrouwengezicht dat een mond met verrot tandvlees zonder tanden opende. Ze hadden het contact met de echte wereld verloren. In die wereld werd hij aanbeden als de wedergeboorte van Phidias, maar hier verwelkomde men hem met gematigde belangstelling. Hij had zijn vaderland verlaten, dus zou hij er vast en zeker opnieuw vandoor gaan. Dat zou hij dan ook doen zodra de gelegenheid zich voordeed, hier kon je toch onmogelijk leven.

Toen de onrust wat minder was geworden, begon hij te vragen naar de mensen die hij graag had willen ontmoeten. Ida Brun was een van hen. Hij wilde zo graag haar volwassen gezicht tussen zijn handen voelen, haar wangen vormen en haar een begripvolle glimlach geven. Als volwassen vrouw moest ze fantastisch zijn geworden, mollig als haar moeder, scherp als haar vader en baas over haar eigen lichaam.

Maar Ida was getrouwd, hoorde hij, met een ambassadeur, een man die veel ouder was dan zij en over weinig schoonheid beschikte. Daarentegen was hij leuk en totaal niet verwaand. Ze zat op zijn knie en vertelde domme grappen en hij hield van haar om wie ze was, zijn lieve Ida, niet Adelaïde. Iedereen verbaasde zich. Alleen Bertel niet; na een paar uur lang passend geschokt te zijn geweest, had hij grote opluchting gevoeld bij de gedachte. Ida in goede handen, eindelijk. Hij durfde er een eed op te doen dat ze nu goed at, zonder over te geven, en dat de Ida, wier gezicht hij had vormgegeven, op zichzelf leek. Misschien was ze te dik geworden?

Ze zeiden ook dat Ida een leeghoofd was. Nu ze nog maar zelden optrad, was ze niet meer dan een mooi meisje, niets bijzonders. Wat een bevrijding. Ze had zich vrijgemaakt. Nu was ze alleen een mens. Zoals de oude Wie zonder grafmonumenten, maar met elke dag eten op tafel en een dak boven het hoofd.

In Kopenhagen waren maar een paar mensen die voor hem van betekenis waren. De weinigen die bij hem op bezoek kwamen, wilden een nationale grootheid zien die even op bezoek was. Maar dankzij Christian Frederik en zijn gezette vrouw kon hij toestemming krijgen om de voltallige koninklijke familie te vereeuwigen.

Hij zou zijn best doen voor de koning, diens domme koningin en twee weerzinwekkende dochters. Niet dat hij een goed salaris verwachtte, maar het herscheppen van het hele Koninklijk Huis was een eervolle taak. De Denen waren zulke snobs geworden, ze zouden alleen al door de geruchten om hem heen fladderen. Byron, Metternich, de Russische tsaar, hen kon hij in marmer creëren zonder dat de Denen er aandacht aan schonken. Maar wanneer hij een afbeelding maakte van hun houterige, geesteloze koning die sinds het Congres van Wenen van geen enkele betekenis meer was, moest hij wel GROOT zijn. Hij kon het niet opbrengen hen eraan te herinneren dat de keizer om zijn Alexander-fries had gevraagd. Hij kon helemaal niets meer opbrengen.

Misschien kon je van je eigen vrienden en kennissen profiteren. De jonge schilder Christoffer Wilhelm Eckersberg, die hij jarenlang in Rome achter zich aan had gesleept, scheen een waarachtig fenomeen in Kopenhagen te zijn geworden, weliswaar bij gebrek aan beter. Abildgaard was dood. Eckersberg scheen de armzalige rommel die hij in Rome had gemaakt, te hebben opgegeven, hij schiep mythologische scènes. Hij was ook Nena volledig vergeten, het model met wie hij in Rome had samengeleefd. Bertel wist dat hij voorzichtig om moest gaan met die zelfbewuste, keurige man. Hij vroeg Eckersberg eerbiedig om advies over de koning, en Eckersberg glimlachte sluw en toonde hem een schets. De koning kon zelfs de meest geharde krijger tot tranen brengen. Hij had Eckersberg aangegaapt toen die voor het eerst had geprobeerd een schets van zijn gezicht te maken. *U vindt ongetwijfeld dat ik lelijk ben als de erfzonde*, zei de koning en hij friemelde aan zijn veel te grote sabel. Eckersberg ontkende, andere mogelijkheden waren er toch niet? En vroeg vervolgens de koning verbouwereerd om met de zijkant naar hem toe te gaan staan, zodat hij de monarch en profil kon tekenen. Dat hielp. De koning kon recht bij de tafel staan, steunend op zijn sabel, en met een lege blik in de toekomst staren.

Het haar van de koningin was interessanter dan zijzelf, maar hij gaf niet op voordat hij haar spitse neus, haar lelijke kin en merkwaardig oude gelaatstrekken had vastgelegd. Niets was meelijwekkender dan mooie, domme meisjes die ouder en oud werden zonder iets te hebben geleerd. En hun dochter Caroline gaf hij de onderbeet waarvan het lot haar had voorzien. Ze sjokte en had een man moeten zijn. Als haar vader kon regeren, dan kon Caroline dat ook wel, bedacht hij. Ze hadden het bij het verkeerde eind gehad toen ze vonden dat de beste mannen van het rijk moesten regeren. Die kleine albino deed dat al sinds zijn confirmatie. Hij had in elk geval zijn metier geleerd. Dat sloot hem buiten het normale leven, maar zo ging dat als je veel macht had.

Bertel was aan de late kant, besefte hij. Zijn hele wereld was in overeenstemming met de tijd, al sinds het blote gezicht van Bernstorff zich in marmer openbaarde, al sinds Jason als zinnebeeld bestond. Hij had gezien hoe de tijd zijn beelden gebruikte, keer op keer. Hij had zich zo zeker gevoeld. Toen brachten ze Bonaparte ten val en verlangden een nieuwe tijd. Of een oude.

Jarenlang had hij zich afgevraagd of je nu terug moest keren naar de plooien, linten, strikken en pruiken uit zijn jeugd. Maar nee. Men scheen nog steeds standbeelden te willen hebben van glanzend wit marmer uit Carrara, groot en goedgemaakt. Men wilde alleen andere motieven – en, hoe gek dat ook klonk, nog meer grootsheid. Hij kreeg de meest grandioze opdrachten. Gedenkstenen! Grafmonumenten! De oude Wie zou uit zijn vel zijn gesprongen en zich opnieuw hebben verdronken...

Maar in deze stad en omringd door deze zielen kon Eckersberg de plaats van Abildgaard overnemen.

Hij vond de koning veel gemakkelijker om mee te werken dan hij had gevreesd. De man glimlachte onbevangen naar hem en sprak enkele mooie woorden: dat hij Denemarken in het buitenland een grote naam had bezorgd. Niet zo'n dwergstaatje, maar Thorvaldsens thuisland. Bertel wilde het niet over IJsland hebben. En ook niet zeggen dat hij zijn aankomst in Rome als zijn eigenlijke geboortedatum beschouwde.

Hij nam het besluit met zijn handen vol klei, nog voordat hij met de vormgeving van de buste was begonnen, alleen het gezicht zat in zijn vingers. Hij wilde onder geen beding liegen. Het marmer verfraaide altijd, zelfs die kleine, broodmagere, vermoeiende koning zou een aura van trots krijgen. Zijn rimpels zouden verminderen en de verkleuringen verdwijnen. Maar zijn gelaatstrekken zouden eruitzien alsof ze volgens een afgietsel waren gemaakt. Dat zou ook het geval zijn met zijn vulgaire, stomme vrouw en de twee angstaanjagende dochters. Caroline zou haar domme blik kwijtraken en Vilhelmine, die zo mogelijk nog dommer was, zou hij er heel lieflijk uit kunnen laten zien, gewoon door haar onvoltooide gelaatstrekken weer te geven. Zo moest de koningin eruit hebben gezien als jong meisje, hij kon zien hoe haar lieftalligheid in verval was geraakt, omgeven door bevallingen, sentimentaliteit en dode kinderen.

De koning vroeg niet of hij een republikein was. Bertel was ervan overtuigd dat de koning van mening was dat geen enkel mens bij zijn volle verstand – en al helemaal geen Deen – republikein kon zijn. In de stad werd gezegd dat zijn zuster dat was. Republikein en revolutionair als in '94. Dat was een goede zaak. Iemand moest het verleden heilig houden.

De koning leek niets op zijn buste tegen te hebben – ook niet toen Bertel zijn magere borst ontblootte, zonder ontwikkelde musculatuur, als op een antiek werk, als op een portret van een Romeinse senator. Hij had zorgvuldig een borst geschetst, waarvan iedereen kon zien dat het een puur verzinsel was en niet het lichaam van de koning. De koning zelf leek buitengewoon tevreden te zijn dat hij zich eindelijk correct weergegeven zag, zonder vals respect.

'U bent geweldig!' zei hij in zichzelf, bijna verwonderd, en keek in zijn eigen vreemde gezicht.

Reventlow was een getergde, oude man, maar nog steeds de enige van wie Bertel wist dat hij groter was dan hijzelf. Hij was in omvang toegenomen sinds Bertels jeugdjaren in Kopenhagen, hij proestte bij elke beweging, zijn borst leek een blaasbalg te zijn geworden en hij liep slecht. Altijd droeg hij de groezelige, blauwe band over een versleten rok die nog uit de vorige eeuw leek te stammen.

Dat gold voor hen beiden, overblijfselen uit het verleden.

Bertel wilde graag met de oude man over politiek praten en horen hoe de situatie nu in Denemarken was. Waren er nog mensen van de oude garde over uit clubs uit de jaren negentig? De wilde lieden, de schrijvers Malte Conrad Bruun en Heiberg en regisseur Rigels, atheisten en republikeinen.

'U moet toch toegeven, Thorvaldsen, dat ik de eerste was die terecht prijs stelde op uw uitmuntende talent?'

De zon verbleekte rondom hen en Bertel liet zijn handen zakken. Dat had hij echt gezegd, die oude man. Een uitmuntend talent. Reventlow had hem op weg geholpen, en nu wilde hij met de eer gaan strijken.

Hij praatte bijna liever met de kleine albinokoning, die deed tenminste niet alsof hij verstand had van kunst. Allemaal wilden ze wel íéts van hem. Ook mevrouw Brun, die vond dat zonder haar bemiddeling niemand Jason zou hebben gezien.

Het was 11 augustus en hij werd wakker met het bevrijdende gevoel: hij wist eindelijk dat hij op weg was naar huis. Dat woord had iedereen gekrenkt, wist hij, dus slikte hij het in en verving het door Rome. Nee, hij zou waarachtig niet naar huis...

Hij zou langs het landgoed Gisselfeld reizen om die straatarme familie te bezoeken van wie de oudste dochter met de hertog van Augustenborg zou trouwen. Hij wist dat hij alleen maar uitgenodigd was omdat hij dan niet kon weigeren om de bruid en bruidegom te boetseren. De jonge driftkop was helemaal vergeten dat hij een paar jaar geleden royaal bestellingen had geplaatst, dat beeld en dat beeld wilde hij uit marmer gehouwen hebben. Hij had zelfs niet gevraagd om de kant-en-klare portretbustes geleverd te krijgen, laat staan dat hij de eerste aanbetaling had gedaan. Het maakte Bertel niet uit, het maken van de bustes was een waar genoegen geweest, en hij verkeerde graag in het gezelschap van jonge mensen.

Kon hij zich maar van die oude Reventlow losmaken, die altijd en overal macht over hem wilde uitoefenen, alsof hij nog steeds een bestaanloze jonge academiestudent was. Reventlow wilde dat hij niets anders dan gipsen reliëfs maakte die als altaarstukken in plattelandskerken konden worden gebruikt. Waar had die man dat onzalige idee toch vandaan? Alsof hij al niet meer dan genoeg te doen had.

Hij wist dat hij nog een lange weg te gaan had. In de koets keek hij op de kaart en bracht enkele potloodstrepen aan. In Wenen woonde Fanisca. Hij had er geen idee van waar Frances zich bevond, waarschijnlijk in Schotland, en hij was niet van plan daar ooit voet aan wal te zetten. Hij zou door Berlijn en Dresden gaan. Dat betekende dat hij enkele voor hem onbekende steden kon bestuderen. En door Warschau, waar hij over dat enorme ruiterstandbeeld van vorst Poniatowski moest onderhandelen.

Over dat standbeeld had de koning met geen woord gerept. Poniatowski was een maarschalk van de keizer en een Poolse patriot geweest. Bertel bewonderde hem, maar hij wist ook dat al die ooit grote mannen nu door de tand des tijds waren ingehaald. Wanneer er in hun woonplaats een monument voor hen werd opgericht, waren ze pas echt geschiedenis geworden, zelfs een onschuldige geschiedenis. Polen was geen land meer, maar een Russische provincie.

Met een beetje geluk zou hij ook Krakow kunnen zien; die stad was een mengeling van allerlei Europese invloeden, van angstaanjagende barbaarse gotiek tot de rococo van de generatie van zijn ouders.

Niemand was de baas over hem. Hij kon naar het theater gaan wanneer hij wilde, waar hij wilde en met wie hij wilde. Anna Maria had geen macht over hem. Haar brievenstroom was opgedroogd en dat vond hij prima. Als hij geluk had, had ze een nieuwe man ontmoet. Zij was de enige die hem in Rome verwachtte, hij kon de gedachte niet verdragen. Zelfs de honden had hij niet aan haar durven toevertrouwen. Die had hij aan zijn leerling Freund gegeven. Nu verlangde hij naar ze, het deed hem geestelijk pijn – hij verlangde naar rustige, vruchtbare dagen met voorspelbare tederheid en goed werk.

Ze stond voor hem in al haar zwarte, fonkelende pracht – hij herkende de jurk, maar ze had nieuwe zijden linten gekocht en nieuwe sieraden, haar haar was glanzend, glad en opgestoken, met kleine, rode kunstbloemen in een krans.

Hij zag niets anders, zij zag niets anders. Het was alsof hij haar nooit verlaten en verraden had, en zijn gemoed sloot zich om de wond. Vannacht zouden ze in elkaars armen rusten, en morgen? Hetzelfde.

Hij had haar brieven bij zich, hij had geleerd uit haar pijnlijke liefde te putten: toen ze van zijn gewijzigde reisplannen hoorde, had ze gehuild, dat schreef ze eerlijk, en hij verslond de woorden. Als ze had besloten hem te vergeten, wat dan?

'Ik ben gisteren aangekomen,' fluisterde hij in haar oor. 'Ik logeer in Erzherzog Carl, we arriveerden op het moment dat de klokken van de Stephansdom beierden, ik was vergeten dat het zondag was...'

Ze knikte slechts, zonder hem aan te kijken, dit was voldoende. Drie weken kon hij in Wenen blijven. Drie weken, ze konden met elkaar spelen. Anna Maria's brief bereikte hem op de dag voordat hij zelf in Wenen aankwam. Als hij zelfs maar met Fanisca een dansje zou wagen, zou ze Elisa de keel doorsnijden – en zichzelf. Hier was hij, samen met zijn echtgenote.

Een wereldberoemd kunstenaar zijn had zo zijn voordelen. Nog nooit eerder had hij een vrouw meegenomen naar een hotelkamer en al helemaal niet op zo'n voorname plek als Erzherzog Carl. Niemand vroeg wie die in het zwart geklede vrouw was die aan zijn arm liep, en Fanisca schreed met hem door de foyer alsof zij de eigenares was.

Zij had over haar schaduwleven gesproken, dat ze nu echter achter zich had gelaten. Frances zou het nooit hebben begrepen, maar hij wel. Mevrouw Brun vond ongetwijfeld ook dat het leven uit ervaren en ontdekken bestond. Fanisca wilde werken.

'Wil je weer toneelspelen?' vroeg hij, terwijl ze aan het raam stonden en in de nachtelijke duisternis hun ogen over Wenen lieten gaan. Ze sloeg haar arm om zijn middel en schudde haar hoofd. Nee, van het theater had ze genoeg, dat was al zo toen ze zestien was.

'Wanneer heb je voor het laatst marmer bewerkt?' vroeg ze. O, dat was lang geleden. Dat joeg hem geen angst aan. Op dit moment was hij ergens mee bezig wat oneindig veel beter was.

Ze was weg toen hij wakker werd, maar haar geur hing nog overal en bij het hoofdeinde van het bed stond een piepklein kopje met een brief. *Het eerste vriendelijke goedemorgen in Wenen*, schreef ze. Ze hadden toch de afspraak om elkaar in de loop van de ochtend te ontmoeten? Ze dacht dat iedereen hen als paar zou uitnodigen en de vorstin had haar met een glimlach vrijaf gegeven.

Dit was een zeldzame blik in een ander leven. Hij had er toch ook zelf voor kunnen kiezen om op die manier te leven? Een goed, conventioneel mens, die door het lot was uitverkoren om de enige ware te ontmoeten. Een ongehuwde vrouw die van hem hield. De ware, die je gewoon je hand kon reiken, waarna ze in je armen en leven zou glijden en een plaats in zou nemen waarvan je de leegte nog niet eens had beseft. Het was alsof hij een ander mens was terwijl hij in Wenen speelde.

Fanisca had gelijk, iedereen beschouwde hen als een paar. Het was alsof ze al jarenlang bij elkaar hoorden. Laat op een nacht vroeg hij haar of ze volgens haar konden trouwen. Hij wist zelfs niet of ze religieus was of dat ze familie had met wie hij eerst moest overleggen. Ze was zo zijn gelijke geweest, zonder banden en zonder middelen, vrij als een vogel en volgzaam. Zoals hijzelf was geweest toen hij naar Rome was gekomen.

Ze leek zijn vraag echter niet serieus te nemen, de tijd waarin ze van richting konden veranderen, worden en doen als alle anderen, was voorbij.

'Ik kan me niet aan jou meten,' zei ze ontwijkend. 'Ik dacht dat ik dood zou gaan toen ik Rome verliet zonder een woord van jou. Ik dacht dat je wilde zeggen dat ik ongewenst was, net als Frances.'

Dat vond hij geen bevredigend antwoord, dus stelde hij de vraag nogmaals, en deze keer schudde ze het hoofd. Nee, niet trouwen.

'Je moet met iemand anders trouwen,' smeekte hij haar, 'zoek de aardigste en beste en neem hem. Laat mij jouw leven niet kapotmaken.'

Hij had verwacht dat ze zou gaan huilen, zich om zijn hals zou werpen – of op zijn minst in lachen zou uitbarsten en weigeren. Voor deze ene keer wist ze hem te verbazen. Ze had al een ander ontmoet, dat wist hij zeker. Als hij geen andere mogelijkheid had, dan kon hij er toch minstens voor zorgen dat ze mocht leven. Eindelijk. Voor zichzelf.

Terwijl hij Wenen verliet, kreeg hij zin om haar terug te zien. Er bestond geen twijfel over dat ze elkaar telkens weer zouden tegenkomen. Wat zou haar tegenhouden om naar Rome te reizen? De gedachte kwam bij hem op dat ze daar wellicht geen geld voor zou hebben. Dat de man met wie ze zou trouwen, niet zou goedkeuren dat ze een oude minnaar zou bezoeken.

Hij had haar nodig. Niet morgen, niet over twee jaar, maar nu. Hij had deze afwisseling in de eenzaamheid nodig. Maar hij had zelf gekozen, en toen hij de keus maakte, had dat goed gevoeld. Hij was niet eenzaam, slechts alleen, dat had een dame in Kopenhagen hem uitgelegd. Alleen, niet eenzaam. Maar Fanisca was zo gemakkelijk en vanzelfsprekend om samen mee te zijn. Hij had zin om met zichzelf te praten, nu hij haar miste. Hij had haar nodig! Lieve God, hij zou nooit meer een waarachtig mens zijn als hij haar op deze manier verliet.

Hij opende het raam van de koets en greep de omlijsting met zijn vrije rechterhand, alsof hij zich vast moest houden en de verleiding weerstaan. Het was alsof de gedachte hem de adem benam, dat hij haar misschien nimmer meer zou zien. Als er íémand was die zijn leven voor eeuwig moest verlaten, dan moest dat Frances zijn. Fanisca was voor eeuwig en altijd de zijne.

Als hij Anna Maria niet had beloofd om nooit te trouwen. In Rome had die belofte weinig voor hem betekend. Nu hield hij die onafgebroken voor ogen, als een verdediger voor de rechtbank die slechts één betrouwbaar bewijsstuk in handen heeft.

Hij zou toch niet de rest van zijn leven zonder haar moeten doorbrengen? Die gedachte was weerzinwekkend, maar hij kon niets doen. Nu verliet hij Wenen en wat was dan de zin van alles? Meer beelden, altijd meer beelden. Hij wist wat hij nodig had. Zijn handen in de klei, meer kopieën, gezichten scheppen en herscheppen. Nooit zijn naasten.

Nooit zijn naasten.

Daaraan had hij nog nooit eerder een gedachte gewijd. Alleen Schubart had hij van marmer gemaakt. Het was alsof hij afstand van hen nam, terwijl hij hen in enorme, overdreven hoofden veranderde. Al hun zwakheden kwamen naar voren en alle gelaatstrekken onthulden eigenschappen die ze helemaal niet bezaten. De gezichten hadden hem angst ingeboezemd. Nooit meer zijn naasten zo na komen. Portretten van hemzelf, die kon hij laten schilderen. Dat was veel beter. Geen aanstellerige verkenning van eigen gelaatstrekken en geen blootstelling van zijn geliefden.

Hij haalde opgeluchter adem toen de koets de voorsteden van Wenen achter zich liet. De wereld was mooi en veranderlijk. Hij was op weg naar huis. Hij moest zich leren beheersen. Zij wilde hem niet meer en wat had het voor zin dat hij haar nodig had? De hele wereld zweeg, maar binnen in hem schreeuwde het, stom en snijdend, door het vlees heen naar het hart. Ik heb haar nodig. *Ik kan niet goed zonder haar leven. En dat is nu juist wat ik wél moet.*

1821

Het kwam niet doordat hij van een grote verzoening had gedroomd. Hij vond alleen maar dat hij Anna Maria zijn aanwezigheid verschuldigd was. Thuis, in zijn eigen appartement, was een van zijn honden tijdens zijn afwezigheid doodgegaan, een bruine, dakloze pup zonder baasje, die hij kort voor zijn vertrek in huis had genomen. Ze hadden zelfs niet de moeite genomen hem te vertellen dat het diertje dood was. Nu moest hij kijken of er nog andere schade was.

Niets leek veranderd. En toch.

Hij had zijn huis achtergelaten zoals het nu eenmaal was – hij leed geen nood, hoewel de vertrekken langzamerhand vol stonden met modellen en prullaria. Hij opende de deuren en keek om zich heen, vol verbazing en met een beklemd gevoel. Iets was zijn hol binnengeslopen. Iemand had opgeruimd.

Het was alsof hij aan geheugenverlies leed.

Dat was vlak voordat zijn gezichtsvermogen minder werd. Hij had gehoopt dat dit jaar, dat alles in zijn leven veranderd had, ook een vorm van vernieuwing in zijn achtergelaten kaders had gebracht. Maar nee. Dit was geen vernieuwing. Dit was een overval.

Hij wist heel goed dat signora Buti elke gelegenheid aangreep om te proberen zijn huis binnen te komen om dat te verfraaien, om er rond te rommelen en er systeem aan te brengen. Ze vond dat hij te veel dingen bewaarde. Te veel honden in het kleine appartement. Hij was blij met haar zorg zolang die niet te ver ging. Ze moest vooral de gaten in zijn kousen stoppen, knopen aan zijn rok en jas naaien en nieuw linnengoed kopen. Ze nam hem onderzoekend op, elke keer als hij, behangen met onderscheidingen, voor een vergadering de stad in ging. Ze baande ook een pad tussen modellen, koffers en spullen die hij van straat en de vuilnisbelt had meegenomen.

Maar nu had ze zijn huis netjes gemaakt.

Pas nu zag hij het duidelijk en zonder emotie, als door vreemde ogen – thuis in Aabenraa, de Grønnegade, waar dan ook maar, de tafel gedekt met gemorste brandewijn, boeken die aan de onderlaag zaten vastgeplakt, kleiklonters en gemorste tabakssaus.

Hij had haar gevraagd af te stoffen en te luchten.

Op tafel lag een hele stapel opengevouwen vellen papier, brieven die hij opzij had gelegd, boven op een stuk grof papier, parels en edelstenen, die herinnerde hij zich nu, ach ja, die had hij van een Joodse juwelier gekocht, die had Frances moeten krijgen. Hij stopte ze in zijn zak en probeerde een zitplaats te vinden. Alles maakte zo'n schone, mooie indruk als in het huis van een vreemde. Nee, hier kon hij niet zitten, dat kon hij niet opbrengen.

De Buti's waren in zijn leven geen echte personen. Ze vervulden functies, het waren vriendelijke, oppervlakkige mensen die een beschermd leven leidden. Pas nu werden ze mensen voor hem. Hij moest hen leren kennen, hen niet alleen knopen aan zijn jassen laten naaien.

Hij keek uit het raam, stond achter de opengeklapte luiken en probeerde zich ermee te verzoenen dat hij naar huis was teruggekeerd. Hier was zijn werk en de hem bekende wereld. Kon hij Rome maar naar Kongens Nytorv in het centrum van Kopenhagen verplaatsen, dan zou hij tevreden zijn. Als hij op elk willekeurig moment naar Wenen kon reizen om Fanisca te ontmoeten.

De honden waren hem niet vergeten en neuriënd opende hij zijn post, hij stofte af, genoot ervan weer tussen zijn eigen spullen te zijn. Ze konden gemakkelijk zeggen dat hij zijn woning niet gezellig had ingericht, maar hij voelde zich het best als hij door zijn modellen omringd werd. Het waren louter bekende gezichten die het beste met hem voor hadden. Moest hij zich dan niet goed voelen in hun gezelschap? Hij moest er nog een aantal uit het atelier gaan halen.

Zijn Fanisca had een man ontmoet die veel jonger was dan zijzelf en die Stanislas was hopeloos verliefd. De man was zo mooi als de dood en een en al elegantie. Wat moesten die twee goed bij elkaar passen. Hij las de brief keer op keer rustig opnieuw, klemde zijn lippen op elkaar en probeerde kalm te blijven. Het was een goede beslissing geweest om niet naar haar in Wenen terug te gaan. Maar hij had haar teruggezien, slechts één keer, voor ze zichzelf aan Stanislas gaf.

Iemand klopte op de open deur die voor de weldadige tocht in het huis zorgde. Hij wist, ook zonder zich om te draaien, dat het Anna Maria was en dat ze bang voor hem was. Bang voor de man die ze terugkreeg, of hij harder zou blijken te zijn dan voorheen. Een bedompt gevoel van verwachting omringde hem, een soort vreugde, ze had hem gemist, aan hem gedacht, misschien zelfs naar zijn gezelschap verlangd. Terwijl hij het druk had gehad, had zij kunnen nadenken, borduren en zich kunnen afvragen wat de toekomst zou brengen.

Om zichzelf niet bloot te geven, draaide hij zich langzaam om, bijna demonstratief langzaam. Terwijl hij het effect van zijn eigen handeling berekende, kwam het weer bij hem boven, maar zo langzaam dat hij er niet in slaagde zichzelf een halt toe te roepen. Precies op dezelfde manier had Willerup zich tot zijn vader gewend.

Willerup stond aan zijn bureau, waarop meer prullaria dan nuttige zaken stonden, en Gottskalk liep met gebogen rug op hem af om niet te groot te lijken. Gottskalk had zijn ogen neergeslagen, Willerup ook, hun blikken kruisten elkaar nooit. Overal was verlies.

Nu stond hij zelf aan een tafel haar aan te staren en zij sloeg haar ogen naar hem op, een blik waarin verwondering en een smeekbede lag. Ze was te trots om hem om de nek te vliegen. Trots, bang en oplettend. Dit ene verschil gaf de doorslag: ze piekerde er niet over zich te buigen.

'Ik dacht al dat jij het was,' zei ze en ze knikte. Stopte haar handen onder haar sjaal. Het was een prachtige witte sjaal, van schitterende zijde, met vlammende borduursels, bloemen waren het, allerlei bloemen. Waarom had ze zich mooi gemaakt? Van blijdschap over zijn thuiskomst? Om hem terug te winnen? Had ze geld over de balk gesmeten terwijl hij weg was? Had een nieuwe minnaar haar de sjaal geschonken?

'Ben je blij dat je weer thuis bent?' vroeg ze. Ze spande haar boog strak. Hij wilde glimlachen, maar zijn gezicht was stijf en zijn rechterhand lag als een klomp op tafel. Als hij die naar zijn gezicht zou brengen om zijn haar op orde te brengen, zou hij trillen en zijn doel nauwelijks bereiken. Dus moest hij blijven liggen.

'Ja, ik ben blij dat ik thuis ben,' antwoordde hij schor, 'maar het was goed om op reis te zijn. In Denemarken is alles veranderd.'

'Je bent zo lang weg geweest, nu is dit je thuis,' fluisterde ze, terwijl haar handen onzichtbaar onder de sjaal iets uitspookten. 'Jij bent een van ons.'

'Deens ben ik in elk geval niet meer,' zei hij met een glimlach.

'Kom je bij me eten?' vroeg ze. Hoe rustiger hij sprak, hoe stiller zij werd, het was alsof ze had besloten hem op alle mogelijke manieren tegemoet te komen. Natuurlijk wilde hij bij haar eten.

Toen viel er een stilte tussen hen.

Hij kon zich niet bewegen, zij bleef staan luisteren, in zichzelf gekeerd, op die manier kon het uren doorgaan. Maar dat mocht niet gebeuren. Na al die jaren hadden ze toch wel iets te zeggen? Hij keek om zich heen, nee, niemand kwam achter haar de trap op. Ze was alleen gekomen. Tussen hen in stonden twee onzichtbare kinderen, hij kon hun hartslag in die van hemzelf voelen, maar ze waren verdwenen.

Ze was in het appartement, Elisa. Hij kon haar voelen als verwijtende nabijheid en hij was nieuwsgierig, maar durfde de harmonie met Anna Maria niet te verbreken. Hier zat hij zich ongegeneerd vol te eten, hij bleef maar eten en dankzij de wijn werd hij spraakzaam. Had hij werkelijk naar haar verlangd? Hij had geen idee. Het was alsof hij nooit weg was geweest en toch was de verhouding tussen hen uit balans geraakt.

'Jij bent tevreden dat je thuis bent,' zei ze terwijl de borden werden afgeruimd. Er lag bitterheid in haar stem. Ze kon hem in elk geval van eten voorzien. Hoeveel echtparen van hun leeftijd waren er die meer gemeenschappelijk hadden dan wat zij hadden?

'Hoe lang wil je me straffen?' vroeg ze toen, volkomen onverwacht en zonder hem aan te kijken. Ze keek naar haar eigen hand, waarvan de vingers op de tafel rustten. Fijne rode vingers zonder veel rimpels.

'Hoe lang wil je me straffen? Je had hem toch in de gaten kunnen houden. Telkens als ik slaap, zie ik het voor me. Ik zie mijn eigen hand die ik uitstrek, maar het is te laat, hij is al gevallen. Ik wilde immers niet dat hij doodging. Ik strekte mijn hand te laat uit.'

Hij legde zijn handen beschermend over zijn oren, want ze had gelijk en hij kon haar nooit gelijk geven. Ze pakte Carlo van hem af en nu had hij Elisa uit zijn hart gebannen. Anna Maria had alles genomen. Haar leven was rustig en goed, maar omringd door schuld. Hij werkte.

'Zo, jij wilt dus de waarheid niet horen,' lachte ze terwijl ze overeind kwam, 'dan kun je hier blijven zitten met je herinneringen. Ik ben voldoende gestraft. Ik wil niets meer uit jouw mond horen. Je hebt ons allemaal in de steek gelaten.'

Ze vloog weg, met die prachtige sjaal achter zich aan waaiend, de franjes stoften de vloer af. Ze had gelijk.

Hier zat hij nu, de man die ooit Carlo, Anna Maria, Frances en Fanisca had gehad en die hevig naar Kopenhagen verlangde, naar die bitse bleekscheet van een koning en zijn onmogelijke familie. Hij verlangde naar een veel kleinere wereld, waarin niemand naar zijn privéleven vroeg, maar hem met dwaze eerbied behandelde. Die bood bescherming.

Hij moest meer wallen om zich heen bouwen, meer geld verdienen, meer beroemdheid vergaren. Dat hielp en uitsluitend dat. En een reis naar Wenen, maar zij was immers allang uit zicht verdwenen, Stanislas had haar meegenomen en niets voor hem overgelaten, behalve de herinnering aan haar schaduwleven en de apotheker in Zwittau. Dat verhaal vertelde ze vast niet aan Stanislas. Dat had ze speciaal voor hem bewaard, waarna ze zich had bevrijd. Bijna.

Misschien kon hij morgen de binnenplaats op sluipen en een glimp van Elisa opvangen, de bediende zei dat ze op haar vader leek, dat wilde hij dan weleens zien. Hoe zou ze op hem lijken? Zeven jaar oud met een breed voorhoofd, grote blauwe ogen en een enorme mond? Blond of donker? Over Carlo's uiterlijk had hij zich nooit verbaasd. Zijn Italiaanse zoontje was volmaakt geweest, logisch, zijn enig kind. Hij had helemaal geen andere kinderen gewenst. Carlo was zichzelf en helemaal vanzelfsprekend.

Elisa was een raadsel.

Hij was zo vreselijk moe. Hij kon zich niet voorstellen dat hij gewoon eenzaam in bed ging liggen om te proberen zich alles te herinneren. Er was vast wel verstrooiing te vinden in de stad, een toneelstuk of een opera. Hij hoefde de taal niet te begrijpen, als hij maar een paar uur in het parket mocht zitten om licht en geschminkte gezichten te zien en het begripvolle gelach en de reacties van anderen te horen.

'sNachts werd hij badend in het zweet wakker, hij rook haar geur en voelde zich ondanks alles veilig, hij voelde zich thuis, omhuld. Nu was het te laat om haar om vergeving te vragen voor zijn eigen ontbrekende vergeving. Hij wist niet meer wat ze moesten zeggen, maar als ze alleen waren in het donker, ging het toch beter. Daarin bestond geen tijd. Hij had het ergste verwacht toen hij naar Rome, zijn werkplaats en zijn leerlingen terugkeerde. Maar de grote, louche hondenogen van Freund waren veel erger dan welke bedreiging dan ook die hij zich tijdens de lange reis had kunnen voorstellen. Freund stond roerloos voor hem met twee boetseerstokjes in zijn hand, hij zat onder de klei en het gips en had gipsstof in zijn weerbarstige lokken. Je zou daar een portret van moeten maken, bedacht Bertel.

Die zo gehoorzame, bereidwillige leerling. Deens, ijverig en in staat om te leren. Maar wat Bertel ook probeerde, Freunds inspanningen resulteerden allemaal in dezelfde klonterige lichamen. Als je hem een gipskopie gaf die hij exact op dezelfde manier uit marmer moest hakken, kwam er iets heel anders tevoorschijn. Daarom durfde hij geen gezichten en handen aan Freund over te laten. Nu moest hij Freund gaan teleurstellen, alle afspraken, het hele contract. Alle beelden voor de Vor Frue-kerk.

'Maar mijn standbeelden dan,' zei Freund en hij schraapte zijn keel. Hij ademde nog meer gipsstof in, hoestte en kuchte in zijn mouw.

'Wat gebeurt er met mijn standbeelden? Mijn discipelen? Daar ben ik allang mee begonnen!'

Bertel had een hele verdedigingsspeech voorbereid, hij had zelfs een paar brieven in zijn hand, eentje van C.F. Hansen, de koning van Kopenhagen. Die man gehoorzaamde je, anders had dat ernstige consequenties.

'Hansen wil mijn beelden in de Vor Fruekerk en in de Christiansborg hebben,' zei Bertel. Hij besefte hoe brutaal dat moest klinken, maar waarom zou je de waarheid mooier maken dan ze was? Nee, ze wilden niet overal Freund hebben staan, ze wilden Thorvaldsen. Eerlijk gezegd, begreep hij hen wel. Hij wilde toch ook liever een tekening van Rafaël als een zegening boven zijn bed hebben hangen dan een tekening die was gemaakt door de begaafde zoon van de buurman?

'Mijn standbeelden,' zei Freund en hij draaide zich om. Ze stonden achter hem, geslachtsloos en met een doek eroverheen, een leger van premature visioenen. Wat waren ze toch meelijwekkend. Als Hansen ze had gezien, zou hij wanhopig zijn geworden. Slechts eentje was bijna klaar in volledig formaat. Daarentegen zou die wel uitstekend passen in de nissen die op wachthuisjes leken en waar Hansen de kunst naar wilde verbannen. Die doodsaaie muren die volgens Hansen de mens op een hoger plan brachten. Ongetwijfeld was de koning, de commanderende sergeant op de troon, enthousiast over Hansens visie. Geen kunst, geen verfraaiing, geen schoonheid. Uitsluitend de strepen en frutsels van de architect. Abildgaard had op de fameuze Hansen en de inhalige *Reventklau* gekankerd. Hun klauwen hadden alles van waarde gegrepen en de kracht eruit geknepen. Hansens vermaledijde steriele ideaalstad. Grauw, grauw, grauw, zonder glimlach.

Freund had hem eigenlijk helemaal niet willen helpen, Freund was zijn eigen baas en op weg een groot kunstenaar te worden. Freund had hem bijna in paniek naar huis geroepen, gigantische statieven waren in het atelier in elkaar gestort en hadden al zijn werken vernield. Zo erg was dat niet, verre van dat. Maar hij moest Freund nu wel alle hoop ontnemen.

De jongeman draaide zich om en greep de dichtstbijzijnde apostel vast, trok aan het gipshoofd en toen dat niet hielp, sloeg hij met een hamer op de apostel Judas los. Dat hielp. De kop spleet uiteen en hij trok een lange groef door het beeld heen. Met de arme apostel erachter ging het net als met Marie Antoinette, het hoofd werd van de romp gescheiden en vloog door het vertrek om tegen de muur aan diggelen te slaan. Het gips stoof alle kanten op.

Bertel greep hem bij zijn arm en maakte dat zijn razernij afnam, gooide hem in de vernielde stoel die in het atelier stond en liet hem uithuilen. Dit was zijn eigen schuld, hij had al deze onbeschoftheid allemaal aan zichzelf te danken. Als hij het opbracht om zijn eigen beelden te maken, maar nee, nu kon hij dat niet meer. Genoeg was genoeg.

Hamer en beitel vormden de lange, moeilijke weg die hij wenste te vermijden. Freund was zijn beste leerling, de anderen moest hij helpen en redden. Freund kon het zelf. Maar wanneer hij eigenhandig op klei en gips werd losgelaten, had zijn felle werk idiote uitsteeksels tot gevolg.

Bertel liet de brieven van Hansen achter en liet Freund alleen met de vernietiging, hij moest de boel opvegen, nadenken en terugkeren naar het belangrijke werk waarvoor hij betaald werd: de beelden van de meester bijwerken. Wat moest je met zo'n soort hysterie beginnen? Je opsluiten. Anna Maria zou ongetwijfeld eten voor hem maken. Haar wilde hij binnenlaten, niemand anders. Over vroeger tijden praten in haar taal, dat kon hij wel opbrengen.

Midden in de nacht werd hij wakker, badend in het zweet, en hij voelde even, ja, daar lag ze, zwaar en rustig, ruikend naar scherpe wijn. Nu besefte hij pas wat hij had moeten doen. Hij had Freund alle apostelen moeten laten afmaken en ze daarna bijwerken. Dan had Freund toch het genoegen gehad dat zijn beelden alle eer kregen.

1822

Hij liep met de sleutelman door de panden van de vorsten Barberini. Ze beseften vast en zeker zelf niet hoeveel ze bezaten en waarover ze konden beschikken. Nu was hij gekomen om hen van al die onnodige, onbenutte ruimte te ontdoen.

Hij deed voorzichtig open, legde het enorme, verroeste hangslot op de straatstenen en probeerde de gigantische poorten te openen. Bertel sloeg het eventjes gade, toen besloot hij te helpen en zette er zijn schouder tegen. Dat ging gemakkelijker dan hij had gedacht, de deur gaf mee, en hij rolde letterlijk een lege ruimte binnen. Behalve stof, spinnen, levende en dode duiven was er niets. Hij keek om zich heen, omhoog, vulde de ruimte met zijn beelden. Dit was de plaats, daarover was geen twijfel mogelijk. Het kon hem niet snel genoeg gaan.

'Hier is een grote schoonmaak nodig,' zei de piepkleine sleutelman, maar ook hij was van de ruimte onder de indruk. Bovendien was er ruim voldoende licht. De geluiden van buiten werden gedempt en kregen een geheel nieuw leven. Hierbinnen wilde hij werken.

Dit was geen grootheidswaanzin. Hij beschikte over het grootste atelier van de wereld, hij had meer ruimte nodig.

Hier kon hij zijn werken in gipsmodellen tonen. Hij kon de figuren vormgeven die hem imponeerden en ze laten staan zodat klanten vrijelijk een keus konden maken. Niet zoveel van die verdomde stomme opdrachten, niet van die verdomde grafmonumenten van de oude Wie. Hij wilde zelf creëren.

'Kunt u de zaal vullen? En kunt u het betalen?' vroeg de sleutelman meteen. Hij was niet van zins nog meer tijd te verspillen, het was prima, dus konden ze onmiddellijk beginnen met opruimen en de muren schoonmaken, de ramen lappen en spinnenwebben en vogels verwijderen. Bertel glimlachte met tegenzin, hij wist dat hij zichzelf verried en wees in de richting van de deur. Zouden ze proberen de financiële kant van de zaak af te handelen?

Hij had overwogen een palazzo te kopen, maar dit gigantische atelier was veel beter. Hier konden al zijn medewerkers aan de slag, klei kneden, marmer doorboren, bijwerken en lering trekken. Zelf kon hij het inademen van dat akelige marmerstof vermijden.

Hij wilde zo graag zijn reusachtige atelier aan de oude, voorzichtige Canova laten zien. Hierbinnen konden de eerste tien enorme ruiterstandbeelden staan zonder dat de kruinen van de ruiters het plafond bedreigden. Voor het eerst van zijn leven voelde hij zekerheid door het groots aan te pakken. Misschien was hij zelf tot het formaat gegroeid waarover Fanisca had gesproken? Er zijn vele koningen, maar er is maar één Thorvaldsen.

Hij had negenendertig man in dienst. Aan werk bestond geen gebrek en hij vond het heerlijk om het geluid van stemmen, hamers en voeten te horen. Ze vormden geen familie, maar hij wist dat ze hem als een strenge, vreeswekkende vader beschouwden. Hij zag het werk met voorbeeldige snelheid vorderen. Terwijl hij dat verdomde stof niet meer hoefde in te ademen, niet meer hoefde te kloppen en zijn vingers verwoesten zodat die de vormen van het gezicht niet meer goed konden voelen.

Anna Maria deed de boekhouding niet meer, nu kon hij met plezier in de boeken bladeren, in de nauwgezet vermelde cijferkolommen. Alles leek zich in de allerbeste handen te bevinden. De mensen schenen hem een geluksvogel te vinden, die gewoon tussen zijn huis en atelier heen en weer kon lopen, in gedachten klei tussen zijn vingers laten rollen. Ze hadden er geen flauw vermoeden van dat hij klei rolde om zijn vingertoppen soepel en gewillig te houden. Ze wisten niet dat hij besefte dat hij invalide kon worden en de inspiratie kon kwijtraken.

Sinds zijn reis naar Denemarken had hij zichzelf de belofte gedaan om alles wat hem tegenstond, aan de kant te schuiven. Als hij een brief opende waarvan hij geen zin had om die helemaal uit te lezen, vouwde hij hem op en liet hem liggen of gooide hem weg. Als de briefschrijver bleef volharden, liet hij een vriend een passend antwoord opstellen. Op die manier hield hij zijn ziel zuiver en zijn gedachten helder. Nooit meer zich begeven op de grens van de gekte. Nooit meer in spagaat tussen Frances en Fanisca wakker worden.

Hij verlangde naar hen beiden, maar kon zichzelf in bedwang houden. Hij had geen reden om medelijden met zichzelf te hebben. Alles wat hem schade kon berokkenen, had hij verwijderd – Elisa en de opdringerige buitenstaanders. Hij had Frances en Fanisca achter zich gelaten. Nu had hij alleen nog zijn leerlingen. Zij waren zijn werktuigen, de vervanging van zijn handen.

Allemaal waren ze zoveel kleiner dan hij dat ze hem met doffe zekerheid en mateloze woede vervulden. Ze maakten er geen potje van, ze konden gewoon niet beter. Hij had hun niet mis te verstane bevelen gegeven, maar toch slaagden ze er keer op keer in de reliëfs te verknoeien. Hij kon er niets aan doen, hij ontstak in razernij en schold hun de huid vol, ze weken achteruit en lieten hem de hamer telkens weer tegen het kunstwerk slaan.

Elke ochtend maakte hij een ronde, als een arts in zijn hospitaal, en keek naar zijn patiënten. Altijd hoopte hij positief verrast te worden, maar toch moest hij elke keer weer zijn toevlucht nemen tot wat hij chirurgische ingrepen noemde, grote en kleine. De blindedarm verwijderen was zelden voldoende.

Zo nu en dan irriteerde het hem dat er zo zelden een echt talent, een uitdagend talent voorbijkwam. Hij beeldde zich in dat hij graag een jonge Bertel tussen zijn leerlingen had gezien. Maar ze waren allemaal minder, onzeker en vormloos. Alleen Freund leek een spoortje genialiteit in zijn slappe lijf te hebben. Maar Freund wilde zijn inktvisarm niet zijn, Freund wilde zijn leerling en erfgenaam zijn.

Hij voelde zich eenzaam tussen deze bibberige, angstige na-apers en namakers. Ze deden hun best, maar hij was niet tevreden. Ze waren op zoek naar zijn manier van zich uitdrukken, niet naar de ware uitdrukking. Die konden ze niet vinden zonder dat hij zich ermee bemoeide. Zo eenzaam, zo eenzaam. Hij kon wel kijken naar een Tenerani die het zelf probeerde, die bustes over Europa verspreidde. Of naar Bissen, die voorzichtige hansworst, die uitsluitend verstijfde figuren maakte. Hans Gutenberg zag er verdorie uit alsof hij achterover zou vallen. Hij was gebarsten en stijf. Overal zag hij bij zijn leerlingen een gebrek aan een natuurlijk, zuiver gevoel voor vorm en hij raakte buiten zinnen van woede, wat mankeerde er verdomme aan hun jonge ogen? Konden ze de wereld niet eens zien? Hoe moesten ze die dan in vredesnaam weergeven?

1823

Cesare Buti probeerde al dagenlang met hem in gesprek te komen. Lang, mager, donker en elegant stond hij bij de deur en maakte een buiging als een volwassen man. Bertel nam hem mee naar boven, maar wist niet helemaal wat Cesare van hem wilde. De knaap was te verlegen om zijn wens te uiten en stond met een blos op zijn wangen om de hete brij heen te draaien.

'Is Lisa nog steeds bij haar moeder?' vroeg hij ten slotte, toen Bertel probeerde hem koffie of tabak aan te bieden. Eigenlijk was hij een beetje moe, maar de jongen was hem een raadsel. Alle Denen namen automatisch aan dat Italianen veel lawaai maakten, extrovert waren en tijdens het praten met hun hele lichaam gebaarden. Hij kende alleen veel Italianen die introverter waren dan een willekeurige Kopenhaagse filosoof van de koude grond. Cesare ontwikkelde zich tot een ietwat te verlegen jongeman. Misschien was dat aan Elisa te wijten. Die twee konden elkaar echter niet vaak ontmoet hebben.

'Elisa moet nu thuis zijn,' antwoordde hij.

'Mijn moeder zegt dat Elisa naar een kloosterschool wordt gestuurd,' beweerde Cesare en hij draaide zich op hetzelfde moment om, een mooie, goed voorbereide beweging die Bertel versteld deed staan. Hij kon Cesare onmogelijk vragen naakt voor hem te poseren, maar die merkwaardige periode tussen knaap en jongeman was de moeite van het onderzoeken waard. Geen Jason, maar een Ganymedes. Als hij zich dat tenminste goed herinnerde.

Zijn blik gleed over de tafel en het lukte hem een vel papier om te slaan, zodat Cesare niet zag dat het een brief van Elisa was. Fraai geschreven, hij durfde te wedden dat Anna Maria haar de woorden had gedicteerd. Alles was zo duur geworden, ze moest meer geld hebben voor kleding, haartooi, boeken. Ze bedelde. Hij zou wel meer geld sturen, maar vandaag wilde hij absoluut niets kapotmaken.

Het gebeurde maar zelden dat de familie Buti zijn leven betrad. Hij wilde niets kapotmaken. Cesare bleef midden in de kamer staan, radeloos en met onrustige handen. De jongen liet zijn schouders zakken en probeerde toen een glimlach te produceren. Binnenkort was het carnaval met vuurwerk en geschiet in de straten, en Cesare kende niemand anders die een aantal pistolen had. Hij beloofde voorzichtig te zullen zijn!

Daar twijfelde Bertel niet aan. Cesare was eerder veel te voorzichtig. Het zou slecht voor hem aflopen als hij zich met de pistolen in de mensenmassa zou mengen. Of hij zou de pistolen kwijtraken of zichzelf in zijn voet schieten. Dus stelde Bertel voor om samen naar het tuintje achter Casa Buti te gaan om ze uit te proberen. De knaap moest in elk geval leren laden en richten – en vermijden dat hij met een geladen pistool samen met dronken lui door de straten rende.

Hij kon de gedachte aan Elisa en de brief die Anna Maria haar had gedwongen te schrijven, niet loslaten. De gedachte dat ze bij elkaar waren in Anna Maria's appartement en dat Anna Maria probeerde haar te onderwijzen. Signora Buti was verontwaardigd, dat besefte hij wel, signora Buti wilde het kind graag onder haar hoede nemen. Maar hij had Anna Maria twee dochters afgepakt voordat zij hem zijn enige zoon ontnam.

'Het is in feite heel eenvoudig,' kletste Bertel erop los toen hij Cesare liet zien hoe hij het pistool moest laden. Eigenlijk was dit heel aantrekkelijk, alsof hij zijn eigen zoon iets wilde leren. Cesare keek geïnteresseerd toe, de knaap zat vaak met zijn hoofd in de boeken, dit was de eerste keer dat hij iets praktisch leerde. Signora Buti dacht dat Cesare het ver zou schoppen. Als wat? vroeg Bertel zich af.

'Heeft signore Torwalsen ooit aan een duel deelgenomen?' wilde Cesare weten. Nooit. Hij had duelleerpistolen omdat ze per paar werden verkocht en omdat hij een wapen moest dragen als hij 's avonds laat naar huis ging. Niet omdat iemand hem ooit had overvallen. Maar veel mensen zeiden dat het gevaarlijk was om na het invallen van de duisternis ongewapend door Rome te lopen.

'Zelfs niet om een dame?' vroeg Cesare. 'Zelfs niet omdat u van een jongedame hield die iemand anders toebehoorde? Of omdat haar vader niet wilde dat u haar kreeg?'

Hij verbaasde zich over Cesares woordkeus, maar schudde glimlachend het hoofd. Duels hadden nooit deel uitgemaakt van zijn leven.

Jonge officieren van goede komaf met te veel vrije tijd konden dat soort dingen doen en hun leven vergooien.

'En dan span je de haan,' liet hij Cesare zien, die ijverig het tweede pistool pakte. Het gewicht viel hem tegen, hij lachte nerveus en moest zijn rechterhand met de linker ondersteunen, zijn hand eronder leggen en proberen te richten.

'Raak de emmer,' zei Bertel, en toen hij zijn eigen stem hoorde, drong het tot hem door dat hij Deens sprak. Cesare keek hem verbaasd aan, wat was dit voor koeterwaals?

Hij hoorde het schot, zag de rook, maar voelde alleen de schok. Een warme schok, die zich als hitte door zijn borst verspreidde. Hij zag Cesares open mond en grote ogen, net als de pistoolmond, hoewel hij het vuur zelf zou moeten kunnen zien.

Hij tolde achterover, verloor het pistool en drukte zijn handen tegen zijn borst, maar uit zijn linkerhand stroomde bloed en die was onbruikbaar geworden. Uiteindelijk sloeg hij zijn blik neerwaarts. Het bloed liep van zijn borst en zijn hand. Zijn rug schuurde langs de ruwe muur, zijn knieën begaven het, hij zakte met een ellendig gevoel op zijn hurken, op zijn achterste, ging zitten.

'Ik ben ten dode opgeschreven!' zei hij in het Deens. Cesares gezicht boog zich over het zijne, het was alsof de knaap de lucht uit zijn mond at, die uit zijn longen zoog.

'Roep je moeder en de anderen,' bracht hij uit.

Cesare gilde. De zachte, rustige stem van de jongen sloeg over; hij sloeg wanhopig zijn armen in het rond, hij wees, richtte zich op, probeerde de deur open te dwingen en tegelijkertijd te schreeuwen. Intussen zat Bertel heel stil en bevoelde zichzelf zonder zich te bewegen. Letterlijk zonder zich te bewegen. Zijn linkerhand was kapot, dat drong nu pas goed tot hem door. Zijn borst stond in brand, zijn kleren stonken naar rook, zwavel, kruit, alsof een fregat hem de volle laag had gegeven.

Nee, hij zou vast niet doodgaan, maar zijn handen waren gestorven. Nu had hij alleen nog zijn rechterhand, was dat voldoende? Hij zou kunnen tekenen, maar hakken? Het was maar goed dat hij mensen in dienst had. Admiraal Nelson had geleerd met zijn linkerhand te schrijven, nadat hij zijn rechterarm was kwijtgeraakt. Dan moesten ze zijn hand toch ook kunnen oplappen?

Was dit alles om hem op de knieën te krijgen? Fanisca's straf, Frances' straf. Weg met zijn hand, weg met de vrijheid. Weg met de onkwetsbaarheid. Die was zijn lichaam ontnomen, onaangeraakt door messen en chirurgen.

Op de trap klonken stemmen, gehuil en voetstappen, en Bertel klauterde overeind – met zijn rechterhand tegen de muur. Ze zouden hem waardig op zijn benen staand zien sterven! Niet als een huilerige civilist. Hij had gezien hoe de Franse generaal Douphot werd neergeschoten, een eeuwigheid geleden. Neergeschoten en omvergeworpen, hoewel hij in de versierselen en gouden tressen van de Republiek Frankrijk was gehuld.

Signora Buti greep hem bij zijn arm, maar het was Anna Maria die zich in zijn armen stortte. Of omgekeerd. Hij kon zich niet verzetten. Anna Maria en Elisa, alleen maar donkere ogen. Nee, hij zou toch niet sterven, zei hij schor, rukte zich het overhemd van het lijf en klopte zich op de borst, zodat Anna Maria begon te huilen. Het enige wat stonk, was het haar op zijn borst. Dat was verschroeid.

Iemand hield werkelijk van hem. Wat merkwaardig. Wellicht was hij hun op een bepaalde manier dierbaar, maar waarom? Daar kon hij waarachtig geen reden voor bedenken. Hij bevond zich immers slechts in hun wereld zonder enig verschil uit te maken. Toch klonken ze alsof zijn dood hen ongelukkig zou maken. Dat had hij liever iets eerder geweten.

Onhandig maakte hij een buiging voor de paus, dat kleine mannetje, dat in zijn stoel bleef zitten en zijn gast gadesloeg. De glimlach was mild en routineus, hij boog zijn hoofd een heel klein beetje, als een vermoeide gevangen vogel, en hief zijn hand op voor een even routineuze zegening.

Dit was niet hun eerste ontmoeting. Jaren geleden had de paus hem bezocht, na de val van de keizer. Hij had zelfs twee geschenken meegebracht, een marmeren plaat met de datum van het pauselijke bezoek – en een schilderij. Destijds had de paus hem gezien als een van zijn medewerkers, een loyale persoon die hij graag wilde prijzen. Van alle kunstenaars in Rome werd immers verwacht dat ze de paus dienden. Hij niet. Hij had nimmer katholieke beelden gemaakt. Een doopvont voor de Brahetrolleborg en beelden voor de Vor Frue-kerk, maar niets wat als katholiek kon worden gezien.

Het had hem destijds erg verwonderd dat het de paus behaagde hem een bezoek te brengen – maar hij had die waarachtig unieke mens vriendelijk ontvangen. De paus had niet over zijn religie gesproken. Hij had Rafaëls tekening van de Madonna met het kind gezien, dat vond hij mooi. De paus nam zeker aan dat alle ketters afvallige katholieken waren, die in de schoot van de moederkerk konden worden teruggebracht.

Alberto moest zijn gezicht bevoelen, maar besefte dat dit onwelgevallig, welhaast een belediging was. Niettemin vroeg hij om toestemming, de paus bleef glimlachen, nu iets stijver kijkend, maar liet hem dichterbij komen. Met zijn ene hand nam hij zijn kalot af en legde hem op tafel. En hij sloot zijn ogen, als een vrouw die door vreemde handen geschminkt gaat worden.

Hij was werkelijk een vogel, een bedachtzaam vogeltje dat zich lekker genesteld had. Hij had daar op zijn troon gezeten in een ijskoude vreemde kerk in een vreemde stad in een land dat een paar jaar geleden de religie officieel had afgeschaft. Hij had daar gezeten en gezien hoe een keizer zichzelf kroonde met de kroon die hij volgens hem zelf op het hoofd van de man had moeten zetten. Hij had niet laten merken dat hij voor de gek werd gehouden.

Voordien had hij zich uit Rome en het Vaticaan laten verdrijven. Hij had zich aan handen en voeten laten binden en de belofte om te zwijgen geaccepteerd, hoewel hij van alle macht was beroofd. De Fransen hadden zijn prachtigste antieke schatten geroofd. Hij had tegengestribbeld – en ten slotte toegegeven. Hij had onmiskenbaar verloren, maar toch zat hij hier, als de man die het laatst lachte. De keizer was dood en verdwenen, de paus was er nog.

Hier zat hij dus, klein en fysiek onaanzienlijk, en straalde een irritante, zelfbewuste kracht uit. Hij vertegenwoordigde miljoenen mensen. Niet de sterken en deugdelijke lieden, niet degenen die zelf durfden te denken, maar de boerenvrouwen uit de Campanië, de vissers in Napels, de rovers op Sicilië. Al die mensen die alleen over hun geërfde geloof beschikten.

Napoleon was verdwenen, maar zijn paus bestond nog. De paus die de keizer niet mocht kronen, ook al werd hij naar Parijs ontboden.

Kardinaal Consalvi had tegen hem gezegd, met een scheef, arrogant glimlachje, dat de enige persoon ter wereld met wie Thorvaldsen zich kon meten, de paus zelf was. Er waren vele koningen en vorsten, maar er was slechts één paus en slechts één Thorvaldsen. Hij hoopte van ganser harte dat de kardinaal niet hetzelfde tegen de paus had gezegd.

'Gelooft u ergens in, signore Torwalsen?' vroeg de paus hem voorzichtig, terwijl hij met de klei aan de gang was om een modelletje van de gebochelde paus te maken. Hij wilde zo graag de dubbelheid, de zwakte en de kracht, de macht en de machteloosheid weergeven. De vraag overviel hem niet.

'Signore Consalvi spreekt lovende woorden over u,' ging de paus vrolijk verder. 'U bent dan wel een ketter, maar *Ettore* is van mening dat wanneer een ketter een groot kunstenaar is, hij niettemin gezegend is. U bent de eerste ketter die toestemming krijgt de pauselijke kerk te verfraaien!'

Op de eerste vraag wilde Alberto geen antwoord geven. Wie geloofde ergens in? Geloofde de paus in iets anders dan in de macht van het symbool? Dat er altijd een paus in de Sint-Pieterskerk zou zitten en dat de nieuwe paus zijn rode schoenen, mijter en staf zou overnemen en zou proberen het beste van de situatie te maken.

'Mag ik vragen of u ergens in gelooft, signore Torwalsen?' herhaalde de paus na een tijdje. Hij had het kunnen weten. Een paus gaf niet zo snel op.

'Ik geloof in de schoonheid, de liefde en de vrijheid,' zei Alberto. Dat was tenminste geen leugen.

'Dus dan gelooft u in God, want alles is door Hem geschapen,' lachte de paus, alsof hij een overwinning had behaald.

Alberto stond onverschillig tegenover God. Je kwam er immers toch nooit achter of hij wel of niet bestond. Wat maakte het uit? Zijn handen konden scheppen. Dat was niet moeilijk.

'U bent een goede ketter,' zei de paus, terwijl hij hem een geschenk aanreikte. Alberto dankte met een glimlach. Hij was een en al oog en handen. Was er meer nodig?

Hij had een rondje door de Sint-Pieterskerk gemaakt om zijn voorgangers in ogenschouw te nemen. Bernini had als gewoonlijk veel bombarie gemaakt, het leek eerder alsof hij muziek had willen componeren dan dat hij marmer had willen bedwingen. De paus moest knielen in gebed of hij moest aan het hoofd van de christelijke wereld staan en die zegenen. Hij wenste niets van dit alles. Hij wenste de kleine, sterke gnoom in al zijn kwetsbaarheid weer te geven. Niet biddend en ook niet triomferend. Slechts een paus die zijn taken had vervuld en die nu, der dagen zat, lag te rusten in een sarcofaag die verborgen lag achter het monument. Het stond hem tegen om een mens triomfantelijk of in gebed te tonen, maar hij mocht best met een tere palmtak in zijn ene hand zitten. Anna Maria beweerde dat palmtakken alleen voor heiligen waren bedoeld, maar zo beschouwde hij de paus ook – niet heilig, maar als een man die had gestreden voor het enige waarin hij geloofde en die nooit zover was gegaan dat hij zijn plichten verzaakte.

1824

Hij bekeek zijn beeld van de paus, zich er goed van bewust dat het afgewezen zou worden. Maar zo had hij de man gezien, zo had hij ware geestelijke macht gezien. Kort voor zijn dood, terwijl alles naar het verleden leek te zijn teruggekeerd. Klein, kwetsbaar, taai en beschaamd door de onvoorstelbare ideeën van de wereld.

Consalvi, die erop had gestaan dat hij een grafmonument voor de paus zou maken, was ook dood. Consalvi had de middelen voor de grafmonumenten nagelaten. Nu was hij dus echt aanbeland op de plek waar de oude Wie schipbreuk had geleden. Grafmonument na grafmonument. Rouwende weelderige vrouwen. Nee, geen rouwende vrouwen met ontblote boezems, dat ging niet. Die maakte hij anders het liefst. Anna Maria als jong meisje.

Hij wilde zijn paus bewaren zoals hij hem had gezien. De machthebbers waren altijd ontevreden als ze zijn visie zagen, maar over het algemeen durfden ze niet tegen te stribbelen. Koningen kwamen en gingen, maar er was slechts één Thorvaldsen.

Hier stond het monument, de saaiheid zelve. Hij moest een paar engelen toevoegen ter aanvulling en verluchtiging, want alles was somber, serieus en uitgestorven. Kon hij de pauselijke staat er nu echt niet toe dwingen dat moedige mannetje op een originelere manier te eren? Kon hijzelf niet iets waarachtigers bij zichzelf oproepen? Hij had veel zin om met hamer en beitel op het monument tekeer te gaan. Die logge man, die mechanisch zijn hand ter zegening omhooghield, met op zijn hoofd een onhandige tiara, gekleed in een gewaad waarin hij in al zijn prozaïsme aan de slechtste leerlingwerken deed denken. Hij schaamde zich. En de twee vrouwen die aan beide kanten van de deur naar het graf stonden te rouwen, hadden geen gezicht, waren anoniem, correct. Hij had zijn hoofd gebogen en de vorm van on-kunst geschapen die de pauselijke staat wenste. Verschrikkelijk. Wat zou hij toch graag een vrolijk, origineel gezicht in zijn atelier hebben, hij moest nodig klei tussen zijn vingers vormgeven, het haar met de nagels krullen en de vouwen zuiver en scherp schrapen. Liever sterven als de oude Wie dan een saaie kunstenaar worden, die de mensen precies gaf wat ze wilden hebben.

1827

Graag had hij een groot, leeg huis gehad om al zijn beelden in onder te brengen. Zijn kopieën en zijn beelden die hij niet van de hand wilde doen. Vorstin Barjatinskaja moest bij hem blijven tot hij deze wereld verliet. Hij moest elke dag op haar gecompliceerde eerbaarheid en absolute schoonheid passen.

De meer dan rijke leden van het geslacht Torlonia kwamen in zijn vaarwater en kochten Palazzo Giraud. Anna Maria lachte honend en zei dat het vast en zeker goed voor hem was dat hij niet ook nog eigenaar van een paleis was. Dat zouden de Denen hem nooit vergeven! Dan kon hij het paleis het best Palazzo Thorvaldsen noemen en zijn terugkeer naar Denemarken volslagen onmogelijk maken.

Hij besefte dat ze gelijk had. Hoe had ze zoveel kennis over de Denen opgedaan? Die waren bekrompen, ook al zwolgen ze zo nu en dan in zijn grootsheid. Hij wist dat ze allemaal vonden dat zijn beroemdheid mede aan hen te danken was. Allemaal hadden ze meegedaan aan het beschadigen van hem en zijn naam. Nu maakte hij zich daar niet kwaad meer om, bij de gedachte eraan werd hij nog slechts moe en somber.

Het was niet zo dat zijn grote atelier te klein was geworden, maar de opdrachtgevers wilden gigantische monumenten, grafmonumenten voor pausen, vorsten, dichters, generaals en vrijheidshelden, en ze konden niet groot genoeg zijn. Zelfs schrijvers werden afgebeeld alsof ze vorsten waren. Hij voelde zich een dwerg, omringd door zijn eigen werken. Hij keek tegen reusachtige paardenkonten aan. Ogen als van de arts Carl Adolph von Basedow staarden hem aan van losgerukte hoofden. Handen waren als opgerolde leeuwen in een menagerie. Hij moest lucht en ruimte om zich heen hebben.

Ze hadden het er zelfs over om een museum met zijn naam te openen. Dat zou dan in Denemarken, in Kopenhagen komen te staan. Die

Denen waren zo krenterig dat dit nog weleens heel lang zou kunnen duren.

Deze bovennatuurlijke paarden en gezichten schonken hem geen plezier. Hij wilde zijn handen gebruiken. Christian Frederik had hem er schriftelijk aan herinnerd dat hij een standbeeld op ware grootte van Caroline Amalie moest maken. Dat zou niet groot worden, ze paste onder Bertels arm, een voornaam vrouwtje, rond en heerlijk, maar kwetsbaar en meegaand. Hij herinnerde zich haar, en hoe! Ze had gebloosd en gebeefd toen hij haar gezicht aanraakte. *Sinds het moment waarop u de prinses heeft geboetseerd, is ze gezetter geworden, zodat het standbeeld het beste zal gelijken als u het mollig maakt, met name hebben de armen nu een mollige, fraaie vorm,* schreef de prins. Bertel begreep hem. De prins stelde haar ronde vormen op prijs. Hij kon zich haar armen herinneren en herschiep ze in klei, diep verzonken in zijn eigen gedachten en in een zeldzame theoretische toestand van genot. Anna Maria kon onmogelijk weten dat hij haar ontrouw was geweest met een vrouw die hij zeven jaar lang niet had gezien.

Hij zou altijd van haar houden, nu bezat hij haar. Ze was reeds de zijne. Hij voelde haar lange, trillende dijen onder haar jurk, haar knieën en de vouwen van haar vochtige schoot, haar kleine garnalentenen en kuiltjes in haar kuit. Niemand kon hem nu iets maken. Terwijl de leerlingen zich uit de naad werkten om iets te voltooien, had hij zich een vrijplaats verworven. Hij was alleen met haar en hoewel ze nooit in marmer uitgehakt zou worden, had hij het grote genoegen gesmaakt om haar in klei opnieuw tot leven te brengen.

Hij vormde en vormde, de klei gleed tussen zijn ijverige, vragende handen en met zijn duim schraapte en wreef hij, sneed grote hompen los en probeerde de ziel van het beeld bloot te leggen.

De paus had hem gevraagd, terwijl hij nog onzeker was, of hij ergens in geloofde. Toentertijd was hij verblind geweest door de gedachte een grafmonument in de Sint-Pieterskerk te krijgen. Hij, die God, de gewone man, de tsaar en Barjatinskaja had geportretteerd, had nimmer de Kerk kunnen bereiken, de katholieke Kerk. Hij was een ketter, hij geloofde niet. Ook al had hij zich zijn hele leven voor het christendom geïnteresseerd, toch hadden ze de deuren nimmer geopend. Kardinaal Consalvi had hem de mogelijkheid geboden. Uitsluitend omdat de oude Canova dood was, maar toch. En hij zou daarbinnen komen te staan, ook al was dat dan met een parodie van het werk, maar toch.

Nu zat hij hier met Christus en de apostelen en een lange lijst met motieven die hij voor de Vor Fruekerk in Kopenhagen moest voltooien. Hij raakte maar niet vertrouwd met al die oude Joodse heilige mannen. Hij was begonnen om Christus in marmer te hakken, vrolijk en simpel, uitsluitend dalende bogen. De apostelen vormden zijn last.

Hij geloofde nog steeds niet. Nergens in.

Jezus begreep hij niet, hij kon er geen godheid van maken, maar hij was tenminste goed en allesomvattend. Zo moest hij hem maken – allesomvattend. Dat gebaar had hij van de vriendelijke Freund gestolen. Die man had echt een passende naam. Freund had de mensen altijd over de streep getrokken door zijn lange armen omhoog, allesomvattend uit te strekken.

Hij wilde niets weten van die sentimentele schilders die óf in de ban waren van het katholicisme óf van het Duitse volk óf van iets anders waarvoor hun ouders hun neus hadden opgehaald. Tja, hij had een paar beelden gekocht, vooral dilettantenwerk, geen oprechte gevoelens. De een had een madonna gefabriceerd die een anemische indruk maakte. Hij liep van het jammerlijke beeld naar de kleine Rafaël die boven zijn bed hing. Hier was alles waarachtig.

Achter zijn rug om was de tijd dweperig en gelovig geworden. De mensen gingen weer naar de kerk, niet uit plichtsgevoel, ze gingen erheen omdat ze de behoefte voelden om in het christendom te baden. Anna Maria had dat gedaan en met welk resultaat? Hij was in staat de kern van het geloof in zijn Christus te herscheppen, maar hoe zat dat met die vervloekte apostelen?

Het was maar goed dat Kopenhagen zo ver weg lag.

1829

Er klopte iets niet.

Hij legde de muntstukken telkens weer op een rij, hij wilde ze in mooie, bescherming biedende houders met fluweel en een slot stoppen, maar eerst wilde hij ze tussen zijn vingers voelen. Er ontbraken een aantal.

Het ging niet eens om zijn eigen muntencollectie; ze was van Brøndsted. Hij had zijn duur verworven schat op de veiligste plek die hij kende ondergebracht. Als zekerheid voor een lening. Bertel had nog niet eerder naar Brøndsteds collectie gekeken. Nu wilde hij de vondst van zijn vriend bewonderen. Hij hoopte zo dat Brøndsted terug kon betalen, hij had geen zin om zich ten koste van een vriend te verrijken.

Niemand anders dan hijzelf had de sleutel van de kast. En Anna Maria. Zij beschikte over de sleutel tot alles in zijn leven. De vrouw die het zot vond dat hij elke dag buiten de deur at, terwijl zij voor hen beiden eten kon koken. De vrouw die hem nooit los had gelaten.

Nee, het moest iemand van de familie Buti zijn, een ver familielid. Wie anders? Ze kwamen in zijn appartement, ze maakten schoon en brachten hem tabak. De kleine jonge Buti had zijn nieuwste bril gehaald.

Nee, nee, nee. Zij niet. Hij kon zijn huisbaas niet van diefstal beschuldigen.

Met trillende handen en een droge mond haalde hij de moeizaam samengestelde lijsten van de munten. Hij legde ze zo neer dat elke munt op zijn eigen beschrijving kwam te liggen. Iemand had zich rijkelijk bediend, een aantal van de beste. Hij noteerde een nieuwe lijst, het gestolen spul. Als de munten verdwenen waren, moest hij Brøndsted een vergoeding betalen, er stond nog steeds veel geld op Torlonia's bank en hij had voldoende opdrachten voor minstens drie mensenlevens. Maar zijn eer! Hoe zou hij dit aan Brøndsted moeten vertellen?

Iemand had hem bestolen, en hij kon zich voorstellen dat... nee, die naam nam hij niet in de mond.

Hij moest naar buiten, de frisse lucht in. De honden waren blij, hun baasje wilde de straat op, en hij sprak ze vriendelijk toe, glimlachte en aaide hen over hun kop, liet hun blijdschap op hem overslaan.

En dus moest hij haar een bezoek brengen.

Ze zat heel stilletjes op haar stoel, met haar stola om zich heen, naar hem te luisteren. Haar kin stak trots naar voren. Ze was kalm, maar sceptisch. Hij moest niet denken dat hij haar in de maling kon nemen.

'Is het waar?' vroeg hij vermoeid. Hij wilde eigenlijk veel liever met zijn honden langs de rivier wandelen en hij kende het antwoord immers al, zowel de waarheid als haar versie.

'Aangezien je niet van plan bent mij een fatsoenlijk pensioen toe te kennen,' zei ze alleen, 'was ik genoodzaakt maatregelen te nemen. Hoe anders? Jij hebt zoveel, ik heb niets. Jij gaat binnenkort weer naar Denemarken om een nieuwe vrouw te ontmoeten en te trouwen, maar ik ben een oude vrouw, die hier maar wat in Rome met een kapje op het haar oud zit te worden.'

Hij wilde haar niet tegenspreken, de munten niet terug hebben, zelfs niet het bedrag. Hij wilde eigenlijk alleen haar bekentenis horen. Met of zonder zuiver geweten. Anna Maria had echter meestal een uniek zuiver geweten, wat ze ook maar uitspookte.

'Wanneer was de laatste keer dat je mij iets hebt gegeven?'

Hij wist niet wat hij moest zeggen. Maar als zij wilde dat de breuk gemakkelijker te dragen was, stond ze op het punt daarin te slagen. Hij was haar zo zat, het zat om telkens weer nieuwe, akelige kanten van haar te leren kennen. Ook bij zichzelf. Als Carlo nog geleefd had, zou hij haar dan hebben meegenomen naar Kopenhagen? Misschien. Maar dan zou hij een andere man en een andere kunstenaar zijn geweest.

'Ga je mij aangeven wegens diefstal?' vroeg Anna Maria honend. Nee, dat was onmogelijk. Ze was de moeder van zijn dochter.

'Elisa kan alles krijgen wat ze wil, maar ik moet me erdoorheen slaan,' zei ze. Hij kon horen dat ze een beslissing had genomen.

'Elisa moet naar een voornaam Frans instituut, hoewel ze naar mij aardt en zo dom is als een koe,' ging ze verder, 'alsof ze ook maar íéts van jouw talent zou hebben geërfd! Alsof er ook maar íéts is om voor het nageslacht te bewaren!'

Hij kwam overeind om haar de mond te snoeren, maar dat had hij nog nooit gekund. Machteloos en zwijgend stond hij voor haar en hij vouwde telkens zijn handen. Nu spuugde ze dus op haar eigen dochter.

Alles wat in zijn macht lag, had hij voor Elisa gedaan. Zelfs dat werd nu tegen hem gebruikt. Hij had zo lang naar de juiste plek gezocht om Elisa onder te brengen, zodat ze niet onder slechte invloed zou geraken. *Institut des Dames Apostolines de la Maison Royale de S. Denis* was de voornaamste en duurste plek die hij kon vinden. Elisa redde zich uitstekend, maar gaf niets om pianospelen. Hij las haar korte, nietszeggende Franse brieven en probeerde zich haar voor de geest te halen.

Nu werd ze er dus bij gehaald en tegen hem gebruikt. Had hij het niet gedacht! Hij nam de honden mee toen hij vertrok. At bij Greco en keerde terug naar het appartement, waar hij aan het opruimen sloeg. Een groot aantal bestofte gipsfiguren moest weg. Hij wilde lucht en ruimte om zich heen, te veel rommel stond in de weg.

Toen kwam de jonge Buti, die hij een moment lang van diefstal had verdacht, met een zak die door een open raam de kamer in was gegooid. De zak zat vol antieke munten. Was signore Torwalsen nu niet blij? Bertel maakte de zak open, legde de munten op een rij en probeerde zijn kalmte te herwinnen. Nu had hij Brøndsteds vermogen dus terug.

1830

Het zat hem niet lekker dat hij Anna Maria deelgenoot moest maken van zijn overwegingen. Maar nu had hij het besluit genomen, ze moest beseffen dat hij in het belang van zijn dochter handelde. Hij werd binnenkort zestig, dat was een respectabele leeftijd, hij had geen idee hoe lang hij nog te leven had. Dus liet hij in een testament zijn vermogen en collecties aan de stad Kopenhagen na.

Niet zijn eigen werken.

Die moesten worden voltooid en aan de kopers worden geleverd. De onafgemaakte beelden gingen naar een museum, het maakte niet uit waar. Het vermogen zou bij de Nationalbank worden gestort en de rente zou aan Elisa toekomen. Over een jaar zou ze de kloosterschool verlaten. Dan moesten ze haar weer opvangen, met een bezwaard gemoed had hij besloten om haar in Casa Buti te laten wonen.

Hij wist heel goed dat andere steden graag zijn collecties – en zijn vermogen – wilden hebben. Maar in Europa was het onrustig. Na vijftien jaar doodse stilte roerde Frankrijk zich weer, er was een revolutie op komst. Misschien zou de wereld weer wakker worden?

Intussen hield hij zijn adem in en nam de bestellingen in ontvangst. De hoge heren snapten niet dat hij wat hij zelf het leukst vond, het eerst, best en snelst maakte. Hij vond schrijvers nu eenmaal leuker dan een held uit de Dertigjarige Oorlog.

1831

Die verdomde som geld van de paus!

Hij stond naar het geld te staren dat hem in een door muizen aangevreten zak was aangereikt. Alsof de pauselijke staat in armoede en ellende was terechtgekomen. Twaalfduizend scudi, de laatste termijn voor het grafmonument van de paus, lag voor hem op tafel.

De bode van het Vaticaan was er al vandoor gegaan om zich in veiligheid te brengen. Hij wist zeker dat een brullende mensenmassa naar het Vaticaan zou trekken. Dat Monte di Pietà geplunderd zou worden en dat alleen Torlonia's bank nog veilig was. Waarom zou hij het geld daar dan niet onderbrengen?

Hij telde het geld keer op keer en werd steeds onrustiger. Hij zou er anders geen aandacht aan hebben geschonken dat het Romeinse volk in beweging was gekomen, enkel en alleen omdat er een jaar eerder een soort revolutie in Parijs was geweest. Maar als ze nu eens gelijk hadden? Hij was een buitengewoon welgesteld man. Een vanzelfsprekend slachtoffer voor fanatisme en begeerte.

Hij stapte in de koets met het geld in zijn armen en reed naar de Banco Torlonia, maar hij was absoluut niet de enige. Respectabele lieden stonden in de rij, ze argumenteerden en waren woedend. Ze wilden hun geld opnemen en de benen nemen, grote bedragen storten of courante waarden in kluizen opbergen.

Hij stak hoog boven de meeste mensen uit en liep langs de rij met zijn twaalfduizend scudi onder de arm, in die lelijke zak. Het lukte hem de bank binnen te glippen en hij liep meteen op een bezwete oudere heer in onberispelijke zwarte kleding af en stelde zich voor. Kende hij echt Maestro Thorvaldsen niet? Torlonia, de bankeigenaar, deed dat wel. Hij had geen zin om urenlang in de Romeinse straten in de rij te staan. Maar hij wilde zijn contanten op de bank storten.

'Willen ze me van mijn geld beroven, laten ze het dan pakken, verduiveld nog aan toe! Dan zorg ik wel dat ik opnieuw geld krijg! En willen ze mijn leven, laten ze dat dan nemen! Dan is het voorbij, doodgaan doen we allemaal,' hoorde hij zichzelf schreeuwen, zwaaiend met zijn stok. Die idioten. Dachten ze echt dat hij bang was voor de massa?

In de kloosterschool was pokken uitgebroken.

Anna Maria had het gerucht gehoord en dat bleek op waarheid te berusten.

Bertel stond in zijn eentje aan de poort en rook de geur, zoet en verleidelijk, zo gevaarlijk als de greep van de duivel, kom binnen en je krijgt een weinig fraaie, maar snelle dood, helemaal alleen.

Zelfs de epidemie had de nonnen niet veranderd, ze waren nog even attent, goedlachs en druk in de weer als voorheen. Ze gingen om hem heen staan, in hun ruisende gewaden, hun wikkeldoeken, wimpels en middeleeuwse kleding. Deze onvrouwen, die bevrijd en de wereld in naar een waardig leven gezonden zouden moeten worden.

Ze hadden altijd geprobeerd een katholiek van hem te maken, net als Anna Maria destijds. Ze hadden zijn Elisa een paar dingen bijgebracht. Pianospel, taal – en zoals Anna Maria een keer zei, *fare l'amore*, maar niet met jonge mannen.

Nee, hij wilde er niet over nadenken waar hij mee bezig was. Ze kon best bij haar moeder wonen. Bij hem thuis was geen plaats voor haar. Alle leerlingen zouden verliefd op haar worden. Als ze maar een verstandige keus maakte, het maakte hem niet uit of ze met een arme Joodse schoenmaker uit het getto trouwde, als ze maar van hem hield en hij van haar.

In zijn huis waren dingen waar zij van af moest blijven. Hij had de tekening van Frances bewaard die hij haar had geschonken en die zij kapotscheurde toen hij haar in de steek liet. Die lag in een van zijn laden. Daar lagen ook al die erotische Romeinse beelden.

Tijdens het wachten gingen zijn gedachten naar de dood van zijn moeder, zoals die hem door zijn boze vader werd verteld. Karen zou blij zijn geworden als ze zijn gezicht maar even had kunnen zien. Maar hij zat op maanden afstand en kwam niets te weten. Dat ene had hij graag voor zijn moeder willen doen, haar een laatste keer gelukkig maken.

Een voorname vrouw kwam hem tegemoet. Ze zweeg en had haar blik neergeslagen, kap en mantel verborgen haar figuur en haar. Aan haar kleding hing een zwakke, onaangenaam muffe lucht. Hij wist niet wat hij tegen haar moest zeggen, maar liet de bediende haar koffertje tillen, probeerde haar hand te pakken en gaf toen op.

Ze kon bij haar moeder wonen. Niet bij hem.

1832

Ze maakte een kniebuiging voor hem, zo preuts, nog steeds een echt kloosterschoolleerlingetje. Maar toen ze vanuit haar knielende situatie naar hem opkeek, gebeurde dat met de blik van Anna Maria. Die lag in zijn eigen, brede gezicht verscholen. Ze was bleek, mooi en teer, maar hij was niet van plan zijn wil aan haar op te dringen.

Vlak nadat ze het klooster verliet, had ze bezoek gekregen van verschillende jongemannen. Bertel meende dat ze veel scheen te geven om één bijzondere jongeman, een Italiaan en schilder. Maar hij keerde terug naar Toscane, hij was verloofd met de dochter van de buren. Daarna verschenen er andere jongemannen bij hem thuis.

Haar handen trilden een beetje, zag hij. Het waren niet zijn handen, maar die van Anna Maria, buitengewoon mooi en toch lelijk. Die handen logen. Ze probeerden door een leugen grote geestelijke schoonheid naar voren te brengen. Maar dit meisje, door hem verwekt en gedragen en gebaard door Anna Maria, kon onmogelijk een grote geestelijke schoonheid bezitten.

Ze was alert, met een vastberaden wil. Wie kwam daar door de deur naar binnen en probeerde te voorkomen dat die lawaai zou maken toen hij hem achter zich sloot? Die belachelijke verwaande kwast van een Paulsen. Dan gingen ze hem zeker met die verdreven prinses opzadelen. Maar nee. Paulsen haastte zich op zijn dunne benen naar Elisa en hielp haar overeind, hield haar handen vast, verslond ze.

Bertel zag het; hij begreep het niet, maar het werd hem pijnlijk duidelijk: zijn dochter was geen maagd meer. Paulsen had haar ingewijd om zekerheid te krijgen. Misschien had hij Elisa zelfs wel zwanger gemaakt.

'Hoeveel jaar bent u ouder dan mijn dochter, Paulsen?' vroeg Bertel bruusk. Elisa keek haar verloofde glimlachend aan. Paulsen daarentegen was op de vraag voorbereid. Het stelde niets voor, maar drieëndertig jaar, liet hij trots weten. Dat was alleen absoluut niet te zien.

'En u vindt dat u de juiste man voor mijn dochter bent?' vroeg Bertel. Hij wilde het uit de mond van de man zelf horen, die zelfoverschatting van hem. Hij had het zelf gezien. Paulsen deed alles wat hij zichzelf nooit had gegund. Die man hield van zijn dochter en was bereid zijn leven voor haar te geven. Hij zou hen nooit helemaal kunnen begrijpen. Ze waren en bleven vreemd voor hem, en toch stond hij hen zo na.

Toen deze affaire begon, was hij er zeker van geweest dat Elisa te verstandig was om eraan toe te geven. Hij had haar bij haar schouder gepakt en gezegd dat ze mocht trouwen met wie ze wilde, of hij nu schoenmaker of kleermaker was, Italiaan, Deen, Jood of Duitser, als het maar een goede man was en ze van hem hield.

De eerste weken in Casa Buti was ze verlegen en nieuwsgierig geweest. Daarna begonnen jonge mannen haar te bestuderen. Paulsen dook op en maakte het werk af. Hij beschikte over een eigen vermogen, verzekerde Paulsen zijn sceptische schoonvader.

Bertel zat vol bange vermoedens. Vol teleurstellingen. Hij had geen enkele invloed. Hij zou zelfs geen steun van Anna Maria kunnen krijgen. Dus nu moest hij het hele land door reizen om de bruiloft van zijn dochter bij te wonen. Zijn enig kind.

'Waarom heeft schoonpapa zijn vermogen bij de bank van Torlonia ondergebracht?' vroeg Paulsen, met zijn merkwaardige muizenmondje mummelend. 'Daar is de rente toch aan de lage kant?'

Die vraag vond hij geen antwoord waard.

'Ik weet zeker dat ik het vermogen van schoonpapa zou kunnen verdubbelen, als ik de kans zou krijgen dat vermogen verantwoord te beheren,' kwam er vervolgens. Bertel wist waarom hij altijd met 'schoonpapa' werd aangesproken. Ook Paulsen voelde zich niet zeker genoeg om hem te tutoyeren. En de idioot wilde zijn geld in handen hebben. Had hij het niet gedacht!

Hij had een hekel aan Paulsens bazin, de verdreven kroonprinses. Ze leek werkelijk op een kikker, ze dronk, brulde en was lelijk. Ze was lelijk op alle fronten en ze voelde zich niet bij hem op haar gemak, omdat hij louter schoonheid vertegenwoordigde en reproduceerde.

Ze had zelfs gevraagd of hij niet gratis een portret van haar wilde maken.

'Wij zijn nu een soort familie van elkaar geworden, Thorvaldsen,' lachte ze.

Hij haatte het als iemand tegen hem sprak alsof hij een lakei was. Voor haar was hij niet 'Thorvaldsen', ook al was zijn enige dochter getrouwd met een man die niet veel beter was dan een lakei.

'Die oude nar,' hoorde hij haar zeggen toen hij na het bezoek de deur achter zich dichtdeed. Dat was ongetwijfeld haar ware mening over hem. Hij wilde niet met haar omgaan, haar niet met een titel aanspreken, geen deel worden van haar entourage.

Paulsen had haar ontmoet toen ze in Horsens zat, verdreven, gescheiden van haar echtgenoot en te schande gemaakt. Ze had hem ongetwijfeld bezeten, zoals ze had samengeleefd met al die eenzame officieren. En nu zou zijn dochter, dit wonder van schoonheid en met een kostbare, goede opvoeding, de rest van haar leven in het gezelschap van die man leven. Hem kussen, haar lichaam voor hem openen, zijn kinderen baren. Dat was een misselijkmakende gedachte.

Bertel had zelfs geen gedachte aan Elisa's echtgenoot gewijd. Hij had geloofd dat ze populair zou zijn bij de Romeinen, dat die haar zouden bewonderen en dat ze een knappe, jonge echtgenoot zou vinden. Hij had geloofd dat ze een Romeinse was en in haar eigen omgeving wilde blijven, maar hij was zelf degene geweest die haar naar een Franse kloosterschool had gestuurd.

Het zat hem niet mee.

Hij boog zich voor de eisen van het moment, hij speelde de vader alsof hij een slechte toneelspeler was die de rollen moest accepteren die de directie voor hem uitkoos. Een in ongenade gevallen toneelspeler die zelfs zijn best niet meer kon doen om goed toneel te spelen.

Ze spraken de hele tijd met elkaar, zijn dochter en zijn aanstaande schoonzoon, alsof ze hun gevoelens voor elkaar moesten bewijzen. Hij had zijn dochter de hele weg naar Vicenza begeleid, enkel en alleen omdat die verschrikkelijke prinses daar was, en Paulsen met haar verbonden was door een band die alleen God kende.

Nu zat hij hier met zijn koffie naar hun geklets te luisteren.

Hij was veel liever in Carrara gebleven met al dat marmer en zijn bijna voltooide Christus voor de Vor Frue-kerk. Een vroege ochtend in rooskleurig licht, helemaal naakt, wakker, helder en scherp in zijn gedachten had hij naar het marmer kunnen gaan om het beeld af te maken. Maar nee. Hij moest voor vader spelen. Het enige waartoe hij nimmer in staat was geweest en dat had hij ook toegegeven.

Negentien jaar geleden.

Ze zouden in Vicenza trouwen. Dat was dus Oostenrijks territorium. Paulsen weigerde katholiek te worden, Bertel had gedacht dat hij zich wel voor een jaar of zo zou kunnen bekeren.

Ze kregen geen toestemming om hier te trouwen. Katholiek en protestants, dat was als het huwen van een nijlpaard met een gazelle. Bertel liet zijn koffie voor wat die was, stond op, boog ironisch en liet de tortelduifjes aan hun lot over. Hij ging naar zijn kamer om de paar kledingstukken die Elisa hem had gedwongen mee te nemen, in te pakken.

Terwijl hij daarmee bezig was, sprak hij luid mompelend in zichzelf.

Ze hadden hem gedwongen, ze hadden hem verboden zijn honden mee te nemen, ze hielden hem van zijn werk weg. Nu kón hij niet meer. Hij schreef een brief terwijl hij de woorden met zijn lippen vormde, sloeg met gebalde vuist op het papier en de tafel, opgelucht en opgebeurd, hij had een besluit genomen, het kon hem verder geen barst schelen.

Hij slaagde erin in de koets te komen voordat ze doorhadden dat hij de benen had genomen. Hoe ver zaten ze van Rome af? Niemand had een vermoeden waar hij zich bevond. Het was oktober, hij kon Rome bereiken voordat de mensen op zoek gingen. Paulsen moest zelf maar een plaats zoeken waar hij met Elisa kon trouwen.

1833

Bertel was ter plekke, niemand zou hem weghouden van het graf van de goddelijke Rafaël! Ze moesten toch onderzoeken of de man zijn eigen schedel in het graf in het Pantheon bij zich had of dat de schedel die zich in de Sint Lucas-academie bevond, aan hem toebehoorde.

Hij droeg het uniform van de Sint Lucas-academie en had al zijn onderscheidingen opgespeld. Hij was echt enigszins vrolijk terwijl hij demonstratief door de stad liep, tikkend met zijn stok en stijfjes, de voorname kleding was vast iets gekrompen of misschien was hijzelf een beetje uitgedijd.

Ze groeven de kist op en hij strekte zijn nek. O, dat onmiskenbare geluid van droog verval. De botten rammelden in de kist, aan het voeteneind vielen ze door elkaar. Ja, sinds de renaissance was er veel tijd verstreken. Zoveel tijd dat een mens was gereduceerd tot stof en uitgedroogde botten. Hij keek in de kist en stelde vast dat er in elk geval een hoofd in lag.

'Moet het niet allemaal weer goed worden gelegd?' vroeg hij fluisterend en hij wees naar het skelet dat zich nu in een miserabele wanorde bevond. Tja, wie zou het opvallen dat hij in wanorde was terechtgekomen? Over vier dagen zouden ze zijn teraardebestelling vieren. Een werkelijk exclusieve gelegenheid voor de toeristen in de stad. Voor zover hij begreep, verkochten de ambtenaren van het Vaticaan toegangskaartjes tegen schandalig hoge prijzen.

Met gemengde gevoelens ondernam hij de reis voor de tweede keer. Wie vond het toch zo'n grote gebeurtenis om de verstoorde resten van die arme Rafaël te begraven? Alsof zijn genie in een uitgedoofde schedel zat. Bertel sloeg zijn ogen op naar het beeld van de wijze, milde Consalvi, de enige man die wijs en goed genoeg was geweest om paus te worden, maar stierf voordat hij daarvoor de kans kreeg. Wat zou hij deze belabberde, valse plechtigheid vreselijk hebben gevonden.

Toen viel zijn blik opeens op een langwerpige, vogelachtige gestalte die zijn hoge cilinderhoed weigerde af te nemen. Het wezen begroette hem met een slap handje, hij moest zich in zijn arm knijpen, het was de jonge Hans Christian Andersen. Andersen was zo mogelijk onder nog armoediger omstandigheden opgegroeid dan hijzelf. Nu was hij naar verluidt wereldberoemd en trok Italië door. Natuurlijk moest hij hier zijn! En de kist van Rafaël moest weer op zijn plaats, de botten rammelden weer en deze keer vervulde dat geluid hem met weerzin en weemoed.

Op een dag in de verre toekomst zou men misschien ook zíjn onbelangrijke resten verstoren om te zien of zijn hoofd zich nog in het graf bevond. Ze zouden hem opgraven en zeggen, kijk eens, dit waren de handen van Thorvaldsen. Wat ordinair. Je kunt het verschil tussen de schedel van het genie en die van een hondenvanger niet zien. Waarom kun je het genie niet zien?

Hij had geen zin in Andersen en haastte zich naar buiten. Haalde verlangend adem, in de septemberhitte. De mensen hadden een merkwaardige houding ten opzichte van kunstenaars. Zolang ze leefden, moesten ze voor de Kerk kruipen. Als ze lang genoeg dood waren, behandelde de Kerk hen als heiligen.

Hans Christian Andersen liep te ijsberen. Hij was lang, mager en lenig, alles aan hem was als rubber, elastisch en zwaaiend. Hij zoog dingen in zich op, vond Bertel, hij zoog met zijn ogen en neus, snotterend en slurpend. Hij had een prachtige schone boord en heel mooie handschoenen, maar omfloerste, vieze ogen.

Bertel was ervan overtuigd dat de man nog maagd was en van plan was dat ook te blijven. Want dat was iets bijzonders en Andersen wilde beslist iets bijzonders zijn.

'Bent u op Langeland geboren?' vroeg hij de slappe Andersen op weg naar Greco. Andersen was bang voor honden, hij dacht zeker dat ze altijd in dikke stralen poepten. Daarom had Bertel Rex meegenomen, de grote witte hond sprong en likte handen.

'Nee, ik ben geboren in Odense,' antwoordde Andersen zweverig. Ze liepen een eindje zwijgend verder, toen wendde Andersen zich tot hem en vroeg hoe hij op Langeland, dat eiland ten zuiden van Funen, was gekomen.

'U lijkt op de graaf, de Generaal, van kasteel Tranekær, de gekke generaal,' zei Bertel bruusk. Dat had hij van Eckersberg vernomen. In Kopenhagen deed het gerucht de ronde dat Andersen de zoon was van Elise Ahlefeldt en was geboren uit een incestrelatie, verwekt door haar eigen vader. Die indruk maakte hij ook. In elk geval kwetste de mededeling hem dusdanig dat hij niets zei voordat ze de koffie hadden ontvangen en Rex op de bank had plaatsgenomen met de kop op Bertels dijbeen.

'Mist u Kopenhagen?' vroeg hij, toen de koffie en Andersens opvallende zwijgzaamheid hem milder hadden gestemd. Andersen likte telkens zijn lippen, uit angst om met melkresten om zijn mond over straat te lopen. Niemand in deze stad kende hem, behalve de Denen.

'Ze haten me en werken me tegen,' zei Andersen, en zoals altijd verschenen er tranen in zijn ogen. 'Ze laten me nooit met rust.'

'Ik ken hen daarginds,' zei Bertel, en hij aaide Rex over de rug. 'Mij was het geen haar beter vergaan als ik daar was gebleven. Ik zou zelfs geen toestemming hebben gekregen een model te maken.'

Andersen sloot zijn mond en deed achter zijn ogen het licht uit. Bertel begreep hem, maar dat maakte hem niet gemakkelijker te verdragen. Andersen wilde zijn reputatie en zijn lijden in zijn eentje dragen. Hij deed Thorvaldsen de eer hem te benaderen. Dus mocht die man daar toch waarachtig niet zitten te beweren dat anderen soortgelijke ervaringen hadden!

'Ze zeggen dat ik zo stil ben en me nooit blootgeef,' zei hij geïrriteerd, 'maar ik wil eerst zekerheid hebben voor ik me blootgeef. Ik woon in een glazen huis. Ze staan daarbuiten te wachten tot ik me blootgeef. Ik ben toch al bijna een oude man? Ben ik niet binnenkort passé? Ik durf zelfs geen zelfportret te maken. Dan zullen ze zich op me storten. Bekrompen en wantrouwig noemen ze me, omdat ik contracten en voorschotten wil hebben...'

Zijn blik viel op Andersens verstijfde gezicht en hij zweeg meteen. Wat had hem er in vredesnaam toe aangezet om zich juist tegenover die ene man bloot te geven. Hij had toch geleerd zich koel, correct en absoluut beleefd te gedragen wanneer hij niet wilde dat anderen een kijkje in zijn ziel namen? Hij woonde werkelijk in een glazen huis en hij rende in het rond om nieuwe gordijnen op te hangen om nieuwsgierige blikken te voorkomen.

Sinds Andersen beroemd werd, had hij afstand genomen van alles wat als privéleven kon worden gezien. Zijn eigen leven was eigenlijk voorbij en hij schreef op basis van herinneringen en ideeën van anderen. Hij was een kind geworden en de onschuld was zijn werktuig geworden, zijn bochel en de reden van zijn genialiteit. Bertel kon het niet nalaten vol medelijden en bewondering naar hem te kijken, een zeldzame mix. Wat zou hij zelf die kinderlijkheid graag bezitten.

Als de goede Deense toerist die hem diep in de ogen keek en hem opbeurend op de schouder tikte – hij gedroeg zich alsof ze goede oude vrienden waren.

'Uw heerlijke leven als bohemien!' zei de man geroerd. 'Uw leven in vrijheid, in volmaakte vrijheid! Uw heerlijke vrijheid!'

Bertel wilde hem niet begrijpen. Deze man was niet de eerste die het over zijn beminnelijke, vrije leven als bohemien had, maar er waren maar weinig mensen die zo naïef alles vertelden. Hij had helemaal geen vrijheid, verdorie, hij was geen bohemien, was dat nooit geweest. Hij was ondernemer, hij had meer dan dertig mensen in dienst die werkten en zijn kunst herschiepen. Vrijheid? Die had hij nimmer gekend.

1835

Het was februari en bitter koud. Bertel stond in zijn atelier naar het beeld te staren dat zich niet naar zijn wensen wilde voegen. Het marmer knisperde, bestond uit onregelmatige golven scherpe scherven, hoe hij zijn best er ook op deed. Het blok marmer was duur geweest, hij durfde het niet aan zijn leerlingen over te laten, ze zouden het naar de filistijnen helpen.

Dus stond hij hier alleen, met bevroren handen en vol afschuw over zijn werk en de inspanningen. Verdorie! Dat hij ook altijd toestemde! Dat was een gretigheid waar hij in feite niets van begreep, maar als hij nee zei, gingen ze zonder enige twijfel naar de concurrent. Als hij die tenminste had. Dan zouden er nieuwe sterren aan het firmament komen. Zoals hijzelf de ouder wordende Canova bedreigde toen hij in Rome arriveerde.

Hij hief de hamer en liet hem weer zakken. Streek over de onregelmatige sporen van woedende slagen. Het was alsof die het ongehoorzame marmer hadden gestraft. Hij moest voorzichtiger te werk gaan. Piepkleine slagen, piepkleine scherven. Op de vloer lag al zoveel marmer dat hij minstens één mooie kleine Amor had kunnen maken. Maar voor wie? Misschien voor Elisa.

Hij kleedde zich om, kocht een krant en ging naar Greco, dronk koffie en worstelde zich door de Duitse krant. Wat was de wereld sinds zijn jeugd toch saai en bekrompen geworden. Er gebeurde niets slechts, de vrouwen liepen te trippelen in te kleine schoenen in hun strakke korsetten. Het volgende zou wel weer poederpruiken zijn. Daar zou hij niet aan meedoen!

Bijna verlangde hij naar de aanwezigheid van Schubart toen hij zijn huis binnenging. Wellicht moest hij, zoals Elisa hem fijntjes had laten weten, schoonmaken en opruimen, maar wat had dat voor zin? Welke vrouw zou vrijwillig bij hem komen?

Nu spijbelde hij. Voor het eerst sinds de Academie.

Hij opende de deur naar zijn slaapkamer, wilde Rafaëls Madonna zien, maar daar zat ze, Anna Maria, in haar mooie nieuwe kleding, met enorme hammen van armen, een met kant afgezette kap en frutsels in het haar. Haar kleding verspreidde een scherpe lucht. Ze keek verwijtend naar hem en reikte hem een brief aan, de lucht trilde als een aanklacht.

'Nu kun je het doen,' zei ze terwijl ze probeerde te glimlachen, maar door de ontbrekende tanden trokken haar lippen scheef, en ze goot zich nog meer foezel in, 'nu kun je je plicht doen.'

Hij pakte de brief en liep naar het raam, keerde haar de rug toe en luisterde naar haar, hoe ze haar glas leegdronk. Ze had zich waarschijnlijk moed ingedronken terwijl ze – in zijn bed – op hem lag te wachten.

Wilhelm von Uhden was in januari, als minister in Berlijn, overleden. Sinds 1802 was hij niet meer in Rome geweest. Al die tijd.

'Ik heb met Elisa en haar man gesproken, en ze zijn klaar om te trouwen,' zei Anna Maria en ze dronk weer, 'dus dan kun je me de volgende keer meenemen naar Denemarken. Ze willen een museum voor jouw werken bouwen. Je bent genoodzaakt om terug te keren. Dan kun je je echtgenote meenemen. Ik kan gemakkelijk protestants worden.'

Even voelde hij zich zwak worden en probeerde hij zich te herinneren waar ze nu waren, Frances en Fanisca, waar zijn wil zich bevond. In haar macht? Nooit.

Hij wilde zich niet omdraaien, haar niet recht aankijken. Als Wilhelm dertig jaar geleden was gestorven, ja, dan. Maar na al die jaren. Echt een gezant uit zijn jeugd, de grootste domheid waaraan hij zich ooit schuldig had gemaakt. Net als Gottskalk de laveloze Karen mee naar huis in Aabenraa sleuren.

Hij vouwde de brief zo op dat vrijwel niet te zien was dat hij open was geweest en gaf hem aan haar terug. De moedeloosheid kwam niet als een verrassing voor haar. Ze had de teleurstelling waarschijnlijk al die tijd al zien aankomen en zich daar met behulp van de fles op voorbereid. Als ze maar niet boos zou worden. Ze had het bed in beslag genomen. Hij keek om zich heen, zag geen plek om zich te verschuilen. Dus moest hij terug naar zijn atelier om daar zijn rust te vinden.

O, Fanisca, dacht hij, terwijl de vermoeidheid zijn ogen toedekte. Beter te slapen dan te verlangen. Maria Barjatinskaja. Alle anderen hadden op zijn minst een ongelukkige, grootse liefde in hun leven. Hij had er geen. Slechts mislukte, halve pogingen, geen passie. Maar in werk na werk gaf hij pure liefde, de betovering der schoonheid, Amors macht weer. Misschien was het werkelijk een en al verdomde leugen. Dan kon je beter maar naar de hoeren gaan en de liefde gewoon vergeten. Waarom kon de liefde niet waardig zijn en tegelijkertijd zijn leven veranderen?

Hij had nooit gehoord wat er met de dochters van Anna Maria en Wilhelm was gebeurd. Ze zou het vast zelf wel weten. Getrouwd en naar huis teruggekeerd. Ze was vast al grootmoeder. Ergens in Duitsland waren haar dochters volwassen geworden en getrouwd, en vielen ze niet meer onder haar verantwoordelijkheid. Dat waren ze al tweeëndertig jaar niet meer. Al die tijd had hij gedaan alsof haar dochters niet bestonden. Hij had het nooit over haar verlies gehad, eerst omdat het hem dwarszat, daarna omdat hij dacht dat zwijgen haar verlies gemakkelijker te dragen maakte. Misschien had hij de plank helemaal misgeslagen. Nu was het te laat. Ze zat bij hem thuis, maar hij wenste niet met haar samen te zijn, in geen enkel opzicht. Als het nodig was, wilde hij haar best geld geven, zodat ze haar dochters in Duitland kon bezoeken.

Dan moest ze wel eerst antwoorden.

Hij kwam overeind in het donker en liep rond tussen zijn beelden, snoof de geur van gips, klei en kou op, deze plek, waar hij zich beter thuis voelde dan iemand zou kunnen begrijpen, maar waar hij niet mocht zijn. Dan zou hij pas echt als een complete idioot worden beschouwd. Hij moest haar helpen, maar niet op de manier die zij wilde. Want dan zou ze weer bij hem thuis terechtkomen.

Normaal gesproken had hij er geen idee van over hoe veel of hoe weinig contant geld hij beschikte. Nu was dat opeens van het allergrootste belang. Op de bank had hij ongetwijfeld veel geld staan. Zij zou echter woedend worden als hij geld naar haar zou overmaken, een genadegift, een nauwkeurig berekende afstandelijke goedheid. Ze zou het geld verdrinken – of er zijden linten voor haar wonderbaarlijke hoeden voor kopen. Contant geld om voor naar Berlijn te reizen. Ze zou wel weten waar ze heen wilde.

Hij kon haar ook een paar van zijn werken meegeven; die kon ze verkopen of aan haar dochters cadeau geven. Welgestelde lui betaalden zelfs voor werken van mindere waarde een vermogen. Hij vond wel dat ze zijn vingerafdruk moesten hebben en niet alleen maar elegante leerlingwerken moesten zijn.

Hij had haar beter in de gaten moeten houden. Ervoor moeten zorgen dat ze een nieuwe man vond en met hem trouwde. Hij had haar moeten beschermen. Dan was hij wellicht ook zelf niet zo verdomde, verschrikkelijk eenzaam geworden.

1837

Hij waagde het zelfs niet om naar zijn atelier te gaan. Door de cholera lagen de straten er verlaten bij en hij kon de geur van dood bijna ruiken, die zoete, aanlokkelijke, angstaanjagende geur van verderf. De neus ging open, de geur was giftig. Het water was giftig.

Op het platteland leefden de mensen gelukkig zonder te sterven. Hij had geen zin om in Casa Buti langzaam te creperen, omringd door vreemden. Wat zouden ze dan voor hem doen, hem bij de ketters hier in de stad begraven? Hij, wie een mausoleum in het vooruitzicht was gesteld?

In plaats van de bedienden in staat van opwinding te brengen, begon hij zelf te pakken. Er waren niet veel aardse goederen waarvan hij niet graag afstand wilde doen. De honden en de contracten, en een schone set kleren. Zijn onderscheidingen en de Madonna van Rafaël. Dat kon allemaal in één enkele plunjezak. Dan kon hij Rome verlaten, even arm als toen hij arriveerde.

Een jongeman uit de familie Buti fungeerde als boodschappenjongen en kwam elke dag naar zijn atelier. Daar werd gewerkt, al was het dan niet veel. Niet omdat de werknemers dood waren, maar omdat ze de stad niet in durfden te gaan. Of omdat ze de benen hadden genomen.

Bertel nam een besluit. Wanneer zoveel anderen het aandurfden om op reis te gaan, moest hij dat ook doen, en met zo weinig omhaal van woorden als mogelijk. Misschien moest hij Anna Maria waarschuwen? Elisa en Paulsen waren in veiligheid. Je kon in elk geval íéts aan je schoonzoon overlaten.

Hij zat aan het open raam over de stad uit te kijken. Daar was het normaal gesproken levendig en lawaaierig. Nu leek het wel alsof al die ramen met gesloten luiken de dood aankondigden. Het stof woei door de nauwe straten. De kerkklokken riepen de mensen niet op tot gebed, maar ter begrafenis. Op dat moment nam de angst bezit van hem: hij had zichzelf altijd als onkwetsbaar gezien, maar de cholera besmette alles en iedereen. Slechts toeval scheidde hem van een pijnlijke, onwaardige voortijdige dood. Vooral bejaarden en kinderen stierven, maar hij was ook geen jonkie meer. De zwoele wind die vanaf de rivier door de stad woei, was naar hem op zoek.

De jonge Buti verscheen met een brief en Bertel trok handschoenen aan voor hij hem opende. Een brief uit Kopenhagen, van Collin, Andersens vriend. Collin en hij correspondeerden toch warempel niet met elkaar. Het was al een aantal dagen geleden sinds hij post had ontvangen, dus scheurde hij de envelop open en las bijna gretig. Ach, al die volmaakte zinswendingen, al die heerlijke tierelantijnen. Hij las hardop, mompelde de woorden en gaf ten slotte toe, zette zijn bril op waaraan Anna Maria zo'n hekel had.

Collin had over de cholera in Rome gehoord. Hij hoopte waarachtig dat de epidemie ertoe zou leiden dat Thorvaldsen zich uit zijn huis liet verjagen en 'naar zijn Kopenhagen' zou terugkeren.

Bertel smeet de brief weg en moest hem vervolgens weer oprapen voordat Rex hem aan flarden scheurde. Wat verbeeldde die man zich verdomme wel? Hem de stad uit jagen, dachten ze dat hij een lafbek was? De mensen leefden en stierven hier, trotseerden de ziekte en maakten dat de Kerk functioneerde; ze haalden water, voorzagen de armen van aalmoezen, begroeven de doden, verzorgden de zieken, hielden de handel in gang en de rechtbanken open. Alleen hij, de rijkste kunstenaar ter wereld, wilde vluchten.

Die gedachte maakte hem tureluurs. Hij had op het punt gestaan een van de grootste stommiteiten van zijn leven te begaan. Hij haalde de plunjezak leeg en legde de weinige bezittingen die hij mee had willen nemen, op tafel. Al deze kamers, je kon toch telkens maar in één kamer verblijven. Hij moest de kaasstolp verlaten, de gevaarlijke lucht in. Als anderen dat konden, dan deed hij het ook.

Anna Maria opende de deur op een kier, ze had een mondkapje voor – voor hem deed ze open, verder was ze moederziel alleen, haar twee kamermeisjes waren naar hun ouders in de bergen teruggekeerd. Rex was opgelucht dat hij weer mensen om zich heen had. Bertel liet de hond bij haar achter en liep weer naar beneden om te zien of er nog winkels open waren. Daarna moest hij naar zijn atelier.

De beste manier om de angst de baas te worden, was werken. Hij had een beeld in zijn hoofd, hij wist niet waar dat vandaan kwam: Ida Brun als jong meisje, dansend onder slechte muzikale begeleiding. Ida's benen, Ida's lichaam, haar gezicht, alles in dienst van de dans, maar niet als stijve gekunsteldheid, integendeel, ze maakte een voorname, natuurlijke indruk. Ze luisterde in zichzelf gekeerd, alsof de muziek uit haar ziel kwam, ze danste alleen voor zichzelf, met neergeslagen blik, alsof de losbandigheid van de dans nee zei tegen welke toenadering dan ook.

Ook al zou het zijn laatste werk worden. Niet sterven in vergetelheid, maar elke dag risico lopen. Moed. Die moest hij tonen.

1837

Hij haatte die droom. Nee, wat hij haatte was eruit te ontwaken, te ontwaken uit warme zekerheid en zichzelf in een eenzaam bed in Casa Buti zien liggen. De droom keerde telkens terug en elke keer deed hij weer evenveel pijn.

Hij droomde dat hij bemind werd en dat hij een vrouw beminde. Er stond geen apotheker, geen podiumangst, geen Schotse adellijke familie en geen Carlo of von Uhden tussen hen in. Hun relatie was puur en kende geen obstakels. Hij kon er een blik in werpen en de toekomst ontwaren, en alleen al bij de gedachte werd hij weer jong.

Maar juist op het moment dat het geluk hem vastpakte, werd hij met een schok wakker en ontdekte hij dat hij weer alleen was.

In de schemering kleedde hij zich aan en hij liep alleen de straat op, zonder ook maar iets gegeten of gedronken te hebben. Naar het atelier en het marmer, maar niet om aan de slag te gaan. Hij kon wel een hele dag met allerlei andere bezigheden vullen.

Als er íéts was waarnaar hij verlangde of wat hij nodig had, was het klei tussen zijn handen. Hij besefte echter dat hij daartoe niet in staat was. Van wie moest hij de gelaatstrekken kiezen? Niemand kwam op zijn pad.

Zijn leven was zo koud en verlaten.

Hij moest zijn dochter zien, maar hij durfde niet. Als er één mens ter wereld was die hem angst aanjoeg, was het Elisa. Hij had haar nooit gewild, maar ze had zich aan hem opgedrongen, tussen zijn ongeremde gevoelens, en hij had haar gebruikt om Anna Maria te straffen. Ze was daarginds en hij wist dat hij zijn hand uit moest steken. Hij was er echter van overtuigd dat ze die af zou weren.

Ze was getrouwd met een Deen. Zo moest hij Paulsen wel beschouwen. Ze was getrouwd met een Deen, dus dan kon ze wel met hem in Denemarken leven, met haar oude vader, en hem leren kennen.

Zelfs zijn kleinkinderen zou hij niet leren kennen. Dat waren vreemde mensen, vreemd en zonder schuld. Alle schuld was samengestroomd naar het diepste punt, bij hemzelf.

1838

Hij stond met samengeknepen ogen naar het Capitool te turen, de wind was zacht en vriendelijk, en hij wilde geen snelle beslissing nemen. Waar zou hij gaan eten, en met wie? Op dit moment had hij alleen maar zin om hier te blijven staan als een van de paarden en zijn adem over de stad te laten gaan.

De dames kwamen de trap op en moesten op adem komen, ze waren niet jong meer, maar wel ijverig, ze waren hier vast eerder geweest. Toen de Engelsen na de grote oorlogen naar Rome kwamen, waren ze een pest en een plaag geweest. Zonder gevoel voor de Italianen en het land, zonder begrip voor het klimaat, luidkeels pratend, arrogant en intolerant. Hij had gemerkt dat hij zelf ook erge dingen over de Engelsen zei.

Nu waren ze gewend geraakt, ze hadden zich aangepast en geleerd te houden van dat wat niet Engels was. Hij was nu in staat hun stemmen te onderscheiden en inderdaad, het waren Britten. Voordat ze hem herkenden, wilde hij zich van zijn beste kant laten zien, hij draaide zich met een brede glimlach om, nam zijn hoed af en begroette hen.

Toen hij jong was, droegen de vrouwen geen korset. Destijds renden ze in kleine sandalen alle trappen op. Ze vonden het zelfs geen belemmering om zich in te spannen en te transpireren. Nu gebruikten ze waaiers en zelfbeheersing, en wilden niet toegeven dat ze mensen waren.

Een van de dames had zich volledig getooid met hoed, veren en sjaals, die haar bij elkaar moesten houden. De ander was ooit mooi geweest, een slanke vrouw, fraai en gracieus en met rustige gebaren. Ze begon te lachen, pakte haar hoed vast en haalde die van haar haar.

Die beweging herkende hij. Twaalf jaar geleden had hij haar voor het laatst gezien, bij toeval, op straat bij Palazzo Farnese. Dit moest haar eerste reis naar Rome zijn sinds ze met hem brak.

Frances had allang gezien dat hij het was, ze hield hem met haar blik gevangen en maakte plagend een kniebuiging. Hij moest op haar toe lopen en zijn hand op haar schouder leggen, geen enkel gebaar kon zijn gevoelens van dat moment verhullen. Niet alleen zijn hand op haar leggen, maar haar in zijn armen nemen. Ze liet het gebeuren, maar liet een slappe, ietwat nerveuze lach horen, alsof ze bang was in tranen uit te barsten. Ach, het was twintig jaar geleden, hij was een oude man, maar zij was niets veranderd.

Ze wees op het uitzicht, liet haar arm langs de horizon gaan en hij zocht naar haar hand, draaide haar om en leidde haar voorzichtig naar de musea. Als het niet anders kon, zou hij met haar meegaan. Het was lang geleden sinds hij de werken door de ogen van Frances had gezien.

Ze spraken niet over de breuk. Ze praatten met elkaar alsof ze nooit van elkaar hadden gehouden en nooit met elkaar hadden gebroken. Alsof de pijn nimmer was geboren. Ze vertelde iets over haar leven: ze had jarenlang in Zwitserland gewoond, maar nu had ze een keus gemaakt, hier hoorde ze thuis en hier wilde ze blijven. Hij wilde niet prijsgeven dat hijzelf van plan was terug te keren.

De anderen noemden dat 'naar huis terugkeren'. Het woord 'huis' was als een schok voor hem. Alsof hij in ballingschap had geleefd. Wat akelig. Ieder mens moest toch op zijn minst het recht hebben zijn thuis te kiezen, de plek waar hij of zij zich thuis voelde!

'Wat is er van Fanny Caspers geworden?' vroeg ze lieflijk, en hij lonkte naar haar, maar Frances was nog steeds een open boek, ze vroeg uit eerlijke belangstelling. Hij had jarenlang niet aan Fanisca gedacht. Hij zocht naar haar, maar liep slechts tegen muren op – en toen Frances haar arm in de zijne stak, herinnerde hij zich het pas met een brandend gevoel van teleurstelling: Fanisca was al drie jaar dood. Zijn Fanisca, zijn vurige Francesca.

Hij had geprobeerde de gedachte van zich af te zetten. Hij ontving haar zeldzaam vermoeide brief pas in het jaar voor haar dood. Ze had een goed huwelijk gesloten met een bankfunctionaris. Zo ging dat met wankelmoedige grootheid. Een knappe man die veel jonger was dan zij en die van haar hield en haar verafgoodde. Alsof ze dat niet verdiend had, maar te laat. En ze had een dochtertje gekregen.

'Er zijn anderen die een dochtertje hebben,' zei Frances lachend. Als ze destijds toen hij haar kende zo lichtzinnig had gelachen, zou hij haar niet van zich hebben afgestoten.

Deze rijpe Frances was ontoegankelijk, maar toch wilde hij liever deze vrouw bezitten. Hij had haar in beweging gebracht, de heuvel af, tot op de grond, maar vanaf die plek had ze slechts omhoog en vooruit gekeken. Ze had zichzelf genezen.

Frances kuste hem op zijn wang en wenkte, ze glimlachte hem opbeurend toe, alsof ze alle kracht van de wereld bezat en hij kwetsbaar was en in gevaar verkeerde. Die oude man.

Pas toen hij zijn huis naderde, drong het tot hem door dat hij om vergeving had kunnen vragen. Hij had dit hoofdstuk kunnen afsluiten. In plaats daarvan had hij zich laten overweldigen. Nu kon hij eigenlijk terugkeren naar Denemarken en naar een bestofte, onbegrijpelijke wereld.

Zonder Frances en zonder Fanisca.

Hij zou Fanisca's graf moeten bezoeken, maar hij wist dat hij dat nooit zou durven. Ze had alle zekerheid gekregen die ze nimmer had ervaren, maar te laat. Dat zeldzame dat iemand van iemand hield en iemand de moeite waard vond om zijn leven aan te wijden. Het enige dat hij nooit had bereikt.

Ze zat op zijn sofa, vermagerd en vol verwijten, gekleed in knisperende zwarte taf. Anna Maria had altijd smaak gehad en nu kon ze het zich blijkbaar veroorloven om groot uit te pakken. Haar hoed lag op de stoel naast haar; die was ook enorm, zwart en getooid met veren en linten. Haar kleding had een vermogen gekost. Zwart stond haar goed, ze werd er nog bleker van, nog marmerachtiger.

Op dit moment wenste hij dat hij haar kon overhalen. Alleen een schets van haar perfecte houding, want elke ledemaat was op optimale manier geplaatst. Ze zat als een balletdanser: haar ene arm langs haar dijbeen, de hand gesloten om de handschoenen, de andere arm op de leuning van de sofa, hoog opgestoken. Haar ene voet stak onder haar rok uit, die ze elegant om haar benen had geslagen zodat de stof plooien maakte die aan Bernini deden denken.

Niemand anders, niemand anders die hij kende, was tot zoiets in staat. Ze slaagde er nog steeds in hem de adem te benemen, zo heerlijk was ze. Afgezien van haar woedende blik op hem. Het haar was strakgetrokken voor het moderne kapsel, met heel veel zelfgemaakte, harde pijpenkrullen – en ze verfde het vast dikwijls, want er zat geen grijs haartje tussen.

'Dan ga je zeker trouwen als je "naar huis" terugkeert, naar al die fantastische mensen?' zei ze zonder inleiding. 'Ze waren immers zo blij voor je en je genoot de afgelopen keer van je verblijf. Toch? Het was een grote triomf...'

Hij wilde het niet over zijn vorige bezoek hebben. Hij wilde het helemaal niet over het verleden hebben. Achttien jaar lang had hij dit gesprek voorbereid, maar altijd had hij gedacht dat hij zich zou kunnen beheersen. Niet haar, maar op zijn minst zichzelf. Aanvankelijk had hij gedacht dat hij haar van zich af kon schudden als hij tegen haar zou zeggen dat hij weg wilde. Jaar na jaar was verstreken. Hij had haar niet durven aanraken, niet durven wegsturen. Hij had haar alleen geld gestuurd en haar vermeden, voor zover dat mogelijk was.

Nu wist hij het, hij kon alleen een scheiding voor elkaar krijgen door naar Denemarken terug te keren. Was hij maar met haar getrouwd toen de tijd daarvoor rijp was, maar destijds wilde ze niet. Het was verdorie eenvoudiger om te scheiden als je een papiertje en ringen had dan wanneer je uit pure, zuivere liefde bij elkaar was. Of uit gewoonte. Of uit angst. Nee, ze waren zelfs niet meer bij elkaar, maar ook niet gescheiden. Ze waren niets. Hooguit ouders. Maar ook dat waren ze niet met elkaar, slechts ieder apart.

'Ik ben niet van plan ooit te trouwen,' antwoordde hij dof, terwijl hij in de enige lege stoel ging zitten. Er stond koffie voor haar, maar hij durfde geen kopje te pakken, hij zou zijn eigen nervositeit verraden door te morsen.

'Beloof me dat op zijn minst. Geen eeuwige trouw, maar dat je ongetrouwd blijft,' zei ze. Hij wist dat ze niet om die reden was gekomen. Hij had haar echter zelf de kans gegeven. Nu pakte ze elke strohalm vast die met de wind haar kant op dwarrelde.

'Dat heb ik je al beloofd,' zei hij. 'Ik moet terug naar Kopenhagen, anders wordt mijn museum niet gebouwd.'

Dat was de waarheid.

Hij was er niet trots op. Hij had gedacht dat de geldinzameling een vermogen zou opleveren, dat Denemarken van trots zou ontwaken en een museum voor hem zou bouwen dat dat van Canova zou overtreffen. En toen bleek dat ze zelfs geen geld bij elkaar konden krijgen. Naar verluidt hadden ze daar geen idee van wie hij was. Hij moest naar Denemarken.

Canova had zijn collectie aan zijn geboortestad geschonken. Hij zou als een soort heilige aanbeden worden, nam Bertel aan. Er zou een soort kopie van het Pantheon komen, uitsluitend om de werken van Canova in te kunnen onderbrengen.

Bertel wist dat Canova's voorstudies veel leuker waren dan de voltooide beelden. Canova wilde zijn voorstudies, zijn *bozzetti*, tentoonstellen – hij wilde zijn nalatenschap veranderen en vormgeven.

Het huis waarin hij was geboren, had hij tot een soort tempel verheven en hij had een kerk gebouwd. Het was misselijkmakend, maar wel efficiënt. In de kerk, die op de top van een heuvel was gelegen, had hij voor zichzelf en zijn broer een koninklijk mausoleum ingericht. Ze rustten nu in even zo royale sarcofagen. Zelfverheerlijking zo groot als krankzinnigheid. Ze moest begrijpen dat hij zoiets niet in de zin had. Maar hij wilde zijn kunstcollecties aan Denemarken schenken. In Rome waren ze niets waard, maar in Kopenhagen hadden ze geen openbare collecties, en vooral geen Italiaanse kunst.

'Ik laat mijn atelier hier,' ging hij verder, alsof hij haar in een aangenaam geheim inwijdde. 'Ik ga ervan uit dat ik terugkom, maar ze moeten me zien om te begrijpen dat ze me een museum verschuldigd zijn.'

Toen pas zag hij duidelijk haar gezicht en hij trok zich terug. Nu had hij weer de volkomen verkeerde woorden uitgesproken, maar waarom? Ze wist hoe vreselijk graag hij een museum wilde hebben!

'Ik dacht dat de koning in München een museum voor je wilde bouwen,' zei ze met een zure glimlach. Nog nooit had ze hem zo veracht zoals nu. Een ijdele, zelfingenomen, bejaarde man die zijn gezin wilde opofferen om een museum te krijgen. Kon je op menselijk vlak nog dieper zinken?

'Ik ben hoe dan ook een Deen,' bracht hij er ontredderd tegenin, pakte toch het koffiekopje en morste, zoals hij al had verwacht, bracht het kopje naar zijn mond en probeerde zijn boosheid te beteugelen. Ze wist niet beter. Ze had haar redenen om hem te verachten. Hij begreep die redenen niet, maar ze waren welbeschouwd háár zaak.

De laatste keer dat hij naar Denemarken was teruggekeerd, was een vlucht geweest. Eerst was hij ingestort, daarna had hij zijn twee vrouwen ontmoet en hen verraden. Nu was hij als gras zo groen wat de moraal betrof. Hij dacht aan zijn nalatenschap. Je had toch het recht om een zekere professionele trots te bezitten?

'En hoe zit het met Elisa?' klonk het na een tijdje. 'Pak je haar ook van me af?'

'Ze kiest zelf waar ze wil leven, maar haar man is Deens,' zei hij. Het was het veiligst om bij de feiten te blijven als je met Anna Maria in discussie was.

'Mijn zoon had nu een rijpe man kunnen zijn, een volwassen man met zijn eigen leven,' ging hij verder. Niet om haar te kwetsen, maar om het onzegbare te zeggen. Hij moest het op zijn minst nú zeggen, nu ze afscheid namen. Het was immers de waarheid. Zonder de dode Carlo Alberto had hij haar mee kunnen nemen. Zonder de dode Carlo Alberto zou er geen plaats zijn geweest voor Frances of Fanisca.

Anna Maria deed alsof zijn woorden haar niet raakten. Haar gezicht was bleek, haar blik naar binnen gericht, ze luisterde, hoorde het aan.

'Ook mijn zoon,' zei ze eindelijk met droge, smalle lippen, 'hij was ook mijn zoon.'

Bertel wilde haar niet onderbreken. Eén moment van onoplettendheid had zijn levensloop veranderd. Hij was werkelijk zo dom geweest om te denken dat hij zonder bijbedoelingen dat ene genoegen mocht smaken. Maar alles moest bitter zijn, ook het afscheid.

Ze sloeg haar waaier open en strekte haar nek.

'Daar had ik je te pakken, is het niet?' zei ze schor, en ze lachte en kuchte om haar keel te schrapen. 'Jij dacht dat ik hier zou zitten gillen en met zelfmoord zou dreigen. Ik laat je gaan. Dat is toch mooi? Kun je nog meer verlangen?'

'We zijn oud geworden,' was zijn enige antwoord. Maar toen hij haar aankeek, kon hij onmogelijk ouderdom ontdekken. De jaren hadden hun tol geëist, maar ze was nog steeds zichzelf. Als hij zichzelf aanschouwde, zag hij geen grijze, bejaarde kunstenaar, maar Bertel op blote voeten op Larsens Plads.

Hij schreef haar een brief, want hij meende haar een verklaring en een soort afscheid verschuldigd te zijn. Hij was niet van plan haar ooit nog op te zoeken. Elisa wilde zo graag met haar moeder omgaan, dat was prima, hij wilde zijn enig kind dat plezier niet ontnemen. Maar om zelf het verleden op te zoeken, dat ging te ver. Hij nam niet de moeite haar te schrijven, hij ging zich altijd verontschuldigen, dan werd hij boos op zichzelf en herinnerde zich dat hij haar had gekwetst.

Als Carlo niet gestorven was, wat dan?

Hij pakte zijn pen, doopte die in de inkt en ging verder met het schrijven van mooie frasen. Het was belangrijk om rustig te blijven, wat hij ook dacht. Dit was niet alleen een reis terug, het zou ook een reis naar huis worden. Hij had ervoor gezorgd dat hij naar Rome zou mogen terugkeren. Iedereen deed echter alsof hij naar Kopenhagen terugkeerde om te sterven.

Misschien keerde hij nimmer terug. Misschien zou hij Anna Maria nooit meer zien. Ze was er altijd geweest, in de schaduw aan de rand van zijn wereld, of in de volle zon, verlicht zodat elke beschadiging duidelijk zichtbaar was. Ze had veertig jaar deel uitgemaakt van zijn leven. Je kon niet gewoon haar je rug toekeren en vertrekken, een handvol munten gooiend. Hij wist alleen niet wat hij anders moest doen, zonder haar weer aan zich te binden.

Elisa's mond verstrakte, ze werd alert, toen hij en passant naar haar bezoek aan haar moeder vroeg. Slechts één keer zinspeelde Elisa op de wanverhouding tussen haar ouders.

'Waarom heb je nooit een portretbuste van mama gemaakt?' vroeg ze een beetje nieuwsgierig. Niet mevrouw Paulsen stelde die vraag, maar Elisa, in die stijve, onwillige Franse taal van de kloosterschool.

Wat had hij kunnen antwoorden? Dat hij Anna Maria keer op keer had geportretteerd, haar gezicht of schouders of heupen of armen? Zijn kennis van haar lichaam had hij overal in gestopt. Venus was vooral Anna Maria, met een paar toevoegingen van andere modellen. Maar zijzelf was altijd dichtbij.

Toch deelde hij bijna het oordeel van zijn dochter. Hij had haar tot medaillon moeten maken, klein en gemakkelijk te herkennen, zodat hij haar in zijn zak kon dragen, ook als hij naar Kopenhagen terugkeerde.

Hij had gezworen dat hij niet zelf zijn bezittingen zou pakken, maar als hij dat aan anderen overliet, zou hij niet weten waar zijn spullen lagen. Dus was hij aarzelend begonnen zich aan de verhuizing te onderwerpen. De vorige keer dat hij Rome verliet, had hij het meeste kunnen laten staan. Hij wilde immers terugkeren!

Nu dacht iedereen dat hij 'naar huis' terugging en hij wist dat het jaren kon duren voor hij weer in Italië was. Dus was hij genoodzaakt meerdere ijzers in het vuur te hebben.

Waarom had hij door de jaren heen zoveel spullen vergaard? Hij vond dat hij eigenlijk een spartaans leven leidde, maar in werkelijkheid had hij veertig jaar lang alles verzameld wat los- en vastzat. Nee, niet de eerste jaren, corrigeerde hij zichzelf boos, destijds had hij zich niets kunnen veroorloven. Maar later. Al die gipsen afgietsels van klassieke werken. Wat wilde hij daarmee? Ernaar kijken, ze bezitten. Weten dat ze beschikbaar waren, dat hij een lamp kon aansteken en er zelfs midden in de nacht naar kon kijken.

Drie jaar geleden had hij enigszins toegegeven en een deel van de afgietsels naar Kopenhagen gestuurd. Hij miste ze niet, maar hij had ze graag bij zich gehad. Zo nu en dan herinnerde hij zich iets wat hij graag wilde zien, maar dan moest hij dus naar een museum. Het had zo logisch geleken om langzaam te verhuizen. Nu was hij niet zeker meer. In plaats van dat de gedeponeerde werken hem naar Denemarken terugtrokken, had hij er afscheid van genomen.

Hij was serieus bang dat hij zich tot een manische verzamelaar had ontwikkeld. Het minst trots was hij op zijn schilderijencollectie, maar hij had zich op meerdere zaken gericht, er waren zoveel andere dingen die hij had begeerd. De kleine, bijna lichtgevende sterke beelden uit de middeleeuwen waarvoor alle anderen hun neus ophaalden, toen hij ze vond. En de oudheden. Munten en dingetjes. Veel spullen konden zelfs niet worden tentoongesteld. Niet meer. De oude Wie en Zoëga zouden de dingen en hun dubbelzinnige karakter op hun juiste waarde hebben geschat, maar in deze nieuwe, deugdzame tijden was het ondenkbaar om een mannelijk lid publiekelijk tentoon te stellen. Als de vrouwen in staat waren het voorwerp te identificeren, corrigeerde hij zichzelf weer.

Hij kreeg een droge mond van al dat werken, dat tillen, pakken en al dat zaagsel. Wat zouden ze van zijn bezittingen vinden als hij in Kopenhagen arriveerde? Kenden ze hem überhaupt?

Hij ging in het licht zitten, opende de luiken nog iets verder en baadde in het zonlicht. Hij had zoveel plezier van de munten. Die kleine, versleten wezentjes met gezichten en onbehulpzame tekens en letters. Al die Atheense uilen.

Als hij nog een keer op reis zou kunnen gaan, zou hij Athene bezoeken. Misschien dat hij zich daar thuis zou voelen. Hij wilde zo graag meer archaïsche gezichten zien, hun scherpe trekken en introverte glimlachjes, hun onschuldige vertoning had hem nieuwe moed gegeven. Geen enkele koper had bijzonder veel belangstelling voor zijn archaïsche voorstellen voor standbeelden, maar hij kon ze natuurlijk wel voor zichzelf maken, ten behoeve van zichzelf. Wellicht waren de Denen ook zo onwetend en dankbaar dat hij hun een paar ouderwetse beelden kon aansmeren. Iets wat hijzelf met veel plezier maakte, niet al die kolossale apostelen. Alleen al hun formaat achtervolgde hem.

1838

Hij wist hoe het zou gaan. Het kon niet anders. Ze dromden samen, in kleine bootjes roeiden ze naar het schip toe om een glimp van hem op te vangen. Hij had grote hoeveelheden kleine bustes van zichzelf moeten maken, zodat ze allemaal een stukje van hem konden krijgen. Ze dachten immers dat ze hem kenden, omdat ze het werk van zijn handen kenden. Hoe dom kon een mens zijn.

Ze hadden nooit gedacht dat hij zijn belofte waar zou maken en naar Kopenhagen zou terugkeren. Dat bedacht hij vol bitterheid, toen de scheepskapitein in vol ornaat en met een wapen aan zijn zij in Livorno verscheen. Hij had zich voorgesteld als de man die door de koning was gezonden om Thorvaldsen met zijn oorlogsschip op te halen. Denemarken had toch zeker niet zo vreselijk veel oorlogsschepen meer? Of hadden ze in dertig jaar een nieuwe vloot weten op te bouwen? Wat had hij daar voor verstand van...

De architect Vilhelm Dahlerup had zijn zoon bij zich. Een echt mensje. De knaap en een hond hadden hem al die dagen op het fregat wakker gehouden. Die lange tijd. De reis vanuit Livorno, de stad van Schubart, de stad van Elisa Schubart. Hij nam afscheid.

Een paar uur eerder was hij gevallen en had hij zijn heup tegen uitstekend houtwerk gestoten. Alles op het schip diende een nuttig doel, maar alles leek niet erg doelmatig. De passagiers liepen alleen maar in de weg, en vooral hij, omdat hij zich zo slecht op een schip wist te gedragen. Hij wilde niet laten merken dat hij pijn had, dan gaven ze hem een overdosis opium en zou hij in een roes raken. En juist nu wilde hij helder zijn.

Het bruine hondje sprong in zijn armen en verborg zijn kop in zijn hals. Hij begreep het beest. Hem verging het net zo. Hij kuste de hond in de nek en pakte Dahlerups zoontje bij de hand. Met een kind en een hond redde hij zich wel.

Hij stond roerloos op een besluit te wachten. Een dag eerder had hij gedacht dat hij rust kon vinden, maar nee. Al zijn werken waren zorgvuldig ingepakt, maar hij had amper voldoende kleding om een koffer mee te vullen. In de hut droeg hij alleen zijn onderbroek en wanneer er respectabel bezoek kwam, gooide hij een kamerjas over zijn schouders. De enige broek die hij had meegenomen, was al versleten, maar die zat hem als gegoten. Die goede zeeofficieren hadden zelfs een oppasser voor hem geregeld, een uiterst nauwgezette jongeman, die zich om zijn kleren moest bekommeren. De jongeman verveelde zich stierlijk, want er viel niets te contoleren, wassen, strijken, herstellen. Niet tot de oppasser erin slaagde een scheur in de broek te trekken. Bertel verzocht hem de broek te repareren en tilde er niet zwaar aan, hij zou de broek pas op de zeventiende nodig hebben, en het was nog maar 16 september.

Toen werd hij op het dek gesommeerd: de koning had hem een bode gestuurd. Waarom? vroeg hij volslagen niet-begrijpend. Wilde de koning hem niet tot het land toelaten? Was er oorlog? Nee, nee, het zat heel anders. Het ging om een benoeming. Bertel sloeg de kamerjas om zich heen en volgde. Als het niet al te hard woei en als hij erin slaagde de kamerjas om zich heen te houden, zou niemand zien dat hij in zijn onderbroek liep.

Een man in livrei kwam naar hem toe en overhandigde hem een papiertje, waarna hij uitlegde dat hij was benoemd tot conferentieraadsheer, nu kon hij op audiëntie komen. Bij wie? Bij de koning! Alsof dat ooit een probleem was geweest. Er bestonden veel koningen in de wereld, maar er was slechts één Thorvaldsen.

Hij had een paar keer een blik op de benoeming geworpen, vol verbazing, toen stak hij het papiertje onder zijn kamerjas. Het moment dat hij vreesde, was aangebroken, het schip af, de roeiboot in. De verstelde broek zat goed. De oppasser had hem gewassen, geborsteld en in orde gemaakt, met koortsachtige ijver, een betere zaak waardig, als je het Bertel vroeg. Als conferentieraadsheer voldeed hij volledig aan zijn stand.

Voor het eerst van zijn leven verlangde hij naar Elisa, naar zijn kinderen. Carlo had nu bij hem kunnen zijn, een volwassen man met kinderen en een eigen leven. Elisa had bij hem moeten zijn, oplettend, aandachtig en zwijgzaam. Zijn beeld gesneden in een vrouwenhuid en met de ogen van Anna Maria. Met Elisa wilde hij niets delen. Ze deelde immers zelfs zichzelf niet, ze schepte op over haar man, haar kinderen en haar moeder, terwijl haar vader in de schaduw mocht leven.

Allemaal waren ze verdwenen. Na achttien jaar keerde hij naar huis terug naar een nieuwe, verstijfde wereld. Toen hij de stad serieus verliet, had hij gedacht dat hij snel zou terugkeren, veel bekwamer en in staat de contracten voor het ene grafmonument na het andere van de oude Wie over te nemen. Hij had een verloofde en een geliefde achtergelaten. Hij had al zijn vrienden en een vreedzame wereld achtergelaten. Nu was er zoveel vrede dat de wereld als koud bloed was gestold.

Iedereen bemoeide zich met hem en hielp hem een handje. De trap af en de boot in, enkele sterke handen pakten hem vast en brachten hem naar de juiste plaats. Hij voelde zich als een pakketje dat bij de ontvanger werd bezorgd. Het zou vast blijven regenen. Maar nee, daar kwamen de zon en een regenboog tevoorschijn, er klonk hoerageroep en hij zag gesluierde gezichten. Hij had geen idee wat er van hem werd verwacht. Moest hij wuiven en glimlachen als een prins? Moest hij genadig buigen en de huldeblijken in ontvangst nemen? Hij was koninklijk noch een toneelspeler. Verlamd bleef hij met lege handen zitten, hij voelde zich ongemakkelijk. Dahlerups zoontje schoof zijn plakkerige hand in de zijne, hij zuchtte diep en probeerde van het onmogelijke te genieten. Ze huldigden niet hem, maar hun beeld van hem, hun voorstellingen van de grote kunstenaar, de beroemdheid en grootheid in de ogen van het buitenland.

Zelfs Kopenhagen was veranderd. Branden, oorlog en respectabele gebouwen hadden de stad die hij kende, de moed ontnomen. De haven raakte weer vol schepen, maar leek niet meer op zoals het was in de gouden dagen van zijn jeugd. Larsens Plads was er nog, maar dat was een heel andere wereld.

In de war liet hij zich door de stad rijden en hij zag dat er ook nog wel dingen onveranderd waren, ook al leek alles hem kleiner toe dan destijds. De Amalienborg leek wel een poppenhuis, hier had hij ooit Abildgaard begeleid, toen hij de erfprins overhaalde het paleis kanariegeel en oceaanblauw te laten verven.

Hij had Elisa moeten meenemen op het schip. Dit was ook haar wereld. Ze was toch getrouwd met een Deen, haar vader was een Deen, ze sprak zelfs Deens.

Hij had haar aan de stad moeten laten zien, dat levende standbeeld, maar waarvan de blik gesloten en introvert was wanneer hij haar probeerde te leren kennen.

Ze zou dit alles fijn hebben gevonden. De matrozen die hoera riepen, alsof hij de *Slaget på Reden*, de zeeslag van 2 april 1801, voor hen had gewonnen. De mensenmassa's op Kongens Nytorv, dat geroep, geschreeuw, gejoel en die wilde interesse. Hij moest naar buiten en met hoed en hand wuiven. Die kokende mensenmassa had iets angstaanjagends, ze waren in de bomen op het plein geklauterd en op de passerende koetsen, in alle ramen stonden mensen. Ze konden hem toch niet allemaal zien?

'Is dit niet een van de meest trotse ogenblikken van uw leven?' vroeg een onbekende man met rood aangelopen gezicht hem. Hij had geen idee wat de man bedoelde. Dacht hij dat dit iets bijzonders was? Dan mochten ze wat hem betrof wel ruilen.

Toen hoorde hij de stemmen. Die klonken helder, maar raar. Hoe kenden ze hem? Daarover had hij zich lange tijd verwonderd. 'Leve Tordenskjold!' riepen ze in de maat.

Hij kon het lachen niet laten. Lachend en met opgestoken handen betrad hij het balkon en nam de huldiging van het volk als de grote nationale trots Tordenskjold in ontvangst. Liever een zeeheld dan een beeldhouwer. Absoluut veel liever! Hij kon zich alleen geen andere gebaren herinneren dan die van de paus, dus zegende hij hen in alle ernst, de inwoners van Kopenhagen die jubelden omdat ze eindelijk hun held konden bejubelen, met een vertraging van honderdtwintig jaar. O, wat een opluchting, wat een verlossing.

Hoe konden ze weten, die mensen die Tordenskjold huldigden, dat hij vooral naar huis was teruggekeerd om zich aan het volk te tonen, zodat ze zouden betalen om zijn museum te bouwen? Zodat het hun museum kon worden, meer dan het zijne.

Tordenskjold.

Eindelijk hadden ze hem verlost. Geheel en al. Peter Tordenskjold. Heel zijn leven had hij ernaar gestreefd anderen ervan te overtuigen dat hij volslagen normaal was. Heel gewoon en begrijpelijk. Geen raadsels. Maar juist dat raadsel wilden ze ervaren; dankzij het raadsel accepteerden ze hem. Alles wat hij voor elkaar kreeg, was te danken aan een defect. Een defect dat hij in elk werk inbouwde dat hij losliet.

Er was een bed en een huis en een ruimte die hij kon afsluiten en waarnaar hij in eenzaamheid kon terugkeren. Buren op de Charlottenborg. Eckersberg. Hij herinnerde zich de man als jonge vent, slagvaardig, niet te imponeren. De jongeman uit Zuid-Jutland die geen zin had om Ingres te ontmoeten, maar die meteen Bertels beste model Maddalena verleidde en haar Nena noemde, en die haar behandelde alsof ze een havenhoer in Nyhavn was.

De man was absurd ouder geworden, hij was nu waardig, hij zat buitenshuis te schilderen met zijn hoge zwarte hoed op en met een bril op de neus. Wat een verdomde waardigheid!

Eckersberg wilde zo graag zijn vriend zijn, maar Bertel had er geen zin in. Hij ging met de man mee naar de Christiansborg, dat massief van zware stenen en zwaarmoedigheid, waar hij trots zijn schilderijen toonde. Bertel wilde, kon, durfde geen kritiek leveren. In Rome was de man aan het prutsen geweest met grote mythologische schilderingen zonder ook maar een gestalte te kunnen tekenen en zonder dat hij geld voor modellen had. Het was jammerlijke rommel. De beelden waren tenminste wel in beweging gekomen, met een soort wanhopige, onvrijwillige opgewektheid. De naakte figuren waren in krampachtige houdingen over elkaar heen gevallen.

Nu was elk genoegen uit zijn beelden geperst. Kaarsrechte soldaten, kaarsrechte koningen, overal kaarsrechte Denen. Abildgaard had wellicht met zijn historische schilderingen gestreden, maar had ervan genoten het doodgeborene tot leven te brengen. Eckersberg en zijn historische consulenten knepen al het leven uit de levendige levens.

Bertel zweeg, glimlachte beleefd en keek op zijn horloge. Een dag eerder had hij een loslopend jong hondje gevonden bij Nyhavn; het diertje was wit met een ruige vacht en zwarte ogen, net als destijds Hector en Priamus. Het was meteen op zijn bed gesprongen, waar het vlooien en vuil achterliet, maar daarna sliep het lieflijk op zijn rug. Daar verlangde hij naar, de onvoorspelbare levendigheid en vriendelijkheid van het beest. Diens ontdekkingen en vindingrijkheid.

Eckersberg was gestopt met het schilderen van gezichten om geschiedenis te schilderen. Abildgaard was toentertijd opgehouden met het schilderen van portretten, hoewel dat een lonende bezigheid was. *Ik schilder de geschiedenis, geen gezichten.* Eckersberg kon schepen en water schilderen. De mooiste schepen, de prachtigste golven.

Bertel durfde zijn mening niet te geven. In Italië deed hij dat anders altijd. Dat had zijn leerlingen van vele dwalingen weerhouden. Ze vertrouwden immers op zijn oordeel. Hij oordeelde niet om te veroordelen, maar om hun reputatie te versterken, om kunstenaars van hen te maken.

Verstijfd, vreugdeloos, een land dat werd geregeerd door een grijsaard. Daarvoor had hij gekozen, in plaats van voor de vrijheid.

1839

Hij werd wakker in het vreemde bed dat zijn lichaamsgeur nog niet had aangenomen. En om goede redenen rook het absoluut niet naar een vrouw, laat staan naar liefde. Dit was zijn onderkomen, maar het was even anoniem als een of ander hotel. De professor woonde op de Charlottenborg. Hier verdwenen zijn bezittingen en hier vond hij de onzichtbare geesten van de bedienden terug.

Hij werd wakker en was omgeven door een sterke geur waarmee hij niets te maken had en die in elk geval niet van hem afkomstig was. Die geur scheen hem te wekken, hij had niet het gevoel dat hij uitgeslapen was, dat hij daglicht zag – laat staan dat hij lust voelde.

Meestal bleef hij doodstil liggen tot iemand hem zijn ochtendkoffie op een dienblad bracht. Aanvankelijk had het hem verward om als een kind in een voorname familie te worden behandeld. Nu was hij eraan gewend, maar niet aan de geur.

De zon scheen, het was zwoel, of wat je hier in de stad ook maar onder zwoel verstond. In Rome zou hij de kachel hebben aangemaakt om de laatste resten gure kou te verdrijven. De Kopenhagenaars waren enthousiast.

Hij wist waar hij was en waarom. Hij was nog niet in verwarring of angstig wakker geworden. Hij droomde echter vrijwel elke nacht dat hij verhuisde. Dat hij om onverklaarbare redenen in zijn nieuwe huis om zich heen stond te kijken, dat hij wanhopig naar zijn overvolle kamers in Casa Buti verlangde, maar ook begreep dat dit waarachtig zijn nieuwe verblijfplaats op aarde was. Afgelopen nacht had de droom hem opnieuw gekweld. Hij was door de ene lege, witte kamer na de andere gelopen, als in voorname huizen. Grotendeels ongemeubileerd en met bijzondere oplossingen, lelijke trappen, ramen die uitkeken op Kongens Nytorv en zijn hele leven lieten zien. Misschien kregen ze wel genoeg van Tordenskjold.

De hele droom lang had hij naar een verklaring gezocht. Hij had uitgekeken naar iemand om te vragen hoe hij in zo'n weerzinwekkende situatie was beland, want dit lelijke nieuwe huis had hij nooit gewenst!

Hij hoorde stemmen buiten. Stemmen van vrolijke meisjes die lachten en praatten, kleine voeten die de trap af liepen. Zo zeker lopen kon je alleen als je nog heel klein was. Hij wilde opstaan, aan de deur luisteren, een glimp van hen opvangen. Hij ging rechtop in bed zitten en zette zijn voeten op de vloer.

Op dat moment herinnerde hij zich iets veel ergers dan dat hij zich in Kopenhagen bevond. Tot zijn eigen beschamende verbazing zag hij het zware, logge lichaam van een oude man, die onelegant probeerde te gaan zitten. Hij zag het verval en de zwakte, de huidplooien, het weinig fraaie haar dat op de meest onvoorspelbare plaatsen groeide, de hangende dikke buik die hem verhinderde zijn geslachtsdeel te zien.

Die onsmakelijke oude kerel wilde opstaan om de meisjes te zien passeren.

Hij moest zich schamen.

Wat had hij te horen gekregen toen hij naar huis terugkeerde – tijdens de meeste, mijlenlange toespraken had hij geslapen, slechts dit ene had zich in hem vastgebeten. *Moge echter uw prachtige avondzon, wolkeloos en stil, over de lieflijke Deense vlakten schijnen.* Hij kon dat beeld niet van zich af zetten. Zijn avondzon. Hij was oud, afgeleefd, geen mens meer. Slechts een reputatie, een genie, wiens werken geliefd waren. Ooit had men om zijn beelden gevochten en was hij controversieel geweest. Bertel, die zo bang was geweest om Bernstorff als Romeins senator naar de Academie terug te sturen.

Zijn avondzon. Zo zag iedereen hem. Hoogbejaard, tot het verleden behorend, een grootheid van wie je op aan kon. Een nationaal monument. Ereburger en voorzien van een titel en onderscheidingen, alsof hij in het kabinet zat. Wanneer hij zijn ogen sloot, was hij echter weer Bertel, doodsbenauwd voor het aanstaande examen op de Academie. Nu woonde hij waarachtig hier op de Charlottenborg.

Ze dachten ook dat hij Deens was, dat hij Denemarken kende. Wat een grote nonsens. Hij kende het Kopenhagen dat was verbrand en tijdens zijn afwezigheid weer was opgebouwd – in een heel andere gedaante. Hij kende Rome en de Campanië vanbuiten, Denemarken niet.

Misschien zou hij het land kunnen leren kennen voordat zijn avondzon onderging.

Terwijl hij op de rand van het bed zat en probeerde zichzelf te kalmeren, herinnerde hij zich opeens de andere droom die hem bij tijd en wijle kwelde. De droom dat hij niemand liefhad en dat iemand hem liefhad. De droom dat hij een minnares had. Niet Anna Maria, hij wist zelfs haar naam niet, maar ze bestond. Ze had hem een gevoel van veiligheid en volmaaktheid gegeven, gevoelens die hij maar een paar keer in zijn leven had ervaren – bij Fanisca, tot ze haar ware aard liet zien, en ja, bij Anna Maria. Maar dat was lang geleden. Nu was hij een oude man, die nooit meer zou liefhebben en bemind zou worden. Nooit meer zou hij ademloos op een brief van zijn geliefde wachten, nooit meer zou hij voelen dat ze zijn ziel voorzichtig in haar handen droeg. Hij keek neer in een afgrond van duisternis. Zo zwart als de somberheid die hem al zo vaak had overvallen.

De koffie werd binnengebracht terwijl hij op de rand van zijn bed zat te beven van het huilen. Hij probeerde zijn gevoelens te verbergen, zoals de kamerjas zijn lichaam verhulde, maar hij kon het niet meer opbrengen. De liefdeloosheid was het ergst.

Om zeven uur stond hij op, zelfs als het nog pikkedonker was. Omdat hij nu alles kon krijgen wat zijn hart begeerde (als het maar Deens eten was), vroeg hij om een glas ijskoude volle melk en een paar kadetjes als ontbijt. Het liefst op bed. De vloer was meestal ijskoud en het tochtte in het onaangename appartement.

Verder wilde hij het liefst warm eten rond drieën, zoals in Italië. Niemand scheen in staat pasta, pizza, tomaten, mozzarella of geraspte kaas te leveren, maar een vrouw op de Academie maakte vleessoep met balletjes, en gekookt rundvlees met mierikswortelsaus. Dat smaakte tenminste. Voor de rest leken de Denen gek te zijn op pap en verschillende smaakloze gerechten, waarvan de bereiding een eeuwigheid in beslag nam. Wijn hoorde thuis in de voorname huizen en aan het hof, andere Denen dronken bier, dus nam hij die gewoonte over. Witbier smaakte acceptabel.

Niemand op de Academie begreep hem als hij om oesters vroeg. Hij herinnerde zich reerug als een lekker Deens gerecht, maar dat was wild, moesten ze werkelijk alleen voor hem wild kopen? 's Avonds at hij meestal buiten de deur. Als het echt koud werd, vroeg hij om erwtensoep. In zijn kinderjaren was dat een feestmaal geweest. Als ze hem maar niet hovaardig en lastig vonden. Hij zou wel wennen, zich aanpassen, hun gewoonten leren kennen, misschien zelfs wel van ze gaan houden.

Nee, uiteraard hadden ze geen geld.

Dat verraste hem niet, niet meer.

Hij zat in de papieren te bladeren, afwijzing na afwijzing. De oude architect Hansen kon niet, architect Hetsch kon niet, architect Koch kon ook niet.

Hij dankte zijn God en Schepper dat men Hetsch' krankzinnige plan om de ruïne van de Marmorkerk te gebruiken om een museum van te maken, had opgegeven. In het enorme gat dat er nog van het gebouw resteerde, zou geen plaats voor veel beelden van hem zijn, en daarnaast zouden ze veel te veel tot monumenten verheven worden.

Bovendien was er zoals gewoonlijk geen geld en geen lef. De koning had een stuk grond vlak bij de Christiansborg ter beschikking gesteld, met huizen en tuinen. Die konden wel verbouwd worden voor dat doel, vond een van de ambtenaren.

Hij wilde niet van de papieren opkijken. Eigenlijk was hij woedend, maar hij wist dat boosheid niet hielp wanneer je verloren tussen vier grijze pennenlikkers zat. Die hadden helemaal geen zin om een open museum te creëren, ze vonden het allemaal maar merkwaardig en onnodig. Iets wat de koning hun op zijn oude dag in de schoenen had geschoven, of wellicht vooral die onverdraaglijke kroonprins.

Toch hadden 8120 Deense burgers een kleine bijdrage gegeven. In totaal waren 61.000 rijksdaalders binnengekomen. Daarvoor moest er dus gebouwd worden. Niet meer. Daarvoor kreeg je geen Pantheon of een piramide, maar dat was ook goed.

'Laten we de mogelijkheden maar eens bekijken,' onderbrak hij en hij wees op de naam. De jonge architect Bindesbøll stelde dat hij graag de strijd met het gebouw wilde aangaan. Dat begreep hij meteen beter: hoe kon een jonge architect een betere etalage krijgen dan het museum bij de Christiansborg? Heel zijn leven had hij in de moed van jonge mensen geloofd. Al sinds het moment waarop Abildgaard de erfprins dwong zijn ideeën over de Amalienborg goed te keuren. Al sinds Jason – en Bernstorff als Romeins senator. Liever een jonge gekke man als architect dan nog meer van Hansens lauwe classicisme.

'Mijn sculpturen zijn even mooi als de beelden uit de oudheid,' legde hij uit, maar niemand zocht zijn blik, ze zaten te vegeteren en wachtten op nuttige commentaren. 'Als we ze in witte, eenvoudige vertrekken plaatsen, zullen ze verschrompelen en voor de ogen van de museumbezoekers sterven. Bindesbøll moet iets anders verzinnen dan Hansen.'

Ze merkten zijn eerbiedloze oordeel over Christiansborgs architect. Als men alle opdrachten in de stad aan een andere architect had gegeven, was er een leukere stad ontstaan om in te wandelen, daar bleef hij bij. Hansen met al zijn zwakheden, hij had er geen idee van waarvoor hij de torens moest gebruiken, had geen zin om ze goed te bouwen en zette de kunst opzij, in wachthuisjes.

'Laat Bindesbøll vooral zijn gang gaan,' voegde hij eraan toe en hij probeerde te glimlachen. Dit was een trieste bijeenkomst over ontbrekende middelen en een onbekwame architect, hier paste toch echt geen glimlach! Kon men de jongeman erbij halen om te horen welke gedachten hij over het museum had? Bertel wilde zo nodig best zelf naar de Academie gaan om hem op te halen. Maar nee, nee, nee, daar hadden ze toch waarachtig hun mensen voor. Hij had nog steeds niet geleerd hoe echt respectabele lieden zich gedroegen.

Bindesbøll was echt jong, sjofel gekleed, met iets te rode wangen en iets te wapperend haar. Onder zijn arm droeg hij een grote, smalle map die hij meteen op tafel legde, boven op de papieren van de ambtenaren. Daarna knoopte hij de zijden linten los om een aantal fragiele tekeningen bloot te leggen.

Had Bertel het niet gedacht: Bindesbøll had al grootse plannen over de mogelijkheid bedacht. Hij wilde dit gebouw zo graag bouwen en hij wilde alles en iedereen versteld doen staan door iets te bouwen wat tot nu toe ongekend was.

'Ik zie er niets in om nóg een grauwe tempel erbij te bouwen,' zei Bindesbøll. 'Er zijn genoeg gebouwen in de stad die er door de generatie van mijn vader zijn neergezet. Hoe zit dat met kleuren en vormen? Als we nu eens wat met het uitzicht speelden?'

Bertel boog zich voorover, pakte een van de vellen papier en deed alsof hij er volkomen in verdiept was.

'We hebben de remise met grote openingen, die kunnen we handhaven, zodat er ruimte is voor de grootste beelden en afgietsels,' legde Bindesbøll uit – het kleine beetje geld dat hij tot zijn beschikking had, joeg hem geen angst aan, eerder het tegendeel. Hij had een droom en daar had Bertel altijd respect voor gehad. Vooral als het om een jonge kunstenaar ging die de mogelijkheid zag om zijn dromen waar te maken.

'Het is belangrijk dat de beelden op de juiste manier worden belicht, zoals conferentieraadsheer Thorvaldsen reeds heeft beschreven,' ging Bindesbøll verder. 'De beelden moeten het zonlicht schuin van boven krijgen. Als we een aantal mooie kleine vertrekken realiseren, kunnen de bezoekers zich op elk afzonderlijk werk concentreren.'

Bertel knikte. De bureaucraten gaven geen kik. Ze waren het er vast niet mee eens, maar ze durfden de architect niet tegen te spreken. Alles wees er immers op dat Bindesbøll de opdracht in de wacht zou slepen. Langzaam drong het tot Bertel door dat hij in deze zaak de absolutistische vorst was. Hij kon echt in het wilde weg oordelen, afkeuren en uitkiezen. Een vreemde situatie. Hier zat hij alsof hij een Hansen was en lotgevallen en idealen naar de verdoemenis kon helpen.

'Gaat de voorgevel Dorische, Ionische of Korinthische kapitelen krijgen?' vroeg hij. Het gebouw moest immers in de schaduw komen te staan van Hansens massieve, gebogen Christiansborg. Hij had nog nooit een gebouw gezien dat een stierennek had. Een kopie van Hansens platitudes zou een dwerg opleveren.

'Niets daarvan!' riep Bindesbøll enthousiast. Bertel keek op en ontmoette zijn blik. Wat een onvervaard genoegen, hij leek wel bezeten van zijn eigen goede idee. Dan moest dat ook wel echt de moeite waard zijn om daarop in te zetten.

'Het gebouw krijgt toch wel de fraaie stijl die we uit de oudheid gewend zijn?' piepte een van de grijze mannen. Bindesbøll hield zijn ogen op Bertel gericht en leek te gaan glimlachen, maar hij haalde de beginnende glimlach van zijn lippen en vertrok zijn gezicht. Wat genoot hij ervan om hen in de houdgreep te houden!

'Nee!' zei Bindesbøll slechts en vouwde de volgende tekening open, vederlicht en met dunne strepen.

'Wat in vredesnaam...?' ging de grijze man verder, met falsetstem van de schok.

'Egypte!' fluisterde Bindesbøll. 'Ik zag het toen ik de schuine deuren naar de voorhal had getekend. Egypte! Met duidelijke, sterke kleuren. Een uniek gebouw.'

'Maar we zijn hier in Denemarken!' liet een andere bureaucraat bedeesd horen.

'Het gebouw komt vlak bij het kanaal te liggen, als de tempels aan de Nijl,' droomde Bindesbøll verder, terwijl hij met een trillend vingertje wees. Hij was nog een en al enthousiasme, maar ook zenuwachtig of het wel geaccepteerd zou worden. 'Egypte!'

'Waar heeft meneer Bindesbøll Egypte bestudeerd?' vroeg de bureaucraat. Bindesbøll had zich duidelijk op die vraag voorbereid, hij had de rapporten gelezen die het enige blijvende resultaat van Napoleons Egyptische veldtochten vormden.

'De vraag is alleen of we Kopenhagen een uniek gebouw toewensen, of dat we genoegen nemen met het bouwen van kopieën,' zei hij ten slotte, hij veegde het haar van zijn voorhoofd en wachtte het oordeel af. Bertel twijfelde geen moment. De geschokte, grijze heren zouden alles verwerpen en Bindesbøll naar een gekkenhuis sturen. Egyptische tempels in het Kopenhagen van de koning en henzelf! In Hansens classicistische gelijkbenige driehoek met Ionische kapitelen!

Hij durfde niet te wachten, ze vonden ongetwijfeld een reden om het project af te wijzen en geen tegenspraak te dulden. Hij stond op en stak Bindesbøll zijn hand toe, die hem aarzelend, verschrikt zijn vochtige, slappe hand gaf. Bertel schudde zijn hand stevig, maar hij begreep het nog steeds niet en het vochtige haar viel over zijn ogen. Nu kon hij zijn tekeningen bijeenrapen en naar huis gaan, naar zijn zolderkamer, om daar verder te dromen. Het Egyptische gebouw was uiteraard veel te extravagant. Niemand zou het aandurven zo'n gebouw neer te zetten.

'Wanneer kunt u met het plannen maken voor het bouwwerk beginnen? De lap grond en het geld hebben we immers al en u heeft alle tekeningen,' zei Bertel vrolijk en hij ving de blik van de jongeman. Hij hield zijn hand vast. Trok er even aan, alsof hij met een kind of een hond speelde. Glimlachte en knikte in de richting van de tafel.

'Zegt u ja?' vroeg Bindesbøll stomverbaasd, en toen Bertel zijn hand losliet, struikelde de jongeman voorover en moest met beide handen op de dierbare tekeningen steun zoeken.

'Ik kan niet verhullen dat... dat uw reactie me een beetje verbaast,' fluisterde de jongeman, 'dat u mijn Egyptische gebouw de moeite van het bouwen waard vindt, als omlijsting voor uw...'

Bertel begon te lachen en gaf hem een por. Begreep hij echt niet dat ze zij aan zij moesten staan tegen de nieuwe gesel die het land teisterde? Het was lastig genoeg geweest om moedige werken te creëren toen de erfprins en zijn moeder tijdens zijn kinderjaren de staat bestuurden. Abildgaard had het gekund. Nu was de macht overgegaan op deze grijze, wereldvreemde bureaucraten met inkt aan hun vingers. Ze waren bang voor alles wat nieuw was en alles wat hun eigen bekrompen verstand te boven ging. Nu was hij er echter wel van verzekerd dat zijn museum uniek zou worden en niet weer een van Hansens strakke werken. Het gebouw zou bestaansrecht hebben naast de Christiansborg. Wellicht het enige echt levendige gebouw van de stad.

Bindesbøll pakte hem bij de arm en drukte hem tegen zich aan, ze waren samenzweerders. Binnenkort zouden ze een Egyptisch gebouw in Scandinavië bouwen, een schandaal van ongekende proportie. Hij moest de man deelgenoot maken van het plezier van zijn eigen verleden. Nu was hij echt een conferentieraadsheer en had vrije toegang tot het koninklijk theater.

Maar toen kroonprins Frederik in 1808 de Orde van de Dannebrog reformeerde, stelde prins Christian Frederik voor om C.F. Hansen de onderscheiding toe te kennen als dank voor het feit dat hij een nieuw Christiansborg aan het bouwen was. Hem kende de kroonprins immers. Maar het ging niet alleen om Hansen; de prins vond ook dat Abildgaard de Dannebrogonderscheiding moest krijgen. En als men toch bezig was, kon men er ook wel eentje geven aan de oude Zoëga, die overtuigde jakobijn, die de aristocratie om zeep wilde helpen! Abildgaard kon alleen maar een duidelijke belediging in de toekenning van die verdomde onderscheiding zien. Alsof hij een bijzonder gehoorzame officier van de koninklijke garde was. Hij zou bang zijn geweest als hij de enige burger op de lijst was. Maar nee. En ze moesten toezien hoe die slijmerige bisschop Balle commandeur werd, terwijl ze zelf ridders werden. Kunstenaars konden nimmer concurreren met kerkelijke leiders.

Bindesbøll lachte hartelijk mee, maar Bertel kon geen echt medeleven gewaarworden. Misschien had hij geen idee wie Zoëga was. Met Abildgaard was het waarschijnlijk ook lastig, hoewel de man toch professor aan de Academie was geweest. Misschien herinnerde men zich Abildgaards geschiedkundige schilderkunst niet meer? De schilders van tegenwoordig presenteerden het ene lieftallige, piepkleine, sappige landschapsschilderij na het andere, oersaai en echt mooi gedaan. Eckersberg maakte een overjarige, afgeleefde indruk, en hoe zat het met de jongeren, zo mooi, zo mooi, als jongeman had Eckersberg de meest poëtische pornografie geschilderd.

Nu ja, zelf was hij echt conferentieraadsheer geworden en als hij zich netjes kleedde voor een feest, kon zijn borst vol onderscheidingen de concurrentiestrijd met elke willekeurige napoleontische maarschalk aangaan. Dat was een soort wraak op alle opgeblazen bisschoppen en ander gespuis. Hij had over hen gezegevierd.

Hij keek thuis om zich heen. Of hoe ze dat ook maar noemden. Men had zijn appartement op de Charlottenborg van mooie, moderne meubels voorzien. De afbeeldingen aan de muur waren van hemzelf, maar voor de rest bevond hij zich onder vreemden. Het was alsof hij uit zijn eigenlijke leven was gerukt en in een hotel was ondergebracht. Hij, die anders hotels altijd had verafschuwd.

Wanneer er echter gasten waren, kreeg het appartement zin.

Hij woonde nu dicht bij zijn atelier. Het enige onaangename was dat er mensen langskwamen om te gluren en commentaar te leveren. 's Avonds kwam er bezoek, nieuwsgierigen, vrienden en bekenden. In Rome had iedereen gezegd dat zijn huis sjofel was ingericht, maar hij had er een goed leven geleid sinds hij een echt mens was geworden. Het was zijn werk. Hier hadden weldenkende, weldadige mensen een nieuwe wereld voor hem ingericht. Burgerlijke schoonheid, mahonie en zachte kussens. Hij had geen idee wat van hem was, wat geschenken waren, wat aan de Academie toebehoorde – of die goede Wilckens, zijn nieuwe kamerdienaar. Hij gebruikte het zilverwerk van Wilckens en zijn vrouw, hij had het paar vreselijk beledigd door te vragen wie hem toch met al die rijkdom had vereerd. Hij, die losse knopen verzamelde en ze aan madam Wilckens gaf, zodat ze geen nieuwe hoefde te kopen. Dat had zijn moeder hem geleerd.

Hij overwoog geld uit te geven om een landgoed ten noorden van Kopenhagen te kopen, maar dan trok hij de hele kudde vast mee daarheen en kreeg hij nog geen rust. Maar dan kon hij wel zelf bepalen wat hij at. Hij had zichzelf de das omgedaan door eerst erwtensoep te prijzen en daarna vlees gekookt met mierikswortel, vooral omdat daaraan enige smaak zat. Nu maakten ze allemaal erwtensoep voor hem en kreeg hij overal mierikswortel bij. In de deur kwam hem de stank al tegemoet.

Erger was dat de vrouwen hem zagen als een bejaarde of als een nationaal monument. Als hij ook maar de geringste belangstelling toonde, onttrokken ze zich aan het gesprek.

Hij probeerde een beetje chaos te scheppen door naslagwerken open te laten liggen, zijn bril of zo nu en dan een glas ergens achter te laten, maar het gevolg was alleen maar dat hij een vergeetachtige indruk maakte. Dit sombere huis met louter elegante, correcte, nette meubels. Hij zou het nooit hebben gekozen. Met onverholen plezier zag hij hoe de honden tegen al die fijne mahoniemeubels plasten en de gedraaide poten ervan aanvraten. De beesten hadden een nuchtere opvatting van de nieuwe, saaie woning van het baasje. Hij wist het licht buiten te sluiten met de nieuwe moderne gordijnen van donkere stof. In zijn kinderjaren waren de gordijnen vederlicht als meisjesjurken, ze filterden het licht, sloten het niet buiten. Alsof er te veel licht in Kopenhagen was! Van oktober tot mei was het immers een en al winter. Hij verwijderde de gordijnen, maar daardoor leek de kamer halfleeg en onafgemaakt, alsof iemand bezig was erin te trekken of eruit weg te gaan.

Deze plek was onmogelijk als woning. Hij miste een vrouw en hij miste het gevoel van op de juiste plek te zijn. Het enige waaraan hij echt lol beleefde, waren de brieven uit Rome, van de leerlingen in zijn atelier. Zo kon het niet verder. Op deze manier zou hij wegkwijnen of naar Italië terugvluchten. Zonder zijn aanwezigheid zou er alleen geen museum komen.

Christine Stampe was mollig, rond, oud geworden. Hij kon er niets aan doen, maar hij werd overspoeld door pure teleurstelling en meteen voelde hij zich beschaamd: wie was hij om haar te bekritiseren? Zag hij er zelf misschien nog steeds uit als Ganymedes? Nee, maar hij herinnerde zich haar, dacht hij toen, lichtvoetig en gemakkelijk in de lach schietend, weelderig en volmaakt. Soepel en grenzeloos nieuwsgierig. Destijds was haar naam echter Dalgas geweest, niet Stampe. Ze was ook geen barones geweest.

Ongetwijfeld had prins Christian Frederik zijn nieuwe rechterhand zorgvuldig uitgekozen. Christine sprak Italiaans, ze had in Italië gewoond, haar beide broers waren bijna Italianen. Ze zou pasta en sugo op de juiste manier kunnen maken, nam hij aan, maar in dit land kwamen de tomaten niet tot volle bloei, en balsamico en basilicum waren onbekende grootheden. Hij had allerlei gebonden bruine sauzen over hulpeloze pastaprobeersels geproefd, maar je wende overal aan.

Ze maakte een kniebuiging, maar iets te kort, ze wilde zijn blik niet loslaten en ze was onzeker – het leek wel alsof ze onzekerheid niet gewend was. Die kleine, energieke, maar ronde vrouw. De strohoed hielp. Die verschafte haar glorie.

Hij kende haar geschiedenis, maar er waren nu zoveel nieuwe gezichten in zijn blikveld, zoveel verwachtingsvolle blikken en uitnodigingen tot dans. Ze was een Dalgas, een domineesdochter uit Fredericia, wees en opgegroeid bij haar broers in Italië. Waar hij ook keek, ze wist aan zijn blik te ontsnappen. Maar hij moest haar toch eerder hebben ontmoet? Nee, ze was te jong om te hebben liggen luieren in de tuin bij de Schubarts, in die prachtige villa waarvan hij de naam vergeten was. Monrepos?

Ze beheerste de Franse taal niet.

Dat plezierde hem. Ze vertaalde van het Deens in het Frans, voor de vuist weg. Wanneer haar werd gevraagd of ze het konden volgen, draaide ze zich vol energie om. '*Oui, je suis dans la rue!*' galmde ze als een operazangeres op het podium. Hij voelde zich helemaal veilig. Je moest je altijd door een leeuw laten beschermen. Dát zagen de mensen in hem, maar hij was waarachtig een mild lammetje en begreep alles pas achteraf en langzaam.

Ze accepteerde zijn arm, vond het goed om te gaan wandelen in de Botanische Tuin achter de Charlottenborg, en ze luisterde. Ze kon goed luisteren, daaraan was ze vast al lange tijd gewend, ze moest een lange opvoeding achter de rug hebben, maar intussen maakte ze er een spelletje van. De parasol moest draaien en dansen, en ze frunnikte aan hoedenlinten en bloemen.

'Maar u heeft toch altijd het mooie geaccentueerd,' zei ze opgewekt. 'U heeft er altijd voor gekozen ons rustige, introverte schoonheid te schenken. Schoonheid die op zichzelf berust.'

'Had ik dan marmeren trollen en kabouters moeten maken?' stelde hij als wedervraag. Hij had vast gehoord waar de balletmeester op zat te broeden. Bostrollen en heksen op spitzen. Alsof dat soort wezens zouden bestaan, puur akelig bijgeloof.

'Nee, nee,' antwoordde ze, nu had hij haar vast bang gemaakt, 'er wordt gezegd dat u een vrijdenker bent, hoe is het eigenlijk om een Christus of een paus te maken?'

'Ik geloof ook niet in de antieke goden,' antwoordde hij. Ze lachte even, maar hij kon horen dat ze vond dat hij verdomde ordinair was.

Hij gaf haar gelijk. Want hij geloofde meer in de goden dan in iets anders. En hij geloofde in zichzelf, in zijn ogen en in zijn handen. En in de idealen – schoonheid, vrijheid, liefde, rechtvaardigheid. Dat zei hij, zo voorzichtig als hij kon, tegen haar ronde schouder. Ze had een lekkere parfum op, ze rook verdovend lekker en het zweet onder de vele lagen kleren gaf de geur karakter.

'We weten niet of we ooit op een van de punten een uitdaging tegenkomen,' ging hij verder. 'Misschien gaan we wel volslagen regelmatige levens leiden, mooi, goed en zonder beproevingen.'

'Saai,' onderbrak ze hem.

'Simpel,' corrigeerde hij haar. Ze drukte zijn arm.

'En u, die de voorkeur aan de kunst heeft gegeven boven het leven,' vervolgde ze met een soort overmoed die hij helemaal niet van haar had verwacht, ze zou toch beter moeten weten. 'Heeft u nooit spijt van uw keuzes?'

'Wat heb ik dan gekozen?' vroeg hij lamgeslagen. Ja, nu ging ze maar door, ze had dit grondig overwogen. Het zou hem niet verbazen als alle dames in Kopenhagen zijn leven op deze manier en in deze termen bediscussieerden.

'U heeft ervoor gekozen om nooit te trouwen en een gezin te stichten,' somde ze op, 'u heeft de grootst mogelijke persoonlijke vrijheid gekozen. U heeft ervoor gekozen om niet zoals wij binnen een gezinsverband te leven.'

Hij begreep haar gewoonweg niet. Nooit en te nimmer in zijn leven had hij verdorie iets gekozen. Zijn ouders, zijn talenten, het lot, Bonaparte en de revolutie, de paus en de koning, maar vooral zijn handen en ogen hadden voor hem gekozen. Anna Maria had gekozen, evenals die twee verdomde vrouwen die zijn geregelde leven in een zenuwslopende roman hadden veranderd. ZIJ hadden gekozen. Zelf was hij het slachtoffer van noodlot en toeval geweest.

'We maken zo weinig keuzes, er wordt voor ons gekozen, nog voordat we verwekt worden,' scheepte hij haar af. Stel je eens voor dat hij een aantal getalenteerde broers en zussen had gehad. Zijn moeder had ooit opgemerkt dat ze een keer een broer bij het Tehuis voor Ongehuwde Moeders had afgeleverd. Van anderen had hij gehoord dat ook een poging was gedaan hem daar ter adoptie af te staan. Maar hier was hij. Abildgaard had hem aan de beurs geholpen die hem in 1797 naar Rome had gebracht, op het juiste moment. Zonder Rome was hij de grafmonumenten blijven maken die de oude Wie het leven hadden gekost.

'Wat heeft u dan gekozen?' vroeg hij om ervan af te zijn. Ze zweeg. Hij wist het toch wel, ze had nee gezegd tegen haar geliefde, ze had zich naar de wens van haar familie geschikt. Baron Stampe als een schitterende partij voor de wilde dochter van koopman Dalgas. Ook al was de baron een idioot. Ze had kinderen, een thuis en een gezin gekregen, alles waar hijzelf slechts bij wijze van uitzondering even aan mocht ruiken. Hij wist wat dat kostte.

Ze begrepen hem niet.

Ze kwamen bij hem binnen met gefronste wenkbrauwen en wezen op zijn laarzen vol gaten, die kon hij toch onmogelijk aandoen als hij op bezoek ging! Om nog maar te zwijgen van de hoed, die schots en scheef was.

Ze begrepen niets.

Hij stopte sokken, bracht de hoed met zijn handen in vorm als die te scheef werd en nam aan dat iedereen wist dat hij voldoende geld had om elke week tien paar schoenen te kopen. Waarom zou hij iets kopen wat hij niet nodig had? Ze begrepen ook niet waarom hij al die jaren in hetzelfde appartement in Rome was blijven wonen.

Ze begrepen vooral niet wat voor grote stap het was om naar Denemarken terug te keren. Alleen al de gedachte overweldigde hem op de meest onverwachte momenten. Al tijdenlang had hij zoiets roekeloos niet meer gedaan. Misschien was hij teruggekeerd om te sterven? Doodgaan kon je echter op elke willekeurige plaats op de wereld doen.

Eigenlijk konden de beelden die hij de laatste jaren had voltooid, hem geen barst schelen. Die wazige, vriendelijke gezichten die niemand konden krenken. Waar kwamen ze vandaan? Die perfecte neuzen en dode ogen. Ze boezemden hem angst in.

Nu moest hij het werk helemaal aan zijn medewerkers overlaten, met opgewekt gemoed de stad in gaan, zorgeloos zijn, eten, drinken en knappe vrouwen bekoekeloeren. Wanneer hij naar zijn atelier terugkeerde, moesten ze klaar zijn. Dan kon hij hier en daar wat correcties aanbrengen en de werken zijn eigen stempel geven.

De afgelopen tijd was hij de drang om de werken te corrigeren echter kwijtgeraakt. Daarom was hij, zoals andere mensen dat noemden, 'naar huis' teruggekeerd. Er was geen weg terug. Hij zag hoe de veroudering achter de wazige gezichten op de loer lag. Na zo populair, zo verafgood, zo geliefd te zijn geweest, moest je wel in een vacuüm belanden. Dat was anderen overkomen. Op dit moment wensten de opdrachtgevers lieftallige, vreedzame beelden en niet al te waarheidsgetrouwe portretten.

Hij was gek op zijn eigen beeld van Metternich. Sater aan de ene kant en staatsman aan de andere kant. Metternich was buitengewoon tevreden geweest. Zo'n wijze man kon zichzelf herkennen! Niemand bezat die kracht meer. Alleen hijzelf.

Hij kon de gezichten in zijn handen voelen, hoe ze vorm kregen en om klei schreeuwden. Hij wilde ze blindelings kunnen vormen. Wanneer hij op zijn plaats in het theater zat en zich liet begroeten en terugknikte. Wanneer hij op straat liep met zijn schoenen vol gaten en scheve hoed. Maar ze wilden niet langer gemaakt worden.

Hij had het voor de koning gedaan, die kleine, stijfpotige dwaas. Hij had het voor de koningin gedaan en voor die twee verschrikkelijke prinsessen. Hoe kon Andersen toch zo verrukt over prinsessen schrijven? Had hij de huidige prinsessen dan nooit gezien?

Hij had veel zin om zijn eigen gezicht in klei vorm te geven, maar het was te laat. De tijd van zelfportretten was voorbij. Dus zou hij zichzelf laten zien zoals hij was: de beeldhouwer. Maar de zin ontbrak. Zonder zin geen gezichten. Slechts wazige, blinde, dode snuiten die hem beschaamd maakten.

In Rome had hij pijn gevoeld om het verloren land. Hier in Denemarken verlangde hij naar Italië. Ze deden alles voor hem, die lieve goede mensen, Christine Stampe en haar familie. Eerst had hij zich beklaagd over het matige eten dat hem werd voorgezet, en ze wisten niet hoe ze het hem naar de zin konden maken. Christine had haar jeugd in Italië doorgebracht, ze wist waarnaar hij verlangde. Er groeiden tomaten op haar landgoed Nysø. Ze kookten pasta voor hem, met de fijnste sugo. Ze lieten zangers Italiaanse aria's voordragen, met een slechte dictie, want ze hadden de taal immers nooit gehoord. En ze vroeg of hij nu zijn gespletenheid te boven was gekomen, zijn verlangen om terug te gaan.

Ze dachten dat Italië in de muziek, de taal of het eten lag. Hij wist beter. Italië was hem opgedrongen en hij had zichzelf moeten bijschaven, zodat hij erin paste. Nu verlangde hij naar de ijskoude ochtenden, waarop de zon prikte, maar met zijn stralen de diepe straten niet kon verwarmen. Hij verlangde naar het geluid van kijvende wijven op de markt en de geur van verse kruiden, overgoten met water. Hij verlangde naar de ontoegankelijke palazzi en naar de stinkende rivier. Hij verlangde naar de zomerdagen als je rond elf uur al wist dat je pas na zes uur serieus aan het werk kon, de hitte en de vochtigheid vervloekte, maar niettemin van de stadsgeur genoot. Hij verlangde naar de droge wind van de sirocco. Naar alles wat hij veertig jaar lang had gekend.

Ze begrepen niet dat hij daarginds rijp was geworden en dat hij een speciale gast in zijn eigen land was. Iedereen wist wie hij was. Ze deden alle mogelijke moeite en ze verstoorden zijn rust.

Dus moest hij weg.

Op zijn minst weg uit Kopenhagen, dat stadsdeel dat tot hoofdstad was verheven. Daarnaast was de stad zo schaamteloos nieuw, de meeste huizen waren tijdens zijn leven gebouwd en bezaten nog niet de gratie van de ouderdom. Hun geschiedenis was jong en prozaïsch.

Misschien dat hij in een beter humeur zou komen als hij iets anders dan de grote beelden voor de Vor Fruekerk ging maken. De architect en tiran Hansen besteedde geen aandacht aan versieringen, hij kwam elke week langs, met stok en tegenzin, en schopte tegen de beelden, snoof en nam pruimtabak en staarde de kunstenaar aan. Hansen was geen gemakkelijk heerschap om te dienen. Misschien zou dat nog erger worden, omdat boze tongen zeiden dat de Vor Fruekerk dankzij Hansen een schaal om Thorvaldsens werken vormde. Dat die kerk een sculptuurmuseum zou worden.

De apostelen en Christus zouden nooit interessant kunnen worden. Hij wist het en werkte verder aan de draperieën en de bovenlippen, hij vond het heerlijk al die verschillende handen te maken, maar probeerde het saaie geheel te vergeten.

Nee, als hij eens toestemming had gekregen om het paleis voor Napoleons zoon te tooien! Dat zou pas verschil hebben gemaakt. Alexander de Grote en al zijn strijders galopperend over het plafond. Zo ver weg dat ze lange schaduwen maakten. Zo dichtbij dat je van de details kon genieten.

Er waren zoveel dingen die hij graag had willen uitproberen. Hij wilde graag naar Londen om de delen van de friezen te bekijken die Lord Elgin uit Athene had ontvoerd. Hij wilde graag naar Griekenland, maar dat was onmogelijk en ondenkbaar. Hij wilde graag nogmaals naar Paestum om de grove tempels te zien die je, zoals Goethe schreef, verplicht was mooi te vinden als je de oudheid op prijs stelde, want deze waren echt en oud…

Wanneer hij af en toe zijn ogen hun gang liet gaan, zag hij archaïsche gezichten voor zich, met een grote, brede glimlach. Met stijve, waardige bewegingen en gekleurde versierselen op de fijne kleding. Hen wilde hij graag ontmoeten.

Ze dromden om zijn koets heen, hij wilde opstaan en hen vragen te vertrekken, maar dat kon je niet maken. Ze klampten zich aan de koets en de paarden vast, ze liepen het risico vertrapt te worden. Daar zat hij dan, als een Frederik VI, verlamd van waardigheid, en liet zich naar de Charlottenborg vervoeren. De trap op tot hij helemaal buiten adem was, naar een raam om naar de bevolking te wuiven. Hij kende amper iemand van hen. De mensen die hij kende, had hij in Italië achtergelaten.

Het was net als met Andersen, die baby die er voortdurend op stond hardop voor te lezen uit zijn werken. Zelfs als hij in het atelier van een vreemde stond. Onlangs was het hem te veel geworden, hij pakte de beitel en liep op de man toe, witgepoederd van het marmerstof en boos, en zei dat de resonantie zo beroerd was dat hij de man niet langer aan kon horen. Dat was een kwalijke leugen, dat besefte hij, maar als hij niet gelogen had en de man het zwijgen had opgelegd, was hij volslagen gek geworden.

Daarna kwamen ze hem vertellen dat het volk de paarden van zijn koets had losgemaakt en de koets door de stad had getrokken als eerbewijs. Als hij dat geweten had, was hij eruit gesprongen en naar hen toe gegaan.

Ze zouden hem nooit leren kennen. Ze zouden zich van hem afkeren als ze hem begrepen. Als ze Gottskalk en zijn moeder zouden zien, het appartement in Aabenraa en Eenzame Elisa in Italië. Anna Maria ladderzat en jankend met losse haren.

Hij had alles achter zich gelaten, hij kon het niet langer opbrengen er nog aan te denken. Kon het niet langer met zich meezeulen.

Elke dag dat hij aan het werk was, zag hij het duidelijker: zijn handen waren op. Ze maakten vage, zachte gezichten zonder persoonlijkheid. Ze streken glad, ze verborgen en verloochenden. Toch had hij ze nodig, die vreemde schoonheden, een vorstin Barjatinskaja of een Caroline Amalie. Hij had het nodig hun karakter tussen zijn handen te laten ontstaan. Hij moest hun lichamen aanraken.

Toen bedacht hij opeens dat dit alles een leugen was. Een fraaie leugen, maar niet gebaseerd op een waarheid zoals hij die kende. Wanneer hij langs de kopie van Jason liep, werd hij dikwijls vervuld van schaamte, wilde hij zijn ogen niet opslaan en de details zien. Nee, hij schaamde zich niet voor zichzelf, dat zou niet in hem opkomen. Hij schaamde zich voor de tijd. Het was niet langer mogelijk om Jason te scheppen, dat zou een belachelijke leugen zijn, een boosaardige leugen zelfs. Ook al stond Barjatinskaja stil, toch zat haar lichaam vol energie. Dat was nu leeg. Ze herschreven en herschiepen. Hij ook. Hij, die altijd van de tijd had gehouden, was daarvan de gevangene geworden.

De schilder heette doodgewoon Jensen en schudde hem de hand. De schilder was serieus en sprak met Holsteins accent, en Bertel glimlachte even. Andersen had het idee geventileerd van een sprookje dat een ongelooflijk verhaal vertelde van bekakte dochters van ambtenaren, die spraken over mensen van wie de achternaam eindigde op -sen. Ze zouden het nooit tot iets brengen! Ze waren voor eeuwig verdoemd! Hij was nu echt op dreef, die dwaas met de gekneusde pols, met tranen in zijn ogen en een schorre stem. Ten slotte hield hij een gekunstelde pauze en kwam het vervolg er fluisterend uit. Buiten stond een jongen naar hen te luisteren. En kon Bertel misschien bedenken hoe de achternaam van die knaap luidde?

'Andersen,' zei Bertel ongemakkelijk. Want Andersen at en dronk beroemdheid, alsof dat voedzame kost was die door 's werelds beroemdste kok was bereid. Het moest Andersen zijn. Maar Andersens ogen lichtten op en hij ontblootte zijn tanden in een fanatieke gijns.

'Nee, Thorvaldsen!' had hij geroepen, met zijn spitse wijsvinger ten hemel gericht. Thorvaldsen!

Nu stond hij hier zelf voor een schilder die Pilo, Juel noch Eckersberg heette, maar Jensen. De man had de opdracht gekregen de conferentieraadsheer voor de Koninklijke Portrettencollectie op de Frederiksborg te vereeuwigen. Dit was vast het idee van Christian Frederik, nam hij aan. Jensen, Andersen, Thorvaldsen, wat was die kroonprins toch democratisch gezind.

Jensen zat aan de kleding die Bertel had klaargelegd. Hij wilde het liefst in zijn witte werkjas vereeuwigd worden, met marmerstof in zijn haar en op zijn gezicht. Aan het werk, maar rustend. Hij had overwogen of hij wellicht voor een stevig statief kon gaan staan. Jensen was echter bikkelhard. Dat was volslagen onmogelijk. Hij moest zijn stand wel hooghouden, hij was toch conferentieraadsheer!

'Meer dan dat,' zei hij met een scheef glimlachje. 'Ik ben ereburger van Mainz!'

Jensen beet zich op zijn lip en pakte het uniform van de Franse Kunstacademie in Rome. Als hij dat uniform aantrok en alle onderscheidingen opspeldde, zowel de Deense als de buitenlandse, zou hij grote indruk maken.

Christine Stampe zei het: de onderscheidingen kregen meer betekenis door op zijn borst te hangen, niet omgekeerd. Heerlijk rinkelende versierselen als sieraden van vrouwen. Met de blauwe sjerp van het Grootkruis over zijn borst zou hij gelijk zijn aan de ridders van de Orde van de Olifant, de hoogste ridderorde. Hij zou niet bij de anderen afsteken van wie de portretten op de Frederiksborg hingen.

'Hangt uw portret ook op de Frederiksborg?' vroeg Bertel opgewekt. Jensen bloosde en schudde zijn hoofd. Hij was bang dat daar niet veel portretten van kunstenaars hingen.

'U bent zeker de eerste Deense kunstenaar die wereldberoemd is geworden,' merkte Jensen op. 'U bent een van de beroemdste mensen ter wereld. Daarom moet u er indrukwekkend uitzien.'

Bertel liet zich helpen door Jensen en de bediende. Op dit moment had hij Anna Maria nodig, hij miste haar, haar lieve aandacht.

Hij had een lijst van de juiste plaatsen voor de verschillende onderscheidingen. Ze rinkelden en glansden als hij ze droeg, en hij leek wel een edele dame die haar weelderige boezem vol had hangen met rinkelende, uit een erfenis afkomstige sieraden. Ze mochten niet losraken en kapotgaan. Jensen leek oprecht overweldigd, en met een glimlach bevestigde Bertel er een paar op de borst van de jongeman.

'Het zijn maar versierselen, pracht en praal,' lachte hij. 'Als je je tussen het soort mensen moet begeven dat dat belangrijk vindt, kun je de rommel opspelden. Dat toont alleen maar hoe arm ze zijn.'

Jensen was het er vast niet mee eens. Hij tekende, met bleke lippen, en na een uur liet hij de schets zien. Bertel verstijfde. Dit was een scherp heerschap, een van Napoleons maarschalken, een conferentieraadsheer met zelfbewustzijn. Of een werkelijk uitmuntende toneelspeler, een beetje een derderangs acteur, maar nog steeds aan de top.

Eigenlijk moest hij een degen dragen.

Buitenstaanders zouden hem amper van die andere opgeblazen heren op de schilderijen kunnen onderscheiden.

Jensen had echter wel zijn handen goed weergegeven, die waren echt. Hij had alleen graag het stof, de boetseerstok en de hamer erbij gezien. Of hemzelf in die mooie grote kamerjas, die lekker warm was en soepel om zijn lichaam viel.

'Zou er niet op zijn minst een vat met klei in de hoek moeten staan?' vroeg hij bezorgd, 'met een mooi kleed eroverheen, zodat de klei vochtig blijft en niet klontert, de mensen moeten toch kunnen zien waar ik mee bezig ben.'

Jensen had daar zelf ook al over nagedacht. Een emmer met klei was niet goed genoeg, verre van dat. Conferentieraadsheren hadden geen emmers vol klei. Zij hadden bronzen figuren op de achtergrond. Bertel twijfelde er geen moment aan dat Jensen een vriendelijke, mooie bronzen figuur zou kunnen schilderen. Maar dan zou hij veel te mooi worden, alles zou zo mooi worden, zo mooi, zo 'koorlijk', zoals Christine dat zei. Wat zou Christine wel niet zeggen als hij er zo uitzag, als conferentieraadsheer. Wat zou Christine wel niet zeggen! Ze schoot zo snel in de lach over opgeblazen gedrag, ze was onvermurwbaar.

Nu moest hij zich dus aan de muur hangen en bovenaards serieus zijn, de beroemdste kunstenaar ter wereld, beladen met eer, gegoten in de vorm van een kruis en opgehangen om bekeken te worden. Voor het museum was dat prima. Ze konden immers onmogelijk iets uit zijn jeugd of kinderjaren in het museum laten zien. Misschien zouden ze zelfs de talloze huizen uit zijn jeugd afbreken.

'En ik hoef toch geen bril op,' voegde hij eraan toe om Jensen te plagen. Die was bezig de schets van het gezicht te maken. Nee, een bril was onzichtbaar. Had hij misschien een portret waarop het model een bril droeg? Dat moest men gaan doen, de waarheid zeggen, viel hem in, zelfs in de kunst.

Toen Jensen hem de schets toonde – wat moest hij ervan zeggen? Hij wist immers wel hoe hij eruitzag – hij liet daarom het oorspronkelijke portret van de paus zien en vergeleek dat met het eindresultaat. De paus was helemaal zichzelf, gewoon een zwak, wijs mannetje met eindeloos veel macht in zijn handjes en in zijn waardigheid, zelfs als marmeren paus. Dat moest een waarschuwing voor Jensen zijn. Kunst en gekunsteldheid waren elkaars tegenstellingen, maar soms dwongen de omstandigheden hen dicht bij elkaar te staan, en dan wurgde de gekunsteldheid altijd de kunst zoals een koekoeksjong de oorspronkelijk in het nest zittende jonkies doodde.

1839

Ze hadden samen ruim de tijd gehad in de koets, maar na een paar uur was hij zo moe geworden dat hij geen zin had om nog langer tegen te stribbelen. Christine Stampe zou het wel begrijpen. Daarom werd hij pas wakker toen de koets Nysø bereikte. Hij stak zijn hoofd uit het raam, verward en slapjes, en zag hoe het bos de hele weg naar Præstø de baai volgde. Ach, wat was dit toch prachtig en Deens.

Christine stelde hem voor aan haar kinderen; haar man Henrik was niet te zien, dat was prima zo. Het beste wachtte buiten op hem. Ze straalde vol verwachting, ze was lichtvoetig en lieflijk, een merkwaardig jong meisje. Bertel had nog slechts oog voor haar piepkleine voetjes en het vallen van haar grote rok rond haar lichte tred.

En wat vond hij van haar idee? Was zijn atelier te klein? Dan kon er wel bijgebouwd worden! Ze had hem arbeidsrust beloofd, hier was die. Omringd door de natuur, maar met Præstø binnen handbereik, en haar familie en zij vlak om de hoek.

Hij liep om de werkplaats heen, lamgeslagen, sloeg met zijn handen tegen de muren en keek op en neer, enigszins vertwijfeld, want wat had ze verwacht? Dat hij weer aan het werk zou gaan? Wist ze niet wat er van de laatste fraaie bestellingen was geworden? Zijn handen konden al die minzame gezichten, engelenlichamen en heksenvleugels niet meer aan. In zijn ogen lag geen uitdrukking, die staarden dodelijk gehoorzaam in een dode, gehoorzame tijd.

Kon ze hem niet gewoon met rust laten? Hem in een hoekje van de tuin laten zitten om naar het gezang van de vogels te luisteren en zijn eigen gedachten te hebben? Of bingo met haar kinderen spelen? Tochten met de arrenslee, zwanen voeren en vogels schieten. Louter onschuldig tijdverdrijf. Al die dingen waarvan hij nooit had geweten dat hij ze nodig had. Anderen de brieven hardop laten lezen, anderen boeken laten lezen en zijn brieven laten schrijven.

Daar stond ze in de deuropening met haar handen voor haar borst op een antwoord te wachten. Was hij niet enthousiast, was dit niet beter dan hij had durven geloven? Eerlijk gezegd had hij niets verwacht. Hij was zo graag in de stad gebleven, met het theater en de muziek. In Denemarken begreep hij immers wat de mensen op het podium zeiden! De balletten van Bournonville schonken hem voldoende beelden om maandenlang mee bezig te zijn.

Nu wilde ze hem weer aan het werk hebben. Had hij geen uitstekend atelier in Rome, waar de sculpturen werden voorbereid waarvoor hij een contract had? Al die fraaie bestellingen! Ze moesten toch íéts in dat vermaledijde museum kunnen zetten dat ze nog tijdens zijn leven voor hem wilden bouwen. Nee, ze wilden uitsluitend een museum bouwen omdat ze dachten dat hij binnenkort zou sterven.

Hier stond hij, voor de tweede keer overweldigd door Christines zinloze goedheid, en de tranen liepen hem uit de ogen. Ze had persoonlijk al zijn onderscheidingen opgepoetst en de ordebanden voorzichtig van stof en vuil ontdaan. Nu moest hij zich al dat bewieroken niet naar het hoofd laten stijgen. Nee, hij liet het langs zich heen gaan, zoals de regen van ganzenvleugels liep.

'Het moet bij voorkeur op een Zwitsers chalet lijken,' zei ze op haar hoede.

Ze leek op hem. Ze ging net zo met de taal om als hij, hij was gek op haar brieven omdat haar spelling slechter was dan die van hemzelf. Ze was vertrouwd met zoveel dingen die ook hij kende en net als hij was ze halsoverkop de wereld in geworpen. Nu had ze voor hem een chalet gebouwd.

'Dan kunt u de zwanen vanaf de oever voeren en het bruggetje zien, daar kunt u gaan zitten, mocht u aandrang krijgen om uit te rusten,' voegde ze eraan toe.

Ze maakte alleen grapjes als ze zich onzeker voelde.

Hij had veel meer zin om de zwanen te voeren dan zijn atelier binnen te gaan om al die dingen te doen die ze van hem verwachtte. Altijd maar die grote kunstenaar zijn. Als ze eens wist wat voor doodnormaal mens hij was. Zelfs Anna Maria had hem geen blijvend letsel kunnen berokkenen. Binnen was het leeg. Hij had slechts het samenspel van handen en ogen nodig.

'Ik heb het huis zelf ontworpen, over elke steen heb ik nagedacht,' legde ze uit, steeds wanhopiger en verwarder. Als hij het niet heel erg mis had, had ze tranen in haar ogen en stem. Die solide vrouw, die alles aankon en verdroeg. Hij had haar uit haar doen gebracht. Daar was anders heel veel voor nodig.

Ze was van plan 's avonds tijdens een feest het atelier aan hem over te dragen, zei ze, ze dreunde de woorden op, was hij dan helemaal niet blij? Jawel, jawel, maar elk geschenk eiste ook iets van hem. Zonder een antwoord te kunnen vinden, sloeg hij zijn armen om haar heen. Ze was verlegen als een maagd en ze beefde over haar hele lichaam.

'En ik dacht nog wel dat jij mijn moedertje zou zijn, die op me kon passen!' mompelde hij. Ze was een jonge vrouw en ze had slechts het beste met hem voor. Zijn lieve Christine.

'Begrijpt u, in werkelijkheid ben ik op alle andere terreinen dan mijn genialiteit diep ordinair,' zei hij, en deze keer klonken de woorden vanzelfsprekend. Nu moest ze begrijpen en zich naar hem schikken. In Kopenhagen hadden de mensen hem 's ochtends, 's middags en 's avonds uitgenodigd, in de vrome hoop dat hij een genialiteit bezat die op hen kon overslaan. Iets fantastisch. Christine leek zich, ook al begreep ze er niets van, aan zijn instructies aan te passen.

Henrik Stampe kon tegenwoordig niet stilzitten. Met het theekopje in zijn hand banjerde hij door de kamer, zonder een schoteltje te gebruiken, dat had hij in zijn zak gestoken. De ramen stonden op een kier, de wind speelde met de spullen. Zelfs met Christines rok, die af en toe opensloeg en haar dikke enkels blootlegde.

Waarom ging hun gast nooit zwemmen? Dat was toch een edele bezigheid op een warme zomerdag. Henrik Stampe was van plan ook de hele winter te zwemmen. Als je eens wist hoeveel goeds dat met zich meebracht.

'Ik zwem graag,' zei Bertel beleefd, maar Henrik luisterde niet meer naar hem. Hij klauterde op de vensterbank en zat als een kind met bungelende benen over het park uit te kijken.

'Eigenlijk zou je Athene opnieuw moeten bouwen,' zei hij opgewekt, 'en hier beneden een renbaan bouwen, er is voldoende plaats. Stel u het park eens voor, vol edele naakte jongelingen die met elkaar wedijveren. Kun je je iets mooiers voorstellen?'

Opnieuw raakte een rukwind hem, waardoor hij giechelend de vensterbank vast moest grijpen. Christine stond op, maar remde zichzelf af. Ze balde haar beide vuisten, waarna ze ze plat op haar grote rok legde.

'Je morst op de vloer, Henrik,' zei ze slechts. Ze had helemaal gelijk. Henrik Stampe keek vol belangstelling naar het plasje, ging op zijn hurken zitten en begon een paadje door het plasje te maken. Zo kon je een nieuwe tuin maken, stelde hij, een Chinees tuintje met rijstvelden. Joost mocht weten of je hier bij Præstø geen rijst kon verbouwen, in dit goede klimaat?

Christine depte de thee op met haar zakdoek, die ze in elkaar propte en in haar mouw verborg. Henrik Stampe keerde terug naar de sofa en vroeg of hij Bertels hand mocht zien. Ooit had hij in Livorno geleerd de toekomst te voorspellen op basis van de handlijnen. Hij wilde dat zo graag ook eens bij een landgenoot doen.

Bertel gehoorzaamde en vermeed Christines fonkelende ogen. Ze zat op het randje van haar stoel, paraat om in te grijpen als er iets mis mocht gaan. Dat deed hem aan de aankomst in Kopenhagen denken. Al die eerbiedigheid en al dat geslijm. En die ongeremde nieuwsgierigheid. En de gewonde zeelieden, die men gewoon achter een zeil had gelegd, waar ze van pijn het bewustzijn verloren. Die mocht hij niet zien, het was een schande. Maar hij had hun klagende stemmen gehoord. Henrik Stampe konden ze niet achter een zeil verstoppen.

Henrik Stampe had zijn zonen van hun moeder gestolen. Bertel kon de jonge man, die zijn eigen tempo aanhield, onmogelijk bijbenen. Henrik was altijd blij met gezelschap, maar hield met niemand rekening. Het frisse weer deed hem goed, beweerde hij, een gezond leven, een gezonde ziel in een gezond lijf.

Bertel vond echter niet dat Henriks ziel bijster gezond was. Het leek alsof zijn blik voortdurend op iets anders was gericht dan dat wat hem omringde. De jongetjes dromden om hem heen, hun vader was altijd in voor een nieuw idee, in zijn gezelschap verveelde je je beslist niet. Zijn dochters daarentegen kozen de kant van hun moeder.

Henrik was van mening dat edele naaktheid de eigenlijke bestemming van de mens was. Wat kon Bertel daartegen inbrengen? Had hij niet decennialang wereldberoemdheid vergaard door de lof te zingen op de naakte, edele mens in marmer?

'Het klimaat,' antwoordde Bertel buiten adem. Het klimaat in Athene en Rome stond naaktheid toe – in de zomer. Henrik herinnerde zich vast geen ijskoude, regenachtige decemberdagen in Rome, wanneer zelfs niet het kleinste zonnestraaltje tot de smalle straatjes doordrong. Daar waren slechts stenen. Hij besefte heel goed dat hij gevoelig was geworden door zijn jaren in Italië, zelfs de Deense zomer kwam hem ongeschikt voor menselijk gebruik voor.

'We moeten harder worden!' bracht Henrik in met een stralende blik, terwijl hij met gebalde vuist tegen Bertels schouder sloeg. Bertel bleef staan zonder te wankelen, maar het deed wel pijn.

Je moest op de rug van een galopperend paard kunnen springen, een paard zonder zadel, vond Henrik. Niet dat hij dat zelf kon, maar hij wist dat dat tot de training van jongelingen in Athene had behoord.

'Die waren vast nog maar achttien jaar,' mompelde Bertel in zichzelf. Hij had een bloedhekel aan kou. De kou herinnerde hem aan zijn leeftijd. Hij haatte het nog meer als er tegen hem aan werd geduwd zodat hij zijn evenwicht kon verliezen. Hij was helemaal vergeten hoe je je op ijs en sneeuw moest voortbewegen. Hij was bang voor de winter – en voor Henrik Stampe.

Ietwat verkleumd vroeg hij plaats te mogen nemen op een bankje met uitzicht op Præstø, terwijl Henrik en zijn zonen met discus en speer speelden. Hij zou hun bewegingen in de vlucht moeten opvangen en ze in een reliëf moeten veranderen. Dat was hij Christine verschuldigd. Een soort late rechtvaardiging.

Ze kwam binnen en liep van figuur naar figuur, sceptisch en opgewonden. Ze liet de deur openstaan zodat het snijdende, heldere Deense licht naar binnen viel, samen met alle geluiden uit de buitenwereld, krenkend en niet ter zake doend. In haar hand had ze haar strohoed, ze wuifde zich er koelte mee toe, haar ogen stonden afwezig maar scherp.

'Is dit het beste dat u ons wilt laten zien?' vroeg ze zonder haar ogen van de meelijwekkende kabouters van klei af te houden.

Hij wilde niet antwoorden, maar pakte er eentje en gooide hem op de vloer. Christine gilde, aarzelde en trapte er vervolgens met haar voetje op. Dat was naakt en vochtig onder haar jurk, ze had aan het strand in het water gelopen.

'Sukkel!' zei ze en ze pakte de volgende figuur, die ze tussen haar sterke vingers vermorzelde. Haar hand schokte en de figuur stierf. Daarna was de beurt aan hem.

Christine onderzocht zijn handen en gaf hem een tik, een goedmoedig tikje, dat betekende dat ze tevreden was, maar niet voldaan. Hij voldeed niet aan haar eisen, begreep hij. Wat ze ook maar van hem verlangde.

'Heel die lange weg terug naar Denemarken komen om op een houten bank te zitten, thee te drinken en over de houdingen van Ida Brun te converseren,' zei ze, en nu drong het eindelijk tot hem door dat ze boos was, zo nijdig dat haar stem trilde en het begaf onder de druk.

'Denkt hij echt dat de grootste kunstenaar ter wereld met pensioen kan gaan? Dat hij zijn werk aan de kant schuift en net zo verdomde saai wordt als al die anderen? Wij kunnen helemaal niets, niemand van ons! We zijn afhankelijk van degenen die wel iets kunnen! Neem dus de klei in de hand, grote kluns! Sukkel! Stomme ezel!'

Klap na klap en hij voelde ze niet meer.

Hij gehoorzaamde, verbaasd en vreemd opgelucht en vrolijk, hij liet de klei door zijn vingers glijden. Die hadden hun kracht uit vroeger tijden nog niet volledig verloren. Anna Maria had een keer gezegd dat hij met zijn duim het oog van een dief zou kunnen uitdrukken. Niet alleen van een dief. Dat had hij bij haar moeten doen.

Ze schudde haar hoofd, pakte hem de klei af, gooide die op de vloer en trapte erop, telkens weer, trapte het tussen de vloerplanken.

'Die handen mogen niet verloren gaan,' zei ze buiten adem, maar nu klonk ze weer vergenoegd. 'Hoe maak je een gipskopie? Ik wil die handen hebben! De mensen moeten die handen kunnen zien als je op een dag dood bent.'

Hij wist niet wat hij moest zeggen en toen gaf ze hem een draai om zijn oren. Ze moest eens weten hoeveel klappen hij in zijn jeugd had geïncasseerd. Er was meer voor nodig om hem van zijn stuk te krijgen.

'Zeg dan toch iets, jij grote kluns!' schreeuwde ze.

Hij pakte de klei in zijn handen en draaide zich om. Ze besefte niet hoe ze de spijker op de kop had geslagen. Zijn handen waren niet langer in staat gezichten te vormen. Hij had zijn assistenten. Híj tekende, zíj vormden. Híj corrigeerde en zíj vervolmaakten zijn correcties.

1840

Rustig zat hij met zijn thee naar de stad te luisteren. Je zou niet geloven dat alles van enige kwaliteit naar Hillerød was gegaan om bij de zalving van de nieuwe koning te slijmen. Hier zat hij dan, de enige weigeraar. Andersen, die sukkel, was natuurlijk in zijn fraaiste uitdossing op pad gegaan. Andersen had nog nooit nee tegen iets of iemand gezegd, behalve tegen het leven zelf. Hij mocht naar de verdoemenis gaan als hij een galadracht als Grootkruisridder zou aanschaffen.

Lieve hemel, wat was het hier toch koud.

Hij moest zo snel mogelijk terug naar Italië. In Denemarken was de lucht koud en zonder geur. De mensen stelden er een eer in lauw te zijn.

Waarom hadden ze hem ook al die idiote eerbewijzen toegekend? Hij wilde Christian en Caroline veel liever kennen zoals hij dat in Italië had gedaan. Abildgaards leerling, noemde hij Christian Frederik. Maar de afgelopen tijd was zelfs Christian Frederik serieus voor koning gaan spelen.

Dus zat hij hier met zijn thee en wilde hij graag weten hoe het er in Hillerød aan toe ging. Natuurlijk zouden ze zijn afwezigheid, zijn afzegging opmerken. Zijn benen waren te slecht om naar Hillerød te reizen. Maar hij was toch net uit Italië teruggekeerd, en hij reisde en reed voor zijn plezier het hele land door.

In maart hadden Christine en haar vriendinnen zijn huis ingericht. De Charlottenborg zou nooit een thuis kunnen worden, had hij zelf besloten. Dat was het enige waarover Andersen en hij het eens waren: ze hadden nooit een echt thuis gekend en misten het gevoel voor het inrichten van een huis. Toen had Christine de touwtjes in handen genomen. Overal Pompejaanse borduursels en patronen. Smaakvol en schattig, zei hij zuur tegen haar. Ze hadden een ganzendonskussen onder zijn achterwerk gestoken, zodat hij niet zou voelen dat hij in een slechte stoel zat.

Ze vergaten vaak dat hij dit jaar zeventig werd, als zijn ouders hem althans de juiste datum hadden genoemd. Al die mensen die op zijn zak teerden en zich zo om zijn wel en wee bekommerden, probeerden ook uit te vogelen wanneer hij was geboren, alsof dat van belang was. Hij was ervan overtuigd dat Gottskalk en Karen het te druk hadden gehad met drinken en vechten om hem meteen te laten dopen.

Hij verlangde naar Christine. Zijn oude moedertje. Hij verlangde naar haar goede zorgen, scherpe replieken en goede humeur. Af en toe kon hij Karen in haar ontwaren, een nuchtere Karen, geboren in een welgestelde familie, zonder onderdrukking en onwetendheid.

Het was zomer, warm en broeierig, en hij had niets te doen. Hij opende de ramen en keek uit op Kongens Nytorv. Dat kon riskant zijn, want misschien kregen passanten hem in de gaten en begonnen ze te roepen en te wuiven, en dan dromden de mensen bijeen. Alsof ze hem nog nooit eerder hadden gezien. Mijn hemel, hij liep toch levendig genoeg door de stad.

Hij miste ook de cafés, de vele tafeltjes bij Greco, het geluid van de *pifferi* buiten, en het melodieuze Italiaans. Soms betrapte hij zich erop dat hij Anna Maria miste, maar dat kwam vooral doordat hij zo aan haar gewend was, hield hij zichzelf voor.

Nee, hij wilde zich niet langer ergeren. Snel liep hij door zijn lege appartement, over de krakende vloer, naar de ladekast en begon zijn onderscheidingen tevoorschijn te halen. Vandaag had hij ze met glans in de paleiskerk kunnen dragen, er was niemand die er zoveel en zulke mooie had, hij leek op een van Napoleons maarschalken in al diens glorie. Andersen zou zich van pure jaloezie de ogen uit de kop hebben gekeken. Andersen wilde graag onderscheidingen en wereldse eer. Die had Bertel allang bereikt. Hij speldde de onderscheidingen op zijn kamerjas, dan konden ze in afzondering voor Christian en Caroline fonkelen. De binnenplaats opgaan kon ook niet, want dan zouden ze ook achter hem aan komen. De oude leeuw, noemden zijn leerlingen hem.

Ze wilden graag dat hij hun werken zou komen bekijken, maar daar werd hij alleen maar mismoedig van, want ze waren van zo'n slechte kwaliteit. Niet alleen slecht, erger nog, ze waren verdomde saai. Zelfs slechter dan die rommel waarop hij de afgelopen jaren in Rome zijn leerlingen hun gang had laten gaan, om blije, rijke opdrachtgevers daarvan te voorzien. Hun modellen bezaten geen geest. Hij kreeg zin om de klei in handen te nemen en te gaan schrapen en vormen, de duimen erin te steken om monden te maken die konden spreken en ogen die konden zien.

Daarentegen waren ze gek op gips.

Klei was de geboorte, gips de dood, marmer de wederopstanding.

Madame Schubart had dat als eerste gezegd. Hij liet de zin nog eens goed tot zich doordringen, die was zijn lijfspreuk geworden. Hier op de Charlottenborg raakte het gips in de vergetelheid en daarmee ook de gezichten.

Ze wilden immers iets unieks creëren. Hij keek sceptisch naar hun verwrongen leeuwen en woedende Galliërs. Wat was er op gezichten tegen? Hij had zichzelf door middel van de gezichten gevonden. Eerst uit plicht, om in zijn levensonderhoud te kunnen voorzien, daarna uit plezier. Bernstorff had hem jarenlang gevolgd. Maar de jongeren wilden bijzonder zijn en het werk snel af hebben. Ze waren helemaal niet bang voor Heliodorus.

Had Carlo maar geleefd, bedacht hij opeens, terwijl hij intens luisterde. Dan had alles er anders uitgezien. Elisa tekende en borduurde, maar toonde haar werk alleen aan haar man. Hij wist niet waarom hij juist vandaag zo sentimenteel was; waarschijnlijk kwam dat doordat hij eigenlijk spijt had van zijn afzegging. In Hillerød zou hij druk bezig zijn geweest en geen ruimte voor duistere overpeinzingen hebben gehad.

Fanisca, Frances, Anna Maria, ze overvielen hem als hij helemaal alleen was. Hij liet de honden binnen; die mochten op de mooie meubels vol borduursels springen. Christine vond dat maar niets, maar waar moesten ze anders heen?

Soms vergat hij hoe oud hij was. Vooral als hij 's ochtends wakker werd, zijn ogen opendeed en de mooie tekening van Rafaël begroette, de Madonna met het kind in de armen, dacht hij dat hij nog maar dertig was en in Rome woonde. De warmte kon die gekunstelde jeugd oproepen. Hij begon plannen te maken, en zijn leeftijd overviel hem met een schok. Een langzame, kwade leeftijd, die zijn handen deed trillen en zijn gezichtsvermogen deed afnemen. Als hij maar niet aan het verval werd herinnerd. Bingo spelen was goed. Net als Christines aandacht.

Hij kon alle mogelijke excuses verzinnen om maar niet naar de modellen voor de Vor Fruekerk te hoeven gaan kijken. Die hadden zijn handen nooit bereikt.

De man praatte je de oren van de kop: dit was een unieke historische gebeurtenis en slechts de allerberoemdste mensen ter wereld verdienden het om 'vastgelegd te worden'. Niet omdat hij meer portretten wenste. Hij was volkomen tevreden met de fraaie beelden van een verzorgde heer met wit haar en heldere ogen.

Het eerste dat hij had onderzocht toen Eckersberg zijn portret presenteerde, waren de ogen. Die geleken goed. De rest was van ondergeschikt belang. Ze staarden, ze zagen alles. Hij had de wereld altijd gezien voordat hij die begreep, voordat hij die kon lezen. De talen rolden in zijn mond voortdurend door elkaar, maar hij kon het verschil merken tussen het zonlicht in Stuttgart, Kopenhagen en Milaan. Hij kon nog steeds de lijnen van een vrouwenschouder onder de kleding waarnemen.

Hier stond hij nu met een wezen in opperste verrukking, dat maar bleef volhouden dat dit een historische gebeurtenis was. Hij was bezig de beroemde mannen en vrouwen van de wereld te fotograferen. In heel Denemarken had hij uitsluitend Thorvaldsen waard gevonden om gedaguerriotypeerd te worden.

'Over een paar jaar zal iedereen gefotografeerd worden,' bracht hij daar glimlachend tegen in. 'Over een paar jaar zal iedereen vastgelegd worden. Wacht maar, dit kan een fenomenale zaak voor u worden.'

De man leek het bezwaar helemaal niet te horen en begon zijn spullen op te stellen.

Ze waren in de tuin achter de Academie beland. Hier moest hij poseren in zijn witte werkjas en enkele werktuigen. Het moest lijken alsof hij op zijn werk geconcentreerd was, alsof hij een korte pauze hield.

Het was namelijk de bedoeling dat de afbeelding vermenigvuldigd zou worden en overal ter wereld zou worden verkocht. Hij was een verkoopartikel geworden! Niet zijn werken, maar hijzelf, zijn oud geworden, rimpelige gezicht, zijn werkjas en zijn handen.

Lamgeslagen bleef hij naar de efficiënte man met de apparaten staan kijken. Ze stonden op dezelfde plaats in de tuin van de Academie. Hier had hij tegenover zijn vader gestaan die opgewonden en dronken was geweest, en Bertel had hem uitgelegd dat hij had ontdekt hoe ze gemakkelijk geld konden verdienen.

Hij kon immers zo goed een gezicht in zijn handen voelen. Hij kon zich gelaatstrekken herinneren zonder ook maar een schets te hoeven maken. Als hij de gezichten van toneelspelers en de koninklijke familie zag, kon hij kleine gipsreliëfs maken. Dat kostte niet veel, maar ze konden in grote oplagen worden verkocht.

Deze man leek als twee druppels water op hem. Geld verdienen door de gezichten van anderen af te pakken, zonder toestemming. Misschien was hijzelf nog wel brutaler geweest. Hij had het gevoel gehad dat de mensen van wie hij de gezichten had geleend, zijn eigendom waren. Hij had hen gezien, hij had hun gelaatstrekken in zijn handpalm gevoeld. Daarna had hij hen vormgegeven en met genoegen gezien hoe goed ze geleken.

Maar fotograferen was heel iets anders, veel angstaanjagender. Als hij een puistje op het gezicht van Michael Rosing had gezien, zou hij dat hebben weggelaten. Een foto legde alles vast. Een foto was wel grijs, maar zag alles, rimpels, ouderdom en terughoudendheid. Een foto stal het gezicht, terwijl hij dat slechts had geleend.

Vol onbehagen vormde hij, eigenlijk zonder het te weten, zijn ene hand tot het beschermende teken, het teken van de Duivel, de dubbele hoorn. Het apparaat had ongetwijfeld boze ogen. Zinloos om de draak met de werkelijkheid te steken!

In feite wilde hij graag gauw echt oud worden, zoals dat ook met alle anderen ging, zwak en eerbiedwaardig, zodat zijn verschijning om bescherming riep. Maar zo mocht het blijkbaar niet zijn. Hij straalde kracht en gezondheid uit, zelfs op zijn hoge leeftijd, en de mensen namen daarom aan dat hij alles maar kon verdragen. Zelfs boze ogen. Ook was hij er nooit in geslaagd in een volkomen normale roes te geraken, avond na avond was hij helder en nuchter geweest, van aangezicht tot aangezicht met de onwaardigheid van anderen.

Enkele dagen later kwam de man met het apparaat weer op bezoek. Hij had het portret ontwikkeld. Thorvaldsen pakte het aan en bekeek zichzelf grondig, want dit was als een boosaardig spiegelbeeld. Weg was de zorgvuldigheid van Eckersberg, weg was de liefde, de zorg en de belangstelling voor het model. Ja, dit was waartoe hij was gereduceerd, een model tussen duizenden anderen. Een model dat zich liet realiseren opdat anderen geld konden verdienen.

'En ik ben de enige Deen die u de moeite van het vereeuwigen waard heeft gevonden?' vroeg hij onschuldig. Ja, dat was hij blijkbaar. Zelfs Andersen niet. Dat was prima.

Christine stond een hele tijd naar de schetsen van de zwemmende mensen te kijken. Haar man, nog steeds onbegrijpelijk jong en knap, en de andere jongemannen, naakt als bij de geboorte. Net uit het water gekomen en gebonden aan het natte element. Het water gutste van hen af, maar hun lichamen hadden het water overwonnen. Ze waren tot alles in staat, ze konden niet meer door een dodelijke kracht verslagen worden.

'Nou, Henrik was snel,' zei ze, terwijl ze haar hand op de tekening legde, 'maar hij wil me nog steeds. Ik neem aan dat die knappe jonge mensen een grens weten te trekken.'

Dat was alles.

Hij keek weer naar de schetsen nadat ze was vertrokken. Hij had gedacht dat ze blij zou zijn omdat hij haar geliefde had laten zien zoals hij behoorde te zijn.

De deur ging open en de wereld liet zich zien. Dit was een reis naar het verleden en hij was ietwat nerveus om heel zijn gigantische lichaam het armzalige appartement binnen te laten gaan. Wat was iedereen destijds toch lief en vriendelijk geweest! Zulke zachte sluiers, zulke smalle schouderbandjes, zulke dunne schoenen. Toen al had hij zich veel te groot en onhandig gevoeld. Daarbij vergeleken was hij nu een olifant.

Niemand had hem een afbeelding van madame Abildgaard laten zien, maar ze moest het wel zijn, hij maakte al een buiging voordat ze bij hem was en reikte vertwijfeld naar haar hand. Ze raadde zijn wens, daar kwam haar gerimpelde handje en hij kuste dat. Ze lachte. Niet zo'n modern afgemeten, esthetisch lachje dat aan het gestandaardiseerde gebaar van Bournonville deed denken. Nee, een ouderwetse lach. Bertel keek op en ontmoette haar blik. Haar haar was wit, maar haar ogen waren jong. Niet ouder dan vijfentwintig. Donker, gloeiend en nieuwsgierig.

'U bent de eerste die mijn hand heeft gekust sinds mijn dierbare Abildgaard me heeft verlaten,' zei ze, met heldere stem maar droge keel. 'Ik heb dertig jaar lang met die handen gewassen en geschrobd, Thorvaldsen!'

Ze had geen bedienden, ontdekte hij. De buurvrouw kwam met rammelende kopjes koffie binnen, durfde de beroemde gast niet aan te kijken, maar maakte een kniebuiging en scharrelde in het rond, terwijl ze duidelijk naar zweet rook. Was hij zo angstaanjagend? Niet voor madame Abildgaard. Ze schonk trots uit het geleende, gebarsten porselein. Hier in het portaal woonden blijkbaar respectabele weduwen zonder grote financiële middelen, maar met fraaie gevoelens. Wat zou hij graag willen helpen, maar haar trots stond in de weg.

'Ik zeg u op voorhand,' zei ze vriendelijk en bood hem de suiker die hij weigerde, hij was al dik genoeg, 'beste Thorvaldsen, ik ben niet plan een deel van de werken te verkopen. Ze moeten hier blijven tot ik er niet meer ben. De boeken gaan naar de Academie, zodat de nieuwe leerlingen iets kunnen leren waar ze hun leven lang iets aan hebben. Ik hoef niet te verkopen, na mijn dood moeten de werken allemaal tegelijk worden tentoongesteld en verkocht. De kinderen moeten immers ook leven.'

Hij begreep dat de kinderen graag wilden dat hun moeder tot verkoop overging. Maar aan wie? Met het geleende porselein in zijn onvaste handen waagde hij het ten slotte om om zich heen te kijken. Het appartement was niet groot, eigenlijk een overblijfsel uit het verleden, van toen. De tijd van Abildgaard en van hemzelf. Bekraste decoraties die niemand had willen overschilderen. In andere huizen vervingen bloedrood, kleine lieve vogeltjes en smakkend sappig groen alle sporen van het tere grisaille, de antieke linten en bandjes van de ouders. In de wereld van madame Abildgaard was de stijl van haar echtgenoot niet door een nieuwe stijl vervangen.

'De prins was aanwezig op de begrafenis van mijn dierbare Abildgaard,' zei madame en ze glimlachte naar Bertel, 'en kijk nu eens! De man functioneerde beter als preses van de Academie dan als koning. "Ik wens u veel geluk, maar geen troon," zei mijn dierbare Abildgaard.'

Bertel glimlachte terug en dronk nog wat koffie. Verder was er niets te doen. Hij bevond zich ergens in Minos' Labyrint op Kreta, zonder de draad van Ariadne. Al die tijd dat haar dierbare Abildgaard zijn strijd had gestreden, had hijzelf veilig en wel in Rome gezeten.

Ze reikte hem een open boek aan, een toneelstuk, hier had hij met schokkend zekere hand de repliek onderstreept. *Geloof me, ik laat haar nooit in de steek/ geloof me, in naam van alle goden/ nooit, ook al werd mijn vijand/ ieder mens van de hele wereld./ Zij was mijn streven, haar won ik/ ze is geschikt voor mij./ Weg met hen die tussen ons in staan/ slechts de dood is bij machte ons te scheiden.*

Waarom had hijzelf die eenduidigheid nooit beleefd? Het stak hem, alle oude wonden barstten open, hij had ze voor de rest zorgvuldig gehecht, ze zien genezen, op zijn genezing vertrouwd. Nee, nee. Helemaal niet. Hij kromp ineen onder haar trots. Ook al had ze verder niets, ze bezat die liefde die hen beiden en alles wat ze aanraakten, had verheven. Waar had hij eigenlijk ooit voor gestreden? Zelfs niet voor Anna Maria.

Ook Abildgaard had hij in de steek gelaten, die hem jaar in jaar uit getrouw over al zijn kwalen had verteld. Die wilde hij nu delen met madame, dat fijne papieren wezentje, dat met een glimlach plaatsnam en in haar koffie tuurde terwijl de gast aan het vertellen was. Ja, de prins, Christian Frederik, de telg van de erfprins. Nu koning van Denemarken. De man die altijd interessant deed en verzekerde dat hij verzót was op kunst. En op kunstenaars. Vanzelfsprekend was hij bij de bijzetting van Abildgaard van de partij geweest. Abildgaard was immers de docent uit zijn jeugd geweest die zijn thuis had getooid.

Het stond in gouden letters boven de koning toen hij op de Frederiksborg werd gezalfd: DE MACHT KOMT VAN GOD. Toen Bertel jong was, had iedereen geweten dat de macht van het volk afkomstig was. Een nieuw pact tussen de absolutistische koning en zijn ontwikkelde volk. Een fragiel evenwicht dat iedereen wenste te behouden. Ook al moesten ze de oude Heiberg daarvoor opofferen. Abildgaard had altijd de kont tegen de krib gegooid. Het katholicisme afgeschilderd als dwaling en onderdrukking. En toen mocht hij de Erfhuldiging schilderen, de invoering van het absolutisme in 1660. Alsof er al niet voldoende afbeeldingen van die gebeurtenis waren.

'We moeten toch allemaal passen en meten,' gaf madame Abildgaard als commentaar.

Bertel kwam overeind en liep langs de tafel met de koffiekopjes. Hij hield zijn jaspanden tegen zich aan, wilde liever zijn beweeglijkheid kwijtraken dan iets vernielen, madame was veel te trots om te accepteren dat hij zou betalen voor de schade die zijn enorme lijf kon veroorzaken.

Hij moest naar het appartement, de beelden bekijken.

Ze wist waarnaar zijn ongeduld uitging en ze stond ritselend op. Pas nu kreeg hij oog voor haar bijzondere jurk. Al die heel eenvoudige jurken uit het begin van de eeuw waren in mottenzakken op zolder gelegd. Ze konden niet vermaakt worden, en al helemaal niet naar moderne jurken, daarvoor waren zwaardere stoffen nodig, borduursels, plooien met dood gewicht en kleuren van rode verfstof. Madame

Abildgaard had echter geen andere mogelijkheden gehad dan de overblijfselen uit haar jeugd te benutten. Ze had een stuk of drie jurken gebruikt, leek het wel, uit vroeger tijden, aaneengenaaid en uitgespreid over een klok die de rok van de jurk volgens de laatste mode uitspreidde. Al die vergeelde witte tule en mousseline was verfraaid met linten en bandjes. Een frivole, hectische, opgewekte uitdossing.

Ze was als het huis, een bizarre toekomst. Ze weigerde het heden te betreden, want daarin bevond zich haar dierbare Abildgaard niet meer, en evenmin waren daar nog de idealen die iedereen had geaccepteerd. Ooit hadden ze een mooi appartement gehad – en een landhuisje, een piepkleine villa in het dorp Sorgenfri, niet ver van de prins en de familie Brun. Bertel herinnerde zich de verhalen in de brieven. Kersenbomen en cipressenzaadjes en wat je verder maar kon bedenken. Broeikassen en zinvol leven. Mussennest doopte ze dat, madame Abildgaard. Geel en blauw, hij herkende de kleuren van de schetsen, de kleuren die Abildgaard met macht bij de erfprins had ingevoerd.

'Wellicht lukt het ons nog een passend monument op het graf te maken,' probeerde Bertel, want hij had aangeboden gratis reliëfs te sturen, ze moesten een mooie obelisk laten maken, met Sergels portretmedaillon, een antiek monument, zonder verwaande grootsheid.

'O, dat zou te duur worden,' zei ze schouderophalend, 'mijn Abildgaard kan het wel zonder obelisk stellen.' Ze lachte zelfs, alsof zijn idee belachelijk was. Er was al zoveel tijd verstreken sinds de dood van haar man en twintig jaar sinds Bertel zijn hulp had aangeboden. Het maakte dus allemaal niet veel uit. Hij had haar hier in het appartement op Nytorv opgezocht.

'Kijk eens, beste vriend, kom met de kaars, dan doen we de gordijnen open,' zei ze ietwat buiten adem. Pas nu verraadde ze haar leeftijd. Weg met de gordijnen, ook al waren ze vederlicht. Het raam open. De lucht kwam binnen en de geluiden van buiten, wagenwielen, paardenhoeven, roepende stemmen.

'Het zilverwerk is verdwenen, maar Philoctetes is nog bij ons,' fluisterde ze en ze legde haar hand op Bertels arm. Hij keek haar niet aan, maar legde zijn hand op de hare en pakte haar zo vast. Dat vogellijf.

Toen hij Kopenhagen verliet, had hij Abildgaards schilderwerk als puur theater beschouwd. Al die onrust! Al die naaktheid! Die aanmatigende fixatie op het lichaam. Hij had zich daardoor gekrenkt gevoeld, het was te veelzeggend.

Nu stond hij in de woning van zijn docent en zag het opnieuw, met een steek van verlangen naar de gemakkelijke afwijzing uit zijn jeugd. Voor hem kronkelde het zijdezachte lichaam van Philoctetes zich. Het glanzende massief van het lichaam vulde alles, niemand had belangstelling voor de achtergrond. Pijn, maar niettemin volharding. Alsof hij luisterde en toch voelde. Alsof hij luisterde naar het karakter van de pijn om een manier ter bestrijding te vinden.

Abildgaard was de tegenovergestelde richting opgegaan. Hij had de ergste onrust van de wereld, de ondraaglijkheid van de pijn willen schilderen. Bertel kon zich de geschiedenis van Philoctetes niet herinneren, niet meer dan dat de man een pijl in zijn voet had en dat het gif zich nu een weg door hem heen zocht. De rode, omhooggebogen knokkel van de voet en de gespannen spier achter de knokkel waren eigenlijk voldoende. Hij voelde bijna kramp in zijn eigen voet, alleen al door de aanblik.

Het lukt me nooit. Dit kan ik niet. Al het andere, maar dit niet. Hij was de tegenovergestelde richting ingeslagen. En toch. Abildgaard had het lichaam tot de uiterste grens gekromd en gestrekt, maar toch hing er een grote rust over de figuur. Je zou Philoctetes in marmer moeten kunnen vormgeven, maar dan zou de gloed van de huid ontbreken.

Hij had Canova's hysterisch verwrongen lichamen van de hand gewezen, evenals diens drang om de arm van de arme engel hoog omhoog te steken, alleen maar om te tonen dat hij dat kon. Dat ging tegen het karakter van marmer in! Dat was een dwaling! Het was domweg gekunsteld en gemaakt. Geen kunst, maar gekunsteldheid. Hetzelfde argument kon je gebruiken tegen Philoctetes, maar daar was het bezwaar vals. Philoctetes zegevierde. Ook al verdween de linkerarm van de man, ook al was zijn rug gekromd en gebogen en gespannen, meer dan het gezonde verstand en de realiteit toelieten.

Hij kon veel, maar dat niet.

Hij voelde geen jaloezie, maar meer een overweldigend teleurgestelde bewondering. Waarom had hij niet geprobeerd dit ook voor elkaar te krijgen toen hij nog een jonge hond was die nieuwe kunstjes kon leren?

'Hij is anatomisch niet correct,' fluisterde ze en ze spreidde haar spitse vingertjes. Zonder het linnen aan te raken, liet ze haar hand de onrust beschrijven. De gecontroleerde onrust. Het haar van Philoctetes dat uit zijn gezicht woei. De vrijwel verborgen wang. De versluierde ogen. De mond, die was opengesperd in een stomme schreeuw, verlegen toegedekt.

'Maar het is ook geen studie van een lichaam,' antwoordde hij, 'het is de pijn.'

Ze knikte, als tegen een bijdehand kind. Hij had het begrepen en was geslaagd. De waarheid van Philoctetes was in de gedachte gevangen, niet in de toevallige vetkwabben en spieren van het model. En zelfs die pijn gevangen in volmaakte rust. Daarom was de aanblik van het beeld te verdragen. In alle eeuwigheid, aldus Bertel. Wat een armzalige boel naast die saaie apostelen van de kathedraal.

Madame Abildgaard had van haar leven een museum gemaakt. Wat was dat toch waar hij zo naar verlangde? Net zo geënsceneerd worden als deze madame had gedaan? Niemand hield genoeg van hem om zijn werken, zestig of meer, in een tweekamerappartement op te slaan. Dat was de vernederende waarheid. En voor zoveel andere dingen was het nu te laat. Achilles en Penthesileia, hangend in zijn armen, een seconde te laat, de ziel reeds weggevlogen. Precies.

Madame Abildgaard toonde hem de andere zestig schilderijen die de woning nooit hadden verlaten. Ofwel had ze een vermogen tot haar beschikking, ofwel had haar collectie Abildgaard kapotgemaakt. Bertel had de eerste tien goede kopieën van Philoctetes in de absoluut respectabele huizen gezien waar hij sinds zijn terugkeer regelmatig op bezoek was geweest. Philoctetes was fatsoenlijk geworden.

Ze toonde hem de gigantische doeken die hij voor haar had geschilderd en waarvoor niemand ooit belangstelling had gehad om ze te kopen, scènes uit antieke toneelstukken. Ze vertelde de handeling, wees en herhaalde zichzelf, opgezweept door de mogelijkheid een nieuw iemand in haar veertig jaar oude geschiedenis in te wijden.

'Nu uw museum wordt geopend,' fluisterde ze enthousiast en ze pakte hem bij de pols. 'Als uw museum opengaat, zullen de mensen de ogen voor mijn dierbare Abildgaard weer openen. Dan gaat de Academie zijn werken tentoonstellen. Maar ze krijgen er geen een te koop! Niet zolang ik leef!'

Net als vele anderen verwachtte ze dat zijn museum de wereld zou veranderen. Ach, hij had nog geen idee of er iets van terecht zou komen. Of dat er ook maar bij één iemand de ogen zouden opengaan voor de schoonheid en lelijkheid van Philoctetes. Maar je moest volhouden, ook de restjes waren het verteren waard, zelfs de kruimels.

Dit dacht hij met opgewekte bitterheid, toen het laatste nieuwe hondje hem kwispelstaartend begroette op de Charlottenborg. Het beestje plaste vrolijk tegen de mooie mahoniepoten en Bertel aaide en prees het. Het kon zich altijd nog nuttig maken met behulp van zijn gele straal. Geen van de respectabele lieden durfde commentaar op de stank te leveren.

De koning bleef stilstaan en kreunde met zijn hand voor zijn mond, in die mooie handschoen. Zijn jas hing los, losgeknoopt rond zijn appelvormige figuur, met lange panden reikte hij tot op de hielen. De jas deed denken aan Byrons cape; die stond hem niet, die benadrukte de kloof tussen het feitelijke uiterlijk van de man en zijn eigen geloof in onsterfelijke schoonheid.

Hij had Bertel niet de hand willen schudden. Niet meer.

Twintig jaar geleden waren ze in Rome elkaars gelijken geweest. Nu was hij koning, een van de serieuzen. De oude Frederik had tegen het volk gebruld, zijn hartstocht met norse routine opgebouwd. Christian Frederik was overgegaan in Christian VIII, de tegenpool van Christian VII.

Christian wist van wie hij een zoon was. Hofchef von Blücher met de mooie, donkere krul op zijn voorhoofd.

Nu was hij méér koning dan goed voor hem was.

'Ik vind nog steeds dat Christian IV lange laarzen moet krijgen,' zei de koning langzaam en hij wendde zich tot Bertel. Hij had zijn handen op de rug gevouwen en draaide zich majestueus om, dit was een bevel. Bertel herinnerde zich opeens, merkte hij, een andere eeuwigheid van vroeger in hun beider leven, toen Abildgaard de erfprins overhaalde de verkeerde kleuren in de Amalienborg te accepteren. Ruimte zou erfelijk moeten zijn.

'Nee,' hoorde Bertel zichzelf zeggen, met de kalmte van koppigheid, 'het is toch niet de bedoeling dat hij daar in de dom van Roskilde in zeelaarzen staat? Zijn benen verhullen? Die zo mooi zijn?'

Te laat zag hij de zware wangen van de koning trillen. Ze zeiden ook dat hij zijn haar liet verven en het elke ochtend met een krultang liet krullen. Nu waren de krullen bezig uit te zakken en het gezicht had zijn gezonde kleur verloren. Het leek in feite alsof hij zich nergens ook maar íéts van aantrok. Blauwe wangen. Iemand had nee tegen hem gezegd.

De koningin was er niet bij.

Hij had zich er zo op verheugd om haar gezicht weer te boetseren. Dat was nu ouder geworden en had karakter gekregen, haar beide ouders waren in haar gelaatstrekken te herkennen. Grote schoonheid die grof was geworden door kwaadaardige, opgebruikte, onverschillige tijd. Hij had zelfs het gipsmodel van haar volledige standbeeld tevoorschijn gehaald, zodat de koning dat kon bewonderen. Maar hij had het helemaal mis. Twintig jaar geleden was de prins uitzinnig bij de gedachte aan een vrolijke vertoning van zijn echtgenote. Nu maakte het hem niet uit. Hij was het model gepasseerd zonder haar te herkennen. Dus zou er nooit een Caroline Amalie in marmer worden uitgehakt. Bertel had zich op het werk verheugd. Een nieuwe vorstin Barjatinskaja, waarbij je bij elke slag en elke splinter marmer weg kon dromen. Haar dijen gladmaken en haar boezem een ronde vorm geven.

'Ik vind alleen dat we de oude koning zo waardig mogelijk moeten maken,' bracht de koning in. Zijn koppigheid was even groot als die van Bertel. Geen twijfel mogelijk. Hij merkte het staal achter al dat vlees en vet en die omhaal van woorden.

'Als u dat wenst,' zei Bertel stijfjes, 'als dat uw bevel is?'

Nee, toch niet, leek het. Juist dat woord stond de man tegen, maar niet de koning. De oude koning Frederik zou een kunstenaar nooit en te nimmer iets hebben bevolen. Als de oude koning een kunstenaar had betaald om zijn werk uit te voeren, dan mocht de man dat ook op zijn eigen manier doen. De nieuwe koning wilde beslissen, maar geen bevelen geven. Hij wilde middels zijn voorbeeld werken.

Eckersberg had ontdekt hoe je de man kon schilderen, de oude koning, zonder aan nervositeit ten onder te gaan. Je kon hem van de zijkant opstellen, met een hand op de sabel en een hand op tafel. Aldus stijf en met de blik op het raam gericht, weg van de schilder, was het mogelijk te ontspannen en hem alleen te zien zoals hij was: een gekleurde figuur, een smeuïge realiteit.

Bertel had Eckersbergs jammerlijke beeld van de koninklijke familie gezien. De koningin zat, ze was immers zo kwetsbaar. De lelijke Caroline had haar vaders arm vast. Alleen haar hand onder haar vaders arm was de moeite van het schilderen waard. Eckersberg had geprobeerd haar van een sjaal te voorzien, zodat ze die om haar knokige schouders kon slaan en zich ietwat elegant kon maken. Dat was mislukt. Caroline had zich net zo laten weergeven als ze eruitzag, met de sjaal dof langs haar lichaam vallend. Niemand keek de ander aan, het waren vier eenzame, meelijwekkende gestaltes, gevangen in de ruimte en in het pure niets, ze hadden elkaar niets te zeggen. Veroordeeld tot koninklijkheid.

Eckersberg was waarachtig geweest, op een Deense manier, in een kleine, maar voorname ruimte. Bertel dacht aan Goya's schalkse, boosaardige beelden van de machtigste mensen in Spanje. Er viel absoluut geen enkele boosaardigheid of onverbeterlijke slechtheid te verbergen, laat staan weer te geven bij Frederik en zijn kleine familie. Uitsluitend middelmatigheid.

Nu was de koning bij hem en de koning wenste vurig zijn kunst richting te geven, hoe onverklaarbaar dat ook was. Er waren koningen genoeg op de wereld, maar er was maar één Thorvaldsen. Hij hoopte dat niet de ijdelheid hem naar het hoofd was gestegen, maar gezond verstand vanwege het standbeeld. Dat zelfs niet bijster goed was, dat moest hij toegeven. Hij had anders lang gemopperd op de overleden koning. Maar hij leek zo op een toneelspeler in het Deense nationale toneelstuk *Elverhøj*. Niet de koning zelf, maar Heibergs maffe godenmachine.

Hij stond op het punt het te zeggen: koningen moesten op hun eigen zaken letten en kunstenaars op hún eigen zaken, dan zou de wereld er beter uitzien. Maar zo ver durfde hij niet te gaan.

De koning kwam dichterbij en raakte met zijn hand in de fijne handschoen het standbeeld aan. Nee, de handschoen moest uit. Toch.

'Maar mijn beste Thorvaldsen, ik heb altijd gedacht Christian IV met lange laarzen te zien,' zei de koning, alsof deze discussie nooit had plaatsgevonden.

Bertel haalde diep adem en zei dat de overleden koning dit soort laarzen had gedragen.

'Het zou niet goed ogen als ik de benen zou verbergen die er zo fraai uitzien in die korte laarzen,' zei hij en hij ging op gedempte toon verder, maar met nadruk op elke lettergreep, nu moest de man begrip worden bijgebracht. 'Op een andere manier kan ik het niet tot mijn eigen tevredenheid uitvoeren.'

De koning zweeg, zijn gezicht op zijn voorganger gericht, met samengeknepen mond en zonder Bertel aan te kijken. Op dit moment was hij een republikein en behoorlijk geschrokken van zijn eigen standvastigheid.

'De koningin wenst u aanstaande donderdag aan het souper te zien, samen met haar broers,' zei de koning. Dat klonk niet als een uitnodiging, dat klonk als een echt ouderwets bevel. Als er íéts was waar hij geen zin in had, was het wel om als een getemd wild dier aan de bewoners van de Amalienborg te worden gepresenteerd. Hij wist heel goed wat de koning wilde. Pronken met andermans veren, opgelegde veren.

'Donderdag?' zei hij heel duidelijk tegen zijn bediende die passief, maar met ogen op steeltjes, in de deuropening stond te wachten. Elke repliek zou worden herinnerd en opgeschreven, daar twijfelde hij niet aan.

'Ben ik donderdag niet verhinderd?' vroeg hij. Duidelijker kon hij toch niet laten merken dat hij intens wenste verhinderd te zijn.

De bediende bloosde en schudde zijn hoofd. Maar Bertel wilde niet om de tuin worden geleid.

'Als er iets is wat me verhindert, zeg dan wat het is,' ging hij verder. De bediende keek naar links en naar rechts en naar de koning, waarna hij zijn blik neersloeg.

'Ørsted,' zei hij alleen.

Dat klopte.

'De conferentieraadsheer heeft een uitnodiging ontvangen voor Ørsteds diner – in Roskilde,' zei hij half fluisterend. De wetenschapper Hans Christian Ørsted bevond zich in Roskilde omdat de Standenvergadering, de vertegenwoordiging van de adel, de geestelijkheid, de burger- en de boerenstand, bijeenkwam. Die meelijwekkende poging het volk op te voeden voor democratie over honderdvijftig jaar.

'Nee, Uwe Majesteit!' zei Bertel en hij wendde zich demonstratief tot de koning, dit was zijn kleine, armzalige triomf. 'Dan kan ik niet op donderdag. Zoals u hoort, heb ik beloofd naar Ørsted te gaan.'

De koning knipperde met zijn ogen. Hij trok zijn handschoen weer aan en probeerde te glimlachen. Bertel besefte heel goed dat je nooit een afspraak met de koning weigerde. Maar iemand moest de eerste zijn. Hij had gewerkt voor een keizer, meerdere keizers, en zij hadden hem gerespecteerd. Napoleon Bonaparte had geen lange laarzen voor Alexander de Grote verordend.

'Dat spijt me, de broers van mijn echtgenote wilden u zo graag ontmoeten,' zei hij minzaam. Geen enkel ander woord gaf de juiste beschrijving. Hij glimlachte zelfs vleiend, alsof je Bertel van gedachten kon laten veranderen door intens vergenoegd en uiterst mild over te komen. Nu stond hij stevig, met gespreide benen en genoodzaakt hem te mishagen.

'Ik kan niet, Uwe Majesteit, zoals u ziet, ik moet mijn eerst gegeven belofte nakomen,' zei hij, niet zonder trots. Met scherpe stem en strak gezicht. Dit zal die kleine Eckersberg de schrik in de benen jagen!

'Ja, dan moeten we het maar voor een andere keer bewaren,' mompelde de koning. Die woorden moest je in zo'n situatie wel zeggen. Hij had de koning beledigd, die er anders altijd prat op ging zijn vriend te zijn, de vriend aller kunstenaars, goed, begripvol, vriendelijk en menselijk. In werkelijkheid eiste de koning wat nog nooit eerder iemand had gewaagd. Gehoorzaamheid en vriendschap op hetzelfde moment. Die twee zaken pasten niet goed bij elkaar, vond Bertel.

Hij begeleidde de koning toen die zijn atelier verliet, maar hij voelde heel goed dat de man nog steeds gepikeerd was. De hoge hoed zou hem verschrikkelijk misstaan en de krullen uit zijn haar drukken. Hij hield hem in zijn hand en draaide hem langzaam in het rond, neuriënd, keek voor zich uit alsof hij diep nadacht. Toen wendde hij zich ten slotte tot zijn gastheer.

'We hebben wel allemaal een reepje republikeinse huid,' zei hij zorgeloos, 'maar ik hoop dat mijn beste Thorvaldsen weet dat vrijheid niet betekent dat je je laat beteugelen. Vrijheid betekent dat je van de teugels bent ontdaan.'

Mijn beste Thorvaldsen. Hij werd misselijk. Die man was ooit open en aardig geweest, een onbedorven mens. Gepolijst, niet bedorven. Nu was hij veranderd. Bertel had zich nog nooit zozeer republikein gevoeld als nu. Doe dan afstand van je troon en maak ons allen vrij.

Hij bleef staan luisteren naar de koets die wegreed met de koning, zich er goed van bewust dat een vriendschap verbroken was, maar dat maakte niet uit. Ze wilden hem zo nabij mogelijk komen, ze wilden bij hem op schoot kruipen, maar hem niet zijn waardigheid en vrijheid schenken. Wat wist de koning van vrijheid en teugels? Misschien was hijzelf in zo'n knellend bit en teugels beland?

Hij had zich niet netjes gekleed, maar wilde nu de stad in. Hij riep zijn bediende, die nog steeds groggy leek na de botsing met de koning. Terwijl hij Bertel in zijn stadskleding hielp, verweet hij zijn baas in stilte dat die zo onconventioneel had gehandeld.

'Uitsluitend een levensbedreigende ziekte kan een geldige reden zijn voor afwezigheid, wanneer de uitnodiging van het Koninklijk

Huis komt,' zei hij geschokt. Bertel stond op het punt boos te worden, maar beheerste zich. Die man kende alle dwaze regels. En hier woonde hij als een geketende hond op de Charlottenborg. In Rome was hij vrij geweest, zijn eigen heer, meester en fabrikant. De meest vrije van allemaal, omdat ze naar hem toe kwamen, niet met eisen maar met opdrachten. Hier was hij net zo onvrij als Pilo was geweest, Carel van Mander, gekocht door de koning om te schilderen. Minder dan een ambtenaar. Daarom hadden ze hem zo zorgvuldig tot conferentieraadsheer benoemd. Waarover of met wie hij dan ook maar confereerde.

'Dat is toch een merkwaardige regel,' antwoordde Bertel, 'die wil ik niet accepteren, ik wil mijn vrije wil hebben en mijn belofte kunnen nakomen.'

De bediende zuchtte, maar Bertel bleef bij zijn mening.

Een reepje republikeinse huid. Als hij eens wist. Maar niemand kon immers meer kenbaar maken dat hij republikein was, dat was gevaarlijk en hopeloos.

'Maar de conferentieraadsheer zag toch dat Zijne Majesteit boos werd?' merkte de bediende op.

'Ja, ja,' antwoordde Bertel, 'daar moet ik me dan maar bij neerleggen.'

Zo was zijn leven in Kopenhagen geworden. Je erbij neerleggen. Dat had zijn goede kanten, bals en bijeenkomsten. Maar ook die nachtzijde. Conferentieraadsheer. Conferentierotting.

De vorige keren dat ze hem bezochten, was de koningin nogal geschokt geweest dat hij het op zijn hoge leeftijd waagde op een stellage te gaan staan om zijn Hercules te voltooien. Niet de stellage boezemde hem angst in. Hij werkte even zeker op een stellage als wanneer hij op de grond stond. Het formaat sloopte hem. Als hij zou vallen, zou hij in het harnas sterven, had hij gezegd.

De koningin wilde een kleine Amor in marmer. Hij keek haar aan, begreep ze dan niets? Zoete gulzigheid, zoete gewoonte haar zin te krijgen. Wie weigerde de koning of de koningin iets? Hij waagde het. Er zat in feite net zoveel werk in een Amor als in de hele Hercules. Hier alleen precisiewerk en piepkleine details. Maar wat zou het haar kwetsen als hij haar dit genoegen ontzegde. Destijds al merkte hij haar ongebruikelijke eisen, verhuld als een beleefdheidsfrase. Ze ontkenden altijd dat ze bevelen gaven, maar ze deden de hele dag niets anders.

Ter verontschuldiging had hij gezegd dat de bouw van zijn museum zoveel werk met zich meebracht.

'Ik heb het model hier en bekwame leerlingen die een Amor zouden kunnen maken,' had hij gezegd. En het licht in haar ogen zien doven.

'Maar dan is het werk toch niet van uw hand,' zei ze.

Ze wilden altijd meer. Ze waren vol bewondering en zorg, maar ze wilden steeds meer, werden steeds veeleisender. Ze wilden vier enorme beelden voor de logge, ijskoude Christiansborg. Wat Aesculapius en Hercules te betekenen hadden voor de Christiansborg, kon hij niet begrijpen – beide namen had hij in een mythologische encyclopedie opgezocht om zekerheid te krijgen.

Hij drukte door middel van zijn figuren uit wat anderen vonden en wensten. Niet zijn eigen gedachten. Dat gebeurde maar zelden. Jason was zijn beeld van het jaar 1800 geweest, een puur, onbeschreven tijdperk, beheerst en heroïsch en in staat om te doden om het Gulden Vlies te bemachtigen. Barjatinskaja had al zijn kennis over de vrouw betekend, samengekomen in één gedaante. Carlo gaf hem Amor, alle kinderen, en hij had duizenden gezichten, handen en blikken vormgegeven.

Toen hij de Russische tsaar tot mens maakte, had hij het gevoel gehad de geschiedenis in handen te houden, niet de klei. Hij had de man gezien zoals hij was, achter epauletten en valse grootsheid. Hij had een begaafde, maar kleingeestige man gezien. Geschikt om een kleine, rustige provinciestad te besturen met een zekere mate van tederheid en strengheid. Die man, die hij duidelijk voor ogen had, was het bewijs van het misdadige karakter van het absolutisme. Die keizer van de middelmatigheid. Die het leven van miljoenen mensen naar zijn eigen smaak kon vormen. En toch zou hij gelogen hebben wanneer hij wreedheid of domheid in zijn trekken had aangebracht. Hij was heel dicht bij de macht geweest, had die aangeraakt, geproefd, de menging van parfum en verrot vlees ingeademd. Als Metternich.

Waarom waren Bonaparte en zijn maarschalken verdomme zo bang geweest voor Rome? Waarom was hij toen in Rome gebleven? Hij had naar Parijs moeten gaan en zijn diensten moeten aanbieden. Maar hij had zo'n weerzin gehad tegen de keizerlijkheid van de keizer. Hij had niet willen opgeven. Nu zat hij in de val.

Hercules keek hem met zijn ronde ogen aan. Na al deze jaren had hij eindelijk een sculptuur nagelaten die de waarheid over hemzelf zei. De knots had buitengewone proporties, maar die verzekerde hem van rust. Niemand viel een man aan die met die knots kon zwaaien! Zijn lichaam was zwaar gespierd, de armen zaten vol oude strijdigheden. Een heldere blik, maar alleen omdat hij alles voor elkaar had.

Hij had overwogen om de dondergod Thor te maken, op wie hij volgens Christine leek als hij boos was. Maar ze wilden Hercules voor de Christiansborg en dus had hij die brutale gladiator gemaakt zoals hij zichzelf voelde, zoals hij zichzelf altijd graag had willen presenteren. Raak me niet aan! Raak me alleen aan op eigen verantwoordelijkheid! Kijk wat er met de leeuw is gebeurd die mij uitdaagde!

Terwijl hij met Hercules in de weer was, drong het tot hem door dat hij niet langer hoefde te vechten. Hij was dan wellicht niet modern meer, maar na hem kwam er geen andere gigant. Allemaal waren ze vriendelijke lilliputters, zelfs beeldhouwer Bissen. En verder waren ze allemaal leerlingen en blinde bewonderaars.

Hij had zijn meeste doelen bereikt, voor de rest was het te laat. De wereld zou zijn Hercules bewonderen en accepteren. Niet zo jong en elegant als Jason, maar het beeld van een andere tijd. Nee, van hemzelf, want hij had immers gemeend een rechtvaardige strijder als Jason te zijn. Hercules had geen gelijk, hij kréég gelijk omdat hij de sterkste was. Als er geen andere mogelijkheid bestond, dan moest je de sterkste worden! Beschermende dijken om je heen bouwen met geld – en kracht. En beroemdheid. Niet uitsluitend respect, maar ook rust was te koop.

Nu was het te laat om de vaardigheden binnen te halen. Christine lachte toen hij vertelde dat hij een boek over Alexander de Grote had gekocht en alleen de pagina's had opengesneden die over de intocht in Babylon gingen. Op basis van twee bladzijden was hij voornemens om een hele fries voor de koning van Rome te maken. Vandaag zou hij haar vragen uit te zoeken waar de zaak over ging. Men was wijzer geworden en dat was toch beter dan nog meer onnodige zaken te weten te komen?

Hij was die avond in maart niet zelf in het theater, maar nog voordat het doek opging voor *De toreador* van zijn vriend, de balletmeester August Bournonville, had hij over het schandaal gehoord. Boze mensen op de parterre hadden de balletmeester uitgejouwd, ze waren woedend dat ze zijn leerling Lucile Grahn, hun lieveling, waren kwijtgeraakt, nu wilden ze August Bournonville straffen. Het was onmogelijk geweest om de muziek te horen. August stopte midden in de dans en bleef passief op het podium staan. Toen wendde hij zich tot de koninklijke loge en vroeg wat Zijne Majesteit wenste. Dans! luidde het bevel van de koning. August probeerde verder te dansen, maar met gekortwiekte vleugels.

Bertel probeerde zijn misselijkheid te bedwingen. Had hij het niet goed gezien? Ze waren helemaal vergeven van grootsheid en koninklijkheid en bevelen en rescripten. Op papier hadden ze zijn vriend dan wel geholpen, maar daar zou binnenkort een eind aan komen, daarvan was hij overtuigd.

Op dit moment had hij Christine nodig en juist nu kon hij haar niet bereiken. Hij kende haar neusophalen, haar totale verachting. Maar dit was in feite erger. Die koning die er prat op ging dat hij de kunst begreep en liefhad, wilde die bezitten. Hij was veranderd in een zijn vleugels uitslaande kalkoen die de kunst onder zijn gevederde, opgeblazen gewicht vermorzelde. Een monster van een koning.

Dus toen August de dag daarop tot huisarrest werd veroordeeld, verbaasde hem dat niet. Hij werd er des te misselijker van. Maar wat kon hij doen? August en zijn gracieuze vrouw Helene bezoeken en hun wat moed en energie geven. Hij liep zelfs door de stad op zijn gevoelige oudemannenvoeten, met een open fontanel in zijn slechte been, en hij genoot van de frisse lucht en de vrijheid. De conferentieraadsheer was dood, gelukkig, nu was hij Thorvaldsen.

Het huis raakte in verval, de straf was omgezet van huisarrest in een gedwongen studiereis – zonder legaat, zonder salaris. Helene pakte haar spullen en August raasde. Ze wilde hem en zijn razernij ongetwijfeld achter gesloten deuren houden, zodat niemand zijn uitval naar de koning hoorde, en ze moest haar spullen pakken. Ze huilde zo dat de tranen over haar wangen biggelden terwijl ze minstens drie dingen tegelijk probeerde te doen. Dochter Charlotte huilde omdat haar moeder huilde en Helene vond geen tijd om haar dochter te troosten. Het lijfje was niet ingesnoerd en ze was letterlijk bezig op te lossen, en kwam pas tot rust toen Bertel met macht zijn armen om haar heen sloeg en haar tegen zich aan drukte. Hij had het mis gehad. Hij had het ingrijpen door de koning gezien als een akelige demonstratie van macht, waarvan iedereen afstand diende te nemen. Nu beschouwde hij het als een pure gewelddaad, die het gezin van August kon vernietigen.

'Hij wilde me mee hebben,' snotterde Helene en ze viel in Bertels schoot, terwijl hij haar heen en weer wiegde, 'hij wilde me mee hebben! Helemaal naar Italië, weg van de kinderen en van ons huis, wat moet er gebeuren met onze mooie spullen, moeten die hier dan gewoon achter slot en grendel staan?'

Achter de deur klonk de stem van August, luid en duidelijk, eigenaardig en met een Frans accent dat met de jaren niet minder was geworden. Die man had het land een ballet geschonken dat voor niets ter wereld onderdeed. Ze zouden hem grenzeloos dankbaar moeten zijn. Maar wat gebeurde er? De koning greep in hun leven in. Zelfs Christian VII had niet op die manier in het leven van kunstenaars ingegrepen. Hij kon zich niet herinneren of ooit een Deense koning het leven van kunstenaars had gedeformeerd. Maar August had de euvele moed gehad om eerst tegen de koning te spreken.

'Ja maar dat is toch mooi dat hij je mee wil hebben,' zei Bertel en hij hield haar een eindje van zich af, schudde haar zacht heen en weer en kuste haar op haar klamme wangen, terwijl ze probeerde te glimlachen maar bleef huilen. 'Het zou toch erger zijn als hij je niet mee wilde hebben?'

'Jij moet met ons meegaan,' zei ze verschrikt. 'We weten niets van Italië, we zullen verdwalen en bestolen worden. Maar August heeft het er al over om meteen naar Napels te gaan. Hij wil het buitenland bestuderen, dus dan komen er vast ook wel een paar balletten uit al die studies.'

Hij wist het wel, de koning deed dit allemaal met de beste bedoeling. Lucht onder de vleugels, een grote spanwijdte, de wijde wereld moest openstaan. Dat moest wel komen als een geschenk en niet als een zweepslag. Hij pakte Helene bij de hand en waagde zich in het hol van de leeuw. Hij ontdekte dat August alleen was, hij sprak tegen zichzelf en zijn genius. Hij was bezig de demonen te verdrijven door ze bij hun juiste naam te noemen.

'De broom in met die elui,' zei hij scherp, 'de broom in met die elui! Deporstatie! Gewoon deporstatie!'

Bertel bleef de hand van Helene vasthouden, luisterde en kwam tot bedaren. August was opgegroeid in het theater, hij had geprobeerd toneelspeler te worden, ondanks zijn geringe lengte. Als kind had hij

Deens geleerd, maar alleen ad usum. Het Frans klonk er desondanks in door, evenals zo af en toe een spreekfout die elke vocaal omsloot en die aaneenreeg met onvoorspelbare consonanten. De letter L vond hij weerzinwekkend, vooral aan het begin van een woord. Wanneer hij boos werd, veroorzaakten de fouten trillingen. Het was goed dat August een monoloog hield, dat hij geen audiëntie had aangevraagd bij de koning om uitleg te geven.

Bertel wilde niet lachen. Zelfs geen glimlachje op zijn mond toveren. Helene deed dat wel, ze sloeg dubbel van een onvrijwillige lach en sloeg haar armen om de nek van haar man.

Op een dag zou het afgelopen zijn, deze merkwaardige dictatuur, deze goedbedoelde slappe dictatuur die mensen tot schaakstukken reduceerde.

'Laat mij uw spullen voor u pakken,' zei Bertel tegen August die midden in de kamer stond, als een toonbeeld van woede. 'Dat is een van de weinige dingen die ik kan en die ik uitstekend doe.'

Hij wilde tegen elke prijs Helene en August van hun verplichtingen verlossen, zodat ze met elkaar konden praten en konden afspreken wat ze nu moesten doen. August had gedaan wat de koning als majesteitsschennis beschouwde.

Dit was een deportatie, maar dan in een milde vorm, August zou naar huis terugkeren met nieuwe kennis, een betere kunstenaar op zijn terrein. De deportatie was een overduidelijk teken aan alle kunstenaars: onderschat jullie regent niet, hij lijkt mild, hij doet alsof hij jullie vriend is, maar in werkelijkheid is hij jullie heerser en niet meer dan dat.

'Tuistemming voor zes maanden naar het uitland te reizen tegen inhouding van tloon voor zes maanden,' zei August, en nu citeerde hij de brief van de koning. Bertel moest eerst de koffers van August pakken en er daarna voor zorgen dat Helene en hij rustig thee konden drinken en zonder tranen en ellende plannen konden maken. Als het ging zoals hij hoopte, zou August echt naar huis terugkeren en zijn straf wreken. Hij moest zijn kennis over Italië uitbuiten. August moest beslist naar Napels.

'Wie wordt de volgende, jij of Andersen?' voegde een nog steeds verbolgen August eraan toe toen de koffers klaarstonden en de thee bijna getrokken was. Andersen zou de koning nooit treffen. Andersen voegde zich soepel als nat wilgenhout, hij boog altijd voor de sterkste, hij dweepte, kroop en paste zich aan. Vooral aan de koning. Bertel was niet zeker van zichzelf en zijn rol. Had hij Christian IV niet veel te korte laarzen aangemeten?

Ze keek hem scherp aan, die anders zo overdreven vriendelijke koningin. Bertel probeerde zijn koffiekopje rechtop te houden en verbaasde zich. Hij was erin geslaagd de conversatie gaande te houden, ondanks zijn slaperigheid en verveling, en nu keek ze hem aan alsof hij een lelijke vloek had laten horen.

'Naar huis?' herhaalde ze, alsof ze een misverstand gladstreek. 'Dat moet Thorvaldsen mis hebben! Hij is toch al naar huis teruggekeerd?'

Nu snapte hij het.

Tussen neus en lippen door had hij het over naar huis terugkeren gehad en daarmee bedoelde hij toch warempel niet de Charlottenborg. Dat merkwaardige patriciërshuis met loodzware, solide mahoniemonsters. De moderne vrouwen verborgen alles in hun nieuwe meubels. Zowel onschuldige zaken als brei- en borduurwerk als flesjes port. Laatst had hij zes flacons in een monsterachtig aanhangsel bij een sofa gezien. Hun meubels gingen op Romeinse epitafen lijken.

En nu had hij de koningin beledigd door Rome zijn thuis te noemen. Hoe moest hij dat weer goedmaken?

Hij verontschuldigde zich met blozende wangen, en ze bekeek hem genadig. Was het weldra voldoende? Blijkbaar, ja.

'Thorvaldsen heeft veertig jaar in Rome doorgebracht,' zei ze vergoelijkend, 'ik begrijp best dat Rome voor hem zijn thuis is geworden.'

Hij haalde ietwat opgelucht adem, maar voelde zich nog niet zeker. Als ze hem maar uitnodigde om mee te gaan naar de opera. Als hij achteroverleunde en luisterde, had hij bijna het gevoel dat hij thuis was. Alleen zijn koude voeten in het theater en de lelijkheid van de zangers stonden in de weg. Net als die gulzige ratten die het koninklijke theater teisterden.

Hij had zelfs niet geweten hoeveel geluk hij had.

'Maar ik ga naar huis,' zei hij opeens, alsof hij zichzelf dwong een beslissing te nemen. 'Ik moet mijn zaken behartigen.'

Ook dat antwoord leek de dames niet te behagen. Ze zagen hem immers als een mystieke figuur, als een wezen dat in absolute reinheid creëerde, onbezoedeld door al die hartstochten die ze zelf voelden, maar die ze uit alle macht probeerden te ontkennen. Soms had hij zin om Bournonville te verdraaien en hun alles te geven waarvan ze wisten dat het er was, maar dat ze nooit konden uitspreken. Wisten ze dat de heer en mevrouw Heiberg amper samenleefden en dat de heer Heiberg gek was op meisjes die nog maar net de puberteitsleeftijd hadden bereikt? Dat er bordelen in de stad bestonden voor mannen met juist die smaak? Dat kinderen werden misbruikt en vermoord? Wisten ze hoe die pittoreske armen leefden? Dat was immers allemaal de eigen schuld van die mensen.

De wereldorde. De levensorde. De natuurorde.

De mannen die zich politici noemden, wilden alleen maar kwaad. Ze vonden dat de rijken te arm en de armen te rijk waren. Ze wilden de wereld ten eigen voordele veranderen. Maar dat kon hij toch onmogelijk in marmerreliëf weergeven.

'Ik heb daarginds ook een deel van mijn bezittingen achtergelaten,' zei hij verder, zorgvuldig een neutraal woord kiezend. Hij zag hoe ze ijverig en meelevend knikten, zag alle pijpenkrullen bungelen. 'Ik moet mijn spullen halen.'

Voordat het te laat is, wilde hij er nog aan toevoegen, maar hij wist zich in te houden. Elke verwijzing naar de dood zou in Denemarken tot wilde protesten leiden. De Romeinen wisten dat alle mensen sterfelijk zijn, zelfs een Thorvaldsen.

Wat had hij een behoefte aan Christine. Wat waren zijn gevoelens toch simpel, puur en begrijpelijk. Waarom werd hij die pas nu gewaar? Toen hij nog jong was, had hij met anderen over zijn liefde kunnen praten. Deze dames zouden alles afwijzen.

'Het weer is toch beter geworden,' zei een van de hofdames vriendelijk. Geen Thorvaldsen en flauwekul meer. Het weer kende men tenminste.

'U heeft ons zoveel beelden van heidense goden gegeven,' zei een ander, 'gaat Thorvaldsen ons dan nooit Deense goden schenken?'

Nee, hij was ook niet Deens genoeg. Niet nationaal genoeg. Ondanks het feit dat Deens de enige taal was die hij perfect sprak – de eerste weken hadden ze hem uitgelachen, zijn taalgebruik klonk ouderwets en overdreven. Ouderwets overdreven Grønnegade-slang. Nee, hij was waarachtig niet nationaal genoeg!

Maar hoe zat dat met de koningin? Haar broers speelden voor Duitse vorstjes en haar vader was door en door Duits geweest, haar grootvader van moederskant de Duitser Struensee en haar grootmoeder Engels. De echte vader van haar echtgenoot de koning was een Duitser geweest, evenals zijn moeder.

'Ik ben een IJslander,' zei Bertel nog steeds met een glimlach en hij dronk een beetje koude, bittere koffie. Nee, nu moesten ze hem beslist nog eens inschenken. En een nieuw kopje! Weg met die oude koffie. Wat verlangde hij naar huis. Naar een appartement waar hij twee kleine, rustige kamers had waar hij kon leven en zichzelf kon zijn. Een holletje om in te slapen, ontdaan van mahoniemonsters.

Het was niet zijn idee geweest om naar Rome terug te keren, en nu stond hij in dubio, en niet zo'n klein beetje ook. Eigenlijk had hij, zo besefte hij, vier jaar geleden afscheid genomen. Maar Christine wilde zo graag. Altijd had hij gedacht dat ze dezelfde gedachten had als hij, naar hetzelfde verlangde als hij en dezelfde wensen had. Maar nee.

Nu was zij dus degene die wilde dat ze naar huis terugkeerden. Hij was volkomen kalm en zij vulde de pijnlijke leegte door praktische zaken te regelen, aan te rommelen en op te ruimen, aan te rommelen om op te ruimen.

Hij had zelfs niet durven bedenken hoe eenzaam hij zonder haar zou worden. Hij kon best zonder de anderen, maar niet zonder Christine. Daarom pakte hij haar bij de hand toen ze voor de vijfde keer in reiskleding langs hem heen liep. Hij zat de krant te lezen, de ramen stonden open, het was wisselvallig weer. Er was geen reden om nog langer te blijven.

Hij had evenmin overwogen hoe hij afscheid van haar zou moeten nemen. Niemand wist wat er kon gebeuren. Hij voelde zich tegenwoordig niet helemaal fit en gezond. Zijn hart bonkte en galoppeerde in zijn borst als een mank paard, dag en nacht. Hij kon sterven zonder haar terug te zien.

Ze bleef heel stil staan en hij wurmde de ring met de slang van zijn vingers. Dat was een vondst, een antieke Romeinse ring die nu net zo prachtig glansde als tweeduizend jaar geleden. Zonder een woord probeerde hij hem aan haar vingers te schuiven, aan de ene na de andere. Hij paste alleen aan de ringvinger van de linkerhand.

Nu pas drong het tot hem door dat hij dit nog nooit eerder bij een vrouw had gedaan, er zelfs geen zin in had gehad. Met rode wangen van schaamte en ontroering verborg hij haar hand met de ring in de zijne.

'Maar we moeten toch ringen uitwisselen,' zei ze beheerst, alsof ze alles begreep. 'Ik zal een kopie laten maken bij Henriques in de Købmagergade. Die moet je dragen als je naar huis gaat.'

Zo zag hij het niet.

Hij ging niet naar huis. Hij was in feite thuis, voelde zich nu thuis.

Hij wilde echter graag weten dat Christine zijn ring droeg. Zijn verloofde. Zo ver was het met mejuffrouw Kurzhals nooit gekomen.

'Ik zal hem tot mijn dood dragen,' beloofde ze en ze kuste hem op de wang. Nu kon hij haar loslaten. Ze glimlachte met al haar lachkuiltjes en vertrouwde hem toe dat ze van plan was voor hem te zorgen als hij naar Denemarken terugkeerde. Wie zou er anders voor hem zorgen? Wie zou hem bij zijn werk houden? Hij, die vroeger dag en nacht had gewerkt, was nu een teer plantje geworden, gewend aan lof, complimenten, feesten en bingo!

Hij had zich zo op Italië verheugd, zich erop verheugd eindelijk weer naar buiten te kunnen gaan – zonder zich om zijn schoeisel, handschoenen, jas en ijs op de trottoirs te hoeven bekommeren. Pas eind mei was het eindelijk zover dat hij vertrok, het was lente. Maar Rome trok aan hem. Aan de problemen die daar lagen te wachten, had hij geen moment gedacht.

Alles was nog zo alsof hij nooit weg was geweest.

De eerste avond al schafte hij een nieuwe hond aan. Klein en tenger, louter donkere ogen en enorm dartel, een pup waarvan niemand anders wilde weten. Hij tilde hem op en stopte hem onder zijn kamerjas. Het beestje kwam meteen tot rust, nu had het een baasje.

Alles was goed, met uitzondering van zijn verdomde schoonzoon.

Elisa wilde niet dat hij zijn honden meenam als hij op bezoek kwam. Haar kinderen waren zwakjes en kwetsbaar. Haar man sukkelde. Tja, waarom heeft ze in vredesnaam ook geen man van haar eigen leeftijd gezocht!

Hij had geen zin om haar te zien en Paulsen al helemaal niet. Zelfs Christine kon hem niet beschermen tegen dat wezen dat zijn wereld was binnengekomen en hem goedkoop en dom had gemaakt.

Nu zou hij naar Paulsens villa gaan. Dat was een groot woord, Paulsen had een schuur in de Campanië bemachtigd die hij de villa van de familie noemde. Paulsens houding straalde onterechte trots uit, een schaamteloos onbegrip tegenover zijn familie en ook tegenover zijn leven in het algemeen. Bertel had nog steeds geen spoor gezien van wat de man destijds als zijn vermogen beschreef.

Hij hotste op en neer in de koets en liet de vermoeidheid over zich komen. Wat had hij zin in een middagdutje, om zich uit te kleden, de rivier in te stappen, te gaan zwemmen en urenlang in het heerlijke water te dobberen. Hij was echter een oude man die zich geen kou op de hals moest halen, laat staan zich naakt moest laten zien. Wat zou zijn dochter dan wel niet van hem zeggen?

Zij was niet degene die hem welkom heette. Paulsen kwam naar buiten met zijn zoon op de arm en deed alsof hij een Romeinse patroon was, zo'n pater familias die de grootvader van de schreeuwende, vermakelijke kindertjes hoorde te zijn. De schoonheid was bezig te verbleken. Bertel deed een poging genereus te zijn en de villa te bewonderen, konden ze nu in de schaduw gaan zitten, bingo spelen en een koel drankje drinken, met water gemengde wijn? Maar Paulsen kon je niet zomaar op andere gedachten brengen, hij had zijn eigen dagritme.

Elisa stond in de zon in een gele jurk vol kant en zwart boordsel, als een rechtopstaande reuzenwesp. Bij Villa Fuori Porta Pia hoorde een antieke brug of een brug die Paulsen antiek noemde. Vond schoonpapa niet dat er een schilderij van de tuin gemaakt moest worden terwijl die in volle bloei stond? Zou er in Kopenhagen geen markt bestaan voor portretten van Thorvaldsens familie?

'Wat dacht je van gipsen van mijn handen?' vroeg Bertel met een glimlach. Paulsen legde zijn woorden echter letterlijk uit, knikte en likte zijn smalle lippen, dat was misschien een uitweg. Maar waarom ontving zijn echtgenote geen door hemzelf geschreven brieven? Ze waren allemaal van de hand van barones Stampe.

'Wellicht zouden ook mijn brieven aan mijn dochter te gelde kunnen worden gemaakt!' zei Bertel engelachtig. Hij glimlachte breed toen zijn schoonzoon hem ietwat onzeker aankeek. Paulsen had er niets op tegen geld aan hem te verdienen.

Zoals Elisa zei als hij opdook: *che meraviglia di vedervi qui*, wat een mirakel u hier te zien. Zij en hij tutoyeerden elkaar uiteraard niet.

Ze liepen samen naar de tafel, de gele Elisa kwam naderbij, maakte een kniebuiging voor haar vader als voor iemand van het Koninklijk Huis, het eten stond klaar, er waren maar tien oesters en aangezien Paulsen gek was op oesters, had zij besloten dat ze allemaal voor hem waren. De anderen zwegen en zagen de oesters in de magere man verdwijnen. Dit deed Bertel denken aan de kerkelijke gemeente die toekeek hoe de priester de altaarwijn als bloed dronk.

Hij was aan zijn dochter gewend geraakt, maar Christines aanwezigheid wakkerde de jaloezie bij Elisa aan en hij moest toekijken en zich verbazen. Hoe kwamen die jonge vrouwen aan hun boosheid?

Het stond Elisa niet aan dat hij Christine een paar kleimodellen had geschonken. Normaal gesproken gooide hij de klei meteen terug in de emmer, zodat die opnieuw gebruikt kon worden. Maar Christine redde de figuren, want die waren immers het begin, die waren aan zijn handen ontsproten.

'Maar Elisa, u kon toch vrijelijk nemen zoveel u wilde toen uw vader nog in Italië woonde,' zei Christine onschuldig, iets geïntimideerd, ze was op zijn minst waakzaam.

'Kunnen ze te gelde worden gemaakt?' vroeg Elisa bits.

Ze wandelden door het Borghesepark, Elisa onder een enorme parasol, Christine had er niet aan gedacht zo'n ding mee te nemen en haar hoed had ze laten liggen. Ze transpireerde flink, terwijl Elisa's gezicht bleek was en haar huid mat, alsof de warmte haar niet raakte.

Thuis in zijn appartement hoopten de brieven van Elisa en haar man zich op. Bertel weigerde ze te openen en te lezen. Ze woonden immers boven in een en hetzelfde huis. Als ze hem iets te zeggen hadden, konden ze naar hem toe komen. Zelf ging hij nooit naar hen zonder uitgenodigd te zijn. Paulsen was krenterig. Daar zat hij in zijn eentje met die mooie, grote zaal die was geschapen voor sociale contacten, maar de grote hoeveelheid zolen zou de parketvloer vreselijk doen slijten. Daarom ging hij liever bij zijn schoonvader op bezoek.

'Zijn de kleimodellen nog iets waard?' vroeg Elisa, nu met luide stem, zodat haar woorden Christine niet konden ontgaan.

'Dat weet ik werkelijk niet,' antwoordde Christine, 'maar ik ben niet van plan de modellen te gaan verkopen. Die horen bij Nysø. Die horen bij de toekomst.'

Hij moest bij zijn beide vrouwen tussenbeide komen. Ze waren al van onderwerp veranderd, nu bekvechtten ze over de opera in Kopenhagen en Rome. Elisa was nog maar één keer naar de opera geweest en dat was toen een jammerlijke vertoning geweest. Nu schreeuwde ze tegen Christine dat Kopenhagen geen goede zangers kon hebben omdat die in Italië zaten. Bertel gaf haar gelijk, het was het veiligst haar naar de mond te praten, waarom begreep Christine dat verdorie niet? Hij werd nerveus bij het zien van Elisa's razernij, al die jaren dat hij haar haar gang had laten gaan, dat ze sprak met haar opengesperde, rode mond. Te midden van haar woede was ze zo kalm, Anna Maria was altijd ten prooi gevallen aan haar gevoelens.

Nu had hij Christine ongetwijfeld ontevreden gemaakt. Daar kon hij echter wel mee leven. Ze hield immers van hem. Dat was meer dan waarop hij bij zijn dochter kon hopen. Zij wilde geld aan hem verdienen, net als kamerdienaar Paulsen. Dat kwam ervan als je afstand hield. Hij had haar met zoveel liefde kunnen overladen en iets terug kunnen krijgen, maar het was te laat. Zelfs pianospelen kon ze niet, alleen maar die ene stijve melodie waarop ze zo trots was. Zoals Paulsen zei, zijn echtgenote zou van pianospelen kunnen leven.

1842

'Je mag niet doodgaan, Christine,' zei hij ernstig.

Christine zocht tastend zijn hand, het was donker in de koets en de weg was hobbelig en nat. Ze maakte zich weer zorgen om hem, kon hij merken.

'Ja maar, Thor, ik ben toch echt niet van plan nu dood te gaan,' fluisterde ze.

'Nooit,' zei hij, koppig als een kind, en hij probeerde haar andere hand ook te pakken.

'Nee, nee, ik zal je wel overleven, maar op een dag moet ik toch vertrekken,' lachte ze. Ze boog naar voren en kuste hem. Ze bereikte echter slechts zijn kin, hij moest zich toch echt scheren, dit was niet lekker.

'Als we elkaar eerder hadden gevonden,' zei hij, blij vanwege de schemering die dit mogelijk maakte, 'dan hadden we kinderen gekregen, Christine.'

'Ik heb kinderen genoeg,' zei ze hard, alsof hij het niet serieus meende. Ze probeerde door de vuile ramen van de koets te kijken. Nee, ze reden nog steeds in de maneschijn.

'Ik had je het hof moeten maken toen je in Livorno woonde en nog mejuffrouw Dalgas was!' stelde hij vast.

'Maar toen was ik nog maar een jong meisje,' bracht ze daartegen in. O ja, ze was drieëntwintig geweest toen ze met de baron trouwde. In 1820. In die tijd had hij zijn handen vol gehad. Geen tijd om een trouwrijp, mollig meisje uit Fredericia te zoeken.

'Het is zo heerlijk dat je Deens spreekt,' ging hij verder. Het moest eruit, hij wilde haar helemaal tot in haar ziel raken, maar ze lachte slechts vergoelijkend, haar droge hand liefkoosde de zijne, kalmerend, vergoelijkend, ja, dat was de juiste uitdrukking.

Hij zag geen reden zich om te kleden, alleen maar omdat de koning en zijn echtgenote langskwamen. Ze kwamen immers niet om hem te zien, maar om naar de standbeelden te kijken. Hij trok zijn kamerjas beter over zijn buik heen en deed een grote, strakke lus in de band. Die moest bij voorkeur niet opengaan. De barones kon bepaalde dingen over het hoofd zien, maar met het hof was het heel iets anders. Maar hij was niet van plan zich om te kleden!

Hij was niet naar de zalving gegaan, wellicht dat ze hem daarom absoluut wilden bezoeken. De laatste keer dat ze hadden geprobeerd hem uit te nodigen, was het hem gelukt zich eraan te onttrekken. De barones had hem achteraf overigens laten weten dat je nooit nee zei tegen koninklijke lieden. Nonsens! Op die manier raakten ze toch door en door verwend.

Hij liep naar zijn beelden en pakte de klei in zijn handen, die hij met zijn duim aandrukte, met woede in zich, hij gulpte alle kanten op, hij bracht hem in vorm en voelde hoe heerlijk het was dat tenminste íéts deed wat hij wilde.

Het voorjaar was zo grauw in Denemarken. Hoe kon hij dat toch vergeten? Grauw en taai en langzaam. De kou drong overal in door, niets geurde, dat gebeurde pas in mei en dan was het te laat. Hier zat hij nu en was hij al te oud om spijt te hebben.

De koning was vet geworden, had hij gehoord, maar dat had hij niet willen geloven. Hij liep waggelend, met vooruitgestoken buik, en het uniform, dat hem helemaal niet stond, zat te strak om zijn middel. De sjerp liet zijn buik opzwellen en zijn broek ook. Eau de cologne geurde, zijn gekrulde haar was geverfd. Dat paste niet bij zijn gepoederde, opgezette gezicht. Lieve hemel, hij vertoonde enige gelijkenis met die gepoederde oudere heren die in de nauwe stegen van Rome achter de schandknapen aan renden.

De koningin was ook niet een van de lichtsten, maar ze had haar lieftalligheid weten te bewaren. En haar haar. Hij kon het niet laten zijn arm uit te steken om haar haar aan te raken toen ze plaatsnam op de wankele stoel en haar waaier uitvouwde, want in zijn atelier was het benauwd.

Haar prachtige, dikke, donkere haar. In Rome had ze het los gedragen, zonder linten en spelden, en het met de vingers op orde gebracht. De geur maakte hem bijna gek van begeerte. Daarom had hij haar gestalte gecreëerd zoals haar man die wenste, en haar haar verstopt.

Ze keek, ze zag alles, haar grote ogen waren vochtig en helder, maar het was de koning die het woord voerde. Ietwat buiten adem en steeds vergezeld van een vergoelijkend lachje. De lach overheerste zijn stem en hij gebaarde zelfingenomen. Wat was hij nu toch genadig.

'Vindt u dat ook niet, mijn beste Thorvaldsen?' hoorde hij de koning zeggen. Een wit handje in een handschoen kwam op zijn elleboog terecht. De blik was vragend en enigszins onzeker, maar fonkelend. Iedereen gaf hem immers gelijk.

Nee, deze keer niet. Hij glimlachte verontschuldigend naar de koning, schudde zijn hoofd en wees naar het beeld. Zag hij het niet? Sinds de koning bij hem op bezoek was geweest, had hij de uitdrukking en de helling gewijzigd. Het was nu een heel ander standbeeld. De blik verplaatste zich, maar de nieuwsgierigheid was verdwenen. Lieve deugd, het was toch maar klei. Geen brons, geen marmer.

Hoe zou hij duidelijk kunnen maken dat zijn handen van de klei hielden en dat hij gelukkig was met zijn modellen? Dat het marmer koud en perfect was.

Wat was hij jaloers geweest toen hij die eerste keer tegenover de magnifieke Paulina Borghese van Canova had gestaan. Hij was ontvangen als een vorst op weg naar de inwijding in een geheime cultus. Daar ging de deur open, daar lag ze, alsof ze nogmaals op een minnaar wachtte die haar goedkeurde.

Napoleons zuster had het profiel van de familie, maar ook een lichaam waarvan je alleen maar durfde te dromen als je erg vermetel was. Nu had Canova de natuur geïmiteerd. Hij had haar niet dromend of nobel, laat staan puur gemaakt. Hij had alle liefkozingen op haar huid gezien, de verscheurende tanden, de geoefende vingers, het contact van de mond met het geslacht. Ze lag daar op haar divan en bood zich aan, als een vrijpostige, kostbare courtisane, en Canova had haar in elke beweging recht gedaan. Zich gevoegd. Nooit geprobeerd haar ziel, fouten of geheime talenten te vinden.

Canova had gelogen. Canova had Paulina nooit naakt gezien. Hij had haar een perfect, tijdloos lichaam geschonken, ongebruikt en ideaal. Zacht en onheroïsch, maar de naaktheid zelf was meer dan een uitdaging, het was de apotheose van de trots. Dat een mens zoveel macht kon hebben dat je voor eens en voor altijd de kleren aan de kant kon gooien zonder angst voor represailles!

Hij verafschuwde het werk, maar hij was jaloers op Canova, ach, die zorgeloze luchtigheid, die morele onverschilligheid. Zijn gezegende immoraliteit. Eigenlijk had hij evenwel Canova's kunst nageaapt toen hij aan zijn reeks apostelen begon. Die doodsaaie, heilige mannen zonder eigenschappen zeiden hem niets. Naar de verdoemenis ermee! Had hij maar iets van het christendom begrepen voordat het te laat was!

Zo wilden ze hem hebben. Hij glimlachte opgewekt tegen de koning, die duidelijk had besloten genadig te zijn, zijn dierbare Thorvaldsen was ongetwijfeld even een moment verstrooid geweest.

De koning kwam moeizaam overeind, boog zich met de handen op de rug voorover en bestudeerde het model van zijn voorganger. Zonder ook maar het geringste enthousiasme. Zo moest het dus wel zijn, de overledene was nu minder dan niets.

Canova, de grote overledene.

Hij wilde niet met de koning over Canova praten. Hij had de man zijn luchtigheid en zijn beweeglijkheid altijd misgund. Je hoefde niets om Bernini te geven, maar Daphne had Bertel altijd betoverd. Die ontkenning van alle waarden van het marmer. Die verheffing van alle regels van het materiaal. Dankzij hem had het marmer broos en buigzaam als wilgentakjes geleken. De huid was gepolijst tot glimlachende, glanzende gladheid. Maar alles wit en stijf, benen, handen, haar, de bladeren.

Canova kon zijn beelden laten bewegen. Zelf wilde hij hen in stille, introverte verwondering vastleggen. Dat gaf hem volgens hem kracht: bewijzen dat er harmonie bestond, dat was op zijn minst een mogelijkheid waarnaar je moest streven. Canova's beelden worstelden en strekten hun armen uit het gelid. Ze lagen in ongemakkelijke posities, zochten het licht, knepen hun ogen tot spleetjes, probeerden hun naaktheid te verbergen of raakten slaags met elkaar. Je adem stokte als je ernaar keek.

Op die manier wilde hijzelf nooit vormgeven. Hij had een liggende, slapende, grommende leeuw uitgehakt. Hij besefte heel goed wat iedereen van leeuwen vond, dat het brullende wilde dieren waren. De enige leeuw echter die hij had gezien, in de menagerie van de kardinaal, had op die manier liggen slapen, met volle maag en rustig gemoed. Hij wilde niet liegen. En Christian was geen leeuw, slechts een ongevaarlijk leeuwenvel om op de vloer te leggen.

Christine kwam hem helpen, in een van zijn eigen werkjassen. Hij was dan wel tweeënzeventig, maar hij kon het nog wel. Dat zou hij haar laten zien! Hij zette het ijzeren statief op en kletterde enorme hoeveelheden klei op hun plaats. Dit zou een fantastische apostel worden, een Andreas van kracht en monumentaliteit, een soort christelijke Jason.

Waarom kon je apostelen niet naakt weergeven? Ze leefden toch in de oudheid, in het Romeinse Rijk, wie zei dat ze niet af en toe aan gymnastiek deden? Christine vroeg zich vast en zeker af of hij serieus was. Meestal schreeuwde ze tegen hem als ze ontevreden was. Dat luchtte de longen op. Nu zweeg ze en keek hem scheef aan. Naaktheid was toch het mooist, het was de dracht van Onze Lieve Heer. De dracht van de goden. Twaalf mooie, jonge, naakte mannen, in verrukking gebracht door naastenliefde en edele gevoelens, zo kon hij ze best maken. Het allerliefst had de helft van de apostelen echter uit vrouwen moeten bestaan. Nu zou hij al die ernstige, oudere bebaarde mannen tevoorschijn toveren.

Maar die verdomde Andreas wilde kleren dragen!

Hij zei het vermoeid tegen Christine, terwijl hij de knie van de apostel vormgaf. Waarom droegen heilige mannen zoveel kleding? Hij had graag Andreas' afgeleefde lichaam geschapen, vol innerlijke kracht. Wist iemand eigenlijk hoe apostelen gekleed waren geweest?

'Nauwelijks,' zei Christine, en ze reikte hem de boetseerstokjes aan.

'We hebben veertien dagen om Andreas op poten te krijgen,' zei hij.

'Dit is Andreas niet, die wordt gemaakt door Galli,' fluisterde ze verschrikt. 'Wij zijn met de apostel Judas bezig, Thor!'

Bertel haalde zijn schouders op en liet zijn handen omhoog glijden naar het vierkante hoofd.

'Dit wordt schandelijke rommel,' gaf hij toe. Christine was het niet met hem eens, maar hij wilde zo graag een krachtige, waarachtige figuur kunnen scheppen die zowel jong als oud was en alle leeftijden in één lichaam herbergde. Judas stond op het punt een mislukking te worden, zijn leeftijdgenoot, een geesteloze fanaticus. Joost mocht weten of iemand dat zou zien!

'Ik ben oud geworden,' legde hij uit, als een kleine openbaring, toen Christine hem bij de arm pakte. Deze keer wankelde hij en het was voor hem geen bevrijding om het werk van die dag vanaf een afstandje te zien.

'Mag ik in plaats hiervan niet een knap gezicht boetseren? Kan ik niet nogmaals een buste van jou maken, oud moedertje?' vroeg hij, zoekend naar de juiste geluiden, zelfs zijn tong liet hem nu in de steek. Ze streek hem over zijn haar en maande hem stil te zijn. Hij wist wat ze bedoelde. Ze was gewend aan haar man, de gekke Henrik, ze kon hem vast ook in bedwang houden. Al moest ze hem in zijn nekvel grijpen.

1843

Christine zat in de tekeningen te bladeren en sorteerde ze met harde hand. Ze scheen de voorkeur te geven aan de tekeningen waarop ze zelf niet voorkwam. Wat had ze er toch op tegen haar eigen mollige figuur te zien, Rubens had vrouwen vervaardigd die haar tot een ware sylfide maakten.

'Dit kan toch niet, Thor, ik moet rekening houden met mijn kinderen!' zei ze bezorgd. De goedgekeurde vellen papier lagen met de tekeningen naar boven gericht, de gecensureerde legde ze andersom, ze moesten zich schamen. Over Henrik Stampe sprak ze niet, juist de kinderen moesten gespaard worden. Die knapen die de hele zomer splinternaakt op paarden zonder zadels reden, wedstrijdjes zwommen met hun even naakte vader en een discus heen en weer gooiden?

'Hoe kan het toch dat jij maar wat aanrommelt, dat ik een tekening van je mag maken, maar dat je er niets van wilt weten als die klaar is?' vroeg hij. Dat was de langste zin die hij in dagen had geuit; Christine hield abrupt op met werken, knipperde met haar ogen terwijl ze vol verbazing zijn zin leek te herhalen.

'Ik ben een dame,' zei ze, 'ik ben een Lady. Niemand vraagt wat zij doet, alleen welke indruk ze nalaat. En ik wil niet dat de toekomstige generaties me zo zullen herinneren.'

Hij legde zijn hand om haar nek en voelde hoe ze beefde. Maar er werd nu niet gesorteerd. Misschien zou ze zich ook op de kleifiguren storten? Zo zat ze immers in elkaar. Ze was zichzelf en helemaal niet Anna Maria. Die twee zouden elkaar echter begrijpen, ze leken op één enkel punt op elkaar. Ze hielden van hem zonder dat dit mogelijk was.

'Thor, waar is de liefde gebleven?' vroeg ze geïrriteerd en ze wees op de eenzame vrouw. Zijn figuren waren altijd eenzaam en onverschillig.

Ze vlijde zich tegen zijn borst en hij sloot haar in zijn armen, genoodzaakt haar te horen zuchten als een kind. Wat was het heerlijk dat ze op Nysø waren, ver weg van alle anderen die hij kende. Op dit moment had hij helemaal geen zin in mensen.

Die zouden toch komen, dat wist hij, niemand kon de horden verhinderen het park in te nemen en commentaar op hem en zijn werk te leveren. Dat was altijd zo heerlijk lief. Goddelijk! Zo lieftallig! Zo keurig! O, onvergetelijk. De woorden klonken als ironie in zijn oren. Zagen ze dan niet dat hij een schaduw van zichzelf was?

Toch verlangden zijn handen naar klei en gereedschap. Hij wilde alleen het resultaat niet kennen. Vooral niet dat angstige beeld van hemzelf. Dan liever dat vette varken van een Adam Oehlenschläger. Zelf was hij een zonderling geworden, een man die zichzelf alleen nog leunend tegen een standbeeld kon afbeelden.

'We zouden volgend jaar een reisje naar München kunnen maken,' bedelde Christine, 'of naar Zwitserland, het hoeft niet altijd Italië te zijn.'

Misschien zou hij de reis niet kunnen maken. Als hij moe werd, ging zijn lichaam pijn doen, dat was een waarschuwing. Wanneer hij al die zinvolle dingen van het leven deed, voelde hij hoe het leven uit hem werd gezogen. Alsof je merg uit lange, smalle botten zoog... hij had het altijd vreselijk gevonden als hij dat zag en hoorde.

'We zouden naar Kopenhagen kunnen gaan,' stelde hij voor, en ze lachte en kuste zijn borst boven op al die kleren. Al die tijd die hij verkwanseld had, maakte hem nu boos en verbitterd, en zo wilde hij niet zijn.

Madame Klodder en de Reuzenolifant werden ze genoemd. Hij had hen in een paar smerige spionnetjes uit zijn eigen jeugd gezien, de laatste keer dat hij de echt respectabele lieden in de hoofdstad bezocht. Met angst en beven had hij gezien waar de bijnaam op sloeg. Daar kwam ze, klein, keurig, rond en mollig, rollend in haar ronde rokken voor een reuzengrote man die zich als een arme verdwaalde olifant door de Købmagergade voortbewoog. Ze hadden gelijk.

Maar op Nysø maakte het niet uit.

Onlangs was Christine zo goed geweest om Elisa en haar stokoude echtgenoot uit te nodigen om te blijven zolang ze maar wilden. Hij had voorbereid moeten zijn. Van geen van beide kanten was er sprake van enige liefde geweest, dus waarom doen alsof? Die stokoude idioot die Elisa had gehuwd en van wie ze een heleboel kinderen had gebaard, gedroeg zich zo eerbiedig tegenover Christine.

‘Hoe gaat het met mevrouw von Uhden?’ vroeg Christine bij de koffie, alsof de tekeningen al vergeten waren. Hij wist dat die twee dingen alles met elkaar te maken hadden, maar Christine was net zo’n onvoorspelbare strateeg als Bonaparte in zijn jonge jaren; haar artillerie dook op onverwachte plaatsen op als op de vlakte bij Austerlitz en hij had nog geen ander antwoord geleerd dan zich halsoverkop terug te trekken.

Voor zover hij wist, maakte Anna Maria het goed. Waar ze dan ook maar was. Hij had zelfs geen idee of ze verhuisd was. Zij moest met de jaren toch ook oud zijn geworden?

‘Jij steunt haar toch wel, zodat ze fatsoenlijk kan leven?’ vroeg ze op dezelfde toon, zonder scherpte, maar mateloos goed gearticuleerd. Er bestond geen twijfel. Nu had ze besloten om de kant van Elisa en haar moeder te kiezen.

‘Anna Maria heeft wat ze nodig heeft, als ze niet alleen wil wonen, kan ze toch bij haar dochter intrekken?’ luidde zijn antwoord, en hij reikte naar het roomkannetje. Ja, hij wist het wel, hij was harteloos. Maar ze kon hem toch wel voor de rest van zijn leven harteloos met rust laten.

‘Elisa zal binnenkort alleen zijn met haar kinderen, hoe moet ze een nieuwe man vinden als ze ook voor haar oude moeder moet zorgen?’ zei Christine zacht. ‘Mevrouw von Uhden heeft twee andere dochters bij haar man. Zij moeten voor haar kunnen zorgen als ze met haar gezondheid gaat tobben. Jij Thor, had toch een fatsoenlijke vrouw van haar kunnen maken toen haar man overleed?’

Trouwen met je oude minnares, als je beider dochter trouwrijp was? Dat zou hem in de ogen van Jan en alleman belachelijk hebben gemaakt.

Meer zei ze niet, maar ze zat heel stil met het mooie koffieservies in beide handen en zoog op het suikerklontje dat ze eerst op haar tong had gelegd. Alsof ze hém proefde en hem zuur en bedorven vond, ondanks de suiker.

Zijn been gaf hem geen rust, maar dat verlangden ze juist van hem: hij moest gaan liggen, zitten, met zijn been omhoog, de dag in bed doorbrengen.

Dag en nacht zeurde het in zijn been. Hij had het gevoel alsof twintig cavaliers en hun meisjes in zijn been waren losgelaten, waar ze feestten en dansten. Ze trokken aan zijn tenen en spanden de spieren aan tot krampen die tot in de ziel pijn deden. En ze namen hem mee. De pijn bestond op sommige ogenblikken alleen in zijn herinnering, in zijn getergde vlees. Hij, die nog geen dag van zijn leven kiespijn had gehad, stond op het punt zijn been kwijt te raken.

Toen maakte hij de grote fout een nieuwe arts te raadplegen. De oude werd woedend, de twee gingen op de vuist en Christine kon hen niet uit elkaar houden. Vroeger zou hij zijn stem verheven hebben en hen tot de orde hebben geroepen. Nu zat hij in zijn kamerjas met het gevoelige, opgejaagde been omhoog en probeerde vol te houden.

Het zou een rustige kerst worden, hij zou immers in zijn kamer zijn, bij voorkeur in bed. Wat kon een mens dan doen? Een kerstboom naast zijn bed, alle honden op zijn bed, goede boeken om te lezen tot zijn ogen het lieten afweten of het licht doofde.

Christine wist zeker dat hij zou genezen. Ze klonk veel te monter als ze hem verzekerde dat hij op de goede weg was en binnenkort weer kon gaan en staan zoals vroeger. Echter: ze keek hem niet in de ogen als ze dat zei. Dan kreeg ze het druk met haar grote, ritselende rokken en haar kanten mouwen.

'Bang, die dwaze arts,' lachte hij. 'Weet je wat, hij zou lachen als ik zou creperen!'

Ze glimlachte niet eens, maar keek hem scherp aan. Met dat soort zaken stak je niet de draak.

'Als ik weer in Rome ben, zal ik Aesculapius en Amor van marmer voor hem maken, dat verdient hij,' zei hij, vreemd kortademig, hoewel de goden wisten dat hij zich al maandenlang niet onnodig had ingespannen.

Die woorden leken haar niet te raken. Haar gezicht werd strak, haar hele lichaam stijf, ze zat demonstratief met afgewend gezicht. De duisternis viel al in, het was al na drieën, de dag was voorbij. Ze zweeg, en hij zweeg ook, verbaasd. Waarom was het zo erg dat hij zijn boze dokter graag wilde verblijden met een fenomenaal geschenk?

'Buntzen heeft Nysø voor u geschilderd,' zei ze, nog steeds met afgewend gezicht, naar de schaduw toe. 'Ik kom met een kerstboompje in een pot, met bonbons en versierselen, op kerstavond hebben we vijfentwintig gasten. We willen u niet vermoeien.'

Haar stem klonk vals, en blijkbaar vousvoyeerden ze elkaar.

Kwam dat wellicht door zijn rotte, vervloekte been? Moest dat tussen hen in staan? Hij was zo oud geworden voordat hij de vrouw ontmoette met wie hij onbevreesd samen kon zijn, en dan liet ze een smerige beenwond alles kapotmaken! Hij moest zijn hand uitsteken, haar aanraken, haar wekken. Maar zijn been zat hem in de weg. Hij was benauwd op de borst, kortademig geworden en buiten adem geraakt. Hij kon zijn dikke armen maar amper meer in bedwang houden. Maar hij kreeg haar ene hand te pakken, die was koud en slap. Zelfs vochtig. Ten slotte keek ze hem recht aan, de tranen liepen haar uit de ogen. Anna Maria had altijd gehuild om iets gedaan te krijgen. Christine probeerde haar tranen te bedwingen.

'Ik krijg mijn krachten terug als ik naar Rome terugkeer,' zei hij vooral om haar te troosten, boos op zichzelf omdat hij haar niet kon bereiken, hij maakte een heftige beweging, schoof zijn been op de vloer en verdroeg de pijn. Hij moest haar vasthouden, op zijn minst haar natte wangen tegen de zijne voelen.

'Ik word weer gezond en sterk, dat zeg je zelf,' fluisterde hij.

'Maar als dat nu eens niet het geval is?' vroeg ze.

Zo rook angst. Hij zou die geur moeten kennen, het zweette door heel haar lichaam heen. Maar zelf was hij niet bang. Dat overviel hem, want tot nu toe had hij de gedachte van zich af geschoven. Hij zou oud worden, dat hadden de mensen altijd gezegd. Bertel was beresterk. Bertel zou een fantastische oude kerel worden. Niets en niemand kon Thor knechten, zelfs de ouderdom niet.

'Als we maar wisten wat er na dit leven komt,' zei hij. 'Predikanten hebben geen idee. Ze zeggen maar wat en prijzen de heerlijkheid die staat te wachten, maar niemand van hen wil zelf graag de wereld verlaten, in feite zijn ze net zo bang als alle anderen. Als de dood zich vandaag aandient, dan ben ik bereid.'

Ze wachtte even, maakte zich los uit zijn greep, haar ogen waren te dichtbij, hij kon haar blik niet aan. Daarin bevond zich een mens die hem niet wilde laten gaan. Tegenover zijn werken stond ze onverschillig, het ging om hemzelf: hem wilde ze behouden.

'Maar ik dan, hoe zit het met mij? Ik ben niet bereid!' bracht ze ertegen in. Nu kende hij Christine weer.

'Als de dood verschijnt, dan wijs je hem wel de deur,' probeerde ze lachend.

'Nee, ik heb lang genoeg geleefd. Ik zou het niet kunnen verdragen om op mijn oude dag anderen tot last te worden. Ik wil geen hulpeloze, lallende grijsaard zijn. Maar zolang mijn oude moedertje bij me is, hoeft er voor mij niets te veranderen.'

Hij tilde zijn been weer op en zuchtte van verlichting. Natuurlijk zou hij weer gezond en sterk worden en dan ging hij terug naar Rome. Al was het maar om financiële redenen. Hij moest zijn pecunia beschermen. Daarna kon hij op Nysø intrekken en van de nazomer genieten.

Hij zette zijn bril op en eiste koffie, Christine droogde haar tranen en deed alsof alles vergeten en vergeven was. En zou ze hem misschien voor één keer mee de straat op willen nemen? Hij kon toch nog lopen. Maar nee, dat wilde ze niet. De laatste keer dat ze met hem mee was gegaan, was hij gevallen – hij kwam thuis met zijn voeten onder het bloed en zijn been was verslechterd, zijn hoed was hij kwijtgeraakt zodat vreemden hem terug moesten brengen.

Gelukkig was ze onwetend van het allerergste. Er was een reden dat hij zijn bril zo vaak ophad. Zijn ogen lieten hem in de steek en op een afstand van meer dan drie meter kreeg alles een grijze waas. Soms kon hij gestalten en kleuren ontwaren, maar als hij moe was, lukte hem dat niet.

Wilde ze dan misschien meegaan naar het theater? Nee, nu was het kerst, hij moest zijn hedonistische neigingen in bedwang houden, beweerde ze.

'In maart ga ik naar Rome,' kondigde hij aan. De kamerdienaar had een dag eerder zijn witte haar geknipt, veel te kort, hij voelde zich een beetje bloot. Het zou wel weer aangroeien, zodat hij weer zichzelf werd. Maar zijn been? Op dit moment was het gevoelloos van doorstane kwelling.

Architect Bindesbøll stond voor de deur, met rode wangen, buiten adem en met wilde ogen. Achter hem stond een pakket dat het midden hield tussen een mummie en een dood kind in rigor mortis. Zonder uitleg sleepte hij zijn vrachtje mee naar binnen en Bertel was niet in staat hem tegen te houden.

Nu was hij pas echt een publieke figuur geworden. Men respecteerde zijn drempel niet meer, en nog minder zijn weigering. Hij had vandaag geen behoefte aan bezoek. Zijn benen, nek en schouders deden pijn. Een fraaie mengeling van jicht, kou, vuil en stront.

Bindesbøll had zijn lading op de voorname, gigantische mahoniehouten tafel gelegd. Voor die tafel had Bertel een enorm respect. Die was als een madam waaromheen de gegoede burgerij achter de beschermingswallen zat. Ze wist precies hoe je respectabel en correct moest leven. Bertel wist dat nog steeds niet. De tafel was niet zijn keus, maar die van anderen.

Nu stond Bindesbøll op zijn tenen een dametje te ontkleden.

'Hier hoef ik geen verklaring bij te geven,' zei de kortademige jongeman. 'U kent de archaïsche beelden immers zelf wel. Hier is ze. Gekopieerd in gips en van kleur voorzien!'

Ze glimlachte tegen hem, die onverklaarbare, brede, introverte glimlach waarop hij verliefd was geworden. Niemand anders scheen zijn liefde te snappen. De meesten vermoedden zelfs niet dat deze glimlachende meisjes echt waren. Zoals Goethe, die bang werd van de tempels in Paestum en die zichzelf geselde om van hen te houden. Ze waren immers hoe dan ook Grieks! Grof, vierkant, zwaar en – primitief. Dit dametje was allesbehalve primitief. Ze had zelfs de mooiste kleur op haar bruine vlechten en gezicht.

Hij liet zijn hand over haar wang glijden, eerder bewonderend dan aftastend. Niemand wilde zijn archaïsche meisjes kopen. Hij had anders best een Romeins meisje met de juiste neus en de juiste vrije glimlach kunnen vinden.

'Stelt u zich eens voor dat u gelijk heeft,' zei Bindesbøll en hij keek hem recht aan, vol enthousiasme. 'Stelt u zich eens voor dat wij het mis hebben! Stelt u zich eens voor dat alle figuren in het echt beschilderd zouden zijn! Huidkleurige huid, bruin haar, blauwe ogen, rode mond...'

'Wat fantastisch vulgair,' snoof Bertel. Hij ging zitten, vooral omdat hij moest, en sloot de kamerjas om zijn slappe, blauwwitte dijen. Misschien moest je weer bij het begin beginnen. Maar het was te laat. De vrouwen hadden zich teruggetrokken, hij creëerde de ene saaie man na de andere. De ene slaapverwekkende apostel na de andere. Hij zou liever deze dametjes herscheppen, die gistten van verborgen krachten. Hun dikke, opgebonden haar en hun kleine, intense gezichten. Hun ogen, die niet bang waren om iets te zien.

Zeer tegen zijn wil zat hij naar Anna Maria te verlangen. Ze zou zo opstandig worden wanneer hij Bindesbølls ideeën aan haar vertelde. Alsof ze ze hem zijn levenswerk zouden ontnemen, alsof hij het zelf zou verwerpen, maar niets was minder waar. Er school een immense rijkdom in de wetenschap dat je het wellicht mis had, maar dat dat niets veranderde.

Het was de laatste brief van zijn schoonzoon en hij liet hem op tafel liggen – Elisa mocht hem zien. Hij had gedacht dat ze heupwiegend binnen zou komen: ze kon haar enorme rokken golven van woede laten uitzenden. Ze was altijd te dichtbij gekomen, vooral bij haar vader.

Hij moest zich schamen, maar voelde zich opgelucht. Geen smeekbeden meer, geen wantrouwige scheve blikken meer. Als Elisa iets nodig had om te vertroetelen, kon ze wel een roedel jonge hondjes aanschaffen die nog geen baasje hadden. Hij haatte haar zorgzaamheid, haar natuurlijke tederheid – jegens haar man. Halfblind, zwak en mager als een uitgehongerde hazewindhond.

Ze kwam echter stilletjes binnen en maakte meteen na binnenkomst een merkwaardige kniebuiging, ze boog als mevrouw Heiberg in een slecht Frans toneelstuk, boog in al haar zwarte kleding en liet haar blik door de kamer gaan, op zoek naar die vermetele kerel.

Toen drong het opeens tot Bertel door: ze rouwde. Dat gevoel had hij nooit mogen ervaren. Gezonde rouw, die iedereen begreep en die de mensen medeleven deed voelen en tonen. Wat had hij om Fanisca kunnen rouwen! In plaats daarvan had hij het opgegeven.

Ze was in het zwart gekleed en haar gezicht was lijkbleek, de hoge, brede jukbeenderen die ze van hem moest hebben, de grote ogen die ook voor zijn rekening kwamen, haar handen verborgen in zwarte handschoenen. Zoveel zijde, en nieuw. En wie had dat betaald?

Hij had geen flauw benul van hoe hij zijn dochter tegemoet moest treden nu ze weduwe was geworden. Zijn kamerdienaar was echter een ervaren man in dat soort etiquette, er verscheen koffie met harde koekjes, zodat ze ook hun tanden konden laten knarsen.

'Hebben jullie het landgoed bij Horsens nog?' vroeg hij, toen de bediende hen alleen had gelaten, wat niet erg handig was. Elisa had zojuist met grote lieftalligheid de zijden sluier van haar gezicht genomen. Haar mond vertrok, alsof de koffie bitter was.

'Nee,' antwoordde ze bits, 'en ik vind het niet gepast dat je aan je verplichtingen probeert te ontkomen.'

Het was alsof hij met Anna Maria sprak, altijd een nieuwe, hem onbekende agenda. Nu kon hij tenminste langzaam en als een bejaarde vechten met een overvolle koffiekop en gloeiend hete koffie in zijn arme, onvoorbereide mond.

'Ik zal echt wel aan al mijn verplichtingen voldoen,' fluisterde hij. 'Heeft je man nog iets anders dan schulden nagelaten?'

'Mijn moeder mocht zelfs niet bij mijn huwelijk aanwezig zijn,' zei Elisa onaangedaan. 'Jij hebt altijd vanuit egoïstische motieven gehandeld, niet vanuit mijn belang. Van jouw kant verwacht ik niets goeds. Eigenlijk denk ik dat ik het beste naar Italië kan terugkeren. Mijn moeder is oud geworden en heeft me nodig.'

Hij nam aan dat ze die stortvloed van woorden lange tijd had voorbereid, maar zo klonk het niet. Het klonk veeleer alsof het ene woord het andere opriep, alsof ze zich ontlaadde en van de bevrijding genoot. Maar in werkelijkheid vond ze het ongetwijfeld fijn dat ze die oude idioot van een Paulsen kwijt was. Dat zou toch moeten.

Zijn dochter, die had kunnen worden wat ze maar wilde; ze had kunnen trouwen met wie ze maar wilde. Ze was die tere broeikasbloem geworden die nergens voor deugde. Tijdens de reis door Italië, haar thuisland, had ze niet op een paard willen rijden maar op haar eigen benen willen lopen – of opgesloten in een koets willen zitten. Of hij haar begreep!

Uit haar mouw haalde ze een stapeltje brieven van Anna Maria tevoorschijn. Bertel legde zijn hand erop, wel wetend dat hij niet het lef had ze te lezen en dat het weleens heel lang kon duren voordat hij voldoende moed had verzameld.

'Ik zal wel voor je kinderen en jou zorgen,' verzekerde hij haar, en ze keek hem met een ijskoude glimlach aan, de blik vertroebelde. Ze was helemaal niet vlak bij hem.

'Ongetwijfeld,' zei ze bitter. Dronk meer koffie.

'Als je teruggaat naar Italië, zei hij, opzettelijk de woorden 'naar huis' vermijdend die voor haar heel vanzelfsprekend waren, 'dan zie ik je zeker nooit meer?'

'Dan hoef je niet nog meer lasten op je schouders te nemen,' zei ze. Ze bleek dus toch gevoel te hebben, haar stem trilde, maar dat kwam waarschijnlijk vooral door een ingehouden woede. En ze had haar kinderen niet mee willen nemen. Met hen had hij niets meer te maken. Hij begreep haar, maar wilde de omvang van het verlies niet inzien. Paulsen had haar overgenomen, als een insect dat zijn gastheer doodde, verderleefde en zich te goed deed aan het rottende vlees.

'Andersen overweegt mee te gaan als leraar van de kinderen,' zei ze triomfantelijk.

Nu begreep hij eindelijk waarom ze was gekomen. Ze sloeg hem om de oren met de andere grote nationale beroemdheid. Ze pakte de menhir tussen haar energieke handjes en sloeg erop los.

'Wat zullen de mensen wel niet zeggen als een weduwe in het gezelschap van een ongehuwde dichter door Europa reist?' ontsnapte hem. Hij klonk als Anna Maria op haar ergste momenten. Elisa lachte, vouwde haar lelijke vingertjes en keek hem koppig aan.

'Ik ben ook van plan Cesare Buti te ontmoeten,' zei ze triomfantelijk. Bertel knipperde een paar keer met zijn ogen, maar slikte de opmerking in zonder deze te verteren. Het kostte hem enkele seconden de oplossing te vinden. De jonge Cesare, de getalenteerde, beeldschone zoon van Casa Buti. Cesare, die bijna Bertels handen had weggeschoten. Cesare die rechten studeerde en zo gesloten, afzijdig was. Cesare, die altijd zo'n tederheid voor Elisa had gevoeld.

O lieve hemel, hij had de oplossing van alles in handen gehad, en die had hij onverschillig, zonder enig gevoel, weggegooid. Net als de juwelen die hij voor Frances had gekocht en was vergeten.

Hij zag hen voor zich, zijn dochter en Andersen, dat onverdraaglijke wezen, dicht tegen elkaar aan in een hotsend rijtuig. En Cesare Buti in Rome, die ze naar verwachting in dezelfde staat terug zou vinden als waarin ze hem had verlaten. Het lag allemaal buiten zijn invloedssfeer.

'Heb je mijn moeder iets te zeggen? Moet ik haar de groeten van je doen?' vroeg zijn dochter strijdlustig, en hij zocht in gedachten naar iets goeds, maar vond niets en schudde zijn hoofd. Waarom zou hij liegen? Hij wist werkelijk niet waarover hij met Anna Maria moest praten, via een plaatsvervanger. Alsof ze niet meer dan veertig jaar eindeloos lang met elkaar hadden gesproken. Zij was degene met wie hij in heel zijn leven het meest had gepraat.

1844

'Ik ben toch heel gewoon.'

Hij zei die woorden met duistere ernst, één keer moest hij ze uitspreken. Zijn hele leven had hij geweten hoe normaal, ja, saai hij was. Al die anderen hadden hem uitgeroepen tot genie. Het enige wat hem van andere mensen onderscheidde, was het contact tussen oog en hand. Hij kon herscheppen en scheppen, zonder zelfs maar te weten hoe.

'Ja maar Thor toch,' zei Christine bezorgd en vol ironie.

Ze zaten samen in haar koets, helemaal alleen, terwijl die in de richting van Kopenhagen hotste. Ze legde haar hand op zijn knie en liet die daar beschermend liggen.

'Is Thor weer bezig melancholiek te worden?' vroeg ze en kneep hem in zijn dij.

'Ik ben een volkomen gewoon individu, het is heel onrechtvaardig wanneer anderen me een genie noemen,' ging hij tekeer. 'Phidias en Praxiteles en ga zo maar door. Het is klinkklare nonsens. Ik ben beeldhouwer! Ik houw de beelden uit de natuur en maak ze tot mijn eigen! Ik ben een gemene dief. Ik wil laten zien dat er harmonie bestaat. Er bestaat altijd harmonie.'

'Zo, dus je steelt van de natuur?' antwoordde ze. Verder was ze dus niet gekomen.

'En jij bent gewoon? Thor, wat denk je dan dat wij anderen zijn?' zei ze lachend. Hij wilde haar gelach niet horen. Dat was ook een leugen. Hij had zojuist gezegd wat hij vond en haar antwoord bestond uit een toegeeflijk lachje.

Andersen had geen zin om met hem naar het theater te gaan, het nieuwe stuk was gewoon rommel. Alsof ze ooit iets anders dan rommel speelden! Je ging toch naar het theater om de tijd te doden en je te laten vermaken. Een beetje muziek, licht en mooie stemmen, de bekende achterdoeken met een kasteel of bos, en als je geluk had, dook mevrouw Heiberg op die een willekeurig stuk tot kunst kon verheffen, zelfs de ergste rommel die door haar man was geschreven.

Twee jaar geleden was zijn vriend admiraal Wulff in het theater gestorven. Dat had hem een mooie dood geleken. Op die manier wilde hij zelf graag de wereld verlaten, met een laatste indruk van de kunstmatige, gesloten wereld van het theater. Zelfs als het Bournonville was geweest.

Hij had tegenwoordig zo'n pijn in zijn borst alsof alle spieren in de knoop zaten. Het deed pijn, of hij nu stond, zat of lag. De koningin had haar eigen arts naar hem gestuurd. Die kon niets doen en hij had een slecht geweten tegenover zijn eigen dokter gekregen, hij had zich niet netjes gedragen door hem af te danken, enkel en alleen omdat de koningin iemand anders had gestuurd. Dat verdomde koningshuis, dat hem geen moment met rust wilde laten. *Mijn beste Thorvaldsen*, zoals de koning hem nu noemde, van boven naar beneden, koninklijke genade, vloeibaar als siroop in de zon. De conferentieraadsheer.

De wond aan zijn scheenbeen had niet willen genezen, die was zo groot geworden dat hij nauwelijks op het been kon staan. Toen kwamen ze de wond opensnijden. Ze noemden de opening een fontanel, een springbron. Stel je voor dat hij als oude man met een fonteintje op zijn been moest lopen. Altijd open, altijd zijn bloed spuiend. Als een monnik met wondtekenen. Het lag vast aan zijn bloedsomloop dat hij zich altijd zo moe voelde.

Daarom wilde hij naar het theater. De pot op met hun kritiek.

Nu moest hij ervoor zorgen dat hij de fontanel weer open kreeg. De arts dacht dat bloedophopingen onder de wond druk op zijn borst veroorzaakten. Zo ervoer hij het zelf niet.

Een dag eerder had hij het over het museum gehad. Verdikkeme, nee, hij wilde niet vanuit een kerk begraven worden. Hier in Bindesbølls heidense, Pompejaanse, Egyptische huis wilde hij liggen vermolmen. Hierbinnen kon hij zijn eigen werken in de gaten houden.

Hij had door de stad gezworven. Onder het lopen was hij vergeten waarom hij naar buiten was gegaan. Naar huis teruggaan wilde hij niet, daar was het zo triest. Toen kwam hij Christine tegen. Hij had echter geen zin gehad om met haar te praten, zelfs niet om haar te zien, wat zij daar ook maar van mocht vinden. Het had hem zelfs niets uitgemaakt dat hij haar beledigde. Ze kwam naar zijn koets en stelde voor een wandeling te gaan maken, maar dat weigerde hij.

Hij had het museum bekeken. Nu moest hij naar Christine, ook al had hij geen zin of kracht daarvoor.

Meneer de conferentieraadsheer had vrijkaartjes voor het Hofparket. Tamme dieren kregen geschenken en voer. Tweede rij op het eerste parket, zij aan zij met Oehlenschläger, die te veel ruimte in beslag nam in zijn zetel, hij vloeide alle kanten op, zweette en proestte uit medeleven of het tegenovergestelde. Bertel had zin in het theater, maar niet in de dichter.

Eigenlijk zou hij nog een laatste keer naar Rome moeten gaan om de vrijheid en het voorjaar te ervaren. Hier was het maart, maar niettemin een soort vergeten, verstijfde winter. In Rome zou hij in de tuin achter zijn atelier kunnen zitten om naar de vogels te luisteren. De grauwe diepte van de straten zou flets van de kou zijn, maar de zon heet. Ook al hield de paus de stad in een ijzeren greep, toch bestond er een vrijheid waarvan niemand in Kopenhagen zich een voorstelling kon maken. De paus zou nimmer heerser over alles en iedereen worden. Niet absolutistisch.

Hij had nog zoveel voor zich, al die boeken met opdrachten. Het was alsof de eisen zich om zijn borst knelden en elke nacht ontwaakte hij ijskoud en toch badend in het zweet. Hij moest immers alles af krijgen.

De koning had het hem verweten. Zijn vormeloosheid en zijn republikeinse inslag. Maar de koning had toch zelf zijn atelier gezien, de Russische tsaar en Metternich stonden zij aan zij met Christus en bekoorlijke danseressen. Hij had altijd de tijd gezien en die dankzij zijn handen tot uitdrukking laten komen. Hij was het slachtoffer van de tijd, niet diens heer. Hij had gehoopt op een andere wereld, maar je moest leven in de wereld die je door de tijd werd toebedeeld.

De arts had bezorgd met hem gesproken over een andere patiënt die der dagen zat was. Bertel had goed geluisterd. Die hele monoloog was op hemzelf gericht geweest. Zoals zo vaak was er tegenzin in hem naar boven gekomen, bitter en belemmerend: hij was nog lang niet der dagen zat! Hij was helemaal niets zat! Als hij nogmaals iets moois mocht beleven, dan was hij meer dan bereid. Anna Maria ontmoeten en van voren af aan beginnen, Carlo zien opgroeien, proberen een keus te maken tussen Frances en Fanisca. Jason, Vor Frue, het grafmonument van de paus, Barjatinskaja, de hele reutemeteut, hij was nog steeds hongerig.

Wanneer hij zijn ogen sloot en het nergens in zijn lichaam pijn deed, was hij weer piepjong. Bertel in Napels met Hector strak aan de lijn, bang en nieuwsgierig, grenzeloos leergierig, één zuigend gat van onwetendheid.

Hij zat voor zich uit te kijken en groef in zijn herinneringen. Zo was het leven geweest toen hij nog heel jong was. De hele dag werken, wat lekker eten naar binnen werken, daarna naar het theater. De laatste penningen gingen op aan een slecht kaartje voor een slecht stuk, maar er waren leeftijdgenoten en er was leven. Alles beter dan naar huis gaan. Wat had hij de gedachte aan opgesloten zijn toch verafschuwd. Wanneer thuis de deur achter hem sloot, was hij machteloos.

Nu was hij vrijer dan enig ander mens die hij kende. Maar hij leefde net zo. Zonder zijn ouders, zonder Anna Maria. Hij leefde zoals hij had geleerd. Dus vanavond was hij weer in het theater beland.

Alleen al de gedachte boezemde hem angst in. Misschien moest hij zich verontschuldigen, opstaan en naar huis gaan? Hij had geen zin in woorden. Eigenlijk voelde hij zich belabberd, hij kon gewoon overeind komen en zich verontschuldigen zonder te liegen. Zich naar het hoofd grijpen, naar de leeuwenmanen, en precies uitleggen hoe hij zich voelde.

Ze speelden en speelden en hij wilde de toneelspelers zo graag horen praten. Adam Oehlenschläger had geen zin gehad het stuk te zien. Maar anders moest je gewoon alleen naar huis.

Op weg naar huis kon hij dan bij zijn dokter langsgaan om zich gerust te laten stellen.

Hij besefte opeens dat hij niets kon horen en dat dat goed was. Hij was zijn onderkaak kwijt en luisterde naar niets en naar zijn eigen hart. Zijn linkerarm had hem verlaten, die leefde een eigen leven, kort of lang, hij vermoedde kort.

Hij kon het serieus aanpakken. Anderen beminden al serieus als ze nog maar achttien waren. Hij had een heel leven nodig gehad om liefde te vinden. Hij kon naar huis gaan en het woord voor woord aan haar schrijven. Maar op dit moment kon hij zich haar naam niet herinneren, alleen haar gezicht, de vorm van haar wang. Alle anderen waren in één stuk volwassen geworden, zijn handen waren klaargegroeid vóór al het andere. Nu kon hij zich zelfs haar naam niet herinneren. Maar nu wilde hij het goedmaken en vragen. Als ze weduwe zou worden. In zijn armen.

Hij probeerde overeind te komen, maar zijn lichaam beschreef in plaats daarvan een boog, een onelegante boog die hem in elkaar deed zakken. Alleen maar krachten verzamelen. Alleen maar een beetje op krachten komen. Dan lukte het wel. De naam. Christine. Nee, dat was het niet.